한국사회와 이광수라는 표상

지은이

최주한 崔珠瀚, Choi Juhan

서강대 인문과학연구소 연구원. 숙명여자대학교 화학과를 졸업하고 서강대학교 국어국문학과에서 이광수 소설 연구로 박사학위를 받았다. 저서에『제국 권력에의 야망과 반감 사이에서—소설을 통해본 식민지 지식인 이광수의 초상』(2005),『이광수와 식민지 문학의 윤리』(2014),『한국 근대 이중어 문학장과 이광수』(2019)가 있고, 역서에『근대 일본사상사』(공역, 2006),『『무정』을 읽는다』(2008),『일본 유학생 작가 연구』(2010),『이광수, 일본을 만나다』(2016),『일본어라는 이향』(2019),『이광수의 한글창작』(2021) 등이 있다. 그밖에 공편 자료집『이광수 초기 문장집』I·II·III(2015·2023),『이광수 후기 문장집』I·II·III(2017·2018·2019)을 간행했고, 이광수전집 소재『허생전』(2019)과『사랑』(2019)을 감수했다.

한국사회와 이광수라는 표상

초판발행 2025년 12월 30일

지은이 최주한

펴낸이 박성모
펴낸곳 소명출판
출판등록 제1998-000017호
주소 서울시 서초구 사임당로14길 15 서광빌딩 2층
전화 02-585-7840
팩스 02-585-7848
이메일 somyungbooks@daum.net
홈페이지 www.somyong.co.kr

ISBN 979-11-7549-023-9 93810
정가 33,000원

ⓒ 최주한, 2025

이 저서는 2022년 정부재원(교육부)으로 한국연구재단의 지원을 받아 수행된 연구임(NRF-2022S1A5A2A01044617).

한국사회와 이광수라는 표상

최주한 지음

2024년 10월 10일 한강 작가의 노벨상 수상 소식이 전해졌을 때 가장 먼저 머릿속에 떠오른 사람은 이광수였다. 한국 근대문학의 개척자로서 그 누구보다 조선어문의 우수함을 자랑스레 여겼고, 우리가 조선어문을 아끼고 가꾸어가는 동안 세계인이 그 사상과 예술을 위하여 조선어문을 예찬하고 학습할 날이 멀고 가까움은 있을지언정 반드시 올 것이라고 믿었던 이광수.「조선어문 예찬」, 1935 그러나 이광수라니, 한 세기가 넘도록 이광수를 둘러싼 온갖 비평의 목소리들이 덩달아 집요하게 고개를 드는 바람에 한동안 울적한 마음을 어쩌지 못했다.

책의 제1부는 평소 이광수 연구자로서 겪는 이런 의식의 분열증을 객관화해 보고 싶은 동기에서 시작된 일련의 연구 성과들을 묶었다. '한국사회와 이광수라는 표상'이라는 제목이 명시하고 있듯, 식민지기에서 민주화 이후의 오늘날에 이르기까지 한국 근현대 문학을 대상으로 한국사회가 이광수를 다양한 방식으로 소환하고 전유해온 역사를 다룬다. 식민지기 이광수는 근대화와 독립이라는 당대 한국사회의 주요 과제와 관련하여 민족주의와 근대성, 식민주의의 문제를 극적으로 체현하고 있는 이름이었다. 뿐만 아니라 해방 후 민족국가의 건설에서 전후의 재건, 개발독재시기의 근대화, 그리고 민주화 이후의 오늘날에 이르기까지 탈식민 근대 국민국가 건설의 과제에 부응하는 긍정적 혹은 부정적 유산으로서 끊임없이 재소환되었다. 이 점에서 '이광수'라는 이름은 그것을 소환하고 전유한 각 세대의 사회·문화적 조건 및 역사가 고스란히 각인된 고유명으로서 근현대 한국 사회의 초상을 마주할 수 있는 기회를 제공하는 유력한 문화적 자산인 셈이다.

각 장에서는 우선 식민지기에서 해방기에 이르기까지 이광수라는 문학적 상징자본에 기대어 그 반대급부로서의 '순문학 / 예술의 개척자'라는 자기표상을 구축하고 재생산해냄으로써 이를 문학사적 사실로써 확립한 작가 김동인제1장,

해방 후 '민족을 위해 살고 민족을 위하다가 죽은 이광수'라는 투명한 자기표상을 끝내 포기할 수 없었기에 '민족'이라는 절대선의 이름으로 책임의 문제를 봉인해버렸던 이광수제2장, 전후 건국의 주역이자 대한민국의 수호에 앞장선 월남학병세대로서 서북 민족주의의 올바른 계승자로서의 세대적 정체성을 증거하기 위해 이념적 아버지 이광수와의 결별을 선택했던 선우휘제3장, 1960년대 본격적인 근대화의 도정에서 한국사회가 맞닥뜨린 온갖 질곡을 비추는 거울로서 『흙』의 작가' 이광수를 소환하고 참여와 비판의 문제를 중심으로 지식인의 자기정립의 문제와 관련하여 치열한 경합을 벌였던 당대의 지식인들제4장, 민주화 이후 점차 심화된 보수지배층의 위기의식을 배경으로 하여 냉전반공·산업화 세대의 성취에 대한 인정투쟁의 일환으로 이광수를 '낭만적 애국심'의 희생양으로 표상하는 정체성 정치에 나섰던 복거일제5장, 마지막으로 이광수 연구를 한국문학사의 '정신사적 과제'로 상정하고 이광수에 관한 평생에 걸친 연구와 더불어 한 세기에 걸쳐 아물 줄 모르던 한국근대문학사의 정신사적 상처의 깊이를 증거한 김윤식제6장을 중심으로 한국사회가 '이광수'라는 이름을 소환하고 전유해온 역사를 일별하고 있다. 부족한 논의는 책 말미에 부록으로 수록한 '이광수론 자료 및 연구 목록'으로 대신한다. 모쪼록 이광수가 한국사회에 남긴 유산을 둘러싼 논란에 대한 이해의 폭을 넓히는 데 단초가 되어줄 수 있기를 기대한다.

책의 제2부 '상하이시절의 이광수'는 그동안 이광수 연구에서 공백으로 남아있던 상하이시절의 이광수 연구를 위한 토대를 마련하는 과정에서 얻은 연구 성과들을 묶었다. 일찍이 『독립신문』을 비롯하여 신한청년당의 기관지 『신한청년』, 『한일관계사료집』, 『혁신공보』 등 당시 독립운동 관련 자료의 발굴과 복원에 힘써온 사학계의 업적에 힘입어 오래도록 낯선 필명과 무기명 속에 묻혀 있던 이광수의 문장들을 발굴·확인하고 이를 문장집『이광수 초기 문장집』 III, 2023으로 엮어내기까지 나름의 고군분투가 담겨 있는 글들이다. 단편 「피눈물」에 극적으로 형상화된 3·1운동제3장, 3·1운동에 대한 이광수의 인식과 이후의 전망제4장, 문명의 시선 바깥에서 응시한 일본의 정체에 대한 신랄한 비판제5장, 역술 「아라사혁명기」에 담긴 신생 사회주의에 대한 기대제6장 등을 통해 새롭게 접할 수 있었던 망명지 상하이에서의 이광수의 문필활동은 치열하고도 눈이 부셨다. 독립운동의 전망이 비교적 또렷했고 또 검열의 시선에서 자유로웠던 시공간이었기에 분명하게 모습을 드러낼 수 있었던 번뜩이는 사유들. 이 작은 연구 성과들이 상하이시절의 문장들을 엮은 『이광수 초기 문장집』III과 더불어 상하이시절 이광수의 사유를 이해하고 나아가 상하이시절 전후 이광수의 문학 및 사상의 연속과 단절을 고찰하는 데 도움이 되었으면 좋겠다. 『독립신문』 소재 논설을 검토한 제2장과 단편 「피눈물」에 관한 제3장은 기수록된 바 있으나『한국 근대 이중어문학장과 이광수』, 2019 후속 연구의 편의를 위해 재수록했음을 밝혀둔다.

마지막으로 제3부는 이런저런 기회에 요청받은 주제들을 다룬 결과물을 묶었다. 이광수의 근대문체와 한자제1장, 새로 발굴된 육필원고 「삼봉이네 집」에 관한 해설제3장과 그 사전 작업으로서의 1940년 영창서관판 단행본에 대한 검토제2장, 『아버님 춘원』의 저자 이정화 선생님과의 인터뷰제5장 등 생각지 못했던 기회들이 찾아와주어 긴장하며 설렜던 기억들이 생생하다. 이 자리를 빌려 어문연구학회, 국립한국문학관, 춘원연구학회에 다시 한 번 감사드린다.

이제 또 하나의 문이 닫히려 한다. 돌아보면 불안정하고 위태로운 자리에서도 이광수 연구를 이어갈 수 있었던 데는 많은 분들의 도움이 있었다. 그러나 문을 열고 나가 오래도록 서성이며 걸었던 길은 어지러운 흔적들로 남았을 뿐, 그 길이 가리키는 것은 여전히 불투명하기만 하다. 하나의 문이 닫히면 또 새로운 문이 열린다는데, 그때는 알 수 있게 될까. 올겨울에는 눈이 많이 내렸으면 좋겠다.

2025년 11월 18일
최주한

차례

제1부

한국사회와
이광수라는 표상

제1장

순문학의 정치, 김동인의 이광수 표상

1. 김동인과 순문학 / 예술의 개척자라는 표상

한국문학사에서 김동인은 문학의 범주에 '예술성'의 개념을 도입하고 순문학의 영역을 개척함으로써 한국 근대문학의 수준을 한 단계 올려놓은 작가로 평가된다. 잘 알려져 있는 대로 한국 최초의 순문예 동인지 『창조』를 창간했고, 『창조』를 무대로 미적 자아의 절대성을 주장하며 이광수와 최남선으로 대변되는 전대 문학의 계몽주의적 공리성에 반기를 들었던 동인지 세대의 중심인물이었다는 점이 그 주요 근거들이다. 흥미로운 것은 이러한 평가가 『창조』의 창간과 더불어 문학에 발을 들여놓은 이래 김동인 자신이 다양한 형식의 문단회고를 통해 평생에 걸쳐 구축하고 재생산해낸 자기표상에 근간한 것이라는 점이다. 순문학 / 예술의 개척자라는 김동인의 자기표상은 해방 후 문학사 작업의 첫 출발을 알렸던 백철의 『신문학사조사』,[1947]에 그대로 반영되었고, 전후 조연현의 『한국현대문학사』,[1956]를 거치면서 확고한 문학사적 사실로써 확립되었다. 여기에 1956년 『사상계』가 주관하여 제정한 동인문학상이 한국문단에서 수많은 문인들을 배출해 내는 권위 있는 문학상의 하나로 자리잡으면서 김동인의 문학사적 위상 역시 더불어 견고해져 간 것은 말할 것도 없다. 이 점에서 김동인에게 평생에 걸친 자부심이자 자존감의 근거였던 순문학 / 예술의 개척자라는 자기표상은 훗날 학계와 문단의 제도적 차원에서 공인을 얻게 됨으로써 그대로 현실이 되었다고 해도 좋을 것이다.

물론 김동인이 순문학에 몰두했던 것은 문학적 초년의 시기에 불과하다. 방탕한 생활과 사업의 실패로 인한 파산과 재혼을 계기로 생활난을 해결하기 위해 닥치는 대로 글을 써야 했던 그는 훨씬 오랜 기간을 대중적인 역사소설과 야담의 세계에서 벗어나지 못했고, 종국에는 『백마강』1941, 『성암聖岩의 길』1944 등 시국적 색채를 띤 역사소설의 집필에 나서 친일작가의 대열에 합류했다. 그리고 해방 후에는 자신에게 닥칠 친일의 혐의를 적극 부인하는 소설과 회고 등을 여러 편 썼다. 겉으로 드러난 문학적 이력으로만 보면 순문학 / 예술의 개척자라는 문학사적 위상이 무색할 정도로 순문학과는 거리가 먼 길을 걸었다 해도 과언이 아닌 셈이다. 주목할 만한 것은 이러한 문학적 이력을 관통하는 가운데서도 김동인은 순문학 / 예술의 개척자라는 자기표상을 한사코 포기하지 않았다는 점이다. 오히려 순문학과의 거리가 멀어질수록 더더욱 이러한 자기표상의 구축과 재생산에 몰두하는 모습을 보여주는데, 흥미롭게도 김동인의 이러한 자기표상 작업의 한가운데는 언제나 이광수가 자리하고 있어 각별히 주목을 끈다.

일찍이 김윤식은 『김동인연구』에서 전체 16장 가운데 네 장을 할애하여 이광수와 김동인의 관계를 다룬 바 있다.[1] 김동인을 이해하는 데 있어서 이광수가 차지하는 비중이 어떠한지 논저의 구성 자체가 웅변하고 있는 셈이다. 논지의 핵심은 김동인에게 있어서 이광수는 '소설'에 일생을 걸도록 이끈 이념상의 아비

---

1   김윤식, 『김동인연구』, 민음사, 1987. 이광수와 김동인의 관계를 다룬 각 장의 제목과 소제목은 다음과 같다. 12. 이광수와 김동인(一) 글과 황금의 등가사상 / 13. 이광수와 김동인(二) 프로문학에 대한 태도 / 14. 이광수와 김동인(三) 「춘원연구」의 세계 / 15. 이광수와 김동인(四) 낯선 신을 찾아서

이자 넘어서야 할 문학적 맞수였고, 삶의 위기의 순간마다 그를 도발케 하여 일으켜 세운 '욕망의 내적 중개자'이자 '투명한 거울'이었다는 것으로 요약된다. 일제 말기 김동인이 친일의 길로 나아간 이유 역시 그 당연한 귀결로서 설명되는데, 동우회사건으로 이념상의 아비이자 맞수였던 이광수를 잃은 김동인에게 주어진 길은 이광수를 무력화시킨 낯선 신 일제에게 복종하는 길뿐이었다는 이유에서다. 그리고 그것이야말로 소설이라는 유일신을 믿었던 김동인의 한계이자 비극이라는 것이 논의 전체의 결론이다.

김윤식의 논의는 근본적으로 아비에 대한 아들의 투쟁, 곧 아비를 부정하지 않으면 자신을 세울 수 없는 아들의 투쟁이라는 서사를 전제하고 있다. 김동인의 「춘원연구」를 분석하는 키워드로서 '부父의식의 해부'를 상정한 데서도 알 수 있듯 김동인에게 있어서 이광수는 자신을 세우기 위해 맞서 대면해야 할 진지한 대결의 대상으로 상정되고 있는 것이다. 그러나 김동인에게 이광수가 진지한 대결의 대상이었다는 데는 선뜻 동의하기 어렵다. 잘 알려져 있다시피 오만한 예술가로 정평이 나 있는 김동인은 오로지 자기 자신에게 함몰되어 있는, 그럼에도 불구하고 주체로서 자신이 중요성을 가져한다는 욕망에 사로잡혀 있는 전형적인 낭만주의자에 속한다. 낭만주의자가 대상에 관심을 가지는 것은 그 대상이 낭만적 생산성을 보장하는 미학적 흥미의 대상이 될 때뿐이다.[2] 이 점에서 김동인에게 이광수가 절대적인 비중을 차지한다면 그것은 진지한 문학적 대결의 대상으로서의 이광수에 대한 관심에서였다기보다 자신의 문학적 생산성을 위해 이광수라는 권위를 활용하고자 하는 동기에서였을 가능성이 높다.

무엇보다 우선 「춘원연구」의 성격이 이를 증거한다. 김윤식은 「춘원연구」를

---

2 오로지 자신만을 준거점으로 삼는 낭만적 주체의 자기중심성, 곧 외부 세계를 자기의 고유한 내면의 관심으로 환원해버리는 낭만주의 특유의 정신 구조에 관해서는 칼 슈미트, 『정치적 낭만주의』(1919), 조효원 옮김, 에디투스, 2000, 93~168쪽. 「II. 낭만주의 정신의 구조」 참조.

아비에 맞선 경쟁자이자 모방자인 아들의 입장에서 쓰인 기록으로 간주했지만,[3] 사실 「춘원연구」에서 붓을 휘두르고 있는 김동인의 위치는 아비에 필사적으로 맞서고 있는 아들이기보다 순문예가의 권위로써 비평 대상을 손바닥 위에 올려놓고 있는 비평적 대가의 그것에 가깝다. 일찍이 오랫동안 이광수와 김동인을 가까이서 보아왔던 주요한조차 "자기주장이 너무도 강하기 때문에 「춘원연구」를 읽는 것은 춘원을 아는 데보다도 동인을 아는 데 필요하다"[4]고 논평했을 정도다. 게다가 시기적으로도 김동인이 「춘원연구」[1934~1939]의 집필에 매달린 기간은 역사소설 『젊은 그들』[1930]과 『운현궁의 봄』[1933]의 연재로 문학적 재기에 성공한 뒤 더 나아가지 못하고 야담에 빠져 문학적 생산성 면에서 현저한 침체를 겪고 있던 시점이었다. 막다른 골목에 맞닥뜨린 김동인에게 문단에서 확고한 대가의 지위를 차지하고 있는 이광수에 대한 비평은 안으로는 위축된 자존감을 지키고 밖으로는 자신의 존재감을 드러내는 데 효과적인 방편이었을 것이다.

비단 「춘원연구」만 그런 것이 아니다. 김동인에게 이광수는 『창조』의 창간으로 문학에 발을 들여놓은 이래 문학적 이력 전반에 걸쳐 그의 문학적 생산을 추동한 무궁한 암시의 저수지였다. "'춘원의 소설' 이 한 마디의 말이 갖는 매력은 얼마나 크냐? 거기는 온갖 숫자적 찬사가 필요치 않고, 단지 이 한마디뿐이면 충분하다."[5] 이광수의 소설이 도덕성과 흥미성에 기반한 대중소설에 불과함을 비꼬듯 언급한 것이기는 하지만, 김동인 역시 그것이 내뿜는 문학적 매력의 빛을 부인하지는 못했다. 이렇듯 이광수라는 문학적 매력의 보고에 기대어 김동인은 이광수를 부정하면서 모방하고 또 모방하면서도 자신만의 차별성을 내세우는 방식으로 문학적 생산성을 이어갔다. 그리고 그마저 여의치 않을 때는 이광수를 문학적 생산성을 위한 재료로 삼아 자기표상의 구축과 재생산에 몰두함으로써

3   김윤식, 「이광수와 김동인(三) 「춘원연구」의 세계」, 위의 책, 382~383쪽.

4   주요한, 「동인의 추억─『춘원연구』를 통해 본 그의 나상(裸像)」, 『동아일보』, 1956.6.21.

5   김동인, 「춘원의 소설」, 『박문』, 1938.11, 26쪽.

자신의 존재감을 과시하는 길을 택했다. 앞서 언급한 비평 「춘원연구」와 해방 직후에 쓴 단편 「반역자」[1946]가 그 단적인 예이다.

일찍이 피에르 부르디외는 "취향이야말로 인간이 가진 모든 것, 인간과 사물 그리고 인간이 다른 사람에게 의미할 수 있는 모든 것의 원리"[6]라고 갈파한 바 있다. 취향은 피할 수 없는 차이의 실제적인 확증으로서, 이를 통해 사람들은 스스로를 구분하고 다른 사람에 의해 구분된다는 이유에서이다. 부르디외가 지적하듯 예술적 정통성을 독점하려는 이들의 투쟁이 보기보다 그렇게 순진무구하지만은 않은 이유도 바로 여기에 있다. 미적 성향이란 근본적으로 사회적 위치나 고수해야 할 서열, 지켜나가야 할 거리 등을 확인하는 계급적 구분감각에 바탕을 두고 있으며, 예술적 정통성의 독점을 비롯하여 문화권력을 획득하기 위한 투쟁은 이러한 감성적 분할의 원리를 보존 또는 전복하기 위한 상징투쟁과 분리될 수 없기 때문이다.[7] 김동인의 이광수 표상 / 재현 작업 역시 이광수라는 권위에 기대거나 맞서는 방식으로 차별화된 문화권력을 구축하고 굳히기 위한 인정투쟁의 영역을 벗어나지 않는다. "이광수와 마주할 적에 비로소 빛나기 시작하는 존재가 김동인"[8]이라는 김윤식의 날카로운 지적은 이러한 각도에서 재해석될 필요가 있다.

이러한 맥락에서 이 글은 김동인이 자기표상의 구축과 재생산 작업의 일환이자 문학적 생산성을 위한 방편으로서 이광수를 소환하고 표상 / 재현해낸 양상을 고찰하는 데 목적을 둔다. 이를 위해 이하 본론에서는 우선 김동인이 평생에 걸쳐 전유한 문학적 상징자본 구축의 출발점이 된 동인지 『창조』를 중심으로 김동인 문학의 원점을 검토한다. 다음으로 김동인의 문학적 생산 작업 가운데 특히 이광수를 직접 소환하고 있는 비평 「춘원연구」[1934~1939]와 해방 후의 단편 「반

6   피에르 부르디외, 『구별짓기─문화와 취향의 사회학』 상, 최종철 옮김, 새물결, 2005, 114쪽.
7   위의 책, 115~127・440~463쪽 참조.
8   김윤식, 위의 책, 366쪽.

역자』[1946]를 중심으로 이광수 표상 / 재현의 양상을 분석하고, 그것이 김동인 고유의 문학적 상징자본을 동원한 자기표상 작업과 결부된 것임을 논증한다. 이상의 논의를 토대로 결론에서는 순문학 / 예술의 개척자라는 이름을 내건 김동인의 자기표상 작업이 그저 순진무구한 문학적 주장이 아니라 문단 내부의 공인된 문학적 위상을 획득하기 위한 문학적 정치의 산물임을 밝히고, 나아가 그 문학적 유산이 동인문학상을 둘러싼 파열음과 더불어 오늘날까지 여전히 한국문단에 드리우고 있는 그늘을 짚어볼 것이다.

2. '자기의 창조한 세계', 김동인 문학의 원점

김동인 문학의 원점을 고려할 때 동인지『창조』의 창간은 가장 앞자리에 놓인다. 김동인의 문학적 활동이『창조』의 창간에서 시작된다는 점에서도 그러하지만, 무엇보다『창조』의 창간 자체가 김동인에게 있어서는 '자기의 창조한 세계'의 첫 작품에 해당되기 때문이다. 사실『창조』의 창간은 1918년 12월 어느 날 밤 김동인의 하숙방을 찾은 주요한의 다소 도발적인 제안으로 시작되었다. 2백 원의 창간 비용이면 잡지의 간행을 감당할 수 있으니 동인이 창간호 비용을 내면 어떻겠느냐는 제안이었다. 일찍이 메이지학원 중학부에서 교지 편집을 맡은 일이 있어 실무에 밝은 주요한의 제안이었고, 또 그 정도의 비용이면 감당할 수 있는 경제적 배경을 지녔던 만큼 김동인은 솔깃하지 않을 수 없었다. 흔쾌히 2백원을 내겠다는 동인의 수락이 떨어지자 그 자리에서 잡지의 체제를 동인제로 하는 문제에서 동인의 추천에 이르기까지 잡지 간행의 계획은 일사천리로 진행되었다. 이날 밤의 일을 회고할 때마다 김동인은 이날 밤이야말로 "조선 신문학의 초석"이 놓인 날이었음을 강조하는 것을 잊지 않았다. 창간 주체의 한 사람으로서『창조』의 무대 한가운데 설 수 있었던 데 대한 자부심의 표현이었을 것이다.

『창조』의 창간 계획이 본격화되었던 이 날이 언제였는지는 불분명하다. 「문단 30년의 자취」(『신천지』, 1948.3~1949.8)에는 "1918년 12월 스무닷새날 밤"으로 특정되어 있고, 「문단 15년 이면사」(『조선일보』, 1934.3.31~4.6)에는 "미국 대통령 윌슨이 강화회의 때문에 불국佛國으로 건너간다 어쩐다 야단하는 1918년 말의 어떤 날"로 막연히 언급되고 있는 등 회고 내용이 다소 엇갈린다.[9] 김윤식은 잡지를 만드는 데 필요한 최소한의 준비기간과 창간 비용 마련에 걸린 시간, 그리고 계획에서 『창조』의 탄생에 이르기까지의 지난한 준비과정을 강조한 주요한의 회고 등을 근거로 하여 실제로 김동인과 주요한이 동인지를 발간하고자 마음먹은 것은 창간일보다 4, 5개월 전이었을 것이라고 추측하고 있다.[10] 그러나 잡지 간행에 대한 구체적인 논의가 오고간 것은 창간 비용의 문제가 해결된 데서 비롯되는 만큼 『창조』의 창간을 위한 실질적인 계획은 바로 이 시점에서 이루어졌다고 보는 것이 타당하다. 윌슨이 파리강화회의 의장으로 참석한다는 소식이 신문에 보도되어 유학생계의 관심사가 된 것은 12월 초순이거니와,[11] 이듬해 2월 1일 창간호가 간행되기까지 동인 섭외 및 원고 집필과 편집 기간, 그리고 납본 제출과 검열에 걸렸을 시간 등을 고려하건대 늦잡아도 12월 초순을 전후한 무렵의 일로 추정할 수 있다. 기획에서 창간호의 간행에 이르기까지 채 두 달이 못 되는 기간이었으니, 『창조』의 창간은 김동인의 자본력과 잡지 간행에 대한 집념에 힘입은 것이었다고 해도 과언이 아니다.

『창조』의 세대적 성격으로 흔히 인용되는 "정치운동은 그 방면 사람에게 맡기고 우리는 문학으로"[12]라는 김동인의 회고는 정치보다 문학의 우위를 주장한 김

---

9 김치홍 편저, 『김동인평론전집』, 삼영사, 1984, 402·421쪽.

10 김윤식, 『김동인연구』, 민음사, 1987, 104~105쪽.

11 윤소영의 조사에 따르면, 윌슨이 14개 조항을 제시한 장본인으로서 파리강화회의 의장으로 참석한다는 소식이 『Japan Advertiser』 실린 것은 12월 5일이고, 열흘 뒤인 12월 15일에는 윌슨이 파리에 도착했다는 소식이 보도된다. 윤소영, 「일제의 '요시찰' 감시망 속의 재일한인유학생회의 2·8독립운동」, 『한국민족운동사연구』 97, 한국민족운동사학회, 2018, 61쪽 참조.

12 김동인, 「문단 30년의 자취」(『신천지』, 1948.3~1949.8), 김치홍 편저, 위의 책, 422쪽.

동인·주요한 세대의 의식을 보여주는 지표로 간주되곤 한다. 20세 전후에 합방을 겪은 최남선·이광수 등의 앞세대와 달리 철들 무렵 이미 망국인의 처지에 놓였던 이들 세대에 있어서 삶의 긴요한 과제는 민족의 독립이기보다 근대성의 획득에 있었다는 해석이다.[13] 그러나 정작『창조』의 창간을 제안하고 1·2호의 편집을 맡았던 주요한은 3·1운동이 일어나자 학업을 중단하고 상하이로 건너가 임시정부의 활동에 뛰어들었다. 문학이 아닌 정치를 선택한 셈이다. 물론 김동인은 달랐다. 김동인 역시 3·1운동에 관여하다가 3개월간 감옥에 다녀오기도 하지만『창조』의 복간을 통해 문학을 지키는 길을 고수했다. 김동인으로서는 '자기의 창조한 세계'의 첫 작품인『창조』의 무대를 포기할 수 없었을 것이다. 게다가 오랜 친구이자 문우로서 자신의 문학적 번민에 대해 냉담한 회답으로 일관했던 주요한의 태도도 질 수 없다는 김동인의 오기를 부추겼던 듯하다.

1919년 12월『창조』를 복간하고 두 번째 소설「마음이 옅은 자여」를 쓰면서 김동인은 '미'와 '선' 사이의 분열을 겪으며 문학적 파탄에 이른 자신을 발견하고 번민에 빠진 상태였다. 김동인은 상하이에 있는 주요한에게 몇 번을 거듭하여 자신의 고민을 털어놓는 편지를 썼지만 돌아오는 것은 냉담한 회답뿐이었다. 게다가 민족운동의 성소聖所 상하이에서 활동하는 주요한의 시야는 이미『창조』의 무대를 훌쩍 넘어서 있었다. "동인 형, 나는 때때로 이 지나支那청년회 문화운동과 우리나라 청년의 사상계와를 비교합니다. 물론 나는 ○○○○ 발발 이후로 청년계의 정신이 대변동을 얻은 줄로 압니다. 그러나 그들에게 이 지나 청년이 가진 만큼 한 지식욕이 있을까요. 지식욕이 아무리 왕성하다 한들 그를 만족케 할 기관이, 기회가 있나요. 가련한 조선의 청년아! 그러나 우리는 결코 비관할 것 아니지요. 우리는 우리의 사업이 얼마나 큰 것을 깨닫고, 희망과 용기를 백배할 것이오. 이런 의미로 보아서 우리 이 조그만 잡지의 사명도 적지 않은 줄 압니다."[14]

---

13 김윤식·정호웅 공저,『한국소설사』, 예하, 1993, 83~84쪽.
14 별꽃,「長江 어구에서(三月)」,『창조』5, 1920.3, 73~74쪽.

문학적 번민 그리고 자신의 분신과도 같은 『창조』라는 무대의 존재감에 대한 불안, 이러한 곤경에서 김동인을 일으켜 세운 힘은 그 자신의 내부에서 왔다.

> 이때에 나를 구한 자는 나의 오만한 성격과 자존심과 자부심이었다. 이 오만한 성격의 산물의 자부심은 그때의 나의 파탄을 구하였고 (⋯중략⋯) 나는 선과 미, 이 상반된 양자의 사이의 합치점을 발견하려 하였다. 나는 온갖 것을 '미'의 앞에 잡아넣으려 하였다. 나의 욕구는 모두 다 미다. 미는 미다. 미의 반대의 것도 미다. 사랑도 미다. 미움도 또한 미다. 선도 미인 동시에 악도 또한 미다. 가령 이런 광범한 의미의 미의 법칙에까지 위반되는 자가 있다 하면 그것은 무가치적 존재다. 이러한 악마적 사상이 어음 돋기 시작하였다.[15]

김동인이 오만한 성격의 산물이라 일컬은 자존심과 자부심, 그것은 외적 자극에 도발되어 추동된 대결의식의 다른 이름이다. 김동인은 자신의 문학적 지반이 뿌리째 흔들리는 위기에 직면하고 나서야 비로소 그 자신에게 문학이란 무엇이고 또 무엇이어야 하는지 진지하게 물었고, 온갖 것을 미에 종속시킴으로써 미를 최고의 가치로 간주하는 유미주의唯美主義 곧 미적 자아의 절대성을 내세우는 것으로 그 출구를 찾았던 것이다. 일찍이 『창조』의 창간에 관여하며 '자기의 창조한 세계'의 첫 무대에 한달음에 오를 수 있었던 김동인에게 문학이 그저 예술이라는 신성한 이름의 추상적인 관념에 불과했다면,[16] 이제 미적 자아의 절대성이라는 무기를 장착한 김동인의 문학은 절대 주관의 무소불위한 권능에 힘입어

---

15 김동인, 「조선근대소설고」(『조선일보』, 1929.7.28~8.16), 김치홍 편저, 앞의 책, 80쪽.
16 『창조』 창간호의 간행을 앞두고 『학지광』에 발표한 논설 「소설에 대한 조선 사람의 사상을」 (1919.1)의 경우만 해도 예술은 인생의 정신이고, 사상이고, 자기를 대상으로 한 참사랑이면서 동시에 사회개량, 신인합일의 수행자이며, 개인의 전체이자 신의 속삭임이라는 등 예술에 신성의 근거를 부여하기 위해 동원한 온갖 수사로 뭉뚱그려진 다소 막연한 형상으로 제시되고 있다. 위의 책, 31쪽.

그 무엇과도 견줄 수 없는 절대적 지위를 자처할 수 있게 된다. 『창조』 7호에 발표한 글 「자기의 창조한 세계-톨스토이와 도스토예프스키를 비교하여」1920.7는 제목에서부터 이러한 문학적 자신감이 역력하다.

「자기의 창조한 세계」는 부제가 잘 말해주듯 톨스토이와 도스토예프스키의 문학적 특질을 비교하여 두 문학자의 예술적 가치를 평하고 있는 글이다. 비평 글의 일종이지만 예술이란 무엇이냐는 호기로운 질문과 더불어 나름의 독자적인 견해와 안목을 제시하는 것으로 서론을 삼고 있는 데서도 알 수 있듯, 톨스토이와 도스토예프스키의 문학에 대한 비평 그 자체에 목적이 있기보다 이를 비평적 재료로 삼아 자신의 문학관을 표명하는 데 목적을 둔 본격적 문학론에 가깝다. 실제로 이 글의 핵심은 예술이란 "자기를 위하여 자기가 창조한 자기의 세계"[17]라는 예술에 대한 김동인 자신의 독자적인 견해 그 자체에 있다. 김동인이 서론에서 공들여 역설한 것 역시 예술은 신이 지은 세계에 만족하지 않고 어떤 불완전한 세계든 자기의 정력과 힘으로써 지어놓은 뒤에야 만족하는 인생의 요구에서 말미암아 생겨났으며, 보다 근본적으로는 인간의 본능적 에고이즘 곧 자기를 대상으로 한 참사랑의 요구에서 배태된 것인 까닭에 인생에서 없지 못할 절대적인 가치를 지닌다는 주장이 전부다. 이 점에서 참인생의 모양에 가까운 인생을 창조한 도스토예프스키보다 참인생과는 다른 인생을 창조하였으되 자기가 창조한 인생을 자유자재로 조종할 줄 알았던 톨스토이 쪽이 예술적으로 위대한 가치를 지녔다는 결론은 이 글의 출발점에서 이미 선험적으로 정해진 것이나 마찬가지였다고 할 수 있다.

예술이란 '자기를 위하여 자기가 창조한 자기의 세계'라는 견해는 사실 김동인의 독자적인 것이라기보다 19세기 유미주의에 기반한 낭만주의적 예술관에 기초해 있다. 김동인의 독자성이라면 이러한 유미주의에 자신의 문학과 인생 전

---

17   김동인, 「자기의 창조한 세계-톨스토이와 도스토예프스키를 비교하여」, 『창조』, 1920.7, 51쪽.

부를 내걸고 미적 자아의 절대성이라는 무기를 획득함으로써 자신만의 문학적 아성牙城을 구축할 수 있었다는 점에 놓인다. 신의 지위를 대신하여 세계의 창조자로서 한껏 팽창한 미적 자아는 자기가 창조한 자기만의 세계 안에서 그 세계를 지배할 수 있다는 환상으로 충만할 수 있었다. 세간의 비평은 아랑곳하지 않고 세계적인 문학의 대가 톨스토이와 도스토예프스키를 나란히 논하며 마음껏 비평의 붓을 휘두를 수 있게 해준 힘도 바로 여기에서 나왔음은 말할 것도 없다. 이러한 자아도취가 사라진 뒤에 남은 것은 환멸뿐이었지만, 적어도 이 무렵의 김동인은 '자기의 창조한 세계'의 아성 안에서 찬연히 빛났다.

> 그때 그만치 여余 등은 천구天狗였다. 안하眼下에 무인無人이었다. 여余 등 이외에는 문예를 운운할 권리보다도 자격을 가진 사람이 없다 보았다. 여余 등의 그때의 심경은 그때 창간된 『동아일보』를 축하한 것으로도 알 수가 있다. (…중략…) 그 『동아일보』가 자란 뒤에는 이런 빈문인貧文人은 안중에도 두지 않은 것은 예상도 못하고 선진이 후배를 인도하는 심경으로 『동아일보』의 출세出世를 축하한 것이었다. 그 당시의 여余 등의 심경은 이만치 높은 곳에 있었다.[18]

3. 계몽·통속·대중작가로서의 거리두기 「춘원연구」1934~1939

김동인이 『창조』의 무대와 더불어 스스로 찬연히 빛났던 시절은 짧았다. 얼마 지나지 않아 김동인은 문학에 흥미를 잃고 방탕의 길로 접어들었고, 자신의 분신과도 같았던 『창조』는 1921년 5월 제9호를 내고 폐간되었다. 이후 방탕과 문학 사이를 오가며 「눈을 겨우 뜰 때」1923, 「유서」1924, 「감자」1925 등을 쓰면서 자신만의

---

18 김동인, 「문단회고」(『매일신보』, 1931.8.23~9.2), 김치홍 편저, 앞의 책, 380~381쪽.

고유한 단편 양식을 완성해가던 것도 잠시,[19] 1926년 끝 모를 방탕과 사업의 실패로 인한 파산 그리고 이듬해 가을 이를 견디지 못한 아내의 출분出奔까지 겪으면서 김동인은 다시 한 번 삶의 위기를 맞게 된다. 이후 평양에 틀어박혀 다시금 문학을 통해 자기를 일으켜 세울 결심을 하기까지는 1년여의 세월이 필요했다. 김동인이 신문연재에 뛰어드는 것으로 문학적 재기를 알린 작품은 역사소설『젊은 그들』『동아일보』, 1930.9~1931.11이다. 그러나 본격적인 재기의 출사표라면 그보다 앞서 발표한 의욕적인 비평문「조선근대소설고」『조선일보』, 1929.7~8를 꼽지 않을 수 없다.

조선근대소설에 대한 고찰이라고는 했지만 사실 이 글은 소설 비평과 김동인 자신의 문학적 이력에 대한 회고가 뒤섞인 특이한 구성을 취하고 있다. 이인직에서 시작하여 이광수, 동인지『창조』를 기점으로 한 동인지 작가들의 활동과 더불어 근대적인 조선문학의 윤곽이 형성되기까지의 추이를 차례로 서술해가던 김동인의 붓은 돌연 '나와 소설'이라는 소제목과 더불어 자신의 문학적 이력에 관한 회고로 접어드는데, 그 분량이 연재 17회분 가운데 거의 3분의 1을 차지한다. 한국 근대소설사에서 동인지『창조』가 갖는 순문예의 개척자로서의 위상을 강조하는 데 바쳐져 있는 전반부의 서술도 그렇지만, 이 후반부의 자기서술에서도 두드러지는 것은 순문예 개척자로서의 긍지이자 방탕에서 파산으로 이어진 삶의 질곡 가운데서도 다시금 문예의 전선에 나설 각오를 다지고 있는 순문예 파수꾼으로서의 문학적 자존감이다.

1919년 2월 구체적 신소설 운동이 비롯된 지 만 10년 수개월 만흔 변천과 이동 뒤에 만흔 무시와 모멸 아래서 그래도 끈임 업는 운동을 계속하여 오늘날에 니르럿다. 조선 소설의 윤곽도 형성되었다. 기초공사도 끗낫다. 그러나 아직 건설이라 하는 대공大工

---

19 「겨우 눈 뜰 때」에서 「유서」, 「감자」로 이어지는 김동인의 문학적 실험에 관해서는 김윤식, 앞의 책, 229~249쪽 참조. 특히 「유서」에서 가장 철저한 인형조종술사의 모습을, 그리고 「감자」에 이르러 문체로 인형조종을 하는 세련된 흥행사의 모습을 보아낸 대목은 경청할 만하다.

이 남어 잇다.[20]

    이처럼 순문예의 개척자이자 파수꾼으로서의 본격적 재기의 출사표를 쓰면서 김동인이 가장 의식했던 대상이 이광수였던 것은 말할 것도 없다. 일찍이 새로운 문예적 소양과 교양, 그리고 반역적 사조에 기반한 소설로써 청년계급 간에 일대 세력을 형성했고, 상하이에서 귀국한 이래 전민중을 독자로 한 문예로써 문단의 지위를 독점하다시피 한 이광수는 문단의 공인된 권력이나 다름없었다. 순문예의 개척자이자 파수꾼으로서 자신의 위상을 확고히 구축하기 위해서는 이광수와 맞서는 것이 효과적이라고 김동인은 판단했을 것이다. 사실 이 무렵의 김동인은 『창조』 창간을 전후한 무렵의 신참자가 아니었다. 『창조』의 창간 이래 방탕과 문학을 오가며 축적한 순문예 작가로서의 문학적 상징자본도 상당했다. 일찍이 작품 가운데 일부는 일문이나 영문으로 번역하여 일본문단이나 영국문단에 내놓아도 부끄럽지 않다는 문단의 공식적인 인정도 받은 터였고,[21] 실제로 단편 「감자」는 1928년 신초사新潮社에서 간행되던 잡지 『문예구락부文藝俱樂部』에 번역 소개되기도 했다.[22] 요컨대 「조선근대소설고」는 조선 근대소설의 형성에 관한 객관적 고찰이기보다 대중문예와 순문예 간의 대립이라는 구도로써 이광수라는 문단의 공인된 권력에 맞서 순문예의 위상을 객관화하고 공식화하려는 인정투쟁의 일환이었던 것이다.

---

20   김동인, 「조선근대소설고」(『조선일보』, 1929.7~8), 김치홍 편저, 앞의 책, 83쪽.

21   "빙허·상섭·도향·전영택(근래의 작作)·김동인 여러분의 작품 중에 어떤 것은 일문이나 영문으로 번역하여 일본문단이나 영국문단에 내어 놓더라도 부끄럽지 아니하리라고 믿는다." 이광수, 「조선문단의 현상과 장래」(『동아일보』, 1925.1.1), 『이광수전집』 10, 삼중당, 1979, 399쪽.

22   이광수는 『카이조(改造)』에 발표한 「조선의 문학(朝鮮の文學)」(1932.6)에서 김동인을 조선의 근대작가 중에서 "가장 우월한 수완을 가진 작가"라고 소개하고 「감자」와 「발가락이 닮았다」를 가장 좋은 작품으로 꼽으면서 「감자」가 '신초(新潮)'에 역재된 일을 언급하고 있다. 하타노 세츠코의 조사에 의하면, 이는 신초사(新潮社)에서 간행되던 『문예구락부(文藝俱樂部)』의 착오이다. 이수창에 의해 「마령서(馬鈴薯)」라는 제목으로 번역되었다. 하타노 세츠코, 「김동인의 단편소설 「감자」에 대하여」, 『이광수의 한글창작』, 최주한 옮김, 소명출판, 2021, 134쪽.

아이러니한 것은 이 무렵의 김동인은 순문예를 고집할 수 있는 처지에 놓여 있지 않았다는 점이다. 파산과 아내의 출분을 겪으며 곤궁한 처지에 내몰렸던 그는 생활난을 해결하기 위한 방편으로 문예라 할 수도 없다고 그토록 타매唾罵했던 신문소설로써 결국 '문예제조가'의 길로 접어든다. 앞서 언급한 『젊은 그들』, 『운현궁의 봄』『조선일보』, 1933.4~1934.2 등의 역사소설이 바로 이 무렵에 쓴 작품들이다. 김동인은 생활난 때문에 본의 아닌 신문소설에 매달려야 하는 괴로운 심정을 자주 토로하곤 했지만, 내심 일본의 시대물 양식을 조선에 처음 도입하고 역사상의 인물에 성격과 특징을 주기 위해 애쓴 데 대한 자부심을 갖고 있었던 사실도 발견된다.[23] 적어도 이광수의 『단종애사』나 『마의태자』와는 다른 류의 역사소설을 쓰기 위해 고심했다는 자부심이다. 뿐만 아니라 『단종애사』에 대해서는 단편 사담 「수양」『중앙』, 1934.6을 쓰고 뒤이어 논쟁적인 글 「역사와 사실과 판단과 사료에 대한 작자의 입장을 논함」『조선중앙일보』, 1934.10.14~24을 신문지상에 발표하여 역사상의 사실과 판단의 문제를 두고 직접 맞서기도 했다.[24] 이후 「춘원연구」에서의 본격적인 비평을 거쳐 장편 역사소설 『대수양』『조광』, 1941.3~12의 집필로까지 이어지는 집요한 대결의식의 싹을 엿볼 수 있다.

김동인이 이광수를 본격적으로 소환한 「춘원연구」를 집필하기 시작한 것은 바로 이 무렵의 일이다. 1934년 6월부터 1939년 6월까지 중단과 재개를 반복하며 5년여에 걸쳐 『삼천리』에 연재되었으니, 그 자체만으로도 집필 작업에 대한 김동인의 집요한 의지가 느껴진다. 연재 시작 직후 모친상으로 잠시 휴재한 일을 논외로 한다면, 「춘원연구」의 집필을 중단한 것은 1935년 12월 윤백남이 경

23　"그때 내가 쓴 『젊은 그들』은 내지에 있어서의 시대물과 같은 것으로서 조선에서의 첫 시험이었다. (…중략…) 더욱이 고심한 것은 사상(史上)의 인물에 성격과 특징을 주는 점이었다. (…중략…) 인물로서의 산(生) 사람으로서의 그림자를 확실히 부어넣으려면 그 인물의 성격과 특성이 완연히 나타나 있지 않으면 안 된다." 김동인, 『『젊은 그들』의 회고」(『조광』, 1939.12), 김치홍 편저, 앞의 책, 419쪽.

24　김동인, 「역사와 사실과 판단과 사료에 대한 작자의 입장을 논함」(『조선중앙일보』, 1934.10.14~24), 김치홍 편저, 위의 책, 233~232쪽 참조.

영하던 『월간야담』을 인수하여 『야담』첫 호를 낸 이래 과도한 집필로 인해 건강 상태가 극도로 나빠져 휴양하던 중 1937년 6월 중일전쟁을 한 달 앞두고 일어 난 동우회사건으로 한동안 충격에서 헤어나지 못했던 2년여의 기간이 전부다. 그렇다면 김동인이 이토록 오랜 기간 동안 「춘원연구」의 집필에 필사적이었던 이유는 무엇이었을까.

　사실 김동인이 「춘원연구」에 매달렸던 기간은 역사소설 『젊은 그들』[1931]과 『운현궁의 봄』[1934]의 연재로 문학적 재기에 성공한 뒤 더 나아가지 못하고 야담에 빠져 문학적 생산성 면에서 현저한 침체를 겪고 있던 시기였다. 『젊은 그들』의 연재를 시작할 때만 해도 이광수의 역사소설을 넘어서는 참신한 역사소설로서 문단과 대중의 인정을 동시에 얻겠다는 의욕으로 충만했지만,[25] 문학적 성과가 그리 신통치 않다는 사실을 그 스스로도 시인하지 않을 수 없었다. "생활을 위하여 드는 문필! 거기는 개성도 없고 독창도 없어진다. 자기를 굽히고 자기의 존재를 망각하게 된다. 따라서 욕과 훼방을 받게 되는 것이다."[26] 그리고 이후 생활난을 해결하기 위해 본격적인 야담의 세계로 빠져들면서 아예 문학적 생산 활동에서 멀어지게 된다. 또 다시 문학적으로 막다른 골목에 맞닥뜨린 김동인은 자신의 문학적 생산성을 추동해내고자 하는 동기에서 이광수를 소환하기로 마음먹었을 것이다. 실제로 「춘원연구」에서 붓을 휘두르고 있는 김동인의 위치는 순문예가의 권위로써 비평 대상을 손바닥 위에 올려놓고 있는 비평적 대가의 그것에 가깝다. 김동인에게 「춘원연구」를 집필하는 일이란 자신의 주관과 판단의 붓을

25　당시의 연재 예고에서도 이를 엿볼 수 있다. "다음에는 창작단의 대가 김동인씨의 『젊은 그들』을 연재하겠습니다. 이것이 김동인 씨로서는 처음 쓰는 장편이니만치 문단인들의 주목을 끌을 것은 물론이거니와 그 제재가 제재니만치 일반독자의 흥미를 여지없이 끌을 것을 의심치 아니합니다. 이 『젊은 그들』은 대원군시대의 젊은 사람들의 모험적 호기심과 연애를 배경으로 당시의 사회상과 정치적 문란을 그려내는 것입니다. 더구나 작자는 이런 사회적 시대를 그림에 있어 사건과 인물을 사실(史實)에 구애됨 없이 자유로 안출하리라 합니다." 「연재소설예고 장편 『젊은 그들』」, 『동아일보』, 1930.4.16.

26　김동인, 「나의 문단생활 20년 회고기」(『신인문학』, 1934.11), 김치홍 편저, 앞의 책, 409~410쪽.

휘둘러 또 하나의 '자기의 창조한 세계'를 구축하는 일이었고, 적어도 그 세계 안에서만큼은 절대적 창조자이자 주인으로서 군림할 수 있었다.

「춘원연구」는 조실부모한 고아로서 가난하고 쓰라린 과거를 지녔던 이광수의 고단한 이력을 환기하는 것으로 출발한다. 가난한 생장, 고단하고 쓰라린 과거, 애정결핍증이야말로 이광수의 문학적 출발점을 이루며, 이러한 생장과 교양과 전통에 뿌리를 둔 개인적 성격과 사상에 근간한 이상의 부조화가 이광수 문학의 특질을 이룬다는 것이 「춘원연구」를 관통하는 기본적인 관점이다. 첫 장편 『무정』1917 이하 『사랑』1938에 이르기까지 인물 성격의 불통일, 민족애라는 무기의 남발, 내재한 비장벽을 표현하려는 욕망, 인물의 성격을 무시한 작위적 플롯 구성, 스테레오타입에 가까운 인물과 플롯의 반복 등 김동인이 곳곳에서 드러내놓고 지적하고 있는 이광수 문학의 결함은 모두 이러한 성격과 사상의 부조화의 산물로서 비판의 대상이 된다.

흥미로운 것은 일면 이광수 문학의 특질을 예리하게 꿰뚫고 있는 것이 분명한 이러한 비평적 통찰이 그럼에도 불구하고 매우 주관적이며 독단적인 판단의 산물로 여겨진다는 점인데, 그 이유가 조선 신문학의 정통성을 순문예의 영역에 국한하고 있는 김동인의 비평적 입장에서 비롯된다는 것은 말할 것도 없다. 김동인이 이광수의 문학 가운데 그 문학적 가치를 인정하는 작품은 『무정』1917이 유일하다. 적어도 『무정』에 관한 한, 조선 구어체로서 쓰인 장편이라는 점에서 조선문 발달사에 있어서 특필할 만하고, 새로운 감정이 포함된 소설로서 조선 사회에 던진 파동도 특필할 만하며, 조선서 처음으로 대중에게 환영된 소설로도 특필할 만한 작품으로 "춘원의 대표작인 동시에 조선 신문학이라 하는 대건물의 가장 진한 주춧돌"[27]이라는 상찬을 아끼지 않았다. 그러나 김동인이 앞서 언급한 여러 결함에도 불구하고 『무정』을 조선 신문학의 긴한 주춧돌이자 신문학사

---

27   김동인, 「춘원연구(四)」(『삼천리』, 1935.2), 김치홍 편저, 앞의 책, 107쪽.

상의 기념비적인 작품으로서 기꺼이 승인한 것은 어디까지나 '계몽기의 문학'이라는 과도적 범주 안에서일 뿐이다. 그 '계몽성의 구탈舊脫'은 1919년 2월 『창조』의 창간에서 비로소 일소되었고, 『창조』 이후 이미 '20세기의 세계문학과 동렬'에 선 신문학의 눈으로 보면 상하이에서의 귀국 이후 이광수의 작품들은 문예라고 보기도 어렵다는 것이 『무정』 이후의 작품을 평가하는 김동인의 일관된 의식이다. "그러나 문단에서는 비교적 냉담하였다. 문예적 가치로 보아서 『무정』 등 전기 작품보다 훨씬 떨어지는 작품으로서, 거기는 당시의 문단의 일종의 자존심과 시기까지 섞였겠지만, 이 소설들을 문예라고 보지도 않았다."[28]

『동아일보』를 무대로 한 이광수의 소설에 대한 평가 역시 이러한 순문예 비평의 기준에서 벗어나지 않는다. 김동인이 보기에 『동아일보』를 무대로 한 이광수의 문학은 상하이에서 귀국한 이래 자신의 문학적 거취를 두고 번민하던 이광수가 대중을 독자로 한 신문소설에서 활로를 찾은 방향전환의 산물이었다. "대중의 환호와 동업 문인의 냉시冷視 가운데서, 자기의 거취에 대하여 번민을 거듭하다가, 그가 제3차 출발의 활로를 발견한 것은 『동아일보』 지상의 신문소설 게재였다."[29] 실제로 김동인은 『동아일보』에 연재된 이광수의 소설을 물어物語·사화史話·소설小說의 세 가지 양식으로 분류하면서, 『허생전』, 『일설춘향전』은 소설로서의 조건을 갖지 못한 한 개 이야기로서의 '물어物語'에 불과하고, 『마의태자』, 『단종애사』, 『이순신』 등은 소설이 되기에는 지나치게 사실史實에 충실한 '사화史話'로 볼 밖에는 없으며, 『재생』 이하 '군상' 3부작과 『흙』, 『유정』 등은 흥미 위주의 무책임한 '신문소설'에 속하므로 이들 작품의 문예적 가치에 대해서는 논할 것이 없다는 태도로 일관하고 있다. 이광수가 『동아일보』를 무대로 신문소설의 집필에 나선 것은 대중독자의 문학적 수준을 끌어올리려는 '문화적 문학운동'의

---

28   김동인, 「춘원연구(五)」(『삼천리』, 1935.3), 위의 책, 112쪽.
29   위의 글, 115쪽.

일환이었으되, "작품의 본질적 가치보다도 흥행적 가치에 더 유의할 의무"[30]가 있는 것이 신문소설의 본질이고 보면 이광수의 신문소설이 통속적 대중물로 흐른 것도 필연적이라는 입장이었다. 이후의 각론에서는 조선민중을 독자로 한 읽을거리를 쓴다는 명분하에 문학적 수준은 얼마나 뒷걸음질쳤는지, 어차피 신문소설이라는 무책임 탓에 얼마나 자주 흥미 위주의 신파 비극적 사건을 끌어들이고 또 역사적 사실에 기초한 소설에서조차 치명적인 서사적 모순을 초래했는지에 관한 시시콜콜한 논평이 이어진다. 순문예가의 권위로써 기술비평의 붓을 휘두르고 있는 김동인에게『무정』이후의 이광수 문학이란 한갓 통속 대중물로서 마음껏 주무를 수 있는 비평적 재료에 불과했고, 그것이 지닌 당대적 의의나 문학사적 의미에 대한 탐구 따위는 아무래도 좋았던 것이다.

1935년 9월『마의태자』를 다룬 연재 9회를 끝으로 2년여간 집필을 중단했던 「춘원연구」가 재개된 것은 1938년 1월『삼천리문학』 창간호를 통해서였다. 연재를 재개하면서 이전의 9회분을 다시 수록하고 연재 재개의 변을 덧붙인데 불과한 터라 본격적인 연재의 재개는 1938년 4월에 간행된『삼천리문학』 제2집을 통해 이루어졌다고 보아야 하겠지만, "여余의 집필욕을 억제치 못하여 다수인의 미움을 각오하면서도 이 글을 쓰려는 배"[31]라는 연재 재개의 변은 김동인이 그동안 「춘원연구」의 집필 기회를 엿보고 있었으며, 집필을 재개하고자 마음먹은 것은 이미 1937년 말의 시점이었다는 것을 알려준다. 그토록 벼르던『단종애사』에 대한 비평을 앞둔 시점에서 「춘원연구」의 연재가 중단되었으니, 여건이 허락되자 다시 집필의 재개를 서두른 것도 충분히 이해할 만하다. 1938년 4월『삼천리문학』의 지면을 시작으로 한『단종애사』비평은 1938년 10월 다시『삼천리』로 지면을 옮겨 1939년 1월까지 무려 3회에 걸쳐 연재된다. 이번의 평가 역시 소설이 아니라 사회史話에 불과하다는 데 방점이 놓였다. "이것은 인생의 일면도

---

30   위의 글, 118쪽.

31   김동인, 「춘원연구(九) 계속집필에 제(際)하여」(『삼천리문학』, 1938.1), 위의 책, 139쪽.

아니요, 당년 사회상의 검토도 아니고, 단지 소년왕의 일대기에 지나지 못한다. 사회史話의 기록자라는 서기역에서 '사실史實의 재생'이라는 소설가역으로 약상躍上할 노력을 포기한 데 이『단종애사』의 치명상이 있는 것이다."[32]『단종애사』에 맞서는 역사소설『대수양』의 집필 구상을 위한 본격적인 준비 차원의 글이었던 만큼 치밀한 기술비평에 절치부심한 흔적이 역력하다.

그러나 의욕적으로 재개되었던 「춘원연구」의 집필은 1939년 4월과 6월『흙』에 대한 비평의 도중에 다시금 중단되고 만다. 「춘원연구」의 14회분이 실린 1939년 6월『삼천리』에는 조선문단사절 특집 가운데 하나로 김동인의 「북지전선을 향하야」라는 글이 나란히 실리는데, "너무 즐겁고 광영스런 임무"이길래 사퇴하지 않고 받았으나 어깨가 무겁다는 소감이 눈에 띈다.[33] 이 글을 쓰고 나서 황군위문사절단의 일원으로 한 달간 북중국을 다녀온 김동인은 건강이 극도로 나빠져 이후 2년간 붓을 들 수 없게 된다. 어느 정도 건강이 회복되자 처음 붓을 든 작품은 오랫동안 기회를 엿보아오던 역사소설『대수양』『조광』, 1941.3~12, 이어서 위문사절단원으로서의 오래 묵은 책무를 이행하겠다는 다짐을 공언한 김동인은 친일 역사소설『백마강』『매일신보』, 1941.7~1942.1의 연재에 뛰어들었다.[34] 왜곡된 형태로나마 문학적 생산성을 회복할 수 있었던 김동인이 「춘원연구」의 집필을 위해 붓을 드는 일은 더 이상 없었다.

32 　김동인, 「춘원연구(十二)」, 『삼천리』, 1939.1, 145쪽.
33 　「조선문단사절' 특집, 북지전선에 황군위문 떠남에 제(際)하야」, 『삼천리』, 1939.6, 233쪽.
34 　김동인은 1943년 3월『매일신보』에 발표한 「작품과 제재의 문제」(1941.3.23~29)에서 1941년 봄 건강을 회복하고 넉넉히 집필의 자신이 생겼으니 북지에 다녀온 후 이행하지 못한 오래 묵은 책무를 이행하겠다는 다짐을 피력하고 있다. 이해 7월 24일부터 연재된『백마강』의 연재 예고에는 다음과 같은 편집자의 말이 실려 있다. "작자 김동인씨는 일찍이 문장보국의 일념에서 제일선에까지 황군장병을 위문 갔다가 불행히도 건강을 해치고 돌아온 후 요양에 전심한 지 이에 2년여 한편 필연(筆硯)을 새로히 하고 구상을 가다듬어 내선일체의 성지 백제를 배경으로 신체제에 즉응하야 역사소설의 신기원을 만들고저 눈물겨운 고심을 거듭하여 온 터이다. 그리하여 진실한 의미에 있어서의 제일작을 본지에 발표하기에 이른 것이다." 「신연재석간소설『백마강』」, 『매일신보』, 1941.7.9.

4. 이념에 삼켜진 문학자의 희화적 초상 「반역자」 1946

1945년 8월 17일 임화와 김남천이 주도한 중앙문화건설협의회 발족회 자리에서 이광수 제명 문제가 거론되었을 때 김동인은 "문사의 단체인 이상에는 조선문학 건설의 최고 공로자 이광수를 뽑을 수 없다"[35]고 하여 제명에 반대하며 그 자리에서 퇴석한 일이 있다. 김윤식은 그 참된 동기를 문학을 절대라고 믿는 김동인의 '순수함'에서 찾았는데, 일찍이 문학을 통해 신이 되고자 했던 김동인에게는 문학 이상의 어떤 조건도 무의미한 것이 아니었겠느냐는 『김동인 연구』전반에 걸친 일관된 입장에 근거해서였다. 그러나 김동인이야말로 해방 직후 앞장서 이광수의 친일 비판에 나선 장본인이었다는 점을 고려하건대, 이러한 이광수 옹호가 과연 문학의 절대성에 대한 옹호라는 순수한 동기에서 비롯된 것이었을지는 의문이다. 해방 후 문단의 재편과 더불어 문인들의 친일 청산의 문제가 문단의 주요 과제로 대두되었던 곤혹스러운 시기에 김동인은 단편 「반역자」를 써서 공개적으로 이광수를 비판하고 나섰던 것이다.

이광수를 모델로 한 단편 「반역자」『백민』, 1946.10는 일찍이 '애족광'이라는 칭호를 듣도록 민족 이념에 충실했던 주인공 '오이배'가 일본의 패망과 더불어 민족반역자의 처지에 놓이게 되는 아이러니한 운명을 희화적 필치로 포착해낸 작품이다. 공공연하게 이광수를 비판의 무대에 올리고 있기는 하지만, 이광수의 친일에 대한 객관적 비판 그 자체를 겨냥했다기보다 자타가 공인하던 민족주의자에서 한순간 민족반역자로 처지가 뒤바뀌어버린 인생의 희비극적 단면을 비추는 데 초점이 놓여 있는 셈이다. '오이배'의 아이러니한 운명을 추적하는 김동인의 붓은 거침이 없다. 사실과 허구를 뒤섞고 자의적인 추측과 과감한 판단에 의지한 서술도 적지 않다. 주인공에게 이광수의 필명 가운데 하나인 '외배孤舟'를 비틀

---

35 김동인, 「문단 30년의 자취」(『신천지』, 1948.3~1949.8), 김치홍 편저, 앞의 책, 504~505쪽.

어 쓴 '오이배'라는 우스꽝스러운 이름을 붙인 것도 그렇지만, 민족 이념에 눈뜬 중학시절 이래 친일에 나선 전쟁 말기에 이르기까지 오로지 민족의 행복에 대한 집념으로 일관한 '오이배'의 일련의 행보 역시 그 아이러니한 운명을 극대화하기 위해 치밀하게 고안된 소설적 장치의 하나이다.

그러나 '오이배'의 아이러니한 운명을 극대화하기 위한 소설적 고안의 일환이었다고는 해도 해방 이전 민족주의자 '오이배'의 거취를 다루는 김동인의 시선은 다분히 도발적이다. 무엇보다 중학시절 이래의 불타는 민족애의 사상을 품고 일본 유학길에 올랐던 '오이배'는 일본의 실력을 목도하면서부터 조국의 회복이 불가능한 현실에 무한한 실망을 품는 것으로 그려진다. 또 한때나마 희망을 품었던 3·1운동이 실패로 돌아가자 일본의 굴레는 도저히 벗을 수 없으며 일본에 반항하기를 시도하는 것은 도리어 민족적 불행이라고 판단하고 조선 민족의 문화적 향상 운동으로 돌아서는 타협적 지도자로, 그리고 마침내는 일본의 전쟁을 기회로 삼아 전쟁에 협력하는 것이야말로 조선 민족의 유일한 행복임을 부르짖는 명실상부한 친일 협력자의 모습으로 그려지고 있는 것이다. "조선이 일본에 협력을 하여 전승자의 하나가 되면 그때 조선의 몫으로 돌아올 보수는 막대할 것이다. 한 빈약한 독립국가로 근근이 생명만 부지하기보다는 일본의 일부로서 승리의 보좌에 나란히 해 앉는 편이 훨씬 크리라."[36]

이러한 서사가 환기하는 '오이배'의 모습은 사실 민족주의자이기보다 민족의 이름으로 민족을 부정해간 민족 회의주의자의 형상에 가깝다. 김동인은 「문단 30년의 자최」『신천지』, 1948.3~1949.8에서도 일제 말기 "춘원은 이(일본 제국주의의 철봉 —인용자)를 막기에 급급하여 '민족혼'을 일본에게 넘겨준 것"[37]이라 하여 비판을 이어갔거니와, 해방 후 이광수가 '반역자'로서 민족의 심판대에 오른 것은 '민족혼'을 민족의 이익과 바꾼 대가라는 것이 김동인의 판단이었다. 1945년 8월 15

36　김동인, 「반역자」(『백민』, 1946.10), 『김동인전집』 6, 조선일보사, 1988, 536쪽.
37　김동인, 「문단 30년의 자최」(『신천지』, 1948.3~1949.8), 『김동인평론전집』, 504쪽.

일 정오 '오이배'가 일본 천황의 항복 선언을 라디오 앞에서 울면서 듣고 있는 마지막 장면이 독자에게 비극이 아닌 희극으로 다가오는 이유도 바로 여기에 있다. 인물의 행적은 물론 인물의 내면까지 환하게 들여다보는 우월한 위치를 꿰차고 앉은 전지적 서술자를 내세워 김동인이 그려낸 것은 언제나 민족을 부르짖었지만 민족은커녕 정작 자신의 앞날조차 내다보지 못했던 문학자 이광수의 희화화된 초상이었던 것이다.[38]

　김동인은 단편 「반역자」가 어디까지나 '오이배' 혹은 '오이배'라는 이름이 환기하는 이광수에 관한 이야기임을 명시해 둠으로써 이광수에 대해 철저히 거리를 두는 태도를 취했지만, 사실 친일에 관한 한 그 자신 역시 결백을 주장하기는 어려운 입장이었다. 친일반민족행위진상규명위원회의 보고에 따르면, 김동인은 1939년 북지 황군위문사절단의 조직에 나서 문단의 친일 협력을 주도했고, 이해 10월 조선문인협회 발기인으로 참여했으며, 1941년 『매일신보』에 백제를 배경으로 한 친일 역사소설 『백마강』의 연재에 나섰다. 또 1943년 조선문인보국회에 참여하는 한편, 1944년 조선인 학병의 입영 당시에는 반도 민중의 황민화를 주장하는 논설을 쓰고 그밖에도 친일소설 및 산문을 여러 편 남겼다.[39] 그럼에도 불구하고 해방 후 김동인 자신의 친일 행적에 관해서는 변명을 일삼거나 모르쇠로 일관했을 뿐만 아니라 자신은 정치적인 것과 무관한 자리에서 오로지 문학적 순수성을 지키기 위해 힘써온 장본인임을 주장하는 데 골몰했다.[40] 그 단적인

38　단편 「반역자」에 대한 김동인의 창작 의도를 이광수에 대한 비판과 변명의 이중성에서 찾은 하상일은 '오이배'의 친일이 일신의 안위를 위한 것이 아니라 민족의 장래를 걱정하는 우국충정의 결과였으며, 따라서 해방 후 이광수가 '반역'으로 비판되는 현실을 그대로 승인해서는 안 된다는 것이 김동인의 진짜 속내였다고 추론하고 있지만, 작중 '오이배'에 대한 서술적 거리를 충분히 고려하지 않은 해석이라 생각된다. 하상일, 「해방 이후 김동인의 소설과 친일 청산을 위한 자기합리화」, 『철학·사상·문화』 30, 동국대 동서사상연구소, 2019, 190~192쪽.

39　일제 말기 김동인의 친일 행적에 관해서는 친일반민족행위진상규명위원회, 『친일반민족행위진상규명보고서 IV-2 친일 반민족행위자 결정 이유서』, 현대문화사, 2009, 177~210쪽 참조.

40　해방 후 친일 청산의 과제를 둘러싼 김동인의 자기합리화에 관한 최근의 논의로는 김준현, 「해방후 문학장의 변화와 김동인의 문단 회고」, 『한국근대문학연구』 26, 한국근대문학회, 2012; 이

예로 꼽히는 작품이 단편 「망국인기」『백민』, 1947.3이다.

단편 「망국인기」는 일인칭 서술을 통해 김동인이 직접 자신의 친일을 해명하는 데 나서고 있다는 점에서 단편 「반역자」와 정확히 대척점에 놓인다. 친일에 대한 해명이라고는 해도 해명에 나선 김동인의 방식은 다소 우회적이다. 해방 직후 조선문학의 사수에 헌신해 온 공로로 군정청으로부터 집을 한 채 얻게 된 일화에 대한 소개로 시작되는 이야기는 서사 전반에 걸쳐 오로지 문학에 헌신해온 김동인 자신의 이력을 강조하는 데 할애되어 있을 뿐이다. 1919년 문예잡지 『창조』를 창간하여 순문예의 길을 개척한 일에서부터 온갖 훼방과 멸시, 박해와 방해 속에서도 오불관언의 태도로 순문학을 꾸준히 지켜온 일, 일제 말기 내선일체와 조선어 박멸을 내건 조선총독부의 탄압에 맞닥뜨려서도 끝내 조선문을 고집하여 당국의 미움을 샀던 일, 또 운명의 팔월 십오일 당일 아침까지도 총독부 당국을 드나들며 조선어 창작에 대한 검열을 완화하고 문인들에게 생활의 돌파구를 마련해주기 위해 분투했던 일, 그리고 마침내 일본의 패망 소식을 접하고 '자유국민'이 되었다는 기쁨에 한없이 울었던 일에 이르기까지, 김동인은 순문학의 개척자이자 파수꾼이라는 자기표상을 적극 활용하여 일제 말기 자신의 친일 행적조차 정치적인 친일과는 무관한 것이었음을 강조해 마지 않았다.

언제나 민족을 부르짖었으나 아이러니하게도 민족의 심판대에 오르게 된 '반역자'의 눈물과 온갖 박해에도 타협하지 않고 오로지 순문학의 길을 지키는 데 헌신해 온 '자유국민'의 눈물은 정치적으로 정반대의 의미를 갖는다. 김동인은 '반역자' 이광수와 최대한 거리를 둠으로써 친일의 문제에서 자신의 결백함을 강조하는 한편, 겉으로 드러난 자신의 친일 행적에 대해서도 정치적 탄압으로부터 문학을 지켜내기 위한 희생적 헌신의 산물로서 합리화해냈다. 해방 직후 순

민영, 「해방기 이광수와 '친일'의 기표」, 『현대소설연구』 68, 현대소설학회, 2017; 하상일, 「해방 이후 김동인의 소설과 친일 청산을 위한 자기합리화」, 『철학·사상·문화』 30, 동국대 동서사상 연구소, 2019 참조.

문학의 개척자이자 파수꾼으로서의 자기표상을 적극적으로 재생산해내면서 문학적 절대성의 이름으로 김동인이 구사한 것은 차라리 정치적 언어에 가까웠던 셈이다. 친일 청산의 문제를 피해갈 수 없다면 어떻게든 합리화하고 살아남는 것이 우선이라는 즉물적 판단에서였겠지만, 그의 문학적 유산이 이후 한국문단에 드리운 그늘은 결코 가볍지 않았다.

5. 기원의 부정, 부정의 기원

2000년 한국문단은 동인문학상 문제를 둘러싼 파열음으로 들끓었다. 이해 6월 종신심사위원제의 도입과 상금 5천만 원을 내건 『조선일보』의 파격적인 동인문학상 개편 소식으로 한번 술렁였고, 다음달 7월 동인문학상의 심사 대상에 오른 황석영이 『한겨레신문』의 특별기고를 통하여 심사 대상이 되는 것을 거부한다는 입장문을 발표하면서 또 한번 크게 술렁였다. 그리고 마침내 11월에는 이문구가 제31회 동인문학상의 수상자로 선정되면서 수상의 부적절함을 둘러싼 문제의 논란이 이어졌다. 수상 이전부터도 민족문학작가회의 이사장 이문구의 수상이 황석영의 심사 거부로 훼손된 동인문학상의 입지를 세워주는 장식이 되고 조선일보가 문학계를 장악하는 데 일조할 것이므로 상을 받아서는 안 된다는 의견이 제기되었지만,[41] 정작 논란의 불쏘시개가 되어준 것은 이문구의 다음과 같은 수상 소감이었다.

> 수상을 마땅찮아 하는 이들도 있었다. 어떤 이는 동인문학상이 나의 경력과 어울리지 않는다는 것이었다. 남들이 더 잘 알고 있듯이 과거 민주화 운동에 가담은 했어도

---

41 이문구의 동인문학상 수상 문제를 둘러싼 당시 문단의 분위기에 관해서는 방민호, 「신문사의 문학상 운영에 관한 소감」, 『관훈저널』, 2001년 겨울호, 238~240쪽 참조.

나는 다른 사람들처럼 정권 교체 이후에 피해 정도를 정산하여 현금으로 보상받을 만한 경력은 없었다. 여느 문인이나 다를 바가 없는 생활을 해왔기 때문일 거였다. 김동인 선생을 친일 문인의 범주에 넣고 그 이름으로 된 상을 받을 수가 있느냐고 하는 이도 있었다. 나는 애시당초 독립운동가의 자제가 아닐 뿐 아니라 일제 때 마키무라牧村로 창씨개명했던 보통사람의 자식에 지나지 않는다고 대답했다. **뿐더러 '진정한 의미의 친일문인은 춘원 하나뿐'이라고 한 스승의 견해를 전적으로 믿는다는 말도 덧붙였다.**[42]

어느 인터넷 신문사에서는 「이문구와 〈조선〉의 부적절한 관계」라는 제목 아래 "수상 욕심에 친일을 두둔하고 반민족신문을 찬양"한 것이라는 논평으로 즉각 이문구의 수상 소감을 비판하는 기사를 내보내기도 했다.[43] 지나치게 무책임한 논평이었다고는 해도 이러한 수상 소감이 세간에 비판의 빌미를 제공한 것은 분명해 보인다. "『조선일보』 측의 '동인문학상'뿐만 아니라 현대문학에서의 동인의 위치에 대하여서도 이견이 있는 사람"[44]이라 하여 심사 대상이 되는 것 자체를 거부한 황석영의 당당한 입장문에 비해, 이문구의 수상 소감은 어딘가 방어적이고 옹색한 논리로 일관하고 있다는 느낌을 지울 수 없는 것이 사실이기 때문이다. 더욱이 김동인의 친일과 관련하여 동인문학상 수상의 정당성을 둘러싼 논란에 대해 "진정한 의미의 친일 문인은 춘원 하나뿐"이라고 한 스승의 견해를 거론한 이문구의 해명은 문제를 누그러뜨리기는커녕 더욱 키운 감이 없지 않다. '진정한 의미의 친일'이 있다면 그렇지 않은 친일도 있다는 것일까. 또 후자의 친일이라면 그대로 정당화되어도 좋은 것일까. 이문구의 해명이 친일의 두둔이라는 비난을 피해갈 수 없었던 것도 일면 당연한 일이었던 셈이다.

---

42 이문구, 「동인문학상을 받으며」, 『조선일보』, 2000.11.24.
43 김동민, 「이문구와 〈조선〉의 부적절한 관계─수상 욕심에 친일을 두둔하고 반민족신문을 찬양」, 『오마이뉴스』, 2000.11.26.
44 황석영, 「(특별기고) 동인문학상 후보작을 거부한다」, 『한겨레신문』, 2000.7.20.

사실 '진정한 의미의 친일 문인은 춘원 하나뿐'이라는 주장은 김동인의 친일에 면죄부를 줌으로써 역으로 동인문학상의 기원에 놓인 친일 부정의 기제를 명료히 드러내고 있다. 살펴본 대로 순문학 / 예술의 개척자라는 김동인의 자기표상은 식민지기 '계몽·통속·대중작가로서의 이광수'라는 이광수 표상의 끊임없는 재생산을 통하여 구축되었고, 나아가 해방 후 친일 '반역자' 이광수 표상을 적극적으로 생산·유포하며 이광수와의 극단적인 거리두기를 통해 강화해나간 결과였다. 전후 서북지역의 월남 문인이 주축이 되어 제정된 사상계사의 문학상이 이광수가 아닌 김동인의 이름을 내건 데도 이러한 거리두기의 기제가 작동하고 있었음은 말할 것도 없다. 1955년 10월 『사상계』는 동인문학상의 제정 이유로 "한국문학의 개척자의 한 사람인 고故 김동인 씨를 기념하고 우리 문학의 순화 발전에 기여"[45]하기 위함이라는 문구를 내걸었지만, 왜 하필 김동인인가에 대한 언급은 빠져있다. 게다가 『사상계』에서 주관한 동인문학상의 역대 수상작이 '사상'과 '이념성'에 압도적인 우위를 부여했다는 점을 고려하면,[46] 김동인을 내세운 이유가 더욱 불분명해진다. 동인문학상 제정과 발맞추어 간행된 것으로 보이는 김동인의 『춘원연구』가 1956년 5월 신구문화사에서 간행되었을 때 서문을 쓴 백철과 전영택은 김동인을 소설뿐 아니라 평론에서도 빛나는 천재를 발휘한 작가로서 신문학사상의 우뚝한 존재로 내세웠는데,[47] 이들은 제1회 동인문학상의 심사자이기도 했다. 동인문학상을 주관한 『사상계』를 비롯하여 그 제정과 운영에 관여했던 이들 김동인과 동시대 문인 세대의 집단적 무 / 의식으로는 이광수가 '진정한 의미의 친일 문인'이라는 대표성을 떠맡는 한 김동인의 친일 따위는

---

45 「김동인 문학상 수상 규정」, 『사상계』, 1955.10, 3쪽.

46 김건우, 『사상계와 1950년대 문학』, 소명출판, 2003, 89~97쪽 참조.

47 "이제, 한국이 땅덩어리 한 조각을 내놓을지언정 동인과 바꿀 수 없다고 할 날이 올 것이다. 창작에뿐 아니라 평론에도 누구에게나 뒤떨어지지 않는 동인의 역작인 『춘원연구』가 출간되는 것은 참으로 경하할 일이다."(전영택) "동인 선생은 우리 신문학사상에 있어서 그의 천재가 소설 방면에서만 빛나고 있을 뿐만 아니라, 그 재능은 동시에 직절한 감상과 대담한 판단으로서 평론 분야에도 충분히 보증되어 있다."(백철) 김동인, 『춘원연구』, 신구문화사, 1956, 3~4쪽.

크게 문제삼지 않아도 좋았던 것이다.

　그러나 순문학 / 문예의 이름으로 김동인의 문학적 유산에서 친일을 삭제하는 이러한 암묵적인 부정의 기제는 효력을 잃은 지 오래다. 무엇보다 1987년 체제의 '역사 바로 세우기' 운동 이래 이문구의 수상 소감에서 보듯 김동인의 이름이 친일과 관련하여 운운될 정도로 친일문인에 대한 문단 안팎의 관심 또한 부쩍 높아졌다. 게다가 조연현문학상, 육당시조문학상, 소천비평문학상, 팔봉비평문학상, 미당문학상 등이 '친일문인 문학상'이라는 명명으로 공공연히 비판의 도마에 올랐고, 동인문학상은 이들 문학상의 '원죄'로 간주되어 매년 폐지운동의 목소리가 지속되고 있는 실정이다.[48] 일찍이 피에르 부르디외는 권위 있는 담론의 효력은 그 자체에 내에 권력의 원천을 가지고 있는 것이 아니라 그것들이 생산되고 수용되는 제도적 조건 속에 존재함을 역설한 바 있다.[49] 문학상 역시 문학적 상징자본의 권위에 기대어 의례상의 담론을 수반하는 제도적 장치의 하나라고 한다면, 동인문학상을 둘러싸고 이어지고 있는 파열음은 반세기 가까이 동인문학상을 떠받쳐온 제도적 권위의 균열을 알리는 경고음이라고 할 수 있다. 그렇다면 이 경고음에 귀 기울이는 것이야말로 무엇보다 필요한 자세가 아닐까. 김동인이 남긴 문학적 유산의 그늘을 응시하고 동인의 이름과 더불어 우리 세대가 진지하게 대면해야 할 과제를 외면하지 않는 것, 그럴 때라야 동인문학상의 이름으로 전후 반세기 넘게 한국문단이 축적해온 무시할 수 없는 문학적 자산을 통째로 허물지 않고 동인문학상의 유의미한 지속도 가능할 것이기 때문이다.

48　오창은, 「문학사에 드리워진 어두운 그늘, '친일문인 문학상'」, 『실천문학』 220년 겨울; 전상기, 「문학상 운용의 논리와 작가의 대응, 그리고 줏대」, 『뉴스페이퍼』, 2021.11.3.

49　피에르 부르디외, 『언어와 상징권력』, 김현경 옮김, 나남, 2020, 141~147쪽.

제2장

해방 후 이광수의 자기-표상과 고백의 윤리

1. 민족을 위하여 살고 민족을 위하다가 죽은 이광수

1949년 2월 7일 반민특위에 체포되어 서대문형무소에 수감되었던 이광수는 9일 특위본부에 출두하여 제1차 조사를 받는 과정에서 원고지 5백여 장에 이르는 방대한 분량의 고백서를 썼다.[1] 반민법의 시행을 앞두고 집필 간행한 『나의 고백』[1948]에 대한 비판적 여론과 맞물려 민족의 심판대에 올라 다시 쓴 고백서에 대한 세간의 관심은 지대했다. 『자유신문』을 필두로 하여 『조선일보』, 『경향신문』 등 각 신문은 앞 다투어 고백서에 대한 관심을 기사화했고,[2] 반민특위의 활동 개시에 발맞춰 간행된 단행본 『반민자 죄상기』[1949] 역시 당일 이광수의 취조

1 　"반민특위 제1 조사부에서 준엄한 문초를 받고 있든 춘원 이광수는 그동안 과거의 죄상에 대한 자기 진술만 근 5백여 장에 가까웠으며 일반은 춘원 이광수의 진술을 매우 흥미있게 보고 있었던 바 지난 4일 돌연 고혈압이라는 이유로 보석되고 말았다."「이광수 병보석」, 『조선일보』, 1949.3.6.

2 　「「나의 고백」 또 쓰는 이광수, 이번에는 거짓 아닌 고백 될까」, 『자유신문』, 1949.2.10;「새로히 쓴 「나의 고백」－시종여일하게도 자기변명뿐」, 『자유신문』, 1949.2.11;「무서워 친일했소－이광수 재차 나의 고백서」, 『조선일보』, 1949.2.11;「제이차 『나의 고백』－이광수 이번은 진실참회?」, 『경향신문』, 1949.2.11.

광경과 더불어 '변명'에 강조점을 둔 고백서의 내용을 수록하여 여론을 주도하는 데 한몫했다.[3] 이 고백서는 이광수가 특위에서 반년에 걸친 조사를 마치고 8월 24일 불기소 의견으로 특별검찰부에 송치된 직후 일부가 언론에 공개되었는데, 공개된 고백서는 고백서의 내용이 '변명'으로 일관한 것이었다는 앞선 기사들의 논조와 다소 거리가 있어 주목을 끈다.

　　본인은 본 진술서 초두에 이미 결론을 말씀했습니다. 그것은 본인의 행동 자체의 비정의성 반민족성을 자인한다는 것입니다. '나는 민족을 위하여 이 일을 하였다'라는 자부심도 버렸습니다. 본인은 '잘못했습니다' 하는 단순한 마음으로 민족의 앞에 섰습니다.
　　본인은 광복된 조국의 법정에서 민족정기를 위하여 의단義斷 받게 된 것을 만족하게 생각합니다. 금차의 참회와 시련으로 정화된 정신을 가지고 만일 형여刑餘의 생이 있다면 민족과 국가를 위하여 살다 죽을 생각합니다.[4]

　　인용문은 「과오는 단려短慮와 열정―피검후의 「나의 고백서」」라는 제목으로 언론에 공개된 고백서의 결론 대목이다. 고백을 매듭지으면서 이광수는 자신의 행동이 갖는 '비정의성'과 '반민족성'을 자인한다고 명시해 두었다. 민족을 위하여 친일을 했다는 자부심도 버렸고, 잘못했다는 단순한 마음으로 민족의 앞에 섰으며, 민족정기를 위하여 민족의 심판을 받게 된 것을 만족하게 생각한다고도 썼다. 그런데 이런 고백서의 목소리는 낯설기만 하다. '민족을 위한 친일'의 주장이야말로 『나의 고백』의 핵심 논리였고, 따라서 무조건 사죄는 오히려 거짓이 된다는 것이 그간의 공식적인 입장이었기 때문이다. 그렇다면 고백서 집필 당시 이광수는 진심으로 자신의 과오를 인정하고 '반민족적 죄인'으로서 심판받을 각오가 되어 있었던 것일까.

3　　김학민·정운현 엮음, 『친일파 죄상기』, 학민사, 1993, 277~278쪽.
4　　「과오는 단려(短慮)와 열정―피검 후의 『나의 고백』」, 『자유신문』, 1948.8.26.

사실 이광수는 특위의 조사과정에서 작성한 이 고백서의 발언을 번복했다. 내적 진실을 호소하는 마음을 토로한 한 편의 시를 통해서였다. 3월 4일 고혈압으로 병보석된 이광수는 효자동 집에 머물며 '내 노래'라는 이름을 붙인 작은 시첩에 자신의 심경을 토로하는 시를 여러 편 썼는데, 그 가운데 '인과'라는 제목으로 잘 알려진 무제시가 바로 그것이다.[5] 이 시에서 이광수가 그려낸 자기상은 반민족적 죄인이 아니라, 민족을 위하여 자신의 모든 것을 내던진 순교자의 형상에 가깝다. 세상이 자신에게 인정하고 참회할 것을 요구하는 민족 반역죄, 그것은 진실이 아니었다. 오히려 자신은 할 일을 했으므로 아무 불평도 회한도 없으며, "민족을 위하여 살고 민족을 위하다가 죽은 이광수"로서 부끄러울 것이 없다는 생각이었다. "천지가 이를 알고 신만이 이를 알 것"[6]이라고도 호소했다. 신의 이름까지 내건 이 도저한 결백함의 주장, 이광수로 하여금 그토록 견고한 윤리적 자기 확신을 지탱케 해준 힘은 과연 무엇이었을까.

이광수가 끝내 '민족을 위한 친일'의 신념을 포기할 수 없었다면, 그리고 그것이 이광수 나름의 견고한 윤리적 확신에 기반한 것이었다면, 그러한 문제적 신념과 온전히 마주하는 길은 그 윤리적 진정성을 인정하는 데서 시작되어야 하지 않을까. 그럼에도 불구하고 지금까지의 논의에서 이러한 이광수의 자기-표상에 내재한 윤리적 측면은 제대로 주목되지 않았던 것 같다. 그것은 대개 변명 혹은 자기합리화로 치부되거나[7] 윤리적이기는커녕 '생존의 이익'을 추구하여 식민

---

5   하타노 세츠코의 조사에 따르면, 「인과」는 본래 무제였으나 삼중당전집 간행시 편집자가 제목을 붙인 것이며, 「인과응보」를 비롯하여 수첩의 앞뒷면에 쓰인 시편들이 모두 동일한 날짜에 쓰인 것이어서 3월 17일로 특정이 가능하다. 이광수, 「인과」(1949.3.17), 하타노 세츠코·심원섭·이유진 엮음, 『이광수 친필시첩 『내 노래』, 『내 노래 上』』, 소나무, 2017, 75~77쪽.

6   이광수, 「인과」, 위의 책, 76쪽.

7   기존 논의에서 『나의 고백』은 친일행위에 대한 변명이나 합리화 혹은 반공이념에 편승한 자기보존의 방편이라는 시각에서 평가되어 왔다. 김경미, 「해방기 이광수 문학의 자전적 글쓰기의 전략과 의미」, 『한민족어문학』 50, 한민족어문학회, 2011; 서은주, 「해방 후 이광수의 '자기서술'과 고백의 윤리」, 『민족문화연구』 58, 고려대 민족문화연구원, 2013; 허종, 「해방 후 이광수의 '친일문제' 인식과 반민특위 처리과정」, 『대구사학』 119, 대구사학회, 2015; 유승미, 「고백의 전략-이광

지 제국 일본의 국가 담론을 재생산하며 폭력적인 권력운동에 참여해 간 전도된 내셔널리즘의 몰윤리로 간주되었고,[8] 아주 드물게 윤리적 측면에 주목한 경우에도 칸트로 대변되는 근대적 윤리 일반의 윤리적 형식주의의 논리에 함몰되어 사태를 비껴가버린 한계가 있다. 한때 절대선의 자리를 차지했던 허약한 민족을 대신하여 대동아의 기표와 더불어 대동아공영권에의 환상을 '열렬히' 받아들인 '윤리적 괴물'의 일그러진 형상,[9] 그것은 이광수의 신념에서 절대선의 자리를 차지하고 있는 것이 일관되게 '민족'이라는 사실과 크게 어긋난다.

이 글은 '민족을 위해 살고 민족을 위하다가 죽은 이광수'라는 이광수의 윤리적 자기-표상이 갖는 진정성을 인정하는 데서 출발하여 그 윤리적 근간을 해명하는 데 관심을 갖는다. 이광수의 윤리적 진정성을 옹호하자는 데 그 목적이 있는 것은 물론 아니다. 일찍이 김윤식이 『나의 고백』을 "어디까지나 윤리적 문제요, 내면화의 길이고, 자기해방의 일종"[10]으로서 '자기 마음속의 진실' 말하기의 일환이었음을 직관해냈다면, 이 글은 그것의 구조적 조건과 한계, 그 결과들에 주목함으로써 『나의 고백』이 내적 진실의 소명에 몰두하느라 치른 구성적 대가라는 관점에서 '민족을 위한 친일'이라는 신념의 문제성과 대면하고, 나아가 그 문제 지점으로부터 새로운 윤리를 사유할 수 있는 가능성을 탐색하고자 하는 것이다. '민족을 위한 친일'의 신념으로 대변되는 이광수의 윤리적 자기-표상이 문제적이라면, 그것이 출현하는 윤리적 조건과 한계에 대한 이해야말로 새로운 윤리적 향방의 출처가 되어줄 것이기 때문이다.

수의 『나의 고백』을 중심으로」, 『한국문예비평연구』 64, 한국현대문예비평학회, 2019 참조.

8   조관자, 「'민족의 힘'을 욕망한 '친일 내셔널리스트' 이광수」(2002), 박지향 외 엮음, 『해방 전후사의 재인식』, 책세상, 2006, 527쪽.

9   서영채, 「민족 없는 민족주의―이광수와 유머로서의 대동아공영론」, 『아첨의 영웅주의』, 소명출판, 2011, 99~101쪽.

10   김윤식, 『이광수와 그의 시대』 2, 솔, 1999, 449쪽.

2. 반민법과 자기소명의 글쓰기

반민족행위처벌법^{이하 반민법}이 신생 대한민국의 정식 법령으로 공포된 것은 1948년 9월 22일이다. 이해 7월 17일 공포된 제헌헌법에서 제101조 반민족행위처벌에 관한 특별법 제정 조항이 명문화된 이래 8월 16일 초안이 국회에 상정, 심의를 거쳐 9월 7일 국회에서 통과되고 정부의 반대 입장과 대치한 끝에 극적인 타결을 얻어낸 결과였다.[11] 그 동안 침묵으로 일관해 왔던 이광수도 친일파 처벌의 문제가 법적으로 공식화된 이상 이에 대한 소명은 더 이상 미룰 수 없는 과제라고 생각했던 것 같다. 이광수는 집필하고 있던 자전소설 『나─스무살 고개』를 서둘러 마무리하고 『나의 고백』의 집필에 뛰어든다. 『나』의 서문을 쓴 것이 "추석^{9월 17일} 며칠 전"[12]이라고 되어 있으니, 반민법이 국회에서 통과된 직후의 일이다. 이광수는 『나의 고백』의 집필에 나선 이유를 이렇게 적었다. "반민법도 이미 실시되었으니 내가 언제 심판을 받을는지도 모르고 심판을 받으면 어떠한 법의 처분을 받는지 모르니, 아직 글을 쓸 수 있는 동안에 민족운동과 나와의 대략을 적어서 평소에 나를 사랑하고 염려하여 주던, 또는 나를 미워하고 저주하던 이들에게 내 심경을 알리고자 하야 이 글을 쓴 것이다."[13]

반민법이 『나의 고백』 집필의 직접적인 계기가 되어주었다고는 해도 집필을 끝마친 시점까지도 반민법의 실현 여부는 사실 불투명했다. 반민법의 제정이 공식화되는 과정에서 반대세력의 움직임이 본격화되는 가운데 9월 3일 이승만은 반민법 제정 문제로 인한 민심 이반의 부작용을 지적하고 반민법의 시행 보류를 촉구한 담화를 발표하여 국회를 압박했고,[14] 9월 22일 반민법이 통과되자 바로

---

11   반민법의 제정 과정에 관해서는 허종, 『반민특위의 조직과 활동』, 선인, 2003, 129~142쪽 참조.
12   이광수, 「자서」, 『나─스무살 고개』, 생활사, 1948.
13   이광수, 『나의 고백』, 춘추사, 1948, 193쪽.
14   반민법 반대세력의 움직임에 관해서는 허종, 앞의 책, 330~335쪽 참조.

다음날 서울 한복판에서 반민법과 국회를 규탄하는 반공구국총궐기대회가 대대적으로 개최되었으며,[15] 그 이튿날엔 반민법 보류의 입장을 재확인한 이승만의 담화가 각 언론에 일제히 발표되어 반민법 반대 여론에 힘을 실었다.[16] 게다가 『나의 고백』이 한창 집필 중이던 10월 중순 군대 내 좌파의 반란에서 시작된 여순사건을 계기로 반공의 의제가 부각되면서 반민법의 운명은 결정적인 전환의 국면을 맞는다. 사건의 진압 직후 이승만은 공산분자의 철저한 숙청을 지시했고, 국회에서는 〈미군 계속 주둔 요청 결의안〉이 가결되었으며, 11월 말에는 국가보안법이 통과되었다.[17] 신생 대한민국에서 "친일이라는 과거의 의제는 반공투쟁이라는 현재의 의제를 넘을 수 없"[18]다는 현실이 분명해졌던 것이다.

애초에 민족정기를 세운다는 건국 초기의 이념을 내건 반민법은 세계 냉전체제와 분단의 현실에 놓인 신생 대한민국에서 그 실현이 불투명한 것일 수밖에 없는 것이기도 했다. 해방과 더불어 남한에 들어선 미군정은 점령정책을 원활히 하기 위한 방편으로 친일세력을 국가기구에 대거 기용했고, 1946년 10월 정권 이양 준비 차원에서 창설된 남조선과도입법의원이 친일파 처리를 위해 준비한 특별조례의 인준을 보류하는 등 친일파 처리에도 미온적이었다. 남한만의 단독선거와 이를 기반으로 한 정부의 수립이 유력해지던 상황에서 미국은 한반도에서 미국의 주도권과 영향력을 지속하는 데 유용한 카드였던 이들 친일세력을 신생 국가의 수립에서 배제할 이유가 없었던 것이다.[19] 5·10 총선거를 통해 대한

---

15   강성현, 「내가 진짜 애국자다─1948년 9·23 반공국민대회와 이종형」, 『역사비평』 113, 역사비평사, 2015, 48~56쪽 참조.

16   「반민족자의 처벌 사태 정돈 후 집행 요망」, 『조선일보』, 1948.9.24; 「정부 안정 후에 처벌하자─법의 문구보다 입법정신 소중」, 『경향신문』, 1948.9.24; 「민의(民意) 따라 서명─반민법 공포 소감 피력」, 『자유신문』, 1948.9.24; 「대일자(對日者) 처벌에 이대통령 성명발표」, 『동아일보』, 1948.9.24.

17   여순사건의 전개과 이승만체제의 대응에 대해서는 박명림, 『한국전쟁의 발발과 기원』 II, 나남출판, 404~436쪽; 김득중, 『'빨갱이'의 탄생─여순사건과 반공국가의 형성』, 선인, 2009 참조.

18   박명림, 앞의 책, 433쪽.

19   1947년 남조선과도입법의원의 특별조례 제정 과정과 이에 대한 미군정의 입장에 대해서는 허

민국이 수립되고 신생 정부에서 민의에 기반한 반민법이 정식으로 공포되었다고 해도 사정이 달라질 것은 없었다. 이념과 체제를 달리하는 두 개의 분단국가가 수립되어 제도적 분단이 정착되면서 남한의 전략적 위상은 더욱 강화되었고, 친일세력을 지지기반으로 하여 반소·반공을 내걸고 남한의 지배층으로 등장한 이승만체제는 미국의 든든한 동맹세력이 되어줄 것이기 때문이었다.

홍사단 인사들이 미군정에 대거 기용되어 활약했던 사정도 있고 해서[20] 이광수는 일찌감치 이러한 현실정치의 동향을 내다보고 있었다. 이광수가 「친일파의 변」에서 소개한 미국무성 파견 장교의 친일파 문제 관련 보고서가 가리키고 있는 것도 바로 이 점이었다. "사십 년 조직적인 일본 통치하에 있던 조선인으로서는 일본에 협력cooperation하는 것은 불가피한 일이었다. 그렇지 아니한 사람은 망명하거나 죽었다. (…중략…) 그리고 만일 일본에 협력한 자를 다 제외하다면 죽은 자와 일국一掬의 망명객들로 신국가를 조직하여야 할 것이라 하고, 끝으로 조선서 친일파 배제를 주장하는 자는 좌익과 안락의자 정치가라 하였다."[21] 미군정에서 대한민국 수립에 이르기까지 남한의 현실정치를 주도하고 있는 미국의 입장이 그러하다면, 반민법의 시행을 앞두고 있다고는 해도 그 실현가능성은 희박하다고 이광수는 판단하고 있었을 것이다.

이런 맥락으로 보건대, 이광수가 『나의 고백』의 집필에 나선 동기를 민족의 심판을 모면하기 위한 변명이나 자기보존의 필요 때문이었다고 단언하기는 어렵다. 더욱이 『나의 고백』에서 이광수는 자신의 친일이 민족반역 행위와는 무관함을 일관되게 주장했고, 이를 소명하기 위해 민족을 위해 헌신했던 자신의 공적 생애 전부를 내걸었다. 자신의 일생을 걸고 곤혹스러운 과제와의 대면을 각오한

종, 앞의 책, 92~116쪽 참조.

20 미군정하 홍사단 계열 인사들의 활동에 관해서는 장규식, 「미군정하 홍사단 계열 지식인의 냉전 인식과 국가구상」, 『한국사상사학』, 한국사상사학회 38, 2011 참조.

21 이광수, 『나의 고백』, 앞의 책, 205~206쪽.

마당에 변명이나 합리화는 부차적인 문제였을 것이다. 물론 내적 진실을 말한다는 것이 그 진실의 온전함을 보증하는 것은 결코 아니다. 주디스 버틀러가 지적하고 있듯, 자기 자신에 대해 서술하는 '나'는 나의 자기-반성능력에 선행하는 시간성에 현재할 수 없고, 나 자신에 대해서 어떤 이야기를 할 수 있든 그 이야기가 항상 뒤늦게 도착하는 까닭에 그것이 서술하려고 하는 삶의 구성적 시작과 전제조건의 일부를 놓칠 수밖에 없는 서술 조건에 묶여 있다.[22] 말하자면 근본적으로 자기서술은 자기 자신에 대해 설명하려는 노력을 조건짓는 한계들을 구성적 조건으로 갖게 마련인 것이다. 이 점에서 내적 진실의 소명으로서의 고백이라는 관점에서 『나의 고백』을 읽는 것은 고백의 진실성을 지탱하고 있는 윤리적 근간을 이해하는 일일 뿐만 아니라, 그것이 부과하고 있는 구성적 한계로 인해 고백이 보지 않았거나 볼 수 없었던 문제들을 함께 들여다보는 일이 된다. 그렇다면 『나의 고백』이 자기소명의 진실성을 뒷받침하기 위해 선택한 서사 전략과 그 구성적 한계는 어떠한 것이었을까.

3. 민족이라는 절대선과 '훼절'의 윤리

『나의 고백』은 「민족의식이 싹트던 때」, 「민족운동의 첫 실천」, 「망명한 사람들」, 「기미년과 나」, 「나의 훼절」, 「민족보존」, 「해방과 나」 모두 7장으로 되어 있다. 애초에 고백의 초점을 민족운동과의 관계 속에서 정향 짓고자 한 의도가 또렷한 구성이다. 「서문」에도 "우리 민족운동이 밟아온 경로를 찾는 것이 나 자신의 일을 설명하기에 필요"[23]하다는 언급이 보이거니와, 자신이 친일에 나선 이유에 대한 해명은 자신이 평생에 걸쳐 관여해 온 민족운동의 연속선상에서 비로소

---

22   주디스 버틀러, 양효실 옮김, 『윤리적 폭력 비판—자기 자신을 설명하기』, 인간사랑, 67~73쪽 참조.
23   이광수, 「서문」, 『나의 고백』, 앞의 책, 5쪽.

가능하다는 것이 이광수의 판단이었다. 그러면 이광수의 의식구조에서 민족운동에 바친 삶과 친일행위의 소명이라는 과제는 어떻게 맞닿아 있었던 것일까.

이와 관련하여 우선 주목을 끄는 것은 민족운동을 중심으로 한 이광수의 공적 삶에서 발견되는 세 번의 전회이다. 먼저 삼전론三戰論(道戰·財戰·言戰)의 제자로서 큰 사람이 되어 나라를 회복하겠다는 포부를 품고 일본 유학길에 올랐으나 망국을 앞두고 시골 중학의 교사가 되어 교육과 농촌운동에 뛰어든 일「민족운동의 첫 실천」, 다음으로 '2·8독립선언서'를 기초하고 상하이에 망명하여 독립운동에 헌신했으나 귀국하여 합법적인 민족개조운동에 뛰어든 일「기미년과 나」, 마지막으로 동우회사건을 계기로 전향하여 대일협력에 적극 뛰어든 일「나의 훼절」이 바로 그것이다. 고백은 이들 각각의 전회를 망국 전야, 3·1운동의 실패, 그리고 만주사변 및 중일전쟁의 국면과 맞물린 민족운동의 퇴각과 관련하여 서술한다. 기울어가는 국운 속에서 만주에 무관학교를 세우는 한편 국내에서는 교육, 사업, 청년운동으로 민족의 미래를 기약했던 신민회의 활동, 3·1운동의 실패와 임시정부 활동의 침체로 국내에서의 합법적인 문화운동에서 활로를 찾고자 했던 흥사단 국내 지부 수양동우회의 활동, 그리고 만주사변으로 독립운동의 근거지를 잃은 데다 중일전쟁을 앞두고 일제의 강압적인 협력에의 종용에 맞닥뜨려 대책 마련에 부심해야 했던 동우회의 위태로운 입지 등이 각 전회의 배경으로 제시되고 있는 것이다.

요컨대 고백의 서사에서 이 세 번의 전회는 시국의 불리함에 따른 민족운동의 퇴각이라는 일련의 객관적 조건 위에 위치 지어지고 있는 것인데, 이는 이광수의 의식구조에서 친일의 문제 역시 민족운동의 진퇴를 고려한 결단의 연속선상에 놓인 것이었음을 말해준다. 실제로 고백이 서술하고 있는 이광수의 의식에서 동우회사건을 계기로 한 전향은 민족에 등을 돌린 배신이라기보다 협력을 대가로 민족운동의 후일을 기약하기 위한 전략적 후퇴에 가깝다. 중일전쟁을 한 달 앞둔 시점에서 동우회 회원들을 대대적으로 체포 수감하는 것으로 시작된 동우회사건은 국책에의 협력을 종용하기 위한 탄압의 일환이었고, 불리한 시국에서

나마 동우회의 실질적인 책임자로서 동우회 사업의 후일을 도모하기 위해서는 그 대가를 치르지 않으면 안 된다는 것이 이광수의 판단이었던 것이다. "이 사건이 유죄가 되면 적게는 수백 명 관계자가 국내에서 행동의 자유, 특히 교육계나 종교계나 기타 지도적 활동의 자유를 영영 잃을 것이오 흥사단 주지를 편 사업의 길은 아주 막히고 말 것이었다. 나는 나 하나를 희생함으로써 이 자유를 건질 수 있다 하면 그렇게 해서라도 동우회의 사업과 동지들을 살리고 싶었다."[24]

한편 그 동기에 관한 적극적인 서술과 달리 정작 전향과 이후의 협력행위에 관한 서술은 다소 방어적이다. 전향을 전후한 시점과 관련하여 고백은 이광수가 잘못을 인정하고 국책에 협력할 것을 종용하는 사법당국의 압력을 완강히 버티는 가운데 동우회사건 예심의 종결을 맞았고, 공판에 회부된 채 일 년여의 시간이 지나는 가운데 마지못해 황군위문사절단 파견 및 조선문인협회 회장으로 선임되어 협력에 나서게 되었다고 서술하고 있다. 예심의 종결과 이광수가 협력에 나서게 된 일 사이의 시간은 불투명하게 남겨져 있는 셈인데, 구체적 언급을 회피한 것이라는 인상을 준다. 동우회사건의 예심이 종결된 것은 1938년 8월 15일, 이광수는 예심에서 기소된 42명의 회원들과 함께 11월 3일 메이지절을 기하여 천황에게 충의를 다하고 국책의 수행에 적극 협력할 것을 다짐한 전향서를 경성지방법원에 제출했다. 그리고 이듬해 3월 문단의 황군위문사절 파견에 참여했을 뿐만 아니라 4월부터는 이제 막 창간한 경성일보사의 일본어 주간신문 『국민신보』에 본격적인 시국칼럼을 집필하기 시작했다. 칼럼의 집필은 이듬해 11월까지 1년 반에 걸쳐 매주 이어졌고, 나중에 다른 글들과 함께 묶여 일본어 논설집 『동포에게 고함同胞に寄す』박문서관, 1941으로 간행되기도 했으니,[25] 고백에서 동년 10월 조선문인협회 회장직에 선임된 것을 '두 번째 훼절' 운운한 것은 착오

---

24 이광수, 『나의 고백』, 앞의 책, 165~166쪽.
25 『국민신보』의 성격과 이광수가 집필한 시국칼럼의 성격에 관해서는 최주한, 「중일전쟁기의 황민화론과 발화의 세 위치」, 『한국 근대 이중어문학장과 이광수』, 소명출판, 2019, 442~451쪽 참조.

였거나 솔직하지 못한 자세였다.

'나 하나를 희생함으로써' '그렇게 해서라도 동우회의 사업과 동지들을 살리고 싶었다'는 전향의 동기와 마지못해 협력에 나선 행위는 논리적으로 앞뒤가 맞지 않는다. 대가를 치르고라도 동우회 사업의 후일을 도모할 결심이었다면 일단 협력에 적극성을 보이는 것이 당연한 수순이다. 이광수가 천황에 대한 충성의 맹세와 더불어 국책에 적극 협력할 것을 다짐한 전향서를 경성지방법원에 제출하고, 총독부 관할 경성일보사의 『국민신보』에 매주 당국의 황민화정책을 뒷받침하는 시국칼럼을 쓴 것도 그 일환이었을 것이다. 그런데 어째서 고백은 이를 무릅쓰면서까지 이광수가 마지못해 협력에 나선 사실을 애써 부각시키고 있는 것일까. 그 단서는 이광수의 의식구조에서 전향이 '훼절'의 윤리와 결부되어 있었다는 점에서 찾을 수 있다.

'나의 훼절'이라는 장 제목에서부터 확인되듯 고백은 이광수의 전향과 이후의 협력행위에 '훼절'이라는 의미를 부여하고 있다. 절개나 지조를 지키지 않고 마음을 바꾼다는 뜻의 변절이 주로 정치적 기회주의와 결부된 비윤리적 배신으로 간주되는 개념이라면, 절개나 지조를 더럽힌다는 뜻의 훼절은 보다 윤리 지향적인 개념이라 할 수 있다. 특히 훼절이 대의를 위한 자기훼손을 의미하는 경우 그러한데, 훼절이라는 의미 부여를 통해 고백이 강조하고 있는 것도 바로 이 점이다. 말하자면 동우회사건을 계기로 한 이광수의 전향과 이후의 협력행위는 민족이라는 대의를 위해 스스로 절개를 더럽히는 자기희생을 감수한 것이라는 게 고백의 전언인 셈이다. 이러한 훼절의 논리는 태평양전쟁에 돌입한 총동원체제하에서의 협력의 동기를 서술하고 있는 '민족보존'의 장에서도 그대로 이어진다. "만일 일본에 협력하는 자로 내가 패를 차고 나선다면 내 앞길에는 욕밖에 없을 것을 나는 잘 알았다. (…중략…) 그러나 나는 내 안해와 사랑하는 여러 동지들의 정성된 만류도 뿌리치고 마춤내 **명예롭지 못한 희생의 길**에 나섰던 것이다.'[26] 요컨대 고백의 논리가 강조하는 '훼절'은 민족이라는 절대선을 위해 자기 자신을 희생양으로 던진 행위이며, 이 점에서 비윤리적 배신과는 거리가 있다.

그러나 고백에서 '훼절'의 윤리를 지탱하고 있는 이러한 자기희생의 논리는 사실 기이한 윤리적 전도의 산물이다. 일반적으로 전향과 그에 따른 협력이 권력에의 굴복이거나 기회주의적 편승을 의미한다는 점에서 윤리적 비일관성을 지닌 것이라면, 그것은 굴복이나 편승과는 정반대의 위치에서 윤리적 주체의 자리를 고집하고 있기 때문이다. 그렇다면 이러한 자기희생의 논리는 권력에 굴복했거나 편승한 마당에 여전히 윤리적 주체의 자리를 고집하고자 했던 이광수의 위선을 가리키는 것일까. 그렇게 단언하기는 어렵다. 무엇보다 고백은 이러한 자기희생을 이광수의 공적 생애 전반을 관통하는 일관된 삶의 태도로서 제시한다. 앞서 언급한 세 번의 전회만 해도 그것은 "평생의 개인적 영화와 야심을 버리는 것"이었고, "(민족운동자로서의 – 인용자) 명성을 아낀다는 것도 한 사특한 생각"이라는 판단에서였으며, "명예롭지 못한 희생의 길에 나섰던 것"으로서[27] 개인적인 야심이나 명예를 돌아보지 않은, 오로지 민족운동에의 헌신으로 일관한 행위로 그려져 있다. 더욱이 이러한 자기희생 의식은 소년 시절 동학에서 받은 종교적 감화에 닿아 있다는 점에서 뿌리가 깊은 것이기도 하다. 고백은 동학이 준 영향의 첫머리에 '포덕천하 광제창생 보국안민布德天下 廣濟蒼生 輔國安民'의 '대도대덕大道大德'이란 동학 이념의 감화를 꼽고 있거니와, "세상을 위하는 일만이 사람의 직분"이라는 생각이야말로 이광수의 일생을 지배한 민족주의적 신념의 바탕을 이룬 것이었다고 해도 과언이 아닌 것이다.

'포덕천하 광제창생 보국안민지 대도대덕布德天下 廣濟蒼生 輔國安民之 大道大德'이란 그 목표의 감화를 나는 아니 받을 수가 없었으니 세상을 위하는 일만이 사람의 직분이라는 생각이 좋았다. 승리달이라는 두목도 한국 관헌에게는 물론이오 일본 관헌에게도 잡히면 목

---

26 이광수, 『나의 고백』, 앞의 책, 179~180쪽.
27 위의 책, 41·140·165쪽.

이 날아나는 동학 두목의 일을 그는 겁 없이 용감하게 그러고도 기쁘게 하고 있었다. 나는 **세상을 위하여서 저를 바치는 사람은 승리달에게서 처음 보았다. 나도 그를 본받아서 시키는 일이라면 밤길도 가고 눈길도 아니 꺼렸다.**[28]

민족적 대의 앞에서 언제나 자기희생으로 일관해왔다는 투명한 확신, 이 점에서 고백의 서사적 일관성은 윤리적 주체의 내면성을 그 유일한 심급으로 인정하는 이른바 '신념윤리'에 근간해 있다고 할 수 있다. 다시 말해 그것은 민족운동에의 헌신으로 일관한 이광수의 공적 삶에 대한 서술뿐 아니라, 고백의 서사가 도달하고자 하는 친일에 대한 소명의 방식을 조건짓고 있는 전제이기도 한 것이다. 거듭 강조하건대 문제는 이러한 신념의 진정성이 윤리적 온전함을 보증하지 못한다는 사실이다. 아도르노에 따르면, 순수한 동기, 절대선이란 동기로 여겨지는 것들이 사실은 자주 경험 영역으로부터 유래하며, 최종적으로는 도덕적 나르시시즘의 만족과 연관된 동기들에 불과하다는 사실을 일찌감치 직시한 것은 칸트였다. 칸트의 도덕철학이 도덕적인 것을 일체의 경험적 조건들로부터 단절시킴으로써 도덕적인 것의 사태를 오직 순수의지의 일로 간주한 것도 그런 이유에서였다. 그러나 순수의지는 현실적인 것과 관계 맺고 있지 않기 때문에 종종 스스로가 주장하는 결과를 전도시킨다는 것이 아도르노의 판단이다. 순수한 신념에 따른 행위란 객관적인 사태로부터 떨어져나온 추상적인 자기보존에 불과하기에 악으로, 즉 더 강한 것이 관철되는 세계로 이행해 갈 가능성에서 결코 자유롭지 않다는 것이다.[29] 그렇다면 끝내 윤리적 주체이기를 고집했던 고백의 이광수 역시 민족이라는 절대선을 위한 자기희생으로 오인하는 가운데, 정작 자신의

28   위의 책, 26쪽.
29   신념윤리를 대변하는 칸트 도덕철학의 특성과 한계에 관해서는 테오도르 W. 아도르노, 『도덕철학의 문제』, 정진범 옮김, 세창출판사, 2019, 15장과 16장 참조. 순수의지가 자기 고유의 순수성을 통해 악으로 넘어갈 수 있는 가능성을 지적하면서 아도르노가 염두에 두고 있는 것은 파시즘을 비롯하여 전체주의 국가에서 일어나는 상이한 유형의 숙청 작업과 관련된 문제들이다. 256쪽 참조.

협력행위와 언설들이 일제 권력을 중계하고 대리하는 장소로서 작동하고 있었던 사실을 보지 않았거나 볼 수 없었던 것은 아닐까.

마지막 장인 '해방과 나'에서 고백은 해방 후 단행본으로 펴낸 『원효대사』에 대해 언급하는 가운데 그 집필 동기와 관련하여 이렇게 쓰고 있다. "나는 검열이 허하는 한 이 소설 속에 우리 민족의 전통적 정신과 영광과 애국심과 민족의식을 그려서 천황만세를 부르고 황국신민서사를 제창하지 아니하면 아니 될 운명에 있는 동포들에게 보낸 것이었다."[30] 『무정』 이하의 소설이 '민족정신 밀수입의 포장'으로 쓴 것이었듯 "독립 전야까지 내 밀수입 포장을 계속할 작정이었던 것"이라고 궁극적인 내적 동기를 밝혀두는 것도 잊지 않았다. 요컨대 마지막까지 겉으로 드러난 행위 이면의 일관된 신념을 거듭 표명하고 있는 것인데, 그 당연한 귀결이기라도 하듯 한편으로 '국법의 죄인'을 운운하면서도 "그러나 내 생명이 남아 있는 동안 내게는 무슨 사명도 남으리라고" 생각한다고, "그 사명을 따라서 여생을 바칠 것"[31]이라고 다시금 새로운 사명에의 각오와 함께 끝맺고 있는 고백의 붓끝은 한 치 흔들림이 없다.

4. 「친일파의 변」, 제2의 민족보존론

『나의 고백』의 일차적인 집필 동기가 이광수 자신 친일에 나선 이유에 대한 자기소명에 있다면, 부록으로 덧붙인 「친일파의 변」은 이러한 자기소명의 영역을 넘어선다. 제목과 달리 「친일파의 변」은 단순한 친일 옹호론이 아니라, 신생 대한민국에서 친일파 문제를 어떻게 다루어야 할 것인가에 대한 정치적 제안을

---

30   이광수, 『나의 고백』, 앞의 책, 192쪽.
31   위의 책, 193쪽.

담고 있는 글이다.[32] 그렇다면 친일에 대한 자기소명을 마친 시점에서 이광수가 다시금 붓을 들어 「친일파의 변」을 쓰기로 마음먹은 이유는 무엇이었을까. 이와 관련해서는 친일의 이유에 대한 해명이라는 애초의 집필 동기와는 다른 또 하나의 동기를 밝히고 있는 「서문」의 마지막 단락이 중요한 단서가 되어 준다.

이 서문을 쓸 때는 여수, 순천 사건이 있은 후요 구례, 오대산 방면의 경보로 놀라는 때다. 유엔에서의 우리 문제는 금명간 상정된다고 하고, 국내에서는 서울과 경기도에서만도 반란 혐의로 이천 명이나 검거가 되었으며, 미군철퇴설, 이북 인민군 공세설로 인심이 자못 흉흉하고 이에 대한 대책으로 군국조직법, 징병법, 국가보안법 등이 혹은 통과되고 혹은 토의되고 있는 때다. 원컨댄 이 글도 민족 위기를 면하는 데 한 작은 도움이 되기를 바란다.[33]

인용문에서 두드러지는 것은 이제 막 수립된 신생 대한민국의 안위를 뒤흔드는 좌익의 반란과 북한의 위협에 대한 위기감이다. 『나의 고백』이 한창 집필 중이던 1948년 10월 19일 군대 내 좌익의 반란에서 시작된 여순사건을 계기로 가시화된 이 위기감은 신생 대한민국의 기반을 근저부터 뒤흔드는 것이었다. 시작은 4·3제주항쟁의 진압 명령에 불복하여 여수에 주둔하고 있던 제14연대 소속 군인들이 일으킨 봉기에서 발단했으나, 이는 순식간에 이에 호응한 시민들의 봉기로 이어졌고, 10월 말 미군의 지원에 힘입은 군 당국의 대대적인 진압작전을 계기로 산지로 퇴각한 반란군은 무장유격대 활동으로 전환하여 곳곳에서 출몰

---

32 기존 논의에서 「친일파의 변」은 주로 '공범론', '인재론', '색깔론', '공적론', '희생론' 등 친일 옹호로 비판의 관점에서 다루어져 왔다. 윤경로, 「친일(파) '비호·옹호론'의 실상과 비판─이광수의 「친일파의 변」을 중심으로」, 『한성사학』 19, 한성사학회, 2004; 김민철, 「이광수의 친일과 변호론 비판」, 『기억을 둘러싼 투쟁─친일문제와 과거청산운동』, 아세아문화사, 2006; 허종, 「해방 후 이광수의 '친일문제' 인식과 반민특위 처리과정」, 『대구사학』 119, 대구사학회, 2015.

33 이광수, 「서문」, 『나의 고백』, 앞의 책, 6쪽.

했다. 당시 입산한 반란 주도 세력과 진압군의 교전 중 가장 규모가 컸던 것은 11월 19일 구례에서 발생한 시가전으로,[34] 여수, 순천 사건에 이어 "구례, 오대산 방면의 경보로 놀라는 때"라고 적은 것은 이들 사건을 가리킨다. 미군철퇴설, 이북인민군 공세설 등 내란과 내전의 가능성을 시사하는 흉흉한 소문들,[35] 그리고 반란 혐의에 대한 대대적 검거를 비롯하여 군국조직법, 징병법, 국가보안법 등 이에 대응하는 제도적 정비가 일사천리로 이어진 것은 모두 여순사건의 여파와 관련이 있다. 서문의 집필 날짜는 11월 20일, 여순사건 이후 한 달여간에 걸친 정국의 소용돌이 속에서 이광수는 신생 대한민국의 앞날을 고민하며 「친일파의 변」을 써내려갔던 것이다.

이처럼 「친일파의 변」은 이제 막 수립된 신생 대한민국의 근간을 뒤흔든 안팎의 위기를 의식하는 가운데 씌어졌다. 냉전과 분단의 환경에 놓인 신생 대한민국은 새로운 위기 국면에 처해 있다는 것이 이광수의 판단이었고, 친일파 문제 역시 이러한 '민족 위기'의 국면에 우선하기 어렵다는 사실 또한 분명해진 시점이었다. 「친일파의 변」을 관통하는 문제의식이 신생 대한민국의 취약한 입지에 대한 강조와 직결되어 있는 것은 이와 무관하지 않다.

「친일파의 변」은 '홍제원 목욕', '삼학사三學士', '관공리는 반민족자였던가', '미국인의 친일파관', '대한민국과 〈친일파〉' 다섯 장의 소제목이 명시하고 있듯 일관되게 신생 대한민국에서 친일파 문제를 어떻게 다루어야 할 것인가에 대한 정치적 제안을 담고 있는 글이다. 먼저 '홍제원 목욕'과 '삼학사'는 병자호란 당시 청국에 끌려갔다 돌아온 여인들의 정조 문제와 끝까지 척화론을 주장하다가 청국에 끌려가 참혹한 죽음을 맞은 위인의 절개라는 상반된 전고典故를 들어 처음

---

34 당시 국방부의 발표에 의하쪽, '반군' 약 200명이 '민간폭도' 750여 명과 함께 구례를 내습하여 전투한 결과 반군 37명 체포, 민간폭도 450명 생포, 폭도측 203명의 사상자를 냈다. 이선아, 「여순사건 이후 빨치산 활동과 그 영향」, 『역사연구』 20, 역사학연구소, 2011, 181~182쪽 참조.

35 미군철퇴설에 관해서는 항간의 소문을 일축하는 정부대변인의 관련 담화가 발표되기도 했다. 「미군철퇴설에 대하야 정부대변인 담화를 발표」, 『조선일보』, 1948.11.19.

부터 분명하게 친일 단죄 불가론을 펴고 있다. 한 마디로 식민지하 조선 민중의 삶이란 병자호란 당시 청국에 끌려간 여인들의 처지와 마찬가지로 생존을 대가로 강요된 치욕을 견뎌내는 일이었으며, 따라서 일정日政에 세금을 바치고 일장기를 달고 황국신민서사를 불렀다 하여 삼학사의 절개와 같은 엄격한 잣대로 이들에게 죄를 물을 수 없다는 주장이다. 그렇다면 식민통치의 보조자로서 일제의 편에 섰던 관공리의 경우는 사정이 달라야 하지 않을까. '관공리는 반민족자였던가'는 이 역시 그렇지 않다고 주장한다. 무엇보다 조선 민족을 배반하고라도 일제의 편에 서려고 관공리가 된 사람은 상상하기 어려우며, 조선인 관공리역시 차별에서 자유롭지 않았고, 그토록 불리한 조건에서 경력을 쌓았으니 대한민국의 유능한 인재로 쓰일 수 있는 만큼 반민족행위자의 낙인을 찍어 배제하는것은 오히려 민족의 손해라는 이유에서다.

한편 '미국인의 친일파관'은 미국의 대한정책이라는 현실 정치의 수준에서 이러한 단죄 불가의 입장을 재확인하고 있다. 앞서 언급했다시피 이 글에서 소개되고 있는 미국무성 파견 장교의 친일파 문제 관련 보고서는 세계 냉전질서 구축의 일환으로 대소련 방파제로서의 남한의 전략적 가치를 우선시한 미국의 친일파관을 대변한다. "사십 년 조직적인 일본 통치하에 있던 조선인으로서는 일본에 협력cooperation하는 것은 불가피한 일이었다. 그렇지 아니한 사람은 망명하거나 죽었다. (…중략…) 그리고 만일 일본에 협력한 자를 다 제외하다면 죽은자와 일국一掬의 망명객들로 신국가를 조직하여야 할 것이라 하고, 끝으로 조선서 친일파 배제를 주장하는 자는 좌익과 안락의자 정치가라 하였다."[36] 보고서는미군정의 원활한 점령정책의 수행은 물론 정권 이양 후에도 한반도에서 미국의주도권과 영향력을 지속하는 데 유용한 카드인 친일세력을 신생 국가의 수립에서 배제할 이유가 없다는 뜻을 분명히 한 것이었다. 게다가 이러한 미국의 입장

---

36 이광수, 「친일파의 변」, 『나의 고백』, 앞의 책, 205~206쪽.

은 1947년 3월 남조선과도입법의원이 제정한 친일파 처리를 위한 특별조례의 인준 보류 과정에서도 재차 확인되었던 바, 이광수가 친일파 문제의 해법으로 로마의 '망각법'과 미국의 '사면법'의 도입을 과감하게 주장할 수 있었던 데는 당대 미소가 주도하던 세계 냉전질서의 논리에 입각한 지극히 현실적인 판단 또한 작용하고 있었던 것이다.

마지막으로 '대한민국과 〈친일파〉'는 냉전과 분단의 환경하에 놓인 신생 대한민국의 취약한 입지에 강조점을 두고 친일파 처벌 반대의 논리를 강화해 나간다. 주지하다시피 두 개의 분단국가가 수립 이후 삼팔선은 체제를 달리하는 남북한의 대치상태를 환기하는 동시에 국민과 비국민, 적과 아군의 경계를 재설정하는 기준이 되었다. 게다가 대한민국이 수립된 지 두 달여 만에 일어난 여순사건은 반란으로 체제 전복을 꾀하는 좌익세력이야말로 시급히 척결해야 할 내부의 적이라는 인식을 강화시켰다.[37] 신생 대한민국이 맞닥뜨린 과제로 "미소의 대립과 삼팔선의 국토와 민족 양단"의 난조건의 극복을 전제하고 있는 이 글은 정확히 이 두 가지 논리에 따라 안팎의 단결을 주장한다. 외부의 적인 북한에 대해서는 "삼팔이남 주민 이천만의 인화人和"를, 그리고 내부의 적인 공산 세력에 대해서는 친일파야말로 그들에 맞서 "숙명적으로 대한민국을 사수할 사상과 처지에 있"는 유력한 아군임을 역설하고 있는 것이다.[38] 친일파 문제가 국민과 비국민, 적과 아군의 경계를 혼동한 처사라면, 문제의 해법 역시 그 경계를 분명히 하는 데서 주어질 것이었다. "망각법을 결의하야써 민족 대화大和를 회복하고 민족 일심일체의 신기력을 진작함이 현명한 조처"[39]라는 이광수의 친일파 처벌 반대론은 이렇게 구축되었다.

그 자신 반민법의 대상자인 처지에서 이처럼 공공연하게 친일파 처벌 반대의

---

37   김득중, 앞의 책, 556~561쪽 참조.
38   이광수, 위의 책, 208쪽.
39   위의 책, 213쪽.

논리를 펴는 것은 세간의 비난을 자초하는 일이라는 사실을 이광수는 모르지 않았을 것이다. 그럼에도 불구하고 굳이 친일파 변론에 붓을 든 것은 살펴본 대로 냉전과 분단이라는 환경에 놓인 신생 대한민국의 취약한 입지에서 비롯된 '민족 위기'를 면하는 데 도움이 되고자 한다는 민족에 대한 여전한 사명감에서였다. 앞선 고백대로 일제 말기 이광수의 '명예롭지 못한 희생'이 전쟁 동원의 위기에 내몰린 민족의 보존을 위한 것이었다면, 「친일파의 변」은 신생 대한민국이 맞닥뜨린 또 다른 '민족 위기'의 국면에서 쓰인 제2의 민족보존론이었던 셈이다.

5. 도덕적 나르시시즘의 윤리가 보지 못한 것

살펴본 대로 『나의 고백』은 반민법의 시행을 앞둔 정치적 현실을 배경으로 씌어졌다. 해방 후의 오랜 침묵을 깨고 이광수가 친일에 대한 자기소명에 나선 것은 친일반민족행위에 대한 책임을 묻는 사회적 요구와 그 이면에 놓인 내적 진실 사이의 불일치였다. 이 내적 진실을 소명하기 위해 고백은 일찍이 민족의식에 눈뜬 이래 민족운동에 헌신해 온 이광수 자신의 공적 생애 전부를 내걸었고, 망국 전야, 3·1운동의 실패, 중일전쟁에서 태평양전쟁에 이르기까지 민족적 대의 앞에서 언제나 자기희생으로 헌신해 온 윤리적 주체로서의 일관된 자기상을 제시함으로써 그 진실의 결백성에 호소하고자 했다. 한편 여순사건이 초래한 혼란한 정국을 배경으로 쓰인 「친일파의 변」은 신생 대한민국의 체제 수호를 내건 제2의 민족보존론으로, 친일에 대한 자기소명을 마친 시점에서도 여전히 건재했던 민족에 대한 일관된 사명감의 산물이었다. 이러한 사명감이 아니었다면 그 자신 반민법의 유력한 대상자인 처지에 신생 대한민국의 체제 수호라는 명분를 내걸고 반민법 시행의 공공연한 반대에 나서기는 어려웠을 것이다.

그러나 「친일파의 변」을 포함하여 『나의 고백』이 결국 민족이라는 절대선에의 헌신으로 일관한 윤리적 자기-일관성의 확인으로 귀결되는 것이라면, 과연 이광수는 친일행위에 대한 책임을 묻는 당대의 사회적 요구에 올바르게 응답한 것이라고 할 수 있을까. 보아온 대로 『나의 고백』을 관통하는 민족주의자로서의 일관된 자기-단언의 서사는 근본적으로 신념 윤리에 기반한 도덕적 나르시시즘의 산물이다. 그런데 순수하게 신념에 따른 행위란 자기 자신에 대해서만 존재하는 규정이자 자기충족적인 규정일 뿐이어서 정작 타자와 책임에 대한 사유에는 무능력하다. 단적인 예로 고백의 마지막 장에는 1944년 가을 학병권유 강연 당시 숙소를 방문하여 속내를 묻는 학생들에게 이광수가 이렇게 대답하는 대목이 있다. "무슨 더 할 말이 있겠어요? 말 안 해도 서로 알 말도 있지. 말하는 것은 하나마나한 말이요."[40] '말 안 해도 서로 알 말'이 신념 차원의 것이라면, 행위의 결과와 그 책임의 차원에서 고려되어야 하는 것은 오히려 공식적으로 수행된 행위들과 언설들이라 할 수 있다. 그러나 이광수의 의식구조에서 그것은 '하나마나한 것' 곧 진지하게 대면하고 소명해야 할 대상에 속해 있지 않았던 것이다.

고백이 일생을 민족이라는 절대선에의 헌신으로 일관해 온 윤리적 주체로서의 자기-일관성의 서사를 고집하는 대신, 자아를 조건 짓고 타자와의 관계를 규정 짓는 현실의 구체적 사태를 고려하는 시선을 가질 수 있었다면 어땠을까. 전향 이후 해방에 이르기까지 이광수가 명시적으로 친일의 길을 걸었던 7, 8여년은 결코 짧은 기간이 아니다. 뿐만 아니라 그 자신은 '하나마나한' 형식적인 차원의 언설쯤으로 싸잡아 의식의 저편으로 던져버리고자 했지만, 이 기간 동안 활자화되어 남겨진 문장들 또한 고통스럽도록 방대한 분량에 이른다. 이광수가 고백을 통해 '기미년과 나' 장에서 보여준 생생한 기록들의 반만큼이라도 그 자신이 서 있던 자리를 객관화하여 대면할 수 있었다면, 그리하여 친일의 동기가 무엇이었든 결과적으로 침략전쟁에 협력한 과오를 인정하고 자신의 책임에 대해

---

40 위의 책, 183쪽.

숙고할 수 있는 기회를 가졌다면 많은 것이 달라지지 않았을까. 밖으로 아시아의 해방을 명분으로 아시아 전역에 커다란 희생을 초래한 일제의 침략전쟁을 당당하게 고발하는 한편 침략전쟁에 동원된 조선인의 희생에 대한 책임을 묻고, 안으로 민족 전체를 전쟁동원의 희생자로 일반화하는 대신 일제에 협력함으로써 얻을 수 있는 이익을 계산했던 내밀한 욕망들을 응시하는 가운데, 적어도 신생 대한민국의 체제 수호를 명분으로 공공연히 반민법 시행에 반대하고 나서는 무책임만큼은 면할 수 있지 않았을까.

해방 후 '민족을 위해 살고 민족을 위하다가 죽은 이광수'라는 투명한 자기-표상을 끝내 포기할 수 없었던 이광수는 이들 안팎의 문제들과 마주할 수 있는 기회를 스스로 놓아버렸다. 『나의 고백』이 '민족'이라는 절대선의 이름으로 봉인해버린 책임의 문제, 그리하여 고백이 보지 않았거나 혹은 볼 수 없었던 것들을 응시함으로써 그 책임의 문제와 마주하는 길을 찾는 것은 온전히 우리들의 몫이되었다.

제3장

월남 학병세대 선우휘의 이광수 표상

1. 묻혀버린 질문들

선우휘1922~1986는 이광수와 동향인 평안북도 정주 출신이다. 그런 만큼 평안북도 정주라는 지역성의 문제에 주목하는 기존의 연구들은 선우휘의 문학을 서북 지역의 민족주의라는 이념적 계보의 연속선상에서 조명해 왔다. 이들 논의에서 이광수와 서북 지역의 민족주의는 1950년대 말 '근대화 담론'의 사상적 기반으로, 혹은 '자생적 반공주의'의 기원으로 소환되어 선우휘 문학의 배경으로 자리잡는다.[1] 관심사에 따라 강조점을 달리하고 있기는 하지만, 선우휘와 이광수를 잇는 서북 민족주의 계보의 구축을 시도하고 있는 셈이다.

이들 연구가 상세히 검토하고 있듯, 평북 정주가 오산학교로 상징되는 서북 민족주의 운동의 요람이었고 이광수는 그 한가운데 선 인물이었다는 점,[2] 그리

---

1 김건우, 『사상계와 1950년대 문학』, 소명출판, 2003, 220~221쪽; 정주아, 「이향과 귀향, 여행의 원점으로서의 춘원-소설 「묵시」를 통해 본 선우휘와 춘원」, 『춘원연구학보』 7, 춘원연구학회, 2014, 140~143쪽.
2 정주아, 위의 논문, 136~138쪽 참조.

고 월남 후 선우휘가 관여한 『사상계』 집단의 이념적 계보 역시 서북의 문화적 민족주의에 기반하고 있다는 점,[3] 더불어 선우휘 역시 회고 곳곳에서 이광수를 정주의 자랑이자 자부심의 근거였다고 언급하고 있는 점을 고려할 때,[4] 이광수를 매개로 한 정신사적 연계의 가능성을 고려하는 것은 전혀 이상하지 않다. 그러나 이광수가 정주의 자랑이자 자부심의 근거였다는 것과 끝내 정주의 자랑이자 자부심의 근거로 남았는가는 전혀 다른 문제다. 여기에 일제 말기 이광수의 친일이라는 문제가 가로놓여 있는 것은 말할 것도 없다. 학생시절 이광수에 대한 테러를 결심한 적이 있다는 '나'의 이야기로 시작되는 선우휘의 단편 「묵시」 1971가 문제삼고 있는 것 역시 바로 이것이다.

선우휘와 이광수를 잇는 정신사적 연계의 가능성을 상정하고 있는 선행 연구는 단편 「묵시」를 친일의 과오에서 자유로울 수 없었던 이광수에 대한 '이해와 화해의 텍스트'로 해석한다. 단편 「묵시」는 일제 말기 이광수의 친일행적에 분노하고 그에 대한 테러를 결심했던 '나'가 해방 후 좌우를 가리지 않은 친일파에 대한 조소와 배척 일변도의 상황 속에서 결국 이광수의 곤경을 동정적으로 보고 그를 이해할 수 있게 되었노라고 고백하는 이야기라는 것이다.[5] 그러나 이러한 해석과 달리, 단편 「묵시」는 일제 말기 이광수에 대한 테러를 결심했던 '나'가 해방 후 이광수를 이해할 수 있게 되었노라고 고백하는 내용으로 압축되지 않는다. 서사의 중심인물은 이광수가 아니라 이광수의 행적을 비틀어서 되비추고 있는 인물인 '서낭'이고, 서사의 스토리 시간 역시 해방 후가 아니라 그로부터 이십여 년이 훌쩍 지난 시점까지 이어진다. 게다가 서사는 일제 말기에서 해방기에

---

3   김건우, 위의 책, 제2장 2. '『사상계』 지식인 집단의 이념적 계보' 참조.

4   선우휘, 「영원한 향수·정주」, 『북한』 8, 북한연구소, 1972, 206쪽.

5   김건우, 위의 책, 221쪽; 정주아, 앞의 논문, 138~140쪽; 조금 다른 각도에서이지만 1960년대 일본적인 것들의 회귀와 친일파 복권이라는 배경에 주목한 허병식 역시 단편 「묵시」를 이광수에 대한 옹호의 차원에서 해석하고 있다. 허병식, 「부정적인 이름과 함께 머무는 방식에 대하여 ─ 해방 후 소설에 나타난 이광수 표상」, 『동악어문학』 85, 동악어문학회, 2021, 74~79쪽.

이르기까지 과거 소문 속을 떠돌던 사건의 진상이 바로 이 시점에서야 밝혀지는 구성을 취하고 있는 것이다. 따라서 해방 후의 시점에 국한된 "무엇이, 어떤 조건이 한때 테러까지 결심했던 열혈청년을 바꾸어 놓은 것일까"[6]라는 질문은 반쪽의 물음에 불과하다. 보다 중요하게 던져야 할 질문은 그로부터 이십여 년이 지난 시점이 갖는 의미, 나아가 이 시점에서 밝혀진 사건의 진상에 투영된 의미와 관련된 것이어야 한다.

다음으로 선우휘와 이광수를 잇는 서북 민족주의의 정신사적 연계성을 논하는 데 있어서 단편 「묵시」의 집필 시기 또한 문제가 된다. 단편 「묵시」는 1971년 2월 『현대문학』에 발표되었다. 1950년대 말 『사상계』를 중심으로 한 '근대화 담론'의 사상적 기반으로서는 이미 시효성을 다했고, 왜 굳이 이 시점에서 '자생적 반공주의'의 기원으로 소환되어 용서와 화해의 대상이 되어야 했는지도 분명치 않다. 1960년대 후반을 전후한 시점에서 선우휘가 새삼 이광수, 그것도 정주의 자랑이나 자부심의 근거로서가 아니라 끝내 정주의 자랑이자 자부심의 근거로 남을 수 없었던 이광수에 주목했던 이유는 무엇이었을까. 단편 「묵시」에서 이십여 년이 지난 시점에서 밝혀진 사건의 진상이 되비추고 있는 이광수는 어떻게 그려지고 있는가. 단편 「묵시」의 집필 배경 및 의도와 관련하여 그 표상은 어떻게 해석되어야 하는가. 선우휘에게 이광수가 결국 어떤 존재였는지에 대한 고찰은 이들 질문을 통과할 때라야 비로소 온전해진다.

이 글은 1960년대 후반 선우휘가 새삼 이광수에 주목하게 된 계기와 관련하여 1966년에 간행된 임종국의 『친일문학론』에 주목한다. 이 무렵 선우휘는 문학의 현실참여 문제를 주제로 한 백낙청과의 대담에서 "연전에 『친일문학론』이란 책이 나와 일제시대 때 친일문학을 한 사람들에 대한 비판이 있었는데, 저는 이런 생각이 듭니다. 정치적인 무엇에 대하여서는 우리가 통찰이 좀 더 깊어야 되

---

6   정주아, 앞의 논문, 129쪽.

지 않느냐"[7]는 견해를 밝힌 바 있다. 식민지 권력의 기구와 정책, 그리고 그것을 매개한 문인들의 친일 행적에 대한 고발로 빼곡한 『친일문학론』이 "식민지 문화인들을 권력기구의 도구적 연장으로 삼은 식민지 권력기구와 이데올로기에 의해 장악되어버린 '문화'에 대한 보고서"[8]라면, 앞서 선우휘가 언급한 '통찰'은 그러한 '증언'의 영역 너머를 향한다. 그리고 여기에는 문학이 정치학이나 경제학, 사회학과는 다르다는 것, "종합적인 어떤 사고와 통찰"이야말로 문학의 영역일 수밖에 없다는 사고가 전제되어 있다.[9] 요컨대 선우휘에게 『친일문학론』의 단선적 '증언'은 과거 이광수의 친일이 남긴 상처를 환기하는 매개이자 문학적 통찰로써 넘어서야 할 과제로서 받아들여졌다고 해도 좋을 것이다.

물론 이광수에 대한 문학적 통찰이라는 과제의 성취 여부는 또 다른 차원의 문제이다. 앞질러 언급하자면, 단편 「묵시」는 이광수에 대한 인간적 연민에도 불구하고 끝내 그와 화해할 수 없었던 선우휘 나름의 우회적인 애도와 결별이 표명되어 있는 텍스트이다. 작품은 증언의 영역을 넘어서 있지만, 그것은 어디까지나 이광수에 대한 직접적인 형상화를 포기한 대가로 얻은 것이다. 바꾸어 말해 선우휘에게 이광수는 이 시점에서도 여전히 직접 대면하기 어려운 곤혹스러운 존재였고, 이 곤혹스러움이 이광수의 행적을 비틀어서 되비추고 있는 허구의 인물을 필요로 했다고 할 수 있다. 선우휘로서는 우회적인 길을 선택한 셈인데, 그렇다면 우회적인 방식으로나마 이러한 애도와 결별의 표명이 필요했던 이유는 무엇이었을까. 그것이 임종국의 『친일문학론』이 제기한 문제에 대한 선우휘 나름의 문학적 대응이었고, 거기에 월남 학병세대로서의 세대적 정체성의 문제가 가로놓여 있었음을 밝히는 것이 이 글의 궁극적인 과제이다.

---

7   선우휘·백낙청 대담, 「작가와 평론가의 대결―문학의 현실참여를 중심으로」, 『사상계』, 사상계사, 1968. 2, 158쪽.

8   이혜령, 「식민지 유산으로서의 '친일문학(론)'의 위상」, 정근식·이병천 엮음, 『식민지 유산, 국가형성, 한국의 민주주의』 2, 책세상, 2012, 367쪽.

9   선우휘·백낙청 대담, 앞의 글, 151쪽.

2. '벙어리 되기'라는 텅빈 기표

단편 「묵시」의 주인공은 일제 말기 문인들의 대일 협력이 강요되던 시국에 갑자기 벙어리가 되어버린 '서낭'이라는 인물이다. 당시 십대 소년이었던 '나'는 이광수가 친일을 종용한 저서 『동포에게 보냄同胞に寄す』1941를 접하고 혐오와 분노에 빠져 그를 테러할 것을 결심한 일이 있다. 담임선생을 찾아가 그 결심을 밝혔을 때, 담임은 친구인 자기도 그가 친일에 나선 이유를 납득하기 어렵지만 그것이 민족을 살리는 길이라는 신념에 의한 것이었으며, 기왕 누가 나서야 할 바엔 자기가 나선다는 각오로 악역을 맡아 나선 게 아닌가 짐작하고 있다고 대꾸한다. 친일을 하는 것이 민족을 살리는 길이 되느냐고, 그따위 그릇된 신념도 신념이냐고, "춘원은 가만히 있으면 됐던 것"이라고 반발하는 '나'에게 담임이 그러면 "아예 잠자코 있게 된"[10] 친구의 이야기를 들어보겠느냐며 들려준 이야기의 주인공이 바로 '서낭'이다.

'서낭'의 이야기를 감싸고 있는 도입 액자의 일화가 암시하듯 '서낭'이 일제 말기 친일에 나선 이광수의 행적을 비틀고 있는 인물임을 짐작하기는 어렵지 않다. '서낭'은 이광수와 동갑으로 동경 유학시절부터 함께 문학을 시작해서 오랜 세월 우정을 함께 해온 사이다. 단아한 용모에 유려한 말솜씨, 탐미적이면서 동시에 상황을 예리하게 분석하고 정확하게 평가하는 능력 등 모든 면에서 이광수와 대비되는 자질을 지니고 있는 것으로 그려진다. 그러나 무엇보다 '서낭'이라는 인물이 이광수와 결정적으로 갈리는 지점은 협력 종용의 전초적 성격을 띠었던 문학강연회에 두 사람이 나란히 서게 되었을 때 생긴 '이변'을 기점으로 한다.

이날 강연회 단상에 먼저 올랐던 '서낭'은 강연 도중 갑자기 유려하게 흐르던 이야기를 잇지 못하고 입을 틀어막은 채 짐승 같은 소리를 내뱉고는 단상에서

---

10   선우휘, 「묵시」(『현대문학』, 1971. 2), 『선우휘 문학선집』, 조선일보사, 1987, 185~186쪽.

급히 자취를 감추고 만다. 갑작스런 이번에 회장은 소란에 휩싸이지만, 차례가 된 이광수는 침착한 태도로 강연에 나서 일본과 조선의 문화가 한 뿌리에서 나온 것임을 주장한다. 그리고 이날의 이변을 계기로 이광수는 내놓고 친일을 말하게 되고, '서낭'은 벙어리가 되어 은둔의 길로 접어드는 것이다. 요컨대 '벙어리 되기'이야말로 이광수와 '서낭'을 가르는 핵심적인 행위 자질에 해당한다고 할 수 있는데, 이는 이광수의 친일적 발언이 잦아지는 것과 궤를 같이 하여 벙어리가 된 '서낭'의 행적을 둘러싼 무성한 소문에 '저항'의 의미가 덧붙여지고 있는 데서도 잘 드러난다.

> 처음에는 세상에 그럴 수가 있을까 하고 어처구니없어 하면서 갑작스레 벙어리가 된 서낭을 동정하는 데 머물렀던 소문은 춘원의 친일적 발언이 잦아지자, 그런 것이 아니라 서낭이 그렇게 해서 벙어리를 가장한 것이라는 설로 기울어져 갔다.
> 남달리 상황의 추이에 민감한 그가 전쟁 협력이 강요될 것을 미리 짐작하고 벙어리 시늉을 하게 된 것이라는 이야기는 일제에 대한 저항의 욕구불만에 사로잡혀 있던 의식적인 지식인층에게는 직성을 풀어주는 하나의 청량제가 아닐 수 없었다.
> 치료차 금강산으로 요양을 떠났다는 소문이 들려왔을 때 사람들은 그것을 정치적 은둔이라고 하여 백이숙제伯夷叔弟에 비겼다.[11]

갑작스레 벙어리가 된 '서낭'을 동정하던 사람들은, 이광수의 친일적 발언이 잦아지자 차츰 명민한 그가 전쟁 협력이 강요될 것을 미리 짐작하고 벙어리를 가장하여 일제에 저항한 것이라고 믿고 싶어 한다. 특히 일제에 대한 저항의 욕구불만에 사로잡혀 있던 의식적인 지식인층이 그러했다. 그러나 갑작스러운 봉변이든 아니면 의도적인 가장이든 '벙어리 되기'라는 행위 자질은 소문 속을 떠

---

11 위의 책, 190~191쪽.

도는 텅빈 기표에 불과하다. 벙어리를 가장한 것으로 치더라도 그것이 꼭 일제에 대한 '저항'이고 '정치적 은둔'이라는 의미를 내포하는 것도 아니다. 실제로 '서낭'에 관한 소문의 추이를 듣던 '나'는 문득 담임에게 이광수의 경우 "가장한 것으로 생각하고, 졌다! 또 한번 당했다고 생각진 않았을까요?"[12]라고 되묻는다. '졌다' '당했다'는 표현에는 '저항'이라는 행위에 대한 감탄과는 거리가 먼 시니컬한 뉘앙스가 담겨 있다. 의도적인 가장이었다면 다만 자기를 지키려는 보신保身 차원의 것이 아니었겠느냐는 힐난으로도 읽힌다.[13]

이러한 '나'의 입장과 달리 담임은 그래도 세간의 소문을 믿는 쪽에 손을 들어준다. '서낭'이 진짜 벙어리가 되었다고 생각하는 것은 저항하는 인간에게 느끼는 시기 질투의 산물이며, 그렇게 저항하는 인간도 있다고 생각하는 쪽에 구원이 있지 않겠느냐는 이유에서이다. '나'는 믿고 자위하는 것으로는 충분치 않고 행동이 필요하다고 반발해 보지만, 성급히 회초리 노릇을 하려 들지 말고 커서 대들보감이 되어 보라는 담임의 권면 앞에 깨끗이 설유당하고 만다.

그렇게 한 발 물러섰던 '나'가 '서낭'에 관한 이전의 소문을 뒤집는 소식을 접하게 되는 것은 해방 이듬해 봄의 일이다. 당시 월남하여 사회부 기자가 된 '나'는 좌우를 가리지 않은 친일파에 대한 조소와 배척 일변도의 상황에 염증을 느끼고 이광수의 곤경을 동정하던 차에 문득 '서낭'을 떠올리게 된다. 친일파 이광수에 대한 단죄의 여론이 반사적으로 벙어리를 가장하고 은둔했던 '서낭'의 소식에 대한 궁금증을 자아냈던 것이다. 그런데 수소문 끝에 들려온 소식은 허탈하게도 '서낭'이 벙어리를 가장한 것이라는 소문은 '와전訛傳'이라는 것이었다.

---

12 위의 책, 191쪽.

13 일제 말기 발언하지 않고 침묵을 지킨 이들에 대한 선우휘의 평가는 '저항'이기보다 '도피'에 가깝다. "춘원 이광수는 나중에 가서 친일행동을 하여서 규탄을 받기도 하였지만 그래도 무언가 정면으로 현실을 받아들였어요. 그 나름으로 발언하고 반항했습니다. 그 당시 전혀 발언 않고 침묵을 지킨 사람도 있습니다. 물론 그 자체도 하나의 태도 표시이긴 합니다. 그러나 현실에서 도피한 것도 사실입니다." 선우휘·백낙청 대담, 앞의 글, 155쪽.

'서낭'은 해방이 되어서도 입을 열지 않았고, 결국엔 명의를 찾아 본격적인 치료에 나섰다는 것이다. '서낭'이 진짜 벙어리였다는 소식에 '나'는 한편으로 실망하면서도, 혼란한 해방 정국에서 서낭이 입을 열지 않는 것은 '어떤 깊은 사연'이 있어서일 것이라는 생각을 저버리지 못한다. 그러나 오랜만에 찾아간 은사는 '벙어리의 허실虛實'을 따지기보다 당시 많은 사람들이 그런 믿음을 가졌던 사실이 귀중했던 것이 아니겠느냐고, 여전히 소문의 언저리를 맴돌 뿐이다.

그때도 따지고 보면 문제는 그에게 있었다기보다 우리 자신에게 있었던 게 아닐까. 그가 진짜 벙어리인지, 가짜 벙어리인지는 그의 문제이면서 기실 우리에게는 바루 우리의 문제가 아니었던가 말일세. 그가 벙어리 시늉을 했다는 사실보다, 자네나 내가 그렇게 생각했다는 사실이 더 귀중했다구. 그러니까 인텔리는 속아도 안 속는다고 할 수는 없을는지 모르겠네. 그런 의미에서 그의 벙어리의 허실虛實을 따질 것 없이 그런 계기를 준 그에게 감사를 드려도 좋은 걸세.[14]

이같은 은사의 말에 '나'는 어거지로 스스로를 납득시키려 애써보지만 뒷맛이 결코 개운치 않음을 느낀다. 사회부 기자로서 해방 정국을 맞아 해외와 지하에서 돌아온 투사들을 가까이서 접하면서 기대와는 먼 모습을 대하고 실망하던 터에, '서낭'이 진짜 벙어리였다는 소식은 '나'에게 인간에 대한 환멸을 안겨주기에 충분했다. 은사의 말이 남긴 개운치 않음의 정체가 바로 이 '환멸'의 무게에 있음은 말할 것도 없다. "서낭에 대한 환멸은 마치 배반이나 당한 것처럼 나의 가슴에 퀭 구멍을 뚫어놓았다."[15] 사건의 진상보다 소문을 둘러싼 믿음 자체를 중시했던 은사와 달리, '나'에게는 역시 소문에 가려진 사건의 진상 쪽이 중요했던 것이다.

얼마 후 '나'는 그래도 한 가닥 희망을 버리지 않고 사건의 진상에 관해 무엇

---

14   선우휘, 「묵시」, 앞의 책, 195쪽.
15   위의 책, 195쪽.

인가 알아내려고 어느 잡지에 '서낭'에 관한 수필을 쓴다. 이러한 '나'의 글쓰기 행위에는 '서낭'이 여전히 벙어리를 가장하고 있으며, 혼란한 해방 정국에서 입을 열지 않고 있는 데는 '어떤 깊은 사연'이 있으리라는 생각이 전제되어 있다. 물론 이러한 전제 역시 한낱 가정에 불과한 것은 사실이다. 그러나 그것은 적어도 소문에 가려진 사건의 진상을 향한 것이라는 점에서 소문 그 자체를 소비하는 데 만족하는 여론의 관심사와는 정반대편에 놓인다. 하지만 사건의 진상을 향한 '나'의 수고는 간단히 좌절되고 만다. 애써 잡지에 발표한 수필은 아무런 반응도 없었다. 오랜만에 찾아갔던 은사가 보여준 태도에서도 충분히 예견되는 일이지만, 사건의 진상에 관심을 갖는 사람은 아무도 없었던 것이다. 그나마 "서낭에 대한 밀약密約과 같은 것으로 연결되었던"[16] 은사마저 이듬해 정치사건에 휩싸여 죽음을 맞으면서 '나' 역시 그대로 '서낭'을 잊고 만다.

3. 깊은 침묵, 오욕의 변명을 되비추는 거울

'서낭'의 핵심적인 자질을 표상하는 '벙어리 되기'가 소문 속을 떠돌던 텅빈 기표로서의 기능을 다하고 사건의 진상을 드러내는 것은 그로부터 이십여 년 후의 일이다. '나'는 취재차 갔던 충청도 어느 소도시에서 우연히 만난 떠돌이 의사 '서파'가 '서낭'의 아들이라는 사실을 알게 된다. 그리고 그의 눈빛을 보는 순간 이제야 오랫동안 품어온 '서낭에 관한 수수께끼'를 풀 수 있다는 것을 직감하고 조심스레 입을 연다. "제가 서낭 선생에 관해 들은 얘기는 소문뿐입니다. 그때 일부러 벙어리 시늉을 하였는지 정말 구강인후에 어떤 장애가 생기셨던 것인지 저에게는 그것이 궁금했고, 이제라도 그 점을 분명히 알았으면 합니다."[17] "그때 부

---

16   위의 책, 196쪽.
17   위의 책, 199쪽.

친은 일부러 벙어리 시늉을 하신 것"이라고 입을 뗀 '서파'가 들려준 '서낭'의 이야기는 다음과 같다.

그날 연단에서 강연을 시작하던 '서낭'이 갑자기 입을 다물고 '벙어리 되기'를 결단한 것은 청중이 자기를 비웃는 소리를 들은 환청 때문이었다. 아내와 아들에게조차 입을 열지 않은 것 역시 비탄에 젖은 아내의 사랑스러움과 깊어지는 아들의 미더움을 잃고 싶지 않았던 '탐미적 새디즘'의 산물이었다. 그러던 어느 날 일본인 형사의 염탐을 따돌리기 위해 귀마저 틀어막았던 '서낭'은 삼년을 제 자식처럼 키운 진도견을 죽게 만들고, 그 죄의식에 침잠한 채 태평양전쟁 말기의 광란에도 심해의 패류인 양 스스로를 지켰다. 요컨대 '서낭'이 진짜 벙어리였다는 소문은 사실이 아니고, '저항'을 위해 벙어리를 가장한 것이라는 소문 역시 사건의 진상과는 거리가 멀다. '서낭'의 '벙어리 되기'는 오직 자기 자신을 지키기 위한 처신이었던 것이다.

그러면 해방이 되고 나서도 끝내 '서낭'이 입을 열지 않은 이유는 무엇이었는가. 사실 해방 직후 '서낭'은 일시적으로 진짜 벙어리가 된다. 전쟁이 끝났다는 소식과 더불어 해방이 되던 날 두 팔을 번쩍 들고 '만세'를 부르던 '서낭'의 목소리는 분절되어 허공을 가르지 못한다. '서낭'은 마음속으로 '복수'를 당했다고 뇌까린다. "깨끗이 복수를 당했어. 보기 좋게 복수를 당했군. 용서가 없군."[18] 그동안 아내와 아들마저 속여온 자신의 처신에 대한 처벌이라는 뼈아픈 자각인 셈이다. 이날 이후 아내는 아들을 앞세우고 이름난 의사를 모조리 찾아다니지만, '서낭'은 어떤 치료도 일체 거절한다. 이듬해 봄 다시 목소리를 되찾게 되었을 때 침묵을 지키며 '벙어리 되기'를 고수한 것 역시 이러한 자각의 연장선상에 있는 것은 물론이다. "한 번은 스스로 버리고 한 번은 빼앗겼던 말을 이제 되찾았다고 얼싸 좋아라, 다시 구사한다는 것은 우스꽝스러운 일이 아닐까. 희극이다! 그렇다,

---

18   위의 책, 202쪽.

오히려 그건 희극이다."[19] 되찾은 목소리를 거부하고 침묵을 선택한 '서낭'은 사랑했던 아내가 임종을 맞았을 때조차 수화로 작별의 인사를 건네는 것으로 애써 선을 지킨다. 그리고 자신의 임종을 앞두고서야 비로소 입을 열어 아들 '서파'에게 '미안하다'는 말과 함께 자신의 사연을 털어놓고 세상을 떠난다.

이상 새롭게 밝혀진 이야기의 요점이 '서낭'을 둘러싼 소문의 진상을 드러내는 차원에 그치는 것이 아님은 물론이다. '서낭'이 이광수의 행적을 뒤틀고 있는 인물이라는 점을 고려할 때, 주목되어야 하는 것은 소문의 진상을 통해 드러난 서낭의 행적이다. 살펴본 대로 일제 말기 공공연하게 친일에 나선 이광수와 정반대로 벙어리가 되어 은둔했던 '서낭'은 해방 후의 처신에 있어서도 정반대의 모습을 보여준다. 해방 후 친일파에 대한 조소와 배척 속에서 한때 근신해야 했던 이광수는 공적으로 자신의 친일 행위를 변론하고 나섰다. 잘 알려져 있다시피 『나의 고백』1948이 그것이다. 반면에 해방 후 갑작스레 목소리를 잃었던 '서낭'은 다시금 목소리를 되찾았을 때 침묵을 선택했고, 임종 직전에야 아들 '서파'에게 오롯이 자신의 이야기를 남기고 있다. 요컨대 '서낭'의 침묵은 이광수의 변명을 되비추는 거울인 셈이다.

그렇다면 '서낭'이 침묵으로써 보여주고 있는 것, 곧 '묵시默示'하고 있는 것은 무엇인가. 해방이 되어 갑작스레 목소리를 잃게 되었을 때 보기 좋게 복수를 당했다고 생각하던 '서낭'은 마음이 가라앉자 왠지 우습다는 생각에 빠진다. 스스로가 '우스꽝스러운 희극배우'로 여겨졌기 때문이다. 벙어리를 가장하여 아내와 아들마저 속이다가 진짜 벙어리가 되어버렸으니, 당해도 싸다는 자조 섞인 반응이었을 것이다. 따라서 그런 희비극이 담긴 목소리를 되찾았다고 해서 이를 주워섬기는 것은 또 다시 우스꽝스러운 희극배우 되기를 자처하는 일이나 다름없다. '서낭'은 되찾은 목소리를 거부하고 계속 침묵함으로써 주어진 운명을 거부

---

19 위의 책, 204쪽.

하고자 한다. "어쩌면 되찾아진 말을 거부하고 계속 침묵을 지키는 것이 자기에게서 말을 빼앗아간 그 무엇엔가에 대한 역습이 되지 않을까."[20] '벙어리 되기'가 '서낭'의 과오를 각인하고 있다면, '벙어리 되기'의 운명을 껴안는 것은 과오를 인정하면서 동시에 그것을 넘어서는 행위가 된다. 자신의 과오를 돌아볼 줄 알았던 '서낭'에게 우스꽝스러운 희극은 한 번으로 족했던 것이다.

해방이 되어 갑작스레 목소리를 빼앗긴 것은 이광수도 다르지 않았다. 친일파에 대한 조소와 배척의 여론은 말할 것도 없고 친일인사의 출판활동을 제약해야 한다는 목소리도 높았다. 1945년 10월 결성된 경성출판노동조합은 '민족반역자의 출판물 거부'를 공식적으로 주장했고, 문단에서도 1947년 7월 조선문학가동맹을 중심으로 친일파, 민족반역자의 언론·출판활동을 제도적으로 규제할 것을 요구하는 내용의 성명을 발표했다. 그리고 이러한 여론 속에서 결국 출판계는 1948년 4월 친일파의 저술 출판 거부를 공식적으로 결의하고 나서게 된다.[21] 그러나 이러한 여론 속에서도 이광수는 무기명으로 『도산 안창호』[1947.5]를 집필 간행한 데 이어 『꿈』[1947.6], 『나─소년편』[1947.12], 『돌베개』[1948.6], 『나─스무살 고개』[1948.10] 등의 서적을 잇달아 간행하는 등 저술 활동을 그만두지 않았다. 그리고 마침내는 『나의 고백』[1948.12]을 통해 자신의 친일 행위를 변론하고 나선다. 해방 이듬해 은사를 찾아가 이광수에 대해 동정적 일가견을 피력하던 '나'에게 은사는 춘원은 오히려 "자기를 더 욕되게 탓해 주기를 바랄는지 모른다"[22]고 대꾸하고 있지만, 은사의 짐작은 보기 좋게 빗나갔던 것이다.

물론 단편 「묵시」는 해방 후 친일파에 대한 조소와 배척의 여론에 맞닥뜨린 이광수의 처신이 실제로 어떠했는지에 관해서는 언급하지 않는다. 대신 앞서 살

---

20 위의 책, 204쪽.
21 김종수, 「해방기 출판시장에서 이광수의 위상」, 『민족문화연구』 52, 고려대 민족문화연구소, 2010, 202~203쪽.
22 선우휘, 「묵시」, 앞의 책, 194쪽.

펴본 대로 해방 후 빼앗겼던 목소리를 되찾았을 때도 입을 열지 않고 침묵을 고수한 '서낭'의 정반대되는 처신에 관해 들려줄 뿐이다. 이 점에서 '서낭'의 침묵이 겨냥하고 있는 궁극적인 대상은 해방 후 이광수의 처신이며, '서낭'의 침묵은 이광수의 변명을 되비추는 거울로 작용한다고 할 수 있다. 이와 관련하여 말년의 자전적 장편 『노다지』1979.2~1981.8에서 해방 후 이광수의 처신이 이러한 침묵과 변명의 대비 속에서 혹독하게 비판되고 있는 대목은 각별히 주목할 만하다.

비록 진정한 속죄양이라도 괴로움을 홀로 간직하지 못하고 일단 밖으로 나타내 남의 이해를 구하는 순간, 속죄양으로서의 의미는 상실되고 배반자로 떨어질 수도 있는 것이 속죄양이 지니는 특수한 성격이라 할 수 있다. 깊은 침묵, 끝없이 깊은 침묵만이 속죄양을 속죄양으로 지속시켜 주는 오직 하나의 조건이었다. 그런데 춘원은 그런 침묵의 뜻을 몰랐고, 따라서 침묵을 지키지 못했다. 그는 연약한 아녀자처럼 자기를 변명하고 말았다. (…중략…) 어찌하여 춘원은 그 모든 오욕과 영광과 아픔을 안은 채 저승으로 갈 결심을 갖지 못하고, 체념이라는 경지를 얻지 못한 것일까. 『나의 고백』 — 그런 것은 쓸 필요가 없다. 쓰는 자체가 잘못이었다. 그것은 휴지만도 못한 것이다. 하얀 휴지에 비할 때 변명의 검은 활자는 춘원의 오욕을 증명하는 데 지나지 않았다.[23]

인용문은 자전적 주인공 '수인'이 반민특위에 출두한 이광수의 초라한 모습을 동료에게 전해 듣고 깊은 환멸을 표하고 있는 대목이다. 침묵의 위엄과 변명의 오욕이라는 선명한 대비에서 분명히 드러나듯, 『나의 고백』으로 대변되는 이광수의 자기변명은 '벙어리 되기'의 운명을 껴안음으로써 끝내 인간적 위엄을 저버리지 않았던 '서낭'의 처신과는 정반대되는 것으로 표상된다. 친일이라는 과거의 과오도 그렇지만 이광수는 그 과오를 대하는 태도에서도 돌이킬 수 없는

---

23   선우휘, 『노다지 — 해방』 2, 동서문화사, 1986, 242쪽.

실수를 했다는 것이 '수인'의 입장인 것이다. 금이 간 우상이라도 어떻게든 주워 담고 싶었던 '수인'은 결국 자신의 우상이 땅에 떨어져 산산조각 나버린 현실과 마주하고 이광수와의 결별을 결단하기에 이른다. "수인도 이제 인간 춘원과 헤어져 자기 홀로 가야 한다. 수인은 몹시 허전함을 느꼈다. 그러나 허전한 한편으로 홀가분해진 것도 사실이었다."[24]

장편 『노다지』에 보이는 이러한 명시적 비판에 비추어 볼 때, 침묵으로써 '벙어리 되기'의 운명을 껴안은 채 생을 마감한 '서낭'에 대한 애도와 기림은 정반대의 위상을 갖는다. 실제로 '서낭'의 죽음 이후 이십여 년을 부친의 운명을 떠안은 채 떠돌이 의사가 되어 벽촌을 전전한 '서파'의 그늘진 뒷모습에서 '나'가 느끼는 것은 연민이면서 동시에 기이한 충족감이다. "그것은 스스로가 짊어진 것이면서 그의 부친인 시인 서낭이 이어준 것인지도 모르고, 어쩌면 나 같은 이승의 속물들이 어거지로 떠맡긴 것인지도 모를, 그러나 어느 누군가가 짊어지어야 할 그런 성질의 짐으로 여겨졌다. 잠시 그렇게 시름에 잠겼던 나는 차차 마음이 비어져 가는 느낌이면서 그 어느 때보다도 충족돼 가는 듯한 아주 이상한 기분에 사로잡혔다."[25] 기꺼이 '벙어리 되기'의 운명을 껴안았던 '서낭'과 마찬가지로 부친의 운명을 떠안고 묵묵히 자신의 길을 걷고 있는 '서파'에게서 '나'는 범치 못할 인간적 위엄을 엿보았던 것이다.

이러한 인간적 위엄이야말로 '나'가 느낀 기이한 충족감의 근저를 이루는 것이라 할 때, '벙어리 되기'의 운명을 껴안은 채 생을 마감한 '서낭'에 대한 애도와 기림은 인간적 연민에도 불구하고 끝내 그와 화해할 수 없었던 이광수에 대한 선우휘 나름의 애도와 결별 의식을 뒤집어 놓은 것이라 할 수 있다. '서낭'의 인간적 위엄이 자신의 과오를 인정할 줄 알고 또 그것을 넘어서기 위해 '벙어리 되기'의 운명을 적극적으로 껴안은 데서 온 것이라면, 세간의 비난과 배척에 맞닥

---

24 위의 책, 243쪽.
25 선우휘, 「묵시」, 앞의 책, 209쪽.

뜨려 결국 자기변명에 나섰던 이광수는 자신의 과오를 대함에 있어 최소한의 인간적 위엄조차 저버렸다는 것이 선우휘의 판단이었다. 다시 말해 선우휘는 '벙어리 되기'의 운명을 적극적으로 껴안았던 '서낭'의 이야기를 통해 이광수가 가지 못한 길 즉 자신의 과오와 정직하게 대면하는 인간적 위엄의 조건을 탐색했던 것인데, 이 점에서 이광수가 선택한 길에 대한 서사적 외면은 이광수에 대한 결별 의식의 우회적 표명이라 할 만하다.

그렇다면 이광수에 관한 작품을 구상하면서 선우휘는 왜 '서낭'이라는 인물을 내세워 이광수와의 직접적인 대면을 우회하지 않으면 안 되었던 것일까. 선우휘에게 이광수가 이 시점에서도 여전히 직접 대면하기 어려운 곤혹스러운 존재였다면, 우회적인 방식으로나마 굳이 이광수와 대면해야 했던 이유, 나아가 그러한 애도와 결별의 표명이 필요했던 이유는 무엇이었을까. 이 질문은 단편 「묵시」의 집필 배경이라 할 수 있는 『친일문학론』과의 관계를 묻는 것이자, 월남 학병 세대 선우휘의 세대적 정체성을 이해하는 작업과도 관련이 있다.

4. 증언과 문학의 경계에서

단편 「묵시」는 1971년 2월 『현대문학』에 발표되었다. 해방 이듬해로부터 이십여 년 후 사건의 진상이 밝혀지는 스토리 시간상의 설정 및 발표시기로 미루어 보건대, 선우휘가 이 단편의 집필을 염두에 둔 것은 1960년대 말을 전후한 시점이었을 것으로 짐작된다. 이 무렵 선우휘가 갑작스레 이광수에 관한 소설을 쓰기로 결심한 동기나 집필 배경에 관해서는 자세히 알려진 바 없지만, 1960년대 후반 작가의 현실참여 문제를 주제로 한 백낙청과의 대담에서 『친일문학론』에 대해 언급하고 있는 다음의 대목은 그 중요한 단서가 되어준다.

연전에 『친일문학론』이란 책이 나와 일제시대 때 친일문학을 한 사람들에 대한 비판이 있었는데, 저는 이런 생각이 듭니다. 정치적인 무엇에 대하여서는 우리가 통찰이 좀 더 깊어야 되지 않느냐, 가령 6·25 때 도강파, 비도강파라고 해서 한강을 건너간 사람은 애국자이고 남아 있던 사람은 비애국자라는 그런 단순한 판가름 문제, 그리고 현실참여에 있어서 권력에 반항한다고 할 때 전투적인 형태로 하느냐 토마스 만처럼 망명을 하여야 되느냐, 또는 그런 속에서 가능한 최대한도의 참여에 머무느냐, 이런 것 저런 것 모든 경우를 생각하고 모든 가치를 따져 보아야 할 겁니다.[26]

인용문은 「문학은 써먹는 것이 아니다」를 시작으로 1960년대 후반 순수·참여 논쟁에 뛰어든 선우휘가 참여문학 비판의 과정에서 『친일문학론』의 단선적인 논리를 문제삼고 있는 대목이다. 주지하다시피 1964년~1965년 한일협정반대운동의 열기 속에서 배태된 임종국의 『친일문학론』[1966]은 굴욕적인 한일 외교가 환기하는 식민지적 현실의 재연을 목도하고 있다는 위기의식의 소산이었다.[27] 친일문학을 정의하면서 유독 '주체적 조건의 상실'을 강조하고,[28] 친일의 과오를 "반민, 매국적인 것으로서 천추에 용납 못할 죄악"[29]으로 규정하는 탈식민·민족주의의 기치를 선명히 내건 것도 이와 무관하지 않다. 뿐만 아니라 "나는 나를 그토록 천치天痴로 만들어 준 그 무렵의 일체를 증오하지 않을 수 없었다"[30]는 「자화상」의 고백이 보여주듯 '황국소년 / 소녀'로서 해방을 맞았던 해방세대로서의 자기모멸감은 『친일문학론』 전반에 증오와 부정의 그늘을 드리우고 있다.[31]

---

26 선우휘·백낙청 대담, 앞의 글, 158쪽.

27 『친일문학론』의 집필 배경에 관해서는 정운현, 『임종국 평전』, 시대의 창, 2006, 226~247쪽; 이혜령, 앞의 논문, 362~364쪽 참조.

28 임종국은 친일문학을 "주체적 조건을 상실한 맹목적 사대주의적인 일본 예찬과 추종을 내용으로 하는 문학"으로 정의하고 있다. 임종국, 『친일문학론』, 평화출판사, 1966, 16쪽.

29 임종국, 위의 책, 486쪽.

30 임종국, 「자화상」, 위의 책, 6쪽.

31 '해방세대'라는 용어는 권보드래의 논의에서 따온 것이다. 권보드래는 해방세대를 "1920년 전

친일파 비판으로써 제2의 친일파의 망동妄動을 경계해야 한다는『친일문학론』의 문제의식은 해방세대의 자기모멸감과 증오를 연료로 하여 친일 청산을 무력화한 채 출발한 대한민국의 정체성에 대한 정면 비판을 겨냥하고 있었던 것이다.

한편 바로 윗세대로서 이광수로 대표되는 서북 민족주의의 세례 속에서 자랐던 선우휘로서는 사정이 단순하지 않았다. 친일파로 지탄받는 이름 이광수는 한때 정주의 자랑이자 자부심의 근거였고, 선우휘 역시 이광수의 작품에서 커다란 영향을 받으며 그에게 은근한 존경의 마음을 품었던 시절이 있었다. 이광수의 친일에 대한 혐오와 분노의 밑바닥에는 존경의 마음으로 이광수와 연결되어 있던 시간들의 기억이 선명히 새겨져 있는 것이다. 그런 만큼 선우휘에게『친일문학론』전반에 흐르는 증오와 부정의 아우라는 해방 후 좌우를 가리지 않는 친일파에 대한 조소와 배척 일변도의 상황 속에서 자신을 돌아보기보다 타인을 치죄하는 데 몰두하며 들끓었던 당대 여론의 재연처럼 여겨졌을 가능성이 크다.

때마침 이 무렵은 순수·참여 논쟁에 뛰어든 선우휘가 참여문학론을 비판하며 문학의 절대적 가치의 문제에 눈을 돌리고 있던 시기였다.[32] 위의 백낙청과의 대담에서도 문학은 정치학이나 경제학이나 사회학과는 다르고 문학만이 할 수 있는 영역이 존재한다는 것, 따라서 문학은 이데올로기의 부연이라든가 사회학적 방편이나 도구로 간주되어서는 안 되고 오히려 지식의 세분화로 인해 결여된 '종합적 사고와 통찰'이 요구되는 고도의 지적 예술로서 간주되어야 함을 주장한 참이었다.[33] 선우휘는 일제 말기 식민 권력의 기구와 정책, 그리고 그것을

후 출생의 '학병세대'와 1940년 전후 태어난 '4·19세대' 사이 세대", 특히 사회화 범위와 관련하여 학교 교육 정도에 머문 '황국소년 / 소녀'로서 해방을 맞은 세대로 규정하고 있다. 권보드래, 「내 안의 일본—해방세대 작가의 식민지 기억과 '친일' 문제」,『상허학보』60, 상허학회, 2020, 400쪽, 408쪽.

32　1960년대 후반 작가의 사회 참여를 둘러싼 순수·참여 논쟁의 전개 과정에 관해서는 김영민,『한국현대문학비평사』, 소명출판, 2000, 270~278쪽 참조.

33　"문학은 정치학이나 경제학이나 사회학과는 다르다는 것, 그러니까 경제학이나 사회학이 아닌 문학만이 할 수 있는 분야를 확인해야겠지요. 그러면 문학은 이데올로기의 부연도 아니고 사회

매개한 문인들의 친일 행적에 대한 자료들로 빼곡한『친일문학론』의 증언이 친일 = 반민족 행위라는 등식을 확인하고 이를 규탄하는 단선적 차원에 머문다고 판단했다. 정치적인 것에 대한 좀 더 깊은 통찰에의 요구, 이분법적인 편가름의 단순함에 대한 비판, 그리고 저항의 다양한 방식에 대한 고려의 주장이 그에 대한 문제제기의 연속선상에 놓인 것은 말할 것도 없다.[34]

그렇다면 문학이 친일의 문제와 대면하는 방법은 어떠해야 하는가. 그리고 이로써 문학이 제공할 수 있는 통찰은 어떠한 것인가. 이러한 질문들과 대면하고 있다는 점에서 단편「묵시」는『친일문학론』의 단선적 증언에 대한 문학적 대응으로서의 성격을 갖는다고 해도 좋을 것이다. 학생 시절 이광수에 대한 테러를 결심한 적이 있다는 '나'의 이야기로 시작되는 단편「묵시」가 자신을 그토록 천치로 만들어준 그 무렵의 일체를 증오하지 않을 수 없다는「자화상」의 고백으로 시작되는『친일문학론』을 정면에서 마주보고 있는 것은 결코 우연이 아니다. 말하자면 '나'도 한때는 테러를 결심할 정도로 이광수의 친일을 증오하고 분노했던 적이 있는데, 그런 '나'의 이야기를 한번 들어보지 않겠느냐는 일종의 문학적 말 걸기인 셈이다.

보아온 대로 단편「묵시」가『친일문학론』의 단선적 증언을 넘어서기 위해 선택한 것은 친일에 나선 이광수와 정반대로 '벙어리 되기'를 가장하여 은둔한 '서낭'이라는 우회적 인물의 설정이다. 서사는 이광수의 친일 발언이 잦아지는 것과 궤를 같이하여 '서낭'의 침묵에 저항의 의미를 부여했던 세간의 소문이 결국 사실이 아님을 드러냄으로써 친일과 저항의 경계 허물기를 시도한다. 이광수의 친일에 가로놓인 저간의 사정 역시 단순치 않은 것이었음을 환기하려는 의도였

학의 하나인 방편이나 도구가 아니라는 것이 뚜렷해집니다. 거기서 문학의 뜻은 더 커집니다. 지식의 세분화로 말미암아 현대인이라는 것이 종합적인 어떤 사고와 통찰을 못 가지게 되는데 누가 해야 하느냐 하면 그것은 문학일 수밖에 없습니다." 선우휘·백낙청 대담, 앞의 글, 151쪽.

34 선우휘·백낙청 대담, 앞의 글,『사상계』, 158쪽.

을 것이다. 그러나 저간의 사정이 어떠했든 이광수가 친일에 나선 것은 부인할 수 없는 사실이고, 저항의 의미를 잃은 '서낭'의 침묵에 수반된 '나'의 환멸 역시 친일에 대한 심리적 저항을 완강히 드러낼 뿐이다. 막다른 골목에 맞닥뜨린 서사가 꺼내든 회심의 카드는 '서낭'에게 '벙어리 되기'의 운명을 적극 껴안기라는 새로운 서사를 부여하는 것이었다.

서사는 자신의 과오를 각인하고 있는 '벙어리 되기'의 운명을 껴안은 채 생을 마감한 '서낭'의 이야기를 통해 해방 후 자기변명에 나섰던 이광수의 처신을 되비춤으로써 이광수의 친일과 변명을 둘러싼 세간의 날 선 목소리를 다시 한번 우회한다. 저간의 사정이 어떠했든 친일에 나선 것이 부인할 수 없는 사실이라면 친일의 과오와 대면하는 태도만큼은 떳떳했어야 하지 않겠느냐는 완곡한 질책인 것이다. 이로써 서사는 친일의 증언을 외면하지 않으면서 동시에 비난과 배척의 단선적인 목소리를 넘어선다. '서낭'의 이야기를 통해 궁극적으로 이광수가 가지 못한 길을 우회적으로 되비춤으로써 친일과 저항의 이분법 너머, 인간에 대한 판단이 아니라 인간적 위엄의 조건에 대한 탐색을 지향하고 있다는 점에서 그러하다.

5. 환멸의 우상, 결별해야 할 이념적 아버지

살펴본 대로 단편 「묵시」는 이광수의 행적을 비틀고 있는 '서낭'이라는 인물을 통해 일제 말기와 해방기 친일 논란에 휩싸였던 이광수의 처신을 우회적으로 되비추고 있는 작품이다. '서낭'이라는 인물을 통해 되비추어진 이광수에 대한 평가는 완곡하지만 냉정했다. 자신의 과오가 각인된 '벙어리 되기'의 운명을 껴안은 채 생을 마감한 '서낭'의 이야기는 해방 후 세간의 비난과 배척을 견디지 못하고 오욕의 변명에 나선 이광수의 처신을 되비추는 거울이었고, 이 점에서 '서낭'

에 대한 애도와 기림은 이광수에 대한 애도와 결별의 표명이나 다름없었다. 요컨대 단편 「묵시」의 작가 선우휘는 친일에 대한 증오와 부정의 단선적인 목소리에 거리를 두면서도 이광수에 대한 결별 의지에 있어서만큼은 완강한 태도를 보여주고 있는 것인데, 이 장에서는 그 이유를 월남 학병세대의 정체성의 문제와 관련지어 해명해보고자 한다.

주지하다시피 학병세대란 일제 말기 대학을 다니고 있던, 그러니까 "1920년을 전후하여 약 5년에 걸쳐 태어난 세대"를 가리킨다.[35] 그 가운데는 학병으로 일본군에 동원된 이들도 있지만, 1922년 생인 선우휘나 그보다 2살 아래인 지명관처럼 사범학교 학생 혹은 강습생으로 학병을 면하여 전장의 경험이 부재한 이들도 있다. 그러나 전장의 경험이 부재했다고는 해도 주위의 동료나 선배가 학병으로 동원되고, 또 바로 윗세대의 민족 지도자들이 학병 지원을 권유하는 데 나서는 것을 지켜보며 충격을 받았던 집단의 일원으로서 이들 역시 동일한 사회·역사적 경험을 공유하고 있었다. 선우휘 또한 자전적 장편 『노다지』에서 일제 말기 학병 동원이 주위의 동료들과 자신에게 초래한 충격과 갈등에 대해 자세히 다루고 있거니와,[36] 이광수를 비롯한 민족 지도자들의 학병 권유 행각에서 느낀 울분과 배신감 역시 빠지지 않고 등장한다. 흥미롭게도 이 일화는 해방 후의 시점에서 『나의 고백』으로 자기변명에 나선 이광수의 처신에 실망한 '수인'이 깨끗이 이광수와의 결별을 선언하기 바로 직전의 대목에서 회고의 형식으로 등장하는데,[37] 이러한 결별 의식의 저변에 자신들을 전장으로 내모는 데 앞장섰던 선배

35 김건우는 학병세대가 공유하는 사회·역사적 경험으로 전장의 경험 여부보다는 제국 최고의 교육을 받았다는 점에 강조점을 둔다. 이런 전제하에 주로 최고의 고등 교육을 받은 청년들로서 친일 전력에서도 비교적 자유로웠던 덕분에 해방 후 새로운 국가 건설의 주체를 자임하고 나설 수 있었던 집단이라는 점이 세대적 특징으로 거론된다. 김건우, 「월남 학병세대의 해방 후 8년─학병세대 연구를 위한 시론」, 『민족문학사연구』 57, 2015, 302~306쪽; 김건우, 『대한민국의 설계자들─학병세대와 한국 우익의 기원』, 느티나무책방, 2017, 17~19쪽.

36 선우휘, 『노다지─굴레』 1, 위의 책, 218~241쪽.

37 선우휘, 『노다지─해방』 2, 위의 책, 241~242쪽.

세대에 대한 배신감과 '원한' 의식이 가로놓여 있었음을 엿볼 수 있게 해준다.[38]

학병세대가 이러한 '원한' 의식을 일거에 극복한 것은 해방 후 건국의 최우선 과제로 이해되었던 '건군建軍'의 주역으로 나서면서였다. 이제부터 '조국을 위한 전쟁터'에 나서겠다는 결의, 그것은 일본군으로 전장에 나갔던 오욕의 기억을 딛고 부재했던 국가에 대한 욕망이 극적으로 표출된 것이기도 했다.[39] 학병 동원에서 제외되었던 선우휘라고 해서 오욕의 기억이 없었던 것은 아니다. 사범학교 출신으로 후방에 남아 황국소년/소녀의 양성에 발을 담가야 했던 그에게는 학도출진을 앞둔 동료들이 그나마 부여쥐고 있던 "겨레를 대신하여 희생의 선봉에 나서고 있다"[40]는 비장한 명분조차 허용되지 않았다. 그러나 그러한 선우휘 역시 신생 대한민국 국군에 장교로 지원 입대하면서 이러한 자괴감을 일거에 떨쳐버릴 수 있었던 것이다.

물론 선우휘의 국군 지원 입대는 월남인으로서의 특수한 입장에서 비롯된 것이기도 했다. 소련 군정하의 공산주의에 실망하고 월남을 선택했던 선우휘에게 국군은 공산주의의 위협으로부터 대한민국을 지켜내는 최전선의 보루였다. 이데올로기와 체제를 달리하는 남북 간의 전쟁이 필연적이라고 내다보았던 선우휘에게 국군은 반드시 쓰이기 위해 양병되는 군대였고, 실제로 한국전쟁에 참전한 경험은 공산주의와 맞서 싸워 자유주의 국가를 지켜냈다는 자부심을 가져다주었다. 요컨대 일제 말기 학병 동원에 앞장섰던 선배세대에 대한 배신감과 '원한', 학병 동원에서 배제되어 후방에 남아 오욕의 시간들을 견뎌야 했던 자괴감, 그리고 해방 후 대한민국 건군의 주역으로서 또 한국전쟁에 참전하면서 회복한 자부심에 근간을 둔 선우휘의 정체성은 월남 학병세대의 사회·역사적 경험을

---

38 학병세대와 윗세대 사이에 패인 깊은 골과 여기서 비롯된 학병세대의 '원한' 의식에 관해서는 김건우, 「운명과 원한—조선인 학병의 세대의식과 국가」, 『서강인문논총』 52, 서강대 인문과학연구소, 2018, 112~121쪽 참조.

39 김건우, 「운명과 원한—조선인 학병의 세대의식과 국가」, 위의 논문, 123쪽.

40 선우휘, 『노다지—굴레』 1, 앞의 책, 243쪽.

관통하며 형성된 것이라 해도 지나치지 않다.[41]

이렇듯 건군의 주역으로서 대한민국을 세우고 지키는 데 앞장섬으로써 일제 말기 오욕의 시간들을 극복했다고 믿었던 선우휘에게 『친일문학론』은 되묻고 있었다. 그 오욕의 시간들은 정말 극복되었느냐고. 한 번이라도 똑바로 마주한 적이 있느냐고. 청산되지 않은 친일파들의 망동이 대한민국의 근간이 되어야 할 민족정기마저 흐려놓지 않았느냐고. 황군이 되어 침략전쟁에 나서고 혹은 후방에 남아 황국신민을 양성했던 당신들 세대 역시 그 책임에서 자유롭지 않다고. 그러나 일면 이러한 비판에 공감하는 선우휘로서도 그것이 자신들의 세대가 힘겹게 일군 대한민국의 정체성에 대한 부정으로 이어지는 것만큼은 동의하기 어려웠을 것이다. 이광수에 대한 인간적 연민에도 불구하고 선우휘가 끝내 그와 화해하지 못하고 결별을 표명해야 했던 이유는 바로 여기에서 찾을 수 있지 않을까. 일찍이 이광수가 서북 민족주의를 대변하는 정주의 자랑이자 자부심의 근원이었다면 그의 친일은 바로 그 이념을 훼손한 명백한 과오였고 해방 후의 자기변명은 이를 돌이킬 수 없는 것으로 만들었다는 것이 선우휘의 판단이었다.[42] 월남 학병세대 선우휘에게 이광수는 환멸의 우상, 서북 민족주의의 올바른 계승자로서의 세대적 정체성을 증거하기 위해서라도 결별하지 않으면 안 되는 이념적 아버지였던 것이다.

---

41 이상 월남 학병세대로서의 선우휘의 정체성에 관한 언급은 자전적 장편 『노다지』의 주인공 '수인' 세대의 정체성을 분석한 판단에 의거한다.

42 5·16쿠데타로 군부정권이 들어선 이래 사상적으로는 선우휘와 정반대의 길을 갔던 동향인 정주 출신의 지명관 역시 이광수의 민족주의에서 받은 영향은 곧잘 강조하면서도 친일의 문제에 있어서만큼은 완강하게 비판적인 태도를 취한 바 있다. 지명관, 『경계를 넘는 여행자』, 다섯수레, 2006; 지명관, 「이광수와 일본—하나의 시론」, 『한일관계사연구』, 소화, 2004 참조.

제4장

1960년대 한국사회와 '『흙』의 작가' 이광수

1. 우리 시대에 '허숭'이 살아있다면

1960년대 당대의 문제작가로 떠올랐던 최인훈은 미학적 근거 위에 문학의 사회적 기능을 중시한 작가로 잘 알려져 있다. 실제로 "문학 작품을 쓴다는 것은 작가의 의식과 언어와의 싸움이라는 형식을 통하여 작가가 자기가 살고 있는 사회에 대하여 비평을 행하는 것"[1]이라 하여 문학을 사회 비평의 일환으로 간주했던 소설가이자 비평가였던 만큼, 그의 작품에서 당대 한국사회를 둘러싼 사회·문화적, 정치적 쟁점들을 발견하게 되는 것은 드문 일이 아니다. 4·19 전야의 한국사회를 배경으로 '닫힌 세대'의 의식을 전경화하고 있는 『회색인』역시 예외가 아니다. 흥미로운 것은 4·19를 전후한 당대 한국사회와 지식인의 문제를 제기하고 있는 이 작품이 첫 장면에서부터 대뜸 '『흙』의 작가' 이광수를 그 선례로서 소환하고 있는 점이다.

---

1   최인훈, 「문학활동은 현실비판이다」(『사상계』, 1965.10), 281쪽.

다른 작품은 다 말고 『흙』 하나만 가지고도 그는 한국 최대의 작가야. 그 시대를 산 가장 전형적 한국 인텔리의 한 사람을 무리 없이 그리고 있잖아? '살여울'에서 한 그의 사업이 성공했느냐 못 했느냐는 물을 바가 아니지. 그는 그 당시 국내에서 살았던 낭만적인 인간의 꿈을 그린 거야. 그는 시대의 큰 줄기가 무엇인지를 보는 눈이 있었어. 이런 소설을 써달란 말이야. 우리 시대에 '허숭'이 살아있다면 그가 무엇을 했겠는가를 써달란 말이야.[2]

인용문은 정치학과에 적을 두고 있는 행동주의자 김학이 국문과에 적을 두고 있는 주인공 독고준에게 정치학과의 학술 동인지 『갇힌 세대』에 참여할 것을 종용하며 던진 말이다. 이광수의 『흙』은 "그 시대를 산 가장 전형적 한국 인텔리"의 한 사람을 무리 없이 그려내고 있으며, 이 점에서 『흙』의 작가 이광수는 시대를 보는 눈이 있었던 '한국 최대의 작가'라는 평가는 물론 행동주의적 현실 참여를 거부하는 주인공 독고준의 견해와는 거리가 있다. 바야흐로 "국제 협조, 후진국 개발의 새 나팔이 야단스러운"[3] 시대, "한국의 상황에서는 혁명도 불가능하다"[4]고 생각하는 독고준에게 행동으로서의 현실 참여란 『흙』의 작가 이광수가 그랬듯 권력과 체제에의 복종으로 전화되게 마련인 의심적은 경계의 대상이 아닐 수 없었기 때문이다. 후술하겠지만 2년 후 최인훈은 『서유기』에서 『흙』의 작가' 이광수를 직접 소환하여 무대 위에 올림으로써 다시금 이 문제를 본격적으로 쟁점화하고 있다. 이는 당대 영화와 같은 대중문화의 영역은 물론 문단과 학계에서도 끊임없이 『흙』의 작가 이광수를 '살아있는 과거'로서 소환해내고 있던 움직임과 무관하지 않은데, 그 대표적인 것이 1964년 11월 『문학춘추』의 특집 '한국문학의 재발견'란에 발표된 유종호의 「어느 반反문학적 초상」이다.

---

2   최인훈, 『회색인』(『세대』, 1963.6~1964.6), 문학과지성사, 1991, 13쪽.
3   최인훈, 『회색인』, 앞의 책, 10쪽.
4   위의 책, 17쪽.

이 글에서 유종호는 근대화 초기에 가장 많은 영향을 끼쳤고 또 가장 많은 독자들 거느렸던 이광수가 언제나 '문학사적 존재'로만 평가되어 오고 있는 점에 문제를 제기하면서 이광수를 당대에도 여전히 유의미한 '살아있는 과거'로서 호출해낸다. 평생을 '반 ^{反}문학적 자세'로 일관했던 이광수는 위선자이기보다 "문학자의 양심과 사회인 ^{市民}의 양심 사이에 충돌과 갈등과 방황의 드라마를 보여준 최초의 문학자"이며, "그가 절규하였던 '민족'도 '흙'도 우리에게는 여전히 미해결의 장으로 남아 있"다는 의미에서 '살아있는 과거'이자 '현존하는 과거'[5]라는 것이 주된 논점이다. 유종호는 한편으로 '왕년의 민족 지도자'로서 다시 조명되고 있는 이광수의 부활이 정신적 지도자에 대한 갈증과 도덕적 니힐리즘의 산물이라는 점에서 당대인들의 불행과 타락을 암암리에 반영한 것이라는 착잡한 심경을 드러내기도 한다. 그러나 이광수를 변절로써 심판하면서 이전까지의 '선행'의 여정은 묵살하고 '악행'만을 문제삼는 것은 공정치 못한 처사라는 것이 그의 판단이다. 사회 현실의 문제를 고민하는 청년들이라면 유행하는 철학서보다 이광수를 읽어보라고 서슴지 않고 권하고 싶다고도 썼다. 유종호에게 『흙』의 작가 이광수는 문학자의 양심과 시민의 양심 사이에서 고민하며 사회 현실의 문제에 적극 개입하기를 마다하지 않았던, 당대에도 여전히 요구되는 실천적 지식인을 표상하는 이름이었던 것이다.

그렇다면 1960년대 한국사회에서 '우리 시대에 '허숭'이 살아있다면'이라는 질문과 가장 진지하게 대면한 독자들은 누구였을까. 지금까지 1960년대 『흙』의 독자들에 대한 논의는 주로 조국 근대화의 시대정신과 이에 호응했던 대중의 감성에 대한 독해를 중심으로 이루어졌다. 『흙』의 대중독자를 대상으로 "금욕하고 희생하고 헌신하라"는 명제와 더불어 조국 근대화 시대에 발맞춰 가던 '반 ^{反}개인·반 ^{反}자유의 숭고'에 대한 대중의 공감을 읽어낸 권보드래, 그리고 영화 『흙』

---

5   유종호, 「어느 반 ^{反}문학적 초상」, 『문학춘추』, 1964. 11, 9~22쪽.

을 정점으로 하는 이광수 원작 영화의 흥행에 주목하고 그 주된 요인을 "민족영화로서의 계몽성과 멜로드라마적 오락성"을 적절히 결합시킴으로써 부권의 귀환과 재건에의 요구라는 국가의 지향과 재미와 오락성을 추구하는 대중의 기대를 모두 충족시킬 수 있었다는 데서 찾은 박유희, 이미나 등의 논의가 그러하다.[6] 이들 논의가 당대 근대화를 명분으로 내건 시대의 요구에 세속적 욕망으로써 적극적으로 호응해간 대중의 감성에 주목했다면, 최근 안서현은 이러한 대중적 열기라는 현상과는 낙차를 보이는 학술과 비평에서의 비판적 담론에 주목하고 이를 김동인의 '춘원 부정론'의 연장선상에서 조명함으로써 1960년대『흙』의 작가 이광수에 대해 대중과는 또 다른 시선을 담지했던 비판적 지성의 계보를 논하고 있기도 하다.[7]

이 글은 이들 대중적 감성론과 비판적 지성론이 주목하지 않았던『흙』의 또 다른 독자층, 곧『흙』의 작가 이광수를 '살아있는 과거'로서 진지하게 대면했고 또 '허숭'의 삶을 당대 현실에서 몸소 실천하고자 했던 이들의 목소리에 관심을 갖는다. 1950년대 중반 이래 산업화 중심의 근대화에 밀려 낙후된 여건에 놓여 있던 농촌사회의 문제를 해결하기 위해 농촌재건운동에 뛰어들었던 농촌운동가들와 학생계몽대 혹은 학생봉사대의 이름으로 이에 참여했던 청년학생이 바로 그들이다. 무엇보다 당대 농촌문제의 해결에 관심을 갖고 농촌운동에 헌신했던 이들에게 그 길을 앞서 걸어간 '허숭'의 삶을 그린『흙』은 가벼운 읽을거리 그 이상의 것이었다. 앞질러 언급하자면 그것은 당대 한국사회가 처한 농촌문제 현실의 절박함을 일깨우고 농촌운동에 대한 헌신과 소명의식을 추동하는 문학적 전범에 가까웠다. 따라서 1960년대『흙』의 대중적 영향력을 이해하는 데 있어서

---

6   권보드래,「저개발의 멜로, 저개발의 숭고－이광수,『흙』과『사랑』의 1960년대」,『상허학보』37, 상허학회, 2013; 박유희,「춘원 문학 영화화의 추이와 맥락」,『상허학보』37, 상허학회, 2013; 이미나,「이광수 소설『흙』의 영화화 양상 고찰」,『춘원연구학보』13, 춘원연구학회, 2018.
7   안서현,「분열하는 돈키호테의 형상들－1960·1970년대 춘원론의 재구성」,『춘원연구학보』26, 춘원연구학회, 2023.

86   제1부_ 한국사회와 이광수라는 표상

당대 농촌운동의 주체이자 직간접적인 참여자였던 이들 독자층의 존재는 대중적 감성이나 비판적 지성과는 또 다른 각도에서 주목될 필요가 있다.

1960년대 한국사회에서 농촌문제에 관심을 가졌던 이들 주체는 주로 어떤 계층이었고 어느 정도의 사회적 영향력을 지니고 있었을까. 그리고 이들의 관점에서 독해한 『흙』은 대중 감성 일반과 어떻게 달랐고 또 어느 지점에서 일치했을까. 한편 『흙』의 배경이기도 한 1930년대의 농촌계몽운동이 일제의 농촌진흥운동에 흡수되었듯 1960년대의 농촌재건운동이 새마을운동의 깃발 아래 국가로 회수되어버린 역사적 사실을 고려할 때 비판의 목소리 역시 간과할 수 없다. 당대 이광수의 『흙』을 둘러싼 비판적 논의들이 특히 현실 참여의 문제를 둘러싸고 전개된 것도 이와 관련이 있지 않을까. 이하의 논의에서는 이러한 질문을 차례로 따라가면서 1960년대 '『흙』의 작가' 이광수라는 거울에 비춰진 당대 한국사회의 한 단면을 조명해 보고자 한다.

2. 1960년대 농촌재건운동과 농촌운동의 주체들

잘 알려져 있다시피 1961년 5·16쿠데타 직후 전개된 '국민재건운동'은 1950년대 미국의 원조와 개입에 기반한 한국의 근대화 과정에 대한 비판적 대응으로서 국가, 민족, 전통을 강조하며 한국적 근대성을 모색했던 일군의 집단이 국가주도와 민간주도라는 국민운동의 공간을 두고 길항했던 범국민운동이었다. 5·16쿠데타 주도세력과 정권 참여를 통하여 제도적 실천공간을 확보하고자 했던 학계와 문화계, 언론계의 지식인층이 바로 그 두 축이다.[8] 실제로 5·16군사

---

8 1950년대 한국의 근대화 과정이 배태한 국가주도와 민간주도의 국가운동 지향의 접점으로서의 재건국민운동의 성격에 관해서는 허은, 「'5·16군정기' 재건국민운동의 성격 – '분단국가 국민운동' 노선의 결합과 분화」, 『역사문제연구』 11, 역사문제연구소, 2003 참조.

정부 시기 재건국민운동을 실질적으로 이끌었던 제2대 본부장 류달영은 "이것은 혁명정부의 범국민운동이 아니라 나중에 정부가 어떻게 바뀌든지 간에 항구성을 가진 국민운동"[9]이라 하여 '순수 민간운동'의 성격을 강조하며 재건국민운동의 정치적 수단화를 강력히 경계했다.

류달영이 이끈 재건국민운동본부는 특히 농촌재건과 농촌재건을 담당할 청년층의 교육을 강조했다. 1911년 경기도 이천 출생으로 일찍이 양정고보 시절 『동아일보』가 주관한 브나로드 운동에 참여하면서 농촌운동에 투신할 뜻을 세웠던 류달영은 졸업 후 수원고등농림학교에 진학해서는 농업국가 덴마크의 부흥담을 소개한 우치무라 간조內村鑑三의 소책자를 접하고 구체적인 농촌개발의 모델을 그리며 농촌운동의 꿈을 키우던 청년이었다. 해방 후 수원 모교인 서울대 농대 교수가 되어서도 꾸준히 농촌운동의 길을 모색했던 그가 1952년 피란지인 대구에서 펴낸 『새 역사를 위하여 ─ 덴마크의 교육과 협동조합』은 그 오랜 모색의 결과물로서 출간과 더불어 꾸준히 대중에게 큰 반향을 일으켰고, 군사정부가 시작한 재건국민운동에 류달영이 합류하는 데 결정적인 계기가 되어주었다. 재건국민운동에 군사정부가 간섭하지 않을 것을 조건으로 본부장직을 수락했던 류달영이 덴마크 모델에 따라 국민운동을 전개해 나가면서 농촌 지도자의 양성과 향토재건에 주안점을 둔 것은 결코 우연이 아닌 셈이다. 류달영이 이끈 재건국민운동본부가 출범 한 해만에 양성·배출한 농촌운동 지도자는 중앙과 전국 시도의 지부를 합하여 7만여 명, 조직된 농어촌 학생 봉사대도 41만여 명에 달한다.[10]

---

9   류달영·양호민 대담, 「재건국민운동의 방향과 방법 ─ 좀 더 잘살기 위한 범국민운동으로」 (1961.11.2), 『사상계』, 1962.1, 177쪽.

10 이상 류달영이 재건국민운동에 합류하기까지의 경력과 활동에 관해서는 김건우, 「류달영의 재건국민운동본부와 덴마크 모델」, 『대한민국의 설계자들 ─ 학병세대와 한국 우익의 기원』, 느티나무책방, 2017, 131~138쪽 참조.

국민운동은 가장 활동력이 강하고 또 용감하게 낡은 낡을 벗어버릴 수 있는 남녀청 년들을 혁명과업 완수의 중추적 세력으로 육성하기 위해서 자연부락 단위로 전국에 걸쳐 재건청년회, 재건부녀회를 조직하고 확고한 승공이념과 뜨거운 향토재건의 의욕 을 강하게 일으킬 수 있도록 노력할 것이다. 전국의 각 부락들은 다투어 **향토재건에 전력 을 기울여서** 가는 곳마다 **살아있는 상록수**를 찾아내기가 힘들지 않게 된 것이다.[11]

인용문에서 볼 수 있듯 류달영의 재건국민운동은 향토재건의 동력으로 간주 된 지역의 청년활동가를 '살아있는 상록수'로 호명했다. 일찍이 브나로드 운동 을 계기로 농촌운동에 투신할 뜻을 가지게 되었고, 심훈의『상록수』의 주인공 채 영신의 모델인 여성 농촌운동가 최용신의 전기『최용신 소전小傳』1939을 펴내기 도 했던 류달영에게 1930년대 '흙'과 '상록수'로 대변되는 농촌운동의 표상은 당 대 재건운동의 유력한 심상이 되어줄 수 있었던 것이다. 류달영의 농촌재건운동 은 당대 한국 공론장의 중심에 있던『사상계』의 적극적인 지지를 받으며 날개를 달았다.『사상계』는 1961년 11월 농촌재건활동을 다각도로 조명한 여러 장의 화 보와 더불어 '보다 나은 농가·농촌을 찾아서'라는 제목의 탐방 기사를 특집으로 마련했고, 1962년 1월에는「재건국민운동의 방향과 방법」이라는 제목으로 당시 『사상계』의 주간이던 양호민과의 대담 기사를 실어 재건국민운동에 거는 기대 를 상세히 조명하기도 했다.

한편 '보다 나은 농가·농촌을 찾아서' 특집 기사에는 류달영의 제자이자 1962 년 중앙교육원 교수직으로 재건국민운동에 참여했고 훗날 농협대학 교수로서 새마을지도자연수원장, 새마을운동 중앙회 회장을 역임했던 김준의 복음농민의 숙 활동이 '독농가'의 한 사례로서 소개되고 있어 눈길을 끈다.[12] 1926년 전남 영 광 출생으로 이리농림학교를 거쳐 서울대 농과대학 임학과를 졸업하고 1951년

---

11 류달영,「역사의 분수령 – 민족의 운명을 결정하는 재건국민운동」,『최고회의보』8, 1962. 5, 161쪽.
12 한남철,「두 독농가의 경우」,『사상계』, 1961. 11, 247~251쪽.

전남대 농과대학 교수가 되었던 김준은 1955년 국립대학의 교수직을 버리고 기독교 수양단체인 동광원에 들어가 복음농민운동을 펼쳤고, 대전기독교연합 농민학원 교수를 거쳐 1959년부터는 순창 가마골에서 손수 농사를 지으며 '복음농민의숙'을 세워 농촌 지도자의 양성에 힘썼다.[13] 의숙의 체제는 "덴마아크의 농촌실업학교과 비슷"[14]하다고 소개되어 있는 데서 알 수 있듯 류달영의 덴마크 모델에 따른 것이었는데, 류달영이 김준을 재건국민운동본부 중앙교육원 교수로 천거한 것도 제자에 대한 각별한 신임에서였음을 짐작케 한다. 또한 김준은 자신의 독서체험을 밝히는 지면에서 류달영의 『새 역사를 위하여』와 더불어 이광수의 『흙』과 심훈의 『상록수』를 첫머리에 꼽으며 "농촌운동을 위해 몸을 바치기로 한 사람"으로서 "이 책들은 읽고 또 읽어도 언제나 생생한 감명을 준"다고 각별히 언급한 바 있기도 하다.[15] 여러모로 스승 류달영의 영향 아래 '흙'과 '상록수'로 대변되는 브나로드 운동 세대의 감수성을 그대로 이어받고 있는 것이 확인된다.

류달영과 김준이 재건국민운동의 최고 간부로서 1960년대 농촌재건운동을 주도한 대표적인 지식인 계층이었다면, 농촌재건운동의 실질적인 사회적 지지 기반이었던 각 지역의 농촌운동가들의 존재도 주목하지 않을 수 없다. 먼저 1926년 전남 광주 출생으로 김준의 전북대 농대 제자이자 대학을 중퇴하고 김준을 따라 대전기독교연합 농민학원에 입교, 김준을 도와 가마골 복음농민의숙 활동을 함께하기도 했던 청년 은영령. 그는 가마골이 소유권의 문제로 위기에 처하고 김준이 재건국민운동에 관여하게 되어 그곳을 떠난 이후로도 가마골에 남아 농민의숙을 중심으로 지속적인 활동을 펼치며 가마골을 재건해내는 데 성

---

13 김준의 생애와 활동 전반에 관해서는 이종범, 「새마을운동의 정신적 지주─김준론」, 『전환시대의 행정가 한국형 지도자론』, 나남출판, 1994; 김찬수·김기명·김규석, 『혜경 김준─새마을운동의 정신적 지주』, 렛츠북, 2020 참조.

14 위의 글, 250쪽.

15 김준, 「나의 독서체험」(『새농민』, 1975.10), 『은혜로 마음밭을 갈며』, 홍사단출판부, 1986, 21~22쪽.

공을 거두었다. 대학까지 다니기도 했으나 저명한 지식계층은 아니었던 은영령의 활동에 관한 기록이 남아 있는 것은 1970년대 새마을운동의 출발점에서 그와 같은 각 지역의 농촌운동가들이 '내일의 농촌 지도자' '새마을의 기수'로 호명되어 공식적인 조명을 받게 되었던 덕분인데,[16] 은영령이 감동 깊게 읽었다는 책의 목록에도 이광수의 『흙』과 심훈의 『상록수』는 빠지지 않고 등장한다.

춘원의 『흙』과 심훈의 『상록수』에 심취했던 소년 은영련. 그는 광주 숭일고등학교을 졸업, 이어 전북대학교 농과대학에 진학했다. 그를 오늘이 있기까지 이끌어준 것은 대학에서였다. 농대의 김준 교수는 기회가 있을 때마다 이스라엘이나 덴마크의 갖가지 부흥상을 들려주고 또 우리 농촌의 재건을 일깨워주었다. (…중략…) 이 학교대전기독교연합 농민학원 – 인용자에서 그는 지금의 아내 박정옥 씨를 만난 것이다. 청북 청주가 고향이고 그곳에서 여학교를 마친 후 이 학원에 진학한 그녀는 『상록수』의 여주인공 채영신을 이상으로 삼고 있었다.[17]

1950년대 후반 지역에 기반을 둔 농촌운동가로 시작하여 국가에 의해 '새마을의 기수'로 호명된 은영령도 그렇지만, 같은 시기 박정희의 눈에 띄어 극적으로 『대한뉴스』에 '새마을의 기수'로 소개되었던 이재영의 경우도 지역의 농촌운동가로 잔뼈가 굵은 인물이었다. 1936년 경기도 안성 출신으로 경복고등학교 재학 시절 학도호국단의 향토계몽활동에 참여하면서 농촌운동가로서의 삶을 결심하게 되었던 이재영은 졸업 후 계몽대 동료들과 함께 '애향청년회'라는 농촌계몽조직을 결성하여 활동하는 한편 협동조합운동에 꾸준히 관심을 가지고 농민의 이해를 대변하는 농민의 조직화에 힘썼다.[18] 5·16쿠데타 직후 군사정부

16   장석향, 「가맛골 마을에 성가 울릴 때」, 『새마을의 기수』, 삼일각, 1972, 174~178쪽 참조.
17   위의 글, 174~175쪽.
18   농촌 운동가 이재영의 상세한 생애사에 관해서는 김영미, 『그들의 새마을운동』, 푸른역사, 2009,

가 농촌경제의 향상을 내걸고 '협동조합'을 재편성했을 때 그가 농협운동에 뜻을 두고 민간의 농협개척원이 되어 의욕적으로 활동한 것도 국가의 지지 아래 "내가 하고 싶은 운동을 할 수 있게 됐다는 데에 대한 만족감"에서였다.[19] 이재영의 생애사에서 독서체험에 관한 언급은 발견되지 않지만, 앞서 은영령의 경우에서도 보이듯 1950·1960년대 농촌재건운동에 관심을 가졌던 청년학생이자 농촌활동가로서 이광수의 『흙』과 심훈의 『상록수』는 필독 도서로서 공유하고 있지 않았을까 싶다.

은영령이나 이재영과 같이 각 지역에 기반을 둔 농촌운동가 외에도 학생계몽대 혹은 학생봉사대의 이름으로 농촌운동에 동참했던 수많은 청년학생들이 있었다. 이승만 정권이 운용한 학도호국단의 학생계몽대를 비롯하여 류달영이 이끈 재건국민운동본부의 농어촌 학생봉사대는 실질적으로 관제 학생동원 조직으로서의 성격을 지닌 것이었지만, 1930년대의 브나로드 운동이 그랬듯 청년학생들에게 농촌의 현실을 체험할 기회를 제공하고 농촌운동에 뛰어드는 계기를 마련함으로써 다수의 농촌운동 실천가들을 배출한 것도 사실이다. 1950년대 고등교육이 대중적으로 확산되고 있을 때 가족들의 희생 위에 고등교육을 받을 수 있었던 고등교육의 첫 번째 수혜자들이었던 이들은 자신들을 배출한 농촌사회의 일원으로서 농촌근대화의 필요성에 폭넓은 공감대를 형성하고 있던 세대이기도 했다.[20] 1960년대 『흙』의 대중적 독자 가운데는 당대 농촌재건운동에 호응했던 이들 학생 계층 역시 커다란 비중을 차지하고 있었던 것이다.

3부 "'새마을의 기수'가 된 농촌운동가" 참조.

19   위의 글, 300쪽.

20   1930년대에 태어난 세대로서 1950년대 고등교육의 수혜자들인 청년학생들의 농촌근대화 지향과 그것이 내면화한 소명의식에 관해서는 김영미, 앞의 책, 253~267쪽 참조.

3. 농촌운동의 문학적 전범으로서의 『흙』

1960년대 이광수가 '『흙』의 작가'로서 다시금 한 시대의 주목을 받을 수 있었던 것은 1930년대 이광수의 『흙』이 지닌 대중적 영향력, 특히 브나로드 운동 세대에게 각인된 문학적 위상 덕분이었다고 할 수 있다. 『흙』의 연재가 끝난 직후 『동아일보』에 실린 독자의 독후감 「검불랑의 흙이 될 갑진군을 위하야—춘원의 『흙』을 읽고서」는 이를 단적으로 보여준다. 농촌운동에 뜻을 둔 열악한 농촌지역의 한 청년으로 자신을 소개한 필자는 허숭과 김갑진의 활동에 경의를 표하고 그들을 도와 영겁에 빛날 사업을 성취할 것을 다짐하면서 이렇게 글을 맺고 있다. "그 글이 우리에게 준 가르침이 크고 존숭할 만한 구상은 청년의 피를 뛰게 함이 있고, 그 작품의 향기는 우리 청년 대중의 머리 우에 구원히 슬어지지 않을 것을 확신하는 바입니다. 하로바삐 이 검불랑이 살여울이 되어지이다. 김갑진군이어 있는 힘을 다하소서. 그리하야 춘원으로 하여금 속히 『흙』의 속편을 쓰게 하소서."[21] 이들 세대에게 이광수의 『흙』은 문학적 가치 그 자체보다 농촌문제 현실의 절박함을 일깨우고 농촌운동에 대한 헌신과 소명의식을 추동하는 문학적 전범으로서 각별한 의미를 지녔던 것이다.

〈자료 1〉에서 보듯 이광수의 『흙』은 연재가 끝난 직후인 1933년 12월 한성도서에서 첫 단행본이 간행된 이래 1941년 7월 "농업을 부흥하여 민족의식을 선동하고자 할 우려"[22]가 있다는 이유로 발매금지 처분이 내려지기 전까지 14판이 간행되었다. 보통 한 번에 1천 부씩 인쇄하던 관례를 깨고 2천 부를 인쇄했고, 당대 또 하나의 베스트셀러였던 첫 장편 『무정』이 1918년에 간행된 이래 1938년까지 8판에 그친 것을 고려할 때 비교적 짧은 시기에 상당한 독자를 확

---

21 세포 단남생, 「검불랑의 흙이 될 갑진군을 위하야—춘원의 『흙』을 읽고서」(二), 『동아일보』, 1933.7.19.
22 「동우회사건 관계자 카야마 미츠로의 동정에 관한 건」(1941.9.17), 『이광수 후기 문장집』 III, 소나무, 2019, 882쪽. 『흙』은 이광수 작품의 발매금지 목록 첫 번째 항목에 올라 있다.

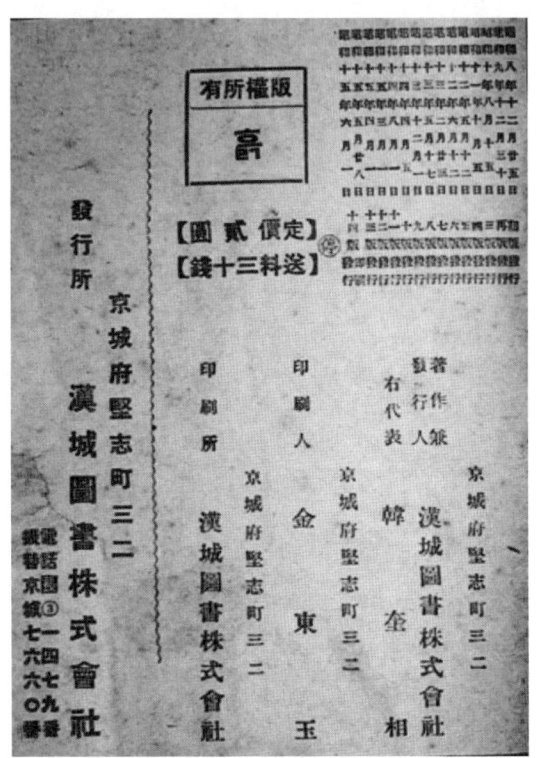

〈자료 1〉『흙』의 판권면(1940)

보했던 것을 알 수 있다. 한편 초판본의 간행 이래 매년 판을 더해가던 것이 1937년을 기점으로 1937년에 5, 6판, 1938년에 7, 8, 9판, 1939년에 10, 11판, 1940년에 12, 13, 14판 등 매해 잇달아 판을 거듭하여 독자의 비율이 늘어난 것도 눈여겨 볼 만하다. 이와 같은 독자의 증가세는 1932년 7월 우가키 총독이 농촌진흥운동의 방침을 표명한 이래 1933년 3월까지의 준비기, 1935년부터 1937년까지의 확충기를 거쳐 1940년 10월 전시총동원체제하 국민총력운동으로 흡수통합되기까지 관제 농촌진흥운동의 확산과 정확히 비례하고 있기 때문이다.[23]

농촌운동을 전개하다 치안유지법 위반으로 5년 징역에 처한 『흙』의 허숭이 단적으로 보여주듯 1930년대 일제가 추진한 농촌진흥운동은 브나로드 운동을 비롯하여 조선인의 자율적인 농촌운동에 잠재된 정치적 가능성을 철저히 경계했다. 그렇다면 1937년 이후 『흙』의 가파른 독자 증가세는 관제 농촌진흥운동의 확산과 비례하여 거세어진 조선인들의 심리적 저항을 가시적으로 보여주는 지표로서 해석해 볼 수 있지 않을까. 실제로 당시 한성도서의 영업부장이었던 한용선의 회고에 따르면, 단행본 『흙』의 원고 검열은 매우 까다로웠고 검열에 통과해서도 상당한 경계의 대상이었으며, "『흙』을 책꽂이에 꽂아두면 경찰서에서 가만두지 않았다는 이야기를 하면 학생들이 더 많이 그 책을 사곤 했"[24]다고 한다.

---

23 1930년대 농촌진흥운동의 대략적인 전개에 관해서는 이영미, 앞의 책, 232~234쪽 참조.

24 한용성·이항진, 「증언으로 엮는 해방 전후 출판계─한성도서편」, 이경훈, 『속·책은 만인의 것』,

『흙』의 발매금지 이유였던 '농업을 부흥하여 민족의식을 선동하고자 할 우려'는 농진운동의 확산과 더불어 바야흐로 전시동원체제로 진입하고 있던 일반 대중에게 거꾸로 『흙』을 읽어야 할 이유가 되어주었던 것이다.

잘 알려져 있다시피 『흙』『동아일보』, 1932.4.12~1933.7.10은 브나로드 운동을 배경으로 동우회의 이상촌 건설 운동의 구상을 서사적으로 펼쳐낸 작품이다.[25] 실제로 이광수가 주인공 허숭의 실제 모델이라 구체적으로 밝힌 바 있는 채수반은 평북 영변 출신으로 동우회 단원으로 1930년 10월 영변농우회 사건으로 경찰에 압송, 1932년 4월 13일 치안유지법 위반으로 징역 5년형을 받아 신의주 형무소에서 옥고를 치렀던 지역의 농촌운동가였다.[26] 『흙』을 구상하면서 이광수는 주인공 허숭의 모델로서 동우회 회원으로 농촌운동에 뛰어들었다가 재판을 앞두고 있던 채수반을 떠올렸던 것인데, 채수반이 치안유지법 위반으로 징역 5년형을 언도받은 것은 『흙』의 연재가 시작되고 바로 다음날이었다. 훗날 이광수는 이 사건의 변호를 맡은 사람이 김병로였고, 공소해도 판결을 뒤집을 가능성이 없으리라 하여 그냥 초심에서 복역했다고 회고한 바 있다.[27] 그러나 당시 신문 기사에 의하면 이 사건의 변호를 맡은 것은 박영휘이고, 채수반을 비롯하여 농우회사건 관련자들은 판결 직후 제기한 상소가 기각된 것으로 되어 있다.[28] 사실 김병로는 바로 다음 달인 6월 안창호가 상하이에서 체포되어 서울로 압송되어 취조를 받고 공판에서 징역 4년형을 선고받아 서대문형무소에서 복역하게 되기까지 자진하여 사건의 변호를 맡았던 변호인단의 한 사람이다. 예심이 종결되고 두 달 뒤인 12월 19일 공판에서 징역 4년형을 언도받고 항소하지 않은 것도 안창호 쪽

보성사, 1993, 303~304쪽.

25 김윤식, 『이광수와 그의 시대』 2, 솔, 1999, 189~190쪽 참조.

26 영변농우회사건의 전말에 관해서는 「영변농우회 최고 6년역(役)」, 『동아일보』, 1932.4.9; 「영변농우회 5명에 언도」, 『동아일보』, 1932.4.16; 「영변농우회 4명은 공소」, 『동아일보』, 1932.4.21 참조.

27 「문호 이광수씨 『무정』 등 전작품을 어(語)하다」, 『삼천리』, 1937.1, 131쪽.

28 「영변 농조(農組) 사건 상심서 기각」, 『동아일보』, 1932.9.16.

이었다.[29] 회고의 어긋남은 두 사건이 잇달아 일어난 데서 비롯된 착각이었을 테지만,『흙』의 집필 무렵 그만큼 이광수에게 김병로라는 인물이 크게 각인되어 있었음을 말해주기도 한다. 이광수가 농촌운동에 뜻을 둔 허숭의 직업을 변호사로 설정한 것은 김병로의 활동을 염두에 둔 것이었을 가능성이 크다.

1887년 전북 순창 출생인 김병로는 1920년대부터 이인, 허헌 등과 함께 독립운동 변론을 중심으로 민족적 대의와 민중의 권익을 옹호하여 사회적으로 명망을 떨쳤던 3대 항일변호사의 한 사람이다. 공산당사건에서 광주학생운동, 동우회사건에 이르기까지 사상사건의 변호를 도맡았고 암태도 소작쟁의를 비롯하여 수리조합 분규 등 각종 농민사건에도 빈번히 관여하였으며, 해방 후 과도정부의 사법부장, 대한민국 초대 대법원장으로서 사법부의 초석을 닦은 인물이기도 하다.[30]『흙』의 연재 직전인 1932년 2월『동광』에 실린「변호사 평판기」에는 첫 번째로 그의 이름이 올라 있고, 1932년 4월『신동아』에「민중의 권익옹호」라는 제목으로 변호사의 직책에 대해 직접 논한 글도 눈에 띈다. 훗날 김병로는 일제하에서 변호사가 되려고 했던 이유에 대해 "그 당시의 현실에 있어서 첫째, 가장 우리에게 잔혹하던 경찰도 변호사라면 용이하게 폭행이나 구금을 하기 어려웠다는 것, 둘째로 그 수입으로써 사회운동의 자금에 충당할 수 있는 것, 셋째로 공개법정을 통하여 정치투쟁을 전개할 수 있는 것, 등이 약자인 우리에게는 한 무기가 될 수 있다는 것"[31]이었다고 회고한 바 있다. 당시『동아일보』의 편집국장으로 재직 중인 언론인이기도 했던 이광수는 이러한 변호사 신분의 위력에 대해 잘 알고 있었고, 그 덕분에 살여울에서 농민의 목소리를 대변하는 데 앞장서고 있는 변호사 숭의 활약을 실감 있게 그려낼 수 있었을 것이다.

---

29   안창호의 재판 과정에 관여한 김병로의 활동에 관해서는 한인섭,『식민지 법정에서 독립을 변론하다―허헌·김병로·이인과 항일 재판투쟁』, 경인문화사, 2012, 485~511쪽 참조.

30   이하 김병로 관련 논의는 한인섭, 위의 책; 한인섭,『가인 김병로』, 박영사, 2017 참조.

31   김병로,「수상단편(15)―변호사로 정치투쟁 전개」,『경향신문』, 1959.4.3

『흙』의 도입부에 해당하는 첫째 권[32]은 고문시험에 통과하여 변호사 자격을 얻은 주인공 허숭이 스위트 홈을 꿈꾸며 정선과의 결혼을 선택하지만 그 앞날이 그리 평탄치 않을 것을 암시하면서 끝난다. 정선과의 결혼은 농촌사업에 일생을 바치겠다던 오랜 결심과 첫사랑 유순에 대한 의리를 저버린 선택이었다는 점에서 숭의 양심에 어두운 그림자를 드리우고 있기 때문이다. 둘째 권은 예견되었던 대로 정선과의 결혼생활이 파탄을 맞은 숭이 고향 살여울로 내려와 농촌사업을 시작하는 이야기가 전개된다. 공교롭게도 살여울에 들어서는 숭을 가장 먼저 맞은 것은 농회 기수 폭행사건을 선동한 주범으로 오인하여 달려든 서슬 푸른 세 명의 경찰들. 실제로 살여울에서 숭의 사업은 야학, 위생 및 의료, 공동경작, 협동조합 운영 등의 농촌사업과 더불어 변호사로서 살여울 농민들이 연루된 폭행사건의 해결에 나서는 것이 중심이다.

숭의 농촌사업이 농촌의 열악한 현실을 일깨우고 생활환경의 개선 및 농촌 경제 자립의 필요성을 환기한다면, 농회 기수 폭행사건의 변호는 지주와 관공리의 횡포에 시달리는 힘없는 농민들의 목소리를 가시화하고 이를 효과적으로 공론화하는 데 초점이 놓여 있다. 농회 기수 폭행사건은 모를 반듯하게 심지 않은 것을 핑계로 유순에게 욕을 하며 손을 댄 하급관리 황기수의 횡포에 반발한 맹한 갑 이하 여덟 명의 살여울 농민들이 공무집행방해죄와 폭행죄로 체포 기소된 사건이다. 사건의 부당함은 숭이 농민들의 정당방위를 밝히기 위해 경찰서에서 공의公醫 병원, 지방법원의 공판정, 서울의 고등법원을 차례로 오가는 과정에서 더욱 부각된다. 농민의 반항이라면 으레 불온사상의 선동에 의한 것으로 여기고 지주와 관리의 편을 드는 경찰서, 공공의료를 담당하는 의사이면서도 가난한 농민들의 질환은 외면하고 관리의 부탁이라면 부당한 진료 소견서도 마다않는 공의병원, 지방법원에서의 부당한 유죄판결도 모자라 상고심에서 더욱 가혹한 판

---

32   한성도서에서 간행된 단행본을 기준으로 한다. 2005년 문학과지성사에서 펴낸 『흙』은 한성도서 단행본의 체제를 따르고 있다.

결을 내린 고등법원. 정선이 집을 나간 숭의 소식을 알게 되는 계기도 숭이 지방
법원에서 농민사건을 변호한 사실을 전하는 신문기사인데, 사건과는 무관한 듯
슬쩍 삽입되어 있지만 농민의 목소리를 대변하는 법정투쟁의 대의를 환기하는
장치로서도 손색이 없다.

　정선과 갑진의 불륜과 그 여파를 중심으로 전개되는 셋째 권은 농민들의 열
악한 현실과는 대조적으로 향락과 개인적 욕망에 탐닉하는 지식인 군상의 적나
라한 행태가 펼쳐진다. 아내의 불륜을 목도한 숭은 번민 끝에 개인적 복수가 아
닌 '일생의 의무'를 되새기며 용서를 선택하기로 하지만, 서사는 정선으로 하여
금 임신한 몸을 기차에 던져 결국 한쪽 다리를 잃는 대가를 치르게 하는 것으로
사치와 향락을 일삼는 지식인 계층에 대한 응징을 가시화하고 있다. 이광수는
1931년 5월 『동광』에 발표한 논설 「야수에의 복귀」에서도 당대 일본을 풍미하
던 '에로' 문화가 조선의 청년남녀에게 끼치는 영향을 경계하며 음일한 사상과
생활을 전파하는 무리를 "조선의 생명을 쏘는 바씰리우스Bacillus"[33]라 하여 척결
의 대상으로 규정한 바 있다. 불구의 몸이 된 정선은 향락의 독균에 감염된 탓에
응징된 신체의 서사적 형상인 셈이다.

　한쪽 다리를 잃은 정선이 살여울을 선택하면서 숭에게 농촌사업에 전념할 수
있는 여건이 주어진 것도 잠시, 숭의 사업을 방해하는 정근의 출현과 더불어 본
격화되는 넷째 권[34]은 숭의 농촌사업에 적대적인 세력과의 갈등을 둘러싸고 서
사의 절정을 향해 나아간다. 동경에서 공부를 마치고 돌아온 정근은 살여울의
가난한 농민들에게 장리변을 놓아 재산을 축적한 고리대금업자 유산장의 아들
이다. 숭이 조직한 협동조합으로 인해 살여울의 인심이 숭에게 쏠린 것을 발견

33　이광수, 「야수에의 복귀―청년아 단결하여 시대악과 싸우자」(『동광』, 1931.5), 『이광수전집』 10,
　　우신사, 1979, 275쪽.
34　『동아일보』 연재본의 경우 넷째 권은 숭이 예심에서 치안유지법 위반으로 징역 5년형이 확정되
　　어 형무소에서 지낸 지 3년의 세월이 지난 시점에서의 후일담에 해당한다.

한 정근은 숭을 음해하여 숭의 사업을 방해하는 것으로 세력의 회복을 꾀한다. 숭의 사업에 적대적인 세력은 정근만이 아니다. 유순의 죽음을 빌미로 한 정근의 계략으로 결국 경찰에 체포된 숭은, 숭의 사업을 당국에 반항하는 행위로 간주하는 경찰과 사법 권력의 강권에 의해 치안유지법 위반으로 징역 5년형을 언도받고 형무소에 수감되기에 이르는 것이다.

실제로 유순의 죽음에 연루된 피의자로 체포된 숭을 취조하는 경찰서장의 주된 관심은 유순의 죽음과 관련된 혐의가 아니라 숭의 사업이 무슨 목적에 의한 것인지를 추궁하는 데 있다. "무슨 다른 목적이 있는 것이 아닌가. 지금 그런 일은 당국에서 다 하고 있는 일인데, 네가 그 일을 한다는 것은 당국이 하는 일에 대해서 불만을 가지고 당국에 반항하자는 것이 아닌가."[35] 여기서 경찰서장이 말하는 '다른 목적'이란 국체의 변혁을 꾀하는 치안유지법에 저촉되는 저항 일반을 가리킨다. 숭의 사업이 국체에 반하는 중대한 범죄에 해당한다고 을러대는 서장에게 숭은 이렇게 답변한다. "농민들이 야학을 세우고 조합을 만들고 하는 것은 순전히 문화적, 경제적 활동이지, 거기 아무 정치적 의도가 포함된 것은 아니라고 믿소. 또 촌 농민들에게 무슨 정치적 의도가 있을 바가 아니오. 문화적으로 경제적으로 더 잘살아보겠다고 하는 인민의 노력을 죄로 여긴다면 그야말로 인민으로 하여금 반항할 길밖에 없게 하는 것이오."[36]

살여울에서의 사업이 정치적인 의도와는 무관하다는 숭의 항변은 주로 정치를 배제한 문화주의의 한계라는 관점에서 체제 타협적 성격이 강조되어 왔지만, 숭의 협동조합은 농민의 이해에 기반한 자율적인 농민조직을 염두에 둔 것으로 보다 궁극적으로는 중앙협동조합의 설립을 통해 조선 산업의 통제권을 확보한다는 기획과 맞물려 있었다.[37] 이 점에서 경찰서장과 허숭의 대립은 조선인의 자

---

35   이광수, 『흙』, 문학과지성사, 2005, 689쪽.
36   위의 책, 690~691쪽.
37   이와 관련하여 이광수는 조선민족운동의 3기초 사업의 하나로 협동조합운동을 논하면서 다음

율적인 농촌운동에 잠재된 정치·경제적 가능성을 원천봉쇄하고자 하는 권력과 체제 내에서나마 자율적인 농촌운동의 공간을 확보하고자 했던 숭의 의지가 정면충돌하는 장면으로 해석될 수 있는 여지가 충분하다. 당국이 조선인의 문화적이고 경제적인 차원의 활동마저 가로막는다면 "그야말로 인민으로 하여금 반항할 길밖에 없게 하는 것"이라는 숭의 항변이 슬쩍 드러내고 있는 것도 바로 그 잠재된 저항의 가능성이다.

물론 무력하기 짝이 없는 항변이었고, 숭은 결국 치안유지법 위반으로 징역 5년형을 살게 되어 농촌운동의 전망이 불투명해지는 상황을 맞게 되는 것이 사실이다. 그러나 숭이 살여울에서 키워낸 선희, 정선, 작은갑과 같은 후배 활동가들의 존재, 그리고 숭의 예심결정서를 보고 크게 깨달은 바 있어 살여울보다 더 열악한 검불랑으로 들어가 농촌사업을 시작한 갑진의 이야기로 끝맺는 『흙』의 대단원은 충분히 강조되어야 한다. 그것은 그동안 살여울에서 숭이 뿌린 씨앗이 결코 헛되지 않았음을 역설하는 한편, 각자의 자리에서 어려운 시기를 견뎌낸 훗날 거두게 될 단단한 열매에 대한 희망을 기약하고 있기 때문이다.

이런 의미에서 1960년대 농촌재건운동에 앞장섰던 유명 무명의 농촌운동가들과 이에 동참했던 청년봉사대 학생들은 그 험악한 시절을 묵묵히 견뎌낸 숭의 후예들이라고 할 수 있다. 농촌에서 태어나 자랐고 근대적인 교육을 받으며 근대성을 내면화한 이들은 급격히 산업화되는 도시에 비해 현격히 뒤떨어져 있던 고향을 무지와 빈곤에서 벗어나게끔 근대화시키겠다는 열망이 그 어느 세대보다 강렬한 계층이었다. 도시에서의 안락한 삶이 보장되어 있음에도 불구하고 열악한 농촌의 현실에 눈을 돌리고, 나아가 농촌운동에 뛰어들어 헌신하는 허숭의

과 같이 언급한 바 있다. "이리하여 전조선 각기에 수십 또는 수백의 협동조합이 성립되면 중앙에 그것을 지도·통제하는 대협동조합을 설립하여 (…중략…) 이 협동조합이 발달하는 날에 조선산업의 통제는 당연히 이 조합의 수중에 들어올 것이요(이하 검열로 삭제)" 이광수, 「조선민족운동의 3기초 사업」(『동광』, 1932.1), 『이광수전집』 10, 우신사, 1979, 210쪽.

모습은 사실 바로 그들 자신의 모습이기도 했다. 이들 중의 후예들이 '농촌근대화'의 요구에 적극 호응한 것은 이러한 사회적 연대성에 바탕한 소명의식에서였지 다른 이유에서가 아니다. 일찍이 이광수가 훗날을 기약했던 『흙』의 후편은 일제 말기의 총동원체제, 그리고 해방과 전쟁에 이르는 지난한 시간을 거쳐 이들 세대에 이르러서야 비로소 씌어질 수 있었던 셈이다.

4. 비판적 소환들 지식인의 현실 참여 문제를 둘러싸고

한편 가난과 후진성의 극복이라는 1960년대 근대화의 아젠다에 십분 공감한다 해도 5·16쿠데타 세력에 의한 군사정권의 국가주의에 동의할 수 없었던 지식인들에게 허숭은 당대가 요구하는 근대적 주체로서 결코 바람직한 모델일 수 없었다. 이들 지식인에게 근대적 개인의 욕망을 부정하고 민족이라는 공동체에 대한 의무를 절대시하는 이광수의 민족주의적 신념은 인간성에 대한 왜곡일 뿐 아니라 권력과 체제에 복종하는 태도로 전화되기 쉬운 것이었고, 그런 의미에서 '춘원의 이념적 자화상'인 허숭은 한국의 민족주의라는 폐쇄적 풍토와 그 풍토 속에 갇힌 지식인의 한국적 후진성을 대변하는 형상에 지나지 않았다.[38] 일찍이 김현주·박헌호가 1960년대 중반 이후 한국사회에서 이광수가 '실패한 자아 정치학의 모델'로서 부상했음을 지적한 것도 이런 맥락에서였다. 개인의 자유를 부정하고 사회의 요구와 자신을 동일시하는 이광수의 정치-윤리는 친체제적 사고방식의 전형으로서, 지식-권력 체제에 저항하는 새로운 윤리적 감수성과는

---

38 정태용, 「한국적 동키호테상」, 『현대문학』, 1960.6; 김현, 「위선과 패배의 인간상-『흙』과 『상록수』를 중심으로」, 『세대』, 1964.10; 홍사중, 「때묻은 우상과 계몽사상-춘원의 사상과 하이칼라의 논리」, 『시대』, 1965.5; 송욱, 「일제하의 한국 휴머니즘 비판-이광수의 『흙』의 의미와 무의미」, 『동아문화』 5, 서울대 동아문화연구소, 1966.

정확히 대척적인 지점에 놓인다는 것이 논자들의 판단이었다.[39]

사실 군사정권의 국가주의에 대한 당대 지식인들의 우려는 뿌리가 깊은 것이 었다. '순수 민간운동'의 성격을 강조하며 정치적 수단화를 강력히 경계했던 류달영의 재건국민운동만 해도 일제 말기의 국민총력연맹에서 이승만정권의 반공청년단에 이르기까지 악명 높은 관제운동의 기억에서 자유롭지 못했다. 본부장 이하 중앙위원이 대부분 민간인이라 해도 국가재건최고회의 직속인 만큼 1963년 10월의 선거용 조직이 아니냐는 의구심도 끊이지 않았다.[40] 그리고 마침내 선거를 통해 권력을 재장악한 군사정권이 1964년 6·3한일회담 반대운동의 진압을 계기로 억압적 통치의 본색을 드러내자, 근대화라는 아젠다를 둘러싸고 군사정권에 조건부 지지를 보냈던 지식인층마저 권위주의적 권력 체제에 대한 비판자로 등장하게 되는 것이다. 1960년대 『흙』의 작가' 이광수에 대한 비판적 소환은 이러한 지식인 사회의 움직임과 연동되어 있는 것으로, 최인훈이 『서유기』1966에서 불러낸 이광수의 형상에서 극점을 보여준다.[41]

『서유기』에서 최인훈은 불륜을 저지른 정선이 절망에 빠져 기차에 뛰어든 『흙』의 극적인 한 장면과 더불어 이광수를 불러낸다. 흥미롭게도 사건의 현장에 다급히 모습을 드러낸 헌병 역시 『흙』의 애독자'로 소개되며, 서사는 주인공 독

---

39 김현주·박헌호, 「이광수와 근대 한국사회의 감성」, 『센티멘탈 이광수-감성과 이데올로기』, 박헌호 편저, 소명출판, 2013, 16~23쪽 참조.

40 재건국민운동을 둘러싼 당대 지식인 사회의 우려는 류달영과 당시 『사상계』 주간이던 양호민의 대담에서 그 분위기를 엿볼 수 있다. 류달영·양호민 대담, 앞의 글, 170·177쪽.

41 최인훈이 『서유기』에서 이광수를 재현한 방식과 그 의미에 대해서는 해방 후 『나의 고백』으로 대변되는 이광수의 자기서술에 대한 다시쓰기 작업을 통해 이광수의 '자아비판'을 대리한 것이라거나, 국가주의 민족담론에 대한 안티테제로서의 민족담론을 전유하고자 한 지식인의 투쟁이라는 관점에서 한차례 조명된 바 있다(서은주, 「해방 후 이광수의 '자기서술'과 고백의 윤리」, 『민족문화연구』 58, 고려대 민족문화연구원, 2013; 전소영, 「전유와 투쟁하는 전유, 최인훈의 춘원」, 『한국현대문학연구』 48, 한국현대문학회, 2016). 이 글에서는 당대 지식인의 현실 참여의 문제라는 관점에서 『흙』의 작가' 이광수에 대한 비판적 소환들을 가로지르는 문제의식에 초점을 맞추고 있다.

고준이 이 두 사람의 대화를 경청하는 내용으로 채워져 있다. 최인훈은 『흙』의 작가'와 『흙』의 애독자' 간의 만남이라는 허구적 장치를 통하여 소환의 대상이 『흙』의 작가' 이광수라는 사실을 처음부터 분명히 해둔 것이다.

자신을 『흙』의 애독자라고 소개한 헌병은 『흙』의 세계'를 이렇게 해석한다. 고문패스에 성공하고 부유한 집안의 사위가 된 변호사 허숭은 식민지 조선의 전형적인 입신출세담의 주인공이다. 그러나 그는 식민지 지식인의 양심을 대변하는 사회 개조에 대한 신앙 또한 지니고 있었던 까닭에 살여울 신앙의 교주를 자처하며 살여울에 뛰어들었다. 식민지 노예의 불만을 가진 자들이 노예의 땅 이집트로부터 홍해를 건너 가나안으로 돌아간 모세가 되기를 바랐다면, 허숭은 살여울을 이끌고 나일강을 건너서 '카이로로 망명한 모세'였다. 따지고 보면 이광수의 친일이란 것도 그 논리적 귀결에 불과하다. 카이로로 망명한 백성이 살 길은 이집트에 동화하는 길이었고, 따라서 이광수가 조선사람이 살 길은 제국 신민이 되는 길밖에 없음을 설파한 것도 당연했다는 주장이다. "결국 『흙』의 속편은 선생님께서 몸소 실연해 보이신 것이죠."[42]

이러한 헌병의 해석은 앞서 언급한 『흙』의 작가' 이광수에 대한 당대 비판적 논의들의 반어적 버전이다. 이들 논의가 『흙』의 작가' 이광수에게서 역사의식의 부재, 친체제적 사고방식, 정치의식의 결여를 발견하고 이광수의 친일을 그 논리적 귀결로서 자리매김했다면, 최인훈은 이광수의 목소리를 빌려 또 다른 해석을 맞세운다. "사탄아 물러가라. 이 헌병이 한 말을 행여 믿어서는 안 되오"[43]라며 입을 뗀 이광수의 심경 고백은 흥미롭게도 『흙』의 속편'을 쓰지 못한 데 대한 자괴감에 초점이 맞추어져 있다. 허숭이 왜경의 등쌀에 배겨나지 못하고 상해로 가서 새로운 운명과 싸우는 이야기를 썼어야 옳았으나 그러지 못했다는 것이다. 이광수는 그 이유로 다음의 두 가지를 들고 있다. 그런 속편을 쓰자니 감옥에 들

---

42 최인훈, 『서유기』(『문학』, 1966.5~10), 문학과지성사, 1994, 161쪽.
43 위의 책, 167쪽.

어가 고문 속에서 죽어갈 것이 두려웠다는 것, 그리고 실점을 만회하려는 안간 힘에서 조선과 일본이 하나가 되는 '헛된 희망'을 품게 되었다 것. 말하자면 용기의 부재와 개인적 허영심 탓에 작가적 의무를 저버리고 말았다는 고백인데, 이러한 이광수의 자기비판에 당대 문학과 현실의 관계를 치열하게 사유했던 최인훈 자신의 작가적 관점이 그대로 투영되어 있는 것은 말할 것도 없다.

일찍이 문학의 본령은 작가의 의식과 언어와의 치열한 싸움을 통한 현실비판에 있다고 보았던 최인훈은 문학이 현실에 참여하는 올바른 방식 역시 여기에 달려 있다고 주장한 바 있다. 개체로서의 인간은 한정된 역사적 시간이라는 닫힌 지평 속에 살고 있는 것 같지만 인간은 갇혀 있으면서도 탈출하려는 존재이며, 따라서 "인간을 미래로, 열려진 지평으로 인식하느냐 닫혀진 지평 속에서 환상의 초월만이 가능한 존재로 보느냐"[44]는 것이야말로 현실에 대한 작가의 태도를 가르는 관건이 된다는 이유에서였다. 이 점에서 보면 일제 말기 현실에 대한 절망 속에서 친일의 길로 나아간 이광수는 실패한 작가의 표본이었다. 이광수는 운명의 고리가 닫혔다는 절망 속에서 현실과 싸울 용기를 잃었고, 이를 만회하고자 일본과 하나가 되어 대동아공영권이라는 보편 제국의 건설에 동참한다는 '헛된 희망'으로 비약함으로써 결국 닫힌 현실의 중력에서 한 치도 벗어날 수 없었기 때문이다. 그런 의미에서 "절망한 노예가 사슬에 묶인 자기 몸이 연화대 꽃자리 위에 올라앉아 염주를 손목에 걸고 있는 것이라고 **환상**한 것"[45]이라는 소설 속 이광수의 탄식은 그대로 현실과의 긴장관계를 잃고 관념으로 비약한 작가가 도달하게 마련인 실패의 운명에 대한 최인훈의 작가적 논평으로 읽어도 좋을 것이다.

최인훈이 『흙』의 작가' 이광수의 실패를 문학과 현실 간의 긴장관계의 결여에서 찾은 것은 지극히 원론적인 것이었지만, 그러한 원론적 입장이야말로 당대 권위주의적 현실에 대한 강력한 안티테제의 거점이 되어줄 수 있었던 것도 사실

---

44   최인훈, 「문학활동은 현실비판이다」, 앞의 책, 281쪽.
45   최인훈, 『서유기』, 170쪽.

이다. 실제로 역사의식의 부재, 친체제적 사고방식, 정치의식의 결여 등을 준거로 이광수를 비판적으로 소환했던 당대의 논의들이 모두 지식-권력 체제에 저항하는 반체제적 윤리에 대한 지지로 수렴되었던 것은 아니다. 단적인 예로 이광수를 역사의식이 결여된 '시각형의 지식인'의 유형으로 분류 비판하며 1960년대 지식인론을 주도했던 김붕구는 지식인의 현실 참여를 부르짖은 대표적인 지식인의 한 사람이었다. 4·19 세대의 반항과 사회참여의 과잉폭발, 5·16 정권에 대한 지식인의 과민한 태도 등에서 '역사의식의 결여와 시각형의 신념'이라는 일제하에서 습성화되고 해방 이후 증폭된 야당정신의 폭발을 보았던 그는, 가난과 후진성의 극복이라는 당대의 과제 앞에서 지식인들에게 요구되는 것은 고발이나 반항의 참여를 특징으로 하는 '앙가주망engagement'이 아니라 협동에의 참여를 뜻하는 '파르티씨파숑participation'임을 강조해 마지않았다.[46] 김붕구가 이광수에게서 발견한 역사의식이 결여된 '시각형의 신념'이란 당대의 과제를 외면하고 정권 비판에만 앞장서는 지식인들의 반체제적 사고방식의 오류를 되비추는 지표였던 셈이다. 이 점에서 이후 파르티씨파숑의 관점에서 참여문학 논쟁에 뛰어든 김붕구가 생텍쥐페리를 그 대표적인 작가로 논하면서 '『흙』의 작가' 이광수를 생텍스 유형의 변주이자 한국문학사 고유의 대표적인 참여작가의 한 사람으로 재소환한 것은 쓰디쓴 아이러니가 아닐 수 없다.[47]

46 김붕구의 이광수 비판과 당대 지식인의 관련성에 관해서는 김붕구, 「신문학 초기의 계몽사상과 근대적 자아」, 『한국인과 문학사상』, 일조각, 1964; 「한국의 지식인상」, 『신동아』, 1967.3 참조.

47 "이러한 쌩떽스 유형의 참여작가의 바리에떼는 우리나라 현대문학사의 두드러진 경향의 하나이다. 『흙』, 『상록수』 계열의 작가들이 그렇다. 서구사상 모방 때문에 이 우리나라 고유한 참가문학의 한 분야가 차츰 퇴색되는 듯이 느껴짐은 퍽 애석한 일이다." 김붕구, 「작가와 사회 재론」, 『아세아』, 1969.2, 248쪽.

5. 『흙』의 작가' 이광수, 1960년대 지식인의 초상

1960년대 한국사회는 근대화에 대한 기대와 우려가 교차하던 시기였다. 4·19 혁명과 더불어 확보된 정치적 근대화의 기반은 5·16 쿠데타로 인해 한순간에 위태로워졌고, 쿠데타 이후 가난과 후진성의 극복이라는 경제적 근대화의 의제를 선점하며 지식인의 현실 참여를 추동했던 군사정부가 6·3 한일회담 반대운동의 진압을 계기로 억압적 통치의 본색을 드러내면서 경제적 근대화와 정치사회적 근대화의 괴리 또한 극명해졌기 때문이다. 현실 비판이냐 현실 참여냐의 문제를 둘러싸고 지식인 내부의 분화가 가속화되었던 것은 바로 이 시기를 전후한 무렵의 일로서, 1960년대 『흙』의 작가'로서 소환된 이광수는 당대 현실에 대한 이들 지식인의 자기 정립의 문제가 치열한 경합을 벌인 대리전의 장소였다고 해도 과언이 아니다.

먼저 정치·경제·문화 전반의 근대화를 추구하며 군사정부의 국가재건기획에 합류한 지식인들이 있었다. 군사정부가 주도한 재건국민운동의 최고 간부로서 특히 농촌재건과 농촌재건을 담당할 청년층의 교육에 힘을 쏟던 류달영, 김준 등을 비롯하여 농촌재건운동의 실질적인 지지 기반이었던 각 지역의 농촌운동가들, 그리고 학생계몽대 혹은 학생봉사대의 이름으로 농촌운동에 참여했던 청년학생들이 그들이다. 농촌에서 태어나 자랐고 고등교육의 수혜를 받으며 근대성을 내면화했던 이들은 자신들을 배출한 농촌사회의 일원으로서 누구보다 농촌근대화의 필요성에 깊이 공감했던 계층이었다. 기꺼이 숭의 후예를 자처했던 이들 지식인·학생 계층에게 이광수의 『흙』은 당대 한국사회가 처한 농촌문제 현실의 절박함을 일깨우고 농촌운동에 대한 헌신과 소명의식을 추동하는 문학적 전범이 되어주었다. 이들 숭의 후예들에게 농촌근대화는 당대 민주화의 과제와 떼어놓을 수 없는 것이기도 했다. 실제로 류달영의 재건국민운동은 민주주의 교육을 통한 국민 자질의 향상을 각별히 강조했는데, 특히 농촌지역의 '막

걸리 선거'로 대변되는 정치적 후진성은 민주주의가 제대로 작동할 수 있는 환경 곧 정치적 근대화가 정착될 때라야 극복 가능하다는 판단에서였다.[48] 그러나 1964년 6·3운동을 계기로 선거를 통해 정권을 재장악한 군사정부가 정치적 근대화에 무관심하다는 것이 분명해지면서 국가재건기획에 합류했던 이들 지식인 내부는 근대화 지향에 따라 분화의 길을 걷게 된다.

『흙』의 작가' 이광수가 비판적 소환의 대상이 된 것은 이러한 지식인 내부의 분화가 가속화되던 시점의 일이다. 정태용, 김현을 필두로 하여 김붕구, 홍사중, 송욱, 최인훈에 이르기까지 문단 안팎에서 이광수의 『흙』에 대한 비판이 잇달아 쏟아져 나왔다. 이들 문단의 지식인들은 이광수의 이념적 자화상인 허숭에게서 한국의 민족주의가 갖는 폐쇄적 풍토와 그 풍토 속에 갇힌 지식인의 한국적 후진성을 보았다. 다시 말해 그들이 '『흙』의 작가' 이광수에게서 발견한 역사의식의 부재, 친체제적 사고방식, 정치의식의 결여 등은 당대 지식인의 지적 풍토를 규정하는 한국적 후진성의 다른 이름이었던 것이다. 그러나 이들 비판의 목소리가 모두 동일한 방향을 향하고 있었던 것은 아니다. 김현을 비롯한 4·19 세대가 '『흙』의 작가' 이광수와 대척적인 지점에서 권력과 체제에 저항하는 새로운 윤리적 감수성을 구축하고자 했다면, 김붕구와 같은 기성세대에게 『흙』의 작가' 이광수는 역사의식의 결여와 시각형의 신념이 갖는 맹목성을 가리키는 이름이자 가난과 후진성의 극복이라는 당대의 과제에 대한 지식인의 현실참여를 염두에 두는 한 외면하기 어려운 양가성을 갖는 존재였다. 최인훈의 경우는 결이 또 달랐다. 작가 최인훈에게 『흙』의 작가' 이광수는 문학과 현실 간의 긴장관계를 잃은 작가가 도달하게 마련인 실패한 운명의 표본이었다. 작가의 현실 참여란 부

---

48 "우리가 지금 생각하지 않을 수 없는 것은 차기에 군사정권이 민간정권으로 넘어갈 적에, 이것이 정말 민간운동으로 잘 될 것이냐 하는 것인데 (…중략…) 문제는 국민의 자각, 국민의 지식 정도 그것이 어쨌든 향상되지 않고는 정말 민주주의는 되지 않을 것입니다. 그러니까 민도를 높이고 또 전과 같이 막걸리 선거를 한다거나 그런 것이 되어서는 아니 될 것이므로 우리들이 국민운동을 통해서 가르쳐 주어야 하지 않겠느냐 그렇게 생각합니다." 류달영·양호민 대담, 앞의 글, 178쪽.

단히 현실의 닫힌 지평을 열어젖힐 '부정'의 계기를 품은 작품을 쓰는 데 있다는 신념의 지극히 당연한 귀결이었다.

요컨대 1960년대 『흙』의 작가'로 소환된 이광수는 본격적인 근대화의 도정에서 한국사회가 맞닥뜨린 온갖 질곡을 비추는 거울이자 이와 치열하게 대면했던 지식인들 자신의 초상이었다고 할 수 있다. 그것은 농촌 근대화의 요구에 호응해야 한다는 소명의식뿐 아니라 자칫 그 과정에서 개인의 자유가 국가 권력에 의해 회수될지도 모른다는 위기감, 혹은 반대로 반체제적 사고방식의 과잉으로 가난과 후진성의 극복이라는 지상과제마저 위태로워질지도 모른다는 조바심이 뒤섞인 울퉁불퉁한 형상이었다. 현실과의 긴장관계를 강조하는 비판정신 역시 당대의 중력에서 자유롭지 않았던 것은 물론이다. 『흙』의 작가' 이광수 너머, 작가 이광수에 대한 객관적인 거리가 확보되기 시작한 것은 유신체제의 긴 터널을 빠져나온 이후의 일이다.

제5장

냉전반공·산업화 세대 복거일의 정의론과 이광수

1. 기노시다 히데요의 행방을 찾아서

2017년 12월 동서문화사가 주관한 제2회 춘원문학상 수상자는 복거일이었다. 일찍이 『죽은 자들을 위한 변호—21세기의 친일문제』[2003]를 통해 민주화 이후 문민정부 및 민족문제연구소를 중심으로 한 민간의 친일청산작업에 제동을 걸었던 이전의 전력을 고려하건대 그다지 이상한 일은 아니다. 더욱이 바로 전년 한국문인협회의 최남선·이광수 문학상 제정 시도가 문단 안팎의 거센 친일 논란으로 철회된 사실이 있고 보면, 복거일의 춘원문학상 수상이 그 연장선상에 놓인 모종의 시위로서의 성격을 띤 것이었음을 짐작하는 것도 어렵지 않다.

2016년 8월 민족문제연구소 이하 465개의 시민단체가 '역사정의실천연대'라는 이름으로 내건 최남선·이광수 문학상 제정 규탄문은 최남선과 이광수를 명백한 '민족의 죄인'으로 규정하고, 친일문인을 기리는 상을 제정한다는 발상 자체가 "한국문학의 정신사적 역사적 기반을 스스로 부정하는 행위"임을 주장했다. 규탄문에는 대통령 소속 일제하친일반민족행위 진상규명위원회의 친일반민족행위자 선정 사유 보고서를 비롯하여 민족문제연구소가 간행한 『친일인명사전』에 수록된 방대한 분량의 친일행적 원고, 창씨개명과 학병권유 관련 당대의 신문기사 등 최남선과 이광수의 반민족행위를 증거하는 자료들도 빼곡하게 첨부되어 있다.[1] 이러한 비판 여론에도 아랑곳없이 복거일이 춘원문학상을 수상한 것은 '역사정의'를 내걸고 이광수를 '민족의 죄인'으로 규정하는 이광수에 대한 당대적 평가에 동의할 의사가 없었음을 말해준다. 이는 최근의 저서 『낭만적 애국심』[2020]에서 '민족의 죄인'이라는 형상에 맞서 '낭만적 애국심'의 희생양으로서 이광수를 표상 / 재현하고 있는 데서도 분명히 확인된다.

복거일은 '낭만적 애국심'이라는 용어를 "조국의 영광을 추구"하고 "자신의 역사를 덜 굴욕적으로 만"들기 위해 역사의 왜곡도 무릅쓰는 편협한 민족적 정념이라는 의미로 사용한다.[2] 이광수에 대한 도덕적 단죄 역시 이러한 '낭만적 애국심'의 산물로서, 민족의 굴욕적 역사를 외면하고 모든 불편한 진실을 이광수 개인의 잘못으로 떠넘기려는 왜곡된 자존감에 불과하다는 것이 그의 주장이다.[3] 그가 이광수에 대한 정당한 재평가를 주장하는 근거도 바로 여기에 있다. 눈에 띄는 것은 이러한 재평가의 주장에서 눈에 띄는 복거일의 전신轉身이다. 이광수에 대한 옹호야 이미 식민지 근대화론을 수용하여 친일과 식민통치를 변호했던 『죽은 자들을 위한 변호―21세기의 친일문제』[2003]에서도 확인되는 바이지만, 거슬러 올라가 대체역사라는 참신한 형식의 소설로 주목받았던 등단작 『비명을 찾아서』[1987]에서 이광수는 오늘날 그가 그토록 부인하고자 애쓰는, 민족을 부정한 '배교자'의 형상으로 그려지고 있는 까닭이다.

이 글은 복거일의 이광수 표상 / 재현에 보이는 단절이 근본적으로 복거일의 세대적 정체성의 문제와 관련이 있다는 점에 주목한다. 1946년생인 복거일은

---

1   역사정의실천연대, 「한국문인협회 최남선·이광수 문학상 제정을 규탄한다」, 기자회견 PDF 자료, 2016.8.4. https://www.minjok.or.kr/archives/77833
2   복거일, 『낭만적 애국심』, 팬앤북스, 2020, 제2장 '한국의 낭만적 애국심' 참조.
3   위의 책, 197~198쪽.

대학시절은 물론 군복무시절, 그리고 은행원, 연구원으로서의 직장시절에 이르기까지 청장년기의 대부분을 박정희 체제하에서 보냈다. 냉전반공·산업화 세대의 세대적 정체성을 고스란히 내면화하고 있을 가능성이 큰데다 실제로도 그러하다. 초기작인 『비명을 찾아서』1987와 『높은 땅 낮은 이야기』1988의 경우 탈식민과 분단체제의 극복을 시대적 과제로 내건 1980년대 변혁담론의 영향 속에서 씌어진 까닭에 이러한 세대적 정체성의 문제가 그다지 두드러지지 않는다. 그러나 민주화 이후 과거청산작업의 전면화 과정에 보수논객으로서 적극 개입하면서부터는 세대적 정체성의 문제가 전면화되며, 이광수 표상 / 재현의 변모 역시이와 직결되어 있는 것을 확인할 수 있다.

한편 복거일의 세대적 정체성을 문제삼는 이상 이러한 표면적 단절 이면의 연속 역시 주목되지 않으면 안 된다. 이는 『비명을 찾아서』와 『높은 땅 낮은 이야기』를 후속 자전소설들과의 관계 속에 살필 때 좀 더 분명해지는데, 이 경우 두 작품은 세대적 정체성의 형성과 그 기원에 관한 서사로서의 성격을 갖게 되는 까닭이다. 주지하다시피 『비명을 찾아서』는 주인공 기노시다 히데요가 민족적 각성과 재발견의 도정에서 이광수의 길을 부정하며 상하이 망명길에 오르는 것으로 끝맺는다. 그런데 그는 어째서 발걸음을 돌려 이광수를 변호하고 옹호하는 길로 나아가게 된 것일까. 단절 이면의 연속을 고려하면 이런 질문도 가능하다. 어쩌면 애초에 그에게는 상하이 망명길에 오를 이유가 없었던 것은 아닐까. 이하의 논의에서는 기노시다 히데요의 행방을 추적하기 위한 단서로서 복거일의 세대적 정체성의 문제에 주목하고, 나아가 민주화의 실질적 이행 과정에서 보수논객으로서 그가 안착한 세계의 정의론이 갖는 정치적 정념의 문제를 비판적으로 짚어봄으로써 그 단절과 연속에 내재한 정치성의 성격을 밝혀보고자 한다.

2. 배교자 vs '낭만적 애국심'의 희생양

복거일의 등단작『비명을 찾아서』1987는 일본의 식민통치가 지속되고 있는 1987년의 조선이라는 가상의 역사를 배경으로 민족의 뿌리와 기원을 발견하게 된 반도인 주인공 기노시다 히데요가 조선인 '박영세'의 이름으로 살기 위해 상하이 망명의 길을 떠나는 이야기를 다루고 있다. 대체역사의 도입이라는 당대로서는 낯선 서사 양식에도 불구하고 서사의 내적 동력이 민족적 각성과 거듭남을 기조로 한다는 점에서 전형적인 근대 민족주의 서사의 '계승'으로 평가되고 있을 만큼,[4] 민족과 반민족의 대비 구도가 선명한 작품이다.

1990년대 후반 이래 민족주의가 근대 서구의 발명이라는 근대주의 담론이 확산되면서 민족주의 비판의 목소리가 높았던 것은 사실이지만,『해방 전후사의 인식』이 변혁담론의 역사적 정당성의 근거로 급부상했던 1980년대만 해도 민족주의는 주체적인 민족사의 시각에서 탈식민과 분단극복의 과제를 뒷받침하는 절대이념의 광휘를 지녔다.[5] 이 작품에서 "자아와 그것을 정직하게 표현할 수 있는 언어를 탐구하려는 정신적 모험의 고귀함"[6]을 높이 샀던 문학과지성 편집동인들 역시 이러한 시대적 정념을 공유하고 있었다. 여기서 '자아와 그것을 정직하게 표현할 수 있는 언어'란 바로 주인공 기노시다 히데요가 추구한 조선적 정체성과 이를 정직하게 표현할 수 있는 언어로서의 조선어를 가리키는 것는 말할 것도 없다.

기노시다 히데요의 민족적 각성의 여정을 직조해내는 과정에서 복거일은 이

4 　이는 동일한 탈식민의 과제를 다루되 민족주의적 주체화의 기획에 의문을 제기했던 최인훈의 일련의 작품을 고려할 때 더욱 두드러진다. 이에 관한 자세한 논의는 권명아, 「국사 시대의 민족 이야기―복거일『비명을 찾아서』」,『실천문학』, 2002.11 참조.
5 　『해방 전후사의 인식』이 1980년대 변혁담론의 확산에 끼친 영향에 대해서는 강인철,『경합하는 시민종교들』, 성균관대 출판부, 2019, 598~601쪽.
6 　문학과지성 편집동인, 「이 책을 내면서」,『비명을 찾아서』(1987), 문학과지성, 1993.

광수를 그와는 정반대의 길을 걸었던 '배교자'의 형상으로 소환해낸다. 처음에 이광수는 한때 독립선언서를 집필하기도 했으나 체제와 타협하다가 끝내 황민화의 길을 걷게 된 작가로서 간접제시 된다. 「조선청년독립단선언서」, 「민족적 경륜」, 「창씨와 나」에서 따온 단 세 줄의 인용문이 근거의 전부이긴 하지만,[7] 이광수가 집필한 글에 근거했다는 객관성의 외관이 주는 힘을 적절히 활용한 셈이다. 더욱이 히데요가 조선의 역사와 언어에 눈뜨고 자신의 뿌리를 찾는 일에 관심을 갖게 된 시점에서, 뒤이어 초라하나마 본토에서 잊혀진 역사와 언어의 보존에 힘쓰고 있는 망명정부에 "떳떳하게 깃발을 내건 조선인들의 정부"[8]로서의 상당한 존재감을 부여하고 있는 만큼, 이광수에게는 간단히 조선의 '정신'을 저버린 배교자의 형상이 각인케 되는 것이다.

이광수가 재차 소환되는 것은 민족적 각성을 하게 된 히데요가 치안유지법 위반으로 감옥에 갇혀 갱생교육을 받는 과정에서이다. 첫 번째 소환이 이광수에게 배교자의 형상을 각인함으로써 기노시다 히데요의 민족적 각성의 여정에 도덕적 우위를 부여하기 위한 것이었다면, 두 번째 소환은 이광수의 배교 자체가 갖는 정당성을 심문하기 위한 것이다. 히데요는 자신의 갱생교육을 담당한 하꾸야마에게서 '변절한 위선자'가 아닌 '사명감'에 투철한 전향 지식인의 모습을 본다. 하꾸야마의 주장대로 "어떤 경우에는 배교가 순교보다도 훨씬 더 어렵고 고귀한 길"[9]일 수 있다면 이광수의 길 역시 '배교'라는 이름으로 간단히 부정해버릴 수만은 없다. 복거일은 나중에 하꾸야마의 논리를 옹호하는 길로 나아가지만, 적어도 이 시점에서는 하꾸야마의 논리와 대결하는 길을 선택한다. 그리고 마침내 이광수의 배교란 역사를 믿지 못하고 절망에 빠져 '민족'을 부정한, 비겁한 지식

---

7   복거일, 위의 책, 194쪽. 선언서와 논설, 기사의 제목과 인용문은 저자가 약간의 수정과 편집을 가한 것이지만 원문의 내용은 대체로 충실히 반영되어 있다.

8   위의 책, 200쪽.

9   위의 책, 423쪽.

인의 나약함을 증거할 뿐이라는 결론에 도달한다.

> 역사를 믿는다는 것은 궁극적으로 사람을 믿는다는 것이다. 다른 사람들의 식견과 양심을 믿는 것이다. 그것도 아직 태어나지 않는 사람들의 식견과 양식을. 따라서 역사를 믿는 사람은 절망하지 않는다. 조선 민족에겐 미래가 없다고, 조선 민족이 조선 민족이 아닐 때 비로소 잘 살 수 있다고 주장한 사람, 몇 천 년 동안 이어온 한 민족의 거대한 역사와 문화를 그렇게 간단히 부정한 사람, 그를 어떻게 역사를 믿은 사람이라고 할 수 있겠는가. (…중략…) 애란의 애국지사들처럼 피 흘릴 용기가 없었던 비겁한 지식인의 나약한 처방을, 마취제에 불과한 처방을, 그럴 듯한 말로 싸서 당의정으로 내놓은 것이다.[10]

이 지점에서 히데요의 길은 이미 정해진 것이나 다름없다. 이광수를 반면교사 삼아 역사를 믿고 '민족'을 긍정하며 피 흘릴 용기를 각오하고 조선인으로 거듭나는 것, 그리고 조선인으로서 조선의 역사와 언어를 지키는 일에 자신의 운명을 거는 것. 실제로 민족적 각성의 여정 끝에서 히데요에게 주어진 것은 '박영세'가 되어 조선어로 시를 쓰기 위해 선택한 상하이 망명의 길이다. 히데요의 민족적 각성과 거듭남의 서사 속에서 '배교자' 이광수는 반민족적일 뿐만 아니라 자기기만적인 비겁한 지식인의 형상으로 고정되고 있는 것이다.

『비명을 찾아서』에서 배교자의 형상으로 표상 / 재현된 이광수는 1966년 임종국의 『친일문학론』의 문제제기 이래 이광수를 한국문학의 정신사적 상처이자 극복의 대상으로 간주하기 시작한 일련의 문학사적 평가와 맞닿아 있다. 이러한 평가는 김윤식·김현의 『한국문학사』[1973]에서 집약되고[11] 이후 김현의 「이광수

---

10 위의 책, 476쪽.
11 이광수를 '버려야 할 아버지'로서 재평가하고 있는 김윤식·김현의 『한국문학사』(1973)의 기술에 관해서는 최영석, 「민족의 마모된 비석, 이광수 해석의 역사」, 『작가세계』 2003 여름, 55~57쪽 참조.

문학의 전반적 검토」[1977]에서 좀 더 강조되었는데, 이와 관련하여 문학과지성의 편집동인에게 『비명을 찾아서』를 추천한 인물이 바로 김현이었다는 사실은 특기해 둘 만하다. 그런데 복거일은 20년 뒤 자전소설 『보이지 않는 손』[2006]의 간행을 앞두고 당시 김현과의 만남을 회고하며 전혀 다른 얘기를 꺼낸다.

> 내가 『비명을 찾아서』의 원고를 그 앞에 내놓고 주제를 설명하자, 그는 대뜸 물었다. "이광수는?" 득의의 불꽃이 문득 내 마음속 하늘을 밝혔다. 실은, 그 작품을 시작했을 때, 나는 춘원에게 특별한 자리를 마련하지 않았었다. 이야기가 상당히 나아간 뒤에야, 내 이야기가 춘원의 문제와 필연적으로 부딪힌다는 것을 깨달았다. 춘원이 맞은 문제는 적응이었고 그래서 그의 경험은 보편적이었다. 스승과 내가 춘원의 삶에 적응의 관점에서 접근했다는 점은 내겐 뜻이 크다. 조지 윌리엄스의 통찰대로, 적응은 삶의 가장 근본적 현상이고 진화도 적응의 부산물에 지나지 않는다. 그리고 헨리 플로트킨의 지적대로, 적응 자체가 지식이다. 우리는 지식을 추구하는 일에서 거의 본능적으로 옳은 길로 접어든 것이었다.[12]

복거일은 『비명을 찾아서』의 집필 당시 '적응'이라는 보편적 경험의 관점에서 이광수의 문제에 접근했다고 밝히고 있다. 그리고 "스승과 내가 춘원의 삶에 적응의 관점에서 접근했다는 점은 내겐 뜻이 깊다"고 하여 김현 역시 같은 생각을 가졌던 듯이 적고 있다. 그런데 여기서 복거일이 강조하고 있는 '적응'은 「이광수 문학의 전반적 검토」는 물론 『비명을 찾아서』에서 그토록 비판되었던, 배교자 이광수의 형상에 각인된 '정신사적 상처'와는 무관하다. 뒤이은 발언에 보이듯 그것은 진화생물학의 논리에 기반한, "삶의 가장 근본적 현상"이자 지식 추구의 본능과 직결되어 있다. 편리하게 관점을 뒤집는 복거일 특유의 전도가 두드러지는 대목이다.

---

12 복거일, 『보이지 않는 손』, 문학과지성, 2006, 279쪽.

사실 복거일이 '적응'이라는 관점에서 이광수를 재해석하기 시작한 것은『죽은 사람들을 위한 옹호—21세기의 친일 문제』[2003]로 거슬러 올라간다. 1999년 8월 제2의 반민특위 구성의 필요성에 공감한 학계의 친일인명사전 편찬 지지 선언을 계기로 민족문제연구소의 친일인명사전 편찬사업이 추진되고,[13] 2001년 8월 국회에서도 '민족정기를 세우는 국회의원 모임'을 중심으로 일제잔재 청산을 위한 입법화 추진 계획이 발표되는 등[14] 민주화 이후 제도적 차원의 친일청산의 움직임이 본격화되던 시점이었다. 일찍이 복거일의 자유주의를 상찬하기도 했던 고종석은 친일파와 일제의 식민통치를 동시에 변호하고 있는 이 책이 자유주의보다는 경제적 윤택함을 위해 정치적 자유를 당분간 헌납하자고 선동한 파시즘과 친화력을 보인다는 점을 통렬히 비판한 바 있는데,[15] 실제로 복거일이 친일파와 일제의 식민통치를 변호하는 주된 근거는 일본의 식민통치가 식민지 조선에 '생존할 만한 환경'을 제공했다는 점에 있다.

그러나 일본의 식민통치는 조선 사람들이 **생존할 만한 환경을 제공**했다. 정치적 관심을 거두고 독립을 꿈꾸지 않으면, 식민지 조선은 그런 대로 살아갈 만한 세상이었다. 그래서 적잖은 조선 사람들에게 식민지 조선은 '**견딜 만한 지옥**'이었다. 그리고 대안이 보이지 않았으므로, 그들은 그런 '견딜 만한 지옥'을 자신들의 운명으로 받아들였고 그런 운명에 맞추어 살았다.

친일문제를 다룰 때, 우리는 이 점을 고려해야 한다.[16]

---

13 친일인명사전 편찬의 추진 과정에 대해서는 조세열,「친일인명사전 편찬의 쟁점과 의의」,『역사비평』, 2010.5, 272~274쪽 참조.
14 「정치권의 결단, 민족정기 세우마!」,『한겨레 21』, 2001.8.14.
15 고종석,「식민주의적 상상력—복거일의『죽은 자들을 위한 변호』에 부쳐」,『인물과사상』 28, 2003, 336~342쪽.
16 복거일,『죽은 자들을 위한 변호—21세기의 친일 문제』, 들린아침, 2003, 398쪽.

식민지기 일본의 식민통치는 조선인에게 생존할 만한 환경을 제공했고 독립의 전망은 어두웠으며, 대다수의 조선인은 그 환경을 운명으로 받아들이고 그 운명에 적응하며 살았다는 과감한 주장이다. 이러한 '적응'의 관점에서 이제 이광수는 역사를 믿지 못해 민족을 부정한 '배교자'가 아니라, "조선인들에게 이로운 일들이라는 확신 속에서" 일본에 완전히 동화되는 길을 선택한 현실론자로 등극한다.[17] '견딜 만한 지옥'을 생존의 조건으로 받아들여 일본인이 되는 길을 선택한 것은 절망적 상황에서 내린 극단적 선택이되 생존에 유리한 조건을 고려한 행위였다는 점에서 '적응'이라는 생물학적 합리성에 부합한다는 논리이다.

『낭만적 애국심』은 이러한 과학적 언설에 기댄 변호론에서 더 나아가 이광수에 대한 재평가를 요구하며 이광수의 생애에 대한 전면적인 재해석을 시도한다. 흥미롭게도 이번에는 이광수를 '정신사적 상처'로 규정했던 김현의 그 유명한 언급에 대한 정면 반박으로 시작되고 있는 것이 눈에 띈다. "춘원 이광수에 관한 수많은 평가들 가운데 내 마음에 가장 또렷이 각인된 것은 '이광수는 만지면 만질수록 그 증세가 덧나는 그런 상처와도 같다'는 김현의 토로다. 안타깝게도, 이광수를 '상처'로 보는 태도는 그의 모습을 제대로 살피고 그를 이해하는 것을 방해한다."[18] 이 글의 핵심적인 전략은 독립운동에서 타협, 그리고 친일에 이르는 이광수의 행위를 배교나 변절이 아니라 '조선 민족의 이익'을 최적화하기 위해 현실을 고려한 '전략적 유연성'이라는 관점에서 재배치하고 있다는 점이다. 그리고 이러한 관점에서 이광수의 독립운동은 혹독한 환경에 놓인 민족의 생존을 위해 기울인 초인적 노력이었고, 귀국과 귀국 후의 활동은 정치적 활동이 현실적으로 불가능한 환경에서 변절자라는 비난을 무릅쓴 '합리적 선택'이었으며, 친일 역시 더 나은 선택지가 없었던 상황에서 민족지도자라는 자신의 명성마저 희생해가며 '민족보존'의 방편으로 선택한 최선의 행위로서 재평가된다. 요컨대

---

17   위의 책, 104~111쪽.

18   복거일, 『낭만적 애국심』, 팬앤북스, 2020, 104쪽.

이광수는 현실적 안목과 더불어 '전략적 유연성'을 갖추었을 뿐 아니라, '조선 민족의 이익'이라는 궁극의 가치를 위해 자신의 명성마저 기꺼이 희생했던 헌신적 지도자로서 재조명되고 있는 것이다.

사실 이러한 해석은 이광수가 『나의 고백』에서 주장한 '민족보존론'과 이를 뒷받침하는 기존 연구를 토대로 한 것이라는 점에서 그다지 새롭지 않다.[19] 게다가 참고한 연구를 비판적으로 검토하지 않은 탓에 논의를 뒷받침하는 자료 해석의 오류를 그대로 반복하고 있어 설득력도 현저히 떨어진다. 가령 2·8독립선언을 준비한 유학생들의 독립운동을 이광수가 주도한 것으로 서술하고 있지만, 최근의 연구에 따르면 이광수는 이미 독립운동을 위한 유학생의 본격적인 움직임이 시작된 이후 뒤늦게 참여하여 선언서 작성을 위임받은 사실이 확인된다.[20] 그런가 하면 귀국 후 총독부에 귀순했다는 비난과 오해를 불식하기 위해 광수가 썼다고 제시한 '백악산인白岳山人'의 「재등齋藤 군에게 여與함」1922.4.1은 『동아일보』 편집국장 이상협의 글이다. 또한 이광수의 창씨명 '향산광랑'의 유래를 단군이 신시를 세운 묘향산에서 찾고, 1938년 『사랑』을 펴낼 때 처음 이 자호를 썼다고 하여 1940년에 실시된 창씨개명과는 무관한 것처럼 서술하고 있으나 이 역시 편집 삭제된 자료에 기초한 것이어서 설득력을 갖기 어렵다.[21] 이광수의 변절과 이를 막지 못한 민중의 미몽을 크게 꾸짖었던 함석헌의 탄식을 "이광수의 불운과 희생"에 대한 안타까움으로 뒤바꾸어 해석하고 있는 대목도 당혹스럽기는 마찬가지이다.[22]

---

19 서론에서 밝히고 있듯 복거일은 특히 김원모의 『영마루의 구름—이광수의 친일과 민족보존론』(2009)을 주로 참고했다. 위의 책, 7~8쪽.

20 이광수가 유학생들의 독립운동에 뒤늦게 참여하게 된 사정에 관해서는 최주한, 「두 편의 관헌 자료 「요시찰 조선인 이광수에 관한 건」(1919)에 대하여」, 『민족문학사연구』 71, 2019, 496쪽.

21 최주한, 「『사랑』의 저자는 누구인가」, 『이광수와 식민지 문학의 윤리』, 소명출판, 2014, 471~475쪽.

22 "울라고 하늘이 천분을 주어 내보낸 울음꾼이 왜 마지막까지 울지 못했나? 일본 제국주의의 칼에 맞아 죽으면서, 백조가 죽을 때 가장 슬픈 노래를 부르듯이 마지막 노래를 불렀더라면 이 민중이 감동되어 한번 크게 울었지. 그랬다면 해방이 돼도 이렇게 더럽게는 안 됐지. 죽었더라도

복거일의 논의에서 새로운 것이 있다면, 이광수에 대한 도덕적 단죄를 낭만적 애국심에서 비롯된 역사의 왜곡을 대표하는 사례로 소환함으로써 이광수를 '낭만적 애국심'의 희생양으로 재현／표상하고 있다는 점이다. 낭만적 애국심이라는 편협한 민족적 정념을 걷어내고 보면 이광수는 현실적 안목과 더불어 '전략적 유연성'을 갖추었을 뿐만 아니라, 혹독한 환경 속에서도 '조선 민족의 이익'을 위해 자신의 명성마저 희생했던 헌신적 지도자였다는 사실이 분명해지며, 그런데도 이광수에게 변절자라는 '오욕의 굴레'를 씌우는 것은 "굴욕적 역사를 외면"하고 "불편한 진실을 춘원 개인의 잘못으로 떠넘"[23]기고자 하는 편리한 민족적 이기심에 불과함을 주장하고 있는 것이다. 이로써 일찍이 기노시타 히데요를 통해 적극 반박되었던 "어떤 경우에는 배교가 순교보다도 훨씬 더 어렵고 고귀한 길"[24]일 수 있다는 하꾸야마의 주장은 먼 길을 돌아 최종적인 승인을 얻는다. 복거일은 이 글을 이렇게 끝맺고 있다. "자신을 버려서 민족이라는 큰 자아를 얻은 그의 뜻은 어둠 속의 촛불처럼 우리 마음을 밝힐 것이다."[25]

3. 자전소설 3부작을 통해 본 복거일의 세대적 정체성

복거일의 자전소설 3부작 가운데 마지막 편에 해당하는 『한가로운 걱정들을 직업적으로 하는 사내의 하루』[2014]에는 고령화 사회가 지닌 '노인적' 특질에 대해 걱정하는 노년의 주인공이 등장한다. "무엇보다도, 본능적으로 보수적이다. 개인

살아서 보다 더 힘있게 더 길게 울었지. (…중략…) 우리의 잘못은 두 가지다. 하나는 그들이 약해질 때 눈물로 그 길을 막고 돕지 못했던 것이요, 그 다음 또 하나는 쾌히 용서해 다시 발을 펴게 하지 못한 것이다." 함석헌, 「육당·춘원의 밤은 가고」, 『신태양』, 1958. 2, 166~167쪽.

23 복거일, 『낭만적 애국심』, 198쪽.

24 복거일, 『비명을 찾아서』, 423쪽.

25 복거일, 『낭만적 애국심』, 198쪽.

적 차원이든 사회적 차원이든 역사보다 더 강력한 기득권은 없으니, 자연스러운 일이다. 자신이 이미 산 세월에 가치를 부여하고 거기서 나온 모든 것들을 정당화하고 그것들에 대한 어떤 변화도 거부하는 것은 모두의 본능이고, 나이든 사람들은 그런 본능이 당연히 강하다."[26] 이래저래 고령화 사회가 활기차고 진취적인 사회가 되기 어려울 것이라는 걱정 어린 진단이다. 그러나 이러한 특질은 20대 현역 장교 현이립을 주인공으로 내세운 첫 번째 자전소설『높은 땅 낮은 이야기』[1988]로부터 40여 년이 훌쩍 지나 60대 후반으로 접어든 노년의 주인공에게도 그대로 해당되는 이야기인 만큼, 노년의 작가를 지배하는 의식구조의 단면을 선명히 드러낸 것으로 보아도 좋을 것이다.

그러면 복거일은 자신이 살아온 세월에 가치를 부여하고 거기서 나온 모든 것들을 정당화하기 위해 무엇을 취하고 무엇을 버리면서 세대적 정체성을 굳혀왔을까. 어떤 변화도 거부하는 것이 나이든 사람들의 본능이라면 그가 지키고자 하는 것은 무엇일까.『높은 땅 낮은 이야기』[1988]에서『보이지 않는 손』[2006],『한가로운 걱정들을 직업적으로 하는 사내의 하루』[2014]에 이르는 자전소설 3부작은 그 단서가 될 만한 흥미로운 변곡점들을 포착할 수 있게 해준다.

자전소설이라고는 했지만, 사실 이들 3부작의 주인공 현이립의 생애는 복거일과 약간의 시차가 있다. 무엇보다 우선 1946년생으로 1963년에 대학을 입학했던 복거일과 달리, 1960년에 대학을 입학한 현이립은 복거일과 연령상 4년 가량 차이가 난다. 애초의 의도는 4·19에서 5·16으로 이어지는 사회적 좌절을 경험한 4·19세대의 정체성을 부각시키려는 데 있었을 것이다. 실제로 첫 번째 자전소설『높은 땅 낮은 이야기』에 등장하는 20대 중반의 현역 장교 현이립의 의식구조를 지배하는 것은 군부독재·분단체제하의 사회적 현실에 대한 자괴감이다. 4·19의 부푼 꿈으로 시작한 대학생활은 1963년 군사정권의 출범과 함께

26　복거일,『한가로운 걱정들을 직업적으로 하는 사내의 하루』, 문학동네, 2014, 38쪽.

"끝이 보이지 않는 어둠 속에서 끝났"고, 입대한 이듬해인 1965년에는 무장군인들의 한일협정비준반대시위 진압, 이에 항의하는 모교에서의 '군화 화형식'을 무력하게 지켜보아야 했다. "국민을 외적으로부터 지키는 임무를 띤 군대가 국민을 억압하는 조직이 되었다는 생각", 게다가 "휴전선을 사이에 두고 총을 겨누고 있는 양쪽 군대들이 같은 민족이라는 사실" 앞에서 현이립은 괴로워한다.[27]

『높은 땅 낮은 이야기』는 이러한 현역 장교 현이립의 시각으로 남북 간의 군사적 긴장이 극에 달했던 1960년대 후반 비무장지대의 군사분계선 현장을 소환해낸다. 아군과 적군 가릴 것 없이 엄폐호와 교통호를 파고 매복 경계를 서는 것으로 시작되는 군사분계선의 봄은 살벌하기 그지없다. "울타리 밖은 지뢰들과 부비트랩들이 아우성치고 무장간첩들이 노리고 있"[28]어서 인계철선을 건드린 살쾡이가 애꿎은 목숨을 잃고, 초소에서 라면을 끓이다가 박격포의 포탄 세례를 맞거나 점심 먹고 막사를 나오다가 유탄에 거꾸러지는 장병이 있는가 하면, 선로 보수 작업을 나갔다가 매복한 적군에게 습격당하고 혹은 매복 경계를 서다가 아군끼리 총격을 벌이는 등 크고 작은 사고가 끊이지 않는다. 성탄절 전야에도 북한군의 기습 사격으로 엄폐호 속에서 응사하며 보내야 했던 부대원들은 이듬해 연초에 잇달아 터진 북한 특수부대의 청와대습격사건, 미 해군함정 푸에블로호 피랍 사건으로 급기야 전쟁 직전의 긴박한 상황까지 내몰리지만, 사태가 진정된 뒤에도 양측의 무력충돌은 멈출 줄을 모른다. 이러한 군사적 긴장 속에서 3개월 뒤늦은 전역 명령을 받기까지 꼬박 두 해 반을 군사분계선에서 보낸 현이립에게 "산하와 민족이 동강난 현장" "그 벌건 상처에서 보낸 세월"[29]은 예사롭지 않은 의미를 지닌다. 그것은 분단체제하 한국적 현실의 비극을 직시하고 통일과 중립의 당위성을 자각케 하는 계기가 되어주고 있기 때문이다. "세월이 내게 가

27   복거일, 『높은 땅 낮은 이야기』, 문학과지성사, 1988, 30~31쪽.
28   위의 책, 41쪽.
29   위의 책, 242쪽.

르친 것이 있긴 있었구나. 그러고 보니, 두 해 반 동안 비무장지대에 살면서, 그는 통일된 조국의 모습을 제대로 그려본 적이 없었다. 중립이란 말은 한 번도 떠올린 적이 없었다. 그러기엔 너무 살벌한 곳이긴 하지만……"[30]

분단체제하의 한국적 현실을 비판하며 통일, 중립에 대한 소망을 피력하는 20대 중반의 현이립의 모습을 오늘날의 복거일에게서는 찾아보기 어렵다. 두 번째 자전소설 『보이지 않는 손』[2006]만 해도 어느덧 60대에 접어든 현이립이 회고하는 군복무시절은 전혀 다른 각도에서 소환된다. 군대가 국민을 억압하는 일상, 장병들의 덧없는 희생을 대가로 적대적 공존을 꾀하는 분단체제에 대한 분노, 반공자유이념의 수호를 자처하는 미국의 막강한 영향력, 베트남에 파병된 한국군의 왜곡된 우월감에 대한 역겨움 등등 20대 현역 장교 현이립의 마음을 무겁게 했던 그 시절의 그림자는 온데간데없다. 그 자리를 대신 차지하고 있는 것은 젊은 날의 그들이 얼마나 태극기를 의지하며 살았는지, 목숨을 바쳐 나라를 위해 희생한다는 고귀한 신념으로 충만했는지에 대한 자부심이며, 그럼에도 불구하고 그들의 죽음 덕분에 태어나고 자란 세대에게 기림은커녕 지탄의 대상이 되어버린 현실에 대한 울분이다.

아마 지금도 거기 국기 게양대 위에 휘날리고 있을 터였다. 태극기가, 그 외롭고 용감한 깃발이. 젊은 날의 그들은, 의식했든 못했든, 그 깃발을 높이 올리고 의지하면서 살았다. 그 생각은 그가 지피에 머문 동안 죽은 다섯 사병들 생각으로 이어졌다. (…중략…) 세상이 바뀌는 사이에 어찌어찌하다가 그들의 죽음은 별 뜻을 지니지 못한 것이 되었다. 그들의 죽음 덕분에 태어나고 자랄 수 있었던 세대가 그들을 '미제의 용병'이라 부르는 세상이 된 것이다. (…중략…) 그들은 의심하지 않았다. 만일 그들이 죽으면, 그들의 죽음은 나라를 위한 희생이라고 기림을 받으리라는 것을. 이제 녀석들은 자신들의 억울하도록 아까운 죽음이 헛된

---

30 위의 책, 229쪽.

것이었음을 보고 있었다. 그리고 이곳에 돌아온 905 지피 선임장교인 그에게 묻고 있었다. '우리 죽음을 그렇게 헛된 것으로 만든 세상이 어떻게 정의로울 수 있습니까?'[31]

자유민주주의의 이념을 근간으로 냉전반공시대의 최전선을 지켜온 세대로서의 자부심이 노년에 접어든 현이립을 지탱하는 세대적 정체성의 한 축이라면, 다른 한 축은 1960년대 후반 이래 산업화의 주역으로서 분투하여 대한민국을 일으킨 세대라는 자부심이다. 『보이지 않는 손』의 현이립은 1960년대 후반의 한국사회를 경제발전을 위해 막 이륙하던 사회로 기억한다. 이륙에 필요한 추진력을 얻기 위해서 해외로부터 막대한 자원들, 자본과 기술과 지식을 받아들여야 했고, 그래서 외국인들에게 늘 아쉬운 소리를 하면서 "돈 없고 아는 것이 적으면 누구도 당당할 수 없다"[32]는 사실을 가슴에 새기며 분투해야 했던 시절. 마지막 자전소설 『한가로운 걱정들을 직업적으로 하는 사내의 하루』[2014]에서는 그가 군복무를 마치고 은행에 복직한 해이자 아폴로 11호가 달에 발을 디딘 1969년을 "경이로운 해"이자 일생에서 "가장 멋졌던 시절"로 기억하기도 한다.[33] 이해가 바로 1970년대 유신체제의 길을 닦은 삼선개헌 기습 비준으로 전국이 들끓었던 해이기도 하다는 사실이 남긴 그늘은 찾아볼 수 없다. 아마도 일찍이 한수영이 지적했듯 30여 년에 걸친 독재 정권의 권위주의 체제야말로 한국의 자유주의자들에게 그들이 지고의 가치로 여기는 재산권 및 다수의 지배에 의한 민주주의의 위협으로부터의 안정을 보장하는 든든한 보루가 되어주었던 역설과 무관하지 않을 것이다.[34]

실제로 현이립의 세대에게 '정의'란 한 마디로 "우리가 세우고 지켰으니 우리

31 복거일, 『보이지 않는 손』, 문학과지성, 2006, 265~268쪽.
32 위의 책, 258쪽.
33 복거일, 『한가로운 걱정들을 직업적으로 하는 사내의 하루』, 문학동네, 2014, 55~57쪽.
34 한수영, 「한 자유주의자의 오만과 편견」, 김동춘 외, 『자유라는 화두』, 삼인, 1999, 105~106쪽.

것"[35]이라는 자유주의적 권리의 주장으로 압축된다. 이는 영화 〈2009 로스트 메모리즈〉에 대한 저작권 침해 소송을 배경으로 하는 두 번째 자전소설 『보이지 않는 손』을 관통하는 핵심 메시지이기도 한데, 실제로 『보이지 않는 손』에서 현이립의 주된 관심은 지적재산권의 문제를 주축으로 하여 그들 냉전반공·산업화 세대가 사회에 공헌한 몫에 대한 재산권의 주장에 바쳐지고 있다.

잘 알려져 있다시피, 영화 〈2009 로스트 메모리즈〉에 대한 소송은 이 영화가 복거일의 소설 『비명을 찾아서』에서 일부 배경과 설정을 차용한 사실에서 비롯된다.[36] 일부 배경과 설정의 차용 등은 아이디어의 영역에 속하는 것으로 저작권법에 의한 보호대상이 아니라는 재판부의 입장에 대해, 현이립은 현대 생물학이 주장하는 문화의 기본단위는 '밈'은 아이디어의 영역에 속하는 것이므로 저작권법이 보호하려 애써야 할 것은 아이디어라고 맞선다. "종래의 재산권 보호 조치들을 지적 재산들에 그대로 적용하면 지적 재산을 제대로 보호할 수 없"으며, 따라서 낡고 불합리한 규정을 고쳐서라도 원작의 지적재산권을 보호받아야 한다는 주장이다.[37] 아이러니한 것은 현이립이 지적재산권의 주요 근거로 제시한 아이디어의 차용은 실상 복거일의 소설 『비명을 찾아서』와 필립 K. 딕의 『높은 성의 사나이』[1962]의 관계에도 그대로 적용된다는 사실이다. 『높은 성의 사나이』가 2차 세계대전에서 미국이 패망하여 독일과 일본에게 점령되었다는 가정 아래 1960년대의 미국 사회를 그리고 있다면, 강대국 일본이 여전히 통치하고 있는 1980년대의 조선을 배경으로 한 『비명을 찾아서』 역시 2차 세계대전에서 일본이 패망하지 않고 번영을 누리고 있다는 가상의 역사를 전제로 한다. 그러나 특정한 계기에 의해 뒤바뀐 역사적 사실을 다루는 것이 대체역사 서사의 기본적인

---

35 복거일, 『보이지 않는 손』, 231쪽.

36 「〈2009 로스트 메모리즈〉 저작권 소송, 복거일 1심 패소」, 『씨네 21』 383, 2002.12.23. http://www.cine21.com/news/view/?mag_id=15973

37 복거일, 『보이지 않는 손』, 27~28쪽.

특질인 이상 이러한 설정의 유사성은 특별히 문제삼기 어렵다.[38] 또한 『비명을 찾아서』에서 '또 하나의 현재'[39]로서 새로운 역사의 가능성을 환기하기 위해 도입한 소설 『도우꼬우, 쇼우와 61년의 겨울』은 『높은 성의 사나이』에서 등장하는 소설 속의 소설 『메뚜기 무겁게 짓누르다』의 아이디어를 그대로 차용한 것이지만, 창작의 영역에서 이러한 차용은 패러디나 오마주의 영역으로 관용의 대상이 된다. 일찍이 복거일의 『비명을 찾아서』에 쏟아진 관심이 주로 대체역사라는 서사적 형식을 차용한 새로움에 있었던 점을 고려할 때, 『비명을 찾아서』의 지적재산권에 대한 주장은 실상 설 자리가 마땅치 않은 것이다.

그럼에도 불구하고 지적재산권 침해 소송에 뛰어든 현이립은 재산권에 대한 집요한 옹호의 의지를 멈추지 않는다. 오히려 그것은 제16대 대통령 선거에서 노무현의 당선으로 김대중에 이어 진보정권이 재집권한 데 대한 위기의식과 맞물려 배가된다. "이번 대통령 선거를 치르면서, 그는 자본주의가 심각한 위기를 맞았음을 절실하게 느꼈다. 이 사회의 다수는 자본주의에 대해 반감을 품었고, 그런 반감 밑엔 자본주의가 정의롭지 못하다는 인식이 있었다."[40] 그래서 시장경제가 정의롭다는 점을 밝히기 위해 현이립이 쓰기 시작한 책이 『정의로운 체제로서의 자본주의』[2005]인데, 실제로 이 책의 1장에는 "자본주의가 정의롭다는 점을 주장할 수 없으면, 그래서 정의를 내세우는 자본주의의 반대자들에게 도덕적 고지를 내주면, 어떤 다른 가치들을 내세워도, 자본주의를 변호하는 주장은 밀릴 수밖에 없다"[41]는 언급이 눈에 띈다.

시장자유주의자 복거일에게 자본주의와 시장경제의 옹호는 새삼스러울 것이 없지만, '정의'의 이름으로 자본주의의 도덕적 고지를 탈환하려는 시도 자체는

---

38 두 작품의 배경과 인물, 갈등 등 서사적 차이에 관해서는 김명석, 「SF 영화 〈2009 로스트 메모리즈〉와 소설 『비명을 찾아서』의 서사 비교」, 『문학과 영상』 4(1), 2003.8 참조.

39 필립 K. 딕, 『높은 성의 사나이』, 오근영 옮김, 시공사, 2001, 165쪽.

40 복거일, 『보이지 않는 손』, 143쪽.

41 복거일, 『정의로운 체제로서의 자본주의』, 삼성경제연구소, 2005, 12쪽.

특기할 만한 것이다. 자본주의에 '정의'의 왕관을 씌우기 위해 현이립이 기대는 것은 예의 생물진화론의 담론이다. 이 새로운 버전의 자본주의 옹호론은 "도덕적 감정의 시초는 정의감"이고 "정의감은 재산권과 관련하여 진화"[42]했다는 전제에서 출발한다. 그리고 재산권과 정의라는 기이한 조합은 '영역성'이라는 생물학적 개념에 의해 뒷받침된다. 짐승들과 새들, 물고기들이 "제가 만든 둥지는 제 것"[43]으로 여기는 '영역성'을 본성으로 하듯 인간에게도 정의감은 재산권의 주장과 관련하여 진화해 왔으며, 따라서 재산권을 가장 잘 보호하는 체제인 자본주의가 본질적으로 정의롭다는 주장이다. 현이립이 주장하는 세대적 정의감 역시 이러한 재산권의 주장에 바탕을 두고 있는 것은 물론이다. 이는 '우리가 세우고 지켰으니 우리 것'이라는 주장으로 압축되는데, 그 주장의 당당함이야말로 그들 세대의 정체성이 어느 지점에 고착되어 있는지 잘 보여준다.

나이든 세대는 자신들이 우리사회에 대해서 재산권을 지녔다고 여긴다는 점이야. 우리가 세우고 지켰으니 우리 것이다, 그런 얘기지. 아 그런데, 부모 덕분에 편하게 자랐고 배고픔 대신 비만을 걱정하는 세대가 부모의 재산을 갑자기 빼앗아 가서 멋대로 고치려는 거야. 그것이 우리 세대의 정의감에 어긋나는 거라. 정의는 가장 근본적 원칙이야. 정의감이 모든 도덕적 감정의 근원이거든. 나이든 세대의 정의감이 이번 선거에서 깊은 상처를 입은 거야.[44]

냉전반공·산업화 세대의 정체성을 뒷받침하던 보수정권의 잇따른 패배에서 비롯된 위기의식을 현이립은 그들 세대의 정의감이 입은 상처로 치환한다. 그리고 이는 영화 〈2009 로스트 메모리즈〉 소송의 패소 판결로 끝나는 결말과 맞물리면서 정의가 부정당하고 있는 현실에 대한 적의를 강화한다. "'이 땅에선 으

---

42 복거일, 『보이지 않는 손』, 233쪽.
43 위의 책, 234쪽.
44 위의 책, 231쪽.

레……' 탄식인지 체념인지 모를 생각이 스치면서, 웃음기 없는 웃음이 얼굴에 어렸다."[45] 일찍이 늘 소수에 대해 얘기하면서도 그가 실제로 서있는 자리는 다수의 편, 주류의 편이었으므로 객관적 독자들은 복거일을 읽을 때 '복거일 전도'[46]를 염두에 두어야 한다고 일갈했던 고종석의 조언이 여전히 타당해 보이는 대목이다.

4. 배반된 정의, 체제 안으로의 망명

살펴본 대로 복거일이 냉전반공·산업화 세대로서의 정체성 정치에 나서게 된 계기는 민주화 이후 특히 김대중에서 노무현으로 이어지는 진보정권의 재집권에 따른 보수층의 위기의식과 맞물려 있다. 민주화 이후 탈권위, 국가주의의 퇴조, 자유와 해방의 공기는 권위주의 체제에 대한 비판을 활성화하여 공식적-정통적 역사해석의 근간을 뒤흔들었다. 시민사회에서 시작된 과거청산의 의지가 제도적 차원의 의제로 선택되면서 국가의 공식기억·정통기억은 크게 재편되었고, 이 과정에서 보수지배층의 체제 이념은 정당성의 훼손이라는 심각한 내상을 입었다. 민족문제연구소 주관의 친일인명사전 편찬사업은 결정적인 타격이었다. 1960년대 이래 한국사회의 중추를 형성해온 보수지배층의 체제 이념을 뒷받침하는 이승만, 박정희 체제에 대한 공격이 집중된 것도 이 무렵의 일이다. 노무현 정부의 출범으로 진보정권이 재집권하면서 심화된 보수지배층의 위기의식은 이윽고 그들 세대의 과거와 성취에 대한 인정투쟁의 형식으로 반격을 취하기 시작하는데,[47] 복거일의 정체성 정치는 그 연속선상에 놓여 있는 것이다.

---

45 위의 책, 272쪽.

46 고종석, 앞의 글, 363쪽.

47 민주화 이후 과거사청산을 둘러싸고 보수지배층의 위기의식이 고조된 배경과 이념적 반격의 움직임에 관해서는 강인철, 앞의 책, 610~670쪽 참조.

그들 세대의 과거와 성취가 통째로 부정당하고 있다는 인식, 그것은 그들 세대의 과거와 성취에 가치와 의미를 부여하려는 시도에 정당성을 부여하는 동력이 된다. 그러나 냉전반공·산업화 세대의 주역으로서 그들 세대의 과거와 성취를 긍정하는 것과 냉전반공·산업화를 명분으로 자유민주주의를 부정하고 병영·감시사회를 구축했던 박정희 체제를 긍정하는 것은 별개의 문제다. 윤해동이 날카롭게 지적했듯, 박정희 체제를 긍정한다는 것은 단순히 성장우선주의에 대한 긍정에 그치지 않고 박정희 체제의 식민지적 기원을 긍정한다는 것을 의미한다.[48] 그런 만큼 자연스레 식민통치와 친일에 대한 옹호가 뒤따르게 마련인데, 이 점에서 보수논객을 자처하고 나선 복거일이 친일청산을 위한 법제화의 움직임에 맞서 이래 식민통치와 친일의 옹호에 발 벗고 나선 것은 매우 자연스럽다. 실제로 냉전반공·산업화 세대의 성취를 박정희 체제의 성취와 동일시하는 그는 그들 보수지배층의 식민지적 기원에 대한 옹호가 그들 세대의 정체성을 뒷받침하는 체제 수호 이념의 강화와 직결되어 있음을 분명하게 의식하고 있을 뿐만 아니라, 이를 공공연하게 표명함으로써 드러내놓고 보수층의 집결을 호소하기도 한다.

지금 친일파에 대해 거센 증오를 드러내는 사람들은 해방 뒤 가장 중요한 과제는 친일파에 대한 청산이었다고 주장한다. 그리고 대한민국은 그 과제를 제대로 수행하지 못했으며, 미군정, 이승만 정권, 그리고 박정희 정권에선 친일파가 득세했고, 그래서 우리 체제는 '친일파 지배 구조'라고 주장한다. 이런 주장이 특히 위험한 것은, 그것이 필연적으로 우리 체제의 정당성을 훼손한다는 사실 때문이다. (…중략…) 우리 체제를 지키려는 사람들은 그렇게 정당화될 수 없는 도덕적 우월감을 드러내는 사람들의 잘못을 지적하고, 사회적 소수들과 소수 의견들을 옹호해야 할 것이다.[49]

---

48   윤해동, 「'친일 잔재' 청산과 관련하여 제기되는 몇 가지 문제」, 민족문제연구소편, 『한국 근현대사와 친일파 문제』, 아세아문화사, 2000, 237쪽.
49   복거일, 『죽은 자들을 위한 변호-21세기의 친일 문제』, 459~461쪽.

이같은 식민통치와 친일에 대한 옹호가 민주화 이후 친일청산 법제화의 움직임에 맞닥뜨린 보수지배층의 위기의식을 대변하는 것이라면, 일찍이 『비명을 찾아서』의 주인공 기노시타 히데요에게 이광수의 길을 부정하며 상하이 망명의 길을 선택하게끔 했던 복거일의 자리는 정반대편에 놓였던 것일까. 이와 관련하여 최근의 흥미로운 연구에서 이혜령은 일본의 식민지배의 연장을 '견딜 만한 것'으로 그리고 있는 복거일의 대체역사적 상상력 자체가 이미 근대화의 이름으로 식민통치에 대한 협력을 승인하는 '서곡'이었다는 견해를 제시한 바 있다. 해방의 부재라는 대체역사의 상상력은 한반도 전체의 자본주의화를 전제하며, 이점에서 『비명을 찾아서』의 심층서사는 남한이 자본주의체제로 편입될 수 있었던 것은 일본의 식민통치 덕분이라는 역사인식에 기초하고 있는데, 이러한 역사인식이야말로 1960년대에서 오늘날에 이르기까지 근대성의 추구를 강조하는 친일담론에서 『비명을 찾아서』의 이광수 인식에 큰 힘을 싣는 단초가 되었다는 주장이다.[50] 그리고 보면 복거일이 '견딜 만한 지옥'을 생존의 조건으로 받아들여 제국 신민의 지위를 얻고자 한 이광수의 길을 '적응'이라는 생물학적 합리성의 이름으로 옹호하고, 나아가 '조선 민족의 이익'을 위해 자신의 명성마저 희생했던 헌신적 지도자의 길로서 추앙하기에 이른 것은 이미 『비명을 찾아서』에서부터 예비되어 있었던 셈이다.

그러나 이러한 연속성 가운데서도 『비명을 찾아서』에서 이광수의 길이 부정의 대상이었던 것은 부인할 수 없는 사실이다. 살펴본 대로 『비명을 찾아서』의 주인공 기노시타 히데요는 '어떤 경우에는 배교가 순교보다도 훨씬 더 어렵고 고귀한 길'이라며 이광수의 길을 긍정했던 하꾸야마의 주장을 단호하게 부정하고 상하이 망명의 길을 선택했다. '박영세'의 이름으로 조선의 역사와 언어를 지키는 일에 자신의 운명을 걸기로 한 히데요에게 '가야마 미쓰로'의 이름으로 제

---

50 이혜령, 「빨치산과 친일파—어떤 역사 형상의 종언과 미래에 대하여」, 『대동문화연구』 100, 2017, 452~469쪽.

국 신민의 길을 선택한 이광수는 '배교자' 이상의 의미를 지니지 않는다. 결국 이후 '적응'이라는 생물학적 합리성에 기댄 이광수 옹호 및 나아가 자신의 명성마저 희생한 헌신적 지도자로서의 추앙에까지 이른 복거일의 입장은, 일찍이 『비명을 찾아서』에서 단호히 부정했던 관점에 대한 승인이라는 점에서 명백한 자기 부정이자 지적 신념의 번복에 해당한다.

무엇보다 결정적인 패착은 그러한 옹호와 추앙이 근본적으로 그가 그토록 점유하고자 애쓰는 '정의'와 배치된다는 점이다. 특히 쥘리앙 방다의 이름으로 이광수를 '낭만적 애국심'의 희생양으로 표상 / 재현하고 있는 『낭만적 애국심』에서의 이광수 옹호는 이율배반의 극치이다. 서론에 언급되어 있듯 책의 제목은 쥘리앙 방다의 『지식인의 배반』1927에서 가져온 것인데,[51] 복거일이 '낭만적 애국심'이라는 용어를 각별히 강조하는 것은 이 용어가 오늘날에도 대중의 애국심을 정치적 목적에 이용하고자 하는 정치 세력이 존재함을 성토하는 데 유용한 개념이라고 여기기 때문이다. "현 정권의 정치적 계산으로 더욱 거세진 이런 열정은 앞으로 우리 사회의 정치적 지형을 근본적인 수준에서 결정할 것이다."[52] 그러나 이 책은 제목이 명시하고 있는 대로 파시즘의 시대 현실과 이해관계에 눈이 멀어 정의와 이성의 옹호라는 직분을 배반한 지식인에 대한 비판에 주안점을 둔 것으로, 특히 1946년에 씌어진 재판의 서문에는 제2차 세계대전 당시 프랑스의 비시정부에 협력한 지식인에 대한 비판도 포함되어 있다.[53] 적어도 쥘리앙 방다의 입장에서라면 '민족의 이익'이라는 명분하에 제국 일본의 전쟁을 지지하며 협력에 나섰던 이광수는 엄중한 비판의 대상이지 결코 옹호의 대상일 수 없다.

쥘리앙 방다에게 정의란 근본적으로 실질적 이익을 초월하는 추상적 가치이

---

51 복거일, 『낭만적 애국심』, 7쪽.

52 위의 책, 14쪽.

53 쥘리앙 방다, 『지식인의 배반』, 노서경 옮김, 이제이북스, 2013. 1946년에 간행된 재판본의 번역으로, 재판 간행 당시 씌어진 장문의 서문도 수록되어 있다.

다. 이해관계의 충족이라든가 자존심의 만족과 같은 실질적 목표의 추구는 어떤 명분을 내걸든 정의와 진실을 훼손하게 마련이며, 인간을 세속적 정념에 묶어둔 다는 이유에서다.[54] 그가 좌우를 막론하고 세속적 가치를 떠받드는 정치 정념을 좇는 지식인의 행태를 '배반'이라는 이름으로 엄중히 비판하고 있는 이유도 바로 여기에 있다. "마땅히 영원한 것을 추구해야 함에도 정치에 몰두해야 위대하다고 믿는 것, 이것이 현대 지식인이다. 지식인이 속인의 정념에 이렇게 집착하면 속인의 가슴 속에 있는 그 정념이 얼마든지 공고해진다는 것은 당연하고도 분명하다. (⋯중략⋯) 사실은 지식인이 아닌 인물들이 지식인으로 자처하고 그런 간판으로 세상에서 행동하는 것이다."[55] 냉전반공·산업화 세대를 호명하며 자신들이 세우고 지킨 사회에 대한 재산권에 바탕을 둔 세대적 정의를 주장하고, 나아가 식민통치와 친일을 옹호하며 보수지배층의 체제 수호 이념을 정당화하느라 분주한 복거일이야말로 바로 그런 간판 지식인의 전형인 셈이다.

일찍이 식민체제를 부정하며 상하이 망명길에 올랐던 기노시타 히데요는 식민통치와 친일을 옹호하며 체제 안으로 망명함으로써 공공연히 '대한민국 보수가 지켜야 할 가치'[56]를 떠드는 보수논객으로 자리잡은 지 오래다. 그가 그토록 점유하고자 애쓰는 '정의'가 지식인 본연의 정의를 회복할 길은 멀어 보인다.

---

54   위의 책, 117~121쪽 참조.
55   위의 책, 126~128쪽.
56   복거일,『대한민국 보수가 지켜야 할 가치』, 북앤피플, 2016.

제6장

김윤식과 정신사적 과제로서의 이광수

1. 김윤식의 이광수 연구가 놓인 자리

김윤식에게 이광수 연구란 무엇이었을까. 김윤식의 학문적 이력 전체에서 비약의 계기이자 분기점을 이루는 기념비적 저작으로 평가되는 『이광수와 그의 시대』1986가 결실을 맺기까지는 상당한 시간이 필요했다. 학계와 문단을 향해 최초로 작가론의 필요성을 제기하고 그 방법론을 타진했던 「작가론의 방법—문학적 전기의 가능성」1967를 그 기점으로 꼽는다면 대략 이십여 년의 세월이다. 무엇이 그로 하여금 이광수 연구에 대한 사명감에 가까운 의욕을 불어넣었을까. 그리하여 1970년과 1980년 자료 연구차 두 번에 걸친 도일을 감행하게 하고, 집필과 연재에 5년에 가까운 시간을 감수하게 했을까.

이광수 연구를 향한 그 도저한 의욕은 여기에 그치지 않는다. 1990년대 근대의 '종언' 이후 또 한 번의 학문적 전환점의 시기에 거시적인 토대 환원주의의 틀을 넘어서는 연구 기획의 일환이었던 『일제 말기 한국작가의 일본어 글쓰기론』2003를 통해 일제 말기의 이광수와 다시금 마주하게 되며, 나아가 자신의 학문적 편력을 정리한 말년의 저작 『내가 읽고 만난 일본』2012은 이광수 연구에 바쳐진 세월에 대한 회고적 응시에 가깝다. 평생을 걸었다고 할 만큼 집요한, 이러한 자의식은 어떻게 설명될 수 있을까. 그 자의식을 관통하고 있는 김윤식의 내면풍경을 엿보는 것, 그것이야말로 김윤식의 이광수 연구가 놓인 자리를 조망하는 데 적절한 방법론이 된다고 하면 지나친 이야기가 될까.

이와 관련하여 일찍이 서영채가 김윤식의 학문적 작업 전체를 조망하는 좌표로 제시한 세 가지 항목은 논의를 시작하는 데 적절한 준거점이 되어준다. 세 가지 좌표란 1) 근대성과 문학의 복합체가 지닌 윤리적 역설, 2) 한국의 전후세대가 감당해야 했던 정신사적 특수성, 3) 문학적 글쓰기를 선택하는 일 자체가 지닌 실존적 고유성을 가리킨다. 이는 다시 두 가지 좌표로 압축되는데, 근대문학 자체에 내장된 윤리적 역설(근대성 일반에 맞선 문학적 근대성)이라는 보편성이 한국의 전후세대에게 주어진 특수한 과제(정신적 탈식민화 = 새로운 민족정신과 전통의 수립) 속에서 구체화된 김윤식 세대의 역사성과, 그 객관적 좌표 위에서 자기만의 연구와 쓰기의 형태로 문학적 글쓰기를 구체화한 김윤식 개인의 고유성이 그것이다.[1] 김윤식의 이광수 연구에 국한하여 전용하자면, 김윤식 세대의 역사성과 김윤식 개인의 고유성이 만나는 지점이야말로 김윤식의 이광수 연구가 놓인 자리를 조망하는 최적의 장소가 되는 셈이다.

이는 김윤식의 이광수 연구를 대변하는 동시에 이후 김동인, 염상섭, 임화 등으로 이어지는 1980년대 일련의 평전 작업의 포문을 연 저작으로 평가되는『이광수와 그의 시대』가 놓인 자리에서 명시적으로 확인된다.『이광수와 그의 시대』는『한국근대문예비평사연구』[1973]와 김현과의 공저『한국문학사』[1973] 이후『한국근대문학사상비판』[1978]을 기점으로 하여 문학사에서 사상사 연구로 나아간 학문적 작업의 연속선상에 놓이는 한편,[2] '평전'의 형식을 도입하고 있다는 점

---

1   서영채,「김윤식과 글쓰기의 윤리 – "실패한 헤겔주의자"의 몸」,『구보학보』22, 구보학회, 2019, 12쪽.

2   김윤식이 문학사에서 사상사 연구로 전회한 후 자신의 입론을 구체화한 것은『한국근대문학사

에서 뚜렷이 구분된다. 김윤식에게 평전은 비평가로서의 실존적 자의식이 깊숙이 개입하고 있다는 점에서 각별한 글쓰기의 형식에 속한다. 『이광수와 그의 시대』의 모델이 되어준 에토 준의 『소세키와 그의 시대』에서 김윤식이 가장 큰 영감을 받은 것도 소세키라든가 메이지 시대가 아니라, 비평가로서의 자의식에서 출발한 "평전 형식이 지닌 형언할 수 없는 매력"에 있었다.[3] 이 점에서 『이광수와 그의 시대』는 "근대 한국인의 정신사를 밝혀보는 지적 모험"[4]이라는 부제가 가리키듯 식민지기 국권의 상실과 회복을 정신사적 거점으로 하는 정신사 또는 사상사의 과제 속에서 이광수를 바라보고자 하는 전후세대 연구자로서의 의욕이, 이광수 개인의 실존에 가닿고자 하는 비평가로서의 고유한 자의식의 형식과 만나는 자리에서 씌어졌다고 할 수 있다. 그런데 정신사적 과제로서의 이광수라는 연구 과제와 이광수 개인의 실존을 향한 비평적 촉수는 애초에 충돌할 수밖에 없는 운명을 지닌 것은 아니었을까. 훗날 역사성의 구속에서 자유로워진 시점에서 이광수 연구에 바쳐진 세월을 응시하고 있는 『내가 읽고 만난 일본』[2012]은 이

상비판』(1978)에서이다. 전철희에 의하면, 이 저서는 식민지의 문학사상을 '자신의 생존의 근거'를 찾으려는 '고아'들의 노력으로부터 만들어진 내적 규율로 규정하고 식민지 문학인들의 '내면풍경'을 재구하면서 그들이 제기한 '사상'을 '고아의식'에서 비롯된 것임을 증명하는 방식을 취하고 있으며, 이 점에서 1980년대 '고아의식'의 확인이라는 형식을 통해 개별 작가의 '내면풍경'을 추적한 일련의 문학전기 작업은 이러한 사상사의 문제의식을 구체화한 사례들에 속한다. 전철희, 「식민지 사상의 (불)가능성 – 김윤식의 사상사에 관한 연구」, 『한국언어문화』 76, 한국언어문화학회, 2021, 70~71·78쪽.

3 "많은 글쓰기 중에서 유독 평전 형식은 무엇인가. 어째서 평전 형식이 아니면 안 되었던가. 이 물음은 씨의 『소세키와 그의 시대』를 두고 비로소 던져질 수 있는 성질의 것이다. 사람은 어떻게 하면 비평가로조차 될 수 있는가를 집요하게 물으면서 평생에 걸쳐 이 연재에 매달린 것은 **평전 형식이 지닌 형언할 수 없는 매력**이랄까 그 무엇이 있었음을 웅변함이 아니겠는가. 내가 씨의 이 평전을 단행본으로 간행될 때마다 즉시 입수하여 정독했음도, 오직 〈그 무엇〉 때문이었음은 새삼 말할 것도 없다. 소세키라는 작가라든가 그를 지탱한 메이지 시대한 내겐 아무래도 상관없는 것, 내게 문제되는 것은 평전 형식이 지닌 〈그 무엇〉에 대한 어떤 매력, 바로 그것의 이상도 이하도 아니었다." 김윤식, 「미완성의 형식과 완성의 형식」, 『한·일 근대문학의 관련양상 신론』, 서울대 출판부, 2001, 255쪽.

4 김윤식, 「이광수와 그의 시대」, 『문학사상』, 1981. 4, 244쪽.

에 대한 사후의 긴 해명과 같은 것이 아니었을까.

사실 김윤식은 집필 당시에도 이러한 충돌에서 빚어진 논지의 비일관성과 불균형을 인식하고 있었다. 『이광수와 그의 시대』 연재를 마치면서, 또 머리말을 쓰면서 "군데군데 논리가 끊기고 균형이 깨지곤 하는 일이 자주 일어나 당황하곤 했다."고 솔직히 밝히고 있기도 하다. 당시 김윤식은 그 원인을 "인물과 시대가 너무 허술하고 수미일관되지 못한 탓"이라 하여 외부 대상의 문제로 돌렸지만,[5] 김현은 그것이 실증주의 방법론과 문체 간의 충돌에서 빚어진 주체 내부의 문제라는 사실을 직관적으로 통찰하고 있었다.[6] 그것이 "이광수의 저술과 활동 총체의 기원에 대한 탐구"로 인해 '묘사'가 "전기적 기술체에 미달 또는 초월해버린" 데서 빚어진 문제였다는 사실,[7] 이른바 '실증주의적 정신'의 추구란 "가면을 쓴 붕어와 까마귀의 모습"에 다름 아니어서 내면의 자연이 실증주의를 뚫고 '서정적 / 과잉적 문체'로 분출하곤 했다는 사실을 김윤식이 투명하게 응시할 수 있었던 것은 좀 더 나중의 일이다.[8]

『이광수와 그의 시대』를 비롯하여 김윤식의 작가 연구에 내재한 이러한 방법론적 모순과 충돌이 주목의 대상이 된 것은 2000년 후반에 접어들어 김윤식의 학문적 업적 전반에 대한 검토 작업이 본격화되기 시작하면서이다. 먼저 작

---

5   김윤식, 「이광수와 그의 시대를 마치면서 — 유년의 향수, 글쓰기의 리듬」, 『문학사상』, 1985.11, 255~256쪽; 머리말(1986), 『이광수와 그의 시대』(개정증보판), 솔, 1999.

6   "그러나 이광수에 대한 그의 열정, 공감이 때로 지나쳐, 같은 사항을 되풀이 묘사하거나, 과잉되게 묘사할 때, 그 대목은 지나치게 감정적인 어조를 띤다."(김현, 「이광수적 사유의 의미」(『예술과 비평』, 1986 가을), 『분석과 해석』, 문학과지성사, 1988, 273쪽) "『이광수와 그의 시대』에 대한 회고담이 제일 진술하고 읽을 만하다. 그의 내면의 무의식은 작가와 세계가 부딪치는 자리에 있지, 그 앞이나 뒤에 있는 것이 아니다. 그것이 그의 문체를 이상하게 과잉 — 서정적으로 만드는 요소이다. 그의 실증주의는 그것을 숨기기 위한 가면이다." 김현, 『행복한 책읽기』, 문학과 지성사, 1992, 20쪽.

7   김윤식, 「고아의식의 초극과 좌절 — 이광수론의 한 시각」, 『문학사상』, 1992.2, 67~68쪽.

8   김윤식, 「'실증주의 정신'과 '실존적 정신분석'의 어떤 궤적」, 『문학사의 라이벌 의식』, 그린비, 2013, 162~163쪽.

가 연구의 새로운 방향 모색의 일환으로 김윤식의 작가 연구에 주목한 임진영은 김윤식의 저작 전반에 등장하는 세 개의 키워드를 '사실 / 법칙 / 실존' 혹은 '실증 / 과학 / 내면'으로 압축하는 한편, 이를 전기비평과 역사주의비평, 현상학적·해석학적·정신분석적 비평과 관련짓고, 이들 세 항목의 공존이야말로 "김윤식의 작가 연구가 그토록 풍성한 성과를 거두게 만든 버팀목인 동시에 또한 불안정과 자기모순을 노정하게 만든 근원"[9]이라고 평가한 바 있다. 한편 보다 전체적인 시야에서 김윤식의 학문적 기획 전반에 내장된 모순과 충돌을 "가치로서의 총체성과 사실로서의 전체성 사이의 난파"[10]로 규정한 황호덕은, 김윤식의 문학 평전들에 대해서도 방법론상의 실증주의와 영혼의 탐구자와 작가 사이의 친밀하면서도 주관적인 관계에서 비롯된 가치 지향성 사이의 충돌에 주목한다.[11] 그리고 이러한 관점에서 "문헌학적 실증과 관심법, 비평과 독심술 사이에서 부조되는 전체로서의 작가 개념 등의 문제"[12]를 김윤식 평전 연구의 주요 과제로 제시하고 있기도 하다.

출발점은 다르지만 김윤식의 이광수 연구가 놓인 자리, 그 평생에 걸친 집요한 자의식의 표정을 살피고자 하는 이 글 역시 김윤식 세대의 역사성과 김윤식 개인의 고유성이 부딪는 지점에 주목하고 있다는 점에서 이들 문제의식의 연속선상에 놓인다. 김윤식에게 이광수 연구란 무엇이었을까. 전후세대에 속하는

---

9   임진영, 「작가 연구의 대상과 방법 문제─김윤식의 작가 연구를 중심으로 한 고찰」, 『현대문학의 연구』 39, 한국문학연구학회, 2009, 5쪽.

10   황호덕(a), 「김윤식 비평과 문학사론, 총체성과 가치중립성 사이─신비평에서 루카치로의 행로」, 『현대문학의 연구』 57, 한국문학연구학회, 2015, 123쪽.

11   "문제는 이 영혼에의 탐구와 작가와의 '친밀하면서도 주관적인 관계'로 인해 방법론상의 가치중립성이 흔들릴 수밖에 없다는 점이다. 그의 문학평전들, 예컨대 이광수에 대한 연구가 종종 이광수들인 한국문학의 연구, 이광수인 김윤식 자신의 초상이 되거나, 임화 연구와 같은 저작이 종종 호모-소셜의 어조로 가득찬 공감의 비평이 되곤 하는 이유이다." 황호덕(b), 「김윤식의 문학 이유, 가치중립성으로서의 근대론과 젠더 트러블─1990년대, 김윤식의 비판적 전회와 여성작가론을 실마리로」, 『구보학보』 22, 구보학회, 2019, 158쪽.

12   황호덕(a), 위의 글, 123쪽의 각주 37) 참조.

"이른바 식민지 사관 극복을 위한 국가·민족적 사명감에 나아간 세대"의 일원이 자 "짐승스런 까마귀와 붕어"가 꿈틀거리는 내면의 자연에 대한 예민한 자의식 을 지닌 개인으로서,[13] 그가 이광수에게서 보고자 한 것, 볼 수 있었던 것은 무엇 이고, 그런 이유로 또 끝내 볼 수 없었던 것은 무엇일까.

일찍이 김윤식은 작가론이란 자기의 세대에 속한 가치평가에 좌우되는 것인 만큼, 역사와 마찬가지로 계속 다시 씌어져야 하는 "하나하나 완전하며, 마찬가 지로 그 낱낱이 미완인 것"이라고 갈파한 바 있다. 그리고 "우리가 지금 작가론을 쓴다면 이 허다한 모순의 발견과 재조정에 그 레종·데뜰존재 이유가 있"다고 언급 하는 것도 잊지 않았다.[14] 이 글이 김윤식의 작가 연구가 놓인 자리에 주목하는 이유도 이와 다르지 않다. 어느 한 논자의 빛나는 비유대로 "한 위대한 난파의 항 적"[15]을 탐구하는 일, 그것은 다시 시작해야 할 항해를 위한 참조점으로서 더할 나위 없이 소중한 지도가 되어줄 것이기 때문이다.

2. 『이광수와 그의 시대』[1986]를 집필하기까지

김윤식의 이광수 연구가 놓인 자리, 그 난파의 항적을 추적하기 위한 전제로 서 이 장에서는 그가 작가론에 대한 관심을 공공연하게 표명한 1960년대 중반 이래 『이광수와 그의 시대』의 집필과 연재라는 본격적인 항해에 오르기까지의 일련의 여정을 따라가 보기로 한다.

13　김윤식, 「'실증주의 정신'과 '실존적 정신분석'의 어떤 궤적」, 위의 글, 140·163쪽. 김윤식은 이 글 에서 자신에게 실증주의의 가면을 쓰게 하고 서정적 문체를 일삼을 행위에 대한 변명에 속하는 것이 『내가 살아온 20세기 문학과 사상』(문학사상, 2005)이라고 고백하고 있기도 하다(161쪽). 그의 고백대로 이 저서는 그 내면의 충동에 대한 기원과 전개 과정에 대한 집요한 해명에 가깝다.
14　김윤식, 「작가론의 방법론—문학적 전기의 가능성」, 『현대문학』, 1967.10, 294쪽.
15　황호덕(a), 앞의 글, 93쪽.

김윤식이 한국근대문학 연구에서 작가론의 필요성을 깨닫고 처음 그 방법론의 검토에 나선 것은 「작가론의 방법－문학적 전기의 가능성」1967에서이다. 레온 에델Leon Edel의 저서 『문학 전기Literary Biography』1959를 참고하여 작가론의 방법론을 모색하고 있는 이 글은, 전후 한국근대문학 연구에 나아간 첫 세대 연구자로서 한국근대문학의 얼굴이라 할 수 있는 근대 작가들에 대한 전면적인 연구가 부재한 현실에 대한 문제의식에서 출발하고 있다. "춘원, 동인, 혹은 소월, 이상, 상화, 횡보, 빙허－그 어느 작가에 대해서도 완전한 작가론 하나 없는 실정이다. 지금 우리 문단의 전기적 작가론은 단 한 편도 없다는 사실, 처음부터 다시 시작할 수밖에 없다는 사실을 지적해 두고자 한다."[16] 말하자면 김윤식의 이광수 연구를 위한 출발점은 제대로 된 작가론은 물론, 작가론에 대한 학문적 방법론도 부재한 현실에서 모든 것을 새로 시작해야 하는 첫 세대 연구자로서의 사명감에 놓여 있었던 셈이다.

그런데 작가론에 관한 여러 방법론 가운데 레온 에델의 『문학 전기』가 각별히 김윤식의 주목을 끈 것은 무엇 때문이었을까. 레온 에델의 저서 첫머리에 인용되고 있는, 전기란 "모든 분야의 저작술 가운데 가장 섬세하고 고아한 것"이라는 리튼 스트래치Lytton Strachey의 언급을 김윤식은 즐겨 인용했다. 훗날에 쓴 「문학평전이란 무엇인가－내가 모색해왔던 것들」2004의 첫머리에서도 이 언급은 전기가 섬세한 것은 "이 지상에서 한 인간이 살고난 뒤에 남긴 생기 없는 자료에 생명감 그 자체를 불어넣어주기 때문"이고, 또 고아한 것은 "전기화 과정이란 필연적으로 정제화" 곧 "세련화이자 고상화 과정이기 때문"[17]이라는 설명과 함께 다시금 반복된다. 그리고 뒤이어 『이광수와 그의 시대』 이하 김동인, 염상섭, 이상, 임화, 김동리 등 일련의 작가 평전에 "상당한 열정을 쏟은 것도 따지고 보면 이 때문이

---

16   김윤식, 「작가론의 방법론－문학적 전기의 가능성」, 위의 글, 296쪽.
17   김윤식, 「문학평전이란 무엇인가－내가 모색해왔던 것들」, 『김윤식의 비평수첩』, 문학수첩, 2004, 11쪽.

었던 것이라고 회고된다"고 쓰기도 했다.[18] 미루어 짐작건대, 레온 에델의 저서를 통해 작가 전기 / 문학평전이라는 글쓰기 형식에 눈뜬 그는 거기서 작가론의 학문적 방법론과 나란히 '까마귀와 붕어'로 표상되는 고유의 내면에 조응하는 문학적 글쓰기의 가능성을 엿보았던 것인지도 모른다.

김윤식이 이광수 연구에 본격적인 시동을 건 것은 1970년의 1차 도일을 통해서였다. 도쿄대학 동양문화연구소의 외국인 연구원 자격으로 현해탄을 건너면서 내건 연구 주제는 '한국문학에 끼친 일본문학의 영향 연구'였지만, 그의 속마음은 이광수에 국한되어 있었다. "한국근대문학의 아비에 해당되는 존재인 만큼 한국근대문학에 나서는 어떤 연구자도 이 관문을 지나지 않으면 안 되었다"는 것, 그리고 이광수의 문학적 체험의 원천인 일본 유학시절에 관한 추체험이야말로 이광수 연구의 첫 단추에 해당한다고 여겼던 까닭이다.[19] 그러나 이광수 연구에 관한 한 1차 도일의 성과는 그리 크지 않았다. 와세다대학 예과 및 전문부의 학적부와 성적표, 그리고『시로가네학보白金學報』에 실린 일본어로 쓰인 첫 작품「사랑인가」를 확인하는 한편, 귀국 후「이광수의 처녀작 고巧-이광수의 첫 작품 일문「사랑인가」를 통해 본 조도전 시절의 이광수」『독서신문』, 1971.12.5를 써서 발표한 것이 성과의 전부였다. 그러나 이 글은 이광수 문학의 한 원점으로서 '사랑기갈증 모티프'에 주목했다는 데 중요한 의의가 있다. 그것은 이광수 문학에서 민족애라든가 민족의식을 넘어서는 보다 근원적인 자리를 확인한 것으로, 이후 '고아의식' 개념의 확립과 더불어 지속적인 탐구의 한 축을 형성하게 된다.

귀국 후 김윤식은 한동안 이광수 연구에서 멀어져 있었다.『한국근대문예비평사연구』1973, 김현과의 공저『한국문학사』1973,『한일문학의 관련양상』1974 등 비평사와 문학사, 그리고 한일문학 간의 소통 가능성을 탐색한 일련의 저서가 잇달아 간행된 사실이 이를 잘 말해준다. 그러나 어쩌면 이 기간을 거치면서 이광

---

18   김윤식, 위의 글, 12~13쪽.
19   김윤식,『내가 읽고 만난 일본』, 그린비, 2012, 271~272쪽.

수 연구에 대한 의욕은 더욱 거세어졌다고도 할 수 있다. 비평사 연구란 논리적 세계의 탐구여서 "체계에 빠져들수록 무언가 공허하다는 느낌"을 떨치기 어려웠고,[20] 이른바 내재적 발전론에 기반하여 문학적 근대의 기점을 18세기 후반까지 끌어올린 자생적 문학사는 '식민지 사관의 극복'이라는 사명감을 사실성과 엄밀성, 곧 "과학과 맞바꾼" 대가였다.[21] 더욱이 1970년대에 접어들어 한일관계가 과거의 악몽을 반복하고 있는 듯한 조짐은 식민 지배를 받은 세대의 체험을 하나의 역사 감각으로서 공식화할 필요가 있다는 그의 생각을 굳혀주었다. 한국전쟁을 기화로 한 경제 부흥 덕분에 경제 대국으로 성장한 일본은 19세기 말의 '탈아론'을 반복하며 과거의 식민 지배에 대한 반성의 목소리에 침묵하기 시작했고,[22] 역으로 이제 막 산업사회로 진입한 한국 사회의 주역이 되어 있는 황국신민세대는 무의식의 저층에 일제시대에 대한 애착과 향수를 느끼는 의식의 분열증을 앓고 있었다. 한국 사회의 주역이 되어 있는 이들 세대의 무의식은 아직도 여전히 '일본의 식민지'라는 위기의식, 따라서 정신적 탈식민화의 과제는 학문적 과제를 넘어서는 한국사회 현안의 문제라는 것이 김윤식의 판단이었고, 이에 다시 한번 전기의 필요성에 착목하게 되는 것이다.[23]

실제로 이 무렵을 전후하여 김윤식은 이광수 평전 집필을 염두에 둔 장기적인 안목을 가지고 두 편의 이광수론을 썼다. 먼저 「문제점의 소재─이광수론」[1974]

---

20 김윤식, 「고아의식의 초극과 좌절─이광수론의 한 시각」, 앞의 글, 63~64쪽.

21 김윤식, 『내가 살아온 20세기 문학과 사상』, 문학사상, 2005, 652쪽.

22 1차 도일의 과정에서 김윤식이 맞닥뜨린 1970년대의 일본의 사회·문화적 분위기와 그에 대한 문제의식에 대해서는 장문석, 「상흔과 극복─1970년 김윤식의 도일과 비평」, 『민족문학사연구』 59, 민족문학사학회, 2015, 18~25쪽 참조.

23 "이 문제는 역사에 대한 감각이 요청된다는 것, 그러한 세대, 그 시대를 살았던 사람들의 자세한 전기가 요청된다는 것, 그러한 전기가 형상화로 파악되어야 한다는 점을 들 수 있다. 그것은 거의 문학의 문제가 아닐 수 없다. 이 역사의 추체험이, 하나의 역사 감각이 공적인 것으로 파악 전수된다는 것은 예술이 담당해야 할 몫이며 문학의 몫인 것이다." 김윤식, 「식민지문학의 상흔과 그 극복」, 『한일문학의 관련양상』, 일지사, 1974, 144쪽.

은 "우리 세대에겐 여전히 춘원의 존재가 극복되어야 할 하나의 아포리아"[24]라는 전제에서 시작하여 기존의 이광수론이 갖는 문제점을 포괄적으로 비판 검토하고 있는 글이다. 비판의 핵심은 사상과 문학의 혼동이 이광수 문학에 대한 온전한 이해를 가로막는다는 것으로 요약된다. 이광수의 존재를 극복의 대상으로 간주하는 문제의식에서 출발하고 있는 이 글이 문학의 독자성에 대한 고려와 섬세한 접근을 강조하고 있는 점은 각별히 기억해둘 만하다. 사상가로서의 이광수와 문인으로서의 이광수에 대한 구분은 이후 김윤식의 이광수 연구에서 고아의식 / 사랑기갈증으로 대변되는 이광수 문학의 원점에 대한 강조와 더불어 중요한 탐구의 한 축을 이루는 '본기와 여기 사이의 곡예'라는 주제를 예비하고 있는 까닭이다.

한편 「이광수와 그의 시대-1차 유학의 의미」1974는 이광수 문학의 원점이라고도 할 수 있는 중학 유학시절의 이광수가 놓인 자리를 탐색한 글이다. 이 글에서 김윤식은 국가상실의 의식이 강요한 위기감과 메이지 말기 지적 분위기의 압도적 영향 속에서 문학을 선택한 이광수 세대의 특이점에 주목하는 한편, 이광수 개인의 외상이자 시대적 외상이기도 했던 '고아의식'에 대한 철저한 분석과 그것이 "식민지의 한국적 상황에서 어떻게 노예화되는가를 구명하는 것"[25]을 추후의 과제로 상정하고 있다. 이광수 문학의 원점과 그 전개 과정을 시대와 개인의 관계 속에서 구체화하고 있다는 점에서, 이 무렵 이광수 평전의 기본적인 문제의식은 이미 윤곽이 잡혀 있었음을 알 수 있다. 나중에 그가 문학사회학의 관점에서 『무정』과 『흙』 등의 작품 분석에 활용하고 있는 뤼시앙 골드만의 발생론적 구조주의 방법론에 관심을 가지고 이를 번역 소개한 것도 이 무렵의 일이다.[26]

개인적 외상에서 출발한 이광수의 '고아의식'이 동시에 시대적 의미를 띠고

---

24 김윤식, 「문제점의 소재-이광수론」, 『한국근대작가논고』, 일지사, 1974, 16쪽.
25 김윤식, 「이광수와 그의 시대-1차 유학의 의미」, 『월간문학』, 1974.9, 177·182쪽.
26 김윤식, 「문학사의 방법론-발생론적 구조주의」, 『한국현대문학사』, 일지사, 1976.

식민지 한국의 정신사적 문맥에 놓이는 과제로서 구체화되는 것은 『한국근대문학사상비판』[1978]의 사상사 연구를 거치면서이다. 이 저서는 식민지시대 문화 및 문학을 규정하는 하나의 기본항을 국가상실에서 찾고, 한국근대사상사의 정신사적 거점을 '부의식의 상실'과 그 회복으로 규정하는 데서 출발하고 있는데,[27] "근대 한국인의 정신사를 밝혀보는 지적 모험"이라는 부제와 더불어 "정신사 또는 사상사의 과제 속에 이광수를 놓고 바라보는 일"[28]을 주된 과제로 제시하고 있는 『이광수와 그의 시대』는 이러한 사상사의 문제의식과 그대로 맞닿아 있는 것이다. 그러나 『이광수와 그의 시대』라는 고지를 눈앞에 둔 김윤식에게는 1980년의 광주와 2차 도일이라는, 또 한 차례의 통과의례가 기다리고 있었다.

김윤식이 1980년 5월의 광주를 목도하고 일본국제교류기금의 지원을 받아 다시금 도일한 것은 이해 9월이었다. 혹독한 현실을 떠나 과거의 역사 속으로 도피하는 길을 선택한 것이었지만, 이광수전집 10권을 짊어지고 나선 것은 이광수 연구에 정면 돌파하겠다는 각오로 배수진을 친 셈이었다.[29] 이미 이광수 개인의 고아의식이 시대의 고아의식이기도 하다는 점을 직관하고 있었기에 연구의 방향은 정해진 것이나 마찬가지였다. 살펴본 대로 '이광수와 그의 시대'라는 연구의 기본 구도를 염두에 둔 것도 이미 오래 전의 일이었다. 소세키의 운명을 그를 둘러싼 메이지 근대 국가의 거대한 위상 및 몰락과의 동시적 전개 속에서 다룬 에토 준의 평전 『소세키와 그의 시대』[1970~1999]가 훌륭한 지침이 되어주었을 것이다. 문제는 김윤식 그 자신의 『소세키와 그의 시대』를 찾는 일이었다. "학위논문 『한국근대비평사연구』의 완성이 있긴 해도 이것이 과연 학문이라면, 그렇다면 비평은 어디 있는가. 나의 『소세키와 그의 시대』는 어디서 찾아야 할까. 10년

---

27 김윤식, 「서설 – 한국근대문학사상의 기본축」, 『한국근대문학사상비판』, 일지사, 1978, 7~8쪽.

28 김윤식, 「이광수와 그의 시대를 마치면서 – 유년의 향수, 글쓰기의 리듬」, 위의 글, 257쪽.

29 김윤식, 「'이광수'에서 '임화'까지」, 『문학과 사회』, 1989 겨울, 1365~1366쪽; 『내가 살아온 20세기 문학과 사상』, 문학사상, 2005, 636쪽; 김윤식, 『내가 읽고 만난 일본』, 그린비, 2012, 701~704쪽 참조.

동안 나를 짓누르는 이 억압에서 해방되지 않고는 앞으로의 삶 전체가 무의미해 보일 조짐이 여기저기에서 출몰했다."[30] 그에게 1980년 5월의 광주는 우연이었지만, 자신만의 『소세키와 그의 시대』를 찾아 재도일한 것은 필연이었던 셈이다.

김윤식이 자신만의 『소세키와 그의 시대』를 찾기까지는 그리 오랜 시간이 걸리지 않았다. 1936년 8월 『가이조改造』에 발표된 일본어 소설 「만영감의 죽음」을 발견한 덕분이었다. 연재를 마치면서 "아아, 알았다. 이제는 쓸 수 있겠다. 『이광수와 그의 시대』의 틀은 움직일 수 없이 잡혀졌다. 이것이 그 '원점'이었다."[31]고 언급했던 바로 그 작품이다. 그런데 이 '원점'이 의미하는 것은 무엇이었을까. 훗날의 김윤식은 당시를 회고하면서 그 '원점'의 자리에 「만영감의 죽음」 대신 「육장기」를 올려놓는다. "「육장기」[1939]를 원점에 놓기가 그것. 1939년을 한가운데 둔 이광수의 두 인생, 이것이 원점이다. 이 원점을 두고 '앞으로 나아가기'와 '뒤로 물러나기'가 그것."[32] 그러나 이러한 설명은 회고 시점에서 재구성된 것이어서 그가 「만영감의 죽음」을 발견한 당시의 직관에서 약간 비켜나 있다. 사실상 그 '원점'의 의미는 2차 도일을 전후하여 쓰인 두 편의 논문 「이광수론─네 칼로 너를 치리라」[1979]와 「이광수의 창작방법론의 변화─일본어로 쓴 세 편의 소설」[1981]을 함께 들여다볼 때 분명해진다.

「이광수론─네 칼로 너를 치리라」가 국가상실의 위기감 속에서 일본 유학을 통해 배워 익힌 일본의 근대 지식을 무기로 민족 계몽의 선두에 섰으나 끝내 반역자의 말로를 맞아야 했던 이광수의 운명을 냉혹한 역사의 시선에서 주목한 글이라면, 「이광수의 창작방법론의 변화─일본어로 쓴 세 편의 소설」은 이광수의 창작 전반에 걸친 창작방법론의 개괄을 바탕으로 창작의 변화가 삶의 변화와 연동되어 있음에 주목하고, 그 가운데 일본어로 쓴 「사랑인가」[1909]와 「만영감의 죽

---

30   김윤식, 『내가 읽고 만난 일본』, 위의 책, 685~686쪽.
31   김윤식, 「이광수와 그의 시대를 마치면서─유년의 향수, 글쓰기의 리듬」, 앞의 글, 248쪽.
32   김윤식, 『내가 읽고 만난 일본』, 위의 책, 735~736쪽.

음」1936, 「산사사람들」1940 세 편의 단편을 소개하고 있는 글이다. 이 두 편의 글은 「이광수론―근대문학의 운명」이라는 의미심장한 제목으로 한데 묶여 『속 한국 근대작가논고』1981에 수록된 바 있다. 각기 독립적인 논문인 데다 언뜻 전혀 이질 적인 것으로 보이는 이 두 편의 글이 한데 묶일 수 있었던 것은 무슨 까닭일까. 그 단서는 「이광수론―네 칼로 너를 치리라」의 말미에 덧붙여 놓은 다음의 언급 에서 찾을 수 있다. "우리는 이 글에서 역사만을 논했을 뿐이지 문학을 논하지 않 았다. 문학은 망설임을 동반하는 것이다. '네 칼로 너를 치리라'라는 명제는 지도 자의 것이다. 문인의 것은 '절망'의 의미에 있다."[33] 요컨대 2차 도일 직전의 논의 가 '사상가로서의 이광수'의 운명에 초점을 맞춘 것이라면, 2차 도일 직후의 논 의는 '문인으로서의 이광수'의 운명에 주목하고 있는 글인 셈이다.

이광수의 창작방법론을 개괄하고 있는 후자의 논의에서 이미 그 윤곽이 뚜렷 하게 드러나거니와, 김윤식의 사유체계에서 이광수의 문학은 '사상가로서의 이 광수'가 전면에 나선 시기의 문학과 '문인으로서의 이광수'가 모습을 드러낸 시 기의 문학으로 뚜렷이 구분된다. 준비론 이념에 전념했던 시기의 이른바 '여기 로서의 문학'과 공적인 지위에서 물러나 타인의 관찰이나 내면에 몰두했던 시기 의 '본기로서의 문학' 바로 그것이다.[34] 김윤식이 「만영감의 죽음」을 발견했을 때 직관적으로 알아차린 것은, 이광수가 공적인 자리에서 물러나 홍지동 산장에 머 물던 시기에 집필된 이 단편이 바로 「사랑인가」를 기점으로 하는 이광수 문학의 '원점'에 회귀한 자리에서 씌어진 것이라는 점이었다. 그토록 갈구해 마지않았

---

33 김윤식, 「이광수론―네 칼로 너를 치리라」, 『우리문학의 넓이와 깊이』, 서래헌, 1979, 16쪽.

34 김윤식, 「이광수의 창작방법론의 변화―일본어로 쓴 세 편의 소설」, 『문학사상』, 1981.2, 391~392쪽. 이 글에서 이광수의 창작방법론은 ① 자기 자신을 주인공으로 삼은 작품군-초기 단편들, ② 자기의 이데올로기를 허구적인 혹은 역사적인 인물을 통해 구현하는 작품군-『무정』, 『흙』, 『사랑』, 『단종애사』, 『세조대왕』 등, ③ 관찰형 소설-「만영감의 죽음」, 「무명」, ④ 자신의 심 경을 드러내는 고백체의 심경소설-「육장기」, 「난제오」, 「돌베개」 등으로 구분된다. 이 가운데 이 념을 중심에 둔 문학(②)과 이념과 무관한 자리에서 씌어진 문학(①③④)의 경계가 뚜렷한 것을 확인할 수 있다.

던, 생기 없는 회색 학문 영역 너머의 비평적 촉수가 빛을 발하는 순간이었다. 이로써 이광수 문학의 '원점'으로 거슬러 올라가는 길과 이후의 붓의 행적을 더듬어 내려가는 길이 눈앞에 선명하게 펼쳐졌다. 식민지 정신사의 과제 속에서 이광수와 그의 시대를 조명하고자 하는 그의 오랜 기획은 이 '원점' 회귀의 자리 확인과 더불어 총체적인 조망이 가능한 지평을 얻었던 것이다.

3. 심정적 세계와 '돈키호테'라는 표상, 그리고 그 균열

그런데 김윤식이 이광수와 그의 시대에 대한 총체적인 조망이 가능해졌다고 믿었던 그 지평은 과연 단단한 지반 위에 선 것이었을까. 사정은 그렇지 못했다. 한 편으로는 자신이 지닌 '민족의식'의 성숙도가 평전의 깊이를 좌우할 것이라는 자의식이, 다른 한편으로는 '표현자'로서의 욕망이 고개를 드는 비평가적 자아의 조급함이 그 지반을 흔들어댔다. 국가상실의 위기감 속에서 일본 유학에 나서고 거기서 배워 익힌 일본의 근대 지식을 무기 삼아 민족계몽에 뛰어들었던 철부지 소년 이광수의 민족의식과 어느덧 중년의 나이에 이른 한국근대문학 전공의 국립대학 조교수의 민족의식은 다른 차원에 놓인 것이어야 했다.[35] 게다가 자신만의 『소세키와 그의 시대』를 찾아 헤매던 방황에 드디어 종지부를 찍고 그토록 동경해 왔던 '섬세하고 고아한' 평전 작업을 앞둔 만큼 고유의 비평적 개성을 발휘하겠다는 의욕도 넘쳤다. 이는 풍부한 실증적 자료와 예리한 비평적 직관에 기반한 기념비적 저작 『이광수와 그의 시대』를 낳았지만, 동시에 『이광수와 그의 시대』를 불균형과 모순으로 이끄는 진원지이기도 했다.

그 불균형 및 모순과 관련하여 이 글에서 특히 주목하고자 하는 것은 『이광수

---

35   김윤식, 『내가 읽고 만난 일본』, 앞의 책, 415~417·477쪽 참조.

와 그의 시대』에서 이광수와 그의 시대가 지닌 속성을 비유적으로 표현하고 있는 심정적 세계와 그 표본으로서의 '돈키호테'라는 표상의 균열에 관한 것이다. 정신사적 과제로서의 이광수라는 평전의 기본적인 문제의식을 압축하고 있는 이러한 비평적 직관은[36]은 구체적인 실증적 분석의 전개 과정에서 일련의 모순과 충돌을 드러내는데, 그것은 크게 두 가지 측면에서 그러하다.

무엇보다 먼저 그 모순과 충돌은 정신사적 과제로서의 이광수라는 평전의 문제의식과 대면하는 김윤식 고유의 비평적 직관과 실증적 분석의 어긋남에서 온다. 김윤식이 연재를 마치면서도 적었듯『이광수와 그의 시대』를 일괄적으로 지배하는 심상은 "이광수라는 인물과 그가 살았던 시대 자체가 매우 허술하고, 수미일관되지 못하며, 군데군데 금이 갔고, 한 마디로 비합리적인 것 또는 '착란의 논리' '밤의 논리'에 속했던 것"[37]이라는 점이다. 국가상실과 그 회복을 정신사적 거점으로 하는 시대적 고아의식으로 충만했던 이광수의 시대가 일본 제국주의로 대표되는 합리주의에 기반한 '논리적 세계'에 비할 바 없이 무력한 비합리적이고 착란적이며 밤의 논리에 기반한 '심정적 세계'에 속했다면, 개인적 고아이자 민족적 고아로서 비합리적이고 착란적이며 밤의 논리로써 논리적 세계, 대낮의 논리와 맞서고자 했던 '돈키호테' 이광수는 전형적인 그 시대의 아들이었다는 것이 그 비평적 직관의 핵심이다. 애초에 이러한 비평적 직관이 겨냥한 것이 식민지기에서 해방에 이르기까지 비합리와 밤의 논리로써 합리주의에 기반

---

36 이광수를 '돈키호테'로 처음 표상한 것은 김동인이다. 일찍이 김동인은 근대문학 초창기 온갖 도덕과 제도에 대한 반역적 선언을 포고하며 조선사회에 등장한 이광수를 일러 "용감한 돈키호테"라고 언급한 바 있다.(김동인,「조선근대소설고」(1929), 김치홍 편저,『김동인평론전집』, 삼영사, 1984, 67쪽) 그러나 김동인의 '돈키호테'가 저돌성이라는 행동적 특징 일반을 가리키는 것이라면, 루카치의 이른바 '추상적 이상주의'의 개념에서 영감을 얻은 김윤식의 '돈키호테'는 영혼이 현실의 행동무대보다 좁아서 현실과 당위 사이의 간극을 인식하지 못하고 당위가 현실에서 실현될 수 있다고 집요하게 믿는 경향성을 지닌 영혼의 구조적 특이성을 가리킨다는 점에서 구분된다. '추상적 이상주의'의 특성에 관한 논의는 게오르크 루카치,『소설의 이론』, 김경식 옮김, 문예출판사, 2007, 112~116쪽 참조.

37 김윤식,「이광수와 그의 시대를 마치면서―유년의 향수, 글쓰기의 리듬」, 앞의 글, 255~256쪽.

한 논리적 세계와 맞서고자 한, 이광수와 그의 시대를 관통하고 있는 심정적 민족주의의 한계에 대한 비판이었음은 말할 것도 없다.[38] 1909년의 안중근 의거, 1919년의 3·1운동, 1945년의 해방이 심정적 세계 안에서는 시적 광휘로 빛났으나 논리적 세계 앞에 무력했듯, 평생 민족을 외쳤으나 끝내 민족의 이름으로 민족 반역자가 되어버린 이광수의 한계 역시 논리적 세계 / 현실과는 유리된 심정적 세계 / 관념에 머문 사상적 취약성에서 비롯된다는 것이 이광수와 그의 시대를 관통하는 정신사적 한계에 대한 김윤식의 진단이었던 것이다.

한편 실증적 분석의 과정에서 축조되는 이광수와 그의 시대는 또 다른 양상을 띤다. 그것은 1910년 망국 이후 우국지사적 경향 대신 실력양성주의가 지식인의 삶의 방식을 대신하기 시작한 시대이자 3·1운동의 실패와 더불어 준비론으로 대변되는 합법적 노선이 뿌리를 내리기 시작한 시대이고, 해방 후 반민특위의 좌절이 상징하듯 합리적 근대주의자인 친일파가 다시 사회의 중추세력으로 굳어지기 시작한 시대이며, 그 시대 속에서 모습을 드러내는 이광수 또한 현실을 몰각하고 민족이라는 관념에 매몰되어 돌진하는 눈먼 '돈키호테'이기보다 논리적 세계에 한 발을 걸치고 대낮의 논리와 타협할 줄 아는 현실적 타협론자에 가깝다. 이는 무엇보다 「대구에서」[1916]로 시작하여 「민족개조론」[1922]과 『흙』[1932]의 분석에서 정점을 이루는 준비론의 신봉자이자 실천가로서의 이광수의 면모에서 뚜렷하며,[39] 도산과 더불어 또 하나의 아비상으로 상정되고 있는 아베 요시

38　'심정적 세계'의 성격과 그 한계와 관련하여 일찍이 김인환은 "논리 세계와 심정 세계의 대립은 지배와 예속으로 귀결될 수밖에 없는 거짓 대립이라는 것이 김윤식 씨의 해석"이라고 평가한 바 있고(김인환, 『이광수와 그의 시대』 서평―이광수 연구의 방향전환」, 『외국문학』 10, 1986, 403쪽), 이경재 또한 "김윤식의 이광수 비판의 핵심은 '논리적 세계'를 극복하기에 턱없이 모자란 '심정적 세계'의 한계에 놓여 있다"고 지적하고 있다. 이경재, 「김윤식의 『이광수와 그의 시대』 고찰―'심정적 세계'와 '논리적 세계'를 중심으로」, 『한국현대문학연구』 71, 한국현대문학회, 2023, 73쪽.

39　"이 두 세계(논리적 세계와 심정적 세계―인용자)의 중간 지점에 놓인 사상이 「민족개조론」이라 규정된다. 「민족개조론」이 한편에서 보면 독립 초기의 투항주의이고, 다른 한편에서 보면 민족 생존권의 하나인 까닭은 이 때문이다. 춘원은 이 중간 지점에서 계속 곡예를 벌였다"; "『흙』으로

이에 및 도쿠토미 소호와의 관계에서도 명시적으로 확인된다. 해방 후 반민특위의 재판과 관련하여 이광수의 한계를 "논리적 세계에 한 발을 딛고 심정적 세계에 다른 발을 디뎠던, 일본을 통해 근대를 배운 지식인의 의식의 한계"[40]로 자리매김하고 있는 것 역시 그 논리적 귀결이다. 요컨대 김윤식의 실증적 분석이 겨냥하고 있는 것은 한국 근대사상사에서 준비론으로 대변되는 합법적 민족운동의 한계에 대한 비판이었다고 할 수 있다. 이광수와 그의 시대에 대한 비평적 직관이 논리적 세계와 맞서는 데 무력한 심정적 민족주의의 한계를 겨냥한 것이었음을 고려할 때, 정신사적 과제로서의 이광수라는 평전의 문제의식은 비평적 직관의 층위와 실증적 분석의 층위에서 서로 충돌하고 있는 셈이다.

그렇다면 일찍이 '네 칼로 너를 치리라'는 명분과 더불어 현해탄을 건넜고 평생을 민족운동을 위해 헌신했으나 끝내 민족 반역자로 남게 된 이광수의 한계는 심정적 세계에 머문 사상적 취약성 탓이었을까, 아니면 논리적 세계에 한 발을 딛고 심정적 세계에 다른 발을 디뎠던 타협론적 입지의 취약성 탓이었을까. 김윤식의 실증적 분석은 후자의 입장을 향하고 있지만, 비평적 직관은 끝내 전자의 입장을 고수한다. 해방 후 이광수에 대한 반민특위의 재판과 불기소 처분을 바라보는 김윤식의 시선이 균열을 일으키고 있는 것은 바로 이 때문이다.

그는 언제나 심정적 세계밖의 논리에 발을 딛고 있었다. 독립운동을 하고 동우회 운동을 편 것은 물을 것도 없이 심정적 세계의 일이었다. 그 속에서만 그는 생명을 지녔고, 그 속에서만 '민족을 위해 친일 했다'는 명제가 성립될 수 있었다. 그런데 그를 불기소 처분한 것은 현상유지를 목표로 하는 정치, 즉 논리적 세계 쪽이었다. (⋯중략⋯) 그것

미루어 보아 작가는 법치주의의 테두리 속에서, 그 법치주의가 승인하고 만들어낸 가장 높은 수준의 조직물인 변호사인 허숭을 내세워, 동우회의 합법적 운동의 가능성과 한계를 동시에 보이고자 한 것이다. (⋯중략⋯) 허숭은 훼손된 가치의 세계의 기반을 끌고 정결한 세계를 얻고자 하는 것이다." 김윤식, 『이광수와 그의 시대』 2, 위의 책, 47·195~197쪽.

40 위의 책, 443쪽.

은 춘원이 증오해마지 않는 세계였다. 그러기에 그에 대한 불기소 처분을 그를 최대로 모욕한 것이었다. 모랄상에서 보면 그는 이 순간 죽은 것이다.[41]

논리적 세계에 한 발을 걸치고 있었던 현실적 타협론자 이광수는 논리적 세계 쪽의 정치적 타협에 의한 반민특위의 불기소 처분에 대해 과연 '모욕'이라고 느꼈을까. 『나의 고백』의 부록으로 실린 「친일파의 변」만 그렇지 않다는 사실은 금방 확인된다. "건설 중에 있는 대한민국이 절실히 요구하는 것은 인화人和"이며 "망각법을 결의하여 민족 대화大和를 회복하고, 민족 일심일체의 신기력을 진작함이 현명한 조처"라는 주장을 상세히 소개하기까지 했던[42] 김윤식이 이 사실을 몰랐을 리 없다. 결국 반민특위의 불기소 처분의 순간에 대한 '모랄상'의 단죄는 심정적 세계 속의 이광수가 아니라, 심정적 세계 속의 김윤식의 것이었다고 할 수 있다. 이광수와 그의 시대에 하나의 일관된 심상을 부여하고자 하는 비평적 자의식이 실증적 분석을 압도한 결과, 이 둘 사이의 균열이 뚜렷하게 확인되는 또 하나의 장면이 아닐 수 없다.

다음으로 심정적 세계와 그 표본으로서의 '돈키호테'라는 비평적 직관이 실증적 분석과 모순과 충돌을 일으키는 지점은 『이광수와 그의 시대』를 관통하고 있는 또 하나의 과제 즉 '사상가로서의 이광수'가 아닌 '문인으로서의 이광수'의 근원적 실존에의 탐구에서 온다. 김윤식은 훗날 『이광수와 그의 시대』를 회고하면서 이광수의 작품은 기껏해야 '계몽적인 것'으로 "문명개화의 편이지 문학 쪽의 사안이 아니었"기에 '작품'에 이름할 만한 것이 못 된다고, 이후 이광수의 작품론을 포기한 것도 그런 이유 때문이었다고 언급한 바 있다.[43] 그러나 이런 회고는

---

41 위의 책, 452~453쪽.

42 위의 책, 450~451쪽.

43 "『이광수와 그의 시대』(1986)을 쓰면서 내가 의도한 것은 탄생과 죽음의 궤적이었고 그 이상도 그 이하도 아니었다. 대표작 『무정』(1917)에 대한 분석도 이 생애 해명의 용도에 지나지 않았다. 『흙』, 『사랑』, 『원효대사』, 「무명」 등이란 '작품'에 이름할 만한 것일까. 자신이 내겐 없었다. 기껏

반쪽짜리 기억에 불과하다. 당대의 이광수론이 대개 이광수의 사상적 한계를 비판하거나 이광수의 문학을 그 사상의 반영쯤으로 치부한 데 비해, 『이광수와 그의 시대』는 '문인으로서의 이광수'의 면모에 주목하고 이광수의 문학 자체가 갖는 고유성에 진지하게 천착하고 있기 때문이다. 이를 뒷받침한 것이 실증적 분석의 힘인 것은 말할 것도 없다.

앞서 언급한 대로 김윤식은 1970년 1차 도일 당시 이광수의 첫 소설로서 일본어로 쓰인 단편 「사랑인가」[1909]를 발굴했고, 1980년의 2차 도일에서는 역시 일본어로 쓰인 「만영감의 죽음」[1936]을 발굴했다. 전자가 이광수 문학의 '원점'에 해당하는 작품이라면, 후자는 이광수가 공적인 자리에서 물러나 다시 문학적 '원점'으로 회귀한 자리에서 씌어진 작품이다. 김윤식은 이 두 작품 덕분에 이광수 문학의 '원점'이 고아의식에서 비롯된 "사랑기갈증이라는 끊임없고 탐욕스러운 형식"을 지닌, 그러니까 민족애라든가 민족의식을 넘어서는 보다 근원적인 자리에 놓인다는 사실을 발견할 수 있었다.[44] 그리고 그 발견을 토대로 『무정』[1917]과 『흙』[1932] 등의 기념비적인 작품들을 이광수 개인의 고아의식이 민족적 고아의식과 만나 승화된 결과로써 탁월하게 설명해낼 수 있었을 뿐만 아니라, 「방황」, 「윤광호」, 「어린 벗에게」[1917] 등 초기 단편들을 비롯하여 『유정』[1933]과 「만영감의 죽음」[1936], 이후 「육장기」[1939], 「무명」[1939], 「난제오」[1940]에서 『돌베개』[1948]에 이르는지 공적 삶의 좌절과 절망의 고비에서 씌어진 작품들이 이광수의 삶과 문학에서 차지하는 위치 또한 입체적으로 조명해낼 수 있었다. 문학이 "한 인간이 자기의 실존을 찾으려는 노력의 일환"이라고 할 때 이광수에게 참된 의미의 문학은 동우회사건 이후에서야 가능했다는 것이 실증적 분석에 의한 판단이고 보면,[45] 고

해야 '계몽적인 것'이 아니었던가. 입만 벌리면 민족, 민족, 독립, 독립이었다. 문명개화의 편이지 문학 쪽의 사안이 아니었던 것이다. 내가 『이광수와 그의 시대』를 끝낸 후 그의 작품론을 포기한 것은 전혀 이 때문이다." 김윤식, 『내가 읽고 만난 일본』, 앞의 책, 383쪽.

44   김윤식, 『이광수와 그의 시대』 1, 앞의 책, 244쪽.

45   김윤식, 『이광수와 그의 시대』 2, 앞의 책, 269쪽.

아의식과 사랑기갈증의 '원점'으로 끊임없이 회귀하는 문인으로서의 이광수는 국권상실과 그 회복을 정신사적 과제로 짊어진 심정적 세계 속의 '돈키호테'와는 가장 먼 형상인 셈이다.

4. 가면 / 맨얼굴 글쓰기의 이분법이 전도시킨 것

살펴본 대로 『이광수와 그의 시대』에서 김윤식의 비평적 직관이 포착해낸 심정적 세계와 그 표본으로서의 '돈키호테'라는 표상은 이광수와 그의 시대를 관통하는 정신사적 한계, 곧 논리적 세계 / 현실과 유리된 심정적 세계 / 관념에 머문 사상적 취약성의 한계를 겨냥한 것이었다. 김윤식은 이러한 사상적 취약성이 특히 일제 말기 이광수의 친일에서 그 한계를 명료히 드러낸다고 보았다. 계몽주의자로서의 이광수가 한평생 민족이라는 관념에 매달린 눈먼 '돈키호테'였다면, 동우회사건이라는 엄혹한 현실과 맞닥뜨려 산산조각 난 관념이 이번에는 불교라는 또 다른 관념에서 도피처를 찾았다는 판단에서였다. "자기를 희생함으로써 동우회 동지를 구하는 길", 춘원의 친일에 진짜 명분을 준 것은 이 "보살행이라는 가짜 사상"[46]이었고, "보살행도 원효에 대한 모방도 오직 상상력 속의 소망에 지나지 않았다"[47]는 점에서 이광수의 친일은 그 한계가 명확한 것이었다. 일장기와 법화경의 틈바구니에서 '친일의 똥물'을 뒤집어 쓴 이광수, "고아인 이광수에게 그것들은 비극이지만, 공동체의 역사적 감각에서 보면 희극이 아닐 수 없었다"[48]는 그의 비판적 관점은 1990년대 초반까지도 그대로 유지된다.

『이광수와 그의 시대』에서 이광수의 친일 문제 비판이 정신적 탈식민화 곧 식

---

46   위의 책, 293쪽.
47   위의 책, 318쪽.
48   김윤식, 「탄생 1백 주년 속의 이광수 문학」(1992), 위의 책, 485쪽.

민지적 무의식의 극복이라는 1970년대적 문제의식의 연속선상에 놓인 것이었다면, 근대의 '종언'을 계기로 한 학문적 전환 이후의 저서 『일제 말기 한국 작가의 일본어 글쓰기론』2003은 종래의 이데올로기적인 역사·사회학적 연구의 틀에서 벗어나 한국문학사 연구에 '이중어 글쓰기'라는 기호학적 범주를 도입함으로써 이광수의 친일 문제와 관련해서도 새로운 재해석의 가능성을 열었다. 이중어 글쓰기'라는 범주의 도입은 『한·일 근대문학의 관련양상 신론』2001에서 처음 제안된 것으로, 근대문학의 시발점에서부터 시작된 이중어 글쓰기의 역사를 고려할 때 일어 창작에 대한 친일문학 일변도의 경직된 해석은 재고될 필요가 있다는 문제의식에서 발단되었다.[49] 유진오·이효석·김사량의 일어 창작이 단적으로 보여주듯 일어로 쓰되 친일과는 무관한 작품들이 존재하는 이상 그동안 반민족적인 것으로 간주되어 한국문학사에서 배제되었던 친일문학에 대한 재해석이 불가피하다는 것이 김윤식의 판단이었고, 이러한 문제의식의 연장선상에서 일제 말기 이광수의 이중어 글쓰기 또한 본격적인 탐구의 대상에 올랐던 것이다.

이광수의 이중어 글쓰기 형식을 특징짓는 근거로서 김윤식이 주목한 것은 '창씨개명'의 문제였다. 이중어 글쓰기의 과제를 문제삼을 경우 '혼'의 과제인 창씨개명의 범주가 우선적으로 고려되지 않을 수 없는데, 이 범주에 맨 먼저 그리고 철저히 반응한 것이 이광수라는 사실 때문이었다. 이에 김윤식은 이중어 글쓰기를 '언어'의 문제로 돌파해 간, 따라서 창씨개명을 하지 않아도 되었던 유진오, 이효석, 김사량 등의 이중어 글쓰기와는 구별되는 지점에 놓인 이광수의 이중어 글쓰기를 별도의 제2형식으로 규정한다.[50] 한 마디로 그것은 "'창씨개명'이 글쓰기 행위 위에 군림한" 일련의 글쓰기 형식으로서,[51] 이로부터 창씨개명의 글쓰기와 본명의 글쓰기, 가면 쓴 글쓰기와 맨얼굴의 글쓰기의 범주 설정이 가능해져

---

49 김윤식, 『한·일 근대문학의 관련양상신론』, 서울대 출판부, 2001, 33~35쪽.

50 김윤식, 『일제 말기 한국 작가의 일본어 글쓰기론』, 서울대 출판부, 2003, 158쪽.

51 위의 책, 152쪽.

친일문학 일변도의 경직된 해석에서 한 발자국 물러나 논의의 유연성을 확보할 수 있으리라는 것이 그의 판단이었다.

실제로 창씨개명의 문제를 중심으로 한 이러한 이분법의 도입이 가져온 가장 놀라운 효과는 향산광랑을 이광수와 별개의 문학자로 구분할 수 있게 해주었다는 점이다. 김윤식은 창씨개명이란 '정치적 강제에 의한 것'인 만큼 '향산광랑'의 글쓰기는 정치적 이데올로기가 최대한 각인된 저널리즘적 수사학의 세계 / 대낮의 논리에 불과하다고 주장한다. '가면을 쓰지 않고는 춤추지 않는다'의 명제가 작동하는, 천황과 더불어 '죽고 살기'에 닿아 있는 정교한 가면의 세계가 그것이다.[52] 나아가 그것은 "만세일계, 팔굉일우의 주재자 천황이 그 여의주를 보장해주고 있기에 아무 순종 일본인이라 할지라도 속수무책, 망연자실할 수밖에 없게끔 하는 장치", 다시 말해 '네 칼로 너를 치리라!'는 명제를 겨냥하고 있다는 점에서 "문사로서의 그의 최대의 재능을 유감없이 드러낸" "이광수의 최대의 작품"으로 평가되고 있기도 하다.[53]

한편 '맨얼굴로는 춤추지 않는다'는 명제가 작동하는 '이광수'의 글쓰기는 이러한 표층적 수사학의 세계에 맞서는 심층적 표현 / 밤의 논리 차원에 상정된다. '향산광랑'의 글쓰기가 정치적 생존 감각인 저널리즘에 직결된 것이라면, 문사로서의 감각은 『무정』과 『원효대사』의 작가인 '이광수'에서 찾아야 한다는 것, 그런데 문학은 '혼'에 관여되는 과제 곧 개인적 실존의 과제에 관여되어 있는 만큼 표층적 수사학 너머 "속내에 깃든 마음의 파동"을 점검하는 것이야말로 문학이 감당해야 할 몫이라는 주장이다.[54] '향산광랑'에 맞서는 '이광수'의 내면풍경 속에서 김윤식이 발견한 것은 '고대'로의 회귀에 자존심을 건 이광수의 문학적 상상력이 빚어낸 환각의 세계였다. 그 환각의 세계 속에서 이광수는 대동아문학

---

52 위의 책, 103~105쪽.
53 위의 책, 110~112쪽.
54 위의 책, 164~166쪽.

자대회에 붙들려간 볼모 신세이면서 당당히 주인으로 일본에 군림할 수 있었고, <u>「삼경인상기」</u> 스스로를 무애춤을 추며 방랑하는 파계승 원효로 자처하면서 "조선의 고대 국가가 윤회하여 시방 저 세계에서 우뚝한 일본 국가로 환생한 것"이라는 도저한 환각으로까지 치달았다.[원효대사55] 요컨대 '향산광랑'의 가면 뒤 '이광수'의 맨얼굴에서 김윤식이 본 것은 제국의 심장부를 공략하는 식민지 조선의 문학자 이광수의 모랄 곧 "조선인 이광수의 혼의 증명"[56]이었다고 할 수 있다.

그런데 '향산광랑'의 가면은 한갓 수사학의 세계이고 '이광수'의 맨얼굴이야 말로 '조선인 이광수의 혼'을 증명한다는 도식은 어쩐지 낯익다. 얼핏 그것은 『이광수와 그의 시대』에서 이광수를 논리적 세계에 맞선 심정적 세계 속의 '돈키호테'로 표상했던 비평적 직관의 변주처럼 보이기도 한다.[57] 그러나 사실 이 이분법의 도식에는 논리적 전도가 존재한다. 논리적 세계와 심정적 세계의 이분법이 세계와 영혼의 대립에 기반하고 있다면, 가면과 맨얼굴의 이분법은 이를 영혼 내부의 의식의 표층과 심층의 대립으로 전이한 것이다. 이러한 전이의 효과는 결코 가볍지 않다. 논리적 세계 / 현실과는 동떨어진 영혼 관념에 불과하기에 현실의 엄혹함에 맞닥뜨려 산산조각 나거나 도피적 의미밖에 가질 수 없었던 민족, 불교와 같은 관념은 이제 반대로 의식의 심층에 단단히 고정된다. 심정적 세계 속의 '돈키호테' 이광수가 논리적 세계의 위협에 맞닥뜨려 불교라는 관념에서 도피처를 찾은 사상적 취약성의 한계를 떠안았다면, 불교적 윤회사상과 더불어 '고대'로 회귀한 '맨얼굴'의 이광수는 "한국 근대문학사 속의 가장 휘황한 드

---

55 위의 책, 169~172쪽.

56 김윤식, 「어떤 법화경 행자의 맨얼굴 글쓰기론―이광수의 「삼경인상기」와 춘원의 『원효대사』」, 『작가론의 새 영역』, 강, 2006, 86쪽.

57 이경재 역시 이러한 연속성의 관점에서 이광수의 이중어 글쓰기에 대한 김윤식의 논의를 '돈키호테'적 특징의 완결로써 논평하고, 이러한 독법이 창씨개명 이후의 이광수를 친일파로 간주하는 기존 논의와 배치됨을 지적하고 있다. 이경재, 「김윤식의 '이광수 해석에 나타난 일본과의 관련성 고찰」, 『춘원연구학보』 28, 2024, 312~324쪽 참조.

라마"[58]를 창출해냄으로써 '조선인 이광수의 혼의 증명'이라는 윤리적 가치를 부여받고 있는 것이다.

그런데 '향산광랑'의 글쓰기와 '이광수'의 글쓰기는 실제로 그렇게 선명하게 구분되는 것이었을까. 이를테면 『나의 고백』에서 이광수가 친일의 이유로 언급하고 있는 내선차별의 제거 및 평등권의 확보에 대한 주장은 둘 중 어느 범주에 속하는 것일까. 일제 말기 이광수의 글쓰기 대부분은 사실상 이런 타협의 언어들로 넘쳐난다. 이는 한갓 표층적 수사학의 세계가 아닌 것은 물론, 조선인 이광수의 혼의 증명과도 무관한 세계이다. 사실 『이광수와 그의 시대』의 김윤식 역시 그 주장에 대해 '억지'라고 평가하면서도, 다른 한편으로는 "논리의 세계를 전제"한 "심정적 세계의 무의미함을 선명히 자각한" 결과였다고 논한 바 있다.[59] 그렇다면 친일문학 일변도의 경직된 해석에 대한 비판에서 출발했다고는 해도, 가면과 맨얼굴의 이분법을 설정한 순간 그 역시 이분법 안에 갇힌 해석에서 자유로울 수 없었다고 해야 하지 않을까. 가면과 맨얼굴의 이분법은 '조선인 이광수의 혼'을 구제해내는 데 유용했을지 모르지만, 일제 말기 이광수의 이중어 글쓰기의 실제를 대가로 한 것이라는 점에서 논란의 소지를 안고 있다.

5. 김윤식과 그의 시대 이광수론이 남긴 과제

『일제 말기 한국 작가의 일본어 글쓰기론』2013의 「머리말」에서 김윤식은 자신의 이중어 글쓰기론 작업을 갈무리하며 이렇게 적었다.

형께선 자화상을 쓰는 말미에다 자기는 천치였다는 것, 신라·고구려의 후손임을 모

---

58   김윤식, 『일제 말기 한국 작가의 일본어 글쓰기론』, 앞의 책, 358쪽.
59   김윤식, 『이광수와 그의 시대』 2, 앞의 책, 343~345쪽.

르게 한, 자기를 천치로 만든 '일체의 것'을 증오한다고 적었습니다. (…중략…) 형을 천치로 만들었던 그 '일체의 것'이 이광수를 비롯한 많은 문학자들을 또한 천치로 만들었던 것이 아닐까. 그 '일체의 것'을 알아보고자 제가 서투른 솜씨로 엮어본 것이 이 저술입니다. '창씨개명', '징병제', '학병문제' 등을 통해 '천치'의 근거의 한 모퉁이나마 살펴보고자 했습니다. 그 과정에서 저도 필시 '천치'가 되어 있을 터입니다. 제가 살았던 20세기가 가져온 '천치스러움'이 그것이겠지요. 저는 여기서 멈추어야 했습니다.[60]

이 연민으로 가득한 고백을 두고 한 논자는 "매 시대는 자기 시대의 맹목을 통해서만 볼 수 '있을 / 없을' 뿐"이라는 메시지를 읽어낸 바 있다. 일제 말기 문학자들이 그 시대의 절대적 관계성에 의해 '친일'에 빠져들었다면, 임종국이 민족주의 사상을 절대적 잣대로 삼아 『친일문학론』을 쓴 것은 1960년대의 맹목이며, 21세기의 입구에 서 있던 김윤식 역시 자기 시대의 필연과 맹목에 대해 성찰하고 있었다는 해석이다.[61] 그런데 필자에게 이 고백은 오히려 이광수에서 임종국, 그리고 김윤식 자신에 이르기까지 한 세기가 지나도록 아물 줄 모르고 지속되고 있던 한국근대문학사의 정신사적 상처의 깊이에 대한 한탄으로 읽힌다. 이광수와 임종국이 공유했던 20세기적 '천치스러움'이란 김윤식 자신의 것이기도 하다는 사실, 그 오랜 학문적 여정에도 불구하고 끝내 거기서 벗어날 수 없었다는 고백처럼 읽히는 것은 어째서일까.

살펴본 대로 평전 『이광수와 그의 시대』[1986]는 한국근대문학 연구의 첫 세대이자 문학 영역에서의 정신적 탈식민화의 과제를 짊어진 전후세대의 연구자 김윤식이 작가론 영역에서의 첫발을 내디딘 야심찬 학문적 기획의 일환이었다. 평전이 겨냥한 것은 식민지기 국권의 상실과 회복을 정신사적 거점으로 하는 정신사

---

60 김윤식, 「머리말」, 『일제 말기 한국 작가의 일본어 글쓰기론』, 앞의 책, 5~6장.
61 윤영실, 「일제 말의 이중어 글쓰기와 탈식민 / 탈민족의 아포리아-김윤식의 이중어 글쓰기론을 중심으로」, 『한국학연구』 21, 2009, 인하대 한국학연구소, 466쪽.

또는 사상사의 과제 속에서 이광수를 바라보는 일, 곧 정신사적 과제로서의 이광수라는 문제의식이었다. 비평적 직관과 실증적 분석의 양날을 무기로 삼은 평전은 때로 불균형과 모순 속에서 덜컹거렸지만, 덕분에 이광수와 그의 시대가 선명한 심상과 더불어 입체적인 조망을 얻을 수 있었던 것 역시 사실이다. 아마도 정신사적 과제로서의 이광수가 갖는 무게가 그 불균형과 모순을 견디게 해준 힘이었을 것이다.

그런데 어느덧 21세기의 입구에 도달한 김윤식은 그 정신사적 과제의 무게로부터 얼마나 자유로워졌을까. 얼마간 자유로워지긴 했던 것일까. 친일문학 일변도의 경직된 해석을 비판하며 이중어 글쓰기 연구에 나선 그가 이광수의 이중어 글쓰기 형식을 통해 발견한 것은 '향산광랑'과 '이광수'는 별개의 문학자라는 사실이었다. '향산광랑'이라는 가면을 쓴 이광수는 창씨개명에 앞장서고 대동아작가회의에 자진해서 나아가고 마침내 학병권유차 도일까지 해야 했지만, 불교적 윤회사상과 더불어 '고대'로 회귀한 맨얼굴의 '이광수'는 어디까지나 '조선인 이광수의 혼'을 증명하고 있다는 사실의 발견은 득의의 지점이었다. 그러나 명민한 실증주의자 김윤식이 이러한 독법이야말로 친일문학 일변도의 경직된 해석을 전도시킨 데 불과한 것이라는 사실을 깨닫는 데는 그리 오래 걸리지 않았을 것이다. 이광수를 천치로 만든 일체의 것을 알아보는 과정에서 그 자신도 천치가 되어 있을 터라는 고백, 그 20세기가 강요한 '천치스러움' 앞에서 끝내 멈추어야 했다는 자기 연민에 가득한 고백은 이와 무관하지 않을 것이다.

그렇다면 20세기적 '천치스러움' 너머에서 이광수와 대면하는 일이란 무엇인가. 김윤식이 멈춘 자리, 이 질문에 대한 탐구야말로 후속 세대 연구자들이 대면해야 하는 과제가 아닐 수 없다.

제2부

상하이시절의
이광수

제1장

이광수의 상하이시절 문장에 대하여

망명의 시공간에 유폐된 문장들

이광수가 조선청년독립단 위원의 일원으로 '2·8독립선언서'를 기초하고 도쿄를 떠나 상하이로 향한 것은 1919년 1월 30일, 이후 1921년 3월 말 귀국하기까지 2년여 간에 걸친 망명지 상하이에서의 문필활동은 이광수의 생애에서 가장 치열했고 또 투명한 성격의 것이었다고 할 만하다. 무엇보다 상하이 임시정부를 중심으로 한 독립운동의 조직과 활동에 실천적으로 관여하며 집필에 몰두했으며, 검열의 시선 또한 전혀 의식하지 않고 쓸 수 있는 시기였기 때문이다. 독립운동의 전망이 비교적 또렷했고 또 검열의 시선에서 자유로웠기에 비로소 분명하게 모습을 드러낼 수 있었던 번뜩이는 사유들. 그러나 이 시기 이광수의 문장들은 당대는 물론 한 세기가 지난 오늘에 이르기까지도 여전히 망명의 시공간에 유폐된 채 제대로 주목받지 못했다.

다행히 당대 자료의 발굴과 복원에 힘써온 사학계의 업적을 바탕으로 최근 필명과 무기명 속에 파묻힌 글의 주인을 찾는 작업도 얼마간 진척이 이루어졌다. 학계의 성과와 연구에 힘입어 상하이시절 이광수의 사유와 마주하는 데 필요한 기초적인 토대가 마련된 셈이다. 이 시기 이광수의 사유들은 일차적으로 3·1운동 전후의 상하이 망명지라는 특정한 시공간의 산물이지만, 상하이시절 전후 이광수의 사상에 보이는 연속과 단절을 가늠할 수 있게 해주는 유력한 지표이기도 하다. 이에 이 글에서는 그 연속과 단절을 가로지르는 네 개의 키워드 — 3·1운동, 동화불가론, 사회주의, 준비론 — 를 중심으로 이 시기 이광수의 문장을 개괄해 보기로 한다.

3·1운동

3·1운동에 대한 이광수의 인식은 부정적 평가가 지배적이다. 주지하다시피 귀국 후 발표한 「민족개조론」[1922]이 그 주된 근거가 되어 왔다. 발표 당시에도 변절, 배신의 낙인과 더불어 사회적 비난의 표적이 되었던 「민족개조론」은 최근까지도 독립에 대한 기대가 좌절된 시점에서 발표된 징후적인 글로 독해되면서 3·1운동에 대한 저평가와 민족적 회의가 집대성된 판본으로 자리매김되고 있다. 그러나 「민족개조론」이 '우연의 변천'과 '목적의 변천'의 차이야말로 비문명과 문명을 가르는 척도라는 전제에서 출발하고 있는 것은 전자의 비판이 아니라 후자의 추동에 목적이 있다는 점을 간과해서는 안 된다. 이광수는 이 글에서 3·1운동 이래의 민족적 변천을 두고 이렇게 적었다. "재작년 삼월 일일 이후로 우리의 정신의 변화는 무섭게 급격하게 되었습니다. 그리고 이러한 변화는 금후에도 한량없이 계속될 것이외다." 이광수에게 3·1운동은 억눌려 있던 민중의 저력을 드러낸 무서운 힘이었고, 이후로도 '한량없이' 지속될 힘이었다. 3·1운동에서 분출된 민중의 저력을 어떻게 결집하고 조직화해낼 수 있을 것인가. 「민족개조론」은 그 나름의 구상과 포부를 천명한 것으로, 사실 이 질문은 상하이시절 내내 이광수가 붙들고 있던 화두 가운데 하나이기도 했다.

『독립신문』 창간호부터 11회에 걸쳐 문예란에 연재된 소설 「피눈물」^{1919.8.21~9.27}은 3·1운동에서 분출된 민중의 저력을 '팔 찍힌 소녀'의 형상에 담아낸 작품이다. '기월其月'이라는 낯선 필명으로 발표되었지만, 창간 당시 "춘원은 주로 논설과 문예작품들을 쓰고 나는 잡보란과 편집을 맡았다"^{새해에 생각나는 사람들-춘원 이광수 선생」, 『신천지』, 1954.1}는 주요한의 회고도 있고, 또 1919년 12월 『신한청년』 창간호에 발표한 세 편의 시 「팔 찍힌 소녀」, 「만세」, 「경성 급及 의주 공동묘지에서 밤에 원혼의 만세와 곡소리가 들리다」의 각 모티프가 서사에 그대로 반영되어 있는 만큼 이광수의 작품으로 특정하는 데 어려움이 없다. 3·1운동 당시 일병의 칼에 희생된 여학생의 이야기에서 깊은 인상을 받았던 이광수는 『무정』의 작가다운 통찰로써 소녀의 이야기를 3·1운동의 기억을 온몸으로 증언하는 '시대의 그림'으로 서사화해낼 수 있었다.

서사는 만세 시위를 주도하고 나선 학생단 대표 윤섭의 활약과 3월 1일 이래 일제의 폭압을 목도하며 민족의식에 눈뜨게 되는 평범한 여학생 정희의 이야기를 교차시키는 구성을 통해 그녀의 민족적 자각과 성장에 방점을 찍는다. 주도면밀한 계획된 만세 시위 당일 곳곳에 나부끼는 태극기로 눈부신 서울의 아침. 이윽고 사방의 민가에서 여기저기 태극기가 날리며 우레와 같은 만세 소리가 들리고 총검으로 무장한 일병의 진격이 시작된다. 일병이 지나는 곳마다 흰옷 입은 남녀노소가 피를 흘리며 쓰러지는 가운데 일병의 칼에 왼 팔이 찍혀 무섭게 피를 흘리면서 부르짖는 한 여학생이 있다. "총과 칼이 우리 육체는 죽일지언정 정신은 못 죽이리라. 우리는 죽거든 귀신으로 대한독립의 만세를 부르리라." 폭력에 맞선 그녀의 부르짖음이 만세 시위에 촉발되어 민족의식에 눈뜬 민중의 목소리를 대변한다면, 폭력이 각인된 그녀의 신체는 민족의식에 눈뜬 민중의 저력을 가시화한다. "이날 밤에 공동묘지에서 만세 소리가 나다"로 끝나는 마지막 문장은 그녀의 숭고한 희생에 대한 애도이자 그 서사적 추인이다.

이광수에게 3월 1일의 만세 일성은 "우리 민족의 절대독립과 자유를 요구하는 의사의 표시"인 동시에 "우리 민족의 민족적 부활과 민족적 실력을 자각하는 법열의 발로"^{「개조」, 1919.8.21~10.28}였다. 그것은 만세의 규호로써 세계의 양심에 호소하여 일어난 세계역사에 유례없는 독창적 운동이자 한족의 정신적 문화의 수준과 더불어 한족의 애국심과 용기를 세계에 과시한 사건이었고, 더 중요하게는 우리의 민족적 실력과 용기를 깨닫고 "독립이 아니고는 민족적 생존을 보전치 못하리라는 자각"에 눈뜨는 계기가 되어준 사건이었다.^{「한족의 장래」, 1919.12} 그러나 3·1운동은 민족적 부활의 첫걸음일 뿐, 한족의 장래는 끝끝내 분투하여 독립을 완성하고 나아가 독립국가의 자유를 향유할 만한 민족적 실력을 갖추는 데 달려 있다는 것이 3·1 이후를 전망하는 이광수의 판단이었다. "이것이(3·1운동―인용자) 우리의 국민 부활의 제일성이외다. 그러나 우리에게 이 국민적 생존을 보전할 실력이 있습니까. 즉 끝끝내 분투하여서 독립을 완성하고 그러한 후에는 그 독립한 국가로 하여금 훌륭한 국가가 되게 할 그러한 실력이 있습니까."^{「신한청년」 창간사, 1919.12} 소설 「피눈물」과 나란히 『독립신문』 창간호부터 '장백산인長白山人'이라는 필명으로 연재된 장문의 논설 「개조」는 이러한 문제의식에서 출발한 글이다. 민족의 개조와 실력의 준비, 이 두 가지 과제야말로 3·1운동에서 눈뜬 민족적 자각과 실력을 집약하고 조직화해내는 최선의 방법이자 독립의 완성과 독립 이후의 국가건설에 근본적인 토대가 된다는 것이 그 요점이다. 귀국 후 발표한 「민족개조론」은 이러한 논지를 합법적 버전으로 풀어낸 데 지나지 않는다.

동화불가론

3·1운동으로 분출된 민심은 1919년 9월 2일 신임 총독 사이토 마코토斎藤実에 대한 저격사건으로 다시 한 번 들끓었다. 이와 관련하여 이광수는 사설 「폭발탄 사건에 대하야」^{1919.9.16}에서 3·1운동의 비폭력 노선에 따라 암살, 파괴, 폭동과

같은 폭력은 자제해야 한다는 입장을 표명하면서도, "금차의 총독정치 개선은 전의 무엇보다도 한족을 분격케 하였나니 대개 한족이 일치로 표시한 의사를 전연히 무시한"까닭이라고 논평함으로써 문화정치를 내건 총독정치의 개량으로 독립과 자유의 요구를 묵살당한 데 대한 분격한 민심을 분명하게 대변했다. 주지하다시피 총독무관제 및 헌병경찰제도의 폐지와 더불어 언론, 집회, 출판에서 교육, 산업, 교통, 위생, 사회구제에 이르기까지 내선 무차별의 관계개혁을 표방한 사이토의 문화정치는 일본과 동일한 관계개혁을 통해 조선을 일본에 동화시킴으로써 조선에 대한 안정적이고 영구적인 지배를 꾀한 것이었다. 문화정치를 표방했다고는 하나 조선에 대한 영구 지배를 목적으로 한 이러한 통치방침이 독립의 요구와 상충하는 것은 당연했다. 「한일 양족의 합하지 못할 이유」1919.9.4~13, 「일본국민에게 고하노라」1919.9.18~20, 「왜노倭奴와 우리」1919.10.28, 「일본의 5우상五偶像」1919.11.11, 「일본인에게」1919.11.15~20, 「일본의 현세現勢」1920.3.11~4.1 등 독립의 정당성과 필연성을 역설한 일련의 논설이 동화불가론을 전제하고 있는 것은 바로 이런 이유에서이다.

사설 「한일 양족의 합하지 못할 이유」는 제목 그대로 동화불가론의 논증에 바쳐져 있는 글이다. 이 글에서 이광수가 동화불가론의 근거로 들고 있는 것은 크게 세 가지이다. 공통한 역사와 언어의 부재, 그리고 강렬한 민족의식이 그것이다. 일본은 한일 양족의 동문동종同文同種을 강조하고 고대로부터 한일관계가 밀접함을 운운하며 동화정책을 자신하지만, 한족은 4천3백여 년의 독립한 국민으로서의 기록이 있고 특수한 언어와 습관을 가졌으며 강렬한 민족의식을 가지고 있는 민족이다. 따라서 조선의 역사와 언어를 멸하고 동화를 역설할수록 동화는커녕 일본은 이민족, 원수라는 관념이 더욱 강해질 뿐이니, 일본이 조선을 동화할 수 있다는 믿음은 미신에 불과하다는 주장이다. 「일본의 5우상」과 「일본인에게」 역시 동화론 비판의 연장선상에서 한국문제에 대한 일본의 맹목적 태도를 비판하고 있는 글이다. 여기서 다섯 가지 우상이란 일본족은 우등하고 한족은 열등하며, 따라서 한족은 동화시키거나 권력으로 제압하는 것이 가능하고, 한국의 합병은 일본 존립의 필요조건이라는 믿음을 가리킨다. 이광수는 이 다섯 가지 우상에 대하여 한족은 유구한 역사를 가진 민족으로 애국심과 문화적 창조력면에서 일본과 차이가 없고, 이미 독립의 일치한 의사와 견고한 결심을 가진 한족을 강압하고 통치하기에 일본은 너무 약하며, 한국의 영유는 일본 존립의 필요조건이기는커녕 방해가 되고 위협이 됨을 들어 조목조목 반박하며 한국의 독립이 일본의 원대한 장래에 유익이 됨을 역설하고 있다. 또 「일본국민에게 고하노라」, 「왜노와 우리」는 독립의 의사를 무시한 일본의 고압적 태도가 불러올 조선 민중의 폭력에 의한 저항의 가능성을 경고하는 쪽에 좀 더 무게를 싣고 있는데, 독립의 정당성과 필연성을 전제한 주장이라는 점에서 동화불가론의 연속선상에 놓인다.

한편 「일본의 현세」는 일본의 동화정책에 대한 비판을 넘어서 일본 국가의 존립 가능성 자체를 문제삼고 있는 글이다. 이광수는 시사단평 「독립의 자격」 1920.2.7에서도 동화정책의 성공을 자신하는 일본의 식민정책학자 니토베 이나조 新渡戸稲造의 호언을 겨냥하여 한족에게 독립의 실력이 있는지 없는지는 두고 볼 일이거니와, 일본 자신의 통치나 걱정하라고 쓴 소리를 남긴 바 있다. 일본 국내외 형세로 눈을 돌리면 동화정책의 성패 여부는 차치하고 일본 국가의 존립 가능성 자체가 위태롭다는 판단에서였다. 안으로는 민심과 괴리된 국가체제에 대한 일반 인민의 불만과 민주주의 사회주의의 신복음의 영향에 힘입은 혁명의 가능성이, 밖으로는 제국주의 정책으로 조선, 중국, 러시아 등의 이웃나라는 물론 미국, 호주 등 태평양 국가들과의 충돌이 불가피한 것이 일본의 현실이었다. 제국주의 일본에 맞서는 이들 국내외의 세력은 조선의 연대 세력이 되어 줄 수 있었으니, 일본의 동화정책 운운은 한가한 소리라는 담대한 일갈이었다.

요컨대 문화정치의 근간을 이루는 동화정책은 조선 민중의 민족적 자각과 의지로 보나 일본을 둘러싼 국내외 형세로 보나 가능성이 희박한 공상에 불과하다는 것, 이 무렵 이광수는 그렇게 확신했고 자신도 있었다. 귀국 후 「예술과 인생-신세계와 조선민족의 사명」1921.12 집필에서 민중예술론을 제창한 이래 '민중'과 '전통'에 기반한 유무형의 문화적 자산에 대한 탐구를 바탕으로 본격적인 민족문학의 구축에 나선 것은 그 문화적 실천의 일환이었다. 그것은 3·1운동 이후 신문예운동을 주도했던 동인지 문학의 폐쇄적인 미학주의에 맞서 예술의 잠재력을 통해 조선 민중의 문화적 결속을 끌어내기 위한 시도이자, 당대 문화정치의 안착을 목표로 한 총독부의 조선 민족지 구축 작업에 맞서 민족어와 민족적 정체성에 기반한 조선 국민문학의 창출을 지향한 것이었다는 점에서 그러하다. 일제 말기 이광수의 내선일체론은 동화불가론의 입장을 정반대로 뒤집은 것이지만, '조선의 역사와 언어를 멸하고 동화를 역설할수록 동화는커녕 일본은 이민족, 원수라는 관념이 더욱 강해질 뿐'임을 웅얼거리는 기저음의 간섭에서 결코 자유로울 수 없었다.

사회주의

1차 세계대전 직후 세계질서는 국제연맹을 주축으로 하는 국제협조주의와 코민테른을 주축으로 하는 국제연대주의라는 두 개의 이질적인 세계주의가 경합하고 있었다. 3·1운동은 국제협조주의를 내건 윌슨의 14개조에 대한 기대에 힘입은 측면이 컸고, 초기 임시정부의 독립운동 방침 또한 국제협조주의에 기대를 걸고 외교와 선전에 무게를 두었던 것이 사실이다. 그러나 파리강화회의에서의 실패에 이어 국제연맹의 전망마저 불투명해지면서 1919년 후반 상하이의 사상계를 지배하기 시작한 것은 러시아혁명을 시작으로 전후 세계질서의 지각변동을 일으키고 있던 사회주의에 대한 관심이었다. 『독립신문』의 주필이자 신한청년당의 기관지 『신한청년』의 주필이었던 이광수 역시 사회주의의 동향에 각별한 관심을 쏟았다. 「한족의 장래」^{1919.10.27 집필}에서 명시적으로 언급했듯 "정치적 혁명은 물론이요 노동자 혁명, 과격파주의의 지배가 일본에 임할 날"이 머지않았으니, 독립운동에 또 하나의 기회가 되어줄 수 있다는 판단에서였다.

1920년 1월 10일부터 11회에 걸쳐 '천재天才'라는 필명으로 『독립신문』에 연재한 역술 「아라사혁명기」^{1920.1.10~2.26}는 이 무렵 이광수가 사회주의에 걸었던 기대를 좀 더 명료하게 보여준다. 「아라사혁명기」는 당시 오사카마이니치신문 기자였던 후세 가츠지布施勝治가 혁명 전후 러시아의 정치 및 사회 변동을 직접 취재하여 집필한 통신 원고를 정리하여 펴낸 『로국혁명기』¹⁹¹⁸를 저본으로 삼아 대폭 편역한 것이다. 후세 가츠지에게 러시아혁명이 제국주의와 자본계급에 맞서 세계적 혁명을 주도하며 제국주의 열강의 하나로 부상하고 있던 일본을 안팎으로 위협하는 경계의 대상이었다면, 이광수에게 그것은 레닌의 민족자결주의가 약속하는 독립의 가능성이자 나아가 구질서를 타파하고 새로운 세계질서의 건설을 약속하는 인류 구원의 복음이었다. 러시아혁명과 더불어 1918년 11월 독일혁명으로 이어진 유럽 혁명의 파고, 유럽과 미국을 비롯하여 극동의 일본에 이르기까지 세계 각국에 잇달아 번지는 거대한 파업과 노동운동의 기세, 그리고 내전에서의 승리를 눈앞에 둔 볼셰비키 정권의 약진은 세계적 사회혁명의 가능성에 힘을 실어주는 것이었으니, 그 여파를 주시하는 제국과 식민지의 시선이 동일할 수 없었던 것이다.

1920년 1월 임시정부의 방침이 독립전쟁론으로 선회하면서 조선의 독립전쟁을 지지할 세계적 혁명 세력과의 연대는 당위적이며 실천적인 과제가 된다. 이러한 임시정부의 방침에 호응하여 이광수는 세계정세의 변동을 주시하며 독립전쟁에 유리한 기회와 형세를 탐색하고 일본에 맞설 각 세력의 연대를 호소하는 글을 집중적으로 써냈다. 「세계적 사명을 수뜻한 아족我族의 전도前途는 광명이니라」^{1920.2.12}, 「독립군 승첩」^{1920.2.17}, 「일본의 현세現勢」^{1920.3.11~4.1}, 「미일전쟁」^{1920.3.20}, 「세계대전이 오리라」^{1920.3.23}, 「독립전쟁의 시기」^{1920.4.1}, 「한중제휴의 요要」^{1920.4.17},

「중국의 중흥은 일본을 꺾는 날부터」1920.3, 「해삼위사건」1920.4.20 등이 바로 이 무렵에 쓴 글들이다. 특기할 만하게도 1920년 3월『신한청년』중문판 창간호에 실린 「중국의 중흥은 일본을 꺾는 날부터」는 중국 장쑤성江蘇省 우시無錫에서 간행된 시사 잡지『국치』國恥編譯社, 1920.10 창간호에 '한인 이광수'라는 필자명과 더불어 재수록되어 있다. 구체적인 경위에 대해서는 알려져 있지 않지만, 당시 한중 지식인 간의 실질적 교류를 엿볼 수 있게 한다.

그러나 불과 반년 뒤 이광수가 임시정부의 독립전쟁 방침을 지지하며 사회주의 혁명에 걸었던 기대는 1920년 8월 독립군 토벌에 나선 일본군의 간도출병을 계기로 물거품이 되고 만다. 봉오동·청산리전투의 빛나는 성과도 잠시, 연해주의 4월 참변에 이어 10월의 간도참변으로 만주 독립군의 근거지마저 초토화되면서 1920년을 전쟁의 해로 선포했던 임시정부의 독립전쟁의 구상 자체가 좌초되고 말았기 때문이다. 12월 18일 자『독립신문』속간호 78호부터 6회에 걸쳐 연재한 논설 「간도참변과 독립운동 장래의 방침」1920.12.18~1921.2.5은 간도참변에 제대로 대응할 수 없는 현실의 원인을 실력의 부재에서 찾고, 납세와 병역의 의무를 지는 '국민의 모집'을 통해 실질적인 독립운동의 역량을 갖추자는 취지의 대독립당 건설을 제안한 글이다. 독립전쟁에 유리한 기회와 형세를 짓는 일에서 눈을 돌려 금전과 군사의 획득, 산업과 교육을 근간으로 한 민력의 함양 등 보다 장기적인 안목의 준비가 긴요함을 역설하고 있는 것인데, 상하이시절 이광수의 사상적 편력에서 보자면 이른바 준비론으로의 회귀에 가깝다.

요컨대 독립전쟁의 전망이 불투명해졌을 때 이광수가 기댄 것은 사회주의 혁명의 준비가 아니라 대독립당의 건설이라는 거족적인 독립운동의 준비였다. 레닌의 볼셰비즘은 윌슨의 민족자결주의가 그랬듯 독립에 유리한 기회와 형세를 제공하는 외적 여건의 하나였을 뿐, 이광수가 사회주의 혁명 자체를 지지한 것은 아니었던 셈이다. 상하이시절의 이광수에게 사회주의는 민족주의와 대립하지 않았지만, 그것은 어디까지나 독립이라는 민족적 과제를 공유하고 있었다는 점에서 그러했다. 이광수가 사회주의에 대하여 포용적 입장을 거두게 되는 것은 1931년 5월 신간회 해소를 전후하여 민족주의와 사회주의가 치열한 경합관계에 놓이면서부터다.

준비론

상하이시절 이광수의 사상적 편력은 준비론에서 시작하여 준비론으로 끝난다고 해도 과언이 아니다. 『독립신문』 창간호부터 연재 집필한 논설 「개조」1919.8.21~10.28가 그 시작점이라면, 귀국을 앞두고 쓴 마지막 장문의 논설 「간도참변과 독립운동 장래의 방침」1920.12.18~1921.2.5은 그 종착점에 해당한다. 이광수가 윌슨의 민족자결주의와 국제연맹을 지지하며 외교와 선전에 힘썼고, 또 레닌의 볼셰비즘을 지지하며 독립전쟁에 유리한 기회와 형세를 탐색하기도 했던 것은 앞서 보아온 대로이다. 그러나 이러한 외적 요건이 독립의 기회가 되어줄 수 있을지언정 독립을 가져다주지는 못하며, 실력의 준비 없이 독립은 요원할 수밖에 없다는 사실 또한 이광수는 잘 알고 있었다.

실제로 『독립신문』 창간호부터 기획 연재한 논설 「개조」 가운데 절반 가까이 지면을 차지하는 것은 '십년생취 십년교훈+年生聚 +年敎訓'이라는 소제목 아래 역설되고 있는 이른바 준비론이다. "대저 무슨 사업의 성공은 그 사업에 필요한 실력의 준비가 있어야 하나니, 하물며 광복사업이리오, 건국사업이리오." 언론으로 다투든 무력으로 싸우든 "일본으로 하여금 대한의 국토를 토하지 아니치 못하게 할 실력"과 "세계 열방으로 하여금 대한의 독립을 승인케 할 실력"을 갖출 때라야 비로소 독립도 가능하고, 명실상부한 독립 국가의 영위도 가능하다는 것이 이 무렵 이광수의 기본적인 신념이었던 것이다. 그러면 그 실력이란 무엇인가. 인재와 금전이 바로 그것이다. 이광수는 인재와 금전의 축적이야말로 "장래의 독립과 자유와 행복과 번영의 절대요건"이 된다고 보았다. 인재양성과 산업진흥을 '이대국시二大國是'로서 제안하고 있는 것도 그런 이유에서이다.

사실 이광수에게 준비론은 일찍이 대륙방랑시절 이래의 오랜 신념이었다. 대륙방랑시절 이광수는 상하이에서 연해주, 북만주, 시베리아에 걸친 대륙방랑의 경험을 통해 제 힘으로 제 나라를 경영해갈 실력을 갖추지 않고는 당장 독립을 하더라도 이를 유지하는 것 자체가 불가능하다는 사실을 절감한 바 있고, 이러한 자각하에 『권업신문』 및 『대한인정교보』 등의 지면에 「독립 준비하시오」1914.3.1~3.22, 「농촌계발의견」1914.3.1, 「재외동포의 현상을 논하여 동포교육의 긴급함을」1914.6.1 등 실력의 준비를 주장하는 논설을 여러 편 쓰기도 했다. 3·1운동을 계기로 한 독립운동과 관련해서도 이광수는 속히 성공한다 해도 만반의 신건설에는 실력이 필요하고, 불행히 실패한다 하면 재기의 실력이 필요함을 내다보고 있었다. 논설 「개조」가 준비론의 기조를 명료히 표명하고 있는 것은 지극히 당연한 일이었던 셈이다.

한편 논설 「개조」는 준비론의 전제로서 민족의 개조라는 근본적인 자기변혁을 내걸고 있기도 하다. "망국하던 민족이 흥국하는 민족이 되려 하니 개조되어야 하겠고, 열약하던 민족이 우등한 민족이 되려 하니 개조되어야 하겠고, 빈貧하던 민족이 부富하게 우愚하던 민족이 지智하게 천賤하던 민족이 귀貴하게 되려 하니 개조되어야 하겠소." 이광수는 조선 민족이 열약하고 빈천하게 된 이유가 오랜 세월 '유교의 횡포'와 '일본족의 횡포'로 인해 과거의 영예로운 역사를 잊고 고결 용장한 국민성을 잃어버린 데 있다고 보았다.『독립신문』 창간사, 1919.8.29 3·1운동과 더불어 민족의식에 눈떴다고는 해도 끝까지 분투하여 독립을 완성하고 독립된 국가를 경영해 나갈 자격과 능력을 갖추려면 위축된 민족적 자질을 복구하는 것이 급선무라고 판단했던 것이다. 이광수가 신국민의 신생활을 번적하게 경영할 수 있는 자격과 능력을 갖추는 데 요구되는 자질로서 제시하고 있는 것은 참됨, 믿음, 준비, 원려, 단합의 다섯 가지이다. 무실역행과 단결훈련을 중시했던 도산 안창호의 흥사단 이념과도 맞닿아 있어 그 영향을 짐작케 한다.

임시정부가 1920년을 전쟁의 해로 선포하면서 이광수 역시 독립전쟁론을 지지하며 독립전쟁에 유리한 기회와 형세를 탐색하는 데 집중한 것은 앞서 언급한 대로이다. 그러나 독립전쟁의 방침이 임시정부의 공식 입장이었다고는 해도 이광수의 입장은 즉각적인 전쟁론이기보다 전쟁준비론에 가까웠다. "우리 정부의 방침이 이미 전쟁으로 확정하였은즉 우리는 각각 일령지하에 총동원을 행할 준비가 있어야 할 것이외다. 그 준비란 무엇이오. 안 총판의 말을 빌건대 저마다 돈을 내고 저마다 군인이 되고 전국민이 정부의 명령하로 집중함이외다."「전쟁의 年」, 1920.1.17 이광수는 군사, 외교, 교육, 사법, 재정, 통일의 6대 강령과 더불어 준비의 긴요함을 강조한 도산의 전쟁준비론에 힘을 싣는 한편, 사설「본국 동포여」1920.1.31, 「독립운동과 재정」1920.2.7, 「국민개병」1920.2.14, 「삼기론三氣論」1920.3.13 등을 통해 전면전을 위한 물질적 준비와 정신적 각오를 독려하기도 했다. 독립전쟁에 유리한 기회와 형세에 대한 탐색이 외적 여건의 준비를 위한 것이었다면, 물질적 준비와 정신적 각오에 대한 독려는 내적 역량의 준비에 해당하는 것이었다고 해도 좋을 것이다.

그러나 각지 독립운동 세력의 다대한 관심을 모았던 임시정부의 독립전쟁 방침은 독립전쟁의 시기와 방법을 둘러싼 이견으로 좀처럼 통일을 보지 못했다. 특히 아령과 서북간도에 난립한 단체들 간의 길항과 반목, 즉각적인 혈전을 주장하는 세력들의 발호는 임시정부를 중심으로 대통일적인 독립전쟁을 준비한다는 방침과 충돌했다. 이광수는 「차제를 당하야 재외동포에게 경고하노라」1920.3.11, 「대한인아, 대한의 독립은 전민족의 일심단결과 필사적 노력을 요구한다」1920.3.25, 「독립전쟁의 시기」1920.4.1, 「아령동포에게」1920.4.3 등의 사설을 통해 각 독립운동 단체들의 난립과 내분을 경고하는 한편, 혈전의 개시는 '준비의 완성할 날'임을 거듭 표명하며 임시정부를 중심으로 통일된 행동에 나설 것을 촉구하고 나섰다. 그러나 당시 임시정부는 각지의 독립군 단체에 재정을 지원하거나 군사전략에서 지도력을 발휘할 만한 역량이 없었고, 해당 지역 조선인 사회를 장악하지 못했기 때문에 통합에 어려움을 겪었다. 결국 이해 6월과 10월 군사력의 통일을 보지 못한 상태에서 봉오동과 청산리에서 치른 두 차례의 전투는 빛나는 성과에도 불구하고 무장력에서 치명적인 타격을 받게 되어 임시정부의 독립전쟁 구상의 좌절을 초래하게 된다.

앞서 보아온 대로 향후 독립운동의 방침으로 대독립당의 건설을 제안한 논설 「간도참변과 독립운동 장래의 방침」은 간도참변 이후 독립전쟁의 전망이 불투명해진 시점에서 이광수가 내놓은 보다 장기적인 안목의 준비론이었다. 이후 이광수는 '호상일인滬上一人'과 '천재天才'라는 필명으로 「우리 청년의 갈아둔 이利한 칼을 어디서부터 시험하여 볼까」1921.3.19와 「국민개업」1921.4.2 두 편의 기고문을 더 썼다. 내부의 온갖 악습이 우리를 망하게 했고 앞으로 망하게 할 자이므로 우선 우리 자신의 병근을 다스리는 것이 우선임을 주장하는 한편, 각 개인이 각자의 위치에서 자신의 업에 힘쓰는 것이야말로 독립운동의 성공 요건임을 역설하고 있는 글이다. 모두 동일한 관점에서 쓰인 글로서 「민족개조론」의 논조를 예고하고 있다고 해도 지나치지 않다.

귀국

마지막으로 이광수가 귀국을 결단하기까지의 과정을 간단히 언급해두고자 한다. 이광수의 귀국 사실이 세간에 알려진 것은 1921년 4월 3일 『조선일보』 사회면에 실린 한 편의 기사를 통해서였다. 기사는 신의주에서 붙들린 이광수가 귀순 의사를 밝히며 귀순증을 내놓은 사실을 적시하고, 그것이 모처의 부탁으로 '무거운 사명'을 가지고 상하이로 건너가 이광수를 만나고 온 허영숙의 일과 관련이 있으리라는 의혹을 제기했다. 안창호의 일기에 따르면, 허영숙이 상하이에 도착한 것은 2월 16일, 이광수가 허영숙과 함께 귀국할 뜻을 밝힌 것은 2월 18일이다. 그리고 귀국의 결심을 굳힌 이광수가 허영숙을 먼저 돌려보낸 다음 상하이를 떠난 것이 3월 20일을 전후한 무렵의 일이니, 기사가 제기한 의혹이 전혀 근거가 없지는 않았다.

　그러나 이광수가 귀국을 고민하기 시작한 것은 1920년 5월을 전후한 무렵으로 훌쩍 거슬러 올라간다. 독립전쟁의 시기와 방법을 둘러싸고 임시정부 안팎으로 논란이 한창이던 이 무렵 『독립신문』은 주3회 발행이던 신문을 주2회로 줄이게 되는 등 재정난으로 힘겨운 시기를 지나고 있었다. 게다가 주필이었던 이광수마저 그동안 쌓인 격무와 열악한 환경 탓으로 건강을 잃고 4월과 5월 두 달여간 휴무에 접어들면서 『독립신문』은 급속히 동력을 잃어가고 있었다. 이 무렵 이광수가 허영숙에게 보낸 5월 6일 자 편지에는 이런 구절도 보인다. "사업에 실패가 오고 동지들에 대한 실망이 올 때에 나는 분명히 일어나 본국으로 들어가서 몇 3년 징역을 치르고라도 본국에 있는 동포들 앞에 나서고 싶습니다." 설상가상으로 6월 24일 자 『독립신문』 제86호의 발행 직후 프랑스 조계에 항의한 일본의 조처로 신문사마저 봉쇄되기에 이르면서 이광수는 결국 『독립신문』에서 손을 뗄 결심을 굳히게 된다. "신문 하던 것은 사정도 못 할 듯하거니와, 할 수 있게 되더라도 남에게 맡기고 말랍니다." 「편지를 써놓고는 안 부치고」, 1920.8 추정

　신병으로 인한 휴무와 신문사의 봉쇄 기간 동안 이광수가 관심을 기울인 것은 이른바 문화정치의 개시와 더불어 본국에서 대두하고 있던 문화운동의 열기였다. 사설 「독립운동의 문화적 가치」1920.4.22에서는 "이런 운동이 직접으로 정치적 색채를 띤 것은 아니지마는 그것이 민중의 자각에 기인하고 민족적인 문화운동이라는 견지로 보면 독립운동과 밀접한 관계가 있다"고 하여 문화운동에 대해 호의적인 평가를 내놓기도 했다. "정치적 운동은 민중의 자각이라는 것과 병진並進치 아니치 못할 것"이라는 이유에서였다. 이광수가 동인지 『창조』의 지면에 꾸준히 글을 써서 보낸 것도 바로 이 기간이다. 1920년 5월 『창조』 6호에 발표한

시 「밋븜」을 시작으로 7호에 시 「강남의 봄」, 수필 「H군에게」, 8호에 시 「너는 청춘이다」, 「기운을 내어라」, 「평범」 및 논설 「문사와 수양」 등이 그것이다. 적막하고도 곤한 이국의 봄을 읊은 서정시 「강남의 봄」을 제외하고는 하나같이 문화운동의 선봉으로서 신문학 건설을 책임져야 할 청년문사들을 향해 선배 문사로서 질책과 격려, 제안을 건네는 내용을 담고 있다. 특히 문예는 '민족의 정신'을 계발하는 가장 큰 힘이며, 신문예운동에 뛰어든 청년문사야말로 신문화 건설의 중추가 되는 만큼 민중의 인도자라는 자각을 가지고 건전한 인격의 수양에 힘써야 함을 당부하고 있는 논설 「문사와 수양」1920.11.11 집필은 신문예운동과 관련하여 문화운동에 대한 본격적인 관심을 드러낸 글로서, 이 무렵 이광수가 점차 국내에서의 문화운동에 마음이 기울고 있었음을 보여준다.

신문사의 봉쇄가 해제되어 『독립신문』이 속간된 것은 12월 18일, 이광수는 신문사에서 손을 떼기로 결심한 지 오래였지만 간도참변의 소식을 접한 이상 가만히 있을 수 없었다. 속간호를 간도참변 특집으로 꾸미고 「삼천의 원혼」, 「저 바람 소리」, 「간도 동포의 참상」 등 세 편의 시를 싣고, 사설란에 향후 독립운동의 방침을 논한 논설 「간도참변과 독립운동 장래의 방침」1920.12.18~1921.2.9를 연재하기 시작했다. 이광수가 주필로서 사설란에 쓴 마지막 논설이었다. 논설의 연재를 마친 직후인 2월 중순 허영숙이 상하이에 온 것을 계기로 이광수는 마침내 귀국의 결심을 굳히게 된다. 귀국을 결단한 이광수의 눈앞에는 결혼이 가져다 줄 생활의 안정과 문화운동에 기반한 국내에서의 활동 무대가 펼쳐져 있었다. 두 사람이 결혼식을 올린 것은 이해 5월, 이광수가 귀국을 결심하며 마음에 품었던 준비론적 문화운동의 구상은 「민족개조론」1921.11 집필과 「예술과 인생―신세계와 조선민족의 사명」1921.12 집필을 통해 구체적인 윤곽을 드러내기 시작한다.

제2장

『독립신문』 소재 이광수 논설의 재검토

1. 문제제기

본 연구는 상하이시절 이광수의 문필활동 및 사상을 논구하기 위한 전제로서 『독립신문』 소재 이광수의 논설을 특정하고 그 의의를 고찰하는 것을 목적으로 한다. 이광수의 상하이시절은 이광수 연구에서 가장 취약한 시기에 속한다. 「2·8 독립선언서」를 집필한 후 선전 활동의 임무를 띠고 상하이에 망명하여 임시정부에 관여하며 다방면의 눈부신 활동을 펼친 시기였음에도 불구하고 그의 문필활동 및 사상은 제대로 알려지지 않은 편이다. 이광수의 상하이시절을 조명한 연구는 대개 『나의 고백』[1948]의 회고에 의지한 개괄적인 논의에 그치고 있어 실질적인 활동상을 파악하기 어렵고,[1] 그나마 『독립신문』을 중심으로 한 실증연구 또한 지나치게 단편적인데다 충분한 텍스트 비평을 거치지 않은 자료들을

---

1   김윤식, 『이광수와 그의 시대』[1986], 솔, 1999; 이동하, 『이광수-'무정'의 빛, 친일의 어둠』, 동아일보사, 1992; 김원모, 『영마루의 구름-춘원 이광수의 항일과 민족보존론』, 단국대 출판부, 2009; 이유진, 「『독립신문』의 논설과 서한집을 통해서 본 이광수의 상해시절」, 제10회 춘원연구학회 학술대회 발표 자료집 『일제강점기의 독립운동과 춘원』, 2015.9.

대상으로 하고 있어 오히려 연구에 혼선을 빚고 있다.[2] 이 시기 이광수의 문필활동의 윤곽이 구체적으로 규명되지 않은데다 대상 작품이 아직껏 정전화되어 있지 않아 접근이 어렵다는 점이야말로 초기의 개괄적 연구 이래 상하이시절의 이광수 연구가 진척을 보지 못하고 있는 주된 이유인 셈이다.

이 점에서 최근 상하이시절 이광수의 텍스트에 대한 본격적인 발굴·확인에 나선 김주현의 작업은 상하이시절 이광수 연구에 또렷한 활로를 열었다고 할 만하다. 그는 이광수가 주필로 관여했던 『독립신문』 외에도 『신한청년』, 『혁신공보』 등 그동안 잘 알려지지 않았던 지면에 실린 작품을 다수 발굴하는 한편, 텍스트 비평을 통해 『독립신문』에 실린 이광수의 논설을 확정하는 작업을 시도함으로써 연구의 기반을 마련하는 데 주목할 만한 기여를 했다.[3] 그러나 이 시기 이광수 문필활동의 핵심이라고 할 수 있는 『독립신문』 소재 논설의 경우 텍스트 확정의 기준 및 해석이 여전히 논쟁의 여지를 남기고 있는 만큼 좀더 충분한 검토가 필요하다.

첫째, 이광수의 주필 활동 기간을 기준으로 『독립신문』 소재 논설을 확정지음으로써 마지막 논설 「국민개업」을 제외했는데,[4] 이광수가 신문사에서 손을 떼고 귀국하기까지의 사정이 간단치 않았던 사실을 고려할 때 마지막 논설의 특정은 좀 더 조심스러울 필요가 있다. 이광수의 귀국은 3월 20일경의 일이지만 이광수는 주위에 알리지 않고 귀국했기 때문에 국내에서는 물론 상하이 내에

---

2 김종욱, 「상해 임정기관지 『독립』에 무기명으로 쓴 이광수의 글―변절 이전에 쓴 춘원의 항일 논설들」, 『광장』 160, 세계평화교수 아카데미, 1986, 12; 김사엽 편, 『춘원 이광수 애국의 글―독립신문, 상해 임시정부 기관지 『독립』에 무기명으로 쓴 항일논설 모음집』, 문학생활사, 1988; 김원모 편역, 『춘원의 광복론 독립신문』, 단국대 출판부, 2009. 이상의 논설 발굴의 문제점에 대해서는 김주현, 「상해 『독립신문』에 실린 이광수의 논설 발굴과 그 의미」, 『국어국문학』 176, 2016, 580~593쪽 참조.

3 김주현, 「상해시절 이광수의 작품 발굴과 그 의미」, 『어문학』 132, 2016; 「상해 『독립신문』에 실린 이광수의 논설 발굴과 그 의미」, 『국어국문학』 176, 2016. 이하 전자의 필자는 김주현a, 후자는 김주현b로 표기하기로 한다.

4 김주현b, 앞의 논문, 593~594쪽.

서도 한동안 그 사실을 알 수 없었다.[5] 이광수가 귀국한 사실이 기사화된 것은 4월 3일의 일이다.[6] 후술하겠지만 '천재天才'라는 필명으로 발표된 「국민개업」 1921.4.2은 명백히 이광수가 집필한 논설로서, 「간도사변과 독립운동 장래의 방침」 1920.12.18~1921.2.5의 연속선상에서 장기적인 독립 준비론을 천명한 글이자 『창조』8호에 발표된 「문사와 수양」1921.1과 더불어 귀국 이후의 일관된 경어체 글쓰기의 기점에 해당하는 논설이라는 점에서,[7] 귀국을 앞둔 무렵 이광수 사상의 변모를 살피는 데 매우 중요한 텍스트에 해당한다.

둘째, 기고이거나 이름 또는 필명이 제시된 사설란의 글은 제외했는데, 이 기준 또한 다른 필명으로 발표된 이광수의 논설을 배제하고 있어서 문제가 된다. 우선 '천재'라는 필명과 관련하여 주필은 무서명으로 논설을 쓴다는 점, 그리고 앞서 언급했듯 이광수가 주필을 그만 둔 후에 발표된 「국민개업」이 '천재'라는 필명으로 되어 있다는 점을 주된 근거로 삼았으나,[8] 이광수가 주필을 그만둔 후에 '호상일인滬上一人'이라는 필명으로 발표된 논설 「우리 청년의 갈어둔 이利한 칼을 어대서부터 시험하여 볼가」1921.3.19가 확인되므로 확실한 근거로 간주하기는 어렵다. 어쩌면 주필에서 손을 뗐기 때문에 '천재'나 '호상일인'이라는 필명이 필요해졌다는 역해석도 가능하다. '천재'라는 필명을 쓴 것으로는 「독립군 승첩」

---

5 이광수는 귀국 직후 「감사와 사죄」라는 수필을 쓴다. 「감사와 사죄」는 1922년 5월 『백조』에 발표되었으나 "나는 지금 서른 살이외다. 스물아홉 번째 생일을 이별의 눈물로 지낸 지가 보름이 되었으니"라는 언급으로 시작하고 있는 덕분에 집필 시기를 확정할 수 있다. 이광수의 생일은 음력 2월 1일이고, 1921년 달력으로 양력 3월 10일에 해당한다. 이로부터 보름 뒤이면 정확히 3월 25일이며, 따라서 적어도 3월 20일경에는 상하이를 떠났던 사실을 알 수 있다. 한편 상하이에서도 이광수의 잠적에 대해서는 도산은 물론 함께 살던 박현환도 몰랐다는 김여제의 회고가 남아 있다. 박계주·곽학송, 『춘원 이광수』, 삼중당, 1962, 299쪽.
6 「歸順證을 携帶하고 義州에 着한 李光洙」, 『조선일보』, 1921.4.3.
7 귀국 직후에 쓴 「감사와 사죄」(1921.3)를 비롯하여 「중추계급과 사회」(1921.7), 「팔자설을 기초로 한 조선인의 인생관」(1921.8), 「소년에게」(1921.11), 「민족개조론」(1921.11), 심지어는 번역의 일부인 「국민생활에 대한 사상의 세력」(1922.4)에 이르기까지 모두 경어체로 씌어졌다.
8 김주현b, 앞의 논문, 595쪽.

1920.2.17과 역술譯述「아라사 혁명기」1920.1.10~2.26 등 두 편의 글이 더 있다. 모두 전형적인 이광수의 문체를 확인할 수 있는 텍스트로, 특히「아라사 혁명기」는 이광수의 사상적 계보에서는 보기 드물게도 이 무렵 이광수가 사회주의에 걸었던 희망을 엿볼 수 있게 해주는 귀한 자료이다.

셋째, 주필이 와병 등의 신상 문제로 사설 집필이 어려운 경우 다른 기자가 사설을 집필했을 가능성을 고려하여 주요한을 특정했으나,[9] 이 경우 대개 집필자가 언급되어 있어 논란의 여지가 있다. 주요한의 경우만 해도 이광수의 공식적인 휴무기간에는 '송아지'라는 필명으로, 그리고 이광수가 귀국한 후에는 '송아頌兒', '송頌'이라는 필명으로 사설을 발표했다. 게다가 주요한을 특정한 근거로서 제시한 문체의 차이 또한 각각 대표적인 두 편의 글에 한정된 검토 결과로서 충분한 표본을 확보하지 못한 탓에 신빙성이 떨어진다. 1892년에 출생한 이광수는 중학시절부터 대륙방랑시절을 거쳐 2차 유학시절에 이르기까지 현토체에서 시문체, 순한글체에 이르는 다양한 문체 실험을 거쳐 자신만의 문체를 확립해갔던 만큼 상하이시절의 문장에도 구사한 문체의 스펙트럼이 넓은 것이 확인된다. 반면 이제 막 메이지학원 중학과 제1고를 졸업한 1900년생 주요한은 문단의 대선배였던 이광수의 문체를 익히며 자신의 문체를 만들어간 흔적이 엿보이는 만큼 문체의 검토에 있어서 충분한 표본의 확보가 관건이 된다고 할 수 있다.

넷째,『독립신문』소재 논설을 1면 사설란에 실린 논설로 국한하고 있어 그 외의 지면에 실린 비중 있는 글들이 배제되어 있다. '장백산인長白山人'이라는 필명으로 발표된「개조」는 이미 잘 알려져 있거니와, 그 외에도 '춘공春公'이라는 필명으로 발표된「왜노倭奴와 우리」1919.10.28는 주목된 바 없다. 특히 1920년 7월에 간행 예정이었던『독립신문 논설집』에 포함된 무기명 집필의「일본의 현세現勢」1920.3.11~4.1는 1920년 1월 '독립전쟁의 해'를 선포한 임시정부의 방침에 따라 당

---

9   김주현b, 앞의 논문, 597~603쪽.

대 급변하는 대내외적 정세에 촉각을 세우고 이를 당면의 독립전쟁을 위한 기회와 수단을 모색하고 있던 시기의 치열한 인식을 보여준다는 점에서 「미일전쟁」1920.3.20, 「세계대전이 오리라」3.23, 「한중제휴의 요要」4.17, 「해삼위사건」4.20 등과 더불어 외교와 선전에서 시작된 이광수의 독립운동론에서 또 하나의 분기점을 보여주는 중요한 글에 해당한다.

이에 본고에서는 이상에서 비판적으로 논한 기준에 따라 '천재'라는 필명, 이광수의 휴무기간 사설란의 성격, 기존 연구에서 집필자가 주요한으로 특정되어 배제된 사설을 재검토하고, 나아가 사설란 외의 기명·무기명 논설을 확인함으로써 『독립신문』 소재 이광수 논설의 목록을 확정하는 한편, 이를 토대로 이광수 연구에서 『독립신문』 소재 이광수 논설이 차지하는 위상에 대해 논하기로 한다. 이상의 작업이 기왕에 간행된 『이광수 초기 문장집1908~1919』 I·II소나무, 2015 및 『이광수 후기 문장집1938~1945』 I·II소나무, 2017·2018을 잇는 성과로서 이광수 연구의 공백을 메우고 후속 연구를 활성화하는 데 기여할 수 있기를 기대한다.

2. '천재天才' 집필의 논설 및 역술 3편

『독립신문』에 '천재天才'라는 필명으로 발표된 글로는 역술 「아라사 혁명기」1920.1.10~2.26와 논설 「독립군 승첩」1920.2.17, 「국민개업」1921.4.2 등 모두 세 편이 있다. 세 편 모두 문체가 판이하게 다르지만, 고문체에서 근대적인 평서체, 경어체에 이르는 다양한 문체가 자유자재로 구사되어 있는 점이 우선 눈에 띈다. 하나같이 2차 유학시절 이광수가 즐겨 사용한 문체들을 그대로 연상시키는데,[10] 특히

---

10 대표적인 몇몇의 예를 들자면, 「문학이란 하何오」(1916), 「조선 가정의 개혁」(1916), 「조혼의 악습」(1916) 등은 종결어미 '-이라'를 사용한 고문체 문장이고, 「오도답파기행」(1917), 「부활의 서광」(1917), 「자녀중심론」(1918) 등은 종결어미 '-다'를 사용한 근대적 평서체 문장이며, 「우리

문체 형성 과도기의 광범위한 글쓰기에 익숙한 필자가 아니고는 이토록 다양한 문체를 구사하기 쉽지 않다는 점을 고려할 때 더욱 그러하다. 일찍이 중학시절 현토체 문장으로 집필을 시작한 이광수는 이후 시문체를 거쳐 순한글체에 이르기까지 다양한 문체 실험을 거쳐 근대 문체를 확립한 선구자였다. 이들 세 편의 글에 보이는 유연한 문체 구사력이야말로 '천재'라는 필명의 집필자를 이광수로 특정하는 첫 번째 근거이다.

歐洲大戰의 唯一의 所得이 俄羅斯革命이라 하면 今後의 世界의 모든 潮流를 支配하는 者도 또한 그것이다. 一九一九年間에 各國을 風靡하는 勞働運動은 모두 勞農政府를 同情하고 또는 그 影響을 닙지 아는 자 업다. 英國의 炭工 及 鐵道 大罷工, 法國의 新聞罷工, 伊太利의 社會黨勝利, 奧太利의 赤化, 美國의 鐵道罷工, 甚至於 日本의 革命熱에 至하기까지 俄羅斯革命이 그 導火線 됨이 안이라 하지 못하겟다. 勞農政府의 「世界的 大革命」의 兆는 日一日로 激烈하여 감이 分明하다.「아라사 혁명기十一」, 1920.2.26

我獨立軍 二千이 吉林으로 道를 假하야 敵陣을 깨트리고 敵을 誅하기 三百, 敵의 敗走하기 四百이라. 그리하고 그 獲得品은 多數에 達하엿스리라고. 아지 못게라 機가 임의 熟하엿나뇨, 力이 임의 備하엿나뇨. 다시 아지 못게라 우리는 機의 熟함을 坐待하겟나뇨, 進하야 機의 熟하기를 促하겟나뇨. 機 임의 熟함으로 出함이라 하면 余는 그 機의 무함을 賀하노라. 進하야 機의 熟함을 促함이라 하면 余는 또한 그 勇氣를 嘆하고 그 前途를 祝하노라.「독립군 승첩」, 1920.2.17

今日 우리가 恨嘆하고 可惜히 녁이는 모든 우리의 不平과 自暴自棄와 陰謀가 다 業

의 이상」(1917), 「신생활론」(1918) 등은 종결어미 '-합니다'를 사용한 경어체 문장이다. 텍스트의 원문은 최주한·하타노 세츠코 엮음, 『이광수 초기 문장집 II』(1916~1919), 소나무, 2015 참조. 이하 『초기 문장집』II로 적는다.

업는 대서 生하는 것이 안임닛까. 저마다 저 할 일이 잇고 제各긔 거긔 힘을 다하면 不平이나 悲觀이 生길 까닭도 업고 生길 사이도 업겟슴니다. (…중략…) 國民 全體로 獨立運動을 進行하자면 唯一한 方法이 個人이 스사로 自己業에 忠實하는 것이올시다. (…중략…) 그대가 그대 業에 忠誠하는 것이 國民된 資格을 다하는 것임니다. 獨立軍된 義務를 다하는 것임니다.「국민개업」, 1921.4.2

두 번째 근거로는 이 세 편의 글에 공통적으로 ① 즐겨 사용한 수사법, ② 개성적인 어투, ③ 독창적인 인칭 대명사 등이 확인된다는 점을 들 수 있다. 이광수는 반복이나 도치법, 미완의 문장을 활용하여 의미를 강조하는 구문을 즐겨 썼고, 고문체에서 근대 문체, 경어체에 이르기까지 유연한 문체를 구사한 만큼 인칭 대명사에 있어서도 구문에 맞는 어휘를 사용하되 독창적인 어휘를 도입한 사례도 눈에 띈다. 단적인 예로 일인칭 대명사로는 여余, 나, 오인吾人, 여등余等, 아등我等, 오등吾等, 오제吾儕, 오배吾輩, 우리 등의 어휘를, 이인칭 대명사로는 이등爾等, 제군諸君, 제언諸彦, 너희, 그대, 그대네 등의 어휘를, 삼인칭 대명사로는 피등彼等, 그네, 그들 등의 어휘를 두루 사용했다. 이 가운데 그대, 그네, 그대네 등은 이광수가 2차 유학시절부터 사용한 독창적 어휘에 속한다.

①
只今은 우리의 弱點을 暴露하기가 가장 아픈 때요. 敵은 나를 忽視할지오 나는 落心하기 쉬운 까닭에.「개조(八)」, 1919.9.23

그럼으로 나는 斷言하고 絶叫하오. 大韓의 獨立運動이 成功이 될 것일진대 大韓의 모든 人材는 臨時政府의 人材名簿에 登錄되여야 하고 모든 財力은 臨時政府財務部의 金庫에 들어야 한다고. (…중략…) 安昌浩氏의 聲言한 바와 갓치 이것이야말로 우리 財政의 根本策일 것이오. 이 國民皆納主義야말로.「독립운동과 財政」, 1920.2.7

그러나 뉘라서 알니오. 三月에 入하자마자 空前의 大革命이 勃發하야 僅僅 二週日後에 同一한 하바로브將軍은 囚監中의 人物이 되고 미류코브 自身은 勞働者와 兵丁에게 떠들니여 革命의 渦中에 入하게 될 줄이야.「아라사 혁명기(二)」, 1920.1.17

我獨立軍 二千이 吉林으로 道를 假하야 敵陣을 깨트리고 敵을 誅하기 三百, 敵의 敗走하기 四百이라. 그리하고 그 獲得品은 多數에 達하엿스리라고.「독립군 승첩」, 1920.2.17

學生은 學校에서 農夫는 田野에서, 工人은 工場에서 商人은 商埠에서 쉬지 말고 게으르지 말고 나아가자 ─ 언제던지 獨立運動을 背景삼아, 中心삼아.「國民皆業」, 1921.4.2

②

山東問題와 前後하야 蜂起한 排日熱은 太平洋問題, 中國問題, 移民問題, 西比利問題, 韓國問題 등에 因하야 그 勢를 도도아 마침내 美日戰爭說이 다시 니러나게 되엿다.「美日戰爭」, 1920.3.20

然이나 革命의 洪水는 漸次로 勢를 도도아 마침내 彼等의 身邊을 侵하게 되엿나니「俄羅斯革命記五」, 1920.01.31

알지 못케라. 우리가 가장 멀게 생각하는 亞弗利加의 內地나 南米의 南端에 쉬파람 하는 靑年이 나의 親舊가 아닐는지. 쏑싸고 나물 캐는 아릿다온 處女가 나의 愛人이 아닐는지. 나는 모르나이다. 모르나이다.「어린 벗에게」, 1917[11]

11 　외배,「어린 벗에게」(『청춘』 9·10·11, 1918.7·9·11),『초기 문장집』 II, 위의 책, 375쪽.

아지 못게라 機가 임의 熟하엿나뇨, 力이 임의 備하엿나뇨. 다시 아지 못게라 우리는 機의 熟함을 坐待하겟나뇨, 進하야 機의 熟하기를 促하겟나뇨.「獨立軍 勝捷」, 1920.2.17

③

나도 只今 病席에서 닐어나 사랑하는 그대에게 이 便紙를 쓰려할 제 더욱 이 感想이 깁허지나이다.「어린 벗에게」, 1917[12]

舊朝鮮의 子女는 오직 父祖를 爲하여서만 살앗고 일하엿고 죽엇다. 父祖의 쯧이 곳 그네의 쯧이요 父祖의 目的이 곳 그네의 目的이엇섯다.「子女中心論」, 1918[13]

只今 獨立을 運動하고 新國家建設의 事業에 干參하는 兄弟여 姊妹여, 그대네는 當代에 萬年의 大計를 成就하고, 當代에 이 大福을 맛보려 하나뇨.「三氣論」, 1920.3.13

中國同胞여, 내 血을 내노니, 그대 鐵을 내소셔. 韓國은 決코 諸君의 金錢을 그져 달나함이 아니오 獨立後에 本利幷하야 還報할 作定으로 暫間 借與하라 함이외다.「韓中 提携의 要」, 1920.4.17

그대가 그대 業에 忠誠하는 것이 國民된 資格을 다하는 것입니다.「國民皆業」, 1921.4.2

마지막으로 내용의 측면에서도 위 세 편의 글의 집필자를 이광수로 특정할 수 있는 근거가 확인된다. 먼저 역술 「아라사 혁명기」는 도쿄 유학생들이 조직한 학우구락부에서 개최한 제1회 공개강연회1920.3.6에서 이광수가 「볼세비즘」이라는 제목으로 행한 강연과 관련이 있다. "볼세비즘이란 경제혁명"이라 하여 문예부

---

12 외배, 「어린 벗에게」, 위의 책, 328쪽.
13 춘원, 「자녀중심론」(『청춘』 15, 1918.9), 위의 책, 700쪽.

흥, 종교개혁 등의 사상혁명과 더불어 프랑스대혁명 이래의 정치혁명에 이은 제 3혁명으로서 "현대사상의 당연한 귀결"이자 "장차 세계 전부에 올 혁명"[14]임을 주장한 이 강연은 "아라사혁명"을 "금후의 세계의 모든 조류를 지배하는 자"이자 "세계적 대혁명"의 도화선으로 간주하여 사회주의에 거는 기대를 표명한 「아라사 혁명기」의 논조와 그대로 상통한다. 이 무렵 사회주의는 민주주의와 함께 세계 개조의 흐름을 대변하는 2대 사상의 하나로서 망명 지식인들 사이에서 다대한 주목을 끌었는데,[15] 이광수 역시 당대 사회주의 혁명의 동향에 지대한 관심을 가지고 있었던 것을 엿볼 수 있게 한다.

다음으로 「독립군 승첩」은 길림에서 일본군을 격파한 독립군의 첫 승전을 러시아혁명에서 시작된 세계적 대혁명의 기운에 기반한 "동아 대혁명"의 개시를 알리는 사건으로 자리매김하고 있다는 점에서 역술 「아라사 혁명기」 및 연설 「볼세비즘」의 연장선상에서 놓이며, "동아에도 이 대혁명의 사상이 시시각각으로 침윤"됨에 따라 "오는 세계대전의 초막初幕은 동아에서 개開"할 것이라고 예언한 「세계대전이 오리라」1920.3.23의 논조를 예비하고 있는 글이다. 특히 독립군의 첫 승전을 두고 비록 "성량갑이에 붓는 불" "길가에 던지어 풀득이는 담뱃불"보다 못해 보이지만 그것이 동아 대혁명의 도화선이 될 것임을 예견하는 문장은 일찍이 「우리의 이상」에서 이상의 씨를 대삼림을 태워버리는 "성냥개비의 불"에 비유했던 표현을 환기시킨다.[16]

한편 자기 직업에 충실하는 것이야말로 국민된 의무를 다하여 독립운동을 지속할 수 있는 기초가 됨을 역설한 「국민개업」은 일찍이 대륙방랑시절의 논설

---

14 강연의 내용에 대해서는 「유일(留日) 학우구락부의 제일회 강연」, 『독립신문』 55, 1920.3.18 참조.

15 1919년 12월 "우리의 민족성을 천명하고 발휘함으로 혹 세계의 대세와 신사상의 소개함으로 일반 국민의 문화적 향상에 만일(萬一)의 조(助)"(창간사)가 될 것을 표방하며 창간된 『신한청년』의 경우도 제2호부터는 "신사상 소개에 용력(用力)하야 민주주의, 사회주의 등의 신사상을 소개"하겠다는 기획을 밝히고 있는 것이 눈에 띈다. 『신한청년』의 주필 역시 이광수였다. 「편집여언」, 『신한청년』 2호, 1920.2.

16 이광수, 「우리의 이상」, 『초기 문장집』 II, 위의 책, 669쪽.

「독립쥰비ᄒᆞ시오」[1914]에서부터 논설 「개조」[1919]에 이르기까지 이광수의 일관된 논지의 하나이다. "제발 각기 착실한 직업을 가져 제 의식을 제가 벌고 나아가서 ᄂᆞ나라를 위ᄒᆞ여서까지 쓰도록 ᄒᆞ시ᄋᆞ쇼셔."[17] "부국富國의 제일요도第一要道는 국무유민國無遊民임에 재在할지오 현하現下 우리 처지에셔 절규할 것도 일인일업一人一業으로 유민遊民이 업게 함이외다."[18] 특히 "금일 우리가 한탄하고 가석히 녁이는 모든 우리의 불평과 자포자기와 음모가 다 업業 업는 대서 생生하는 것이 안임닛까. 저마다 저 할 일이 잇고 제각긔 거긔 힘을 다하면 불평이나 비관이 생길 까닭도 업고 생길 사이도 업겟습니다"와 같은 구절은, 약간 다른 맥락이긴 하지만 조선의 교육받은 청년들이 위험사상이나 죄악에 빠지는 것은 "홀 일이 업슴"에 기인한다 하여 그들에게 활동의 무대를 넓힐 수 있는 여건을 마련해줄 것을 영리하게 제언하고 있는 「대구에서」[1916]의 논조를 그대로 닮아 있다.[19]

이광수가 『독립신문』에 실린 마지막 글로 언급한 논설의 제목이 '국민개업國民皆業, 국민개학國民皆學, 국민개병國民皆兵'인 것도 주목할 만하다. 이광수는 독립운동의 정로正路는 "민족 자체의 힘을 기르는 것"에 있다고 판단하여 이 논설을 쓰고 귀국을 결심했다고 회고하고 있는데,[20] 「국민개업」은 독립운동의 방침으로 '국민개납國民皆納'과 '국민개병國民皆兵'에 기초한 '독립당'의 건설을 제안한 「간도사변

---

17   외빈, 「독립쥰비ᄒᆞ시오」(『勸業新聞』, 1914.3.1~22), 최주한·하타노 세츠코 엮음, 『이광수 초기 문장집』 I(1908~1915), 소나무, 2015, 255쪽. 이하 『초기 문장집』 I로 적는다.

18   長白山人, 「改造」(一〇), 『독립신문』, 1919.9.27.

19   "사람이란 順境에 處ᄒᆞ야 「홀 일이 업스」면 조흔 일을 ᄒᆞ기 쉽고 逆境에 處ᄒᆞ야 「홀 일이 업스」면 惡혼 일을 ᄒᆞ기 쉬운 것이라. 甚히 무슨 일에 奔忙ᄒᆞ면 그 일 이외엣 思慮를 홀 餘裕가 업나니 만일 져 犯人들로 ᄒᆞ야곰 奔忙혼 무슨 事業에 從事케 ᄒᆞ얏던들 如斯혼 사건은 出來치 안이ᄒᆞ얏슬 것이라. 그러ᄒᆞ거늘 朝鮮人 靑年은 自古로 無爲遊惰혼 자가 만턴 데다가 近來 所謂 新敎育을 바든 자도 「홀 일이 업」셔 優遊度日 ᄒᆞ니, 이 엇지 危險思想과 罪惡의 根源이 안이리오." 春園生, 「大邱에서」(『每日申報』, 1916.9.22~23), 『초기 문장집』 II, 52쪽.

20   "그러면 민족독립운동의 正路는 무엇인가. 그것은 민족 자체의 힘을 기르는 것이었다. 이리하여서 나는 「國民皆業, 國民皆學, 國民皆兵」이라는 긴 글 한 편을 지어 독립신문에 실리고는 그 신문사에서 손을 떼고 국내로 뛰어 들어오기로 결심하였다." 이광수, 『나의 고백』(1948), 전집 7, 264쪽.

과 독립운동 장래의 방침」1920.12.18~1921.2.5의 연장선상에서 각 개인이 자기 직업에 충실하는 것이야말로 독립운동의 기초임을 역설하고 있는 글이다. 둘 다 독립전쟁 준비론에서 장기적인 독립 준비론으로의 전환을 표명한 것으로, 회고에서 이들 내용이 나란히 언급되고 있는 것은 귀국의 결심을 앞두고 집필한 두 글이 그만큼 각별한 의미를 지닌 것이었음을 말해준다.

3. 이광수의 휴무기간 사설란의 성격

일반적으로 신문의 사설란은 주필이 담당하며 대개 무서명으로 실리는 것이 관례이다. 『독립신문』 1면 사설란에 실린 사설 역시 주필이었던 이광수가 썼다. 기고이거나 다른 필자의 원고인 경우 집필자의 필명이, 그리고 필요에 따라 임시정부 인사들의 연설이나 포고문 등으로 사설란을 대체한 경우는 출처가 밝혀져 있다. 집필자가 밝혀져 있는 사설로는 난파蘭坡, 「의뢰심을 타파하라」18호 / 연연生然生, 「삼보三寶」50호 / 연년생然然生, 「독립공채獨立公債 모집」71호 / 송아지, 「적수공권赤手空拳」82~86호 / 백암白巖, 「나의 사랑하는 청년 제군에게」84호 / 우정산인憂亭山人, 「독립신문의 속간을 영迎하야」94호 / 호상일인滬上一人, 「우리 청년의 갈어둔 이利한 칼을 어대서부터 시험하여 볼가」99호 등이 있다. 한편 임시정부 인사들의 연설과 포고문으로 대신한 경우로는 안창호, 「물방황勿彷徨」33호, 「우리 국민이 단정코 실행할 6대사六大事」35~36호, 「대한민국 이년 신원新元의 나의 비름」37호 / 손정도, 「한족의 독립국민될 자격」54호 / 「대통령의 교서敎書」97호 / 「대통령 포고」98호 등이 있다. 그러나 기왕에 주필이 신병 등 신상의 문제로 논설 집필이 어려운 경우 다른 기자가 논설을 집필했을 가능성을 상정하고 몇몇 사설을 주요한의 글로 특정한 논의가 있으므로 좀 더 면밀한 검토가 필요하다. 주요한의 글로 특정된 사설로는 「미일전쟁」1920.3.20, 「공포시대현출호恐怖時代現出乎」4.10, 「아아, 안태국 선생」4.13,

「해삼위사건」[4.20], 「독립운동의 문화적 가치」[4.22], 「정치적 파공罷工」[4.24], 「안동현사건」[5.29] 등 모두 7편이다. '송아지'라는 필명으로 연재된 논설 「적수공권」[1920.6.5~24]은 집필자가 주요한이 분명하므로 논외로 한다.

이광수가 신병으로 휴무를 공언한 것은 대략 1920년 4월 3일부터 5월 29일까지의 기간이다. 1920년 5월 6일 자『독립신문』의 지면에는 "과거 약 일개월간 신병身病으로 하야 사무를 휴休하고 치료 중임으로 여러 친지 동지의 혜신惠信에 진즉 봉답奉答치 못한 것을 사謝하오며 금후도 쾌복快復하기까지 부득이 그러할 터이온즉 서량恕諒하시옵소서"[21]라는 내용의 공지가 보인다. 이 무렵 허영숙에게 보낸 사적인 편지에도 "목이 쉬어서 3주일간 사무를 전폐합니다"[4.3], "나는 금후 약 1주일간 정양하려고 합니다"[4.7], "아직도 사무는 일절 아니 보고"[5.1], "목쉰 것은 거의 회복하였습니다. 이런 정도라면 내주쯤부터는 사무를 보게 되리라고 생각합니다"[5.21] 등 신병으로 인한 휴무기간을 확인할 수 있는 언급이 등장한다. 그러나 동시에 "날마다 독서와 정좌와 기도는 궐하지 아니합니다"[4.3], "어디 아픈 데는 없건마는 아무 일 할 수 없으니 답답하오"[4.10], "한 일년 정양하고 싶지마는 사위四圍의 정세가 이를 허치 아니하니 걱정이오"[4.20][22] 등의 언급과 더불어 몇몇 사설을 직접 집필한 사실이 확인되고, 부득이한 경우 다른 필자나 다른 지면의 글로 대체하는 방식으로 사설란을 운용한 점이 발견된다.

우선 「초산통신楚山通信」[4.8], 「시평일속時評一束」[70호, 4.27], 「오월일일약사五月一日略史」[72호, 5.1]는 논설이 아니고, 「의병전義兵傳」[73~79호, 5.6~27]는 '뒤바보'라는 필명으로 1면 하단에 연재하던 것을 4회부터 사설란으로 옮겨 연재한 것이다. 또한 「독립공채獨立公債 모집」[71호, 4.20]은 '연연생然然生', 「적수공권赤手空拳」[6.5~24]은 '송아지'라는 필명을 확인할 수 있다. 「초산통신」의 경우 6일과 7일 "용화사龍華寺"에 머무느라 휴

---

21 「親知同志에게」, 『독립신문』, 1920.5.6.
22 이광수, 「上海에서 보낸 서간」, 『이광수전집』 9, 우신사, 1979, 301~306쪽.

무한 시기에 내보낸 글이다.[23] 「시평일속」이 실린 70호부터는 73호까지 4회에 걸쳐 다른 필자와 다른 지면의 글이 사설을 대신했는데, 이 시기가 전면적인 휴무 기간이었던 것으로 생각된다. 이후 86호6.24로 신문이 정간停刊될 때까지 이광수가 쓴 사설은 「최후의 정죄定罪」74호, 5.8와 「최재형 선생 이하 사의사四義士를 곡哭함」76호, 5.15 두 편뿐이다.

사설란이 잇달아 4회째 다른 글로 대체되자 신병으로 휴무 중이라는 사실을 알리고 양해를 구하는 글을 내보낸 것은 사설마저 집필할 수 없을 정도로 병세가 악화되었기 때문일 것이다. 게다가 허영숙에게 보낸 5월 6일 자 편지에 보이는 "사업의 실패가 오고 동지들에 대한 실망이 올 때에 나는 분명히 일어나 본국으로 들어가서 몇 3년 징역을 치르고라도 본국에 있는 동포들 앞에 나서고 싶습니다"[24]라는 고백은 이 무렵 이광수가 신문사 일에 대한 열정도 잃어가고 있었음을 말해준다. 동년 8월 하순경의 편지에는 "신문 하던 것은 사정도 못할 듯하거니와 할 수 있게 되더라도 남에게 맡기고 말랍니다"라는 언급도 보인다. 이 점에서 이광수가 실질적으로 전면적인 휴무에 나선 기간은 병세의 악화와 더불어 상하이에서의 활동에 대한 번민으로 사설 집필마저 여의지 않았던 4월 27일부터의 일에 국한되며, 그 이전까지는 가급적 논설을 직접 집필했을 가능성을 생각하지 않을 수 없다.

사설은 이광수가 직접 집필할 수밖에 없었던 이유는 무엇보다 당시 신문사 내에 사설을 대신할 기자가 부재했기 때문이라고 생각된다. 김주현은 이광수의 휴무기간 동안 사설을 대신 집필한 기자로 주요한을 특정했지만, 사설의 집필은 일반 기사의 작성과는 역량을 달리하는 작업이다. 주요한은 독립신문 시절에 대해

---

23 "작일(昨日)과 금일은 상해 남방 약 10리 되는 용화사(龍華寺)에 복사꽃을 보러 갔었소. 1년이라는 망명 중에도 이만한 쾌락이 있으니 고맙습니다." 이광수, 「상해에서 보낸 서간」, 위의 책, 301쪽. 4월 7일 자 편지.

24 이광수, 「상해에서 보낸 서간」, 위의 책, 304쪽. 5월 6일 자 편지.

회고하면서 "편집국장, 공무국장 겸 기자로 내가 책임을 맡아 '독립'이란 제호로 창간준비에 나섰"으며, "논설은 주로 임시사료 편찬회 주임을 겸임한 춘원과 내가 쓰고" "내가 쓴 것으로는 독립과 번영을 위해 국민이 모두 반드시 해야 할 일 6 가지를 국민개병國民皆兵, 국민개학國民皆學, 국민개로國民皆勞…… 등으로 나눠 논했는데 도산이 칭찬하던 일이 지금도 새롭다"[25]고 언급한 바 있다. 그러나 편집국장 운운하며 『독립신문』의 책임자를 자처한 언급도 놀랍거니와, 1900년생으로 이제 갓 메이지학원 중학과 대학 예과에 해당하는 제1고를 마친 스무 살 남짓의 문학청년 주요한이 대선배 격인 이광수와 대등한 위치에서 논설을 집필했을지는 의문의 여지가 있다. 훗날 주요한이 이광수가 지어주었다고 자랑스레 회고한 '송아지' '송아頌兒'라는 아호 또한 그 현격한 거리를 증거하고도 남음이 있다.[26]

이광수가 주임을 맡았던 임시사료편찬회의 공식적인 활동은 7월 7일 정부령으로 사료조사 편찬부를 설치한 이래 9월 23일 편찬을 마친 때까지의 일이지만, 실질적인 자료 정리 작업을 마친 것은 8월 20일경의 일이다.[27] 독립신문의 창간일은 다음날인 8월 21일이었으므로 굳이 주요한이 사설을 대신할 이유가 없었다. 한편 주요한이 자신이 썼다고 언급한 논설의 내용으로 "독립과 번영을 위해 국민이 모두 반드시 해야 할 일 6가지" 운운한 것도 전혀 신빙성이 없다. '국민모두가 반드시 해야 할 일 6가지'란 안창호가 연설 「우리 국민이 단정코 실행할

---

25 주요한, 「상해판 독립신문과 나」, 『아세아』, 아세아사, 1969, 7·8, 152쪽.

26 "송아(頌兒)라는 것은 언문으로 '송아지'에서 나온 것인데, '송아지'라는 것은 해외방랑 시에 춘원 선생이 지어준 아호(雅號)이엇습니다." 주요한, 「나의 아호(雅號), 나의 이명(異名)」, 『동아일보』, 1934.3.19.

27 "7월 7일에 정부령(政府令)으로 사료조사편찬부를 치(置)ᄒ고"「史料集 제4편」, 『한일관계사료집』, 대한민국 임시정부 자료집 7, 국사편찬위원회, 2005, 176쪽; "안창호 씨를 총재(總裁)로 하고 이광수 씨를 주임으로 한 임시사료편찬회는 8명의 위원 23명의 조역(助役)의 연일 활동으로 본년 7월 2일에 시(始)하여 9구월 23일에 한일관계사료집의 편찬 급(及) 인쇄를 종료하다."「사료편찬 종료」, 『독립신문』, 1919.9.29; "사료(史料)는 근일(近日)에 거진 완료되야 시간의 문제로 활판인쇄에 부(附)치 못하고 십수 필가(筆家) 제씨를 빙(聘)하야 복사를 행하는데 약 금월 말에는 종결 운(云)."「사료편찬의 복사」, 『독립신문』, 1919.8.21.

육대사六大事」1920.1.8~10에서 독립운동의 방략으로 공표한 바 있으며, 이에 관해서는 이광수 또한 사설 「육대사六大事」1920.1.22에서 재차 다룬 바 있다. 현재 확인되는 주요한의 비중 있는 논설로는 '송아지'라는 필명으로 집필한 「적수공권」1920.6.5~10이 유일한데, 독립운동의 방편으로 납세의 거절과 관리의 퇴직 운동을 제안한 글이다. 게다가 논설에 대한 칭찬에 으쓱했던 기억은 역으로 그가 논설 쓰기에 익숙하지 않았던 사실을 말해줄 뿐이다.

마지막으로 이광수의 휴무기간 중 주요한이 무기명으로 사설을 집필했다면, 이광수의 귀국 후 잇달아 발표한 사설에 군이 필명을 밝힌 이유도 납득하기 어렵다. 주요한은 이광수의 마지막 사설로 추정되는 101호 「국민개업」1921.4.2에 이어 102호에서 106호까지 「뉘 독립운동?」4.9, 「비분강개」4.21, 「자유와 사死」5.7, 「민족적 자각」5.14 등 네 편의 사설을 잇달아 발표했는데,[28] 모두 '송松' 혹은 '송아松兒'라는 필명이 붙어 있다. 흥미롭게도 「국민개업」과 마찬가지로 모두 경어체로 집필되어 있어 이광수의 문체를 모방했을 가능성도 생각해볼 수 있다.

4. 사설 7편의 내용 및 문체 검토

문제의 사설 7편에 대한 본격적인 검토에 앞서 우선 이광수와 주요한의 가장 두드러지는 문체적 차이로 지적되고 있는 '오인吾人'과 '우리'라는 인칭 대명사의 문제에 주목할 필요가 있다. 김주현은 '오인'과 '우리'가 쓰인 빈도수에 근거하여 '오인'의 빈번한 사용을 주요한의 문체적 특징으로 간주하고 문제의 사설 7편을 주요한의 논설로 특정했지만,[29] 무엇보다 '오인'과 '우리'는 지칭의 범위가 다르

---

28 참고로 1921년 4월 30일에 발행된 104호에는 사설 대신 御天節紀念式 席上에서 朗讀한 이승만의 찬송사가 실렸다.

29 김주현b, 앞의 논문, 603~605쪽.

다는 점을 고려하지 않으면 안 된다. 이광수의 글에서 대개 '오인吾人'은 '아등我等' '여등余等' '오제吾儕' '오배吾輩' 등과 더불어 신문사 혹은 임시정부와 같이 한정된 범위를, 그리고 '우리'는 보다 넓은 범위의 민족 전체를 가리키는 경우에 쓰인다. 그런데 김주현이 문체 비교의 표본으로 삼은 「개조」 및 「간도사변과 독립운동 장래의 방침」은 임시정부 기관지 주필로서의 공적 입장이 아니라 다소 사적인 개인의 입장에서 집필한 글인 까닭에 군이 '오인'이라는 인칭 대명사가 쓰일 이유가 없다. 반면 정반대로 「아아, 안태국 선생」[1920.4.13]나 「해삼위사건」[1920.4.20]와 같은 사설은 전적으로 임시정부 기관지 주필의 입장에서 집필된 터라 '오인'이라는 인칭 대명사가 압도적으로 많이 쓰인 사실이 확인된다. 단적인 예로 "오인은 재작이再 昨夜 8시에 오인의 가장 경애하는 인도자의 일인一人인 안태국 선생의 부고訃告를 불행히 접하엿도다. 이 보도를 접한 오인은"[아아, 안태국 선생] "이와 갓흔 형세는 오인이 임의 예기하던 것으로" "도리켜 생각건대 극동極東의 형세가 분규紛糾함은 오인의 가장 기다리는 바로" "오인의 운동에 절호絶好한 기회는 점점 각가와진다 할 수 잇슬지라"[해삼위사건]와 같은 문장이 그러하다. 이 점에서 '오인'과 '우리'의 빈도수는 이광수의 문체적 특징을 가늠하는 준거가 되기 어렵다고 판단되므로, 본고에서는 내용 및 특징적인 문체 분석에 근거하여 7편의 사설을 검토하기로 한다.

먼저 ① 「미일전쟁」[3.20]은 1920년을 '전쟁의 해'로 선포한 임시정부의 입장에 보조를 맞춰 세계의 형세에 대한 분석과 더불어 독립전쟁에 유리한 시기와 기회를 모색하고 있는 「세계대전이 오리라」[2.23], 「일본의 현세」[3.11~4.1], 「독립전쟁의 시기」[4.1], 「한중제휴의 요要」[4.17], 「해삼위사건」[4.20] 등 일련의 사설과 연속선상에 놓인 글이다. 일찍이 앞서 언급한 볼셰비즘에 관한 강연에서 "현대에 세계의 민중을 음즈기는 모든 사상을 잘 연구하야써 국기國基를 완전한 기초 우에 전奠하도록 노력할 것"이라 하여 "사상문제의 연구는 독립운동의 일부"[30]임을 주장하며 독립

30　「留日學友俱樂部의 第一回 講演」, 『독립신문』, 1920.3.18.

운동에서 세계정세 및 사상 연구의 중요성을 강조했던 이광수는 바로 전호에 집필한 사설 「의정원 의원에게」3.18에서도 독립전쟁의 진행방침에 대해 형식적 절차의 문제로 시간을 허비하고 있는 의원들을 질타하며 "엇지하면 독립전쟁의 준비를 잘하고, 엇지하면 내외內外에 대한 선전을 잘 행할가, 지금 세계의 대세는 엇더하닛가 엇더한 정책으로 차此에 응應하며, 내외의 민심은 엇더하닛가 엇더한 계책으로 차此에 대對할가, 하는 것을 궁리하고 토의하고 성안成案하야 정부로 하여곰 실시케 할 것"을 제안한 바 있다. 「미일전쟁」은 독립전쟁을 뒷받침할 '세계의 대세' 가운데 특히 미국과 일본의 충돌 가능성에 주목한 사설이다. 미일전쟁의 가능성에 대해서는 일찍이 「독립완성의 시기」1919.11.1에서도 상세히 언급한 바 있고, 「미일전쟁」 바로 직전에 집필한 「일본의 현세」에서도 상당히 자세히 언급하고 있다. 세 글 모두 태평양문제, 중국문제, 이민문제, 시베리아문제, 한국문제 등 거론하고 있는 내용도 거의 유사하다.[31]

한편 문체 면에서는 사설란에서 대개 일반 대중을 향한 지도와 호소에 적합한 권위적인 '하노라'체를 사용한 것과 달리 객관적인 어말어미 '–다'에 기반한 평서체로 집필되어 있어 뚜렷한 차이가 보인다. 이러한 문체적 차이는 「미일전쟁」이 대중을 향한 지도나 호소라기보다 객관적인 분석에 목적을 둔 글에서 기인한 것으로 해석된다. 앞서도 언급했듯 이광수는 고문체에서 근대적인 평서체, 경어체에 이르기까지 구사할 수 있는 문체 스펙트럼의 반경이 넓었다. 『독립신문』의 사설란은 주로 권위적인 고어체로 집필했지만, 『신한청년』 창간호에 실린 「한족의 장래」1919.12나 역술 「아라사 혁명기」와 같은 글은 「미일전쟁」과 동일한 평서체로

31　「미일전쟁」에 "大戰 終結과 同時에 排日熱 이 前보다 더 猛烈하게 니러날 것은 吾人이 想像하던 바이다" "美日間의 感情上 衝突은 吾人이 너머 여러 번 說한 것"이라는 서술이 등장하는 것은 이러한 사정에서 연유한다. 주요한 또한 '俄日戰, 美日戰'이라는 제목의 「시사단평」(1920.3.16)을 집필한 바 있지만, 그가 거론한 직접적인 전쟁 조짐의 증거 예컨대 미국 정부의 각종 특파원 증가, 새로 임명된 주중 미국공사 크레인의 排日 성향 등은 「미일전쟁」에서 언급된 바 없고, 그밖에 "以上보다 一層 重要한, 確實한 證左"를 가졌음을 호언했으나 그에 관한 언급 또한 전혀 찾아볼 수 없다.

썼다. 김주현이 「미일전쟁」에서 주요한의 문체적 특징으로 간주한 '바이다' '되다' '되엿다' '잇겟다' 등의 평서체 종결어미[32]가 『독립신문』 소재 이광수의 사설에서 잘 발견되지 않는 이유 또한 여기에 있다. 그러나 논설의 마지막 문장은 독립전쟁의 기회 모색의 차원에서 세계정세의 연구 및 준비의 중요성을 강조해 온 이광수의 입장을 재확인케 할 뿐 아니라, 문체 면에서도 그의 만연체 문장에서 흔히 발견되는 '-하거니와' '-잇나니' 등 종속관계로 이어진 문장 구조와 더불어 『독립신문』 사설에서 즐겨 구사했던 어말어미 '-하리로다'가 동시에 확인된다.

現今의 形勢대로 進步한다 하면 美日의 開戰은 길어도 數年內에 짜르면 數朔內에 잇스리라 斷定할 수 잇나니, 此危急한 形勢에 대한 綿密한 硏究와 充分한 準備를 쉬지 안음이 이 時代에 處한 吾族의 任務라 하리로다 「미일전쟁」, 1920.3.20

基礎의 一線을 得한 後에는 다시 一點을 得하면 面을 作할 수 잇고 다시 一點을 得하면 體를 作할 수 잇나니, 無窮한 宇宙도 實로 四點으로 決定되는 것이외다. 「개조(一七)」, 1919.10.25

우리가 獨立戰爭을 起하매 世界에 對하야 援助를 請할 權利도 잇고 또 世界는 우리의 請求에 應하야 援助를 供할 義務도 잇나니, 美國과 中國과 俄國이 我에게 援助를 約함은 當然한 일이라 「세계적 사명을 쯧한 우리 민족의 전도는 광명이니라」, 1920.2.12

나는 前回에 民籍案에 關한 大綱을 述하엿거니와 此에 對하야 아직 贊否에 兩端間아모 意見의 表示가 업지마는 幾種의 非難과 밋 實施上의 困難을 想像할 수 잇나니, 이러한 豫想的 非難과 困難에 對하야 미리 一言의 辨明이 잇슴이 必要하리라 「간도사변과 장래 독립운동의 방침(五)」, 1921.1.27

32 김주현b, 앞의 논문, 600쪽. 각주 48.

다음으로 ②「공포시대현출호恐怖時代現出乎」1920.4.10는 3·1운동 이래의 평화적 수단에 의한 독립운동이 그 인내를 다하여 국내 각지에 적에 대한 참살이 횡행하는 현실을 환기하며 그 정당성을 호소하고 있는 사설이다. 이 무렵 영국 하원에서 아일랜드 자치법안이 통과3.31된 것을 계기로 점차 격화하고 있는 아일랜드의 독립운동에 자극을 받아 집필한 것으로 보이는데,[33] 일찍이 적과 매국노 이하 탐정, 친일 부호, 적의 관리, 불량배, 모반자 등 독립운동을 방해하는 일곱 부류의 인사에게는 단총과 비수와 폭탄이 있을 뿐임을 선언했던 「칠가살七可殺」1920.2.5의 연속선상에 놓인 글이기도 하다. 문체 면에서도 한문 문장을 그대로 내건 제목을 비롯하여 감격조의 의고투를 한껏 살려 독자에게 호소하고자 하는 바를 강조하는 논조 등은 그대로 「내창생하奈蒼生何」1919.10.16와 상통한다. 특히 이 사설에 반복적으로 보이는 "수愛하엿더니라" "넉엿더니라" "촉促하엿더니라" "아니엿더니라" 등 '-더니라'로 끝나는 종결어미는 '-니라' '-이니라' 등과 더불어 이광수가 중학시절부터 즐겨 썼던 의고투 문체의 하나이기도 하다.

나의 나아가난 데 그것들이 다 무엇이란 말이냐 ― 이러케 우리는 쌔다랏더니라, 그러고 確實히 밋엇더니라.「余의 자각한 인생」, 1910[34]

勇壯하던 祖先의 피와 事業을 바든 第三 朝鮮國의 朝鮮ㅅ 사람은 참 말씀이 아니엿더니라.「조선ㅅ사람인 청년들에게」, 1910[35]

사랑을 너머 밋다가 害됨이 잇나니 古來로 仁人 君子 中에 或 그러한 일이 잇더니

33   같은 호에 실린 기사 「애란(愛蘭) 독립운동 격렬의 도(度)를 가(加)함」에 "공포시대현출(恐怖時代現出) 경찰서 피훼(被燬) 백오십삼(百五十三)"과 같이 동일한 문구가 눈에 띈다.
34   고주, 「여(余)의 자각한 인생」(『소년』, 1910.8), 『이광수 초기 문장집』 I, 121쪽.
35   고주, 「조선ㅅ사람인 청년들에게」(『소년』, 1910.8), 위의 책, 129쪽.

라. 「군자와 소인」, 1919.11.27

　　오직 我族은 彼兇獰한 日本과 갓치 不義의 師와 侵略의 戰을 아니하엿을 뿐이오 國家와 自由를 爲하야는 國民이다 强兵勇卒이더니라.「國民皆兵」, 1920.2.14

　　③「아아 안태국 선생」은 병으로 타계한 전 임시정부 내무총장 비서관 안태국에 대한 짧은 추모의 글로서 내용면에서 「안태국 선생을 곡哭함」1920.4.15의 초벌 원고의 성격을 지닌다. 전자가 부고訃告를 접하고 업무로 바쁜 와중에 초草한 원고여서 떠오르는 대로 안태국의 이력을 요약적으로 제시한 것이라면, 얼마간 시간적 여유를 두고 집필한 후자는 상세한 이력의 제시와 더불어 충분한 기림과 애도를 표명하고 있다는 점 외에 두 사설이 내용상 거의 동일하다는 점에서 그러하다. 두 글에서 안태국의 이력은 동일하게 신민회, 청년학우회, 105인 사건의 중심인물로서, 그리고 주의主義와 맹약盟約을 변치 않는 신념, 중아령中俄領의 통일을 위해 임시정부의 특사로 파견될 예정이었을 정도로 중망衆望이 높았던 인격을 중심으로 서술되어 있다. 신민회와 청년학우회, 105인 사건은 중학시절 전후 청년 이광수의 피를 끓게 했던 사건들이어서 이광수에게는 쉽게 조망할 수 있는 경험의 영역이지만 1900년생인 주요한에게는 그렇지 않다. 특히 105인 사건과 관련하여 "명석한 두뇌와 흠연欽然한 의기意氣로 적의 법정에 입立하야 강경 예민한 답변으로 적의 심담心膽을 한寒케 하던 선생"과 같은 회고적 서술은 주요한이 다룰 수 있는 범위를 넘어선다. 요컨대 전자의 원고 끝에 굳이 "총망 중에 이 단편을 초草하야 선생의 영전靈前에 정呈함"이라는 설명을 붙여둔 것은 추후 좀더 충분한 애도의 글을 기약한 것으로 이해해도 무방하다. 문체적으로도 "뭇노니 천天아, 선생을 오인에게서 탈奪함이 뜻이 잇서 그러함이뇨 업서 그러함이뇨"와 같은 문장은 "오호 창천嗚呼 蒼天아, 네 한족韓族을 회禍하랴나뇨 또는 장차 대임大任을 강降하려 하시매 난감한 고난을 하下하심이뇨"「내창생하」와 같은 의고투의 문장 구조를

그대로 반복하고 있는 것이 확인된다.

④「해삼위사건」[1920.4.20]은 니콜라옙스크에서 러시아 적군의 공격으로 일본 군대가 전멸당하고 일본인 거류민까지 학살당한 이른바 니항泥港 사건[3.12]에 대한 보복으로 1920년 4월 5일 일본군이 한인의 거류지인 신한촌을 습격하여 마을을 파괴하고 민간인을 학살한 사건을 다룬 사설이다. "근지近者의 전보는" "또 다른 보도에 의하면"과 같이 객관적인 정보에 의지하여 시베리아 및 만주에서 충돌이 격화되고 있는 러시아와 일본의 형세를 예리하게 조망하는 한편 이로부터 독립전쟁의 기회를 예견하며 충분한 각오와 준비를 다지고 있는 글로서, 「독립전쟁의 시기」[1920.4.1]와 더불어 앞서 언급한 「미일전쟁」의 러일판 기사에 해당한다고 할 만하다.

객관적인 정보에 의지하여 기사의 신빙성을 확보하면서 해당 사건의 윤곽을 균형감 있게 조망하는 서술 방식은 다른 사설들에서도 자주 확인되는데, "시사신보時事新報를 거據하건대"「폭발탄 사건에 대하야」, 1919.9.16, "이 총리의 담화를 거據하건대"「국민개병」, 1920.2.14, "본월 24일 착着 화성돈華盛頓 전보는" "일본 신문지의 보도를 거據하건대"「미국 상원의 독립신문 승인안」, 1920.3.30, "근착近着의 본사本社 특별통신을 거據하건대"「공포시대현출호」, 1920.4.10, "풍설風說과 적지敵紙의 소보所報를 거據하건대"「간도사변과 독립운동 장래의 방침(二)」, 1920.12.25 등이 그러하다. 문체 면에서는 사태에 대한 객관적 분석이 주를 이루는 전반부의 평서체와 험악해지는 극동의 형세가 독립전쟁에 미칠 전망에 대한 예견과 그 준비를 촉구하는 후반부의 고어체가 나란히 쓰이고 있고, "동포의 고난 밧는 참상은 차마 생각만 하여도 니가 시리거니와"같은 개성적 표현이 "오족吾族의 밧은 곤욕과 통고만 하여도 니가 싀도다"「공포시대현출호」, 1920.4.10에서도 동일하게 발견되는 것도 두 사설이 같은 집필자에 의해 씌어졌음을 말해준다.

⑤「독립운동의 문화적 가치」[1920.4.22]는 독립운동과 문화운동의 긴밀한 관계를 강조하면서 문화운동을 통한 '민중생활의 향상'과 '민족의 실력의 충실'이야말로 독립운동의 근본책임을 주장하고 있는 글이다. 얼른 보기에도 임시정부가

1920년을 '전쟁의 해'로 선포 이래 전쟁 준비론을 역설해온 그간의 사설과는 다소 다른 입장을 피력하고 있는 것이 눈에 띈다. 이와 관련하여 문화운동의 성격을 "정치적 색채를 띄지 안는 사상운동 계몽운동"으로 규정하고 있는 대목은 각별히 주목되는데, 여기서 귀국 직후에 집필한 「민족개조론」[1921.11] 역시 민족개조를 목적으로 한 문화운동은 '정치적 색채'와 무관함을 거듭 강조하고 있는 사실을 떠올리지 않을 수 없기 때문이다.[36] 다만 후자가 문화운동과 정치적 운동을 별개의 것으로 간주하고 있는 데 비해 사설은 문화운동을 정치적 운동의 전제로 간주하고 있다는 점에서 논조에 차이가 있다. 그러나 사설이 한일병합 이전까지 각종 결사단체의 정치적 성격을 논하면서 굳이 "표면은 불연不然하다 칭하고 또는 그러케 의식도 하엿겟지마는"이라는 토를 달아둔 것을 고려하건대, 이러한 논조의 차이는 국내 검열의 조건과도 무관하지 않다고 생각된다.

한편 이러한 입장의 변모에 관해서는 당시 이광수가 신문 잡지를 중심으로 한 국내의 문화운동에 주목하고 있었던 사실에서 그 근거를 찾을 수 있다. 실제로 이광수가 동인지 『창조』에 관심을 가지고 꾸준히 원고를 보내기 시작한 것은 바로 이 무렵을 전후한 시기의 일이다. 우선 『창조』 7호에 발표된 「H군에게」[1920.7]는 『창조』 5호에 실린 「K선생을 생각하며」[1920.3]를 읽고 오산시절의 제자 이희경을 추억하며 쓴 글인데, "一九二O, 四月 十六日"이라는 집필 날짜가 확인된다.[37] 이 외에도 『창조』 6호에는 「밋븜」[1920.5]이, 『창조』 7호에는 『H군에게』와 함께 시 「강남의 봄」이 실렸다. 특히 『창조』 8호에 실린 「문사와 수양」[1921.1]은 국내의 청년 문사들에게 '민중의 인도자인 성도聖徒'라는 자각을 가지고 건전한 인격의 수

---

36 "진실로 민족개조를 목적으로 한다면 **정치적 색채**를 띠어서는 아니 됩니다. 왜 그런가 하면 정치적 권력이란 십년이 멀다 하고 추이(推移)하는 것이요, 민족개조의 사업은 적어도 오십 년이나 백 년을 소기(小期)하여야 할 사업인즉(하략)" "개조의 성질이 오직 민족성과 민족생활에만 한하였고, 또 목적하는 사업이 상술한 바와 같이 덕체지(德體知) 삼육(三育)의 교육적 사업의 범위에 한한 것인즉 아무 **정치적 색채**가 있을 리가 만무하고 또 있어서는 안 될 것이외다." 춘원, 「민족개조론」(『개벽』, 1922.5), 『이광수전집』 10, 우신사, 122 · 147쪽.

37 춘원, 「H군에게」, 『창조』 7, 1920.7, 57쪽.

양에 힘쓸 것을 당부하고 있는 논설로, "신문예운동에 참여하게 된 **나와 여러분**"[38]과 같은 표현에서는 이 무렵을 전후하여 국내에서의 본격적인 활동도 염두에 두고 있던 정황을 엿볼 수 있다.

이밖에 근대 한·중·일 삼국의 정치, 문화, 사상적 흐름을 압축적으로 조망하고 있는 시야라든가 신문 잡지의 족출簇出에 이은 기업 회사의 창립열을 1905년을 전후한 시기의 사립학교 설립열에 견주어 "마치 15, 16년 전에 사립학교 왕성하듯 하는 감이 잇다"고 회고조로 표현한 대목 등도 이 사설의 집필자를 1900년생인 주요한으로 특정할 수 없는 근거가 된다.

⑥「정치적 파공罷工」1920.4.24은 ②「공포시대현출호」와 마찬가지로 당시 자치법안 문제로 격화되고 있던 아일랜드 독립운동의 형세에 기대어 정치문제의 해결에 있어서 동맹파업이라는 평화적 수단에 의한 투쟁의 의의를 논하며 그 실행에 나설 것을 촉구한 논설이다. 사설이 평화적 투쟁의 주요 수단으로 제안한 것은 크게 3·1운동 이래 간헐적으로 실행되었던 '동맹철시同盟撤市'와 '관리퇴진官吏退職' 두 가지로, 비록 혈전血戰을 선포했다 해도 적의 세력이 절대적인 국내에서는 이 두 가지 수단이 여전히 유효한 투쟁임을 강조하고 있다. "오족吾族의 취할 바 최후수단은 임의 누술屢述한 바와 갓치 독립전쟁의 일도一途가 유有할 뿐"이라는 언급에서도 분명히 드러나듯 최후수단으로서의 독립전쟁을 "임의 누술한" 주체는 주필 이광수로 보는 것이 타당하다.[39] 실제로 최후수단으로서의 독립전쟁에 관한

---

38   춘원, 「문사와 수양」, 『창조』 8, 1921.1, 10쪽.

39   김주현은 주요한이 '송아지'라는 필명으로 집필한 「적수공권」의 도입부가 "오인은 먼저 「정치적 파공」이란 단편을 초하야"로 시작하고 있는 것에 주목하고 '오인'을 주요한 개인으로 간주하여 이 사설의 집필자를 주요한으로 특정했으나(김주현b, 앞의 논문, 597쪽), 주요한의 글에서 '오인'의 지칭 범위는 매우 모호한 까닭에 이 경우 '오인'이 주필을 포함한 신문사의 입장을 대변하는 일인칭 복수 대명사로 쓰였을 가능성도 배제할 수 없다. 예컨대 "여하히 하면 독립을 완성할가. 이것이 현재 오인의 머리를 썩이며 생명을 희생하는 최후의 목표니 (…중략…) 금일 오인의 형세로는 오인의 시간과 오인의 금력과 오인의 인재로는 실로 망양(望洋)의 탄(嘆)을 금치 못하겠다" "오인 일반이 금일에 잇셔셔 대책전적(大策戰的) 독립전쟁을 몽상함도 이것을 관찰한 결과가 아닌가" 등의 언급에서 '오인'은 명백히 주요한 개인이 아니다. 더욱이 「적수공권」이 「정치적 파공」의 후속글

언급은 임시정부가 「전쟁의 년年」[1.17], 「독립전쟁과 재정」[2.7], 「국민개병」[2.14], 「독립전쟁의 시기」[4.1] 등 '전쟁의 해'가 선포된 1920년 1월 이래의 숱한 사설에서 찾아볼 수 있다. 한편 문체 면에서도 "수순간數旬間의 동맹철시同盟撤市를 단행하야 적의 심담心膽을 한寒케 하엿스며"와 같은 구절은 "명석한 두뇌와 흠연歉然한 의기意氣로 적의 법정에 입立하야 강경 예민한 답변으로 적의 심담을 한寒케 하던 선생"아아, 안태국 선생""에서도 그대로 발견되며, 반복 구문과 더불어 의미 강조의 차원에서 즐겨 썼던 전형적인 도치법 구문의 사례도 확인된다.

生각하라, 半島內의 一個의 韓人警官, 偵探通譯이 업고 一個의 郡守書記가 업스면 敵의 行政과 警察은 엇더케 되겟느뇨.「정치적 파공」, 1920.4.24

生각하라, 世界의 大戰이 目睫에 迫하지 아니하엿나뇨.「세계대전이 오리라」, 1920.3.23

記憶하라, 血戰이 우리의 유일한 진로임을.「다시 國民皆兵」에 대하야」, 1920.3.23

回想하라, 白耳義가 强德의 占領下에 入하고 白耳義의 君主와 그 政府가 法國으로 避難하엿슬 때에 그 記事를 讀하던 同胞諸位는 白耳義의 今日이 잇스리라고 생각하엿나뇨.「임시정부와 국민」, 1919.10.25

마지막으로 ⑦「안동현사건」[1920.5.29]은 일본군이 안동현 일대의 독립군을 습격

이라면 군이 "이를 '독립운동 진행방침 사견(私見)'이라 명제(命題)한 까닭은 오인의 의견이 반드시 임시정부의 의견을 대표한 것이 못 된다는 뜻이다. 그러나 그 대부분은 정부의 소견(所見)과 그리 틀림이 업스리라는 자신이 업는 바는 안이다"와 같은 해명성 발언을 덧붙일 이유가 없다. 「적수공권」이 '송아지'라는 필명과 더불어 사적인 견해임을 밝혀두었다는 사실 자체가 역으로 「정치적 파공」은 주필의 공적인 견해라는 사실을 말해준다. 게다가 평화적 투쟁의 주요 수단으로 제시한 방법과 관련하여 「정치적 파공」은 '동맹철시'와 '관리퇴직'의 문제를, 「적수공권」은 '납세거절'과 '관리퇴직'의 문제를 거론하고 있어 논점에 차이가 있다.

한 사건을 배경으로 압록강 주변의 경계를 강화하고 있는 일본군의 형세와 더불어 국경 방면에서 분투하고 있는 독립군의 정황을 전하고 있는 사설이다.[40] 그런데 사건 전달의 요령이라든가 서술 역량의 미숙함으로 보아 이광수가 집필한 글은 아니라고 판단된다. 객관적 정보와 더불어 주요 논점의 배경이 되는 사건의 윤곽을 일목요연하게 제시하여 글의 완결성을 담보하고 있는 이전의 사설들과 달리, 이 글은 사건의 윤곽을 제대로 포착해내지 못하고 있을 뿐만 아니라 사건의 의미를 조망하는 데 있어서도 다소 지리멸렬한 점이 보인다. 특히 "이 사건에 관하야는 별항別項 기사란記事欄에 상세히 기재되엿슴으로 다시 첩첩喋喋하지 아니하거니와, 기자는 여기 대강, 금회 사건이 여하한 의미를 가진 것과 얼마나 중대한 것인가를 고찰코져 한다"와 같은 언급은 집필자가 사설 집필 요령에 서투른 사실을 드러내준다. 이 사설이 실린 제80호의 1면은 안동현 사건에 관한 기사로 채워져 있는데, 사설은 이 기사를 담당한 기자가 집필했을 가능성이 크다.

5. 사설란 외의 기명·무기명 논설

사설란 외의 논설로는 「개조」1919.8.21~10.28, 「왜노倭奴와 우리」1919.10.28, 「일본의 현세現勢」1920.3.11~4.1 세 편이 발견된다. 사설란에 발표되었지만 '기고寄稿'의 형식을 빌린 「우리 청년의 갈어둔 이利한 칼을 어대서부터 시험하여 볼가」1921.3.19 역시 이광수의 글이다.

우선 「개조」는 '선전란'에 '장백산인長白山人'이라는 필명으로 연재되어 있어서 집필자가 이광수인 것이 쉽게 확인된다. 이광수의 회고에 의하면, '장백長白'은 도

---

40 안동현사건의 전말에 대해서는 두 편의 기사 「함은식(咸錫殷) 씨 적화(敵火)에 사(死)하고 안(安) 청년단 총재 이하 5명이 피포(被捕)」(1920.5.27) 및 「적군함 사척(四隻)이 압록강을 직히고 전장과 합사한 적경(敵警) 내습(來襲)의 광경」(5.29) 참조.

산 안창호가 지어준 것으로 상하이시절부터 사용하기 시작했다.[41] 1919년 12월에 창간된 『신한청년』 창간호에 실린 논설 「한족의 장래」와 시 「경성 급及 의주 공동묘지에서 밤에 원혼怨魂 만세와 곡소리가 들리다」에도 각각 '춘공春公 이장백李長白', '장백長白'이라는 필명이 보인다. 「개조」는 일찍이 2차 유학시절 「신생활론」1918의 유교 비판을 앞세운 민족성 비판의 연장선상에서 무실역행 및 인재의 양성과 금전의 집적, 단합된 조직으로서 독립의 실력을 갖출 것을 강조한 도산의 흥사단 이념을 수용하고 있는 논설이자 귀국 직후의 「민족개조론」1921 집필을 예비하고 있는 논설이라는 점에서,[42] 상하이시절을 전후한 무렵 이광수의 사상적 연속과 단절을 살피는 데 빠뜨릴 수 없는 중요한 자료의 하나이다.

다음으로 '춘공春公'이라는 필명으로 발표된 「왜노倭奴와 우리」 역시 이광수의 논설로 특정 가능하다. 앞서 언급한 『신한청년』 창간호의 「한족의 장래」에 '춘공'과 나란히 병기되어 있는 '이장백李長白'이라는 이름이 그 증거가 된다. 삼국시대 이래 왜노에게 유린되어 온 역사를 환기하며 동포를 향해서는 혈전의 기백을 촉구하고 일본을 향해서는 폭발탄의 화승火繩을 경고하고 있는 이 글은, '고高대한국민來稿—목하目下의 의무와 결심'이라는 표제하에 실린 것으로 보아 기고를 독촉하기 위해 마련한 지면에 모범 삼아 집필한 것으로 보인다.

한편 무기명으로 발표된 논설 「일본의 현세現勢」는 1920년 7월 간행 예정이었던 『독립신문 논설집』에도 포함되어 있는 또 하나의 중요한 자료이다. 독립신문 총서 2권으로 기획된 논설집은 『독립신문』이 6월 24일 제86호를 마지막으로

---

41 "장백산인(長白山人)이라 하는 뜻은 내가 상하이에 있을 때 도산 안창호씨가 날더러 '장백(長白)' 이라 하였다. 그 이유는 그때 그분이 세 가지 조목을 들어주셨는데, 첫째 장백이라 함은 장백산 아래에 났으니 즉 조선에 났으니 장백이 가(可)하고, 둘째 장백은 결백을 표함이니 가(可)하고, 셋째 돈이 없으니 건달이란 뜻으로 가(可)하다 함이었다. 이광수, 「아호(雅號)의 유래—'춘원(春園)'과 '장백산인(長白山人)'」, 『삼천리』, 1930.5, 76쪽.

42 2차 유학시절 이광수의 민족성 연구에 대한 관심 및 「신생활론」(1918)에서 「개조」(1919), 「민족개조론」(1921)에 이르는 사상적 연속성에 관해서는 최주한, 「이광수의 민족개조론 재고」, 『이광수와 식민지 문학의 윤리』, 2014, 322~341쪽 참조.

정간停刊되어 동년 12월 18일 속간續刊되기까지 신문사가 폐쇄되면서 결국 간행되지 못했지만, 논설집과 관련하여 자세한 광고가 남아 있어서 구체적인 내용을 가늠할 수 있다. 논설집은 제1편 '건국의 심성', 제2편 '독립완성의 시기', 제3편 '한국과 일본', 제4편 '잡찬雜纂'으로 구성되어 있는데, 「일본의 현세」는 「한일 양족의 합하지 못할 이유」1919.9.4~6, 「일본 국민에게 고하노라」9.18~20, 「일본인에게」11.15~20, 「일본의 5우상五偶像」11.11, 「동포여 적의 허언虛言에 속지 말라」1920.2.3와 더불어 제3편 '한국과 일본'에 포함되어 있다.[43] 제3편에 포함된 논설들이 주로 한일관계에 주목한 것이라면, 「일본의 현세」는 보다 거시적인 시각에서 조선과 중국의 저항 및 러시아 및 미국과의 이해관계의 충돌로 인한 일본의 국제적 고립, 그리고 민주주의와 사회주의 양대 사상의 침투로 인한 내부적인 민심의 이반 등을 자세히 논하고 있다. 내용상으로 역술 「러시아 혁명기」 이하 「미일전쟁」, 「세계대전이 오리라」, 「독립전쟁의 시기」, 「한중제휴의 요要」, 「해삼위사건」 등 세계의 형세에 주목하여 독립전쟁에 유리한 시기와 기회를 모색하고 있는 일련의 논설과 연속선상에 놓인 글이자, 문체상으로도 "패연沛然을 숙능어지孰能禦之리요"와 같은 한문 구문 및 "알괴라, 사면초가四面楚歌 중의 일본의 운명이 풍전風前의 등燈과 갓흠을", "보라, 헌법은 이토 히로부미伊藤博文가 제정하고 귀족배貴族輩가 찬성贊成한 것이며 자래自來의 모든 내각內閣은 야마가타山縣 부황副皇의 의사意思로 파괴되고 조직되지 아니하엿나뇨"와 같은 전형적인 도치 구문이 발견된다.

마지막으로 「우리 청년의 갈어둔 이利한 칼을 어대서부터 시험하여 볼가」는 기고 형식을 빌려 '호상일인滬上一人'이라는 필명으로 발표된 글이다. 주필을 그만둔 시점이었으니 불가피했을 것이다. 이광수는 대륙방랑시절 잠시 상하이에서 머물 때도 '호상몽인滬上夢人'이라는 유사한 필명을 사용한 적이 있다. 1914년 12월 『청춘』 3호에 「상해上海서」를 발표하면서였다. 이 논설은 내용상으로 일찍이

---

43   「廣告 獨立新聞 論說集(獨立新聞 叢書 第二)」, 『독립신문』, 1920.6.10.

적들을 향해 칼을 빼들었던 청년의 의기를 상찬하면서도 조선을 망하게 한 것은 우리 자신이며 조선을 망하게 한 온갖 악습을 단칼에 소멸하는 것이야말로 새 사업의 기초가 됨을 주장하고 있다는 점에서 논설 「개조」 및 「민족개조론」의 논조와 상통한다. 뿐만 아니라 문체상으로도 "대업大業을 불고不顧하는 자에게" "애족심愛族心이 무無한 자에게" "우리 전도前道에 해물害物되는 자"에게 등의 반복 구문, "회상하라" "그러므로 생각하라" 등의 도치 구문, "삷혀보자. 네 손의 칼을 힘 잇게 빼여 쥐고서" 등의 미완결 문장, "그날을 잇게 한 자는 우리니라", "이러하던 우리로서 우리는 임의 망하엿더니라" 등 어말어미 '-나니라' '-더니라'의 구사 등 논설 전체에 걸쳐 이광수의 전형적인 문체적 특징이 확인된다.

6. 『독립신문』 소재 이광수 논설 자료의 의의

이상 이광수가 집필한 것으로 특정된 논설은 다음과 같다. 「아라사 혁명기」의 경우 논설은 아니지만 세계대전의 전망과 더불어 독립전쟁 기회론을 논한 일련의 논설을 이해하는 데 주요한 단서가 되는 글이므로 함께 언급해 둔다.

사설란의 사설 : 「창간사」[1호], 「소위 조선총독의 임명」[2호], 「國恥 제9회를 哭함」[3회], 「정부 개조안에 대하야」[4호], 「한일 兩族의 합하지 못할 이유」[5~8호], 「安總長의 대리 대통령 사퇴」[7호], 「폭발탄 사건에 대하야」[9호], 「일본국민에게 고하노라」[10~11호], 「李國務總理를 환영함」[12호], 「승인·개조辨」[13호], 「애국자여」[14호], 「전쟁의 시기」[15호], 「중추원의 각성」[16호], 「건국의 심성」[17호], 「외교와 군사」[19호], 「쌍십절 소감」[20호], 「奈蒼生何」[21호], 「임시정부와 국민」[22호], 「六頭領의 聚合」[23호], 「독립완성 시기」[24호], 「적의 허위」[25호], 「재산가에게」[26호], 「일본의 五偶像」[27호], 「일본인에게」[28~29호], 「군자와 소인」[30호], 「절대독립」[31호], 「신뢰하라 용서하라」[32호], 「전쟁의 年」[38호], 「六大事」[39호], 「본국 동포여」[41호], 「동포여 적의 虛

言에 속지 말라」42호, 「七可殺」43호, 「독립전쟁과 財政」44호, 「세계적 사명을 受한 我族의 前途는 광명이니라」45호, 「국민개병」46호, 「독립군 승첩」47호, 「신생」48호, 「삼일절」49호, 「李總理의 시정방침 연설」51호, 「此際를 당하여 在外 동포에게 고하노라」52호, 「三氣論」53호, 「議政院 議員에게」55호, 「미일전쟁」56호, 「다시 國民皆兵에 대하야」57호, 「세계대전이 오리라」57호, 「대한인아 대한의 독립은 전민족의 일심단결과 필사적 노력을 요구한다」58호, 「미국 상원의 한국독립 승인안」59호, 「독립전쟁의 시기」60호, 「俄領 동포에게」61호, 「恐怖時代現出乎」62호, 「아아 안태국 선생」64호, 「안태국 선생을 哭함」65호, 「한중 제휴의 要」66호, 「해삼위사건」67호, 「독립운동의 문화적 가치」68호, 「정치적 罷工」69호, 「최후의 定罪」74호, 「최재형 선생 이하 四義士를 哭함」76호, 「간도사변과 독립운동 장래의 방침」87호~93호, 「우리 청년의 갈어둔 利한 칼을 어대서부터 試驗하여 볼가」99호, 「國民皆業」101호 이상 61편.

제2사설 : 「부인과 독립운동」47호 이상 1편.

사설란 외 논설 : 「改造」1~23호, 「倭奴와 우리」23호, 「일본의 現勢」52~60호 이상 3편.

역술 : 「아라사 혁명기」36~48호 이상 1편

상하이시절 이광수의 사상은 흔히 도산 안창호 및 흥사단과의 관계 속에서 주전론에 대비되는 외교론 혹은 준비론을 대변하는 것으로 간주되는 경향이 있다. 일찍이 이광수 자신이 준비론자였고, 상하이에 망명한 후에도 변함없이 도산의 영향하에 준비론의 신봉자였으며, 귀국 후 동우회를 조직 지도한 사실 등이 그 주요 근거들이다.[44] 그러나 이 시기 이광수의 사상을 일방적인 도산의 영향하에

---

44 김윤식, 『이광수와 그의 시대』 1, 솔, 1999, 682쪽. 이러한 이분법적인 시각은 『독립신문』을 중심으로 하는 이광수의 독립운동론을 "실력양성을 통한 독립운동론"으로 규정하고 이를 외교를 통

종속시키는 것은 '2·8독립선언서'를 집필하고 상하이에 망명하여 임시정부의 활동에 뛰어든 이래 도산의 만류에도 불구하고 결국 귀국을 결단하기에 이르기까지 이광수의 독자적인 면모를 전체적으로 조명하는 데 한계가 있으며, 나아가 이 무렵 이광수의 문필활동 및 사상이 지닌 역동성을 도외시하기 쉽다는 점에서도 재고의 여지가 있다.

실제로『독립신문』소재 이광수의 논설과 관련해서는 이미 혈전론 지지 및 전쟁 준비론의 입장이 확인된 바 있거니와,[45] 앞서 검토한 열두 편 남짓의 논설 역시 이 시기 이광수의 사유가 외교론과 준비론을 넘어서 러시아 혁명의 여파, 중국 민중의 저항, 일본의 국제적 고립 및 내부적 위기 등 급변하는 동아시아의 형세에 주목하여 독립전쟁에 유리한 시기와 기회를 엿본 기회론, 적에 대한 암살과 혈전을 지지하는 투쟁론, 동아시아 혁명 및 독립전쟁에의 연대를 호소하는 연대론, 그리고 독립운동의 전제로서의 문화운동론에 이르기까지 광범위한 영역에 걸쳐 있으며, 세계정세 및 주어진 여건의 변화에 적극 대응한 다각도의 치열한 모색의 연속이었음을 보여준다. 뿐만 아니라 대외적으로는 독립의 자격을 갖춘 민족으로서의 자질을 국제 사회에 호소하기 위해, 또 대내적으로는 독립의 자격을 갖춘 새로운 국민으로서 거듭나기 위해 갖추어야 할 덕목들을 계몽하기 위해 민족성 탐구에 매달렸던 사실도 엿볼 수 있다.

외교론과 준비론, 기회론, 투쟁론, 연대론, 문화운동론에 이르는 일련의 독립운동론이 당면 과제로서의 독립의 달성을 위한 방략과 연계된 전술적인 성격의 것이라면, 논설「개조」로 대변되는 민족 개조의 기획은 한 나라를 유지·경영해갈 만한 실력과 자격을 갖춘 민족의 형성이라는 보다 근본적이고 장기적인 운동

한 즉각적인 독립운동론 및 급진적인 독립전쟁론과 대비시켜 논하고 있는 김재용의 논의에서도 그대로 발견된다(김재용,「국민주의자로서의 이광수」,『이광수 문학의 재인식』, 소명출판, 2009, 203~207쪽).

45   김주현, 앞의 논문, 611~614쪽.

의 일환으로서 이 시기 이광수 사유의 또 다른 한 축을 이룬다. 더욱이 그것은 한 편으로 대륙방랑시절의 독립 준비론과 더불어 2차 유학시절 「신생활론」1918으로 대변되는 민족성 비판의 연장선상에 놓인 것이자 귀국 후 「민족개조론」1921의 이 념에 기반한 동우회 활동을 예비하고 있다는 점에서 이광수 사상의 보다 근본적 인 기층에 속한다고 할 수 있다. 요컨대 『독립신문』 소재 이광수의 논설은 상하 이시절의 이광수, 나아가 이광수 연구 전반의 토대가 되는 기반이자 보고인 셈 이다. 이하 상하이시절 이광수의 문필활동 및 사상에 대한 온전한 규명 및 대륙 방랑시절의 독립준비론 이래 2차 유학시절과 귀국 후의 활동을 잇는 사상적 연 속과 단절에 관해서는 후속 연구를 기약하기로 한다.

제3장

『독립신문』 소재 단편 「피눈물」에 대하여

1. 집요한 자료

4월 중순 항저우杭州에서 독립운동 100주년 기념 춘원연구학회 학술대회가 열렸다. 오전 주제발표 섹션에서 사회를 맡은 필자는 내심 긴장하고 있었다. 마지막 발표가 『독립신문』 소재 단편 「피눈물」의 저자가 이광수일 가능성을 제기한 것이었기 때문이다. 바로 얼마 전까지 『독립신문』 소재 논설을 검토하느라 영인본을 뒤적이면서 여러 번 마주쳤던 작품이지만, 이광수가 썼을 가능성에 대해서는 한 번도 생각해 본 일이 없었다. 무엇보다 '기월其月'이라는 필명이 낯설었고, '피눈물'이라는 제목에서도 이광수다운 어떤 것을 떠올리기란 불가능했다. 더욱이 단편 「피눈물」은 창간호1919.8.21부터 제14호1919.9.27까지 11회에 걸쳐 연재되었는데, 바로 직전까지 『한일관계사료집』의 편찬 작업과 『독립신문』 창간 준비로 분주했을 이광수가 어느 겨를에 소설까지 썼을까 싶어서 아예 눈 돌릴 생각조차 하지 않았던 것이다.

단편 「피눈물」의 저자 쪽으로 생각이 기울기 시작한 것은 발표자가 이 무렵을 전후하여 이광수가 쓴 두 편의 시 「팔 찍힌 소녀」와 「경성 급及 의주 공동묘지에서 밤에 원혼 만세와 곡소리가 들니다」와의 관련성을 언급하는 대목에서였다. 둘 다 『신한청년』 창간호[1919.12]에 실린 작품으로, 내용상 단편 「피눈물」과의 연관성이 분명했다. 특히 후자는 일찍이 필자가 발표자에게 『신한청년』에 이런 작품도 실렸는데 놓친 모양이라고 일러준 작품이었던 터라 더더욱 눈이 동그래지지 않을 수 없었다. 단편 「피눈물」의 마지막 문장은 이렇게 끝나고 있었던 것이다. "이날 밤에 공동묘지에서 만세 소리가 나다." 귀신에게라도 홀린 기분이었다고 할까.

토론 시간에는 단편 「피눈물」의 저자가 주요한일 가능성에 대한 반론도 팽팽했던 터라 저자 규명의 문제가 간단치 않은 작업이겠구나 싶어 잠시 마음이 동요했다. 그런 필자에게 자료는 다시 한 번 말을 걸어왔다. 발표자가 이광수 연구자의 의견을 듣고 싶다면서 「피눈물」의 원고를 손수 입력한 자료를 보내주었던 것이다. 「피눈물」의 첫 문장을 읽는 순간 『무정』의 첫 문장이 그대로 떠올랐다. 그리고 몇 줄 아래 만세시위 통에 보성학교의 대문 양쪽에 달린 구등이 꺼진 것을 묘사한 대목에 이르러서는 재차 눈이 동그래지지 않을 수 없었는데, 그 구등에 관해서라면 이광수가 일찍이 보성중학을 방문하고 남긴 「중학방문기」[1914.12]에서 인상적인 감상을 남긴 바 있었던 까닭이다. 작품을 다 읽고 나서는 이광수가 쓴 작품이라는 근거가 될 만한 대목을 몇 군데 메모해서 답신을 보냈다. 메모 가운데 쓸 만한 곳이 있다면 논문의 각주에 필자의 견해를 소개해 주십사는 부탁 말씀과 함께. 대강 훑어본 것만으로도 이광수가 쓴 작품이 분명하니, 단편 「피눈물」에 대해서는 일찍감치 손을 뗄 심산이었던 것이다.[1]

그런데 피할 수 없는 또 하나의 복병이 기다리고 있었다. 일전에 『근대서지』 상반기의 원고를 부탁해 오신 오영식 선생님께 노력해 보겠다고 약속드린 일이

---

1   단편 「피눈물」의 작가가 이광수라는 사실과 관련해서는 주요한의 다음과 같은 회고 역시 유력한 단서가 되어준다. "춘원은 주로 논설과 문예작품들을 쓰고 나는 잡보란과 편집을 맡았다. 한동안 단 둘이서 소형 4의 신문을 발행하였다."(주요한, 「새해에 생각나는 사람-춘원 이광수 선생」, 『신천지』, 1954.1, 198쪽). 「피눈물」은 『독립신문』의 창간호부터 '문예란'에 연재되었는데, 「피눈물」 이후 '문예란'은 지면에서 사라진다.

있는데, 마감일이 코앞으로 다가오고 있었던 것이다. 한 번도 제대로 주시하고 자 하지 않았건만 결국 단편 「피눈물」에 관한 글을 써야 하는 처지가 되고 보니, 자료가 집요하게 말을 걸어오는구나 싶은 생각이 들어 왠지 가슴이 먹먹해진다. 단편 「피눈물」의 저자가 이광수일 가능성을 제기한 발표자는 경북대학교의 김 주현 선생이다.[2] 김주현 선생이 주로 문체의 문제에 주목하여 그 가능성을 살폈 다면, 필자는 내용의 문제를 중심으로 선행 논자의 견해를 뒷받침해 볼까 한다.

2. '기월其月'이라는 필명의 상징성

본격적인 분석에 앞서 우선 필명 '기월其月'에 관한 견해를 간략히 밝혀두고 싶 다. 이광수의 필명으로 간주할 수 있는 결정적인 단서는 발견하지 못했지만, 이 광수가 이 필명을 사용한 이유를 추론할 수 있는 단서가 전혀 없는 것은 아니다.

중학시절 이래 2차 유학시절에 이르기까지 보경寶鏡이라는 아명 외에도 외배, 고주孤舟, 올보리, 호상몽인滬上夢人, 춘원春園 등의 필명을 써왔던 이광수는 상하이 망명시절 장백長白, 춘공春公, 천재天才, 호상일인滬上一人 등의 새로운 필명으로 시에 서 논설, 역술에 이르기까지 왕성한 집필활동을 이어갔다.[3] 대개 자신의 처지나 신념이 반영된 필명들이지만, 호상몽인, 호상일인과 같이 한시적이나마 자신이 몸담고 있던 공간의 특성이 반영된 필명들도 눈에 띈다. '호상몽인'이라는 필명 은 대륙방랑 시절 한 달여간 상하이에 머물렀을 때의 경험을 기록한 기행문 「상 해上海서」『청춘』, 1914.12를 발표하면서, 그리고 '호상일인'이라는 필명 또한 『독립신

2   김주현, 「상해 독립신문 소재 「피눈물」의 저자 규명」, 춘원연구학회·저장浙江대학 한국연구 소 주최, 기미년 독립운동 100주년 기념 국제학술대회 자료집 『기미년 독립운동과 민족운동』, 2019.4.

3   이들 새로운 필명으로 집필한 글에 관해서는 최주한, 「『독립신문』 소재 이광수 논설의 재검토」, 『민족문학사연구』 69, 2019, 234~240·254~256쪽 참조.

문』주필을 그만 둔 이후에 기고 형식을 빌려 쓴 논설「우리 청년의 갈어둔 이利한 칼을 어대서부터 시험하여 볼가」『독립신문』, 1921.3.19을 발표하면서 꼭 한 번씩 사용했다.[4] 상하이에서 귀국한 이후 한동안 장백산인長白山人, 노아魯啞와 더불어 사용했던 경서학인京西學人이라는 필명 또한 그런 사례에 속한다고 할 것이다.

그런데 '기월其月'이라는 필명은 특정한 공간은 아니지만 특정한 시간을 한시적으로 지칭하고 있는 필명이라는 점에서 호상몽인, 호상일인 등과 유사한 특성을 갖는다. 단편「피눈물」이 1919년 3월의 만세운동을 배경으로 하고 있는 데서도 짐작할 수 있듯이, '기월其月'이 3·1운동이라는 역사적 사건을 지칭하는 상징적 필명이라는 것은 말할 것도 없다. 더욱이 단편「피눈물」의 주요 모티프가 되어 있는 3월의 만세운동 당시 일병에게 '팔 찍힌 소녀'의 형상은 시「팔 찍힌 소녀」 외에도『독립신문』소재 이광수의 논설「왜노倭奴와 우리」1919.10.28,「국민개병國民皆兵」1920.2.14,「삼일절」1920.3.1 등에서도 무고하고 연약한 민족을 짓밟은 제국의 만행에 대한 고발이자 민족적 각성과 정화의 상징으로써 반복적으로 등장하고 있기도 하다.

「萬歲! 萬歲!」
어엿븐 韓山의 少女가 웨칠 째
日兵의 칼이 하얀 그의 두 팔을 찍엇다
「萬歲! 萬歲!」
어엿븐 韓山의 少女가 웨칠 째
슬난 피줄기가 山과 들을 向하야 벗엇다
「萬歲! 萬歲!」
日兵의 槍에 찔닌 蓮꼿 갓흔 少女의 입셜은

---

4 최주한, 위의 논문, 255~256쪽.

永遠히 슨치지 안난「萬歲」로 써럿다「팔 찍힌 소녀」, 『신한청년』, 1919.12

同胞여, 三月一日 以來의 倭奴의 蠻行을 記憶하나뇨? 팔 끈힌 少女를 記憶하며 强姦과 羞辱을 當한 妻女를 記憶하며 孟山 龜城 水原 等地의 虐殺을 記憶하며 消防隊의 鐵鉤와 警察署의 刑具에 鮮血을 流하고 痛哭하는 兄弟와 姊妹를 記憶하나뇨?「倭奴와 우리」, 1919.10.28

너는 맛당히 죽어야 할 때에 죽지 못한 者들이 아니냐. 乙巳條約 때에 閔忠正으로 더불어 죽엇서야 올핫고 庚戌國恥 때에 여러 殉國志士로 더불어 죽엇서야 올핫고, 三月一日에 可憐한 너의 누이가 敵에게 두 팔을 찍힐 때에, 너의 先導者요 統率者인 首領과 愛國志士가 敵에게 侮辱을 當할 때에 죽엇서야 올핫고, 너의 可憐한 어린 弟妹가 惡魔 갓흔 敵曹에게 怨入骨髓하는 惡刑과 羞辱을 當하고 切齒痛哭할 때에 죽엇서야 올핫나니, 大韓人아 죽을 데 죽지 못한 그 목숨을 爲하야 父老와 兄弟와 妹姊의 저 慘狀을 보면서, 밥이 너머가나뇨, 물이 넘어가나뇨.「國民皆兵」, 1920.2.14

三月一日에 左手에 太極旗, 右手에 獨立宣言書로 示威行列의 前頭에 셔서 突進하던 一處女는 敵의 칼에 兩手를 끈키엿다. 이것이 이번 獨立運動의 첫 피다. 大韓獨立을 爲한 첫 피는 大韓女子에게서 흘럿다.「婦人과 獨立運動」, 1920.2.17

虛僞, 空論, 巧詐, 反覆, 㤼懦, 猜忌, 利己, 紛爭, 懶惰 等 大韓人의 個人的, 種族的 모든 罪惡을 이날에 흘린 팔 찍힌 處女의 淨潔한 熱血로 씨서바리고 태여바리고, 實과 行과 忠과 義와 信과 勇과 愛와 相助相勸하며 相和相合함으로, 新國民, 新自由民 되기에 合當한 重生한 國民이 될지어다! (…중략…) 그리하고 昨年에 아니 죽은 生命은 今年에 犧牲하기 爲함인 줄을 自覺하야 家財를 傾하야 獨立軍備를 장만하며 一身을 獻하야 獨立軍人이 되여써 明年 今日에는 新生한 大韓江山 三千里 坊坊曲曲에 凱旋과 獨立을 祝하는 萬歲聲이 天地를 震動케 할지어다!「三一節」, 『독립신문』, 1920.3.1

몇몇 논자들이 지적했듯, '팔 찍힌 소녀'로 대변되는 순결한 소녀의 희생이 당대 민족주의적 서사를 추동하는 선동적인 기제가 되었던 것은 부인할 수 없는 사실이다.[5] 1919년 9월 23일 자『독립신문』12호에는 1면의 중앙에 "동포여 닛지 맙시다"라는 커다란 표제어 아래 "원수의 칼에 마자 비장悲壯히 순사殉死한 우리 여학생'이라는 설명을 붙인 관련 사진이 아무런 맥락 없이 덩그러니 실려 있을 정도이다. 그러나 단편「피눈물」에 그려진 '팔 찍힌 소녀'의 형상은 다만 무고하고 연약한 민족을 짓밟은 제국의 만행에 대한 고발이자 민족적 각성과 정화의 상징에 머무르지 않고, 정의와 인도의 이름으로 제국의 폭력에 대항하는 평화적 저항으로서의 의미를 동시에 각인하고 있다는 점 또한 간과되어서는 안 된다. 단편「피눈물」에는 주인공 청년남녀가 당일의 시위를 조직하는 과정에서 "마즐지언뎡 따리지 말고 죽을지언뎡 죽이지 말나 하는 쯧"[6]을 담은 경고문을 인쇄하여 준비하는 모습이라든가, 시위 도중 일본 헌병에게 두 팔을 잘린 채 만세를 외치다 거꾸러지는 소녀의 모습에 분개하면서도 '공약삼장公約三章의 정신'을 내걸고 폭력으로 맞서기를 거부한 끝에 결국 일본 순사의 칼에 난자당하여 목숨을 잃는 청년의 모습이 각별히 부각되어 있다.[7] 또한 제중원으로 옮겨진 시위 부상자들 사이를 부지런히 돌아다니며 사진과 기사로 참상을 기록하는 서양인 기자들의 모습은 "평화를 즐기는 세계사람들에게 한토韓土의 여자의 슬픔을 전하기 위"[8]한 것이라는 서술자의 논평과 함께 제시된다.

---

5   이상경, 위의 글, 95쪽; 권보드래,『3월 1일의 밤—폭력의 세기에 꾸는 평화의 꿈』, 돌베개, 2019, 416~418쪽.
6   기월(其月),「피눈물」(五),『독립신문』, 1919.9.4.
7   기월(其月),「피눈물」(六),『독립신문』, 1919.9.18. 참고로 독립선언서 공약 3장의 내용은 다음과 같다. 一, 今日 吾人의 此擧는 正義人道 生存尊榮을 爲하는 民族의 要求 ㅣ니 오즉 自由의 精神을 發揮할 것이오 決코 排他的 感情으로 逸走하지 말라. 一, 最後의 一人까지 最後의 一刻까지 民族의 正當한 意思를 快히 發表하라. 一, 一切의 行動은 가장 秩序를 尊重하야 吾人의 主張과 態度로 하야금 어대까지던지 光明正大하게 하라.
8   기월(其月),「피눈물」(一〇),『독립신문』, 1919.9.23.

주목할 만하게도 이는 이광수가 『신한청년』 창간호에 발표한 「한족의 장래」 1919.12에서 3·1운동을 폭력이 아닌 '규호叫號와 세계의 양심'에 호소하는 '인류의 인도문화人道文化의 신기원'을 그은 운동으로 자리매김하고 있는 입장과도 그대로 상통한다.

우리 獨立運動은 그 精神으로 보든지 方法으로 보던지 世界史上에 일즉 類例를 보지 못한 獨創的 運動이다. 이는 實로 世界에 가장 進步된 思想과 方法을 體現한 運動이니 正義와 人道가 우리의 標語요 徒手로 오직 우리의 意思를 發表함이 그 手段이다. 武力, 暗殺, 放火, 虐殺, 敵愾心 等 過去의 革命이나 獨立運動에 반다시 附隨하야 此以外에 方法이 업는 줄로 알던 모든 非人道的 方法을 全혀 바리고 「萬歲」의 叫號와 世界의 良心에 訴함으로써 唯一한 方法을 삼은 우리 運動은 人類의 人道文化에 一新紀元을 劃함이니 實로 國際聯盟과 社會共産主義로 더불어 人類史上의 最大事實의 一일 것이다.[9]

요컨대 단편 「피눈물」에서 '팔 찍힌 소녀'의 형상은 다만 순결한 여성의 희생을 매개로 한 민족주의적 서사의 선동적 기제를 넘어서 제국의 폭력에 맞선 식민지 민중의 평화적 저항의 숭고함을 상징하는 세계사적으로 윤리적인 모범으로서의 의미를 갖고 있다. 그렇다면 '기월其月'이야말로 단편 「피눈물」이 강조하고 있는 비폭력 저항이라는 3·1운동의 민족적이면서 동시에 세계사적 획기성을 부각시키는 데 더할 나위 없이 적합한 필명이 아니었을까. 어쩌면 이광수는 이렇게 생각했는지도 모른다. 「피눈물」을 쓴 것은 고주나 춘원, 장백과 같은 개인이 아니라 그해 3월의 만세운동이라는 역사적 사건 그 자체이고, 그저 자신은 대신하여 붓을 들었을 뿐이라고. 그 상징성에 대해 곱씹을수록 '기월其月'은 오직 이 한 작품에 바쳐진, 이광수의 천재적인 감각이 창조해낸 탁월한 필명이었다는

---

9   춘공(春公) 이장백(李長白), 「한족(韓族)의 장래」(1919.10.27), 『신한청년』 창간호, 1919.12, 117~118쪽.

생각이 머릿속을 떠나지 않는다.

3. 단편 「피눈물」의 집필 배경

3월 5일 경성의 만세 시위운동을 배경으로 하고 있는 단편 「피눈물」은 '팔 찍힌 소녀'의 사건을 주요 모티프로 하여 당시 시위운동을 주도한 청년남녀 학생들의 이야기를 다루고 있는 소설이다. 준비 과정에서 여학교 학생회가 태극기를 제작하고 평화적 시위를 독려하는 경고문 및 독립선언서의 인쇄를 도맡았다든가, 한곳에서 다수가 집회하기 불가능하므로 몇몇의 주동자가 중심이 되어 분산적인 시위를 계획했다는 등 시위운동을 조직한 학생들의 동향이 구체적으로 그려져 있어 당시 시위운동의 현장을 직접 경험한 작가가 쓴 소설처럼 생각되기도 한다. 일찍이 '2·8독립선언서'를 집필하고 상하이로 망명하여 국내에서 예정되어 있던 3·1만세운동의 소식에 귀 기울이고 있던 이광수는 이렇게 자세한 동향을 어떻게 알 수 있었던 것일까.

당시 상하이에는 국내 여학생 출신으로 3·1운동에 관여하다가 수개월 옥고를 치르고 망명해 온 여성들이 다수 임시정부 산하 애국부인회를 중심으로 활동하고 있었다. 이광수는 이들 여성으로부터 당시 각지에서 일어난 시위운동의 소식을 자세히 전해들을 수 있었던 것으로 보인다. 실제로 이광수가 상하이 지역 민단民團에서 강연한 내용을 요약 정리한 사설 「부인과 독립운동」에는 3·1운동에 관여했던 이들 여성의 활동이 다음과 같이 소개되어 있다.[10]

---

10   이상경은 「부인과 독립운동」의 집필자를 주요한으로 간주했으나(앞의 논문, 98쪽), 김주현은 『독립신문』 소재 「바른소리」(1920.1.17)라는 소식란 기사를 근거로 하여 이 사설의 집필자가 이광수임을 밝혔다. 기사에 의하면, 이광수는 민단의 강연에서 동일한 제목의 강연을 행한 바 있다. 김주현, 「상해 『독립신문』에 실린 이광수의 논설 발굴과 그 의미」, 『국어국문학』 176, 2016, 591쪽. 각주 31 참조.

三月一日에 左手에 太極旗, 右手에 獨立宣言書로 示威行列의 前頭에 셔서 突進하던 一處女는 敵의 칼에 兩手를 끈키엿다. 이것이 이번 獨立運動의 첫피다. 大韓獨立을 爲한 첫피는 大韓女子에게서 흘럿다. 그로부터 大韓의 女子는 獨立運動의 모든 部門에 빠짐이 업섯다. 祕密文書의 印刷, 謄寫, 配布와 通信의 大部分은 女子의 손으로 되엇다. 昨年 二月 東京과 上海로서부터 飄然히 졸던 故國에 돌아온 幾個 女愛國者는 釜山에서 義州까지 木浦에서 咸興까지 날아다니며 四千年間 沈黙하엿던 大韓의 一千萬 女性에게 祖國울 爲하야 니러날 때가 當到하엿슴을 告하엿고 一旦 大韓獨立萬歲聲이 니러나매 그네는 奮然히 深閨의 門을 차고 太極旗를 두루고 나섯다. 그네는 獄에 가고 惡刑을 當하고 重罪의 宣告를 受하엿다. 그네의 **피와 눈물로 大韓獨立**을 부르지지는 소리는 千萬의 大韓男子를 奮起케 하고 世界에 對하야 大韓民族의 義氣를 高聲으로 자랑하기에 足하엿다.

시위행렬 당시 당당히 선두에 서서 시위를 주도했고, 비밀문서의 인쇄, 복사, 배포, 통신에 이르기까지 신변의 위험을 각오한 활동에 전념했으며, 결국 온갖 악형을 당하며 옥고를 치르면서도 신념을 변치 않았던 여학생들의 모습에 이광수가 얼마나 강렬한 인상을 받았는지 짐작케 하는 대목이다.[11] 특히 "그네의 피와 눈물로 대한독립을 부르지지는 소리는 천만千萬의 대한 남자를 분기케 하고 세계에 대하야 대한민족의 의기義氣를 고성高聲으로 자랑하기에 족하엿다"는 마지막 문장은 「피눈물」의 주제의식을 그대로 함축하고 있는바, 이광수가 '피눈물'이라는 소설의 제목을 어디에서 착안한 것인지 분명히 보여주고도 남음이 있다.

기왕에 단편 「피눈물」의 저자가 주요한일 가능성을 제기한 견해가 있으나,[12]

---

11 그런데 정작 당시 이광수의 연설을 들은 여성들의 반응은 그다지 호의적이지 않았다는 기록도 남아 있어 소개해 둔다. "民團에셔 한 李光洙氏의 「婦人과 獨立運動」이란 演說은 男子側에셔는 女子들을 너머 추어준 것이라 하고 女子側에서는 自己네를 侮辱한 것이라 하야 大端히 憤慨하신다나 果然 男女有別인가바 李氏는 하도 意外여서 氣가 막혀 한다고." 「바른소리」, 『독립신문』, 1919.1.17.
12 이상경, 「상해판 『독립신문』의 여성관련 서사연구-「여학생 일기」를 중심으로 본 1910년대 여학생의 교육 경험과 3·1운동」, 『페미니즘연구』10~2, 2010, 116쪽. 각주 14; 波田野節子, 「李光洙

「부인과 독립운동」의 연장선상에서 씌어진 작품의 주제의식과 분위기를 고려하건대 단편 「피눈물」의 저자가 주요한일 가능성은 희박하다. 단편 「피눈물」의 연재가 끝나고 얼마 안 있어 주요한은 '송아지'라는 필명으로 수필 「추회追懷」1919.10.4를 발표한다. 학기를 마치고 잠시 고향에 돌아왔던 길에 접한 만세 후의 정경을 어둡고도 차분한 필치로 회고하고 있는, 원고지 8매 분량의 짧은 글이다. 단편 「피눈물」의 선명한 주제의식, 치밀한 구성, 고양된 분위기와는 매우 이질적이며, 어둡고도 차분한 필치는 단편 「피눈물」의 고양된 분위기에 거리를 두고 있는 것처럼 보이기까지 한다. 동일한 작가가 같은 시기에 이토록 상반된 경향의 작품을 쓰기는 쉽지 않다.

4. 1910년대 전후 이광수 작품과의 연속성

단편 「피눈물」은 주인공 윤섭이 철구鐵鉤에 찔린 머리를 운동모로 감추고 수진동 순사파출소를 숨어 지나 전동 골목으로 들어서는 장면으로 시작한다. 음력 2월 초승달도 벌써 기울어 컴컴한 사위가 어름가루 같은 냉기를 뿜는 밤. 며칠째 이어진 불면의 피로와 출혈, 상처의 고통으로 쓰러질 듯 걷고 있는 윤섭의 머릿속은 온통 시위운동에 대한 생각으로 가득하다. 어떻게 하면 또 한번 대대적으로 시위운동을 조직할지, 오늘 집회에서 30여 명이 죽거나 다치고 수천 명이 체포되었으니 앞으로의 사업은 어떻게 될지. 윤섭은 백여 명의 동지 가운데 이미 80여 명을 잃은 지금 자기의 책임이 더욱 중하여졌음을 자각하며 밤길을 걷고 있는 것이다.

이 첫 장면을 대하면서 『무정』의 그 유명한 첫 장면, 경성학교 영어교사 형식

のハングル創作と三・一運動」, 『歷史評論』, 2019, 66쪽. 각주 22 참조.

이 내려쬐는 유월 볕에 땀을 흘리며 선형을 가르치기 위해 안동 김장로의 집으로 가면서 이런저런 상념에 젖는 대목을 연상하지 않기란 어렵다. 윤섭의 머릿속이 온통 시위운동에 대한 생각으로 차 있는 것처럼, 형식의 머릿속 역시 여학생 선형과의 만남에서 일어날 법한 일에 대한 공상으로 가득하다. 인물을 초점화하면서 인물의 내면으로 자연스레 미끄러져 들어가 독자들에게 인물이 처한 상황이나 사고에 공감하게 만드는 이광수의 전형적인 서술 방식이 단편 「피눈물」에서도 첫 장면에서부터 그대로 반복되고 있는 것이다.

또한 내면에 빠져든 인물의 의식을 일깨우는 급작스런 장면 전환을 통해 서술자가 사건을 진행해 가는 방식 또한 『무정』과 그대로 닮아 있다. 『무정』의 서술자가 선형과의 만남에 대한 공상에 빠져 있던 형식에게 어디로 가느냐며 말을 걸어오는 친구 우선을 등장시켜 형식의 의식을 현실로 끌어냈듯, 단편 「피눈물」의 서술자 역시 시위운동에 대한 생각에 빠져 있던 윤섭에게 심문하는 순사와 어느 여학생(나중에서야 시위의 선두에서 만세를 외치다 두 팔이 잘려나간 여학생 정희로 밝혀진다)이 실랑이를 벌이는 장면과 맞닥뜨리게 함으로써 윤섭의 의식을 깨우고 있는 것이다. 흥미롭게도 심문하는 순사와 여학생의 실랑이가 벌어지는 장소는 보성학교 교문 앞이다. "普成學校의 大門에 큰 兩球燈은 꺼즛다."[13]고 묘사되어 있는데, 어두운 배경을 강조한 이 세부 묘사는 허구적 상상력에 의한 것이 아니라 사실에 기반한 묘사이다. 이광수는 1914년 늦여름 보성중학을 방문하고 「중학방문기」『청춘』, 1914.12를 남긴 일이 있다. 이 방문기에는 그해 2월에 완공된 보성중학의 서양식 교사의 이채로운 전경과 더불어 교문 양쪽에 설치된 이 커다란 구등에 대해서도 인상적으로 언급되어 있는데,[14] 날카로운 관찰력 덕분에 세부 묘사에 능했던 이광수의 사실주의적 감각을 여실히 보여주는 대목이다.

---

13   기월(其月), 「피눈물」(一), 『독립신문』, 1919.8.21.

14   1914년 2월 새로 완공된 보성중학의 전경 사진은 최주한, 「이광수와 보성중학」(『근대서지』 11, 2015, 163쪽)에서 확인할 수 있다.

한편 ① 낮 동안의 시위과정에서 동료들과 함께 겪었던 고초를 떠올리며 분노와 슬픔에 복받쳐 쓰러져 우는 여주인공 정희의 내면묘사 대목은 부친과 오라비를 구하기 위해 기생이 되었고 끝내 배학감 일행에게 겁탈당하는 고초를 겪어야 했던 자신의 처지에 대한 슬픔과 원망, 분노에 잠긴 영채의 내면묘사 대목과 그대로 겹치며, ② 정희의 모친과 선형의 사례에서 보듯 두려움과 같은 내면심리를 눈에 보일 듯 구체적으로 묘사하는 방식 또한 다르지 않다.

「먹기 실허요」 하면서도 생각해보니 아침 七時半에 早飯을 먹고 나간 後로는 終日 물 한잔도 먹은 일이 업다. 그것을 生각하면 시장도 한 듯하면서도 ① 오늘 終日 自己의 동무들과 男子學生들과 全同胞가 日兵의 銃끗헤 찔니고 消防隊와 私服 입은 日人들의게 몽동이로 엇어맛고 구두로 채오면 양과 只今 磚洞 굴목에서 日本帝國 天皇의 巡査에게 侮辱을 當하던 일과 只今 獄中에 苦楚를 當하는 同胞들의 情境을 生覺하매 純潔한 處女의 가슴은 터지는 듯하야 눈물만 북밧처 올나온다. 貞姬는 母親의 무릅에 쓸어져 운다. 母親은 家長과 一男一女를 온통 獄中에 느흐노코 世上이 갓지 아니하다가 貞姬가 도라오매 얼마콤 慰勞가 되엿스나 貞姬의 눈물에 그 慰勞도 다 스러지고 마치 침침한 밤에 虎狼의 들끌는 深山中에 어린兒와 단둘이 잇는 듯하야 不知不覺에 戰慓함을 禁하지 못하엿다. ② 壁에 그 毒蛇 갓흔 세목난 눈이 間隔 업시 둘너붓터서 母女의 腹臟까지 들여다보고 그 韓人의 피로 녹쓴 槍과 韓人의 살덤이 데덕데덕 붓흔 縛繩으로 母女를 한꺼번에 結縛하야 뿔난 倭憲兵 잇는 警務總監部로 끌어갈 것 갓다.「피눈물」(三)**15**

①-1 오날 아참 형식을 차즈려고 결심홀 째에는 형식에게 그동안 지나온 말을 다 ㅎ려 ㅎ얏더니 이러흔 싱각이 나미 그만 그러흔 결심도 다 풀어지고 슬푼 싱각과 원망스러온 싱각만 가삼에 북바쳐 오를 쑨이라.『무정』,15장**16**

15 기월(其月),「피눈물」(三),『독립신문』, 1919. 8. 29.
16 김철 교주,『바로잡은『무정』』, 문학동네, 2003, 114쪽.

①-2 영치의 눈 압헤ᄂᆞᆫ앗가 청량리에셔 맛나던 광경이 더욱 분명ᄒ게 보인다. 김현슈의 그 즘싱 ᄀᆞᆺ흔 눈 그 곗혜 셔셔 쌈늬 나ᄂᆞᆫ 손슈건으로 영치의 입을 트러막던 비명식의 모양, 비명식이 영치의 두 팔을 쏵 붓들 쩍에 밋친 듯흔 김현슈가 두 손으로 ᄌᆞ긔의 두 귀를 쏵 붓들고 슐 넘시와 구린늬 나ᄂᆞᆫ입을 ᄌᆞ긔의 입에 듸던 모양 (…중략…) 썰썰 웃던 모양이 더욱 분명ᄒ게 보인다. (…중략…) 영치의 몸은 치워ᄒᆞᄂᆞᆫ슴 모양으로 썰린다. 영치ᄂᆞᆫ 또 알이 입슐을 ᄯᅩᆨ 무럿다.『무정』, 42장[17]

② 선형은 흑흑고 진져리를 치며 챠실늬에 여긔져긔 안져 조ᄂᆞᆫ사ᄅᆞᆷ들을 도라본다. 그 사ᄅᆞᆷ들도 모도다 무셔운 마귀가 된 것 갓다. 그 사ᄅᆞᆷ의 얼골들이 금시에 눈을 쑥 부르쓰고 ᄌᆞ긔를 향ᄒᆞ고 달녀들 것 갓다.『무정』, 118장[18]

두 번째 장편 『개척자』와의 연관성이 또렷한 문장도 발견된다. 이광수는『개척자』에서 서울의 겨울달을 소재로 하여 당장은 사해死骸와 같이 침잠에 잠겨 있으나 소생할 생명력을 품고 있는 서울의 모습을 공들여 묘사한 일이 있다. 이 대목은 최남선이 편찬한 『시문독본』 정정합본1918.4에 「서울의 겨울달」이라는 제목으로 재수록되었을 만큼 탄탄한 문장력이 돋보이는데, 다음의 묘사 장면은 마치 3월 5일의 시위 당일 아침 태극기로 나부끼는 서울 곳곳의 모습을 묘사한 「피눈물」의 다음 장면을 예견하기라도 한 것처럼 느껴지기도 한다. 특히 「서울의 겨울달」에서 과거 몇 천년 간에 몇 천만의 '생령生靈'이 남산을 보고 울고 웃었다는 표현은 「피눈물」에서 일찍이 대한나라의 영광을 찬양했고 이완용 등의 매국노를 보며 침묵의 통곡을 감추었던 북악과 남산, 인왕산 '노송老松들'의 모습으로 구체화되어 있다고 해도 과언이 아니다.

---

17   위의 책, 272~273쪽.
18   위의 책, 672~673쪽.

서울은 北岳을 등에 지고 南山과 나즐 對하야 울고 웃고 한다. 아마도 우슬 째에 南山을 對하면 가튼 微笑를 엇고 울 째에 南山을 對하면 부드러운 慰安을 엇는 모양이다. 過去 몃 千年間에, 갓갑게 잡고 五百餘年間에 몃千萬의 生靈이 南山을 보고 울고 웃고 하엿는고. 그러나 恨하건대 過去의 南山은 아직도 큰 우슴과 울음을 當하여 보지 못하엿다. (…중략…) 서울에는 確實히 生命이 잇다. 北岳의 바람이 아모리 차게 내려쏜다 하더라도 길과 지붕과 마당이 아모리 얼음 가튼 눈으로 내려눌럿다 하더라도 그 밋헤는 봄철에 엄 돗고 닙새 필 生命이 잇는 것과 가티 서울에는 確實히 生命이 잇다. (…중략…) 서울을 보고 우는 者는 自己의 잘못임을 째달아야 한다. 서울! 낡은 죽엄 우에 새로 설 새 서울! 諸君은 北岳의 烈風 속에, 南山의 月光 속에 誕生 祝賀의 깃븐 曲調를 알아들어야 한다.「서울의 겨울달」[19]

해가 떠자 北嶽과 南山과 仁王山에 無數한 太極旗가 아침 바람에 날니인다. 마치 十年間 日人에게 押收되여 火葬을 當하엿던 數百萬의 太極旗의 悲魂이 一夜間에 陰府로써 뛰여나와 悲恨 만흔 서울을 에워싼 것 갓다. 머리에 太極旗를 인 老松들은 모다 일즉 大韓 나라의 榮光을 讚揚하던 者들이다. 無情한 國民中에는 敢히 입을 열어 日皇의 萬歲를 唱하고 李完用 宋秉畯 閔元植 가튼 小犬大犬을 出하엿다 하더라도 韓土의 雨露에 生長한 老松들은 沈黙의 慟哭을 藏하고 잇섯다. 韓土의 에엽뿐 아이들이 夜半에 그 조고마한 손으로 품 속에서 太極旗를 내어 自己의 頭上에 달 때에 老松들은 바람이 업더라도 반드시 悲壯한 叫號를 發하여슬 것이다. (…중략…) 이윽고 北村 近傍으로 民家에도 여긔져긔 國旗가 날닌다. 이 구석 져 구석에서 萬歲 소리가 들니며 街上으로 힘업시 往來하는 白衣人은 무슨 크고 무서운 일을 豫期하는 모양으로 눈을 나려 감고 입을 다무런다.「피눈물(六)」[20]

이제 서사는 바야흐로 절정을 향해 치닫는다. 서울 곳곳에 내걸린 태극기를

---

19 이광수, 「서울의 겨울달」(『시문독본』 정정합편, 1918), 최주한·하타노 세츠코 엮음, 『이광수 초기 문장집』 II, 소나무, 2015, 676~678쪽. 이하 『초기 문장집』으로 적는다.
20 기월(其月), 「피눈물」(六), 『독립신문』, 1919.9.6.

내리느라 돌격해오는 일병들에게 우레와 같은 만세 소리로 맞서는 수천의 군중의 물결 한 가운데서 태극기를 높이 들며 다음과 같이 외치는 청년이 있다. "大韓同胞여, 목숨이 그러케 앗가우닛가. 奴隷로라도 그다지 살아야 하겟습닛가. 同胞여, 살아서 奴隷가 될야거든 차라리 죽어 自由의 鬼神이 됩시다."[21] 시위 도중 일본 헌병에게 두 팔을 잘린 채 거꾸러지는 정희의 모습에 분개하여 강력히 항의하다가 결국 일본 순사의 칼에 난자당하여 목숨을 잃게 되는 이 청년이 바로 주인공 윤섭인데, 흥미롭게도 윤섭의 이 연설 대목은 이광수가 중학시절에 발표한 동일한 한자 제목의 번역 작품 「혈루血淚」1908.11의 주인공인 노예 검투사 스파르타쿠스의 연설을 그대로 환기시킨다. "同胞여! 諸君이 만일 禽獸와 如ᄒ면 宜여니와 만일, 人의 性을 具ᄒ엿거든 우리의 生命을 위ᄒ야 우리의 權利를 위ᄒ야 우리의 自由를 위ᄒ야 起치, 아니ᄒᄂ다!"[22]

일찍이 트리키아 발칸반도 출신으로 동료 노예들을 이끌고 자유를 위해 로마에 맞서 싸운 전설적인 영웅 스파르타쿠스에게 깊은 인상을 받았던 이광수는 산문시 「옥중호걸」1910.1에서도 우리에 갇혀 인간이 던져주는 먹이에 만족하는 호랑이를 향해 "山中의, 豪傑노셔, 奴隷에 自安ᄒᄂ, 기와 닭"[23]이 되기보다 이빨과 발톱으로 쇠사슬을 끊고 우리를 부수고, 심장의 피를 뿌리고 죽으라고 부르짖은 일이 있다. 또 오산 시절 『검둥의 설움』1913에서는 자유를 위해 목숨을 걸고 자유주로 도망하는 노예 조지의 대사를 다음과 같이 공들여 번역하기도 했다. "나는 ᄌ유를 위ᄒ야셔는 죽기도 무서워 아니홉니다. 내 목숨이 잇는 날ᄭ지는 내 ᄌ유를 위ᄒ야 싸홀 터이올시다. ᄌ유를 엇으랴는 싸홈이 당신네 조샹의게 거룩ᄒ 싸홈이던 모양으로 이 싸홈도 내게는 가장 거룩ᄒ 싸홈이올시다."[24] 중학 시절

21   기월(其月), 「피눈물」(七), 『독립신문』, 1919.9.13.
22   이보경, 「혈루―희랍인 스팔타쿠스의 연설」(『태극학보』, 1908.11), 『초기 문장집』 I, 30쪽.
23   고주생, 「옥중호걸」(『대한흥학보』, (1910.1), 『초기 문장집』 I, 59쪽.
24   리광슈 초역, 『검둥의 셜음』(신문관, 1913), 『초기 문장집』 I, 186쪽.

조국이 일본의 식민지로 전락해가는 과정을 뼈아프게 지켜보았던 이광수에게 '노예'와 '자유'는 각별한 무게를 지닌 단어였다.

시위 과정에서 주인공 청년남녀가 비장하게 목숨을 잃는다. 만세를 부르다 일본 헌병에게 두 팔이 잘려나간 정희와 폭력에 저항하다 일본 순사의 칼에 난자당한 윤섭이 그들이다. 서사는 두 청년남녀의 장례식으로 마무리되는데, 장례식에서는 다음과 같은 기도가 흘러나온다. "하나님, 언제까지나 저희 貴해 하는 동생들을 怨讐의 劍 밋헤 두시랴나잇가. 다음번 봄바람에는 불상한 두 동생의 무덤 슷으로 꾸미고 그들이 위해 죽은 獨立을 얻엇슴을 告하게 하소서."[25] 이 장면은 삼랑진의 수해를 목도한 것을 계기로 민족에 눈뜬 주인공 청년남녀들이 조선의 문명화에 대한 사명감을 다지며 유학의 길에 오르는 『무정』의 대단원을 그대로 닮아 있다. 다만 독립을 위해 스러져간 두 청년남녀의 숭고한 죽음을 계기로 살아남은 자들이 독립의 각오를 다진다는 내용만 다를 뿐이다. 또한 독립을 위해 죽어간 두 사람의 무덤을 꽃으로 꾸미겠다는 발상은 대륙방랑시절 이광수가 『권업신문』에 발표한 시 「꽃을 꺽거 관을 겻자」[1914.8]의 다음의 대목을 환기시키기도 한다. "이 꽂으로 결은 관은/뉘 머리에 씨여주랴/둥그럿흔 독립문에/ᄌ유종을 울닌 영웅 (…중략…) 나라 위히 원혼 되신/이국지스 무덤 압헤."[26]

마지막으로 작자를 슬쩍 암시해둔 것처럼 보이는 두 가지 흥미로운 지표를 언급해 두고자 한다. 하나는 작품의 첫 장면에서부터 언급되고 있는 '독립신문'이라는 제호이다. 여주인공 정희와 순사가 실랑이를 벌이는 장면에서 순사는 정희의 책보 퉁이를 가리키며 다짜고짜 '독립신문'을 돌리는 게 아니냐며 추궁하고 나선다. 여기서 순사가 추궁하는 '독립신문'이란 일차적으로 3·1운동의 와중에 발행된 대표적 지하신문의 하나였던 『(조선)독립신문』을 가리키지만,[27] 이광수가 사장이자 주

---

25 기월(其月), 「피눈물」(一), 『독립신문』, 1919.9.27.
26 외빗, 「꽃을 꺽거 관을 겻자」, 『권업신문』, 1914.8.16), 『초기 문장집』I, 301쪽.
27 애초에 이종일에 의해 기획된 이 신문은 보성사에서 1만 부 인쇄되어 3월 1일 시중에 배포되었

필로서 창간에 나섰던 임시정부 기관지 『독립』(나중에 『독립신문』으로 개칭)을 동시에 환기시킨다.[28] 또 하나의 지표는 작품의 마지막 장례식 장면에서 언급되고 있는 '독립청년단'이라는 단체명이다. 시위 과정에서 목숨을 잃은 두 주인공 청년남녀의 장례식은 국장國葬을 대신하여 독립청년단의 단장團葬으로 치러지는 것으로 되어 있다. '2·8독립선언서'는 이광수를 포함한 11명의 '조선청년독립단'의 이름으로 발표되었다.[29]

5. 『독립신문』 소재 논설과의 문체적 동질성

장편 『무정』의 한글문체에 익숙한 독자에게 단편 「피눈물」의 국한문체는 당혹감을 준다. 『무정』의 첫 장면에서 처음 만나는 여학생과의 만남을 앞둔 청년 형식의 설레임을 생생하게 기억하고 있는 독자라면 더욱 그러할 것이다. 단편 「피눈물」의 첫 장면에서 시위운동에 대한 생각으로 가득한 윤섭에 대한 심리묘사에서는 이러한 생동감이 다소 떨어진다. 이를테면 이런 묘사 대목이 그러하다. "允燮은 連日의 不眠의 疲勞와 多量의 出血과 傷處의 苦痛으로 時時로 眩氣가 生하며 四肢가 痲痺하야 道路上에라도 쓸어지고 십다."[30] 국한문체로는 『무정』의 한글문체가 확보할 수 있었던 구체적이고 생생한 묘사를 감당하기 어려웠을 것이다. 『무정』에서 새롭게 시도된 근대적 한글문체의 힘을 역으로 입증하는 대목이 아닐 수 없다.

그러나 『무정』을 집필하면서 순한글만으로는 신청년의 사유를 충분히 전개하

고, 독립선언서와 유사한 역할을 해냈다고 한다. 권보드래, 앞의 책, 46~47쪽 참조.

28   김주현은 순사가 추궁하는 '독립신문'이라는 제호에서 작자가 『독립신문』의 창간에 관여한 인물이라는 암시를 읽어내고 있다. 김주현, 앞의 발표문, 82쪽.

29   「선언서」(1919.2.8), 『초기 문장집』 II, 772쪽.

30   기월(其月), 「피눈물」(一), 『독립신문』, 1919.8.21.

기 어렵다는 사실을 깨달은 이광수는 『개척자』를 집필하면서는 다시금 국한문체로 썼다.[31] 단편 「피눈물」이 국한문체로 씌어진 이유 역시 일차적으로는 이 단편 또한 독립운동을 주도하는 청년남녀가 주인공이고 지식계층을 주된 독자로 상정했기 때문일 것이다. 한편 『독립신문』 지면의 집필에 국한문체를 쓸 수밖에 없었던 여건이 영향을 주었을 가능성도 염두에 두어야 하는데, 『독립신문』은 창간 당시부터 국문활자를 자체 제작하여 사용해야 했던 여건으로 인해 국문활자가 부족했기 때문이다.[32] 단편 「피눈물」이 장편 『개척자』에 비해 한자의 비중이 높은 국한문체로 씌어진 데는 국문활자의 부족이라는 매체적 여건이 한몫하고 있었던 셈이다.

한편 단편 「피눈물」은 장편 『무정』의 계몽적 어투를 그대로 이어받고 있는데다 주제의식에 걸맞게 좀더 고양된 어조를 구사하고 있는 까닭에 『독립신문』 소재 이광수의 논설과도 문체적인 동질성이 발견된다. 주로 대중을 향한 지도와 호소에 적합한 권위적인 '하노라'체로 씌어진 그의 논설은 만연체 문장을 즐겨 구사하고 있는 만큼 의미의 전달과 강조에 긴요한 문장의 호흡을 중시했다. 이런 이유로 논설의 문장에는 반복어구와 열거, 도치, 설의, 점강법 등의 수사법이 자주 쓰였는데,[33] 이러한 특징들은 단편 「피눈물」에서도 그대로 찾아볼 수 있다.

---

31 최주한, 「『무정』의 근대 문체와 서간」, 『서강인문논총』 42, 2015, 179~180쪽. 『무정』과 달리 국한문체로 씌어진 『개척자』의 경우 인물묘사나 배경묘사에서 생동감보다는 정제된 표현을 지향하고 있는 것이 눈에 띈다. "化學者 金性哉는 疲困ᄒ 드시 椅子에서 일어나서 그리 넓지 않이ᄒ 實驗室內로 왔다갓다 ᄒ다. 西向 琉璃窓으로 들여쏘는 十月 夕陽 빗이 낡은 洋장판에 强ᄒ게 反射되여 좀 疲瘠ᄒ고 上氣ᄒ 成哉의 얼골을 비최인다."(一의 一, 『매일신보』, 1917.11.10) "셔울의 겨울달은 南山의 東端에서 올라 南山 마루를 지나 南山의 서쪽으로 써러진다. 白雪과 靑松으로 墨畵와 ᄯ혼 班紋을 成ᄒ 南山을 쎼어노코는 셔울의 冬月을 말ᄒ 슈가 업다."(十三의 一, 『매일신보』, 1918.1.20)

32 『독립신문』의 국문활자 부족의 문제에 대해서는 "조선문 성경에서 활자를 골라서 상무인서관에 주어서 자모를 만들어 사용"했다는 주요한의 회고와 더불어 "금일 국문활자 결핍에 대한 고통은 해내외(海內外) 유지(有志)의 동감하는 베"로 "각호(各號) 연자(鉛字)를 실비(實費)로 제공"한다는 『독립신문』 창간호의 광고를 참고할 수 있다. 김주현, 앞의 발표문, 84쪽. 각주 243 참조.

33 『독립신문』 소재 이광수 논설의 문체적 특징에 대해서는 최주한, 각주 2)의 논문 참조.

이들 사례가 골고루 쓰이고 또 내용적으로도 유사한 논설과 두어 대목 비교 제시하면 다음과 같다.

보지 못하나뇨, 져 굴목굴목이 또는 房 안에 숨어서 엿보는 韓族의 少年少女의 가슴에 자조 치는 鼓動 눈에 흐르는 피석기인 눈물 불끈 주인 조고마나마 단단한 주먹을. 그네의 悲憤으로 끌는 피를 무엇으로 식히랴. 한번 血管이 터져 내어뿜는 날 져 太極旗를 내리는 무리를 아니 태우고는 말지 아니하리라. 그 피가 끌허 구름이 되리라. 비가 되어 져들의 서음 나라를 씨서내리라. 그 피가 끌허 불근 불길이 되리라. 볼길이 되어 太極旗를 侮辱하는 져들의 서음 나라를 태우리라. 태우되 一草一木도 남김이 업고 九州의 끗헤서 千島의 끗꺼지 식은 재를 만들고 말리라.「피눈물」(七), 1919.9.13

아지 못게라, 機가 임의 熟하엿나뇨. 力이 임의 備하엿나뇨. (…중략…) 불은 임의 당기엿도다. (…중략…) 이 불은 半島江山을 愛國의 熱血로 태우고 東陲의 小島國을 復讐의 猛焰으로 태울 불이다. 그뿐이랴. 이 불은 亞細亞의 老大國을 覺醒의 烈火로 태울 불이며, 이 불은 「세-ㄴ」江邊에서, 英法海狹에서 부어내리던 火藥불을 黑龍江畔, 朝鮮海狹에 쏫아지게 할 그 불이다. 아아, 엇지 이 불이 半島江山에서 倭賊만 태울 불이랴. 이 불이 당기는 곳에 모든 醜惡과 모든 害毒, 모든 腐肉이 남지 못하리라. 이 불이 가는 곳에 새로운 나라가 잇슬지오, 새로운 社會가 잇슬지오, 새로운 生活이 잇고 새로운 政治가 잇스리라. 이 불이 가는 곳에 새로운 大韓民族이 잇고, 새로운 中華民族이 잇고, 새로운 日本族, 새로운 亞細亞가 잇스리라.「獨立軍勝捷」, 1920.2.17

門을 열고 本舘에 들어서면 피비린내와 요도포룹 내암새가 코를 바친다. 頭骨이 破碎된 者, 銃槍에 눈을 찔린 者, 녑구리가 갈라져서 창자가 露出된 者, 한편 손이 업는 者, 한편 귀가 없는 者, 손가락이 떨어진 者, 한편 밤뽕에 구녕이 뚤닌 者, 老人 어린아이, 女學生, 勞動者. 二百名 갓가운 患者는 다 萬歲 부른 罪로 本人에게 이러케 至毒히 傷한 者라.「피눈물」一○, 1919.9.23

今年 三月一日에 大韓의 兄弟와 姊妹로 하여곰 己未三月一日을 黙想케 하고, 過去 一年間에 매 마즌 者, 죽은 者, 피 흘린 者, 獄中에서 惡刑을 當하는 者, 國家를 爲하야 夫를 失한 寡婦, 子女를 失한 父老, 父母를 失한 孤兒를 生각케 할지어다.「三一節」, 1920.3.1

6. 단편 「피눈물」의 의의

이상 '기월其月'이라는 필명의 상징성, 단편 「피눈물」의 집필 배경, 1910년대 이광수 작품과의 연속성, 『독립신문』 소재 사설과의 문체적 동질성 등을 고려하건대, 단편 「피눈물」의 저자는 이광수가 분명하다. 『독립신문』의 창간을 준비하면서 각별히 '문예란'을 기획한 데는 일찍이 『무정』과 『개척자』로 청년독자 사이에 널리 이름을 얻었던 작가로서의 자신감 혹은 소명의식이 작용했을 것이다. 작품 곳곳에서 발견되듯 '조선청년독립단'의 이름으로 함께 '2·8독립선언서'를 준비했던 구속된 동료들에 대한 부채감도 아울러 한몫하지 않았을까.

청년남녀 학생들을 주인공으로 하여 3월 만세운동의 긴박한 현장을 사실적으로 그려내고 있는 단편 「피눈물」은 이광수의 문학적 이력 가운데 매우 특이한 위치를 차지한다. 무엇보다도 국내의 가혹한 검열이 부재한 자유로운 조건에서의 창작이었고, 조국이 식민지로 전락해 가는 과정을 뼈아프게 지켜보아야 했던 중학 시절 이래 은밀히 키워왔던 자유, 독립에 대한 열망이 조만간 실현될 수도 있으리라는 희망이 충만했던 시기의 창작이었다는 점에서 그러하다. 더욱이 당시 국내에서 발표된 소설에서 3·1운동은 전면적으로 다룰 수 없기에 간접적이거나 우회적으로 흔적을 남겨야 했던 사건이었고 보면,[34] 단편 「피눈물」은 문학

---

34   이행미, 「3·1운동과 영어(囹圄)의 시간」, 앞의 학술자료집, 46~47쪽.

사적으로도 결코 작지 않은 의미를 갖는다. 단편 「피눈물」과 더불어 한국 근대문학은 3·1운동의 현장을 전면적으로 다룬 작품을 또 하나의 문학적 자산으로 갖게 되었다고 해도 과언이 아닌 까닭이다. 귀한 자료를 검토할 기회를 마련해주신 김주현 선생님께 깊이 감사드린다.

제4장

이광수와 3·1운동

1. 귀국, 그리고 「민족개조론」이 일으킨 파문

1921년 4월 3일 『조선일보』 사회면에는 이광수가 귀순증을 휴대하고 의주에 도착했다는 내용의 놀라운 기사가 실렸다. 기사는 상하이를 떠나 조선으로 들어오던 이광수가 신의주에서 경관에게 붙들렸을 당시 귀순의 의사를 밝히며 귀순증을 내놓았다는 사실을 적시하고, 그것이 모처의 부탁으로 '무거운 사명'을 받아가지고 상하이로 건너가 이광수를 만나고 온 허영숙의 일과 관련이 있으리라는 의혹을 제기했다.[1] 임시정부 기관지 『독립신문』 주필로 있던 그가 귀순하였다는 소식도 놀라운 것이었지만, 기사가 제기하는 의혹은 이광수에게 애인과 당국의 회유에 넘어간 변절자라는 낙인을 안기기에 충분했다. 훗날 『나의 고백』[1948]에서도 이광수는 이 기사를 시초로 자신이 거의 모든 신문과 잡지에서 "독립운동을 배반한 자"라는 공격을 받은 사실을 애써 감추지 않았거니와,[2] 그의 귀국에 대한 비난의 목소리는 크고도 높았다.

---

1   「귀순증을 휴대하고 의주에 착(着)한 이광수」, 『조선일보』, 1921. 4. 3.
2   이광수, 『나의 고백』(1948), 이광수전집 7, 우신사, 1979, 265쪽.

그 이듬해 5월 『개벽』에 발표된 「민족개조론」이 조선사회에 던진 파문은 더욱 심각했다. 「민족개조론」 발표 직후 이광수는 한밤중에 칼을 가진 청년들의 위협을 받았고, 개벽사는 지면을 제공했다는 이유로 습격을 받고 기물을 파손당했으며, 곳곳에서 이광수 매장론이 일었다.[3] 변절자라는 낙인에 '타락한 민족성' 운운으로 민족을 모욕한 죄까지 더해졌으니, 들끓고 있던 조선사회의 분노에 기름을 부은 격이었다. 더욱이 3·1운동 이래 조선인의 급격한 정신적 변화를 두고 "무지몽매한 야만인종이 자각 없이 추이하여 가는 변화와 같은 변화"라고 매도에 가깝게 언급한 대목은 당대 논자들의 격렬한 반발을 샀다.[4] 반만년의 원대한 역사와 문화를 가진 민족으로서 자유와 평등이라는 절대의 요구를 내건 민족적 운동을 폄하했고,[5] 해방을 절규하고 생을 욕구한 민족적 본능과 충동을 야비하고 무가치한 것으로 몰았다는 이유에서였다.[6]

논점은 달리하지만, 3·1운동에 대한 폄하와 부정이라는 평가는 오늘날까지도 귀국 후 「민족개조론」으로 대변되는 이광수의 변절 혹은 전신轉身을 설명하는 주된 준거가 되고 있다. 최근 3·1운동의 문화사를 후일담에 이르기까지 폭넓게 조명한 권보드래는 「민족개조론」이 3·1운동 후 지속되어 왔던 독립에의 기대가 좌절된 시점에서 발표된 징후적인 글이라는 점에 주목하고 그 징후를 3·1운동에 대한 '반성'의 도입에서 찾았다. 이 글이 세계를 향해 요구하던 개조를 민족 내부로 돌린 데에는 독립이 불가능하다는 인식의 확산 속에서 3·1운동을 외부의 요행에 의지한 어리석은 행동으로 저평가한 시선이 자리하고 있으며, 이 글에 드리워진 '민족적 회의' 곧 기적에 가까운 전면적 개조 없이는 조선민족이 멸망하리라는 암울한 시선 역시 동궤에 놓인 것이라는 진단이다.[7] 한편 이광수

3 위의 글, 266쪽.
4 춘원, 「민족개조론」(『개벽』, 1922.5), 이광수전집 10, 117쪽.
5 신상우, 「춘원의 민족개조론을 독(讀)하고 그 일단을 논함」, 『신생활』, 1922.6, 77쪽.
6 신일용, 「춘원의 민족개조론을 평함」, 『신생활』, 1922.7, 8쪽.
7 권보드래, 『3월 1일의 밤』, 돌베개, 2019, 531~534쪽.

의 귀국 전후를 가르는 단절의 지점으로 간도사변에 주목한 공임순은 「민족개조론」이 간도사변이 매개한 강자의 폭력에 대한 잠재적인 '두려움과 공포'의 산물이며, 그 충격이 3·1운동으로 대변되는 정치활동에 대한 전면적인 부정으로 귀결되었다고 보았다. 간도사변에서 주전론자들의 군사행동주의가 낳은 가공할 참변을 목도한 이광수는 「민족개조론」을 통해 '예방적 안정화'를 목표로 모든 급진주의에 대항하는 준비론의 기획을 재정립했고, 이를 위해 3·1운동을 야만적 차원으로 떨어뜨림으로써 자기 부정의 모험까지 감행했다는 주장이다.[8] 독립에의 기대가 좌절된 절망에서든 강자의 폭력에 대한 두려움과 공포에서든, 이들 논의는 이광수가 3·1운동의 폄하와 부정을 통해 정치성으로부터 탈각된 문화운동으로 나아가게 되었다는 평가에 있어서는 공통된 견해를 보이고 있다.

그러나 이광수가 「민족개조론」을 통해 제기한 민족개조론 혹은 준비론과 같이 정치성을 탈각한 문화운동이 반드시 3·1운동 및 독립운동에 대한 부정과 직결되는 것인지에 대해서는 재고의 여지가 있다. 이광수는 『나의 고백』에서 자신이 귀국을 결단하게 된 이유로 중국과 인도의 독립운동을 참고한 결과 "제 주권 없이 남의 식민지가 된 나라의 독립운동은 국내에서 하여야 한다는 결론을 얻"[9]은 사실을 들었다. 뿐만 아니라 이 무렵의 활동을 자세히 회고한 '기미년과 나' 장은 '2·8독립선언서'의 기초에서 상하이 망명 시기의 활동, 그리고 귀국 후 「민족개조론」으로 대변되는 1920년대 수양동우회의 활동을 기미년의 자장의 연속선상에서 조명하고 있기도 하다. 사후의 변론에 해당하는 만큼 면밀한 검토가 필요한 대목이지만, 귀국 전후의 단절이라는 프레임 역시 사후적인 구성이라는 점에서는 다르지 않다.

물론 귀국과 「민족개조론」이 일으킨 파문이 아니더라도 이광수의 귀국 전후

---

8   공임순, 「이광수와 3·1운동 ─ 「민족개조론」─「혁명가의 아내」의 연쇄와 굴절 ─ 이광수의 귀국 전/후와 '간도사변'의 편재하는 폭력」, 『춘원연구학보』15, 2019, 51~54쪽.
9   이광수, 『나의 고백』(1948), 앞의 책, 264쪽.

를 동일한 연속선상에 두고 논할 수는 없다. 시기적으로 3·1운동 이래 지속되어 왔던 독립에의 전망이 불투명해진 시점인 것은 사실이었고, 더욱 중요하게는 국외 망명지와 식민 통치하의 국내라는 활동의 여건 자체가 달랐다. 그럼에도 불구하고 귀국 전후의 단절이라는 프레임으로부터 시작하는 한 상하이시절을 전후로 한 이광수에 대한 이해는 일면적일 수밖에 없다. 단절이라는 프레임 자체가 단절을 설명할 수 있는 특정 국면에 구성적인 특권을 부여할 뿐만 아니라, 주어진 사실의 조망에도 선택적으로 관여하는 까닭이다. 프레임은 특정한 논점을 구성하는 데 필요불가결한 이론적 도구이지만 때로 보아야 할 것을 보지 못하게 만들기도 하는 것이다.

때마침 3·1운동 100주년 기념 학술행사를 전후로 하여 상하이시절 이광수의 문장이 다수 발굴되고 텍스트 비평에 의한 고증 작업이 이루어지면서 불완전하나마 이 무렵 이광수의 문필활동을 조명할 수 있는 여건이 어느 정도 마련이 되었다.[10] 이에 본고에서는 상하이시절 이광수의 문필활동 및 사상의 궤적을 전체적으로 고찰하는 데서 출발하여 이광수의 귀국 전후 3·1운동에 대한 평가를 둘러싼 단절과 연속의 프레임을 재검토하고자 한다. 이로써 상하이시절 이광수에게 3·1운동은 무엇이었으며 귀국 전후의 문필활동 및 사상과는 어떤 관계에 놓여 있었는지, 또 『나의 고백』[1948]의 '기미년과 나' 장에서 변론한 3·1운동의 기억은 어떻게 재평가될 수 있는지도 아울러 가늠해볼 수 있으리라 기대한다.

---

10   김주현, 「상해시절 이광수의 작품 발굴과 그 의미」, 『어문학』132, 2016; 「상해『독립신문』에 실린 이광수의 논설 발굴과 그 의미」, 『국어국문학』176, 2016; 최주한, 『독립신문』 소재 이광수 논설의 재검토」, 『민족문학사연구』69, 2019; 김주현, 「상해『독립신문』 소재 「피눈물」의 저자 규명」, 『현대소설연구』74, 2019; 최주한, 「『독립신문』 소재 단편 「피눈물」에 대하여」, 『근대서지』19, 2019; 문일웅, 「상해판『독립신문』 연재소설 「피눈물」에 나타난 3·1운동 형상화와 그 의미」, 『한국독립운동사연구』66, 2019; 하타노 세츠코, 「「피눈물」의 작자는 누구인가」, 『근대서지』20, 2019.

2. 3·1운동과 '팔 찍힌 소녀'라는 표상

이광수에게 3·1운동은 경험 너머의 세계였다. '2·8독립선언서'를 기초하고 일찌감치 상하이에 망명해 있던 그에게 3·1운동과 관련하여 고국에서 전해져 오는 소식들은 어디어디서 만세를 부르다가 몇십, 몇천 명이 붙들려가고 혹은 총을 맞아 죽거나 사상자를 냈다는 "피비린내 나는 기사"[11]의 연속이었다. 그 가운데서도 태극기를 휘두르며 만세를 외치다 일병의 칼에 두 팔이 잘려나간 소녀의 기사에서 이광수는 각별히 강렬한 인상을 받았던 것 같다. 소녀에 관한 기사는 3, 4월에 걸쳐 『엘 파소 헤럴드』, 『워싱턴 포스트』 등 미국의 각 지역신문을 비롯하여 중국의 『국민공보』에도 보도되었고, 미주 한인이 발간하던 『신한민보』는 "왜놈들이 우리 애국 여학생의 팔을 칼로 자르던 참상"이라는 표제의 삽화까지 수록하기도 했다.[12] 『독립신문』의 주필로서 이광수가 창간호부터 문예란에 '기월其月'이라는 필명으로 연재한 단편 「피눈물」, 그리고 『신한청년』 창간호에 발표한 시 「팔 찍힌 소녀」는 모두 이 기사를 모티브로 삼은 것이다.

"만세! 만세! / 어여쁜 한산韓山의 소녀가 외칠 때 / 일병日兵의 칼이 하얀 그의 두 팔을 찍었다"[13]로 시작하는 「팔 찍힌 소녀」1919는 첫 대목에서부터 일화의 한 가운데로 들어가 일병의 칼에 짓밟힌 순결한 소녀의 무참한 희생을 강조하고 나선다. "무고하고 연약한 민족 주체를 폭력적인 제국이 짓밟았다는 인식의 선동적 표현"[14]이라는 평가가 무색하지 않다. 그러나 시적 화자의 주의는 단지 소녀의 희생이라는 사실에만 머무르지 않는다. 소녀가 만세를 외치다가 두 팔이 잘

---

11   이광수, 『나의 고백』, 앞의 책, 254쪽.

12   관련 기사의 자세한 내용에 관해서는 김주현, 「상해 『독립신문』 소재 「피눈물」의 저자 규명」, 위의 논문, 74~75쪽; 문일웅, 「상해판 『독립신문』 연재소설 「피눈물」에 나타난 3·1운동 형상화와 그 의미」, 위의 논문, 96쪽 참조.

13   춘원, 「팔 찍힌 소녀」, 『신한청년』 1, 1919.12, 83쪽.

14   권보드래, 앞의 책, 418쪽.

려나갈 때 "산과 들을 향하여 뻗었"던 핏줄기를 상상하던 화자의 시선은 이윽고 "그의 핏방울은 만세가 되어" "동해東海 중에 / 여덟 섬나라"를 뒤흔들 불씨가 되리라는 예견에 가닿고, 한산의 아이들을 향해 "누이의 무덤"을 "자유의 꽃과 피와 눈물"로 기림으로써 이에 적극 동참할 것을 요청하고 있기 때문이다. 요컨대이 시에서 형상화된 '팔 찍힌 소녀'는 그저 "무력한 희생"[15]의 대상이라기보다 희생을 무릅쓴 각오와 결단의 선각자적 주체에 가까운데, 이러한 선각자적 주체의형상은 단편 「피눈물」의 여주인공 정희에게서 더욱 또렷하다.

1919년 8월 21일부터 9월 27일까지 11회에 걸쳐 『독립신문』에 연재된 단편「피눈물」은 3월 5일 경성의 만세 시위를 배경으로 하고 있다. 전문학교 및 중등학교 학생 대표들을 중심으로 한 학생단의 지휘부에 의해 사전에 치밀하게 준비되었던 이날의 만세 시위는 3월 하순 이래 급속히 퍼진 전국적인 민중시위를 이끌어내는 기폭제로서 커다란 역할을 했다.[16] 이광수는 1920년 1월 민단에서 행한 연설 「부인과 독립운동」에서 만세 시위 당시 여학생들의 주도적 활동에 대해 "그네의 피와 눈물로 대한독립을 부르짖는 소리는 천만의 대한남자를 분기케 하고 세계에 대하야 대한민족의 의기를 고성高聲으로 자랑하기에 족하였다"고 상찬한 바 있는데,[17] 단편 「피눈물」이 주목한 것 역시 바로 이 점에 있었다.

단편 「피눈물」은 3월 5일의 만세 시위를 주도하고 나선 학생단 대표 윤섭의활약과 3월 1일 이래의 만세 시위를 겪으며 민족적 자아에 눈뜨고 마침내 시위행렬의 선두에서 비장한 죽음을 맞게 되는 평범한 여학생 정희의 이야기를 교차시키는 구성을 취하고 있다. 도입부에서 밤길에 순사에게 희롱당하는 정희의 구

---

15 '팔 찍힌 소녀'의 형상을 민족주의 서사와 여성의 희생제의라는 관점에서 주목한 권보드래는 그
    것이 "무력한 희생"을 의미한다는 점에서 타락한 여성과 더불어 3·1운동기 여성 표상을 대표하
    는 전형적인 "주체성 결여의 양식"에 해당한다고 보았다. 권보드래, 앞의 책, 419쪽.
16 박찬승, 「3·1운동기 서울의 독립선언과 만세시위의 재구성−3월 1일과 5일을 중심으로」, 『한국
    독립운동사연구』 65, 2019, 91∼106쪽.
17 「부인과 독립운동」, 『독립신문』, 1920.2.17.

원자로 나섰던 윤섭은 서사의 절정에서 만세를 부르다가 헌병의 칼에 두 팔이 잘린 채 거꾸러진 그녀의 구원자로 재차 나서지만, 두 사람은 끝내 서로를 알아보지 못한 채 비장한 죽음을 맞는다. 평범한 여학생이던 정희가 정신적으로 급격한 변화를 겪고 죽음을 각오한 결단으로써 만세 시위에 나서기까지의 과정은 비교적 소략하지만 서사의 절정에 해당하는 정희의 죽음 장면만큼은 각별히 공들인 흔적이 역력하다.

대한문 앞 수천의 군중이 외치는 우레 같은 만세 소리 속에서 태극기를 높이 들며 "노예가 되려거든 차라리 죽어 자유의 귀신이 되"자고, "대한의 독립을 위하여 대한민족의 자유를 위하여 죽을 결심을 하였거든 이제 일제히 대한독립만세를 부"르자고 외치는 한 청년이 있다. 청년의 선동에 응하여 정희는 태극기를 들고 '대한독립만세'를 부르고 나서다가 일병의 칼을 맞는다. 순간 왼편 팔이 잘려나가고, 하얀 저고리와 치마에는 무섭게 피가 흐르지만 그녀는 아랑곳 않고 외친다. "총과 칼이 우리 육체는 죽일지언정 정신은 못 죽이리라. 우리는 죽거든 귀신으로 대한독립의 만세를 부르리라"고. 이어서 태극기를 잡은 오른 손목마저 땅에 떨어지고, 동포들은 충격과 분노로 들끓는다. 분노로 들끓는 동포들을 향해 "동포여, 분을 참으시오. 대한독립만세를 부릅시다"[18]고 의연히 외치던 찰나, 그녀는 재차 헌병의 칼에 맞아 피를 뿌리며 거꾸러지고 만다. 정희의 죽음은 제국의 폭력에 짓밟힌 무력한 희생이기보다 용기 어린 결단으로써 폭력에 맞서고 민중을 선도한 선각자의 희생에 가깝게 그려지고 있는 것이다.

이광수에게 3·1운동은 "한성의 만세 일성에 전반국全半國 방방곡곡이 일제히" 호응하여 "동일한 정신, 동일한 방법, 동일한 규율로써" 나선 거족적 운동이었고, 모든 비인도적 방법을 버리고 정의와 인도를 표어로 만세의 외침과 세계 양심에의 호소를 유일한 방법으로 삼은 "인류 인도 문화에 일신기원을 획"한 사건이었

---

18   其月, 「피눈물(八)」(『독립신문』, 1919.9.18), 앞의 자료, 193~194쪽.

으며, 나아가 민족 구성원에게 "독립 아니고는 민족적 생존을 보전치 못하리라는 자각"과 "일사一死로써 독립의 목적을 달하리라는 결심을" 갖는 계기가 된 "국민 부활의 제일성第一聲"이었다.[19] 이광수는 그 맨 앞자리에 시위 행렬의 선두에서 폭력에 굴하지 않고 의연히 만세를 부르다가 일병의 칼에 스러져간 '팔 찍힌 소녀'의 형상을 세웠다. 3·1운동의 민중적 확산에 기폭제가 된 청년 학생들의 선도적 희생을 기리는 한편, 피눈물로써 독립을 부르짖다 희생된 애국소녀의 절규를 기억하고 동참할 것을 호소하기 위한 의도에서였음은 말할 것도 없다. 이광수에게 '팔 찍힌 소녀'의 형상은 그 자체로 '비폭력 평화주의'를 내건 3·1운동의 이념적 표상이자 이에 대한 거족적인 동참에의 요청이기도 했던 셈이다.

3. 비폭력 평화운동에서 독립전쟁론으로

'팔 찍힌 소녀'의 형상에 새겨진 비폭력 평화주의는 3·1운동의 이념적 기반이 된 「기미독립선언서」의 공약 3장의 정신에서 비롯된다. 이는 정희에게 무자비한 폭력을 행사하던 일병의 군도를 빼앗아 들고 나선 윤섭이 "개 같은 네 목숨을 남겨둠은 공약 3장의 정신을 위함"이라며 군도를 분지르고 "자유 만세"를 부르짖다가 사방에서 몰려드는 군도에 난자당하고 마는 장면에서도 분명하게 드러나 있다.[20] 잘 알려져 있듯이, 공약 3장의 핵심은 비폭력이다. 폭력에 의한 참상을 피하고 정당한 민족적 요구로써 세계의 여론을 움직이는 데 주안점을 두었던 33인의 민족 대표들은 3·1운동의 기획 초기부터 대중화, 일원화, 비폭력의 3원칙을 내걸었다. 공약 3장이 정의·인도에 기초하여 '민족의 정당한 의사'를 밝

---

19 春公 李長白, 「한족의 장래」, 『신한청년』, 1919.12, 117~119쪽. "국민 부활의 第1聲"(2쪽)이라는 표현은 동 지면에 실린 「신한청년 창간사」에 나오는데, 이 글 역시 이광수가 집필한 것으로 보인다.
20 기월, 「피눈물(八)」(『독립신문』, 1919.9.18), 앞의 자료, 194쪽.

히되 '배타적 감정'으로 내달려서는 안 된다는 것, 어디까지나 '질서를 존중'하고 광명정대한 주장과 태도를 지켜야 한다는 데 강조점을 두게 된 배경이다.[21] 이 점에서 3·1운동의 이념을 계승하여 임시정부의 수립에 관여했던 이광수의 초기 사상이 비폭력 평화주의에 근간한 것은 매우 자연스러운 일이었다.[22]

파리강화회의에 대한 기대 속에서 점화되었던 3·1운동은 이해 6월 승전국 중심의 베르사이유조약의 성립과 더불어 한풀 꺾인다. 그러나 강화조약의 일부로 국제연맹 결성에 관한 건이 의결된 것은 세계의 여론에 호소하고자 하는 평화적 독립운동의 전개에 다시 한 번 힘을 실어주게 된다. 실제로 국제연맹의 결성에 관한 소식이 전해지자 임시정부는 국제연맹에 제출할 요량으로 급히 사료편찬위원회를 발족하고 『한일관계사료집』의 편찬 및 번역에 힘쓰는 한편, 파리, 런던, 제네바, 워싱턴, 뉴욕, 상하이 등 세계 각지에 선전국을 두어 국제연맹 대선전책을 강구하고 나섰다. 이광수는 당시 사료편찬위원회의 주임을 맡아 사료집의 편찬을 주관했을 뿐만 아니라, 『독립신문』의 주필로서도 사설을 통하여 국제연맹에 거는 기대를 거듭 피력하기도 했다. "오제吾儕는 이미 허위나마 정의며 인도를 표준하야 국제연맹까지 기종其終을 보랴는 우리라."[23] "국제연맹회의는 아등我等에게 최근最近한 기회라."[24] "국제연맹 제1회를 아我독립완성의 기회로 앎은 충분한 이유와 근거가 유有한 일이라."[25] 하나같이 평화회의가 막을 내릴 때까지는 외교적 기회를 활용한다는 임시정부의 방침을 대변한 것으로, 당시 외교론에

---

21 고정휴, 「3·1운동의 기억 ─ 비폭력·평화의 관점에서 자료 다시 읽기」, 『한국독립운동사연구』 66, 2019, 11쪽 참조.
22 임시정부 설립에 관한 의논이 일었을 당시 이광수는 민족대표 33인이 남겨 놓은 의사를 들어서 정부를 조직해야 함을 주장하여 정부 조직을 반대했고, 이봉수를 서울로 보내 상하이에 모인 대표들에게 위임한다는 뜻을 전해 듣고서야 정부 조직에 착수한 사실을 회고한 바 있다. 이광수, 『나의 고백』, 앞의 책, 255~257쪽.
23 「전쟁의 시기」, 『독립신문』, 1919.9.30.
24 「외교와 군사」, 『독립신문』, 1919.10.11.
25 「독립완성시기」, 『독립신문』, 1919.11.1.

비중을 두었던 임시정부의 방침에 이광수 역시 보조를 함께 하고 있었던 사실을 엿볼 수 있게 한다.

조선 독립의 정당성을 세계 여론에 호소한다는 방침은 비폭력 평화주의를 내건 3·1운동의 이념에 근간을 둔 것으로, 암살, 파괴, 폭동과 같이 단속적으로 분출하던 폭력적 저항의 방식과 충돌했다. 단적인 예가 강우규의 사이토 총독 암살미수 사건이다. 이해 9월 2일 연해주의 신한촌 독립단 소속의 독립운동가 강우규는 조선 총독으로 새로 부임하는 사이토 마코토에게 폭탄을 던져 분격한 민심을 대변했다. 이에 대해『독립신문』주필로서의 이광수는 분격한 민심에 깊은 공감을 표하면서도 아직은 최후 행동에 나설 때가 아니며, 정의와 인도에 기초한 정당한 호소로써 "세계의 여론을 동動하기에 전력"하고 있는 시기임을 내세워 폭력을 경계하는 태도를 취했다.[26] 주필로서의 공적인 입장을 내려놓은 또 다른 글에서는 3월 1일 이래 일본의 만행을 상기시키면서 혈전에의 기백을 부추기며 공공연히 폭력의 위력을 두둔하고 나서기도 하지만, 동포들에게 독립에의 각오와 의지를 부추기고 일본을 향해서는 분격한 민심이 초래할 폭력의 참상을 경고하기 위한 의도 이상의 의미를 가진 것은 아니었다.[27]

한편 암살, 파괴, 폭동 등의 폭력적인 운동에 대한 경계는 독립은 '독립의 실력'이 갖추어질 때 비로소 가능하다는 준비론에 대한 그의 오랜 신념에서 비롯된 것이기도 했다. 일찍이 대륙방랑 시절 이광수는 상하이에서 연해주, 북만주,

---

26 「폭발탄 사건에 대하야」,『독립신문』, 1919.9.16.
27 "용장한 미국인의 조상은 당시 강대하기 세계 제일이던 영국에 대하야 '우리에게 자유를 주라. 아니어던 사(死)를 주라' 하고 분연히 기(起)하야 혈전(血戰)한 지 10년에 자유의 대미국을 건설하였도다. 이천만의 대한인은 이러한 기백을 유(有)한가 부(否)한가. (…중략…) 오호라 가증가살(可憎可殺)의 왜노여. (…중략…) 이등(爾等)의 자긍자시(自矜自恃)하는 소위 대일본제국의 근저에 놓인 폭발탄의 화승(火繩)은 이미 연소를 여(如)하였나니, 이등(爾等)의 노인은 사(死)하기 전에, 이등(爾等)의 청년은 노(老)하기 전에 비참한 대폭발을 견(見)하리라." 춘공(春公),「왜노와 우리」,『독립신문』, 1919.10.28, 4쪽 '고(告)대한국민(來稿)—목하(目下)의 의무와 결심'이라는 표제하에 실린 글이다.

시베리아에 걸친 대륙방랑의 경험을 통해 제 힘으로 제 나라를 경영해갈 만한 실력을 갖추지 않고는 당장 독립을 하더라도 이를 유지하는 것 자체가 불가능하다는 사실을 절감한 바 있고, 이러한 자각하에 「독립준비하시오」를 비롯하여 「농촌계발의견」, 「재외동포의 현상을 논하여 동포교육의 긴급함을」[1914] 등 실력의 준비를 주장하는 논설을 여러 편 쓰기도 했다.[28] 『독립신문』 창간호부터 '장백산인長白山人'이라는 필명으로 14회에 걸쳐 '선전'란에 기획 연재한 논설 「개조」는 이러한 준비론의 기조를 명료히 표명한 글이다. "대저 무슨 사업의 성공은 그 사업에 필요한 실력의 준비가 있어야 하나니 (…중략…) 금일 우리 민족의 경우는 첫째 일본으로 하여금 대한의 국토를 토하지 아니치 못하게 할 실력이 있어야 할지오, 둘째 세계 열방으로 하여금 대한의 독립을 승인케 하기에 족한 실력을 구비하여야 할지니, 우리의 성공할 기회는 이 소요所要의 실력을 우리가 소유케 되는 날이라."[29]

실력의 준비는 파괴가 아니라 건설을 지향한다. 더욱이 논설 「개조」는 준비론의 전제로서 민족의 개조라는 근본적인 자기 변혁을 내걸고 있다. "우리 민족은 개조되어야 하겠소. 망국亡國하던 민족이 흥국興國하는 민족이 되려 하니 개조되어야 하겠고, 열약劣弱하던 민족이 우승優勝한 민족이 되려 하니 개조되어야 하겠고, 빈貧하던 민족이 부富하게 우愚하던 민족이 지智하게 천賤하던 민족이 귀貴하게 되려 하니 개조되어야 하겠소."[30] 이광수는 조선 민족이 열약하고 빈천하게 된 이유가 오랜 세월 '유교의 횡포'와 '일본족의 횡포'로 인해 과거의 영예로운 역사를 잊고 고결용장한 국민성을 잃어버린 데 있다고 보았다.[31] 3월 1일의 만세와 더불어 민족의식에 눈떴다고는 하나, 그들로 하여금 끝까지 분투하여 독립을 완

---

28   최주한, 「중학 시절과 오산 시절 전후의 이광수」, 『이광수와 식민지 문학의 윤리』, 소명출판, 2015, 58~63쪽 참조.

29   장백산인, 「개조」(六), 『독립신문』, 1919.9.18.

30   장백산인, 「개조」(一), 『독립신문』, 1919.8.21.

31   「창간사」, 『독립신문』, 1919.8.21.

성하고 독립된 국가를 경영해 나갈 자격과 능력을 갖추게 하려면 위축된 민족적 자질을 복구하는 것이 급선무라 여겼다.[32] 그가 급격한 변화와 호전적인 사업을 선호하는 "새로 각성하는 국민의 맹목적 애(국심)"을 경계하는 한편,[33] "비상한 때에 군중심리적으로 하는" 단합을 넘어 "심각한 자각에서 출발(出發)한" 일상적 단합의 필요성을 주장한 것[34] 역시 이러한 이유에서였다. 곧 이광수가 파괴보다는 건설을, 맹목적 애국심보다는 의식적인 개조를 중시한 데는 3·1운동 이래 민족의식에 눈뜬 민중의 폭발적인 힘을 독립의 실력을 준비하는 데 필요한 역량으로 결집하려는 의도가 자리하고 있었던 것이다.

한편으로 외교적 기회를 엿보면서 다른 한편으로 민족의 개조에 근간한 준비론을 설파하는 가운데 비폭력 평화운동의 노선을 걷던 이광수의 입장은 임시정부가 1920년을 '전쟁의 해'로 선포하면서 독립전쟁론으로 비약한다. "원년 3월 1일 이래로 아(我)국민은 평화의 수단으로 가능한 거의 모든 운동을 실행하였으나 적은 점점 더 시포(視暴)하여 갈 뿐이니, 이제 취할 바는 오직 예정적 최후 행동인 전쟁밖에 없소."[35] "이미 평화운동의 시기가 과(過)하고 혈전의 시기가 도(到)하였나니, 이 시기의 기간은 제1기보다 길 것과 그 곤란과 희생은 더욱 거대할 것과, 따라서 우리 국민의 애국의 열성과 용기와 인내는 더욱 배가하여야 할지니 한갓 일시의 자위를 위하야 독립운동을 용이하고 간단한 것으로 알지 말라."[36] 임시정부가 외교 우선론에서 독립전쟁론으로 입장을 바꾼 것은 9월에 열릴 예정으로

---

32 "우리는 독립을 선언하였습니다. 그러나 독립선언만으로 독립이 되리잇가. 우리는 만중일심으로 만세를 불렀습니다. 그러나 만세만으로 독립이 되리잇가. 우리는 세계의 동정을 얻었습니다. 그러나 세계의 동정만으로 독립이 되리잇가. 이것이 우리의 국민부활의 제1성이외다. 그러나 우리에게 이 국민적 생존을 보전할 실력이 있습니까. 즉 끝끝내 분투하여서 독립을 완성하고 그러한 후에는 그 독립한 국가로 하여금 훌륭한 국가가 되게 할 그러한 실력이 있습니까." 「창간사」, 『신한청년』, 1919.12, 2쪽.

33 장백산인, 「개조」(一), 『독립신문』, 1919.9.30.

34 장백산인, 「개조」(一四), 『독립신문』, 1919.10.7.

35 「전쟁의 해」, 『독립신문』, 1920.1.17.

36 「본국 동포여―십사(十事)로써 고함」, 『독립신문』, 1920.1.31.

기대를 모았던 국제연맹회의가 연기되면서 기존의 외교 방식에 대한 반성의 목소리가 커지고, 동년 11월 군무총장 이동휘가 임시정부 국무총리로 정식 취임하게 되면서 주전론의 입장이 강화된 배경과 관련이 있었다.[37]

그러나 독립전쟁 원년의 선포가 임시정부의 공식 입장이었다고는 해도 안창호를 비롯한 이광수의 입장은 즉각적인 전쟁론이기보다 전쟁준비론에 가까웠다.[38] 1920년 1월 3일 안창호는 민단에서 행한 신년 연설 「우리 국민이 단정코 실행할 6대사」을 통하여 "시기로 보던지 의리로 보던지 아니 싸우지 못할 때"임을 분명히 하는 한편, "전쟁을 찬성하거든 절대로 준비가 필요한 줄을 자각"해야 한다며 준비의 긴요함을 주장했다.[39] 국민의 할 일로써 명시한 군사, 외교, 교육, 사법, 재정, 통일의 6대 강령은 임시정부를 중심으로 한 통일된 전쟁의 준비에 필요한 인재와 금전, 선전, 단합의 중요성을 강조한 것이다. 『독립신문』의 주필 이광수 역시 한편으로 "우리의 할 일은 오직 혈전이 있을 뿐"임을 표나게 내세우면서도 "우리 정부의 방침이 이미 전쟁으로 확정하였은즉 우리는 각각 일령지하에 총동원을 행할 준비가 있어야 할 것이외다. 그 준비란 무엇이오. 안 총판의 말을 빌건대 저마다 돈을 내고 저마다 군인이 되고 전국민이 정부의 명령하로 집중함"[40]이라고 전쟁준비론에 힘을 실었다. 또한 「본국 동포여ー십사十事로써 고함」1.31, 「독립운동과 재정」2.7, 「국민개병」2.14, 「삼기론三氣論」3.13 등의 사설을 통해 전면적인 독립전쟁을 위한 물질적 준비와 정신적 각오를 독려하기도 했다.

독립전쟁의 준비에 있어서도 군사를 양성하고 군비를 모으고 독립에의 각오를 다지는 것만큼이나 중요한 것이 외교와 선전이었다. 군대가 부재한 식민지

---

37 이한울, 「상해판『독립신문』과 안창호」, 『역사와 현실』 76, 2010, 346쪽.
38 김주현은 이광수가 1920년을 전쟁의 해로 선포한 임시정부의 방침에 따라 혈전론을 주장했다가 4월에 접어들어 혈전론에 대한 반성과 더불어 준비론으로 돌아섰다고 보았으나(김주현, 「상해『독립신문』에 실린 이광수의 논설 발굴과 그 의미」, 앞의 글, 612~613쪽), 애초에 안창호의 독립전쟁론에 내포된 준비론의 성격을 간과한 견해이다.
39 「우리 국민이 단정코 실행할 6대사」(一), 『독립신문』, 1920.1.8.
40 「전쟁의 해」, 1920.1.17.

조선이 대규모의 독립전쟁을 해나가자면 세계의 동정과 원조를 얻는 것이 필요하고, 나아가 세계의 대세를 이용하여 독립전쟁에 유리한 기회를 짓는 데도 외교와 선전은 필요하다는 입장이었다.[41] 역술 「아라사혁명기」1.10~2.26를 비롯하여 논설 「일본의 현세現勢」3.11~4.1, 사설 「미일전쟁」3.20, 「세계대전이 오리라」3.23, 「독립전쟁의 시기」4.1 등 이 무렵 이광수가 집필한 일련의 문장들이 당대 정세 분석에 집중하고 있는 것도 이와 무관하지 않다. 당시 이광수는 러시아에서 시작된 사회주의 혁명의 여파가 동아시아 정세에 미치고 있는 영향력에 촉각을 세우는 한편, 강화회의의 결과를 둘러싸고 당사자 각국의 이해관계가 충돌하면서 또다시 세계대전이 일어날 가능성에도 주목했다. 구주대전 이래 물가의 등귀로 인해 과격사회주의가 만연하고 동맹파공이 속출하고 있는 일본, 배일 및 베이징 친일 정부의 전복 운동이 급속히 사회주의적 색채를 띠어가고 있는 중국 등 동아시아에 확산되고 있는 혁명 세력은 제국주의 일본이라는 공동의 적에 맞서 독립전쟁의 든든한 지원 세력이 되어 줄 수 있었다. 또 설사 사회주의 혁명이 아니더라도 강화회의와 국제연맹이 전승국의 입장을 대변함에 따라 피압박민족 및 패전국의 반발이 언제 폭발할지 모르는데다 특히 중국 및 태평양에서의 패권을 둘러싼 미일갈등, 만주와 산둥 침략, 중국 군벌에 대한 일본의 매국적 원조로 증폭된 중일갈등, 시베리아 출병 이래 심화되고 있는 러일갈등 등 일본의 국제적인 고립은 독립전쟁에 유리한 기회와 형세를 짓는 데 호기로 작용할 터였다. 이광수가 전쟁준비론을 지지한 데는 임시정부 내부 주전론의 입장이 강화된 배경 외에도 당대 국제 정세에 대한 치밀한 분석과 판단 또한 뒷받침되어 있었던 것이다.

---

41 「우리 국민이 단정코 실행할 6대사」(二), 『독립신문』, 1920.1.10. '二. 外交' 참조.

4. 문화운동에 대한 관심과 귀국의 결단

임시정부의 '전쟁의 해' 선포는 국내는 물론 해외 각지 독립운동 세력의 다대한 관심을 모았지만 독립전쟁의 시기와 방법을 둘러싼 이견으로 좀처럼 통일을 보지 못했다. 특히 아령과 서북간도에 난립한 단체들 간의 길항과 반목, 즉각적인 혈전을 주장하는 세력들의 발호는 임시정부를 중심으로 대통일적인 독립전쟁을 준비한다는 방침에 커다란 걸림돌이 되었다. 이 무렵 이광수가 집필한 「차제를 당하야 재외동포에게 경고하노라」[3.11], 「대한인아, 대한의 독립은 전민족의 일심단결과 필사적 노력을 요구한다」[3.25], 「독립전쟁의 시기」[4.1], 「아령 동포에게」[4.3] 등의 사설이 하나같이 각 독립운동 단체들의 난립과 내분을 경고하는 한편, 혈전의 개시는 '준비의 완성할 날'임을 거듭 표명하며 임시정부의 지도하에 통일된 행동에 나설 것을 촉구하는 내용으로 채워져 있는 것은 이 때문이다. 당시 임시정부는 각지의 독립군 단체에 재정을 지원하거나 군사전략에서 지도력을 발휘할 만한 역량이 없었고, 해당 지역 조선인 사회를 장악하지 못했기 때문에 통합에 어려움을 겪었다.[42] 결국 이해 6월과 10월 군사력의 통일을 보지 못한 상태에서 봉오동과 청산리에서 치른 두 차례의 전투는 빛나는 성과에도 불구하고 무장력에서 치명적인 타격을 받게 되어 임시정부의 독립전쟁 구상은 좌절되고 만다.[43]

독립전쟁의 시기와 방법을 둘러싸고 임시정부 안팎으로 논란이 한창이던 시기 『독립신문』은 재정난으로 힘겨운 시기를 지나고 있었다.[44] 게다가 주필이었던 이광수마저 상하이에 온 이래 쌓인 격무와 열악한 환경 탓으로 건강을 잃고 4

---

42 신주백, 「봉오동 전투, 청산리 전투 다시 보기」, 『역사비평』, 2019. 5, 300~301쪽 참조.
43 봉오동전투와 청산리전투의 경과 및 성과와 한계에 대해서는 신주백, 위의 논문, 302~314쪽 참조.
44 『독립신문』은 재정난을 타개하기 위해 독립신문사를 합자회사의 형태로 전환하는가 하면 구독료 선불 광고를 지속적으로 내보내기도 했으나, 결국 1920년 5월 11일 자(제75호)에 이르러 주 3회 발행에서 2회로 발간횟수를 줄이게 된다. 최기영, 「상해판 『독립신문』의 발간과 운영」, 『식민지시기 민족지성과 문화운동』, 한울아카데미, 2003, 217~220쪽 참조.

월부터 5월까지 두 달여간 신병으로 휴무에 접어든다. 가급적 사설 집필은 계속했지만, 사정이 여의치 않을 때는 사설란마저 다른 필자나 다른 지면으로 대체하는 등 『독립신문』에 대한 관여는 급속히 동력을 잃어가고 있었다.[45] 이광수가 허영숙에게 보낸 5월 6일 자 편지에는 이런 언급도 보인다. "사업에 실패가 오고 동지들에 대한 실망이 올 때에 나는 분명히 일어나 본국으로 들어가서 몇 3년 징역을 치르고라도 본국에 있는 동포들 앞에 나서고 싶습니다."[46] 임시정부의 독립전쟁 구상이 내분으로 별다른 진척을 보지 못하고, 주력하던 『독립신문』마저 재정난으로 앞날이 불투명한 나날이었다. 이광수의 마음 한켠에 사업의 실패에 대한 실망과 좌절이 자리하고 있었을 것을 짐작하기는 어렵지 않다. 그러나 두 달여간의 신병은 실패와 곤경을 딛고 일어설 수 있는 길을 모색케 해주었으니, 3·1운동 이래 대두하고 있던 문화운동에 대한 관심이 그것이다.

이와 관련하여 사설 「독립운동의 문화적 가치」[4.22]는 각별히 주목할 만하다. 흥미롭게도 이 사설에서 이광수가 주시하고 있는 현상은 3·1운동 이래 성행하기 시작한 신문잡지의 족출簇出, 기업열과 회사열 등 문화운동의 열기에 관한 것이다. 그간의 전쟁준비론이 대개 안으로 전쟁의 준비를 독려하고 밖으로 내외의 정세를 살펴 독립전쟁에 유리한 기회와 형세를 짓는 데 주력한 것이었음을 고려할 때 다소 돌출적인 논제가 아닐 수 없다. 그러나 일찍이 독립 이상의 중요한 사업으로 '민족의 개조'와 '실력의 양성'을 주장한 보다 근본적이고 장기적인 기획의 연장선상에서 보면 매우 그다운 관심의 일환인 것도 사실이다. 이광수는 이러한 문화운동이 "직접으로 정치적 색채를 띤 것은 아니지마는" 3·1운동 이래의

---

45 휴무 선언 초기만 해도 「공포시대현출호(恐怖時代現出乎)」(4.10), 「한중제휴의 요(要)」(4.17), 「해삼위사건」(4.20), 「정치적 파공(罷工)」(4.24) 등 국내외의 정세를 살피고 대외적 선전에도 주력하며 독립전쟁의 기회와 수단을 모색하는 내용의 사설을 계속 집필했으나, 70호(4.27) 이후 86호(6.24)로 신문이 정간될 때까지 이광수가 쓴 사설은 「최후의 정죄(定罪)」(5.8), 「최재형 선생 이하 사의사(四義士)를 곡(哭)함」(5.15) 두 편뿐이다. 최주한, 「『독립신문』 소재 이광수 논설의 검토」, 앞의 논문, 249~250쪽.

46 이광수, 「상해에서 보낸 서간」, 『이광수전집』 9, 우신사, 1979, 304쪽.

"민중의 자각에 기인하고 민족적인 문화운동이라는 견지로 보면" 독립운동과 밀접한 관계가 있다고 보았다. 그리고 이어서 "적어도 정치적 운동은 민중의 자각이라는 것과 병진竝進치 아니치 못할 것"이라 하여 "민중생활의 향상과 민족의 실력물질 정신 쌍방의의 충실"[47]이야말로 독립운동의 근본책임을 거듭 강조했다. 이 무렵 이광수에게 문화운동은 3·1운동 이래 민중의 민족적 자각에 기초한 것으로, 독립 지향의 정치운동을 뒷받침하는 보다 근본적인 사업으로 인식되고 있었던 것이다.

당시 이광수가 문화운동의 가능성에 눈뜨게 된 데는 한국 근대문학 최초의 문예 동인지 『창조』에 관여한 경험도 빼놓을 수 없다. 1919년 2월 김동인, 주요한, 전영택, 김환 등 도쿄의 유학생들이 중심이 되어 창간된 동인지 『창조』는 3월의 2호로 중단되었다가 이해 12월 속간되어 1921년 5월 9호로 폐간되기까지 단속적으로 간행되었다. 이광수는 『창조』 6호에 발표한 시 「밋븜」1920.5을 시작으로 하여 『창조』 7호에 시 「강남의 봄」, 수필 「H군에게」1920.7, 『창조』 8호에 '우감삼편偶感三篇'이라는 표제어 하에 쓴 「너는 청춘이다」, 「기운을 내어라」, 「평범」 등의 시 세 편과 더불어 논설 「문사와 수양」1921.1 등 상하이를 떠나기 직전까지 『창조』의 지면에 꾸준히 원고를 보냈다. 적막하고도 곤한 이국의 봄을 읊은 서정시 「강남의 봄」을 제외하고는 하나같이 문화운동의 선봉으로서 신문학 건설을 책임져야 할 청년문사들을 향해 스승 혹은 선배 문사로서의 위치에서 질책과 격려, 제언을 건네는 내용을 담고 있는 것이 확인된다.

우선 수필 「H군에게」는 『창조』 5호에 '오산인'이라는 필명으로 발표된 오산 시절의 제자 이희철의 「K선생을 생각함」1920.3이라는 글에 대한 답신이다. "군과 책상과 기숙사를 같이 하던 수백의 청년 중에서 얼마나 많은 사람들이 타락하여 버렸나 하는 것을 생각하고 군이 변치 아니한 것을 놀라워"[48]하며 시작하고 있

47　「독립운동의 문화적 가치」, 『독립신문』, 1920.4.22.
48　춘원, 「H군에게」, 『창조』, 1920.7, 58쪽.

는 이 글은 냉랭한 온도를 가진 동포들로 하여금 "웃을 일에 웃고, 울 일에 울고, 동정할 때 동정하고, 죽을 때 죽고, 의리에 아니 변할 줄도 알게"[49]하는 일에 서로 힘쓰자는 격려와 함께 마무리되고 있다. 시「밋븜」을 비롯하여 '우감삼편偶感三篇'이라는 표제어 하에 발표된 시「너는 청춘이다」,「기운을 내어라」,「평범」역시 제목에서부터도 그렇지만 "드는 칼을 들어 / 내 혀를 베어라 / 입술도 찢어버려라 / 만일 '거짓말'의 독액이 전신에 퍼졌거든"「밋븜」, "저 핏기 없는 얼굴을 치워버려라" "그 소화불량성의 불평과 / 결핵성의 센티멘탈리즘을 버려라"「너는 청춘이다」, "그리고 건장한 남자가 되어라, 여자가 되어라"「기운을 내어라」 등 단호하고도 계몽적인 어투로 가득하다.

한편 논설「문사와 수양」1920.11.11 집필[50]은 신문예운동의 발흥과 관련하여 문화운동에 대한 본격적인 관심을 드러낸 글이라는 점에서 좀 더 주목을 끈다. "나는 뜨거운 정성과 많은 희망으로써 이 소논문을 나의 혹은 아는, 혹은 모르는, 사랑하는 문사 여러분께 드립니다."[51]라는 문장으로 시작하여 문사와 조선 민족의 관계, 문사에게 수양이 필요한 이유, 문사에게 요구되는 덕성과 지식, 체력의 수양에 대하여 조목조목 논하고 있는 이 글은 기본적으로 선배 문사의 입장에서 청년문사에게 주는 글의 형식을 띠고 있다. 문예는 '민족의 정신'을 계발하는 가장 큰 힘이며, 신문예운동에 뛰어든 청년문사야말로 신문화 건설의 중추가 되는 만큼 '민중의 인도자인 성도聖徒'라는 자각을 가지고 건전한 인격의 수양에 힘써야 한다는 당부로써 이 글이 채워져 있는 것도 바로 이 때문이다. 그럼에도 불구하고 "정신적 생활에 入하랴고 분투하는 조선민족 중에서 신문예운동에 참여하게 된 나와 여러분"[52]이라고 하여 각별히 그 자신을 청년문사와 나란히 신문예운동의

---

49   위의 글, 59쪽.
50   춘원,「문사와 수양」,『창조』8, 1921.1, 18쪽. 글의 말미에 "一九二〇 十一月 十一日"라는 집필 날짜가 붙어 있다.
51   위의 글, 9쪽.
52   위의 글, 10쪽.

주체로 호명하고 있는 대목은 예사롭지 않다. 이광수에게 논설 「문사와 수양」은 선배 문사로서 청년문사를 이끄는 책임을 그 스스로에게 부여하며 신문예운동에의 적극적인 참여를 표명한 일종의 선언서와 같은 것이 아니었을까. 이 무렵 『독립신문』은 재정난에 이어 6월 24일 자제86호의 발행을 끝으로 봉쇄 중이었고, 8월 하순 경 허영숙에게 보낸 편지 가운데 "신문 하던 것은 사정도 못 할 듯하거니와, 할 수 있게 되더라도 남에게 맡기고 말랍니다."[53]라는 언급에도 보이듯 그 자신 『독립신문』에서 손을 뗄 결심을 한 지도 이미 오래였다. 한동안 『창조』를 매개로 하여 3·1운동 이래 대두하고 있던 신문예운동을 관심 있게 지켜보던 이광수는 점차 국내에서의 문화운동 쪽으로 마음이 기울고 있었던 것이다.

이광수가 귀국의 결심을 굳힌 계기는 이해 늦가을 임시정부에 전해진 간도참변의 소식을 접하면서였다. 이해 6월 봉오동전투에서의 패배 이후 일본군은 만주에 군대를 출동시킬 명분을 확보하고자 중국인 마적단을 사주하여 10월 2일 훈춘현 일본 영사관을 습격했다. 이른바 훈춘사건이다. 그러나 간도 출병 이래 청산리전투에서 잇달아 패배한 일본군은 그 보복으로 대대적인 조선인 학살에 나서 2개월여 간 3천 2백 9호의 주택을 파괴하고 3천 4백 69명의 목숨을 앗아가는 참상을 빚었다.[54] 이해 4월 일본군의 습격으로 블라디보스톡의 신한촌이 전멸되다시피 한 해삼위사건에 이어 이번에는 만주 독립군의 근거지마저 초토화된 형국이었으니, 이로써 임시정부의 독립전쟁 준비의 구상은 그대로 좌초되고 만 셈이었다. 이제 이광수는 그간의 전쟁준비론에서 한 걸음 물러나 보다 근본적이고 장기적인 준비론을 전면에 내세우게 된다.

12월 18일 자 『독립신문』 속간호제87호부터 2월 5일까지 6회에 걸쳐 연재한 사

---

53 이광수, 「상해에서 보낸 서간」, 『이광수전집』 9, 우신사, 1979, 308쪽. 서신에 날짜가 적혀 있지 않으나 "오늘 저녁 후에 8월 14일 오후 8시 병석에서 쓰신 떨리는 글씨를 보았습니다."(307쪽) 라는 언급으로 보아 대략 8월 하순 무렵에 쓴 것을 알 수 있다.

54 「서북간도 동포의 참상 혈보(血報)」, 『독립신문』, 1920.12.18. '임시정부 간도 통신원의 확보(確報)'라는 부제하에 훈춘사건 이래 11월 30일까지 확인된 간도참변의 참상을 보고한 기사 참조.

설 「간도사변과 독립운동 장래의 방침」은 마지막 충언이라는 각오로써[55] 대독립당의 건설을 제안한 글이다. 이광수에게 간도참변은 어쩌면 예고된 참사나 마찬가지였다. 아령과 만주 각지에 난립한 단체들의 대립과 반목, 특히 주전론자들의 임시정부에 대한 불신임은 독립운동의 역량을 한곳으로 집중하고자 하는 정부의 노력을 무력화시켰고, 미처 조직의 통일을 보지 못한 상태에서 성급히 치른 두 차례의 전투는 결과적으로 독립운동의 근저가 되는 민력까지 소진하는 결과를 초래했다는 것이 그의 판단이었다. 대독립당의 건설은 납세의 의무와 병역의 의무를 지는 '국민의 모집'을 통해 임시정부로 하여금 독립운동의 명실상부한 중심으로서 역량을 갖출 수 있도록 하자는 제안으로,[56] 사실상 임시정부가 '전쟁의 해'를 선포한 이래 역설해 온 전쟁준비론의 연속선상에 놓인 주장이었다. 그러나 해삼위사건 이래 간도참변을 거치며 임시정부의 독립전쟁 구상은 그대로 좌절되고 말았으니, 당장 전쟁에 유리한 기회와 형세를 짓는 일보다는 산업과 교육을 근간으로 한 보다 장기적인 안목의 준비가 긴요하다는 데 힘이 실렸던 것이다.

이광수는 대독립당 건설의 제1안으로 임시정부를 중심으로 하는 민적안의 실시를 제안하고 있지만, 이미 임시정부에 크게 기대를 걸고 있지는 않았던 것 같다. "만일 임시정부에 이만한 자각과 결심이 없다 하면 어찌 하랴. 우리는 불가불 제2안인 각 단체 연합안에 왕往하여야 할지오, 각 단체에게 만일 이러한 자각과 결심이 없다 하면 우리는 제3안에 왕往하야 직접으로 충량한 동포를 규합함으로 대독립당 건설의 업業을 시試하여야 할지라."[57] 간도참변 이래 독립운동의 방침을 두고 노선 대립이 격화되었던 임시정부 안팎의 사정을 고려하건대, 제2안인 독립운동 각 단체 연합안도 가능성은 희박했다. 주목할 만하게도 '직접으로

55 이 글의 집필과 관련하여 이광수는 『나의 고백』에서 다음과 같이 회고한 바 있다. "이리하여 나는 「국민개업, 국민개학, 국민개병」이라는 긴 글 한 편을 지어 독립신문에 실리고는 그 신문사에서 손을 떼고 국내로 뛰어 들어오기로 결심하였다." 이광수, 『나의 고백』(1948), 앞의 책, 284쪽.

56 「간도사변과 독립운동 장래의 방침」(三), 『독립신문』, 1921.1.15.

57 「간도사변과 독립운동 장래의 방침」(六), 『독립신문』, 1921.2.5.

충량한 동포를 규합'한다는 제3안은 이 무렵 안창호가 사적인 견해임을 전제로 하여 향후 독립운동의 방침으로 밝힌 대독립당의 구상을 그대로 반향하고 있다. "이 주의에 적응하는 국민이 백만 명이 못 되면 십만 명, 만 명, 단 천 명이라도 먼저 조직적 동작을 취한 후에 다시 승진昇進하되, 일 년에 못 되면 오 년, 오 년에 못 되면 내지 십 년, 이십 년이라도 결과가 있기까지 하여야 되겠소."[58] 당시 이광수가 유력한 대안으로 염두에 두고 있었던 대독립당 건설안은 안창호에 대한 여전한 지지를 엿볼 수 있게 한다.

『독립신문』에서 손을 뗀 후 '천재天才'라는 필명으로 쓴 마지막 사설 「국민개업 國民皆業」1921.4.2에서 이광수는 독립운동은 반드시 국민 전체의 운동이라야 하며, 국민 전체로 독립운동을 진행하는 유일한 방법은 각 개인이 자기 업에 충실하는 것임을 주장하며 이렇게 적었다. "국민개업의 큰 적이 둘 있습니다. 하나는 착오 된 민족적 양심이오 하나는 민족적 양심의 결핍 혹은 마비입니다. 애국은 입과 종이로만 하는 것인 줄 아는 것, 애국은 암살과 탄환으로만 하는 줄 아는 것들은 다 착오된 민족적 양심의 발로라 하겠습니다. 지어至於 나타懶惰와 겁유怯愞와 허위와 허영과 기타 다른 괴악한 습관성의 노예가 되어 민족적 양심이 아조 결핍하거나 마비된 자에는 어떠한 약이 쓸데가 있을런지요." "독립만세 소리가 아무리 크더라도 전국의 농촌과 학교와 공장과 상부商埠가 비는 날 우리 국민은 파산할 것이오, 독립만세를 부르는 그 정신이 흘러 학교와 농촌과 공장과 상부商埠가 될 때에 우리의 독립운동은 성공하겠습니다."[59] 앞서 선배 문사로서 신문예운동에의 적극적인 참여를 선언한 「문사와 수양」1920.11 집필과 동일한 경어체를 구사한 데서도 이전과는 결이 다른 각오가 느껴지거니와, 귀국 후 신문예운동과 더불어 문화운동의 일환으로써 힘을 쏟은 민족개조운동의 향방을 예고한 글이었다고 해도 지나치지 않다.

---

58 안창호, 「전도 방침에 대하야」, 『독립신문』, 1920.12.25. 11월 27일 민단 사무소에서 행한 연설.
59 천재, 「국민개업」, 『독립신문』, 1921.4.

5. 귀국 이후, 3·1운동의 단속적 반향

살펴본 대로 이광수에게 귀국의 결단을 추동한 국내의 문화운동은 3·1운동 이래 '민중의 자각'에서 기인한 민족적인 문화운동이라는 견지에서 독립운동과 밀접한 관계가 있을 뿐만 아니라, 정치적 독립운동과 나란히 이를 뒷받침할 근본책으로 인식되고 있었다. 물론 문화운동이 3·1운동의 산물이었다고 해서, 또 이광수가 문화운동에서 3·1운동 이래 민족의식에 눈뜬 민중의 힘을 독립의 실력을 준비하는 데 필요한 역량으로 결집할 수 있는 가능성을 보았다고 해서 정치적 색채가 배제된 문화운동을 독립운동과 동궤에 놓을 수는 없는 노릇이다. 이광수가 『나의 고백』에서 당대의 문화운동이 "합법적 민족운동의 한계선"을 전제했다는 점에서 "독립운동에서 일보 후퇴"[60]한 것이었음을 분명히 한 것도 바로 그러한 인식의 산물이었을 것이다.

그럼에도 불구하고 문화운동의 발흥은 3·1운동과 더불어 조선 민중 스스로가 무단통치기의 오랜 침묵을 깨트리고 제 목소리를 낼 수 있는 여건을 쟁취한 결과였다는 점에서 민중의 저력을 동력으로 삼은 일보 전진이기도 했다. 더욱이 이 무렵 이광수가 염두에 두었던 문화운동의 두 축 곧 '신문예운동'과 '민족개조운동'은 이미 2차 유학시절 조선 신문학 발흥의 서막을 예고한 「부활의 서광」 1918[61] 및 유교와 기독교가 조선인 민족성에 미친 영향에 대한 비판을 통해 '의식적 변화'에 의한 생활 혁명을 주창한 미완의 「신생활론」 1918 기획의 연속선상에 놓인 것이기도 했다.[62] 이러한 각도에서 보면 이광수에게 문화운동은 3·1운동을 전후하여 잠시 유예되었던 2차 유학시절의 기획을 본격화할 수 있는 기회이기

---

60   이광수, 『나의 고백』(1948), 앞의 책, 266쪽.

61   이광수는 「문사와 수양」에서도 「부활의 서광」(원문의 「각성의 제1파」는 장제목)에서 조선 신문학 발흥의 서막을 예고한 일을 환기하고 있다. 춘원, 「문사와 수양」, 앞의 책, 9~10쪽.

62   민족개조론의 전사로서의 「신생활론」에 관해서는 최주한, 「이광수의 민족개조론 재고」, 『이광수와 식민지 문학의 윤리』, 소명출판, 2014, 322~326쪽 참조.

도 했던 셈이다.

이런 의미에서, 이광수가 문화운동에 뜻을 두고 귀국을 결단한 것은 어쩌면 가장 그다운 선택이었다고 할 수 있다. 3・1운동에서 민족의식에 눈뜬 민중의 폭발적인 힘을 발견했으나 임시정부로서는 이를 조직화할 수 있는 여건과 역량이 역부족이었고, 정의와 인도에 호응하는 국제 여론에 기대를 걸었으나 약소국에 대한 연대와 지지보다는 여전히 강대국을 중심으로 움직이는 세계 질서의 냉혹함을 경험했으며, 독립전쟁에 유리한 기회와 형세를 지어 대통일적인 독립전쟁을 준비한다는 임시정부의 방침 또한 임시정부 안팎의 내분과 미처 조직의 통일을 보지 못한 상태에서 성급히 치러진 두 차례의 전투로 인해 그대로 좌절되고 말았다. 이러한 소강상태로부터의 출구를 이광수는 국내의 문화운동에서 찾았던 것이고, 무단통치기와 달리 언론・출판의 자유가 다소 완화되어 신문과 잡지의 간행을 중심으로 확산 중인 문학 및 언론장은 그의 오랜 기획을 본격화할 수 있는 여건이 되어줄 것으로 기대했던 것이다.

이광수가 귀국을 결심하며 마음에 품었던 민족개조운동과 신문예운동의 향방은 이후 「민족개조론」1921.11 집필과 「예술과 인생―신세계와 조선민족의 사명」1921.12 집필을 통해 그 구체적인 윤곽을 드러낸다. 귀국한 지 불과 7, 8개월만의 일이다. 민족개조운동은 일찍이 그의 귀국을 만류했던 도산과의 협의하에 1922년 2월 수양동맹회1926년 동우구락부와 통합하여 수양동우회로 개칭의 조직으로 결실을 맺었고,[63] 「예술과 인생」에서 민중예술론을 제기하며 본격화한 신문예운동은 톨스토이의 대표적인 민중극 『어둠의 힘』1923의 번역 및 『허생전』1923의 창작으로 나아갔다.[64] 이광수의 귀국 이후 3・1운동의 단속적 반향과 관련해서는 주로 3・1운동 이후 청년들의 타락과 배신의 이야기를 다룬 『재생』1924의 '비관'적 비전이 언급되곤

---

63   김윤식, 『이광수와 그의 시대』 2, 솔, 1999, 55~65쪽.

64   최주한, 『한국 근대 이중어 문학장과 이광수』, 소명출판, 2019. 제2부의 1장 『어둠의 힘』, 일본어 중역을 넘어서', 2장 '민중예술로서의 『허생전』' 참조.

하지만,[65] 민중예술을 지향한 번역 희곡 『어둠의 힘』과 소설 『허생전』 등에서 이러한 비관적 요소는 찾아보기 어렵다. 이광수는 민중예술에서 3·1운동과 더불어 민족의식에 눈뜬 민중을 광범위하게 교화할 수 있는 역량을 보았고, 민중의 언어를 표방하며 쉬운 한글 위주의 창작을 시작한 것 역시 이 무렵의 일이다.[66] 귀국 이후 민족개조운동과 더불어 본격화한 신문예운동은 바로 3·1운동을 통해 부상한 '민중'의 존재를 의식하는 가운데 전개되어 갔던 것이다.

---

65 "3·1운동에 대한 이광수식 후일담인 『재생』 등은 바로 이 비관을 먹고 자라난 소설이다. 3·1운동의 후일담은 연애 서사로 치환하는 것은 1920년대 소설사에 이어 흔히 목격되는 기획이지만, 이광수의 소설은 그중에서도 타락과 배신이란 화소를 가장 짙게 간직하고 있다." 권보드래, 앞의 책, 543쪽.

66 김영민, 「한국 근대문체의 형성과정 — 이광수 문장의 언문일치와 구어체 소설의 정착」, 『현대소설연구』 65, 2017, 65~70쪽; 波田野節子, 「『無情』から「嘉實」へ－上海體驗を越へて」, 『朝鮮學報』 249·250, 2019, 101~105쪽.

제5장

상하이시절의 이광수와 일본

1. '문명의 거울' 바깥에서 마주한 일본

1960·1970년대 근대성 비판이 식민주의, 특히 내면화된 식민주의 비판의 방법론으로 등장한 이래 비교적 최근까지 이광수는 근대성에 미혹되어 내적 파멸에 이른 식민지 지식인의 대표적 이름이었다. 비판을 관통하는 핵심적인 주장은 과거 혐오증과 새것 콤플렉스에 기반을 둔 이광수의 근대와 문명의 추구가 자주독립이라는 역사적 과제에 대한 의식을 결여하거나 혹은 정치와 문화를 분리하여 외면한 맹목에 불과했고, 친일은 그 필연적 귀결이었다는 것으로 요약된다.[1] 초기 논자들이 강조했던 역사의식의 부재는 점차 강자의 문명과 패권을 욕망하는 부르주아 계급의 이해관계를 강조하는 관점으로 바뀌었지만, 친일로 귀결되

---

1 대표적인 논의들로는 김윤식·김현, 『한국문학사』(1973), 민음사, 1997; 김우창, 「일제하 작가의 상황」, 『궁핍한 시대의 시인』(1977), 민음사, 1993; 류철균, 「욕망의 근대적 형식」, 『문학과 사회』, 1992 봄; 김철, 「친일문학론—근대적 주체의 형성과 관련하여」, 『민족문학사연구』 8, 1995; 지명관, 「이광수와 일본—하나의 시론」(1999), 『한일관계사연구』, 소화, 2004; 조관자, 「'민족의 힘'을 욕망한 '친일 내셔널리스트' 이광수」, 『기억과 역사의 투쟁』, 삼인, 2002; 황병주, 「근대와 식민의 오디세이—이광수의 초기 주체 인식과 '식민화된 민족주의'」, 『TRANSTORIA』 2, 2003; 윤대석, 「일본이라는 거울—이광수가 본 일본·일본인」, 『일본비평』 3, 2010.

는 투항의 근거를 근대성의 미혹에서 찾고 있는 점에서 이들 논의는 근본적으로 같은 프레임에 근거해 있다.

그러나 이광수가 근대성에 미혹되어 제국주의 일본이 지닌 모순을 보지 못했거나 보려고 하지 않았기에 결국 자기부정에 이르렀다는 평가는 근대성 비판의 논리 위에서만 정합성을 가질 뿐 사실과 부합하지 않는다. '문명의 거울'로서의 일본이라는 프레임 자체가 그 너머의 사실들은 배제하거나 프레임의 해석 틀 안으로 흡수해버리기 때문이다. 단적인 예로 제2차 유학시절 이광수의 문명론은 후쿠자와 유키치의 반유교주의와 문명개화론의 영향에 국한되어 논의되는 경향이 있지만, 강조점을 달리한 해석 역시 얼마든지 가능하다. 주지하다시피 메이지유신은 일본이 열강의 식민지화를 면하고 독립국으로 인정받기 위한 자구책으로 서구 문명을 채용한 근대 국민국가의 형성을 지향한 것이었고, 일찍이 메이지유신의 이념을 선취했던 후쿠자와 유키치의 문명론 역시 일국의 독립을 우선 과제로 삼은 것이었다. 『문명론의 개략』[1875]의 마지막장 '자국의 독립을 논함'에는 문명은 '독립'을 보전하기 위한 방법이라고 명시적으로 언급되어 있기도 하다. "목적을 정해서 문명으로 나아가는 한 가지 길이 있을 뿐이다. 그 목적이란 무엇인가. 안과 밖의 구별을 분명하게 해서 우리 본국의 독립을 보전하는 것이다."[2] 드러내 놓고 '독립'을 운운하기는 어려웠겠지만, 조선의 청년 독자들에게 후쿠자와 유키치를 소개하는 이광수의 시선이 "서양에 신문명이 팽배하야 도도탕탕滔滔蕩蕩하게 전구全球를 소탕掃蕩하랴는" 서세동점의 현실과 더불어 "그 세력의 본질을 설명"하고 "취할 태도방침을 지시"함이 "선생의 사명"[3]이었다는 점을 향해 있는 것은 당연한 일이었다.

---

2 고야스 노부쿠니, 김석근 역, 『후쿠자와 유키치의 『문명론의 개략』을 정밀하게 읽는다』, 역사비평사, 2007, 235쪽 재인용.
3 이광수, 「동경잡신」(『매일신보』, 1916.9.27~11.9), 최주한·하타노 세츠코 엮음, 『이광수 초기 문장집』II, 소나무, 2015, 91쪽.

일찍이 대륙방랑 시절 서세동점의 시작을 알린 아편전쟁[1842]으로 개항된 국제도시 상하이에서 서구 근대문명의 위력과 그러한 문명으로부터 소외되어 있는 중국인의 현실을 생생히 목도했던 이광수가 도달한 결론 역시 문명은 온전한 독립의 조건이라는 것이었다. 특히 황푸강 연안에 즐비하게 늘어선 유럽 각국의 우람한 은행 건물들에서 중국 대륙의 재정을 장악하고 있는 서구 자본의 실체를 목도했던 그는 제 힘으로 제 나라를 경영해 갈만한 실력을 갖추지 않고는 설사 당장 독립을 하더라도 그것을 유지하는 것 자체가 불가능하다는 사실을 깨닫지 않을 수 없었고, 이러한 입장에서 조선 민족에게도 시급한 것은 독립의 준비, 곧 문명의 주인 될 자격을 갖추는 일이라는 확신에 도달한 바 있다. 「독립 준비하시오」, 「농촌개발주의」, 「동포 교육의 긴급함」 등 상업의 진흥에서 농촌의 계발, 문명 교육의 긴급함을 주장한 대륙방랑시절의 논설을 비롯하여 제2차 유학시절 「동경잡신」, 「농촌계발」, 「교육가 제씨에게」, 「신생활론」 등의 본격적인 문명론이 이러한 인식의 연속선상에 놓인 것은 말할 것도 없다.[4]

이런 관점에서 보건대, 근대와 문명에 대한 맹목적인 추구, 식민 모국의 중심을 향해 정향되어 있는 욕망, 식민자의 욕망을 욕망하는 식민화된 의식, 그리고 결국 중심에 도달하지 못하고 끝없이 미끄러지며 내적으로 파열하는 주체 등 근대성 비판의 일반 논리들이 이광수의 민족주의적 실천의 실상을 이해하는 데 얼마나 기여했는지는 의문이다. 근대와 문명을 절대화하면서 '문명의 거울'로서의 일본이라는 폐쇄된 프레임에 갇힌 것은 정작 이광수가 아니라 근대성과 식민주의 비판의 논리 그 자체에 매몰된 논자들이 아닐까. 식민 담론이 허용하는 한도 내에서 식민자의 언어에 기대어 발언한다는 것이 반드시 식민 모국의 중심을 욕망하고 식민자의 시선에 순응하는 의식을 증거하는 것은 아니다. 식민지하에서 공적인 매체에 글을 쓴다는 것은 언제나 검열에 대한 의식을 동반하는 것이었

---

4   대륙방랑 시절에서 제2차 유학시절에 이르기까지 이광수의 문명론의 기저를 이루는 사상적 연속성에 관해서는 최주한, 『이광수와 식민지 문학의 윤리』, 소명출판, 2014, 58~63·64~78쪽 참조.

고, 이광수는 매체와 언어, 독자에 따라 언어의 수위를 따지고 조절하여 발언할 줄 아는 명민한 작가였다. 나아가 그것은 비대칭적이고 불균등하나마 식민자와의 '협상bargaining'의 공간을 염두에 둔 글쓰기적 실천에 가까웠다.

다행히 이 글에서 주목하고자 하는 상하이시절의 논설은 앞서 언급한 대륙방랑 시절의 논설과 더불어 이광수 본연의 목소리를 투명하게 들려준다. 무엇보다 검열에서 자유로웠던 지면 덕분에 검열로 인해 억압되어야 했던 의식은 물론, 식민자와 동등한 혹은 도덕적으로 우월한 위치에서 발언한 거침없는 직설을 확인할 수 있다. 뿐만 아니라 임시정부 기관지의 논설답게 당대 일본의 동향 및 세계정세의 변동을 주시하며 방침을 달리해 간 독립운동론의 전략과 보조를 맞추고 있어 이광수의 현실 인식의 추이를 살피는 것도 가능하다. "한민족은 호랑이에게 물렸기 때문에 그 무서움을 잘 안다."[5] 상하이시절 이광수의 일본 인식은 이 한 마디로 압축된다. 실제로 상하이시절의 논설은 호랑이 뱃속에서 빠져나올 수 있는 방법에 대한 전방위적 모색으로 점철되어 있다고 해도 과언이 아니다. 이하 본론에서는 이들 논설에 드러난 이광수의 일본 인식을 중심으로 '문명의 거울' 바깥에서 비로소 보이는 것들을 추적하기로 한다.[6]

2. 사이토의 문화정치와 동화불가론

1919년 9월 2일 제3대 조선총독으로 부임되어 남대문역에 내린 사이토 마코토齋藤實와 총감 일행은 엄중한 경계 가운데 떠들썩한 환영 인파 속에서 폭발탄

---

5   이광수, 「中國之中興必挫日而始」, 『新韓靑年』(中文版), 1920.3, 98쪽. 난징대학의 최창륵 선생님의 조사에 따르면, 이 글은 중국 잡지 『국치(國恥)』(1920.10)에 재수록되었다.

6   주로 이광수가 『독립신문』의 주필로서 집필한 사설과 논설을 대상으로 한다. 논설 목록은 최주한, 「『독립신문』 소재 이광수 논설의 재검토」(『민족문학사연구』 55, 2019)의 논의에 따른다.

의 세례를 받았다. 9월 4일 자 『매일신보』는 3면 사회면의 8할을 할애하여 대대적으로 이 사건을 '대변사'로 보도했고, 무법한 폭거를 자행한 범인을 조속히 검거하여 '엄중한 법'으로 다스릴 것을 엄포했다. 동시에 기사는 "불령배를 감화시키고 잘 인도하야써 지존하신 성지를 몸받어 더욱더욱 덕스러운 정사를 베풀 따름"이라는 총독의 포부도 함께 전했는데,[7] 실제로 동지의 1면은 첫 등청한 3일 고등관을 소집하여 '신시정방침'을 밝힌 총독 훈시를 게재하여 신임 총독 체제의 건재함을 과시했다.

주지하다시피 총독무관제 및 헌병경찰제도의 폐지와 더불어 언론, 집회, 출판에서 교육, 산업, 교통, 위생, 사회구제에 이르기까지 내선 무차별의 관제 개혁을 표방한 사이토의 문화정치는 일본 최초의 정당내각 총리 하라 다카시原敬의 '내지연장주의'에 기반한 것이었다. 일찍이 3·1운동의 원인을 무관총독과 헌병경찰제도를 근간으로 하는 억압적인 무단통치에서 찾았던 하라는 일본과 동일한 관제 개혁을 통해 조선을 일본에 동화시키는 것만이 조선에 대한 안정적이고 영구적인 지배를 가능케 할 수 있는 방법이라고 생각했다. 일본과 조선은 인종이 동일하고 언어와 풍속, 역사는 다소 달라도 근본으로 거슬러 올라가면 동일한 계통에 속하는 만큼 서구제국이 식민지를 구별하여 통치하는 것과는 방침을 달리할 필요가 있고, 조선의 향상 발전을 꾀하는 통치라면 자치와 독립의 기도를 저지할 수 있을 것이라는 판단에서였다.[8]

그러나 무단통치를 대신하는 이른바 문화정치의 개막이 신임 총독 저격사건과 더불어 시작된 것은 3·1운동으로 비등했던 민심의 저류를 여실히 보여주는 것이었다. 사이토 자신도 부임 직후 우치다 내무대신에게 보낸 편지에서 "일반 조선인의 인심은 의외로 험악해서 지난번의 관제개혁에 의해 어떤 완화의 기미

---

7   「신총독에게 폭탄을 투하, 거(去) 2일 오후 5시 남대문 역두의 불상사」, 『매일신보』, 1919.9.4.

8   하라 다카시의 '내지연장주의'에 관해서는 김동명, 「일본제국주의의 식민지배체제의 개편-3·1운동 직후 조선에서의 동화주의 지배체제의 확정」, 『한일관계연구사』 9, 1998, 99~104쪽 참조.

도 보여주지 않고 귀천빈부노약남녀의 구별 없이 모두 독립을 몽상"[9]한다는 속
내를 내비쳤을 정도다. 이광수의 판단 역시 다르지 않았다. 당시 이광수는 3·1
운동의 비폭력 노선을 고수한 임시정부의 방침에 따라 암살, 파괴, 폭동과 같은
폭력은 자제해야 한다는 입장이었지만, 이 사건에 대해 "독립과 자유를 규호叫號
하다가 다대多大한 열혈熱血을 천양踐하는 민족에게 일황日皇이 분에 없는 조칙詔勅을
발하며 하세가와長谷川이라는 일적장―敵將을 대代하야 사이토齋藤란 일적장―敵將이
래來할 때에 어찌 한족의 분개함이 전보다 격렬치 아니하리오. 한족의 요구는 오
직 독립이니, 총독정치의 개량도 아니요 참정권도 아니요 자치도 아니라"[10]고 논
평함으로써 총독정치의 개량으로 독립과 자유의 요구를 묵살당한 데 분격한 민
심을 분명하게 대변했다.

사실 이 무렵 이광수는 3·1운동의 의의를 "우리 민족의 절대독립과 자유를 요
구하는 의사의 표시"인 동시에 "민족적 부활과 국민적 실력을 자각하는 법열法悅
의 발로"[11]였다는 데서 찾고 있었다.[12] 수백만의 동포가 자기 일신이나 일가에는
직접 이해관계가 없는 독립운동에 참여하여 생명과 재산과 행복을 용감히 희생
한 것은 '민족관념이 발달된 표징'이며, 이 민족관념의 발달이야말로 '민족적 생
명'의 근간이 된다고 확신했다.[13] 무단통치든 문화정치든 조선에 대한 영구 지배
를 목적으로 한 통치방침은 이러한 민족적 요구와 양립하기 어려웠다. 이 점에
서 「한일 양족의 합하지 못할 이유」[9.4~13], 「일본국민에게 고하노라」[9.18~20], 「왜노倭
奴와 우리」[10.28], 「일본의 5우상五偶像 – 한국문제에 대한」[11.11], 「일본인에게 – 장내牆
內의 적보다 친의親誼의 린隣」[12.15~20] 등 이 시기 다양한 각도에서 독립의 정당성과

---

9   「最近ニ於ケル朝鮮ノ情勢」(1919.9.19), 김동명, 위의 논문, 106쪽 재인용.

10   「폭발탄사건에 대하야」, 『독립』, 1919.9.16.

11   장백산인, 「개조」(七), 『독립』, 1919.9.20.

12   동일한 인식이 춘공 이장백, 「한족의 장래」(『신한청년』, 1919.12)에도 보인다. 관련 논의로는 최
     주한, 「이광수와 3·1운동」, 『한국학연구』 57, 인하대 한국학연구소, 2020, 153~156쪽 참조.

13   장백산인, 「개조」(一), 『독립』, 1919.9.30.

필요성을 피력한 일련의 논설이 대개 동화불가론에 근거하고 있는 것은 필연에 가깝다고 할 수 있다.

> 만약 왕정유신王政維新이 진무천황의 옛날로 돌아간 것이라고 할 수 있다면 조선의 병합은 신대神代의 옛날로 돌아간 것이라고 하지 않으면 안 된다. 즉 선대에 일가였던 것이 중엽에 본가와 분가로 나뉘고 그 때문에 무용한 쟁투 및 수고를 해왔지만, 쌍방의 합의에 따라 분가의 간판을 거두어 본가에 합체했을 뿐. 이것은 실로 본가를 위해 기뻐할 뿐만 아니라, 오히려 분가를 위해 더 많이 축하하지 않을 수 없다. 참으로 허심탄회하게 사리를 통찰하건대 무엇보다도 우선 우리 조선의 동포를 위해 축배를 들지 않을 수 없다. 왜냐하면 그들은 오늘에 이르러 비로소 제 자리를 얻었기 때문이다.[14]

인용문은 일찍이 이광수가 「동경잡신」1916에서 필독서의 하나로 꼽았던 『소호문선蘇峰文選』에 수록된 일한병합의 의의를 논하고 있는 글의 한 대목이다. 조선의 병합은 한때 일가였다가 본가와 분가로 나뉘었던 양 민족이 다시 하나가 된 '축하할 만한 사건'이라는 어이없는 주장이다. 그런가 하면 또 다른 글에서는 "그들이 언제든 다시 일본제국에서 분리할 수 있다든가 하는 것 같은 망상을 품지 못하도록 하는 것" "철두철미 자자손손 그들의 운명은 일본국민이 되는 것 외에, 또 일본국민으로서 동화되는 것 외에 다른 방편이 없다고 관념케 하는 것"이 '일시동인一視同仁'에 기반한 '제국帝國의 국시國是'로서 조선통치의 핵심이 되어야 함을 주장하기도 했다.[15] 당시 식민 종주국의 수도 한복판에서 이 글을 대한 식민지 청년 이광수는 어떤 심경이었을까. 동화불가론을 피력한 글 「한일 양족의 합하지 못할 이유」는 이를 가늠해볼 수 있게 해준다.

이 글에서 이광수가 동화불가론의 근거로 들고 있는 것은 크게 세 가지이다.

---

14   「朝鮮併合の辭」(1910.8.29),『蘇峰文選』, 民友社, 1915, 1128~1129쪽.
15   德富猪一郎, 「朝鮮統治の要義」(1910.10),『兩京去留誌』, 民友社, 1915, 238~239쪽.

첫째, 민족이란 공통한 역사와 언어 외에도 '우리는 동일한 민족'이라는 민족적 의식의 존재를 필요로 하는데, 한족은 사천이백여 년의 독립한 국민으로서의 역사와 특수한 언어, 습관 외에도 한족이라는 강렬한 민족적 의식을 가지고 있으며 야마토 민족으로서의 긍지를 지닌 일본 역시 그러하다. 둘째, 한일관계사를 고려하건대 일본민족의 뿌리는 조선에서 유입한 유이민이며, 고대에 만족蠻族에 불과하던 일본에 문화를 전수한 것도 조선이고 일본 황실의 9할은 조선의 혈통이므로 굳이 따지자면 조선이 본가에 해당한다. 그렇다고 한일 양 민족을 같은 민족이라 할 수 없는데, 조선이 일본에 동화될 의사가 없듯 일본 역시 조선에 동화되는 것을 바라지 않을 것이기 때문이다. 셋째, 조선은 오랜 문명의 역사와 강렬한 민족적 의식을 지니고 있는 만큼 일본이 조선의 역사와 언어를 멸하고 동화를 역설할수록 일본은 이민족, 원수라는 관념이 더욱 강해진다. 한 마디로 일본이 조선을 동화할 수 있다는 믿음은 미신에 불과하다는 경고이다.[16]

주목할 만한 것은 이러한 동화불가론이 통치개혁안이 아니라 일본의 식민통치 그 자체를 겨냥하고 있다는 점이다. 당시 이광수는 사이토의 문화정치가 무단통치와 그 본질에 있어서 다르지 않다고 인식하고 있었던 것인데, 이는 다음의 언급에서도 분명히 확인된다. "일본은 아직도 한족의 의사를 부지不知하고 혹은 지知하면서도 멸시하고 여전히 동화정책을 운운하며 여전히 조선통치책을 운운하나니, 이는 여余의 소위 일본의 5대 우상의 소치라. 일본족은 우승하다, 한족은 열등하다, 그러니까 동화시킬 수 있다, 만일 동화가 아니 되면 강압할 권력이 있다, 한족이 비록 독립을 요구하더라도 한국의 영유領有는 일본의 존립상 필요한 일이라, 하는 5대 우상의 소치라."[17] 일본의 오대 우상에 관해서는 「일본의 5우상-한국문제에 대한」에서도 자세히 논하고 있거니와, 이 다섯 가지 우상에

---

16 「한일 양족의 슴하지 못할 이유」, 『독립』, 1919.9.4~13.

17 「일본인에게-장내(牆內)의 적보다 친의(親誼)의 인(隣)」(上), 『독립신문』, 1919.12.15.

영토의 욕망까지 더하여 "한국을 자기 수중에서 아니 내어놓으랴고 애를 쓰는"[18] 일본의 정복욕을 분명히 직시하고 있었던 것이다.

이러한 동화불가론이 독립의 정당성과 필요성을 뒷받침하는 강력한 근거가 되어주고 있는 것은 말할 것도 없다. 다만 「일본국민에게 고하노라」, 「왜노倭奴와 우리」 등이 한편으로 민족의식에 눈뜬 조선 민중의 폭력에 의한 저항의 가능성을 경고하면서 독립의 요구에 대한 공정한 해결로써 유혈의 비극을 미연에 방지하도록 설유하는 도덕적·인도적 차원의 전략을 취하고 있는 반면, 「일본인에게―장내牆內의 적보다 친의親誼의 린隣」는 다소 강조점을 달리한다. 한국의 강제 영유가 일본 존립의 필요조건이 아니라 오히려 일본의 대륙정책에 차질을 빚고 일본의 존립에 위협이 됨을 설파하는 한편, 한국과 친의 관계를 유지하는 것이 대륙경영의 이익이 됨을 증거하는 데 초점을 맞춤으로써 실리적 관점을 내세우고 있다는 점에서 그러하다. 그러나 "어떻게 사위四圍의 사정이 변하더라도 아등我等의 독립과 자유를 요구하는 정신은 변함이 없이 차此 목적을 달하기까지 부절불식不絶不息하고 모든 기회와 수단을 다 이용하리라"[19]는 각오가 보여주듯 궁극적으로는 동화불가론을 전제한 이민족 통치의 부당함을 겨냥한 주장이라는 점에서 다르지 않다.

3. 일본 국내외 정세의 격동과 '혁명' 혹은 '파멸'의 시나리오

조선 독립의 정당성을 세계 여론에 호소한다는 임시정부의 방침은 1920년 '전쟁의 해' 선포를 기점으로 독립전쟁론으로 돌아선다. 이에 따라 이광수의 논조에도 전쟁론에 힘이 실린다. "원년元年 삼월 일일 이래로 아我 국민은 평화의 수단으로 가능한 거의 모든 운동을 실행하였으나 적은 점점 더 시포猜暴하여갈 뿐이니,

---

18　「일본의 5우상(五偶像)―한국문제에 대한」, 『독립신문』, 1919.11.11.
19　「독립완성시기」, 『독립신문』, 1919.11.1.

이제 취할 바는 오직 예정적 최후행동인 전쟁밖에 없소."[20] 그러나 전쟁론이 공식 입장이었다고는 해도 그것은 군사, 외교, 교육, 사법, 재정, 통일의 6대 강령을 중심으로 한 전쟁의 준비를 강조하고 있었다는 점에서 전쟁준비론에 가까웠다. 사실 독립전쟁의 준비에 있어서도 군사를 양성하고 군비를 모으고 독립에의 각오를 다지는 것만큼이나 중요한 것이 외교와 선전이었다. 군대가 부재한 식민지 조선이 대규모의 독립전쟁을 해나가자면 세계의 동정과 원조가 필수적이고, 세계의 대세를 이용하여 독립전쟁에 유리한 기회를 짓는 데도 외교와 선전은 필요하다는 것이 기본 입장이었던 것이다.[21] 역술 「아라사혁명기」1.10~2.26를 비롯하여 「세계적 사명을 수受한 아족我族의 전도前途는 광명이니라」2.12, 「일본의 현세現勢」3.11~4.1, 「미일전쟁」3.20, 「세계대전이 오리라」3.23, 「독립전쟁의 시기」4.1, 「한중 제휴의 요要」1920.4.17 등 이 무렵 집필한 번역 및 논설들이 당시 일본 국내외의 정세 분석 및 독립전쟁에 유리한 기회의 모색에 집중되어 있는 것도 이와 무관하지 않다.

이와 관련하여 이광수가 우선적으로 주시하고 있던 것은 러시아에서 시작된 사회주의 혁명이 동아시아 정국에 일으킬 지각변동에 관한 것이었다. 역술 「아라사혁명기」를 관통하는 기본 관점이 로마노프 왕조의 오랜 전제정치를 무너뜨리고 노농정부를 세우는 데 성공한 러시아혁명을 세계적 사회혁명의 선구이자 모범으로 조명하고 있는 데서도 여실히 드러나듯, 이 무렵 이광수에게 러시아혁명은 '세계적 대혁명'의 도화선으로서 "금후 세계의 모든 조류를 지배하는 자"[22] 로서의 폭발적인 위상을 갖는 사건이었다. 한편으로 혁명은 "천天의 명령이오 세계적 정신"이니 "일본을 혁명케 할 자는 이 세계적 정신"이라 하여 일본의 혁명사상을 조장함으로써 독립의 기회를 엿보아야 함을 설파하고,[23] 다른 한편으로

---

20 「전쟁의 연(年)」, 『독립신문』, 1920.1.17.
21 「우리국민이 단정코 실행할 6대사(六大事)」, 『독립신문』, 1920.1.10.
22 천재 역술, 「아라사혁명기」(十一), 『독립신문』, 1920.2.26.
23 「세계적 사명을 수(受)한 아족(我族)의 전도(前途)는 광명이니라」, 『독립신문』, 1920.2.12.

동아시아에도 이 '대혁명의 사상'이 시시각각 침윤하여 일본 사회의 기초를 흔들고 중국에도 사회주의 세력이 대두하고 있는 만큼 제국주의 일본 국가에 맞서는 "동아 3민족의 전투"가 멀지 않았음을 예견한 것도[24] 독립전쟁의 한 계기로서 사회주의 혁명의 확산에 걸고 있던 기대를 잘 보여준다.

일본의 혁명에 대한 기대는 1918년 여름 일본의 전국 각지에서 벌어진 쌀소동을 계기로 데모크라시 운동이 새로운 단계로 접어들고 있던 일본의 사회적 형세에 대한 관찰에 기반한 것이라는 점에서 충분한 근거를 가진 것이었다. 주지하다시피 1918년 쌀값 폭등을 배경으로 일본 전역에서 일어난 쌀소동은 일본의 민중이 자신들의 생활 문제를 외면하는 정치에 대한 불신을 행동으로 드러낸 사건으로 기존의 전제적인 정치체제의 근본적 개혁에 대한 요구로 이어졌고, 이는 하라 다카시를 수장으로 한 일본 최초의 정당내각의 출현과 더불어 러시아혁명의 영향을 받으며 조직화된 노동운동 및 각종 민중조직의 탄생을 가져왔다.[25] "일본인의 현 국가 급及 사회제도에 대한 맹종적 시대는 이미 다시 오지 못할 데로 경과"[26]해버렸다는 이광수의 진단은 이같은 당대 일본 국내의 형세를 배경으로 한 것으로, 「일본의 현세現勢」는 좀 더 면밀한 분석에 근거하여 혁명의 가능성을 도출해내고 있다.

이 글에서 이광수가 일본 국가의 근저를 뒤흔드는 내적 요인으로 꼽은 것은 크게 세 가지이다. 첫째 전후 물가 상승이 압박으로 인한 중류계급의 동요와 그 틈을 파고든 사회주의 사상의 침투, 둘째 노동운동의 확산에 따른 각종 주종도덕의 파괴와 혁명사상의 보급, 셋째 소수의 군벌과 관료, 재벌 지배하의 온갖 부정사건이 증거하는 국민도덕의 퇴폐와 이로 인한 민심의 이탈. 요컨대 일본 최

---

24 「세계대전이 오리라」, 『독립신문』, 1920.3.23.
25 데모크라시 운동의 새로운 단계로서의 쌀소동이 갖는 위상에 관해서는 마쓰오 다카요시, 『다이쇼 데모크라시』, 오석철 옮김, 소명출판, 2011, 187~191쪽 참조.
26 「세계적 사명을 수(受)한 아족(我族)의 전도(前途)는 광명이니라」, 『독립신문』, 1920.2.12.

초의 정당내각이 출현했다고는 하나 여전히 소수의 귀족과 군벌, 자본가를 대변하고 있는 현존의 일본 국가는 "내內에 대하야는 전제專制, 외外에 대하야는 침략의 야심"을 저버리지 못하고 있으며, 이 점에서 "민주주의 사회주의 등 신복음"을 접하고 기존의 "모든 제도를 타파하고 우리의 뜻대로 새 국가를 건설하자."[27]는 사상에 눈뜬 대다수 인민에게서 고립되어 전복될 가능성이 있다는 것이 이광수의 판단이었던 것이다.

일본의 고립은 비단 국내의 형세에 국한된 것이 아니었다. 이광수가 보기에 일본을 둘러싼 국제적 형세는 더욱 험악하여 그간의 제국주의 정책으로 전세계의 국가와 인류에게 인심을 잃고 고립된 일본의 처지는 '사면초가'[28]에 가까웠다. 우선 바로 가까운 이웃 조선에는 나라를 빼앗긴 이천만의 인민이 분기하여 밤낮으로 복수의 틈을 노리고 있고, 좀 더 서쪽으로는 사억만의 중국이 일본의 만주 및 산둥 침략과 매국적 원조에 분노하여 격렬한 배일운동을 벌이고 있었다. 일본의 만주 및 산둥 침략은 제1차 세계대전에 참전하여 독일에 승리한 대가로 동아시아에서 독일의 이권을 차지하고 만주와 몽골에서의 권익 확대를 주장한 21개조의 요구로 거슬러 올라가거니와, 전후 강화회의에서 산둥성에 대한 독일 이권의 반환 및 21개조의 폐기를 주장한 중국의 요구가 무시되고 일본의 권익이 승인된 사실과 더불어 참전차관을 비롯하여 산둥밀약 등 일본에 각종 이권을 넘긴 돤치루이 베이징 정부의 매국외교의 실태가 알려지면서 거족적으로 일어난 5·4운동의 여파를 직시하고 있었던 것이다.[29] 좀 더 서쪽의 러시아와의 충돌 역시 면치 못할 일이었다. 일단 러일전쟁의 치욕은 차치하고라도, 강화조약의 체결 이후 시베리아 간섭전쟁에 나선 열강의 군대가 모두 철수한 이후에도

---

27 「일본의 현세」(五), 『독립신문』, 1920.4.1.

28 「일본의 현세」(四), 『독립신문』, 1920.3.30.

29 중국 침략의 교두보였던 21개조와 전후 이를 둘러싼 중일 갈등에 관해서는 한중일3국공동역사편찬위원회, 『한중일이 함께 쓴 동아시아 근현대사』, 휴머니스트, 2012, 142~148·154~161쪽 참조.

주둔을 고집하고 있는 천황제 국가 일본은 동아시아에 사회주의를 실현하고자 하는 러시아의 유일한 적이기도 했다.

일본의 전선은 동아시아에서 더 나아가 태평양으로까지 확장될 가능성이 있었다. 제1차 세계대전의 와중에 자신이 점령한 옛 독일령 중 적도 이북은 일본이, 적도 이남은 영국이 각각 위임통치할 것을 영국에 제안하여 지지를 얻었던 일본은,[30] 강화조약의 결과 마리아나·캐롤라인·마샬 등 미국령인 괌을 제외한 독일령 섬들을 획득하게 됨으로써 태평양의 한가운데서 미국 및 호주와 대립각을 세우게 되었다. 일찌감치 필리핀과 괌에 대한 지배권을 획득하여 태평양에 세력을 뻗치고 있던 미국은 확장하는 일본의 세력을 경계하여 필리핀에 함대와 비행대를 집중하고 있는 형편이었고, 일본의 입장에서도 미국의 군사력은 태평양상의 실권 장악에 장애가 되었다. 뿐만 아니라 강화조약의 조인 이래 중국에서의 이권을 독점하려는 일본과 통상의 기회 균등을 요구하는 미국의 이해가 산둥문제를 중심으로 충돌하고 있는 참이어서 미국과 일본의 충돌은 미일전쟁으로 이어질 수도 있었다.[31] 「한중 제휴의 요要」에서 중국의 영토와 이권을 잠식하고 중국의 통일과 혁신을 방해하는 일본의 침략적 야심 및 일본을 둘러싼 국내외 정세의 험악함을 들어 한중 연대의 필요성을 주장한 것도 이러한 전망에 근거한 것이었다.[32]

실제로 동아시아와 태평양에서 머지않아 미국과 일본 간의 대결 구도를 중심으로 전쟁이 일어날 것이라는 전망은 전후 열강을 중심으로 국제질서가 재편되고 있는 데 회의적인 세력 사이에서는 지배적인 공론이었다. 1922년 1월 모스크바에서 열린 코민테른 주최의 극동민족대회가 동아시아 문제를 해결하는 열쇠를 일본의 혁명에서 찾은 것도 이러한 전망에 기초한 것이었다. 1921년 11월 중국 문제와 해군 군비 축소 문제를 해결하기 위해 열린 워싱턴회의에서 미국은

---

30   한중일3국공동역사편찬위원회, 위의 책, 147쪽.

31   「일본의 현세」(四), 『독립신문』, 1920.3.30; 「미일전쟁」, 『독립신문』, 1920.3.2.

32   「한중 제휴의 오(要)」, 『독립신문』, 1920.4.17.

태평양에서의 현상 유지와 베이징 정부의 주권 존중, 해군의 군비 축소 등 애초에 설정한 회의의 목적을 달성했다. 그 결과 아시아·태평양 지역에서의 열강 간의 이해관계는 일시적으로 조정되었지만, 일시적 봉합에 불과하다는 것이 코민테른의 입장이었던 것이다.[33]

그러나 동아시아에서 소련이 지원한 혁명은 국공합작으로 반제국주의, 반군벌의 구호를 내건 국민혁명을 완수하여 관세 주권을 회복한 중국에서 일정한 성과를 거두었을 뿐 식민지 조선과 일본에서는 무력화되었고, 1931년의 만주사변을 시작으로 중일전쟁, 아시아·태평양전쟁에 이르기까지 거침없이 전선을 확대하며 침략전쟁에 나섰던 일본이 패전을 맞은 것은 25년 뒤인 1945년의 일이었다. 1920년 초반 일본을 둘러싼 국내외 정세의 흐름을 관망하면서 이광수가 썼던 일본의 '혁명'과 '파멸'의 시나리오는 한편으로 허망하게 무너지고, 다른 한편으로는 너무 늦게 도착했던 셈이다. 물론 이광수가 독립전쟁에 유리한 기회로서 상정했던 일본의 '혁명'과 '파멸'의 시나리오를 철수하게 된 결정적 계기는 그보다 앞서 왔다. 시베리아 간섭전쟁에 나섰다가 종전 후에도 여전히 철수하지 않고 주둔을 고집했던 일본군과 독립군의 충돌이 독립군의 근거지였던 연해주에 이어 만주에서 예상치 못한 대참사를 초래했던 까닭이다.

4. 시베리아 출병의 후폭풍, 간도참변과 준비론

1918년 8월 일본은 영국, 프랑스, 미국 등의 열강과 함께 시베리아 출병을 단행했다. 제1차 세계대전의 와중에 열강의 러시아 간섭에 편승해서 광대한 시베리아의 동부에 일본의 세력권을 형성하려는 것이었다. 이 무렵 시베리아 각지에

---

33   한중일3국공동역사편찬위원회, 위의 책, 166~169쪽.

서는 1917년 10월 러시아 혁명으로 탄생한 볼셰비키 정권에 맞서는 반혁명 세력의 내전이 한창이었고, 반혁명 세력의 지원을 통해 볼셰비키 정권을 붕괴시키고 시베리아 철도의 점유를 노리고 있던 영국과 프랑스는 일본에 시베리아 철도 공동운영을 제안하며 출병을 요청했다. 러일전쟁 이후 러시아와 만주·몽골 지역의 이권을 공유했으나 제정 러시아가 무너짐에 따라 새로운 러시아 정책의 구상이 필요했던 일본은 때마침 1918년 5월 볼셰비키 정권에 맞서 봉기한 체코 군단의 구출을 명분으로 시베리아 간섭전쟁에 나선 열강의 요청에 책응한다. 그리하여 이해 8월 블라디보스톡에 1만 2천의 병력을 출병한 데 이어 하바롭스크에서 자바이칼, 만주리에 걸쳐 3개 사단 7만 2천여의 병력을 증강하여 각 지역의 반혁명 세력을 지원하는 한편 과격파라 불린 혁명군과 싸웠다.[34]

이 무렵 연해주에서는 체코 군단의 반란으로 블라디보스톡 소비에트 정부가 붕괴되어 반혁명 세력의 임시정부가 수립되고, 이에 하바롭스크 소비에트 정부가 방어전을 호소하면서 백군과 적군이 내전에 돌입한 상황이었다. 이렇게 시작된 내전은 블라디보스톡에 출병한 일본군을 주력으로 하는 간섭군의 참가로 급격히 백군의 우세로 접어들고 결국 9월에는 하바롭스크가 백군에게 점령당한다. 일본의 출병은 연해주에 국한되지 않았다. 적군에 밀려 중국 국경을 넘어온 자바이칼주의 백군을 지원한다는 명목 하에 새로운 병력을 편제하여 시베리아 출병을 강행했다.[35] 앞서 언급했듯 일찌감치 시베리아에 출병한 일본의 동향을 주시하고 있던 이광수가 주목하고 있던 것 역시 혁명에 반대하며 시베리아에서의 세력 확장을 노리고 있는 일본과 러시아를 넘어서 동아시아에까지 혁명을 관철하려는 소비에트 혁명군 간의 충돌이었다.

그러나 일본군에 맞선 것은 소비에트 혁명군만이 아니었다. 일찍이 러시아혁

---

34 일본의 시베리아 출병의 배경과 전개에 관해서는 윤현명, 「근대 일본의 시베리아 출병에 관한 일고찰」, 『한국학연구』 53, 2019, 219~225쪽.
35 윤상원, 「시베리아 내전의 발발과 연해주 한인사회의 동향」, 『한국사학보』 41, 2010, 273~283쪽.

명의 발발 이래 연해주의 한인들은 러시아 혁명군과의 연대를 통하여 조선의 독립을 추구했고, 일본의 시베리아 출병 이후 대부분 적군의 편에서 일본군과 일본군이 지원하는 백군에 맞서 싸웠다. 그리고 1920년 초 다시 혁명 세력이 득세하게 되면서 한인들은 적군 빨치산 부대에 가담하거나 연합하는 방식으로 본격적인 항일무장투쟁에 나서게 된다. 그런데 이해 3월 아무르 강변의 항구도시 니콜라옙스크에서 다민족 빨치산 부대의 공습을 받아 일본군이 전멸하는 '니콜라옙스크 사건'[36]을 계기로 러시아 혁명군과 연해주 한인들의 연대에 위기의식을 갖고 있던 일본군이 보복적 공습에 나서게 된다. 일본군은 미국과 영국, 프랑스의 간섭군이 철병을 단행한 4월 4일 밤 블라디보스톡의 신한촌을 비롯하여 니콜스크-우수리스크, 하바롭스크, 스파스코예 등지의 한인사회와 빨치산 근거지를 공습하여 다수의 한인을 체포·참살하고 학교와 기타 건물을 불태워 파괴하는 이른바 '4월 참변'의 만행을 저질렀다.[37] 일본의 시베리아 출병의 여파가 연해주 한인사회의 파괴라는 예기치 않은 참사로까지 이어진 셈이다.

연해주의 독립군이 혁명군의 편에서 시베리아 내전에 적극 참여했던 까닭에 이러한 상황에 심각한 위기의식을 느끼고 있던 일본군의 공습을 예기치 않은 참사였다고 보기는 어렵다. 4월 참변의 전말과 그 여파를 주시한 논설 「해삼위사건」[4.20] 역시 이 사건을 두고 그 "중요한 동기가 한인의 운동을 방지키 위함"에 있으며, 열강 간섭군의 철병이 시작되면서부터 "이런 형세의 현출現出을 우려"하였던 바라고 하여 향후 독립운동에 미칠 영향에 촉각을 세우고 있다. 그러나 시베리아 및 만주를 둘러싼 극동의 형세를 살피며 독립전쟁의 기회를 엿보는 데 여

36 　이때 포로로 붙들린 병사들과 거류민은 5월에 적군의 빨치산 부대에 의해 모두 학살당하며, 이 사건을 계기로 일본은 러일전쟁의 승리로 사할린 남부를 할양받은 데 이어 사할린 북부까지 점령하게 된다. '니콜라옙스크 사건'의 전말에 관해서는 윤현명, 위의 논문, 226~227쪽 참조.

37 　'4월 참변'의 배경과 전개에 관해서는 박환, 「러시아혁명 이후 블라디보스토크 조선인거류민회의 조직과 활동」, 『한국민족운동사연구』 90, 2017, 123~125쪽; 반병률, 「4월 참변 당시 희생된 한인 애국지사들」, 『역사문화연구』 26, 2007, 271~272쪽 참조.

넘이 없던 이 무렵까지만 해도 사태의 심각성은 무겁게 받아들여지지 않았다. 오히려 "돌이켜 생각건대 극동極東의 형세가 분규紛糾함은 오인吾人의 가장 기다리는 바로 일시 일군日軍의 폭위暴威가 극동을 덮음은 장차 올 대파열의 전제"이며 "오인의 운동에 절호한 기회는 점점 가까워진다"[38]는 낙관적 전망에 기울었다. 그러나 불과 6개월 뒤, 연해주와 접경한 간도의 독립군에 대한 대대적 토벌에 나선 일본군의 간도출병으로 이러한 낙관은 힘없이 무너지고 만다.

사실 일본의 시베리아 출병은 만주침략의 의도와도 연동되어 있었다. 애초에 블라디보스톡에 1사단의 병력을 출병하기로 한 열강 간섭군과의 합의를 깨고 연해주에 이어 자바이칼, 만주리에 이르는 만주 접경 지역에 엄청난 병력을 출병한 것도 이 때문이었다.[39] 그러나 1920년 임시정부의 전쟁의 해 선포 이후 북간도를 거점으로 활발해진 독립군의 무장활동은 커다란 걸림돌이 되었고, 이들 독립군이 국내로 진입하여 전투를 벌일 경우 안정적인 식민통치에도 위협이 된다는 우려를 낳았다. 이런 상황에서 6월 대규모의 독립군과 맞닥뜨린 봉오동전투에서 패배한 일본군의 위기감은 고조되었고, 이는 8월 '간도지방 불령선인 초토계획'의 수립으로 이어져 일본군의 간도출병을 준비하게 된다.[40] 이윽고 10월 2일 조선인과 러시아인이 마적단과 함께 일본관헌과 거류민을 공격한 훈춘사건이 일어나고, 일본군은 이 사건을 조선 독립군이 러시아 빨치산 및 마적과 연합하여 일본인 거류지를 공격한 '제2의 니콜라옙스크 사건'으로 프레임화하며 곧바로 간도출병을 정당화함으로써 만주침략의 뜻을 관철시켰다.[41]

일본의 간도출병은 사전에 치밀하게 계획되고 준비된 것으로, 조선군 제19사단을 중심으로 블라디보스톡 파견군과 북만주 파견대에 이르기까지 각 부대 간

---

38 「해삼위사건」, 『독립신문』, 1920.4.20.
39 일본의 시베리아 출병과 만주침략의 관련성에 관해서는 조원기, 「일제의 만주침략과 간도사변」, 『한국독립운동사연구』 41, 2012, 207~208쪽 참조.
40 '간도지방 불령선인 초토계획'의 실상에 관해서는 조원지, 위의 논문, 212~215쪽 참조.
41 장성규, 「1920년 '훈춘사건'과 일본군의 '간도출병'」, 『한국민족운동사연구』 106, 2021, 86~88쪽.

의 유기적 연계 속에서 진행되었다. 압록강 방향으로는 국경수비대가, 간도의 동북쪽으로는 블라디보스톡 파견군이, 북쪽으로는 북만주 파견대가, 서쪽으로는 관동군과 장쭤린의 군대가 포위하여 독립군 및 독립군 근거지의 토벌 작전을 펼쳤다.[42] 일본군의 압도적인 병력에 포위당한 한인들의 피해가 엄청났던 것은 말할 것도 없다. 간도출병 이래 청산리전투에서 잇달아 패배한 일본군은 각 지역의 한인 마을을 습격하여 2개월여 간 3천4백69명을 학살하고 3천2백9호의 주택을 방화하여 파괴했다. 이해 4월 일본군의 습격으로 블라디보스톡을 비롯한 연해주 항일운동세력의 근거지가 파괴된 데 이어 이번에는 만주 독립군의 근거지마저 초토화된 형국이었으니, 이로써 1920년을 전쟁의 해로 선포했던 임시정부의 독립전쟁 준비의 구상은 그대로 좌초되고 만 셈이었다.[43]

12월 18일 자『독립신문』속간호제87호부터 2월 5일까지 6회에 걸쳐 연재된 논설「간도사변과 독립운동 장래의 방침方針」은 제목 그대로 간도참변에 제대로 대응할 수 없는 무력한 현실을 성찰하고 이후 취해야 할 독립운동의 방침으로서 대독립당의 건설을 제안한 글이다. 임시정부가 온전한 실력을 갖추려면 전국민이 납세의 의무와 병역의 의무를 균담하는 것이 이상적이지만,[44] 일단 여건이 여의치 않으므로 우선 애국심이 열렬한 자를 모집하여 각 지역 민적운동의 핵심이 될 계급을 중심으로 납세・병역의 의무를 이행하고 교육, 산업, 위생, 토목 등의 사업을 행하여 독립운동의 2대 요건인 '금전과 군사'를 얻고 동시에 '민력民力의 함양'을 도모하자는 주장이다.[45] 북간도의 참상을 당하고도 제대로 대응하지 못하는 현실의 원인을 '실력의 부재'[46]에서 찾았던 이광수는 당장 전쟁에 유리한

---

42 간도출병 당시 일본군의 침략 작전과 만행에 관해서는 조원지, 위의 논문, 215~222쪽 참조.

43 간도참변을 기점으로 1920년 임시정부의 독립전쟁론 구상이 좌초되는 경위에 관해서는 신주백,「봉오동전투・청산리전투 다시 보기」,『역사비평』, 2019 참조.

44 「간도사변과 독립운동 장래의 방침」(三),『독립신문』, 1921.1.15.

45 「간도사변과 독립운동 장래의 방침」(四),『독립신문』, 1921.1.21.

46 국치(國恥) 후 십년이 경과하도록 대사(大事)를 경영할 만한 인재도 금전도 준비함이 없고 민족적 대운동에 핵심이 될 만한 견고한 단결도 성(成)함이 없어 작년 삼월 일일 독립을 선언한 이래

기회와 형세를 짓는 일에서 눈을 돌려 교육과 산업을 근간으로 한 장기적인 안목의 준비가 긴요하다는 데 힘을 실었던 것이다.

덧붙이자면 상하이에서 귀국한 직후 이광수가 사이토 총독에게 올린 건의서 「재외 조선인에 대한 긴급책에 대하여 다음의 2건을 건의함」1921은 이같은 장기적 구상의 헌책판이라 할 수 있다. 건의서는 '방랑조선청년 구제 선도의 건'과 '재외 조선인 교육 선도에 관한 건'으로 이루어져 있는데, 중국과 시베리아를 유랑하고 있는 다수의 지식청년들이 과격화될 위험성을 지적하며 그 구제책으로 이들 지식청년을 중심으로 재외 조선인에게 교육과 산업의 기회를 마련해줄 것을 제안하고 있다. 구체적으로는 길림성이나 봉천성 등지에 적당한 토지를 구매하고 적절한 인재를 구하여 농촌과 학교를 경영케 하는 한편, 농공업 등 만주의 조선인 산업에 필요한 기술교육을 통해 산업진흥에도 힘쓰게 한다는 내용이다.[47] 이와 관련하여 하타노 세츠코는 건의의 내용을 안창호의 이상촌 건설의 구상과 연관짓고 있는데,[48] 보다 직접적인 계기는 역시 간도참변 이후의 대독립당 건설의 구상에서 찾아야 한다. 교육과 산업을 중심으로 한 지역사업은 연해주의 4월 참변에 이어 간도참변으로 심각하게 파괴된 해외 한인들의 근거지를 복구하는 것은 물론 장기적인 독립운동의 기반을 닦는다는 차원에서도 긴급한 일이었다. 때마침 조선에서는 언론·출판은 물론 교육, 산업, 교통, 위생, 사회구제에 이르기까지 내선 무차별의 관제 개혁을 표방한 사이토의 문화정치가 시동을 걸고 있었으니, 상대의 언어로 원하는 것을 요구할 줄 아는 예의 협상가로서의 재출발을 알리는 영리한 제안이었다고 할 만하다.[49]

로도 지리분열한 상태를 계속하엿고, 이 북간도의 참상을 당하고도 통쾌한 복수의 거(擧)에 출(出)할 실력이 무(無)케 되엇도다." 「간도사변과 독립운동 장래의 방침」(一), 『독립신문』, 1920.12.18.

47 「建議書」(1921) (齋藤實文書 書簡, 分類番號 211, 日本國會圖書館), 최주한·하타노 세츠코 엮음, 『이광수 초기 문장집』 III, 소명출판, 2023, 501~505쪽.

48 하타노 세츠코, 「사이코 마코토에게 보낸 건의서」, 위의 책, 262쪽.

49 협상의 공간을 염두에 둔 이러한 글쓰기적 실천은 2차 유학시절 본격적인 논객으로서의 활동과 더불어 시작된다. 민권론 계열의 잡지인 『홍수이후(洪水以後)』의 독자들을 향해 동화정책을

5. 귀국, 다시 호랑이 뱃속으로

「간도사변과 독립운동 장래의 방침」의 연재를 마치고 두 달여 뒤인 3월 말 이 광수는 도산의 만류를 뿌리치고 귀국한다. 귀국길에 오른 이광수는 1919년 1월 '2·8독립선언서'를 작성하고 상하이 망명길에 오르던 때의 순진한 청년이 더 이상 아니었다. 한때 정의와 인도에 호응하는 국제 여론에 기대를 걸었으나 약소국에 대한 연대와 지지보다는 여전히 열강을 중심으로 움직이는 세계 질서의 냉혹함을 경험했고, 독립전쟁에 유리한 기회와 형세를 지어 대통일적인 독립전쟁을 준비한다는 임시정부의 방침 또한 만주와 시베리아까지 세력을 뻗치며 대륙 침략의 기회를 엿보던 일본의 야욕에 무참히 좌초되어 버린 현실과 마주해야 했다. 살펴본 대로 임시정부의 방침에 따라 독립전쟁론을 지지했던 이광수가 다시금 교육과 산업을 근간으로 한 장기적인 안목의 준비가 긴요하다는 입장으로 돌아선 데는 궁극적으로 실력이 뒷받침되지 않은 독립운동의 한계에 대한 뼈아픈 자각이 자리하고 있었던 것이다.

『독립신문』에서 손을 뗀 후 이광수는 '천재'라는 필명으로 쓴 마지막 사설 「국민개병」1921.4.2에서 독립운동은 반드시 국민 전체의 운동이라야 하며, 국민 전체로 독립운동을 진행하는 유일한 방법은 각 개인이 자기 업에 충실하는 것임을 주장하며 이렇게 적었다. "독립만세 소리가 아무리 크더라도 전국의 농촌과 학교와 공장과 상부商埠가 비는 날 우리 국민은 파산할 것이오, 독립만세를 부르는 그 정신이 흘러 학교와 농촌과 공장과 상부商埠가 될 때에 우리의 독립운동은 성

지지하며 조선에 일본과 동일한 교육을 개방할 것을 요구한 투고글 「조선인 교육에 대한 요구」(1916), 『매일신보』의 사장 아베 미츠이에를 향해 식민정책의 안착을 위협하는 조선 청년 문제의 해결책으로 청년들에게 활동의 무대를 마련해줄 것을 제언한 「대구에서」(1916) 등이 그 단적인 예이다. 최주한, 「제2차 유학시절의 이광수」, 『이광수와 식민지 문학의 윤리』, 소명출판, 2014, 69~71·72~75쪽 참조.

공하겠습니다."[50] 국민 전체가 교육과 산업을 중심으로 실력을 갖추었을 때 비로소 독립운동도 성공을 거둘 수 있음을 재차 강조하고 있는 것이 확인된다. 일찍이 '삼전론三戰論, 道戰·財戰·言戰의 제자를 자처하며 유학길에 오른 이래 줄곧 문명의 의지를 다졌고, 『독립신문』의 첫 기획 논설 「개조」1919.8.29~10.28에서도 광복사업에 필요한 실력의 준비를 설파했던 이광수는 먼 길을 돌아 더욱 확고해진 준비론의 신념과 마주하게 된 셈이었다. 실제로 귀국의 동기가 되었던 준비론의 신념과 관련하여 이광수는 『나의 고백』1948에서 이렇게 적고 있다. "이러한 힘이 없고는 독립이 오게 할 수도 없거니와, 설사 남의 힘으로 또는 요행으로 독립이 오는 일이 있더라도 그것은 오래 지닐 수가 없는 것이었다. 이렇게 깨닫고 보니 나는 동포들이 많이 사는 속으로 들어갈 수밖에 없었다."[51]

상하이시절 호랑이 뱃속에서 벗어날 수 있는 방법에 대한 전방위적인 모색에도 불구하고 무력하게 좌절을 맛보아야 했던 이광수는 결국 다시 호랑이 뱃속으로 걸어 들어가는 길을 택했다. 사이토 총독에게 올린 건의서는 호랑이 뱃속에서 싸워야 하는 자가 방법론으로 택한 지난한 협상의 서곡이었다.

50   천재, 「국민개병」, 『독립신문』, 1921.4.2.
51   이광수, 『나의 고백』(1948), 『이광수전집』 7, 우신사, 1979, 264쪽.

제6장

상하이시절의 이광수와 사회주의

1. 러시아혁명에 관한 최초의 소개글

역술 「아라사혁명기」는 1920년 1월 10일부터 2월 26일까지 11회에 걸쳐 『독립신문』에 연재된 러시아혁명에 관한 본격적인 소개글이다. 후세 가츠지布施勝治의 『노국혁명기露國革命記』文雅堂, 1918를 저본으로 하여 발췌역과 요약서술을 병행한 것으로, 무려 470여 페이지에 달하는 저본의 압도적인 분량을 압축하여 요령 있게 서술하고자 애쓴 흔적이 역력하다. 『노국혁명기』는 1912년 봄 러시아의 수도 페트로그라드 유학길에 올랐던 후세 가츠지가 오사카마이니치와 도쿄니치니치 신문의 대표로서 제1차 세계대전에서 1917년의 러시아혁명에 이르기까지 러시아의 정치 및 사회변동을 직접 취재하며 집필한 통신 원고를 정리하여 펴낸 책이다.[1] 기자로서 생생한 현장의 분위기와 목소리를 전달할 수 있는 위치에 있었을 뿐만 아니라, 러시아 내부는 물론 당대의 복잡한 국제정세를 꿰뚫는 안목까지 겸비하여 사건을 서술해내고 있는 터라 일본 내에서 간행된 러시아혁명에 관

---

1   「陳言」(1918. 10), 布施勝治, 『露國革命記』, 文雅堂, 1918, 1~2쪽.

한 소개글로서도 빠른 축에 속한다.

「아라사혁명기」는 1920년 1월 10일부터 연재가 시작되었지만 이 글의 집필이 끝난 시기는 1919년 말로 거슬러 올라간다. 연재 마지막회분의 말미에 "금년은 노농정부 하에 잇는 아국俄國은 대풍년을 만낫다 한다"[2]라는 구절이 보인다. 후술하겠지만, 상하이의 사상계는 이미 1919년 중반 이후 러시아혁명과 사회주의에 관한 관심이 급속히 확산되고 있었고 역술 「아라사혁명기」는 바로 그러한 분위기 한가운데서 기획되고 연재되었다. 대폭 축약된 형태의 역술이기는 해도 원저『노국혁명기』의 무게와 위상을 무시할 수 없는 만큼, 역술 「아라사혁명기」의 연재는 이 무렵 상하이의 사상계에서 러시아혁명에 대한 인식이 상당했음을 보여주는 지표가 된다.

그럼에도 불구하고 그동안 역술 「아라사혁명기」의 존재는 그다지 주목되지 않았다. 최근 1920년대 초 사회주의 수용에서 러시아혁명 인식의 계보를 검토한 최은혜는『독립신문』소재 러시아혁명 및 사회주의 관련 기사를 검토하면서 민족자결주의의 분기점에 놓인 글로서 「아라사혁명기」를 언급하고 있지만, 레닌의 민족자결주의 수용의 전사前史로서 소략한 소개에 그치고 있을 뿐이다. 더욱이 「아라사혁명기」를 비롯한『독립신문』의 '볼셰비키 친화성'에 대해 논평하면서 레닌의 민족자결주의를 직접 수용한 결과는 아니라거나 세계혁명적 구상을 견지하고 있지 못한 점을 한계로 지적하고 있는 것은 사실과 거리가 있다.[3] 「아라사혁명기」는 러시아혁명에 내재한 사회주의적 계급운동과 민족해방운동의 흐름에 두루 주목하고 있으며, 특히 제1차 세계대전 종결의 분기점이 되었던 브레스트 리토브스크 강화회담의 성과를 볼셰비키 정부가 제안한 민족자결 및 비합병·비배상주의의 승리로 축하하고 이를 세계 각국의 노농계급과 더불어

---

2 천재 역술, 「아라사혁명기」(一), 『독립신문』, 1920.2.26.

3 최은혜, 「민족과 혁명-1920년대 초 사회주의 수용에서 러시아혁명 인식의 문제」, 『민족문학사연구』77, 민족문학사학회, 2021, 334~335·338쪽.

'세계적 사회혁명'으로 나아가기 위한 발판으로 자리매김하고 있는 글이다.

선행 연구에서 「아라사혁명기」가 레닌의 민족자결주의 수용의 전사前史로서 소략하게 다루어진 탓인지 김현주와 카케모토 츠요시의 후속 공동연구에서도 러시아혁명에 관한 최초의 본격적인 소개글로 주목되는 것은 1921년 6월 3일부터 61회에 걸쳐 『동아일보』에 연재된 김명식의 「니콜라이 레닌은 어떠한 사람인가」이다. 이들 연구는 1920년대 초 사회주의 수용에서 러시아혁명 인식의 형성을 검토한 최은혜의 논문을 언급하면서 "「레닌」은 그 첫발자국에 해당"된다고 하여 「레닌」에 관한 연구가 차지하는 위상을 각별히 강조하고 있기도 하다.[4] 논자들이 적절히 짚고 있듯 김명식의 소개글은 러시아의 근대사와 혁명운동의 전개, 1905년 이후 러시아 국내혁명운동의 경과, 그리고 1917년 혁명과 혁명 이후 정책으로 구현된 프롤레타리아 독재의 모습까지 폭넓게 다루고 있어서 1920년대 초 조선의 공론장에서 러시아혁명과 볼셰비즘을 논제로 삼기 시작하던 당시의 문제의식과 인식을 살피는 데 적합한 텍스트인 것이 사실이다. 그러나 한국의 사회주의 수용사에서 러시아혁명 인식의 계보를 논하고자 한다면 그 출발점은 역시 역술 「아라사혁명기」로 거슬러 올라가지 않으면 안 된다.

앞서 언급한 대로 후세 가츠지의 『노국혁명기』는 러시아혁명에 대한 당대적 서술로서 상당한 깊이와 무게를 확보하고 있는데, 「아라사혁명」은 이 저본에 의지하여 러시아혁명의 추이와 성격에 대한 전체적인 윤곽을 포착하는 한편 러시아혁명에 성격과 전망에 있어서 원저와는 또 다른 관점을 보여주고 있다는 점에서 각별히 주목할 필요가 있다. 이는 일차적으로 두 텍스트가 집필된 시기가 1년여 격차가 있다는 점에서 비롯되는데, 1918년 3월 볼셰비키 정부의 모스크바 천도 직후의 시점에서 끝맺고 있는 『노국혁명기』와 1919년 말의 시점에서 역술된 「아라사혁명기」 사이에는 1918년 11월 독일혁명과 1차 세계대전의 종전, 1919

---

4   김현주·가게모토 츠요시, 「초창기 사회주의 지식인의 러시아혁명 인식-김명식의 「니콜라이 레닌은 어떠한 사람인가」(1921)를 중심으로」, 『동방학지』, 연세대 근대한국학연구소, 2022, 136쪽.

년 6월 베르사유조약의 성립, 그리고 내전에서 승리를 눈앞에 두고 있던 볼셰비키 정권의 약진이라는 러시아 국내외 정세의 변동이 가로놓여 있다. 「아라사혁명기」는 『노국혁명기』의 언론 지형은 물론 1920년대 초 주로 일본에서 수입된 담론에 의지했던 조선의 공론장과도 달리, 전후 세계개조의 향방 속에서 독립운동의 방침을 수립해야 했던 상하이 사상계의 실천적 관심에 기반하고 있는 만큼 또 다른 문제의식 속에 놓인 텍스트로서 독해되어야 하는 것이다.[5]

이에 본론에서는 우선 3·1운동 직후 파리강화회의를 기점으로 분기되기 시작하는 상하이 사상계의 동향과 더불어 역술 「아라사혁명기」의 배경에 주목하고, 다음으로 저본인 『노국혁명기』와의 비교 분석을 통하여 「아라사혁명기」의 독자적인 문제의식을 드러낼 것이다. 이상의 논의를 통해 당대 세계개조의 향방 속에서 독립운동의 방침을 가늠하던 식민지 민족주의가 사회주의 혁명에 걸었던 기대가 무엇이었는지 보다 구체적인 맥락에서 도출해내고, 아울러 역술 「아라사혁명기」의 필자 '천재天才'가 이광수라는 사실을 좀 더 분명히 해명할 수 있기를 기대한다.[6]

---

5   번역 저본에 관해서는 제목이 바뀐 것을 근거로 중국어 번역본을 재번역한 것이라는 의견도 있지만(김미지, 「접경의 도시 상해와 '상하이 네트워크'」, 『구보학보』 23, 구보학회, 2019, 54쪽), 470여 페이지에 달하는 묵직한 저서 『노국혁명기』의 발행일은 1918년 11월 25일이고 역술 「아라사혁명기」의 집필이 끝난 시점은 1919년 말이므로 물리적으로나 시간적으로 불가능에 가깝다. 또 「아라사혁명기」의 인명과 지명이 일본어의 외래어 표기 가타카나를 그대로 따르고 있는 것으로 미루어 '아라사'는 대한제국 이래 당대까지 조선에서 러시아를 가리키던 의례적 표기를 사용한 것으로 생각된다.

6   『독립신문』에 '천재(天才)'라는 필명으로 발표된 글로는 역술 「아라사혁명기」(1920.1.10~2.26) 외에 논설 「독립군승첩」(1920.2.17), 「국민개업」(1921.4.2) 등 모두 세 편이 있는데, 이전의 논의에서 '천재'가 이광수라는 사실을 특정한 바 있다. 제2부 제2장 『독립신문』 소재 이광수 논설의 재검토' 참조.

2. 3·1운동 직후 상하이의 사상계와 「아라사혁명기」

주지하다시피 1차 세계대전 직후 세계질서의 변동을 주도하고 있던 것은 국제연맹을 주축으로 하는 국제협조주의와 코민테른을 주축으로 하는 국제연대주의라는 두 개의 이질적인 세계주의였다. 이 가운데 3·1운동은 윌슨의 14개조에 기반한 국제협조주의에 대한 기대에 힘입은 측면이 컸고, 3·1운동 직후 선전과 외교에 중점을 두었던 상하이 임시정부의 독립운동 역시 국제협조주의를 내건 국제연맹에 많은 기대를 걸고 있었다. 상하이는 물론 러시아와 미국 등 여러 경로를 통해 파리강화회의에 한국 대표를 파견하려던 시도가 무산되었음에도 불구하고 상하이 임시정부가 국제연맹에 한국 독립문제에 관한 안건을 제출하기 위해 사료편찬위원회를 구성하고 촉박한 시간을 다투어 『조일관계사료집』을 편찬한 것은 그 기대의 크기를 단적으로 보여준다. 당시 사료편찬의 주임을 맡았던 이광수는 사료집의 「서언」에서 이렇게 적었다. "파리강화회의에 소訴ㅎ야 패흔 오등吾等은 갱更히 금차의 국제연맹에 소訴ㅎ여야 홀지라. 오등吾等의 소원은 9월 내에 차此 원고를 세계공의世界公義의 사士의 일람一覽에 공供하려 흠이니, 여사如斯히 ㅎ랴면 지遲ㅎ야도 9월 1일 전에 상해에서 발송ㅎ여야 할지니, 본서 편찬 기는 겨우 오십 일이라."[7] 「서언」의 집필일은 8월 20일, 이후 필경작업을 거쳐 사료집을 등사하여 편찬을 마친 것은 9월 23일이다.

그러나 당시 임시정부가 국제연맹을 독립의 유일한 기회로 생각하고 있었던 것은 아니다. 이광수는 『독립신문』의 사설을 통해 정부가 외교뿐 아니라 군사에도 진력하고 있음을 밝히며 준비를 기하고 때를 기다릴 것을 강조한 바 있다. "정부에서는 무능한 외교만 좌신坐信하고 잇다 하나 사실은 그럿치 안을지라. 오제吾儕의 기지其知하는 바와 여如히 일편으로 무능한 외교이나마 속계續繼하며 전력은

---

7   이광수, 「서언」(1919.8.20), 『대한민국임시정부자료집7 한일관계사료집』, 국사편찬위원회, 2005, 3쪽.

군사에 총집주總集注하는 빈라."[8] 이 무렵 이광수는 국제연맹이 전후 세계질서를 주도하는 한 축에 불과할 뿐이고 그나마 세계열강의 이해관계를 대변하고 있다는 사실을 직시하고 있었고, 또 한편으로는 전후 세계질서의 지각변동을 일으키고 있는 신사상, 특히 러시아혁명을 진원지로 하는 사회주의가 세계 각국에 미치는 여파를 주시하고 있었다. 실제로 『신한청년』의 주필로서 창간호를 위해 의욕적으로 집필한 논설 「한족의 장래」[1919.10.27 집필]에서는 국제연맹과 더불어 러시아혁명의 여파가 몰고 온 세계질서의 변동을 독립을 위한 또 하나의 기회로서 강조하고 있기도 하다.

或 나의 넘어 弱함과 敵의 넘어 强함을 근심하리라. 或 國際聯盟의 確實히 밋지 못할 것을 근심하리라. 그러나 世界는 動한다. 맛치 汽車와 갓치 彗星과 갓치 動하야 그 局面의 迅速 不可測한 變化를 니로 端睨할 슈 업시 變한다. 뉘라서 俄國이나 德國의 今日을 想像하엿스랴. 各種의 新思想의 風潮가 暴風雨와 갓치 狂瀾怒濤와 갓치 山을 헐고 바위를 부쉬는 이 판에 敵의 强이 몇 날이랴. 하물며 俄가 가고 德이 가고 過去時代의 遺物인 專制主義, 帝國主義의 國家로 殘喘을 僅保하는 것이 오직 日本 하나이니, 政治的 革命은 勿論이요 勞動者 革命, 過激派主義의 支配가 日本에 臨할 날이 그 몃 날이랴. 쏘 太平洋問題, 中國問題로 美日交戰이 起할 날이 그 몃 날이랴. 如上한 것은 現在에서 볼 슈 잇난 點만이나, 來月에 엇더한 機會가 올는지 明日에 엇더한 新局面이 展開될는지 뉘가 알랴. 우리 眼前에는 無限의 機會가 밀녀오나니, 맛치 聖經의 教訓과 갓치 各各 燈油를 豫備하엿다가 不時에 來臨할 新郎을 마자야 할 것이다.[9]

사실 폭풍과 같은 기세로 일거에 전제주의와 제국주의를 무너뜨리며 세계질

---

8   「전쟁의 시기」, 『독립』 15, 1919.9.30. 창간 당시의 제호는 『독립』이며 22호부터 표제가 『독립신문』으로 바뀐다. 본론에서는 『독립신문』으로 통일하여 지칭하기로 한다.

9   춘공 이장백, 「한족의 장래」(1919.10.27 집필), 『신한청년』 창간호, 1919.12, 121쪽.

서에 지각변동을 일으키고 있던 사회주의의 동향에 대한 관심은 이 무렵 상하이 사상계의 지배적인 경향이기도 했다. 이광수가 이 글을 발표한 신한청년당의 기관지 『신한청년』만 해도 창간호는 독립운동사료로 채워졌지만, 이듬해 2월에 간행된 2호는 독일의 혁명가 립크네히트의 일생을 소개한 「혁명의 산아産兒」大載, 러시아혁명 이후 적지 않은 감화를 전세계에 미치고 있는 볼셰비키의 실상과 그 영향을 논하고 있는 「과격파의 진상」松隱, 프랑스혁명과 러시아혁명을 비교하여 혁명의 성격과 필연성을 논하며 러시아혁명을 이끈 소비에트 체제를 영구히 존속할 세계의 대세로서 자리매김하고 있는 「혁명의 심리철학」鷲尾五正郞 등 사회주의에 호의적인 소개의 글이 여러 편 실렸다. 한편 1920년 2월 8일 동경학우독립선언기념회식에서 발기되어 조직된 동경 유학생 중심의 학우구락부는 매월 공개강연회를 개최했는데, 3월 6일에 열린 제1회 공개강연회에서는 이광수가 「볼셰비즘」이라는 제목으로 강연을 했고,[10] 5월 5일 제2회 강연회에서는 메이지대학 법학과 출신인 손두환이 「사회주의에 대하여」라는 제목의 강연을 했다.[11] 제1회 강연부터 매회 사회주의가 연제로 오를 만큼 사회주의에 대한 관심이 뜨거웠음을 보여준다.

한편 이광수가 「한족의 장래」를 집필하며 독립운동의 향방을 가늠하고 있던 무렵은 9월 통합임시정부의 수립으로 명실상부한 조직체계를 갖춘 임시정부가 독립운동의 방침을 세우기 위해 한창 내부의 의견을 수렴하고 나선 시기이기도 했다. 잘 알려져 있다시피 이승만을 대통령으로, 이동휘를 국무총리로 내세운 좌우합작의 내각이었으니 필요한 절차였을 것이다. 이광수의 회고에 따르면, 국무회의를 거쳐 적당한 인물을 선정하여 임시정부의 방향에 대한 의견을 수집하기로 하고 한 달의 기한을 정하였으나 두 번이나 연기되어 약 이십 통의 의견서가 모인 것이 12월 초, 이광수의 보좌로 안창호의 책임하에 마련된 독립운동방

---

10 「유일(留日) 학우구락부의 제1회 강연」, 『독립신문』 55, 1920.2.18.
11 「제2회 강연」, 『독립신문』 62, 1920.4.8.

략은 12월 말 국무회의를 통과한다.[12] 이윽고 1920년 벽두 '전쟁의 해'가 선포되고 독립운동방략의 대강은 1월 3일 안창호의 연설 「우리 국민이 단정코 실행할 6대사六大事」를 통해 공표되는데, 임시정부가 외교에서 전쟁으로 독립운동의 방침을 전환한 근거의 핵심에 놓인 것 역시 세계의 정세였다. 안창호는 전쟁에 하나라도 더 내 편을 끌어들이기 위해서도 외교는 여전히 중요하다는 입장이었지만, 동시에 "금후의 세계의 대세는 사회주의적으로 경향할지요 결코 군국주의적으로 역진하지 아니"[13]할 것이므로 세계정세의 변동을 잘 살펴 독립전쟁에 유리한 기회를 적극 활용할 것을 설파했다. 세계의 대세가 사회주의로 기울고 있다는 점에서는 좌우의 이견이 없었던 셈이다.

이후 『독립신문』에는 역술 「아라사혁명기」1920.1.10~2.26를 비롯하여 「아국俄國의 신국면」1920.2.3, 「사회주의」1920.3.13~4.10, 「노농공화국 각방면 관찰」1920.4.10~17, 「일본 기자의 본 노농공화국」1920.4.27~6.22, 「사회주의자의 한일전쟁관」1920.5.22, 「사회주의 연구」1920.5.29~6.17 등 러시아혁명과 혁명 이후 러시아 안팎의 정세 및 사회주의 연구 관련 기사들이 잇달아 연재된다. 기사에 언급된 정보처만 해도 미국인 주재의 영자신문 『대륙보The China Press』에서부터 『해방과 개조解放與改造』, 『오사카마이니치신문大阪每日新聞』 등 중국과 일본을 두루 아우르고 있어 다각적인 각도에서 러시아발 사회주의의 실상에 접근하려고 애쓴 흔적이 역력하다. 이 점에서 역술 「아라사혁명기」의 기획 집필은 3·1운동 직후 임시정부를 비롯하여 상하이 사상계 내에서 급부상하고 있던 사회주의에 대한 관심의 반영이라 해도 좋을 것이다.

살펴본 대로 『독립신문』의 주필이자 『신한청년』의 주필로서 상하이의 동경유학생 학우구락부의 간부이기도 했던 이광수는 당대 상하이 사상계의 동향을 파악

---

12 이광수, 『나의 고백』(1948), 『이광수전집』 7, 우신사, 1979, 259쪽. 이광수는 이 독립운동방략이 신년의 첫 국무원회의에 제출될 것이었다고 회고하고 있으나, 『독립신문』 1920년 1월 17일 자 사설 「전쟁의 연(年)」에는 "원년말(元年末)에 대정방침(大政方針)의 구체안이 국무회의를 통과하엿다 함"이라는 언급이 보인다.

13 안창호, 「우리 국민이 단정코 실행할 6대사(六大事)」(二), 『독립신문』, 1920.1.10.

할 수 있는 위치에 있었고, 그 역시 러시아혁명의 여파가 몰고 온 세계질서의 변동을 예의주시하고 있었다. 그러한 이광수가 국제연맹과 더불어 또 하나의 세계질서 변동의 진원지로 떠오른 러시아혁명에 관심을 갖게 된 것은 자연스러운 일이었을 것이다. 이후 이광수는 「세계적 사명을 수受한 아족我族의 전도는 광명이니라」[2.12], 「일본의 현세」[3.11~4.1], 「미일전쟁」[3.20], 「세계대전이 오리라」[3.23], 「독립전쟁의 시기」[4.1], 「한중 제휴의 여要」[4.17], 「해삼위사건」[4.20] 등 러시아발 사회혁명이 동아시아 정국에 일으킬 지각변동, 특히 사회주의의 확산으로 인한 일본의 혁명 가능성을 주시하며 독립전쟁의 기회를 모색한 글을 집중적으로 써냈다. 역술 「아라사혁명기」 전후 이러한 논지의 연속성이 '천재天才'를 이광수로 추정하는 첫 번째 이유이다.

3. 저본의 성격 및 역술 양상 검토

『노국혁명기』[1918]는 러시아의 수도 페트로그라드의 유학생이던 후세 가츠지布地勝治가 오사카마이니치 및 도쿄니치니치 신문 대표의 자격으로 1917년 러시아혁명 전후 1년간 러시아의 정치 및 사회변동을 직접 취재하여 쓴 통신 원고 약 510여 편을 정리하여 펴낸 책이다. 1912년 봄 오사카마이니치신문의 사장 모토야마 겐이치本山彦一의 추천으로 유학길에 오른 이래 1차 세계대전에서 러시아혁명에 이르기까지 러시아의 정치 및 사회변동을 목도한 장본인으로서 현장에서 취재한 원고를 바탕으로 한 만큼 생생한 현장감을 지니고 있을 뿐만 아니라, 원고를 정리하는 과정에서 전제정 러시아가 의회정치를 거쳐 러시아혁명으로 소비에트정부를 수립하기까지의 도정을 일목요연하게 제시함으로써 일반 독자들이 러시아 근대정치사의 흐름을 일별하는 데 어려움이 없도록 애쓴 흔적도 역력하다. 그렇다면 러시아혁명 전후 1년간 통신기자로서의 임무를 마치고 난 후세 가츠지가 굳이 원고를 정리하여 『노국혁명기』의 간행에 나선 이유는 무엇이었을까. 『노국혁명기』의 간행을 앞두고 오사카마이니치신문의 사장 모토야마에게 올린 「진언陳言」 가운데 다음의 대목은 그 이유를 가늠할 수 있는 단서가 된다.

생각건대 러시아의 혁명은 로마노프 왕조 3백년 이래의 적폐와 구주대전 3년간의 피로로 인해 산출된 당연한 결과이고, 게다가 금후 세계에 미칠 영향에 이르러서는 거의 헤아리기 어려움이 있다. 러시아의 혁명은 러시아 일국의 내적 변란에 그치지 않고, 혁명의 원동력인 사회주의는 머리를 들어 장차 세계 열강의 제국주의를 향해 대항코자 하며, 그것이 표방하는 비병합·비배상 및 민족자결주의, 또 사회적 혁명과 같이 어느 것이나 세계적 파동의 발단 아님이 없고, 러시아혁명으로써 강 건너 언덕의 화재를 보지 않을 수 없음은 말할 것도 없다. 실로 러시아의 혁명은 그 정국 파란의 변전이 끝없다는 점에서 정치가를 위해, 그 군기문란·사기퇴폐의 점에서 군인을 위해, 그 역사적 사실로서 흥미 깊은 점에서 역사가를 위해, 경제계 파괴 난맥의 점에서 실업가를 위해, 거의 각 방면에 서로 좋은 연구 제목이 되지 않을 수 없다.[14]

러시아혁명이 금후 세계에 미칠 영향은 청일전쟁과 러일전쟁, 그리고 제1차 세계대전을 거치며 명실상부한 제국주의 국가로서 세계 열강의 하나로 떠오르고 있던 일본에도 초미의 관심사였다. 제국주의에 대한 저항, 그것이 표방하는 "비병합·비배상 및 민족자결주의"와 "사회적 혁명"은 일본이 통치하는 식민지는 물론 일본 사회 내부를 자극하는 잠재적 위험요소였고, 그런 만큼 예의주시해야 할 연구의 대상이 아닐 수 없었다. 저자가 '정국 파란의 변전' '군기문란·사기퇴폐' '경제계 파괴 난맥' 등 혁명의 원동력인 사회주의가 제국주의 일본 안팎의 각계에 미칠 부정적 영향을 강조하며 이를 경계하고 있는 것도 이와 무관하지 않다.

한편 식민지 조선이 바라보는 러시아혁명, 더욱이 3·1운동 직후 독립운동의

14　布施勝治, 「陳言」(1918.10), 『露國革命記』, 文雅堂, 1918, 2~3쪽.

근거지였던 상하이의 사상계가 러시아혁명을 바라보는 시선이 식민통치국 일본과 달랐을 것은 말할 것도 없다. 역술 「아라사혁명기」가 『노국혁명기』를 저본으로 삼았음에도 불구하고 러시아혁명에 대해 전혀 다른 시선과 전망을 보여주는 일차적인 이유는 바로 여기에 있다. 그렇다면 두 텍스트가 러시아혁명을 바라보는 시선은 어떻게 달랐을까. 논의의 편의를 위해서 우선 역술 「아라사혁명기」와 『노국혁명기』의 장 구성을 비교하여 제시하면 다음과 같다.

〈표 1〉 역술 저본과의 장 구성 비교

연재	아라사혁명기	노국혁명기
1	一, 革命의 豫兆	第一 차르스코에 셀로궁편 저주받은 니콜라이 2세 / 황제내각 / 빈번한 대신교체 /
2		모순된 정책 / 암흑세력 / 혁명전의 정국 / 패전의 여파 / **혁명의 豫兆**
3	二, 革命의 洪水 국민의회의 집정 / 제1회 노병대회 / **임시정부 수립 / 俄皇 퇴위**	第二 타우리드궁편 혁명의 소란 / 국민의회 중지 칙령 / 집행위원회 조직 / 노병회의 성립 / 노병회의 격문 / 관료정부의 전복 / 황족의 혁명찬동 / 신정부의 수립 / 니콜라이 2세의 양위 / 미하일공의 즉위 사퇴
4	누락	第三 마리궁편 임시정부의 조직 / 임시정부의 인물
5	三, 두 가지 潮流(續) **노병회의 활약 / 국체문제 /** **和戰문제 / 임시정부의 불철저**	**노병회의 세력 / 국체문제 / 和戰論 / 위태한 정국 /** **사회당의 발호 / 임시정부와 사회당의 충돌**
6	四, 資本級의 衰運 **오월혁명 / 연립내각 /** **급전하여가는 혁명의 중심**	오월소란 / 사회당의 내홍 / 국력의 부진 / 연립내각의 성립 / 신내각의 인물 / 국제위기의 완화 / 비병합·비배상주의 / 민족자결주의 / 혁명의 침잠 / (노병대회) / (노병회의 시위) / 러시아군의 공세전이 / 공격의 비관 / 주의의 급전환
7	五, 穩和社會黨 노병대회 / 시위운동 / 갈리시아 패전 / **칠월혁명** /	노병대회 / 노병회의 시위 第四 겨울궁편 **칠월소란** / 제1차 케렌스키 내각의 성립 / 갈리시아 대패 /
8	케렌스키 시대 / 모스코 회의 / 리가 패전 / 코르닐로브의 변 / 케씨의 쇠운	러시아군의 패인 / 케렌스키 내각의 동요 / 제2차 케렌스키 내각 / 케렌스키씨 / 케렌스키 내각의 위기 / 모스크바 회의 / 파탄 백출 / 리가 패전 / 코르닐로프 사변 / 과격파의 대두 / 五頭 내각 / 사회당의 주장

연재	아라사혁명기	노국혁명기
9	六, 第二革命 대행의회의 희극 / 십일월혁명 / 쏘비에트정 부 성립	민중대회 / 제3차 케렌스키 내각 / 케렌스키의 퇴세 / 대행회의 / 내정의 문란 / 영국·프랑스에 대한 반감 / 모스크바 천도설 / 케렌스키의 몰락 第五 스몰니편 십일월혁명 / 노농정부의 수립 / 케렌스키 재기의 실패 / 정국의 혼란
10	七, 볼셰비키와 레닌氏 及 其施政 제2혁명의 의의 / 혁명의 기세 / 주의의 人 / 헌법회의 파기 / 제4계급의 집정	볼셰비키 / 레닌씨 / 과격파의 施政 / 헌법회의 유린 / 勞農專制
11	八, 破壞에서 建設로 강화교섭 / 모스크바 천도 / 德國革命 / 세계적 사회혁명	휴전교섭 / 강화교섭 / 세계적 사회혁명 / 交戰 정지선언 / 독일의 進攻 / 최근의 과격파

〈표1〉에서 보는 바와 같이, 『노국혁명기』는 차르스코예 셀로궁편, 타우리드궁
편, 마리궁마린스키궁편, 겨울궁편, 수몰니편 모두 다섯 장으로 구성되어 있다. 이들
다섯 편이 가리키고 있는 건물은 러시아 혁명 1년간 변전을 거듭했던 러시아 정
권의 근거지로, 「서언」에서 밝히고 있듯 저자가 러시아혁명을 서술하면서 이 다
섯 편을 축으로 삼은 것은 "정권 본거지의 변경이 저절로 혁명 변국의 구획"[15]이
된다는 판단에서였다. 알렉산드라 황후가 일국 정권을 좌우하면서 전제정의 종
말을 재촉했던 차르스코예 셀로궁, 1905년 니콜라이 2세의 10월 선언으로 개설
되어 2월 혁명과 더불어 일시 정국을 주도했던 국민의회 의사당 타우리드궁, 임
시정부의 성립 이후 사회당과의 연립내각으로 정권의 본거지가 된 마린스키궁,
연립내각을 무너뜨리고 권력을 잡은 케렌스키 내각이 본거지로 삼은 겨울궁, 그
리고 10월 혁명과 더불어 성립한 볼셰비키정권이 근거지로 삼은 옛 귀족여학원
스몰니가 러시아혁명의 변국을 지켜본 주인공인 셈이다.

한편 역술 「아라사혁명기」는 한편으로 『노국혁명기』가 다루고 있는 사건의
추이를 따르면서도 혁명의 조짐에서 혁명의 발발, 혁명 발발 이후 혁명 세력 내

---

15   布施勝治, 「緒言」(1918.10), 앞의 책, 3쪽.

부의 갈등, 그리고 소비에트정부의 성립 및 혁명정부의 현재와 전망에 이르기까지 이를 서사적으로 재구성함으로써 러시아혁명의 추이와 성격을 일목요연하게 제시하고 있는 것이 특징적이다. 특히 2월 혁명으로 성립된 임시정부와는 독자적으로 세력을 확장하고 있던 소비에트 사회당과의 갈등 및 볼셰비키 정부의 성립까지의 과정을 비교적 객관적 시각으로 제시하고 있는 『노국혁명기』의 소제목과 달리, 「아라사혁명기」의 경우 자본계급과 친화적인 임시정부와 온화사회당에 기반한 케렌스키 내각에 대해 비판적 시각을 드러내는 한편 소비에트 세력을 혁명의 중심으로 상정하고 10월 혁명으로 성립된 볼셰비키 정부의 현재와 전망을 호의적으로 다루고 있는 것이 눈에 띈다. 이러한 서사적 구성은 "금후의 세계의 정신적 지배자는 아라사이다"[16]로 시작하는 「아라사혁명기」의 첫 구절에서부터 이미 예비되어 있었다고 해도 좋을 것이다.

주목할 만한 것은 「아라사혁명기」와 달리 『노국혁명기』는 10월 혁명[17] 이후 볼셰비키 정부의 전도에 대해 암울한 전망으로 끝맺고 있다는 점이다. 이는 일차적으로 저자가 집필을 끝낸 시점이 볼셰비키 정부에 매우 불리한 시기였다는 점에서 기인하는데, 실제로 『노국혁명기』 제5장의 마지막 절인 '최근의 과격파'는 1918년 2월 중순 독일의 공세 이후 볼셰비키 정부가 독일과 브레스트 리토프스크에서의 '굴욕적 강화조약'을 맺고 모스크바 천도를 결정해야 했던 1918년 3월의 시점의 일을 다루고 있다. 1917년 12월 23일 브레스트 리토프스크에서 볼셰비키 정부가 강화의 근본조건으로 내건 비병합·비배상 및 민족자결주의를 모두 승인할 뜻을 밝혔던 독일은 1918년 2월 10일 브레스트 리토프스크에서 트로츠키의 '탈전선언脫戰宣言'을 기회로 러시아를 공격하여 순식간에 수도 페트로그라드로 향

---

16   천재, 「아라사혁명기(一)」, 『독립신문』 36, 1920.1.10.

17   『노국혁명기』와 역술 「아라사혁명기」는 율리우스력을 사용한 러시아력에 따라 사건을 서술하고 있다. 율리우스력은 그레고리력보다 13일이 늦다. 논의의 혼선을 피하기 위해 본고에서는 2월 혁명과 10월 혁명만 제외하고 원저와 역술 텍스트의 러시아력을 따르기로 한다.

하는 길목인 프스코브시를 점령한다. 이에 볼셰비키 정부는 이전보다 혹독한 조건으로 강화교섭에 나선 독일의 요구를 받아들이는 한편 세계적 사회혁명의 근거지로 자부했던 페트로그라드를 버리고 모스크바로 천도해야 했는데, "모스크바 천도는 과격파 내리막길의 제일 계단"[18]이라는 것이 저자의 진단이었던 것이다.

그러나 역술 「아라사혁명기」의 집필 시점은 1919년 후반으로, 브레스트 리토프스크 강화조약 및 모스크바 천도로 볼셰비키 정부의 앞날이 위태로워보였던 1918년 3월의 시점과는 러시아 국내외 정세가 판이하게 달랐다. 우선 1918년 11월의 혁명으로 독일은 전제정에서 공화국으로 거듭났고, 공화국 선포 직후 휴전협정에 조인함으로써 그동안 점령한 영토를 모두 포기하는 것은 물론 동년 3월 볼셰비키 정부와 맺은 브레스트 리토프스크 조약도 무효화되었으며, 1919년 6월 베르사유조약의 성립으로 패전국으로서 혹독한 조건의 강화조약을 체결해야 했다. 한편 브레스트 리토프스 조약을 기점으로 세계대전에서 발을 빼고 내전으로 돌입했던 볼셰비키 정부는 이 무렵 시베리아와 러시아 남부를 근거지로 한 콜차크, 데니킨 등의 반볼셰비키 세력에 반격을 가하여 승리를 눈앞에 두고 있었고, 나아가 유럽을 비롯하여 세계 각국에 잇달아 번지는 거대한 파업과 노동운동은 세계적 사회혁명의 가능성에 힘을 실어주고 있는 것처럼 보였을 것이다. 「아라사혁명기」의 필자가 브레스트 리토프스크 조약을 '굴욕적 강화조약'이 아니라 볼셰비키 정부가 강화교섭 당시부터 강화조건으로 제안했던 비합병·비배상 및 민족자결주의의 이행이자 파괴에서 건설로 나아가는 계기로서 자리매김하고 있는 것도 이러한 정세 판단과 무관하지 않다. 이와 관련하여 역자는 1918년 2월 10일 교전 정지선언 당시 "금후는 덕국德國의 사회혁명이 잇슬 쑨"이라던 레닌의 예견이 반년이 못하여 독일혁명으로 실현된 사실을 언급하며 러시아혁명이 전세계에 미칠 영향을 이렇게 전망하고 있다.

---

18 布施勝治, 앞의 책, 462쪽.

歐洲大戰의 唯一의 所得이 俄羅斯革命이라 하면 今後의 世界의 모든 潮流를 支配하는 者도 쪼한 그것이다. 一九一九年間에 各國을 風靡하는 勞働運動은 모도 勞農政府를 同情하고 또는 그 影響을 닙지 아는 자 업다. 英國의 炭工 及 鐵道 大罷工, 法國의 新聞罷工, 伊太利의 社會黨 勝利, 奧太利의 赤化, 美國의 鐵道罷工, **甚至於 日本의 革命熱에 至하기까지 俄羅斯革命이 그 導火線** 됨이 안이라 하지 못하겟다. 勞農政府의 「世界的 大革命」의 兆는 日一日로 激烈하여 감이 分明하다.[19]

물론 러시아혁명에 대한 저자와 역술자의 상이한 시각과 전망이 단순히 집필시점의 차이 때문만이 아니라는 것은 말할 것도 없다. 보다 근본적인 것은 앞서 살펴보았듯 제국주의 열강과 어깨를 나란히 동아시아에 세력을 뻗치고 있던 일본과 제국주의 일본에 맞서 독립을 도모하고 있던 식민지 조선 사이에 가로놓인 입장의 차이인데, 이러한 입장의 차이를 단적으로 보여주는 것이 10월 혁명으로 정권을 잡은 볼셰비키와 레닌에 대한 상이한 평가이다.

『노국혁명기』의 저자가 볼셰비키와 레닌을 바라보는 시선에는 혁명이 일국의 사회는 물론 전세계에 미치는 부정적인 영향에 대한 우려가 짙게 깔려 있다. 스스로 혁명의 권위로 자임하는 볼셰비키는 극단적이고 단순한 주장을 표방하여 '문맹·비문명'의 러시아 하층민의 지지를 공략하는 한편 '일반 인민의 의지'를 내걸고 완력으로 헌법의회를 유린하고 정권을 획득하는 데 성공을 거두었다. "그러나 평화를 갈망한 나머지 리가 패전을 기뻐하고, 민족자결주의에 미혹되어 핀란드의 독립을 돕고, 침략주의에 반대하기 위해 공세운동을 저지하고, 자유민권의 소리에 취하여 사형폐지를 주장한다. 이로써 적국을 이롭게 하고 인심을 교란하여 국가의 분열을 초래하여 무정부주의를 선동함에 이르러서는 러시아, 나아가 연합 열강에 미치는 해독이 실로 헤아리기 어려운 바 있다."[20] "두려워할

19　천재, 「아라사혁명기」(一一), 『독립신문』 48, 1920. 2. 26.
20　布施勝治, 앞의 책, 370쪽.

만한 만용정당의 수령으로서 십일월혁명[10월 혁명]의 흑막이 되고, 노동정부의 수뇌가 되며, 나아가 세계를 향해 그 독가스와 같은 과격주의를 선전하고자 하는 자, 그가 바로 러시아 근대의 걸물 레닌 씨이다."[21]

저자는 레닌이 철두철미한 사회주의자로서 러시아혁명을 확장하여 세계 사회혁명을 행하려는 포부가 있고, 따라서 세계의 제국주의, 자본 및 제정의 적이 되기를 그만두지 않을 것임을 예리하게 적시하면서 레닌의 평화이행, 토지무상취득, 노동자의 공업감독권 및 8시간 노동제, 민족자결주의 선언이 실현되어 가고 있는 현실을 주시하고 있다. 그러나 이 역시 급격한 사회혁명이 어떻게 정부 각 기관의 기능을 마비시키고 사회의 혼란을 가져오는가를 보여주는 사례로 취급되고 있을 뿐이다. "그러나 정부 각 기관은 마비되어 전장의 병졸은 독일병과 사귀고 탈주해도 가하여 제1의 평화선언은 이미 기정사실이 되었고, 지방의 백성이 지주의 저택을 약탈하고 토지를 제멋대로 분배해도 가하여 제2의 토지취득 선언도 역시 행해졌다. 노동자의 권한 확장은 말할 것도 없고, 각 민족의 자결은 핀란드가 먼저 실행하고 우크라이나 등이 이를 모방하고 있으며……"[22] 반면 「아라사혁명기」에서 이 대목은 다음과 같은 한 문장으로 서술된다. "레닌 씨 한번 천하를 잡아 노농정부를 세우며, 그 가는 곳에 모든 구폐[舊弊]와 타협은 일격[一擊]에 분쇄된다. 평화촉진, 토지국유, 노동자의 공업 감독권 급[及] 8시간제, 민족자결 등의 선언은 착착 실시되엇다."[23] 이 모든 정책의 이행은 적폐와 타협의 분쇄이며 "사회당 중에 가장 분투적인 위인"이자 "세계 사회주의의 지도자" 레닌의 업적이라는 사실이 강조되어 있다. 요컨대 『노국혁명기』의 저자 후세 가츠지에게 러시아혁명이 제국주의와 자본계급에 맞서 세계적 혁명을 주도하며 당대 떠오르는 제국주의 열강의 하나였던 일본을 안팎으로 위협하는 철저한 경계의 대

---

21 위의 책, 371쪽.
22 위의 책, 378~379쪽.
23 천재, 「아라사혁명기」(一一), 『독립신문』 48, 1920. 2. 26.

상이었다면, 역술 「아라사혁명기」의 필자에게 그것은 레닌의 민족자결주의가 약속하는 독립의 가능성일 뿐만 아니라 나아가 구질서를 타파하고 새로운 세계 질서의 건설을 약속하는 인류 구원의 복음으로 받아들여졌던 것이다.

모두 8장으로 구성되어 11회에 걸쳐 연재된 「아라사혁명기」는 매회 연재분마다 말미에서 사건을 미리 요약제시하거나 서두에서 앞서 다룬 사건을 환기하는 방식으로 복잡한 사건의 추이에 대한 이해를 돕고 있다. 연재를 시작하기 전에 미리 원고를 집필해두었음에도 불구하고 이런 구성을 취하고 있는 것은 연재분마다 내용의 독립성을 갖춰야 하는 신문연재 글쓰기에 익숙한 필자가 집필한 글임을 알 수 있게 한다. 당시 신문연재 글쓰기에 익숙한 필자라고 하면 2차 유학 시절 『매일신보』에 엄청난 분량의 논설을 연재했던 이광수가 가장 먼저 떠오른다. 게다가 「아라사혁명기」에는 이 무렵 이광수가 자주 사용했던 표현들도 곳곳에 눈에 띈다.[24] 이상 연재 집필의 능숙함과 표현의 정형성이 '천재'를 이광수로 추정하는 두 번째 이유이다.

---

24 ① 十一月革命은 實로 俄國 資本主義의 全滅과 勞農專制의 成立을 意味함이니, 이로써 新時代의 紀元을 劃하였다.(「아라사혁명기(一○)」, 『독립신문』 47, 1920.2.17) / '萬歲'의 叫號와 世界의 良心에 訴함으로써 唯一한 方法을 삼은 우리 運動은 人類의 人道化에 一新紀元을 劃함이니, 實로 國際聯盟과 社會共産主義로 더불어 人類史上의 最大 事實의 一일 것이다.(「한족의 장래」, 『신한청년』 1, 1919.12) ② 然이나 革命의 洪水는 漸次로 勢를 도도아 마참내 彼等의 身邊을 侵하게 되엿나니(「아라사혁명기(五)」, 『독립신문』 40, 1920.1.31) 번역 저본의 "혁명당의 기세 더욱 치열을 가하고 노병회측의 압박 점점 강해지며"라는 문장의 요약서술에 해당한다. 布施勝治, 앞의 책, 86쪽. / 山東問題와 前後하야 蜂起한 排日熱은 太平洋問題, 中國問題, 移民問題, 西比利問題, 韓國問題 等에 因하야 그 勢를 도도아 마참내 美日戰爭說이 다시 니러나게 되엿다.(「미일전쟁」, 『독립신문』 56, 1920.3.20) ③ 所謂 聯合國의 魚頭鬼面之卒이 巴黎 近傍에 모혀서 前에 德國이 俄國에 對하야 하던 그갓흔 酷毒한 條件으로써 講和條約을 締結함은 世人 旣知의 事實이다.(「아라사혁명기」(一一), 『독립신문』 48, 1920.2.26) / 魚頭鬼面의 小倭大倭는 如前히 我民族의 意思를 蔑視하고 恬然히 我民族을 米洲의 黑奴에 比하는도다.(「왜노와 우리」, 『독립신문』 23, 1919.10.28) / 反覆 無常하야 德義도 信義도 업는 原敬, 床次 等이며 貴衆 雨院의 魚頭鬼面之卒, 그 卑劣하고 淺薄하고 철 업고 宗的 업는 狂叫亂吠(「장덕수군」, 『독립신문』 45, 1920.2.12)

4. 사회주의혁명에 건 기대와 좌절, 그리고 선회

1921년 4월 2일 『독립신문』 101호 사설란에는 '천재'라는 필명과 더불어 「국민개업」이라는 제목의 글이 발표된다. '천재'라는 필명으로 『독립신문』에 실린 글로는 역술 「아라사혁명기」와 사설 「독립군 승첩」 이후 세 번째 글이자 마지막 글이다. 「아라사혁명기」가 한창 연재 중이던 무렵 발표된 사설 「독립군 승첩」은 민국 2년에 접어든 1920년 연초 임시정부가 전쟁의 해를 선포한 이래 길림에서 적진을 깨뜨린 독립군의 첫 승첩의 소식을 전하며 "이천의 독립군의 승첩勝捷은 동아의 대혁명의 개시를 선亘하는 경종警鐘"[25]임을 호언하고 있는 글이다. 독립군의 승첩을 동아 대혁명의 도화선으로 상정하고 있는 점도 그렇고, 역술 「아라사혁명기」의 논조와도 그대로 맞닿아 있다. 반면 "금일 우리가 한탄하고 가석히 녁이는 모든 우리의 불평과 자포자기와 음모가 다 업業 업는 데서 생生하는 것"[26]이라 하여 농촌과 학교, 공장과 상점에서 각 개인이 자신의 업에 힘쓰는 것이야말로 독립운동의 성공 요건임을 역설하고 있는 「국민개업」은 동일인의 글이라고 보기 어려울 만큼 논조를 달리한다. 이광수의 경우 이러한 입장의 변모에 필연성이 확인되는 바, 이러한 논조의 급변은 '천재'를 이광수로 추정할 수 있는 세 번째 근거가 된다.

「국민개업」의 서두는 "우리가 이 말을 드른 지 오랩니다. 드를사록 그 뜻은 더욱 기퍼가고 그 진정한 가치는 더욱 나타나는 듯합니다"라는 구절로 시작된다. 필자 '천재'가 이미 오래 전부터 국민개업의 주장에 깊이 공감한 바 있었음을 드러내주는 대목이다. 이광수는 『독립신문』 창간호부터 18회에 걸쳐 연재한 논설 「개조」1919.8.21~10.28에서 내실 있는 독립운동을 위해서는 물론 독립국민 된 자격과 능력을 갖추기 위해서도 민족 자체의 개조가 근본이 됨을 역설한 바 있다. 이

---

25   천재, 「독립군 승첩」, 『독립신문』 47, 1920.2.17.
26   천재, 「국민개업」, 『독립신문』 101, 19214.2.

광수의 사상에서 준비론은 1914년의 대륙방랑시절로까지 거슬러 올라가지만,[27] 논설 「개조」 가운데 5회에 걸쳐 연재한 '십년생취 십년교훈'에서도 오왕吳王 부차夫差에게 전패하여 절치부심했던 월왕越王 구천勾踐의 와신상담의 교훈을 언급하면서 광복사업은 물론 건국사업에도 그 사업에 필요한 실력의 준비가 있어야 함을 각별히 강조한 바 있다.

한편 이 무렵은 앞서 보아온 대로 이광수가 러시아혁명의 여파가 몰고 올 세계질서의 변동을 예의주시하며 세계적 사회혁명에서 독립운동의 가능성을 엿보고 있었던 시기이기도 하다. 당시 국제연맹과 더불어 또 하나의 세계질서 변동의 진원지로 떠오른 러시아의 사회혁명에 주목하고 있던 이광수는 임시정부가 전쟁의 해를 선포한 1920년을 계기로 「세계적 사명을 수受한 아족我族의 전도는 광명이니라」2.12, 「일본의 현세」3.11~4.1, 「미일전쟁」3.20, 「세계대전이 오리라」3.23, 「독립전쟁의 시기」4.1, 「한중 제휴의 요要」4.17, 「해삼위사건」4.20 등 독립전쟁의 기회를 모색하는 글을 집중적으로 써냈다.[28] 이 가운데서 특히 5회에 걸쳐 연재된 논설 「일본의 현세」[29]는 사회주의의 확산으로 인한 일본의 혁명 가능성을 주시하고 있다는 점에서 유럽과 미국은 물론 극동의 일본에까지 그 여파를 미치고 있는 러시아혁명의 위세와 더불어 세계적 사회혁명을 전망하고 있는 「아라사혁명기」의 연장선상에 놓이는 글이다. 소수의 군벌과 관료 재벌 지배하의 전제정치와 침략의 야심을 고수하는 현존의 일본국가는 안으로 민주주의와 사회주의

27　대륙방랑시절 이광수의 준비론 사상에 관해서는 최주한, 「중학시절과 오산시절 전후의 이광수」, 『이광수와 식민지 문학의 윤리』, 소명출판, 2014, 58~63쪽 참조.

28　일본 국내외 정세의 격동과 일본의 혁명 혹은 파멸의 시나리오에 관한 보다 상세한 논의로는 최주한, 「상하이시절의 이광수와 일본」, 『춘원연구학보』 23, 춘원연구학회, 2022, 80~86쪽 참조.

29　이광수는 시사단평 「독립의 자격」(1920.2.12)에서 "한족에게는 격려의 편달이 되려니와, 일본의 현세는 여하(如何), 귀중(貴衆) 양원(兩院)의 추태는 여하(如何), 그 외교는 여하(如何), 일본 내의 통치는 여하(如何), 통치하지 못할 남을 통치한다고 무익한 쟁론으로 세월을 허비하기 전에 먼저 일본 자신의 통치나 생각함이 여하(如何)"라 하여 일본 식민정책의 성공을 자신하며 한족에게 독립의 자격이 없음을 운운한 식민정책학자 니토베 이나조의 주장을 반박한 바 있다. 이 글은 그 연속선상에서 쓰였다.

등의 사상을 접하고 구제도를 타파하고 새 국가를 건설하자는 사상에 눈뜬 대다수 인민에게서 고립되어 있으며, 밖으로도 그간의 제국주의 정책으로 조선은 물론이고 중국, 일본, 러시아 등의 이웃나라는 물론 멀리 태평양을 둘러싸고 미국 및 호주와도 충돌하고 있어 혁명 혹은 파멸의 날이 머지않다는 것이 그 핵심 논지이다. 이광수가 독립전쟁을 다만 조선의 독립을 위한 것일 뿐만 아니라 '천天의 명령'이자 새로운 세계질서를 희구하는 '세계적 정신'을 선취한 신성한 과업으로 자리매김할 수 있었던 근거도 바로 여기에 있다.

> 革命은 이제는 天의 命令이오 世界的 精神이라. 日本을 革命케 할 者는 이 世界的 精神이니, 英國人이나 美國人이나, 新思想 新理想을 懷抱한 者와 特히 俄國人과 中國人은 모다 日本의 革命에 參與하고 贊成할 者라. 그러나 이 世界的 大精神을 代表하야 日本에게 熱血의 洗禮를 授할 者는 實로 우리 大韓民族이니, 그럼으로 우리의 血戰은 다만 우리의 當然하고 神聖한 獨立의 完成만 爲함일쌘더러 實로 日本을 爲하고 世界를 爲하야 하는 神聖한 天의 明命이라.[30]

「아라사혁명기」에서 러시아혁명이 민족자결주의가 약속하는 독립의 가능성이자 새로운 세계질서의 건설을 약속하는 인류 구원의 복음이었던 것처럼, 이광수에게 조선의 독립전쟁은 러시아혁명과 나란히 혁명이라는 세계적 정신에 부응하는 세계혁명의 일환이었다. 따라서 독립전쟁을 치르는 조선은 세계에 원조를 청구할 권리가 있고, 세계가 조선의 청구에 응하여 원조를 제공하는 것도 당연하다고 보았다. 또한 이광수는 이러한 시운이 이미 독립선언서에 표명되어 있음을 강조하기도 했다. "오등吾等이 자茲에 분기하도다. 양심이 아我와 동존同存하며 진리가 아我와 병진倂進하는도다. …… 천백세千百世 조령祖靈이 오등을 음우陰佑

---

30 「세계적 사명을 수(受)한 아족(我族)의 전도는 광명이니라」, 『독립신문』 45, 1920.2.12.

하며 전세계 기운이 오등을 외회外護하나니, 착수着手가 곧 성공이라. 다만 전두前頭의 광명으로만 맥진驀進할 따름인뎌."[31] 적어도 이 무렵까지만 해도 독립선언서의 당당한 공언이 실현되는 것은 시간문제인 것처럼 보였던 것이다.

그러나 불과 반년 뒤 임시정부의 독립전쟁론을 지지하며 세계적 사회혁명의 동향을 주시하고 있던 이광수의 기대는 그대로 물거품이 되고 만다. 1920년 10월의 간도참변이 결정적인 계기였다. 1918년 8월, 일찍이 영국, 프랑스 미국 등의 열강과 함께 시베리아 출병을 단행하여 러시아 내전에 개입했던 일본은 철수하지 않고 남겨둔 이들 병력과 더불어 간도출병에 나서 독립군 및 독립군 근거지를 대대적으로 공격했다. 뿐만 아니라 6월의 봉오동전투에 이어 10월의 청산리전투에서 잇달아 패배한 데 대한 보복적 대응으로 한인 마을을 습격하여 2개월간 약 3천 4백 69명을 학살하고 3천 2백 9호의 주택을 방화하여 파괴하는 참변을 일으켰다. 이해 4월 일본군의 습격으로 블라디보스톡을 비롯한 연해주 항일운동세력의 근거지가 파괴된 데 이어 이번에는 만주 독립군의 근거지마저 초토화된 형국이었으니, 이로써 1920년을 전쟁의 해로 선포했던 임시정부의 독립전쟁의 구상은 그대로 좌초되고 만 셈이었다.[32] 4월 참변 때까지만 해도 "오인吾人의 가장 기다리는 바로 일시 일군日軍의 폭위暴威가 극동極東을 더품은 장차 올 대파열의 전제라 할지니, 오인의 운동에 절호한 기회는 점점 각가와진다"[33]고 하여 애써 낙관적 전망을 유지했던 이광수도 독립운동의 방침에 대하여 다시금 숙고하지 않을 수 없었다.

12월 18일 자 『독립신문』 속간호 87호부터 6회에 걸쳐 연재한 논설 「간도참변과 독립운동 장래의 방침」1920.12.18~1921.2.5은 간도참변을 당하고도 제대로 대응

---

31 위의 글, 『독립신문』 45, 1920.2.12.
32 간도참변을 기점으로 1920년 임시정부의 독립전쟁론 구상이 좌초되는 경위에 관해서는 신주백, 「봉오동전투·청산리전투 다시 보기」, 『역사비평』 127, 역사비평사, 2019 참조.
33 「해삼위사건」, 『독립신문』 67, 1920.4.20.

294   제2부_ 상하이시절의 이광수

할 수 없는 현실의 원인을 실력의 부재에서 찾고, 납세의 의무와 병역의 의무를 지는 '국민의 모집'을 통해 실질적인 독립운동의 역량을 갖추자는 취지의 대독립당 건설을 제안한 글이다. 독립전쟁에 유리한 기회와 형세를 짓는 일에서 눈을 돌려 금전과 군사의 획득, 산업과 교육을 근간으로 한 민력의 함양 등 보다 장기적인 안목의 준비가 긴요함을 역설하고 있는 것인데, 상하이시절 이광수의 사상적 편력에서 보자면 준비론으로의 회귀에 가깝다. 요컨대 독립전쟁의 전망이 불투명해졌을 때 이광수가 기댄 것은 사회주의 혁명의 준비가 아니라 대독립당의 건설이라는 거족적인 독립운동의 준비였다. 레닌의 볼셰비즘은 윌슨의 민족자결주의가 그랬듯 독립에 유리한 기회와 형세를 제공하는 외적 여건의 하나였을 뿐, 이광수가 사회주의 혁명 자체를 지지한 것은 아니었던 셈이다. 상하이시절의 이광수에게 사회주의는 민족주의와 대립하지 않았지만, 그것은 어디까지나 독립이라는 민족적 과제를 공유하고 있었다는 점에서 그러했다.

2월 중순 귀국을 결심했던 이광수는 이후 '호상일인滬上一人'[34]이라는 필명으로 「우리 청년의 갈어둔 이利한 칼을 어대서부터 시험하여 볼가」[1921.3.19]라는 제목의 기고문을 한 편 더 썼다. 일찍이 임시정부의 독립전쟁론을 지지하며 김여제, 주요한과 함께 썼던 「독립군가」의 1절에도 사설의 제목과 유사한 '갈앗던 날낸 칼을 시험할 날이'라는 구절이 눈에 띈다. "나아가세 독립군아 어서 나가세 / 기다리던 독립전쟁 도라왔다네 / 이때를 기다리고 십년 동안에 / 갈앗던 날낸 칼을 시험할 날이 / 나아가세 대한민국 독립군사야 / 자유독립 광복할 날 오늘이로다 / 정의의 태극 깃발 날리는 곳에 / 적의 군세軍勢 낙엽갓히 슬어지리라"[35] 여기서 갈아둔 날낸 칼의 시험 대상이 일본인 것은 말할 것도 없다. 그러나 이미 준비론으로 돌아

---

34   1914년 12월과 이듬해 1월 『청춘』 3, 4호에 발표한 「상해서」는 '호상몽인(滬上夢人)'이라는 필명을 썼다.

35   「독립군가」, 『독립신문』 47, 1920.2.17. 김여제의 회고에 따르면, 1절과 2절은 이광수, 3절은 김여제, 4절과 5절은 주요한이 썼다고 한다. 김여제, 『『독립신문』 시절』, 『신동아』, 1967.7.

선 이광수가 지목하는 갈아둔 날랜 칼이 향하는 곳은 더 이상 외부의 적이 아니다. "십년 전 그날을 두게 한 자가 곳 우리인즉 그보다 더 못한 다른 날을 두게 할 것도 외싸에 잇지 안코 내싸에 잇나니, 이런 싸닭으로 네 칼을 외싸에서 시험하기 전에 내싸에서부터 할 거시며, 타俄에게 급及키 전에 자기에게서브터 함이 필요타 하노라."³⁶ 내부의 온갖 악습이 우리를 망케 했고 앞으로 망케 할 자이므로 우선 우리 자신의 병근病根을 다스리는 것이 우선임을 역설하고 있는 것이다.

　주목할 만하게도 애국은 입과 종이로만 하는 줄 알고 애국은 암살과 탄환으로만 하는 줄 아는 착오된 민족적 양심, 그리고 나타와 겁유와 허위와 허영과 기타 악습관의 노예가 되어 마비된 민족적 양심을 꾸짖으며 각 개인이 각자의 위치에서 자신의 업에 힘쓰는 것이야말로 독립운동의 성공 요건임을 역설하고 있는 「국민개업」 역시 동일한 관점에서 쓰인 글이다. 뿐만 아니라 사용되고 있는 어휘나 문체는 물론 그 논조에 있어서도 「민족개조론」¹⁹²¹·¹¹ 집필을 예고하고 있는 글이라고 해도 지나치지 않다. 사설 「국민개업」을 마지막으로『독립신문』에 '천재'라는 필명의 글이 더 이상 발견되지 않는 것은 우연이 아니다.³⁷

36　호상일인(滬上一人),「우리 청년의 갈아둔 이(利)한 칼을 어대서부터 시험하여 볼가」,『독립신문』99, 1921. 3. 19.

37　천재,「국민개업」,『독립신문』101, 1921. 4. 2. 87호부터 속간된『독립신문』은 매주 1회 발행되었다. 99호 사설란에는 앞서 언급한 이광수의 기고문이, 100호 사설란에는 후임자의 백주년 기념사가 실렸다. 이 사설이 이광수가 귀국한 이후의 시점에 실린 것은 이 때문인 것으로 짐작된다.

제7장

두 편의 관헌 자료
「요시찰 조선인 이광수에 관한 건」[1919]에 대하여

자료 해석에서 빚어진 혼선

최근 이광수의 상하이시절을 전후한 행적을 조사하던 중 흥미로운 두 편의 관헌 자료를 접하게 되었다. 국사편찬위원회의 한국사 데이터베이스 '국외 항일운동 자료 일본 외무성 기록'편에 수록되어 있는 자료인데, 하나는 우치다內田 외무대신이 오바타小幡 중국공사와 아리요시有吉 상하이 총영사에게 보낸 1919년 2월 10일 자 의뢰 문서[자료 1)이고, 다른 하나는 이 의뢰에 응하여 오바타 중국공사가 우치다 외무대신에게 보낸 2월 18일 자 회신 문서[자료 2)이다. 의뢰의 내용은 요시찰 '갑호' 이광수가 1월 31일 고베에서 상하이를 향해 떠났고 상하이를 경유하여 베이징으로 간다든가 하는 정보가 담긴 지방장관의 내보內報가 있었으니, 상하이에 도착한 후의 언동을 살펴서 보고하라는 것이다. 회신은 이광수가 1919년 1월 베이징을 떠난 뒤로 다시 온 흔적은 없다는 사실을 알리는 한편, 1918년 11월 이래 이광수의 베이징에서의 행적에 관한 하타노波多野 경부의 보고 및 동년 12월 파리강화회의 관련 일본 유학생계의 동향과 베이징에서의 비밀회담에 대

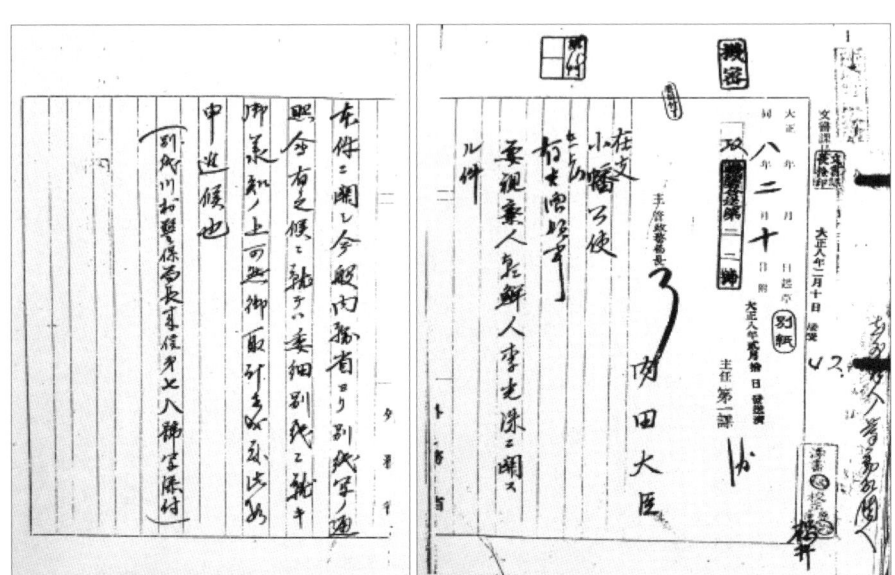

〈자료 1〉「要視察人朝鮮人李光洙二關スル件」(1919.2.10)
우치다 외무대신이 오바타 중국 공사와 아리요시 상하이 총영사에게 보낸 의뢰 문서

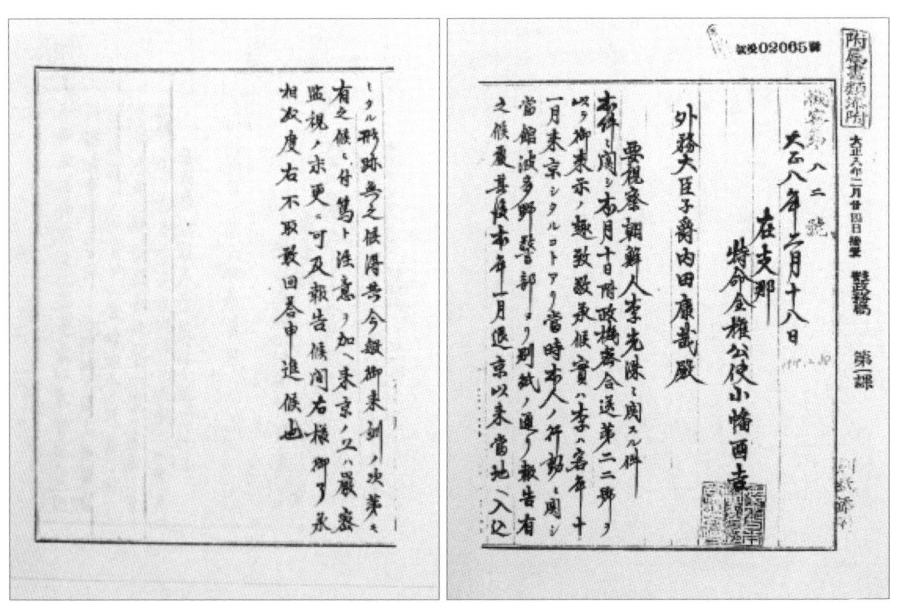

〈자료 2〉「要視察朝鮮人李光洙二關スル件」(1919.2.18)
오바타 중국공사가 우치다 외무대신에게 보낸 회신 문서

한 조선총독부 경무총장의 보고를 첨부하고 있다. 이 두 문서에는 이광수가 베이징을 향했던 1918년 10월부터 도쿄로 돌아와 '2·8독립선언서'를 기초하고 재차 상하이로 망명한 1919년 1월까지의 행적이 자세히 담겨 있는 셈이다.

그런데 동일한 자료를 대상으로 하고 있음에도 불구하고 논자들마다 자료에 대한 해석이 상이하여 이 시기 이광수의 행적은 여전히 혼선을 빚고 있는 실정이다. 먼저 신한청년당과 이광수의 관련성을 강조하는 강덕상, 정병준, 이유진 등은 이들 관헌 자료에 의지하여 이광수의 베이징행에서 '2·8독립선언서' 집필, 상하이 망명에 이르는 경로가 일관되게 신한청년당과의 연대활동이었다고 파악하고 있다.[1] 한편 최기영은 당시 이광수를 감시한 영사관 경찰에서 혐의를 찾지 못했고, 이광수가 남긴 여러 회고에서도 파리강화회의 대표 파견에 관한 언급은 찾아볼 수 없다는 점을 근거로 들어 신한청년당과의 연계는 이광수의 상하이행이 결정되고 나서의 일이었을 것이라고 추론했다.[2] 그런가 하면 정홍섭은 이광수의 베이징행은 애정도피였으나 베이징 체류 당시 신한청년당의 활동에 동참하게 되어 '2·8독립선언서'를 집필하고 상하이행을 결행하였다는 의견을 전개하고 있다.[3] 그러나 이렇게 상이한 해석은 각각의 논자들이 이들 관헌 자료를 단편적으로 참조한 탓에 자료에 포함된 잘못된 정보를 그대로 수용한 데서 빚어졌다는 것이 필자의 판단이다. 이에 이 글에서는 두 편의 자료에 대한 번역 소개와 더불어 자료에 대한 상이한 해석에서 빚어진 혼선을 정리해 보고자 한다.[4] 아울러 그동안 몇몇 회고 기록에 기대어 부정확하게 기술되어 온 이광수의 상하이시절 전후의 행적을 바로잡기로 한다.

---

1   강덕상, 『여운형평전』, 김광열 역, 역사비평사, 2007, 149~153쪽; 정병준, 「중국 관내 신한청년 당과 3·1운동」, 『한국독립운동사연구』 65, 독립기념관 한국독립운동사연구소, 2019, 42~45쪽. 이유진, 「이광수 상해-『독립신문』을 중심으로」, 춘원연구학회 기미년 독립운동 100주년 기념 국제학술대회 자료집, 『기미년 독립운동과 민족운동』, 2019, 250~255쪽.

2   최기영, 「이광수의 민족운동-상해, 1919~1921」, 위의 자료집, 15~17쪽.

3   정홍섭, 「춘원 이광수의 상해 망명 배경」, 『춘원연구학보』 15, 춘원연구학회, 2019, 152~154쪽.

4   번역문은 최주한, 하타노 세츠코 엮음, 『이광수 초기 문장집』 III(소명출판, 2024)에 수록되어 있다.

이광수의 베이징행

1919년 2월 10일 자 〈자료 1〉「요시찰 조선인 이광수에 관한 건」은 일본 내무성에서 보낸 1919년 2월 6일 자 〈별지 1〉의 보고문서 「요시찰 조선인에 관한 건」을 접수한 우치다 외무대신이 중국 공사와 상하이 총영사에게 이광수의 행적을 보고하라는 의뢰 문서이다. 내용인즉 1918년 10월 경 전 경성일보 매일신보 사장인 아베 미츠이에阿部充家로부터 평텐 총영사 및 기타 각처의 영사에 대한 소개장을 얻어 학술연구의 명목으로 베이징에 갔던 이광수가 1919년 1월 31일 고베를 떠나 재차 상하이를 경유하여 베이징으로 간다고 하였으니 이후의 행적을 주시하라는 것이다. 잘 알려져 있다시피, 우치다 외무대신의 의뢰 문서 발송일 이틀전인 2월 8일에는 도쿄 기독교청년회관에서 유학생들의 독립선언서와 결의문 낭독이 있었고, 그 자리에서 최팔용 이하 9명의 주모자들이 체포되었다. 이들 주모자는 이튿날 10일 출판법 위반으로 송치되었는데, 조선청년독립단 대표자의 이름으로 서명된 '2·8독립선언서'에는 이광수도 이름이 올라 있었다. 물론 우치다 외무대신의 의뢰 문서는 2월 6일 자의 내무성 보고 문서에 근거하고 있는 것으로 보아 2·8독립선언 주동자의 한 사람으로 이광수를 주목했던 것 같지는 않다. 다만 독립운동을 준비하는 유학생계의 움직임을 사전에 감지한 터라,[5] 일본을 빠져나가는 이광수의 행적을 예의주시했을 것이다.

1919년 2월 18일 자 〈자료 2〉는 우치다 외무대신의 의뢰에 응하여 오바타 중국 공사가 이광수는 1919년 1월 10일 베이징을 떠난 이후 다시 발을 들여놓은 행적이 발견되지 않는다는 사실을 간단히 회신한 문서인데, 이전 베이징행에서

---

5   特高秘乙 第56號, 「朝鮮留學生 ノ 獨立運動ニ關スル件」(1919.2.10) 이하 1918년 연말에서 1919
     년 연초에 이르는 유학생계의 독립운동 움직임과 이에 관한 관헌 보고 자료에 관해서는 윤소영,
     「일제의 '요시찰' 감시망 속의 재일한인유학생의 2·8독립운동」, 『한국민족운동사연구』 97, 한국
     민족운동사학회, 2018, 63~64쪽 참조.

의 이광수의 행적과 관련하여 네 편의 보고 문서를 첨부하고 있어 1918년의 베이징행에서 1919년의 상하이행에 이르는 이광수의 행적을 자세히 재구성할 수 있게 해준다. 우선 1919년 1월 30일 자 〈첨부 1〉「요시찰 조선인 베이징 체재 중의 행동에 관한 건」은 하타노 경부의 보고 문서로, 1918년 11월 8일 이광수가 허영숙과 동반하여 베이징에 도착했기에 신원을 조사하기 위해 12월 11일 본적 관할 경찰서에 조회하여 21일 별지의 회답〈첨부 4〉을 접수했으며, 조선총독부 경무총장이 헌병 파견소 앞으로 보낸 두 번의 통첩〈첨부 2〉,〈첨부 3〉을 받고 이광수의 행적에 주의했으나 이광수가 베이징에 온 목적은 애정도피 행각일 뿐 별다른 움직임은 발견할 수 없었다는 보고 내용을 담고 있다. 이 밖에도 이광수가 베이징 체재 중에 만난 일본인과 조선인, 통신 사항은 물론 1919년 1월 10일 와세다로 돌아간다고 칭하고 베이징을 떠난 날짜와 시간까지 상세히 보고되어 있다. 더불어 허영숙이 베이징 체재 당시에 통근했던 야마모토의원 앞으로 14일 경성에 도착했다는 통신이 있었다는 보고로 미루어 이광수가 베이징을 떠나고 나서 허영숙 역시 바로 경성으로 돌아온 사실도 알 수 있다.

1918년 12월 7일 자 첫 번째 통첩 〈첨부 2〉의 문서는 1918년 10월 16일 도쿄를 출발하여 고향 정주에 귀성, 같은 달 말일 정주를 떠나 11월 1일 펑톈에 도착하여 경성일보 기자라 칭하고 일주일간 체류한 다음 같은 달 8일 베이징을 향해 출발한 사실을 보고하고 있다. 이어지는 두 번째 통첩 12월 19일 자 〈첨부 3〉「강화회의에 조선 대표자 파견에 관한 건」은 조선총독부 경무총장이 직접 작성한 보고 문서로, 이광수를 비롯한 일본 유학생들이 도쿄의 모처에서 밀회하여 미국, 서북간도, 노령 방면의 동지들과 연락을 취하고 베이징에서 몰래 만나 강화회의에 조선인 대표자를 파견할 계획을 꾸몄고, 이광수가 도쿄의 유학생 대표로 베이징으로 향하여 비밀회의에 참석했다는 정보를 담고 있다. 당시 조선총독부 경무총장은 이광수의 베이징행을 파리강화회의와 관련하여 주목했던 것인데, 이 보고 문서는 이광수의 베이징행 및 베이징 체류 당시의 행적에 대한 잘못된 정보가 뒤섞여 있다는 점에서 주의할 필요가 있다.

강덕상은 경무총장의 보고 문서에 언급되어 있는 베이징에서의 비밀회의가 문서 발송일자인 12월 19일 이전, 즉 "이광수가 북경에 도착한 후인 약 11월 중순에서 12월 초순 사이에 개최"되었을 것이라는 추론 하에 베이징 체류 당시 이광수가 여운형, 장덕수 등의 신한청년당 조직을 포함한 "중대한 독립운동 회의에 참가하고 있었다"고 단정했다.[6] 정병준 또한 이광수는 허영숙과의 애정행각으로 위장했지만, 경무총장의 보고 문서와 같이 "그 배경에는 파리강화회의 대표 파견을 위한 재일 유학생들의 움직임이 존재"했고 또 상하이에서는 신한청년당을 중심으로 파리강화회의 청원서 제출 및 김규식이 강화회의 특사로 결정되던 중요한 시기였던 만큼 이광수의 베이징행은 중국 독립운동진영과 연대활동을 펼쳤다고 보는 것이 타당하다고 보았다.[7] 한편 정홍섭은 허영숙에게 보낸 편지를 근거로 이광수의 베이징행은 결혼문제로 번민한 끝에 내린 도피행이었고, 다만 이광수가 베이징에 체류하고 있던 1월 강화회의 특사로 파견될 예정이었던 김규식이 용무차 베이징에 있었다는 정병준의 논의와 앞서 언급한 대로 이광수가 당시 신한청년당 조직을 포함한 독립운동 회의에 참가하고 있었다는 강덕상의 논의에 의거하여 베이징에서 "우연히" 신한청년당의 활동에 동참했을 것으로 추정하고 있다.[8]

그런데 앞서도 언급했다시피, 경무총장이 작성한 1918년 12월 19일 자 보고 문서의 정보는 그대로 신뢰하기가 어렵다. 무엇보다도 우선 이 문서는 「강화회의에 조선 대표자 파견에 관한 건」이라는 제목이 가리키는 대로 제1차 세계대전이 끝나고 강화회의 개최가 결정된 이후의 시점에서 도쿄 유학생들의 움직임 및 베이징에서의 회의 내용에 대한 정보를 '들은 바에 의하면' 곧 '전문傳聞'의 형식

---

6   강덕상, 앞의 책, 152쪽.
7   정병준, 앞의 논문, 42~44쪽.
8   정홍섭, 앞의 논문, 153~154쪽.

으로 담고 있는 불완전한 보고이다.[9] 〈자료 2〉의 〈첨부 1〉과 〈첨부 2〉 문서가 보여주듯 이광수가 베이징으로의 애정도피를 계획하고 도쿄를 떠난 것은 1918년 10월 16일,[10] 그리고 고향인 정주에 들렀다가 펑톈을 거쳐 베이징으로 떠난 것은 11월 8일 오전의 일이다. 요컨대 도쿄의 유학생들이 강화회의에 조선인 대표자를 보낼 것을 모의한 자리에 이광수가 참석하기란 불가능하고, 마찬가지로 이광수가 그 일로 베이징으로 향하여 비밀회의에 참석했다는 것 또한 잘못된 정보인 셈이다. 그러므로 이 보고 문서를 근거로 하여 이광수의 베이징행이 애정도피를 위장한 신한청년당과의 연대활동이었다든가, 우연히 베이징에서 신한청년당활동에 동참하게 되었다는 주장은 정합성을 얻기 힘들다.

그렇다면 허영숙과의 애정도피에 나섰던 이광수는 왜 돌연 베이징을 떠나 도쿄로 돌아간 것일까. 이광수는 『나의 고백』1948에서 제1차 세계대전 휴전 조약에 대한 소식과 "파리에서 평화회의가 열리게 되어 중국 대표 육징상陸徵祥 씨가 파리를 향하여 북경을 떠났다"는 뉴스가 마음을 흔들어 놓았다고 회고하고 있고,[11] 그보다 먼저 씌어진 「상해의 이년간」1931에서는 "'크레인'이라는 미국 요인이 중국 정치사정을 시찰하고 파리강화회의로 갈 차로 상해에 들렀다. 그에게서 세계의 대세를 더욱 뚜렷하게 인식할 수 있었다"[12]고 회고한 바 있다. 시작은 애정도피행이었다고 해도 제1차 세계대전이 끝나고 파리강화회의에 집중된 세간의 동

---

9 『매일신보』에 파리에서 강화회의가 열린다는 소식이 실린 것은 1918년 11월 14일이다. "강화회의는 필경 명춘(明春) 2월에 개(開)할 듯한데, 차(此)는 휴전 조건의 수행에 일 개월 이상을 요하는 연고이며 불국 수상 「구레만소-」씨가 강화회의 의장이 되리라더라(華盛頓電)" 「강화회의의 개기(開期)」, 『매일신보』, 1918.11.14.

10 이광수가 도쿄를 떠나 베이징으로의 애정도피를 계획한 시기는 허영숙에게 보낸 1918년 10월 9일 자 편지에서도 확인된다. "당신이 말씀하신 대로 내 뜨거운 사랑은 아직 시작되지 않고 있었습니다. 지금부터입니다. 이해할 수 있으실는지요. 그러므로 이번 중국행은 내게 있어서는 마지막 판가름이외다. 만일 실패하면 나의 일생은 파멸입니다. 나는 영에게 내 모든 사랑을 바쳐 보지도 못하고 끝나버립니다." 이광수, 「사랑하는 영숙에게」(1918.10.2), 『이광수전집』 9, 우신사, 1979, 294쪽.

11 이광수, 『나의 고백』(1948), 『이광수전집』 7, 251쪽.

12 이광수, 「상해의 이년간」(『삼천리』, 1932.1), 『이광수전집』 8, 418쪽.

향에 무심하기는 어려웠을 것이다. 더욱이 이광수가 허영숙을 두고 "돌연 단신으로"[13] 베이징을 떠난 날짜와 시간이 1919년 1월 10일 늦은 오후였다는 사실은 여러 모로 의미심장하다.

도쿄행에서 상하이행까지

2·8독립선언을 이끌었던 조선인 유학생들의 동향에 대한 관계자들의 회고와 관헌의 기록을 통해 2·8독립운동의 도정을 상세히 고찰한 윤소영의 연구에 따르면, 도쿄의 유학생계에서 독립운동의 발단은 1918년 12월 29일 메이지홀에서 학우회가 주최한 송년회와 이튿날 30일 기독교청년회관에서 열린 웅변대회에서 시작되며, 본격적인 준비는 1919년 1월 6일 기독교청년회관에서 열린 학우회 주최의 웅변대회와 이튿날 7일의 모임을 통해 이루어진다. 신문보도 등을 통해 파리강화회의에 따른 세계 각국의 동향을 접한 유학생들은 12월 29일 모임에서 차제에 독립을 달성하기 위해 모든 수단을 취해야 함을 논했고, 1월 6일의 모임에서는 독립운동을 위한 구체적인 실행방법으로서 내각의 여러 관료 및 각국 대공사에게 청원운동에 착수할 것을 결정하여 10명의 임시위원을 뽑았다.[14] 이후 1월 6일에 선출된 10명의 위원 가운데 전영택이 사임하고 김철수, 이광수가 새로 선임되어 '2·8독립선언서'의 서명자 11명이 확정되는데, 아마도 1월 10일 오후 늦게 베이징을 떠났던 이광수가 도쿄에 도착한 이후의 일이었을 것이다. 이광수의 갑작스런 도쿄행이 독립운동을 위한 유학생들의 본격적인 움직임이 시작된 시기와 맞물려 있는 것으로 짐작건대 당시 이광수에게 모종의 연

---

13 일찍이 허영숙은 당시 이광수가 "돌연 단신 귀국을 제의"했고 십일월 하순 서울로 떠나버렸다고 회고한 바 있다. 박계주·곽학송, 『춘원 이광수』, 삼중당, 1962, 235쪽.

14 윤소영, 위의 논문, 83~85쪽 참조.

락이 닿았을 가능성을 생각해 볼 수 있게 하는 대목이다.

선언서 작성을 위임받은 위원의 일원으로서 이광수가 동료들과 함께 마련한 원안을 바탕으로 작성한 '2·8독립선언서' 초안의 검토가 끝난 것은 1월 28일 밤, 이튿날 아침 최팔용에게서 상하이행을 권유받은 이광수가 변장까지 하고 도쿄를 떠난 것은 1월 30일이었다.

또 하나의 오보

1월 30일 도쿄를 떠난 이광수는 어떤 경로로 상하이에 닿았을까. 이와 관련하여 일찍이 이광수는 「상해의 이년간」1931에서 여행의 목적을 취조하는 형사에게 베이징의 일인 경영 신문사에서 기자를 채용한다기에 그에 응모차 가는 것이라고 둘러대고 2월 5일 아침에 상하이에 이르렀다고 회고한 바 있다.[15] 정병준은 이 회고에 기대어 이광수가 베이징 순천시보에 취업차 간다고 위장하고 재차 중국으로 떠났고 2월 5일 상하이에 도착했으며, 따라서 이광수는 "1918년 11월부터 1919년 2월까지 동경-북경 간을 두 차례 왕복한 것"[16]이라고 하여 이광수의 베이징행을 거듭 강조하고 있다. 또 2월 5일에 상하이에 도착했으니 1월 27, 28일경 상하이를 떠난여운형의 심문조서에 의거 장덕수와 만났다는 회고는 잘못이며, 그 이전의 베이징 체류 당시 장덕수를 만났거나 혹은 장덕수와 긴밀한 연락을 취했음을 의미한다고 해석했다.

---

15   "나는 동경 국민신문 기자의 소개를 가지고 북경 순천시보라는 일인 경영의 신문사에서 영어 잘 아는 기자를 채용한다기에 그에 응모차 가는 것이라고 설지담지(說之談之)하여서 겨우 그를 납득시키었다. 고베(神戶) 스이죠서(水上署)의 신문(訊問)에도 이와 꼭 같은 답변으로 패스하고 또 내가 탄 배가 모지(門司)를 지날 때에도 역(亦) 같은 답변으로 통과하여 이월 오일 아침 마침내 목적한 상해에 이르렀다. 상해에서는 내리자마자 곧 장덕수 군의 숙소를 찾았다." 이광수, 「상해의 이년간」(『삼천리』, 1931.1), 『이광수전집』 8, 417~418쪽.

16   정병준, 앞의 논문, 44쪽.

그러나 〈자료 1〉〈별지〉의 보고가 전하는 내용은 또 다르다. 〈별지〉의 보고에 의하면, 이광수는 고베항을 떠나면서 관헌에게 "상하이를 경유하여" 베이징의 준텐시보에 간다는 거짓 정보를 흘렸고, 허영숙에게도 "오늘 아침 상하이로" 간다는 내용의 전보를 놓았다. 또 2월 18일 자 〈자료 2〉의 오바타 중국공사의 보고에도 "올해 1월 베이징에서 떠난 뒤는 이곳에 온 흔적이 없"다는 내용이 담겨 있으니, 이광수가 베이징을 거쳐 상하이에 도착했다는 정병준의 해석은 또 하나의 오보를 그대로 신뢰한 데서 빚어진 착오인 셈이다. 이광수가 고베를 떠난 날짜는 31일 아침이고, 윤소영의 조사에 의하면 고베에서 상하이까지의 항로가 나가사키를 경유하는 데 56시간 가량 소요된다고 한다.[17] 또 최기영에 의하면, 장덕수는 2월 1일 신한청년당의 집회에 참석하고 나서 일본으로 떠났다는 또 다른 기록이 남아 있다.[18] 2월 2일 오후 상하이에 도착한 이광수가 일본으로 떠날 예정이었던 장덕수와 만났을 가능성은 충분하다.

이광수는 『나의 고백』[1948]에서 상하이에 도착하여 부두에서 우연히 일본으로 떠나는 장덕수와 만났다고 회고하고 있지만, 그보다 먼저 쓴 「상해 이년간」[1931]에서는 상하이에 도착하자마자 장덕수의 숙소를 찾았다고 회고했다.[19] 상하이에 도착한 후 이광수가 신한청년당 사람들과 함께 활동하면서 임시정부 수립에 관여하고 기관지 『신한청년』의 주필로도 활동한 것은 잘 알려져 있는 대로이다. 최기영의 추론대로 최팔용이 이광수에게 상하이행을 권유한 것은 당시 상하이에 거점을 두고 있던 신한청년당의 활동을 염두에 둔 것이었을지도 모른다.

---

17   윤소영, 앞의 논문, 73쪽.
18   "2월 1일에 신한청년당 여운형, 김규식, 김철, 선우혁, 한진교, 장덕수, 신석우, 서병호 제군이 상해에 집회하였다가 김규식 군은 파리로, 장덕수 군은 일본으로, 여운형 군은 아령으로 출발하고, 김철, 선우혁, 서병호 3씨는 내지로 향발(向發)하니, 정적(표면상)하던 한토(韓土) 삼천리에 장차 일대 충운이 기(起)할 조(兆)가 유(有)하더라."(「한국독립운동사(一)」, 『독립신문』 1919. 8. 26) 최기영, 앞의 발표문, 17쪽 참조. 「한국독립운동사」는 『한일관계사료집』의 제4편 '독립운동의 사건'의 기사를 토대로 작성된 글이다.
19   각주 14) 참조.

제3부

문체 · 검열 · 인터뷰

제1장

이광수의 근대 문체 실험과 한자

1. 형성기 근대 문체의 단속성斷續性과 비균질성에 대하여

한국 근대 어문의 형성 과정은 대체적으로 근대계몽기 국한문체와 국문체라는 '두 개의 언문일치'가 벌인 경합, 그리고 결국 국문체가 한문 교양에 의존했던 국한문체를 장악해 간 과정으로 간주된다. 일찍이 동아시아 공통의 보편어문으로 존재했던 한문을 해체·재편하며 근대적 언문일치의 길을 열었던 국한문체는 근대계몽기의 주도적 위상에도 불구하고 국민국가 건설의 실패라는 정치적 좌절에 맞닥뜨려 문학의 언어에 자리를 내줄 수밖에 없었고, 이후 한글 서사에 기반한 국문체가 국한문체의 정치적 담론을 보상하는 내셔널리즘의 매개로서 폭넓은 영향력을 행사하며 정착하게 되어 오늘날 우리가 사용하는 어문을 형성하는 기반이 되었다는 설명이다.[1] 여기에 한글 통사구조의 전면화를 통해 국한문체를 보다 급진적으로 해체하며 국문체로의 이행을 촉진했던 시문체時文體에 관한 논의들까지 시야에 넣게 되면,[2] 한국 근대 어문의 형성 과정은 국한문체에서

---

1   황호덕, 『근대 네이션과 그 표상들』, 소명출판, 2005, 457~463쪽.

2   정선태, 「번역과 근대 소설 문체의 발견-잡지 『소년』을 중심으로」, 『대동문화연구』 48, 2004; 한

시문체, 국문체로의 단선적인 발전의 궤적을 그리게 되는 것이다.

그러나 국한문체에서 국문체로의 이행이라는 매우 자명해 보이는 이 도식에는 몇 가지 맹점이 존재한다. 무엇보다 우선 그것은 한국 근대문학사에서 '근대민족어문학'의 확립으로 평가받는 한글 장편『무정』이전은 말할 것도 없고 그 이후에도 문학 이외의 영역에서는 여전히 넓은 의미에서의 국한문체가 지배적이었던 당대 어문의 현실을 도외시한다. 근대계몽기의 국한문체는 서사 장르에서의 국문체가 그러했듯 근대 문체로 쇄신되어 식민지 시대에 깊이 뿌리내렸고, 해방 이후 불과 한 세대 전까지만 해도 일반 교양서적은 물론 신문 잡지 등에서 쉽게 접할 수 있는 문체였다. 국한문체에서 국문체로의 이행을 두고 한 편에서는 근대 민족어문의 빛나는 성취를 논하고 또 다른 한편에서는 한자를 부단히 타자화한 내셔널리즘의 편협성과 병리를 질타하는 목소리가 높지만,[3] 실상 국한문체와 국문체가 병행하며 상보적인 쇄신의 길을 걸었던 당대 어문의 현실은 이러한 언어 내셔널리즘의 틀로는 온전히 설명되기 어렵다.

더욱이 근대계몽기의 국한문체는 메이지 일본의 훈독체訓讀體의 자장 속에서 형성되었다. 훈독체란 한문을 일본문의 어순에 따라 읽어내려가며 조사와 어미를 카타카나로 연결한 한문 봉독체奉讀體를 일컫는 것으로, 메이지기 일본의 법령, 신문, 교과서 등에 널리 쓰인 공적 문체였다.[4] 메이지기의 훈독체가 근대계몽기 국한문체의 모델이 되어준 것은 상세하게 밝혀진 바 있거니와,[5] 이후 근대

기형, 「근대어의 형성과 매체의 언어전략—언어, 매체, 식민체제, 근대문학의 상관성」, 『역사비평』 71, 2005; 임상석, 『『소년』의 문체적 특성과 계몽기 국한문체」, 『20세기 국한문체의 형성과정』, 지식산업사, 2008; 권두연, 「『소년』, 문체 실험의 장」, 『민족문학사연구』 36, 2008; 임상석, 「이광수가 이보경이나 '외배'이던 시절—한국어 글쓰기의 한 기원에 대하여」, 『어문연구』 47-3, 2019.

3   임형택, 「소설에서 근대어문의 실현 경로—동아시아 보편문에서 민족어문으로 이행하기까지」, 『대동문화연구』 58, 2007, 39쪽.

4   메이지기의 훈독체에 관해서는 코모리 요이치, 『일본어의 근대—근대 국민국가와 '국어'의 발견』, 정선태 옮김, 소명출판, 2000, 135~146쪽; 사이토 마레시, 『근대어의 탄생과 한문—한문맥과 근대 일본』, 황호덕 외 옮김, 현실문화, 2010, 109~150쪽 참조.

5   황호덕, 앞의 책, 4부 5장 '혼종 국어의 탄생과 그 논리—유길준과 후쿠자와 유키치' 305~371쪽

계몽기의 국한문체를 대신하여 한글의 통사구조를 전면화한 시문체를 선보였던 최남선에게도 속어俗語·속문俗文의 도입으로 메이지기 보통문普通文의 시대를 열었던 후쿠자와 유키치福澤諭吉가 모델로서 자리하고 있었다. 한편 중학시절 근대계몽기의 끝자락에서 국한문체로 글쓰기를 시작한 이래 최남선과 더불어 시문체 실험에 몰두했던 이광수는 2차 유학시절『매일신보』에 논설을 집필하면서 본격적인 국한문체를 구사하는데, 이때 문체 규범이 되어준 것 역시『소호문선蘇峯文選』1915에 담긴 도쿠토미 소호德富蘇峯의 훈독체 문장과 직간접적으로 관련이 있다. 요컨대 한국 근대 어문의 형성을 논하는 데 있어 메이지기 훈독체의 직간접적 영향을 고려하는 것은 필수적인 셈이다.

뿐만 아니라 문학의 영역 내에서도 한글 소설이 완전히 정착한 1920년대 초중반 이전까지는 국한문체가 더 우세했다. 근대 문체의 개척자이자 확립자로 꼽히는 이광수만 해도 한글 장편『무정』을 쓴 이후 후속 장편『개척자』를 시문체로 썼고, 상하이 망명시절『독립신문』에 '기월其月'이라는 필명으로 쓴 단편「피눈물」에서는 다소 생경한 국한문체를 구사하고 있다. 이광수가 대중 독자를 염두에 둔 순한글 소설을 실험하기 시작한 것은 상하이에서 귀국한 직후의 일로,[6] 적어도 그 이전까지는『무정』의 국문체가 예외적이었던 것이다. 그럼에도 불구하고 한글 장편『무정』을 국한문체에서 국문체로의 이행을 증거하는 문학사적 성취로 간주하는 시각은 매우 견고해서 한동안 장편『개척자』의 시문체는 문체상의 퇴각으로 간주되곤 했고,[7] 국한문체 단편「피눈물」역시 이광수의 작품으로 보기 어렵다는 의견이 있어 왔다.[8] 단편「피눈물」의 생경한 국한문체가 한글 장

참조.

6 김영민,「한국 근대문체의 형성과정 — 이광수 문장의 언문일치와 구어체 소설의 정착」,『현대소설연구』65, 2017, 65~70쪽; 波田野節子,「『無情』から「嘉實」へ — 上海體驗を越へて」,『朝鮮學報』249·250, 2019, 101~105쪽.

7 김영민,『한국 근대소설의 형성과정』, 소명출판, 2005, 170쪽.

8 김윤식,『이광수와 그의 시대』1, 솔, 1999, 704쪽; 이상경,「상해판『독립신문』의 여성 관련 서사 연구 —「여학생 일기」를 중심으로 본 1910년대 여학생의 교육경험과 3·1운동」,『페미니즘연구』

편 『무정』의 문체 수준에 못 미친다는 판단이었을 것이다.

그러나 이러한 견해는 당대 글쓰기에서 문체의 선택이 일반적으로 매체의 성격과 독자, 장르의 관습에 구속되어 있었고, 따라서 문체의 이행 또한 점진적이기보다 단속적斷續的인 성격을 가질 수밖에 없었다는 사실을 간과하고 있다. 최근에 주목된 바 있듯 국문체와 국한문체를 오가는 한글 장편 『무정』의 문체적 비균질성이 지식 청년을 독자로 상정한 소설에서 당대의 국문체가 갖는 한계에 따른 균열의 성격을 지닌 것이었다면,[9] 국한문체 단편 「피눈물」에 쓰인 생경한 국한문체는 국외 망명지의 매체라는 여건으로 인해 창간 당시부터 국문활자가 부족했던 『독립신문』 지면의 성격을 떼놓고는 이해하기 어렵다. 더욱이 국문체를 시도했으나 끝내 국한문체를 온전히 떨쳐버릴 수 없었던 한글 장편 『무정』의 문체적 균열과 유사하게 국한문 단편 「피눈물」 역시 생경한 국한문체의 행간을 비집고 모습을 드러내는 이질적인 시문체 혹은 한글 문체의 흔적 또한 역력한 만큼 한글 장편 『무정』과의 문체적 단속성을 고려할 필요가 있다.

이상의 문제의식과 관련하여 본고는 다음의 두 가지 과제를 해명하는 데 바쳐진다. 우선 이광수의 문체 실험의 궤적을 따라가면서 국한문체와 국문체가 상보적인 쇄신을 통해 근대 문체를 정립해 간 과정, 그리고 여기에 일본의 훈독체가 미친 직간접적인 영향을 밝히는 것이 그 하나이고, 아울러 최근 쟁점으로 떠오른 한글 장편 『무정』과 국한문 단편 「피눈물」의 문체적 단속성과 비균질성을 둘러싼 논란을 정리하는 것이 다른 하나이다. 이들 논의와 더불어 한국 근대 어문의 문체 형성에 관여한 한자의 위상 또한 분명해지리라 기대한다.

10~2, 2010, 116쪽 각주 14 참조. 두 논의 모두 분명한 근거를 언급한 것은 아니다.

9   『무정』의 전반부와 후반부에 걸친 국문체와 국한문체 간의 문체적 비균질성에 관해서는 최주한, 「『무정』의 근대 문체와 서간」, 『한국 근대 이중어 문학장과 이광수』, 소명출판, 2019, 92~94쪽 참조.

2. 『소년』·『청춘』의 문장들 국한문체의 모방에서 시문체로

중학 유학시절 이광수는 국권이 기울어 가는 근대계몽기의 끝자락에서 국한문체로 글쓰기를 시작했다. 「국문과 한문의 과도시대」[1908.5]를 비롯하여 「수병투약」[1908.10], 「금일 아한청년과 정육」[1910.2], 「문학의 가치」[1910.3] 등의 논설은 물론 산문시 「옥중호걸」[1910.1], 단편 「무정」[1910.3~4]에 이르기까지 『태극학보』와 『대한흥학보』 등 유학생 잡지의 지면이 그 무대였다. 한문 소양이라고는 유년 시절에 익힌 『논어』와 『맹자』, 『고문진보』, 『시경』을 풀어 쓴 『시전詩傳』 및 『사략史略』 등이 전부였고[10] 중학시절의 한문 교과목 성적 역시 중상위 정도로,[11] 당시 이광수의 한문 실력은 한문 소양이 몸에 밴 한 세대 전의 계몽지사들에 비하면 미미한 수준의 것이었다.

잘 알려져 있다시피, 근대계몽기의 국한문체는 한문에 한글을 보조 수단으로 도입한 문장 구조를 기반으로 한 터라 한문에 익숙한 이들에게는 한문에 비해 읽고 쓰는 데 간편한 문장이었다. 그러나 겨우 한문의 기초 교양을 익혔을 뿐인 이광수의 경우 문장을 독해하는 것은 어렵지 않아도 이를 구사하는 데는 꽤 품이 들었을 것이다. 더욱이 이광수가 일본에서 중학시절을 보낸 메이지 40년대는 이미 언문일치가 정착되어 있었던 만큼 그에게는 '말하듯이 쓰는' 문장 쪽이 훨씬 친숙했을 것이다. 실제로 이 무렵 이광수의 국한문체 문장은 외형적으로는

---

10 "내가 한문으로 읽은 것은 『무제시(無題詩)』, 『마상소시(馬上小詩)』, 『고문진보(古文眞寶)』 외에는 문학적인 것이 없었고 『시전(詩傳)』을 읽은 것은 11, 12세 적이라고 생각합니다." 「다난한 반생의 도정」(『조광』, 1936.4~6), 『이광수전집』 8, 우신사, 1979, 446쪽; "내가 절 아랫마을 글방에서 처음 읽었다고 기억되는 것은 『사략』 하권이라는 책인데 (…중략…) 그리고 『무제시(無題詩)』라는 책 (…중략…) 『마상소시(馬上小詩)』, 그리고는 『대학』, 『중용』, 『맹자』, 『논어』, 『고문진보』 전집과 후집 같은 것을 읽었는데, 아마 줄글은 겨울에 귀글은 여름에 읽었을 것이다." 『그의 자서전』(『조선일보』, 1936.12~37.5), 『이광수전집』 6, 우신사, 308쪽.

11 1908년에서 1909년 마지막 학기까지 3학기에 걸친 한문 성적은 80~90점 정도에 머문다. 大村益夫, 「日本留学時代の李光洙」, 『朝鮮文學 紹介と硏究』 5, 1971. 43쪽 성적 기록 참조.

근대계몽기의 국한문체와 가까워 보임에도 불구하고 한문 문장에 구속되어 있는 현토체로부터 상당히 벗어나 있는 것이 확인된다.

國文을 專用하고 漢文을 專廢ᄒ다 함은 國文의 獨立을 云함이요 絶對的 漢文을 學하지 말나 함이 아니라. 此萬國이 隣家와 갓치 交通ᄒᄂ 時代를 當ᄒ야 外國語學을 研究홈이 學術上 實業上 政治上을 勿論ᄒ고 急務될 것은 異議가 無홀 바이니, 漢文도 外國語의 一課로 學홀지라. 此重大ᄒ 問題를 一朝에 斷行ᄒ기ᄂ 不可能홀 事라 할 듯ᄒᄂ 遷延히 歲月을 經ᄒ야 新國民의 思想이 堅固케 되고 出刊書籍이 多數히 되면 더욱 行ᄒ기 難ᄒ리니, 一時의 困難을 冒ᄒ야 我邦 文明의 度를 速ᄒ게 함이 善策이 아닌가.[12]

인용문은 이광수가 중학시절에 쓴 첫 논설 「국문과 한문의 과도시대」[1908]의 한 대목이다. 마치 한자에 토를 단 듯이 문장의 의존성분을 제외하고는 모두 한자로 씌어 있지만, 국문의 통사구조가 지배적이라서 한자에 대한 기본 교양만 갖추었다면 해독이 필요치 않을 정도로 얼마든지 쉽게 읽을 수 있는 수준의 문장이다. 나아가 같은 시기에 씌어진 산문시 「옥중호걸」과 단편 「무정」은 한자 사용의 빈도가 잦을 뿐 거의 한글 문장에 가깝다. 기본적으로 국문을 구사하면서 명사나 부사에 해당하는 어휘에 한자를 삽입한 수준으로 이미 한자는 국문의 통사구조에 완전히 종속되어 있는 것이 확인된다. 이광수는 한문에 기원을 두고 있는 현토체 국한문보다 '말하듯이 쓰는' 언문일치 문장 쪽이 훨씬 친숙했지만, 유학생 잡지에 글을 쓰기 위해서는 당대 지식인의 언어 규범이었던 국한문체의 문장을 애써 구사하지 않을 수 없었던 것이다.

이렇듯 의식과 언어 규범이 충돌하는 부자유한 상황은 최남선의 잡지 『소년』을 만나면서 일거에 해소된다. 졸업을 앞둔 1909년 늦가을 이광수는 문학에 눈

12　이보경, 「국문과 한문의 과도시대」(『태극학보』 21, 1908.5), 최주한·하타노 세츠코 엮음, 『이광수 초기 문장집』 I, 소나무, 2019, 24쪽. 이하 『초기 문장집』 I로 적는다.

뜬 것을 계기로 본격적인 문필활동에 접어드는데, 바로 이 무렵 홍명희를 통해 도쿄에 체류하고 있던 최남선과 만나게 된다. 당시 최남선의 문장을 처음 접하고 난 감상을 이광수는 이렇게 일기에 적었다. "최 군의 문文과 시를 보다. 확실히 그는 천재다. 현대 우리 문단에서 제일지第一指를 굴屈할 만하다."[13] 한편 최남선은 이 무렵 이광수가 쓴 산문시 「옥중호걸」1910.1을 읽고는 "대단한 물건"임을 알아보고 "조선에 대시인의 싹이 나왔다"고 만나는 사람마다 선전하고 다녔다고 한다.[14] 문예를 매개로 하여 서로에게 호감을 가졌던 이들 세 사람은 이해 겨울을 함께 공부하며 문예적 소양을 쌓았고, 잡지 『소년』을 중심으로 조선 문단의 건설에 매진할 것을 의기투합하게 된다.

문명 지식의 보급을 통한 소년의 교도教導를 목표로 창간된 잡지 『소년』은 소년층을 독자로 상정하고 있는 만큼 처음부터 읽고 쓰기 쉬운 통속문체를 지향했다. 이러한 문체적 지향과 관련하여 최남선은 후쿠자와 유키치의 문체 실험을 모방한 것이었다고 토로한 바 있다.[15] 그러나 후쿠자와가 문명 지식의 대중적 보급을 위해 속문俗文을 도입하여 만든 신문체가 기본적으로 화한혼용和漢混用의 훈독체 문장으로서 근대계몽기의 국한문에 가까웠다면,[16] 『소년』의 문체는 이러한 속문 지향을 보다 급진적으로 밀고나간 것이었다. 나중에 '시문체時文體'라는 명명을 얻게 되는 이 신문체는 국한혼용國漢混用을 표방하되 국문의 통사구조를 전면화함으로써 필요한 한자에 한해서만 어휘 수준에서 수용하는 방식을 취했다.

---

13 1909년 11월 28일 자 일기의 한 대목. 춘원, 「일기─십육년 전에 동경의 모중학에 유학하던 십팔세 소년의 고백」(『조선문단』 6, 1925.3), 『초기 문장집』 I, 38쪽.

14 「도쿄대담」, 『후기 문장집』 III, 703~704쪽.

15 "내가 일본문화에 접하면서 제일 큰 충격을 받은 것은 후쿠자와 유키치 상에게서였습니다. 일본 문화의 진보에는 후쿠자와 상의 공적이 매우 크다고 생각합니다. 나는 대단한 경의를 가지고 그것을 모방해 보이고 싶었습니다. 조선의 문체를 어려운 한문조(漢文調)에서 통속적이고 좀더 보급되기 쉽게 만들고자 신문체를 시도해 보았지요." 「도쿄대담」(『朝鮮畫報』, 1944.1), 최주한·하타노 세츠코 엮음, 『이광수 후기 문장집』 III, 소나무, 2019, 705쪽.

16 후쿠자와 유키치의 통속문의 성격과 문체적 의의에 관해서는 山本正秀, 『近代文體發生の史的研究』, 岩波書店, 1965(4版 2001), 第3章 福澤諭吉の「世俗通用の俗文」創始 참조.

후쿠자와 이래 메이지기의 훈독체가 그러했듯이 한자에 한글을 보조 수단으로 도입한 국한문체가 한문도 국문도 아닌 일종의 '인공 언어'로서 일상 언어와의 경계를 분명히 가르는 문체였다면,[17] 한자를 국문의 통사구조 안에 통합시킨 시 문체는 한자를 자연스레 자국어 문장에 편입시키는 길을 열어주었던 것이다.

이미 '말하듯이 쓰는' 언문일치 문장에 친숙했던 이광수에게 이러한 잡지 『소년』의 지면은 국한문체의 구속에서 벗어나 마음껏 자유로운 사고와 감정을 펼칠 수 있는 문체 실험의 장이 되어 주었다. 우선 잡지 『소년』의 지면에 실린 첫 단편 「어린희생」은 영화를 소설화한 작품으로 지각적 · 감각적 경험을 현재화한 장면묘사와 심리묘사의 참신함이 눈에 띈다. 영화를 소설화한 데서 얻은 부수적 효과의 하나라 할 수 있는 장면묘사의 구체성은 물론, 적에게 아버지를 잃고 복수에 뛰어드는 소년의 심리묘사에 보이는 생생함은 일상어체에 기반한 사실적 문장에 힘입은 바 크다. '말하듯이 쓰는' 자연스러운 문장의 구사는 논설에서도 다르지 않았다. "今日 我韓靑年은 他國이나 他時代의 靑年과는 그 할 바 職分이 다르니, 他國이나 他時代의 靑年으로 말하면 그 先祖와 父老의 하여 노은 것을 繼承하야 保全發達함이 職分이려니와, 今日 우리들 靑年으로 말하면 不然하야, 하여 노은 것 업난 空漠한 곳에 各種을 創造함이 職分이라."[18]

더욱이 현토체 국한문의 비효율성을 비판하며 국문을 위주로 한 평이한 국한문 쓰기를 주장한 논설 「금일 아한용문我韓用文에 대하여」는 당대 대표적인 국한문 매체였던 『황성신문』에 투고한 글임에도 불구하고 평이한 국문의 통사구조를 전면화한 문장의 구사가 두드러진다.

純國文인가, 國漢文인가. 余의 마음 딕로 홀진딘, 純國文으로만 쓰고 십흐며, 또 ㅎ면

17　메이지기 일본의 훈독체가 갖는 '인공 언어'로서의 성격에 관해서는 사이토 마레시, 앞의 책, 124~126쪽 참조.

18　고주, 「금일 아한청년의 경우」(『소년』, 1910.6), 『초기 문장집』 I, 109쪽.

될 줄을 알되, 다만 其極히 困難훌 줄을 아름으로 主張키 不能ᄒ며, 또 비록 困難ᄒ드
리도 此는 萬年大計로 斷行ᄒ여야 훈다는 思想도 업슴은 아니로딕, 今日의 我韓은 新
知識을 輸入홈이 汲汲훈 쎠라. 이쎠에, 解키 어렵게 純國文으로만 쓰고 보면, 新知識의
輸入에 沮害가 되깃슴으로 此意見은, 아직, 잠가두엇다가, 他日을 기다려 베풀기로 ᄒ
고, 只今 余가 主張ᄒ는 바 文体는, 亦是 國漢文幷用이라.[19]

한편 국한문체의 구속으로부터 자유로워지면서 필기적인 문어에서 벗어나
구어에 기반한 문체의 실험도 활발해졌다. 그 단적인 예가 1910년 8월 『소년』에
나란히 실린 수필 「여의 자각한 인생」과 「천재」, 그리고 소설 「헌신자」 등에서 독
백 혹은 말건넴의 어투를 도입한 것이다. "허허! 젓쪽지 갓 더러진 어린 兒孩가
人生에 關한 自覺이 다 무엇인고? 그러나 나도 十九年이나 이 世上ㅅ 空氣를 마시
고 六七年이나 이 世上의 쓴맛 단맛을 맛보앗노라. (…중략…) 그럼으로 나는 이
러노라 하고 諸君에게 말할 마음도 생기난지라."[여의 자각한 인생][20] "天才라 하니까
무슨 엄청나게 큰 소린 줄노 아르실는지 몰으겟소마는 只今 내가 말하려 하난
것은 그런 것이 아니요. 가장 平凡한 것이오. 들어보시면 알니이다."[천재][21] "나는
그의 드러난 마음과 事跡으로 能히 그의 마음과 主義의 大部分을 아난 者로 自認
하오."[헌신자][22] 화자의 목소리를 그대로 재현한 듯한 이러한 문장은 '말하듯이 쓰
는' 언문일치에 대한 관념을 자연화하는 데 기여했다.

구어에 기반한 문체 실험은 후속 잡지 『아이들보이』와 『새별』에 발표한 번안
단편 「먹적골 가난방이로 한 세상을 들먹들먹한 허생원」, 우화 「물나라의 배판」
1914을 비롯하여[23] 잡지 『청춘』으로 이어진 탐방기 「중학방문기」, 기행문 「상해

---

19 이광수, 「금일 아한용문에 대ᄒ야」(『황성신문』, 1910.7.24~27), 『초기 문장집』 I, 114쪽.
20 고주, 「여의 자각한 인생」(『소년』, 1910.8), 『초기 문장집』 I, 117쪽.
21 고주, 「천재」(『소년』, 1910.8), 『초기 문장집』 I, 123쪽.
22 고주, 「헌신자」(『소년』, 1910.8), 『초기 문장집』 I, 136쪽.
23 최주한, 「근대소설 문체 확립을 향한 또 하나의 도정 – 단편 「허생전」과 우화 「물나라의 배판」을

서」, 「해삼위로서」, 단편 「내 소와 개」, 3인칭 자전소설 「김경」 등 보다 다양한 장르의 문체 실험을 거쳐 이른바 '시문체'로서 정립되기에 이르는데,[24] 그 정점에 자리한 것이 '경이驚異의 미문美文'으로서 당대 청년 독자들에게 크게 환영받았던 서간체 단편 「어린 벗에게」이다.[25]

前番 平安하다는 便紙를 부친 後 사흘만에 病이 들엇다가 오늘이야 겨우 出入하게 되엇나이다. 사람의 일이란 참 밋지 못할 것이로소이다. 平安하다고 便紙 쓸 째에야 누라서 三日後에 重病이 들 줄을 알앗사오리잇가. 健康도 미들 수 업고 富貴도 미들 수 업고, 人生萬事에 미들 것이 하나도 업나이다. 生命인들 엇지 밋사오리잇가, 이 便紙를 쓴 지 三日後에 내가 죽을는진들 엇지 아오릿가. 古人이 人生을 朝露에 비긴 것이 참 맛당한가 하나이다.[26]

도입부에서부터 고서간체 특유의 우미優美함과 더불어 내면의 목소리를 물 흐르듯 재현한 유려한 문장이 눈길을 끈다. 한자가 국문의 통사구조에 완전히 편입됨에 따라 내면의 리듬에 호응하는 자유로운 문장의 구사가 한껏 세련되어진 것을 볼 수 있다. 한편 국문의 통사구조 속에 편입된 한자는 개념적 사유를 전개하는 데 유용하게 쓰일 수 있었다. 자유연애의 정당성을 설파하는 화자의 언설 대목에서 대폭 늘어난 한자의 어휘량이 단적으로 보여주듯 ― "婚姻의 形式 가튼 것은 社會의 便宜上 制定한 한 規模에 지나지 못한 것 ― 卽 人爲的이어니와 사랑은 造物이 稟賦한 天性이라 人爲는 거슬일이언뎡 天意야 엇지 禁違하오리잇가"340쪽

　　　　중심으로」, 『이광수와 식민지 문학의 윤리』, 소명출판, 2014 참조.
24　최주한, 「『무정』의 근대 문체와 서간」, 『한국 근대 이중어 문학장과 이광수』, 소명출판, 2019 참조.
25　"형식에 있어서는 이 소설은 순란한 미문(그것은 조선 구어체 문장의 초창기인 당시에 있어서는 과연 경이의 미문이었다)이 한동안 연애하는 남녀의 편지투의 표본이 된 이만치 훌륭하였다." 김동인, 「춘원연구」(『삼천리』, 1934.8), 김치홍 편저, 『김동인평론집』, 삼영사, 1984, 93쪽.
26　외배, 「어린 벗에게」(『청춘』, 1919.7·9·11), 최주한·하타노 세츠코 엮음, 『이광수 초기 문장집』 II, 소나무, 2015, 328쪽. 이하 『초기 문장집』 II로 적는다.

— 당대 근대적 교육을 받은 청년의 사유는 한문 교양의 전통을 압도하는 문명의 번역어로서의 한자에 대한 지식에 크게 의존하고 있었기 때문이다. 이 점에서 단편 「어린 벗에게」가 당대 청년 독자에게 크게 환영받은 것은, 자유연애라는 근대적 내용에 못지않게 사상과 감정의 자유로운 표현과 더불어 개념적 사유의 깊이를 보증했던 효용적 문체 덕분이었다고 할 수 있다.

일찍이 이광수는 1920년대 중반 조선문단의 현상과 장래를 논하는 자리에서 한글 장편 『무정』과 나란히 단편 「어린 벗에게」를 '신문체의 확립'의 증거로 꼽으면서 그 성과를 잡지 『소년』 이래 시도된 신문체의 공적으로 언급한 바 있다.[27] 근대 소설 문체의 형성과 관련해서는 신소설과 번안소설의 계보 속에서 진화론적 연속성을 가정하는 것이 문학사 서술의 상례이지만, 보아온 대로 중학시절 이래 잡지 『소년』과 『청춘』을 통해 본격화된 이광수의 글쓰기 궤적을 고려할 때, 국문의 통사구조를 전면화한 국한혼용의 시문체가 장편 『무정』을 비롯한 근대 소설 문체의 확립에 끼친 영향은 충분히 강조되어도 좋을 것이다.

3. 『매일신보』의 국한문체 논설과 한글 장편 『무정』

계몽적 국한문체, 근대적 번역어로서의 한자

잡지 『소년』·『청춘』과 더불어 당대 지식 청년들에게 커다란 호응을 얻었던 시문체가 일반 사회의 공인을 얻어 정착되기까지는 좀더 시간이 필요했다. 1915년 9월 와세다대학 예과 입학을 전후하여 유학생 학회지 『학지광』의 지면에는 논설 「공화국의 멸망」(1915.5), 시 「어린 벗에게」, 논설 「살아라」, 단편 「크리스마슷밤」, 연구논문 「용동」(1916.3) 등 장르를 불문하고 동일한 시문체를 이어갔지만, 이

---

27   이광수, 「조선문단의 현상과 장래」(『동아일보』, 1925.1.1), 『이광수전집』 10, 우신사, 1979, 399쪽.

듬해 9월 『매일신보』에 등단하면서 다시금 한주국종漢主國從에 가까운 본격적인 국한문체 문장을 구사하기 시작한다. 독자층이 한정되어 있는 잡지나 학회지와 달리 신문은 사회 전체를 대상으로 한 매체인 이상 그에 걸맞은 문체를 선택해야 했고, 더욱이 지식 인사 일반을 겨냥한 논설이라면 그것은 여전히 국한문체일 수밖에 없었던 것이다.

1916년 여름방학을 마치고 도쿄로 돌아가는 길에 친구 심우섭의 주선으로 『매일신보』의 사장 아베 미츠이에阿部充家와 편집 실무자 나카무라 겐타로中村健太郎를 만났던 이광수는 그 호의에 대한 답례로 한시 「증삼소거사贈三笑居士」1916.9.8와 사회비평 겸 청년정책을 제안한 서간 「대구에서」1916.9.22~9.23 두 편의 글을 써서 나카무라 겐타로에게 보냈다. 이 두 편의 글이 그대로 지면에 실리면서 『매일신보』에 등단한 이광수는 동경에 돌아가자마자 「동경잡신」9.27~11.9을 비롯하여 「문학이란 하오」11.10~11.23, 「교육가 제씨에게」11.26~12.13, 「농촌계발」11.26~1917.2.18, 「조선가정의 개혁」12.14~12.22, 「조혼의 악습」12.23~26 등 사회평론의 성격이 짙은 논설을 잇달아 발표하는데, 본격적인 첫 논설 「동경잡신」에서부터 문체적 이질성이 두드러진다.

西哲 康德이 有云ᄒ되 「其人의 如何ᄂᆞ 卽 其敎育의 如何라」ᄒ며, 天野博士 又 云ᄒ되 獨逸의 今日이 有흠이 全혀 敎育에 出흠과 如히 我帝國의 今日이 有흠이 亦是 敎育에서 出흔다 ᄒ니, 偉哉 聖哉라 敎育乎 敎育乎여. 敎育이 足히 愚者를 知케, 貧者를 富케, 弱者를 强케, 衰者를 盛케, 乃至 死者를 活케 ᄒ도다.[28]

인용문은 일본의 근대적 학교 제도를 소개하고 있는 1장 '학교'의 첫 대목이다. 이전까지의 평이한 시문체와 달리 국문의 어순에 따라 한자를 배열했을 뿐

---

28 춘원 이광수, 「동경잡신」(『매일신보』, 1916.9.27~11.9), 『초기 문장집』 II, 55쪽.

국문은 한자를 보조하는 수단에 그치고 있는 것이 확인된다. 뿐만 아니라 "康德이 有云호되" "其人의 如何는 卽 其敎育의 如何라" "偉哉 聖哉라 敎育乎 敎育乎여" 등 한문조의 수사법을 한껏 동원하여 문어체를 구사하고자 애쓴 흔적도 역력하다. 이광수가 『매일신보』의 지면을 무대로 하여 본격적인 논설의 집필에 착수하면서 특히 문체의 구사에 고심했음을 보여주는 대목이다.

이러한 국한문체의 구사는 얼핏 당대 신문 논설의 지배적인 문장의 규범에 따른 퇴행적 선택처럼 보이지만 꼭 그렇지만은 않다. 이광수가 와세다대학 철학과에 진학한 동기는 "문장을 한 무기로" 삼아 "당당한 논문"으로써 세상에 나서겠다는 야심에서였다.[29] 당시 문장으로써 세상을 움직이겠다는 야심을 품었던 이광수에게 역할모델이 되어준 것은 도쿠토미 소호德富蘇峰였다. 소호는 일찍이 20대 중반 『장래의 일본』1886과 『신일본의 청년』1887의 간행으로 문명文名을 떨친 이래 『고쿠민노토모國民之友』1887와 『고쿠민신문國民新聞』1890을 창간하여 단순명쾌한 이원론과 청신한 신문체로써 메이지기의 언론과 평단을 석권했던 문장가로,[30] 이광수는 논설 「동경잡신」에서 일반 인사의 필독할 서적의 하나로 『소호문선蘇峰文選』와 함께 소호가 일본 최대의 언론인이자 "웅혼경건雄渾勁健호 문장"으로써 일본의 문화에 다대한 공헌을 한 인물로 소개하고 있기도 하다.

『소호문선』은 『고쿠민신문』 창간 25년을 맞아 소호의 업적을 기념하는 뜻에서 1915년 12월 민유사民友社에서 간행된 1,500여 페이지에 달하는 방대한 분량의 선집選集이다. 이 선집에는 소호의 출세작 『장래의 일본』과 『신일본의 청년』이 일부 수록되어 있어 이광수가 소호의 초기 사상에서 얻은 영향도 간과할 수 없지만,[31] 그의 문장가로서의 야심과 관련하여 주목을 끄는 것은 "웅혼경건호 문

29   이광수, 「다난한 반생의 도정」(『조광』, 1936.4~6), 『이광수전집』 8, 452쪽.

30   米原謙, 『德富蘇峰－日本ナショナリズムの軌跡』, 中央公論新社, 2003, 47~87쪽.

31   이광수의 문명론과 소호의 『장래의 일본』 및 『신일본의 청년』의 관련성에 대해서는 최주한, 「제국의 근대와 식민지, 그리고 『무정』」, 『이광수와 식민지 문학의 윤리』, 소명출판, 2014, 110~117쪽.

장"이라는 평가와 더불어 "기其 문장이 학學홀 만흥"다고 덧붙이고 있는 대목이다.[32] 웅장하고 막힘이 없으며 굳세고 힘찬 소호의 문장, 그것은 당당한 논문으로서 세상에 나설 기회를 엿보고 있던 이광수에게 익혀야 할 문장의 모범이기도 했던 것이다.

도쿠토미 소호의 문장은 양학洋學의 소양을 바탕으로 훈독체에 구문歐文의 요소를 대폭 도입한 신문체를 구사함으로써 일본 근대문체사상에 일대 혁신을 가져온 것으로 평가된다. 기존의 훈독체가 여전히 한문조漢文調에 붙들려 문장의 형식에 구애되거나 과장에 이르기 쉬운 문체였다면, 구문맥歐文脈을 도입한 소호의 신문체는 문장의 형식에 구애됨 없이 자유자재하고 사실적인 논리의 구사를 가능케 했다는 이유에서이다.[33] 『장래의 일본』 및 『신일본의 청년』을 비롯하여 문장의 형식이나 길이에 구애받지 않고 자유롭게 사상을 전달하는 평론 양식이 논단에 자리를 잡게 된 것 역시 이러한 신문체 덕분이었던 것은 말할 것도 없다.

이 시기 『매일신보』 소재 이광수의 국한문체 논설들 역시 소호의 신문체와 마찬가지로 자유자재하고 사실적인 논리의 구사와 더불어 정연한 논리적 전개에 기반하여 주장을 펼치는 근대적 비평문 혹은 소논문에 가깝다. 예컨대 「동경잡신」이 동경의 근대 문물을 소개하면서 이를 거울삼아 조선사회의 정체를 비평하고 있는 사회비평문이라면, 「교육가 제씨에게」는 조선사회의 교육 실태에 대한 문제제기에서 시작하여 그 원인을 재래 유교교육의 해악에서 찾고 실생활 중심의 교육을 제안하는 것으로 마무리되는 잘 짜인 논리적 구조를 갖추고 있다. 「문학이란 하오」가 전형적인 문학비평문인 것은 말할 것도 없다. 이들 국한문체 논설은 자유자재한 논리의 구사와 더불어 이미 완연히 근대적 논리를 갖춘 글쓰기 양식에 의거하고 있는 만큼 서술이나 의론議論을 위한 문장의 형식조차 제대로 갖춰져 있지 않았던 근대계몽기의 국한문체 논설과는 질적으로 다르다. 이후

---

32   춘원 이광수, 「동경잡신」(『매일신보』, 1918.9.27~11.9), 『초기 문장집』 II, 106쪽.

33   山本正秀, 앞의 책, 第四章 第二節 評論界の區文直譯派と漢文直譯派, 657~658쪽 참조.

이광수의 국한문체 논설은 장편『무정』에 이은 연재 기행문「오도답파기행」에서 정착된 객관적인 어말어미 '-다', '-ㅆ다'의 구사와 더불어 문체 면에서도 명실상부하게 근대적인 비평논설로서의 모습을 갖추게 되는데,『청춘』에 발표된 비평논설「부활의 서광」[1917.10.16 집필]은 그 효시라 할 만하다.

한편 이광수가『매일신보』논설 집필 당시 구사한 국한문체는 사물과 사실을 기록하고 의론議論을 펼치는 것은 물론 문명지식을 논하는 데도 필수적이었다. 당대 문명지식을 논하는 데 전제가 되었던 근대 문물 및 근대적 개념들은 대개 메이지 일본을 통해 한자로 번역된 조어造語에 기반하고 있기 때문이다.[34] 따라서 메이지기의 언어상황과 마찬가지로 당대 조선에서 역시 아직 의미가 정착되지 않은 어휘들의 경우 한자를 매개하지 않고서는 의미를 제대로 파악하기 어려웠고, 더욱이 일본에서 유학하거나 식민지하에서 근대적 교육을 받은 세대라면 이들 번역 한자어 없이는 지적으로 의미 있는 의사소통이 불가능한 상황이었다.[35] 이광수가 한글의 통사구조에 기반하되 국한혼용國漢混用을 고수한 최남선의 시문체를 지지했던 것도 물론 이런 이유에서였다.

이러한 언어 상황에서 지식 청년층을 독자 대상으로 하여 한글 글쓰기를 시도한다면 어떤 일이 벌어질까. 한글 장편『무정』에 새겨진 문체적 이질성은 당대 지식 청년층을 대상으로 한 한글 글쓰기의 한계를 숙고할 수 있게 해준다는 점에서 각별히 주목할 만하다. 주지하다시피 장편『무정』은 애초에 지식 청년층을 독자로 하여 '언한교용彦漢交用의 서한문체書翰文體'로 집필될 예정이었다. 그러나 본격적인 집필을 앞두고 신문 소설의 일반 독자에 대한 고려와 더불어 일인칭 시점의 서간체가 다양한 인물과 복합적인 이야기 구성을 지닌『무정』의 극적 구조에

---

34 마루야마 마사오·가토 슈이치,『번역과 일본의 근대』, 임성모 옮김, 2000, 1부 '번역문화의 도래' 참조.

35 메이지기 번역 한자어가 지식인들의 지적 의사소통에 관여한 양상에 관해서는 고모리 요이치, 앞의 책, 140~141쪽 참조.

적합하지 않다는 사실을 깨닫게 된 이광수는 3인칭 시점의 한글소설로 집필의 방향을 바꾸게 된다. 문체 변경의 이유를 밝히면서 "一部 有敎育혼 靑年間에 新土臺를 開拓홀 수 잇스면 無上의 幸"이겠다고 덧붙인 데서도 볼 수 있듯, 이러한 방향전환에는 한글 장편『무정』이 청년 독자층까지 아우르는 근대소설 문체의 개척에도 기여할 수 있으리라는 기대도 포함되어 있었다.[36] 그러나 이같은 문체 실험은 당대 조선 청년의 이상과 고민을 그리는 대목에서 번번이 한계에 맞닥뜨릴 수밖에 없었는데, 그 단적인 예를 보여주는 것이『무정』의 53장과 70장이다.

무릇 스회덕싱활社會的生活을 완성完成 후려면 그 스회社會의 각원各員이 그 스회社會의 도덕법률道德法律을 권々복응拳々服膺 홈이 맛당후되 그러나 결코 이는 싱명生命의 전톄體는 아니니 싱명生命은 하여何如혼 도덕법률道德法律보다도 위되偉大혼 것이라. 그럼으로 싱명生命은 절딕絶對요 도덕법률道德法律은 샹딕相對니 싱명生命은 무슈히 현시現時의 그것과 샹이相異혼 도덕道德과 법률法律을 조츌造出 홀 슈 잇는 것이라.53장[37]

그는룻소의 「참회록懺悔錄」과 「에밀」을 보앗고 쒜스피어의 「쒜뎃」과 궤테의 「파우슷」과 크로파트킨의 면포麵麭의 략탈掠奪을 보앗다. 그는신간잡지에 나는 정치론과 문학평론文學評論을 보앗고 일본 잡지의 현샹소설에 샹도 한번 탓다. (…중략…) 즈기에게는 즈긔의 인싱관人生觀이 잇고 우쥬관宇宙觀 종교관宗敎觀 예슐관藝術觀이 잇고 교육에 딕후여셔도 일가견一家見이 잇는줄로 즈신혼다. (…중략…) 이 열도 못 되는사름이 됴선샤름 중에 「신문명新文明」을 리히후는 션각자요 싸라서 왼 됴선사름을 가라치고 잇그러닐 자라 혼다.70장[38]

---

36 김영민,『한국 근대소설의 형성 과정』, 소명출판, 2005, 184쪽; 최주한, 「『무정』의 근대 문체와 서간」, 『한국 근대 이중어 문학장과 이광수』, 소명출판, 2019, 64~68쪽.

37 이광수,『무정』(1917), 김철 교주,『바로잡은『무정』』, 문학동네, 2003, 332~333쪽.

38 위의 책, 423쪽.

전자는 정절을 깨뜨렸다는 이유로 유서를 남기고 평양으로 떠난 영채의 행위를 구도덕의 산물이라 비판하는 형식의 사유가 전개되는 대목이고, 후자는 영채를 찾아 평양까지 좇아갔다가 허탕을 치고 이튿날 아침 학교 수업을 위해 출근한 형식의 지나간 교사생활이 서술되고 있는 대목이다. 이 밖에도 '과학' '철학' '예술' '경제' '산업'79장, '대학' '대학원'83장, '신문명화' '사회제도' '윤리학'85장, '성악' '예술'92장, '진화' '원시적' '정신적' '과도기'107장, '생물학' '자연과학'125장 등 근대적 개념어들에는 어김없이 한자가 병기되고 있는 것이 확인된다. 근대적 교육이 보편화된 오늘날 이들 어휘는 자국어에 편입된 터라 한자를 병기하지 않는다 해도 이해하는 데 어려움이 없지만, 개념적 사유와 근대적 지식에 관한 서술의 경우 한자어에 의존하지 않을 수 없었던 것이 당대의 언어 상황이었던 것이다.[39]

이광수가 후속 장편『개척자』를 다시금 시문체 곧 넓은 의미의 국한문체로 써야 했던 이유 역시 일차적으로는 여기서 찾을 수 있다. 이와 관련하여 김영민은 대중 독자를 대상으로 한 이광수의 한글체 소설의 실험은 장편『무정』에서 완성되었고, 『개척자』가 국한문체로 씌어진 것은 다만 청년 독자층의 계몽을 겨냥한 『매일신보』의 지면 구도에 어울리는 문체를 선택한 결과였다는 의견을 제시한 바 있는데,[40] 보아온 대로 한글 장편『무정』에 새겨진 문체적 균열을 고려하면 얘기가 달라진다. 지식 청년의 사유에 관한 한 개념적 한자어에 의존할 수밖에 없었던 사정이 말해주듯 장편『무정』의 한글 집필은 불완전한 실험에 그쳤고, 따라서『개척자』의 시문체는 지식 청년층까지 독자 대상으로 아우른 한글 소설의 집필이 갖는 한계를 절감한 데서 온 불가피한 선택이었다는 해석이 가능해지는 것

---

39 하타노 세츠코는 53장의 한자 병기 표기를 장편『무정』의 전반부가 애초에 국한문으로 씌어진 증거로 간주하고 있으나(波田野節子, 앞의 논문, 95~98쪽), 표기상으로 예외적인 대목에 해당한다. 문체상으로도 장편『무정』에는 각주 46의 예문 가운데 "班紋을 成훈" "句配가 急하고" "波狀을 묘하며"와 같이「어린 벗에게」나『개척자』에서 종종 눈에 띄는 국한문체 특유의 통사구조가 발견되지 않는다.

40 김영민, 앞의 논문, 63~64쪽.

이다. 물론 장편『개척자』의 시문체는 일상어체에 가까운 언문일치 문장과 더불어 객관적이고 균질적인 근대적 어미 '-다', '-ㅆ다'체 또한 거의 완전히 정착되어 있는 만큼 한글 장편『무정』이 성취한 문체적 성과 이후를 증거하는 문체로서 손색이 없다. 다만 한글 장편『무정』과 달리 처음부터 시문체를 선택한『개척자』의 경우 한자 어휘에 의존한 국한문체 특유의 어법이 여전히 구사되고 있는 점은 문체의 선택이 문장의 통사구조에 미치는 영향을 엿볼 수 있게 한다는 점에서 기억해둘 만하다.[41]

4.『독립신문』의 국한문체 논설과 국한문 단편「피눈물」 지사적 국한문체, 대용어로서의 한자

『매일신보』소재 이광수의 국한문체 논설이 당대 지식 인사 일반의 문체 규범을 고려한 것이었다면, 같은 시기 지식 청년층을 독자 대상으로 한『청춘』·『학지광』의 논설은 시문체를 고수한 평이한 문장으로 집필되었다.「야소교의 조선에 준 은혜」[1917.7],「금일 조선 야소교회의 결점」[1917.11],「졸업생 제군에게 드리는 간고懇告」[1917.6],「부활의 서광」[1918.3],「우리의 이상」[1917.12],「숙명론적 인생관에서 자력론적 인생관에」[1918.8],「자녀중심론」[1918.9] 등의 논설이 그러하다. 특히 앞서 내용과 형식, 문체 면에서 근대적 비평논설의 효시로 꼽았던「부활의 서광」은 어말어미에 객관적인 '-다', '-ㅆ다'체를 온전히 구현하고 있다는 점에서 장편『무정』과『개척자』가 거둔 문체적 성취와 견줄 만하다. 그러나 서사 및 논설 영역에서 거

---

41 단적인 예로 "白雪과 靑松으로 墨畵와 갓흔 班紋을 成흔 南山을 쩨어노코는 서울의 冬月을 말홀 수가 업다." "玉으로 싹가세운 듯흔 句配가 急하고 싯이 쏫족흔 北岳이 深靑흔 겨울 한울의" "水口門 近傍에서부터 緩緩히 複雜한 波狀을 모하며 올라가다가"(『매일신보』, 1918.1.20) 등의 문장이 그러하다.「서울의 겨울달」이라는 제목으로 최남선의『시문독본』(1918)에도 수록된 명문으로, 한자의 구사를 한껏 활용하여 유려한 국한문체의 필치를 구사하려 애쓴 흔적이 역력하다.

의 동시에 이룬 이러한 문체적 성과는 1919년 1월 이광수의 상하이 망명과 더불어 지금까지와는 전혀 다른 매체 환경 속에서 급격한 단절의 국면을 맞는다.

무엇보다도 우선 망명 시절 이광수의 집필 활동의 주무대였던 임시정부 기관지 『독립신문』은 무단통치하 극심한 언론 통제 아래 놓인 국내의 언론매체와는 달리 정치적 자유가 보장된 지면이었다. 주지하다시피 총독부 기관지 『매일신보』는 물론이고 『청춘』·『학지광』과 같은 조선인의 매체라 해도 '문명보급·사회개량·산업발달' 등 일본의 통치 이념이 허용하는 한도 내의 계몽 담론을 넘어서기 어려웠다. 한편 창간사에도 명시되어 있듯 '광복光復의 대사업'을 경영하는 데 긴요한 언론의 사명을 내걸고 창간된 『독립신문』의 지면은 독립사상의 고취와 민심의 통일, 조선인이 처한 사정과 사상의 피력, 여론의 환기, 독립한 문명국민 자격에 필요한 지식의 준비, 건전한 국민교육을 통한 신국민의 형성 등 정치적 의제에 관한 담론이 주된 비중을 차지했다.[42] 『독립신문』의 주필로서 이광수는 논설의 대부분을 국문 위주의 평이한 시문체가 아닌 한문 위주의 국한문체로 집필했다. 임시정부를 대변하여 내외적으로 공적公的 정견政見을 펼치는 데는 역시 당대 공적 문체의 규범이었던 국한문체가 적격이라는 판단에서였을 것이다.

뿐만 아니라 독립의 정당성을 설파하는 의론議論은 한말의 지사적 에토스에 기반한 국한문체 논설의 연속선상에 놓인 것이기도 했다. 근대계몽기 개화지식인의 국한문체가 문명의 번역에 기반하여 한문맥의 해체를 촉진한 실용적 성격의 것이었다면, 한문 소양에 기반을 두고 있던 한말 지사들의 국한문체는 '천하국가를 논하는 문체'로서 의론과 강개의 조합을 특징으로 하는 한문맥적 사고와 감각에 기댄 측면이 크다.[43] 단적인 예로 1905년 11월 을사늑약 직후에 발표된

---

42 "문명인의 생활에 언론기관의 필요함을 갱언(更言)할 것 잇스리요마는 거국일치하야 광복의 대사업을 경영하는 차시(此時)를 당하야는 더욱 긴요함을 각(覺)하도다." 이하 본문에서 요약한 다섯 가지의 사명이 자세히 언급되어 있다. 「창간사」, 『독립신문』, 1919.8.21.

43 '천하국가를 논하는 문체'로서의 한문의 특징에 관해서는 사이토 마레시, 앞의 책, 53~55쪽 참조.

장지연의 그 유명한 논설 「시일야방성대곡是日也放聲大哭」은 조약의 부당함을 알리고 조약을 주도한 이토 히로부미伊藤博文와 정부 대신들을 규탄한 끝에 동포들의 발분發奮을 촉구하며 이렇게 맺고 있다. "嗚乎痛矣며 嗚乎憤矣라. 我二千萬 爲人奴隷之同胞여, 生乎아 死乎아. 檀箕 以來 四千年 國民精神이 一夜之間에 猝然滅亡而止乎아. 痛哉痛哉라, 同胞아 同胞아."[44] 망국의 위기에 처한 시세의 절박함과 비분강개한 뜻이 고스란히 전해지는 문장이다. 『독립신문』 소재 이광수의 논설이 이러한 비분강개조의 국한문체를 닮아 있는 것은 확실히 우연이 아니다.

> 人間에 하도 만흔 怨讐中에 自由를 脫하고 奴隷를 삼음에서 더한 怨讐가 어대 잇스랴. 勇壯한 美國人의 祖上은 當時 强大하기 世界第一이던 英國에 對하야 「우리에게 自由를 주라. 아니어던 死를 주라」 하고 奮然히 起하야 血戰한 지 十年에 自由의 大美國을 建設하엿도다. 二千萬의 大韓人은 이러한 氣魄을 有한가 否한가. 嗚呼라 可憎可殺의 倭奴여, 天下에 爾等과 如한 背恩背信의 醜類가 어대 잇스랴. 爾等에게 萬般의 生活의 法方과 文字와 文化를 주어 生命食居의 野蠻으로서 人類다운 人類가 되도록 敎之導之한 恩人이 韓族이 아니뇨. 爾等은 二千年의 恩惠를 怨讐로써 갑는도다. (…중략…) 爾等의 自矜自恃하는 所謂 大日本帝國의 根柢에 노힌 爆發彈의 火繩은 이미 燃燒를 始하엿나니 爾等의 老人은 死하기 前에, 爾等의 靑年은 老하기 前에 悲慘한 大爆發을 見하리라. 爾等의 傲慢한 頭는 爾等의 怨讐인 韓族과 漢族의 前에 屈하야 憐憫을 哀求할 날이 不遠하리라.[45]

인용문은 일찍이 야만이던 일본족에게 문명을 전해준 은혜를 저버리고 조선을 강탈한 일본의 배은背恩을 규탄하며 머지않아 자유를 위해 떨쳐 일어난 한족의 폭발탄 아래 그 대가를 치르게 될 것을 경고하고 있는 논설의 한 대목이다. 한글로 토를 달았을 뿐 기본적으로 한문에 가까운 장지연의 국한문체 문장에 비해

---

44 「시일야방성대곡(是日也放聲大哭)」, 『황성신문』, 1905.11.20.

45 춘공(春公), 「왜노(倭奴)와 우리」, 『독립신문』, 1919.10.28.

좀더 자유자재한 문장이 구사되어 있지만, "二千萬의 大韓人은 이러한 氣魄을 有한가 否한가." "嗚呼라 可憎可殺의 倭奴여" "天下에 爾等과 如한 背恩背信의 醜類가 어대 잇스랴." "生命食居의 野蠻으로서" "敎之導之한 恩人이 韓族이 아니뇨," 등 곳곳에 한문조漢文調를 구사하여 비분강개의 어조를 살리고자 한 의도가 역력하다. 논설 「삼기론三氣論」1920.3.13, 「칠가살七可殺」1920.2.5, 「내창생하奈蒼生何」1919.10.6, 「공포시대현출호恐怖時代現出乎」1920.4.10 등은 아예 한문으로 논설의 제목을 삼은 경우다. 요컨대 '천하국가를 논하는 문체'로서의 한문에 기원을 두고 있는 비분강개조의 국한문체는 망국을 눈앞에 두었던 한말의 지사뿐 아니라, 나라를 되찾기 위해 독립운동에 나선 망명지사의 사고와 감각을 틀 짓는 문체로서 당대에도 여전한 호소력을 지니고 있었던 것이다.

한편 국한문 단편 「피눈물」에 구사된 국한문체의 경우는 사정이 조금 다르다. 3월 5일 경성의 만세시위운동을 배경으로 하고 있는 단편 「피눈물」은 1919년 8월 21일 『독립신문』 창간호부터 11회에 걸쳐 '문예란'에 연재되었다.[46] 국내의 가혹한 검열이 부재한 자유로운 조건에서의 창작이었지만, 이번에는 망명지의 언론기관으로서 국문활자가 부족했던 인쇄 여건이 발목을 잡았다. 독립신문사는 조선문 성서에서 글자를 골라서 자모字母를 만들고 '가'에서 '행'에 이르기까지 2천여 종의 국문활자를 주조鑄造하여 사용했는데,[47] 활자가 충분하지 않은 탓에 음가를 줄이거나 늘이고다음→담, 섬→서음 글자의 획을 지우거나 비슷한 글자를 대체하여 사용하는옹→옷, 웃는→뭇는 등 식자植字에 어려움을 겪어야 했다.[48] 한자 어휘로 가득한 단편 「피눈물」의 국한문체 역시 국문활자의 부족을 의식한 결과였

---

46 관련 논의로는 김주현, 「상해『독립신문』 소재 「피눈물」의 저자 규명」, 『현대소설연구』 74, 2019; 최주한, 「『독립신문』 소재 단편 「피눈물」에 대하여」, 『근대서지』 19, 2019; 문일웅, 「상해판 『독립신문』 연재소설 「피눈물」에 나타난 3·1운동 형상화 그 의미」, 『한국독립운동사연구』 74, 2019; 하타노 세츠코, 「상하이판 『독립신문』의 연재소설 「피눈물」의 저자는 누구인가」, 『근대서지』 20, 2019.

47 주요한, 「기자생활의 추억」, 『신동아』, 1934.5, 124쪽.

48 김주현, 앞의 논문, 85쪽. 각주 25; 하타노 세츠코, 앞의 논문, 928~931쪽 참조.

을 가능성이 높다. 실제로 단편 「피눈물」에는 부족한 국문활자를 대신하여 한자를 구사하느라 만들어낸 생경한 한자어, 무리하게 한자를 끼워넣은 어색한 어구로 인해 자연스러운 리듬을 잃고 있는 문장들이 자주 눈에 띈다.

允燮은 가만히 血痕 잇는 周衣를 버서 노코 나는 드시 달녀들어 背後로서 巡査의 耳邊에 一擊을 加하고 因해 그의 項을 扼하야 路上에 썩구러서리며 /49 允燮은 巡査를 打하고 女子를 救出하던 夢을 見타가 行廊 아범에게 被醒되엿다. /50 男女學生團의 活動의 計劃과 實行은 대개 朴의 頭와 手로서 出한 것이다. 昨夜에도 徹宵하야 危險을 冒하고 奔走하면서 今日의 示威運動의 計劃을 微細한 데꺼지 定하고 指揮함을 볼 째에 一種 畏敬의 念을 生하야 暗을 通하야 朴의 얼굴을 凝視하엿다.51

인용문에서 "血痕 잇는 周衣(피 묻은 두루마기)", "耳邊에 一擊을 加하고(귀쌈을 때리고)", "項을 扼하야(목을 눌러)", "巡査를 打하고(순사를 때리고)", "夢을 見타가(꿈을 꾸다가)", "아범에게 被醒되엇다(아범의 손에 깨었다)", "頭와 手로서 出한 것(머리와 손에서 나온 것)", "昨夜에도 徹宵하야(어젯밤에도 밤을 새워)" "暗을 通하야(어둠 속에서)" 등의 국한문체 어구는 얼마든지 괄호 안의 한글로 대체 가능하다. 부족한 국문활자를 대신하여 구사된 국한문체 어구들인 셈이다. 뿐만 아니라 '이변耳邊' '피성被醒'과 같은 한자어는 고유어를 대체한 생경한 조어造語에 속하며, '철소徹宵' 같은 어려운 어휘도 사실 일상적으로 쓰이는 말은 아니다. 전체적으로 장편『무정』이나 단편 「어린 벗에게」의 생동감 넘치는 유려한 문장과는 현격한 거리가 있다.

그러나 이들 생경한 국한문체의 행간을 비집고 모습을 드러내는 이질적인 문체의 흔적 역시 간과하기 어려운데, 이를테면 다음과 같은 대목들이 그러하다.

---

49   기월(其月), 「피눈물」(二), 『독립신문』, 1919.8.26.
50   「피눈물」(四), 『독립신문』, 1919.9.2.
51   「피눈물」(五), 『독립신문』, 1919.9.4.

상각해보니 아침 七時半에 早飯을 먹고 나간 後로는 終日 물 한잔도 먹은 일이 업다. 그것을 生各하면 시장도 한 듯하면서도 오늘 終日 自己의 동무들과 男子學生들과 全同胞가 日兵의 鎗끗헤 찔니고 消防隊와 私服 입은 日人들의게 몽동이로 엇어맛고 구두로 채오던 양과 只今 磚洞 굴목에서 日本帝國 天皇의 巡査에게 侮辱을 當하던 일과 只今 獄中에 苦楚를 當하는 同胞들의 情境을 生覺하매 純潔한 處女의 가슴은 터지는 듯하야 눈물만 북밧처 올나온다.[52]

아아, 얼마나 그립던 太極旗 얼마나 달고 십던 太極旗뇨. 怨讐의 黑手國로써 土를 光復하는 날 우리는 三千里 慟哭하던 江山의 一草一木에게써지라도 태극기를 달니라. 산마다 바위마다 집마다 劃할 수 잇는 온갓에 태극기를 그리고 새길 수 잇는 온갓에 태극기를 새기리라. 십년 前 태극기가 나와 갓치 잇슬 째에는 나는 너의 귀한 줄을 몰낫더니 태극기를 일흔 지 심십년 억지로 원수나라 국기를 달아온 지 십년에 태극기 나의 업지 못할 것인 줄를 알앗다. 태극기야 진실로 네가 왓나뇨. 왓거던 내 가슴에 안겨라. 쇠옥 씨여안고 다시 노흘 줄이 잇스랴. 싸린들 노흐랴, 사지를 쓴은들 노흐랴, 산 채로 내 몸을 탕을 친들 노흐랴.[53]

전자는 여학생 정희가 하루 종일 만세시위에서 목격한 비참한 정경을 눈앞에 떠올리는 장면을 서술한 대목이고, 후자는 3월 5일의 만세시위 당일 서울 곳곳에 태극기가 내걸린 감격을 서술하고 있는 대목이다. 전자가 국한혼용이되 한자가 한글 통사구조에 통합되어 있는 시문체에 가깝다면, 후자는 더 나아가 최소한의 한자마저도 벗어버린 순한글 문장이다. 국한문체의 틀로는 복받치는 감격을 생생하게 토로하는 것이 어려웠을 것이다. 어쩌면 복받치는 감격이 "怨讐의 黑手國" "江山의 一草一木"처럼 한자의 구속력을 강제하는 국한문체의 틀을 비집

52 「피눈물」(三), 『독립신문』, 1919.8.29.
53 「피눈물」(六), 『독립신문』, 1919.9.4.

고 한글 문장이 되어 흘러나온 것이었을지도 모른다. 이러한 문체적 균열은 한 껏 운율을 살려 복받치는 감격을 점층법으로 구사한 마지막 문장 — "싸린들 노 흐랴, 사지를 싄은들 노흐랴, 산 채로 내 몸을 탕을 친들 노흐랴." — 에서 절정에 이른다. 단편 전체에 걸쳐 근대적인 어말어미 '-다', '-ㅆ다'가 정착되어 있는 점 도 눈에 띄거니와, 작가가 얼마든지 자유자재로 한글 통사구조에 기반한 시문체 혹은 순한글 문체를 구사할 수 있었던 사실을 엿볼 수 있게 한다.

5. 문화운동의 성과, 근대적 비평논설과 한글소설의 정착

『독립신문』 소재 이광수의 논설과 소설에 보이는 문체적 단절이 3·1운동 직 후 망명지의 매체라는 여건의 특수성에서 비롯된 것이었다면, 1921년 3월 상 하이에서의 귀국을 전후한 무렵 이광수의 문체에 보이는 변모는 문화통치하 언 론·출판 통제의 완화 속에서 문화운동이 대두한 국내의 매체를 향한 글쓰기라 는 여건과 직결된 것이었다. 이러한 전환의 단초는 1921년 1월 『창조』 8호의 지 면에 발표된 「문사와 수양」1920.11.11 집필에서 찾아볼 수 있다.

「문사와 수양」이 집필된 것은 1920년 4월 해삼위사건과 10월 간도사변을 거 치며 임시정부의 독립전쟁 구상이 좌초되고, 『독립신문』마저 재정난에 겹쳐 6월 24일 자제86호의 발행을 끝으로 봉쇄 중이던 암울한 시기였다. 사업의 실패에 대 한 실망과 좌절 속에서 앞날을 모색하며 국내의 문화운동을 주시하고 있던 이광 수는 순문예의 기치를 내걸고 신문예운동에 앞장섰던 동인지 『창조』의 지면을 통해 선배 문사로서 청년 문사에게 주는 글을 표방하여 재기의 발판을 마련했 던 것이다.[54] 문예는 '민족의 정신'을 계발하는 힘이라는 전제에서 출발하고 있

---

54 최주한, 「이광수와 3·1운동」, 『한국학연구』 57, 인하대 한국학연구소, 2020, 162~166쪽 참조.

는 이 글은 기본적으로 「문학의 가치」[1910], 「문학이란 하오」[1916] 등 종래의 계몽주의 문학론의 연속선상에 놓이지만, 청년 문사에게 각별히 '민중의 인도자인 성도聖徒'로서의 지위를 부여하고 있는 데서도 단적으로 드러나듯 — 여기서 '민중'이 3·1운동 이래 민족의식에 눈뜬 민중을 가리키는 개념인 것은 말할 것도 없다 — 이후 「예술과 인생」[1921.12.12 집필]에서 본격적으로 제기하게 되는 민중예술론에 기초한 신문예운동의 향방을 예고한 것이기도 했다.[55]

민중예술의 광범한 영향력을 기대하기 위해서는 예술의 대중적 기반을 새롭게 마련하는 것이 시급했고, 그 중에서도 문학이라면 언어의 대중화가 선결 과제였다. 민중이 골고루 향유할 만한 문학을 창작한다는 것은 무엇보다도 우선 쉽게 읽힐 것을 요구하기 때문이다. 실제로 상하이에서의 귀국 직후 신문예운동의 일환으로 민중예술론을 제창한 이광수가 본격적인 창작에 앞서 가장 먼저 염두에 둔 것은 바로 문체의 문제였다. 이전까지 주로 지식청년층을 소설의 독자로 상정하면서 문체상의 이런저런 시행착오를 겪어왔던 이광수는 이번에는 "아모ㅅ조록 쉽게, 언문만 아는 이면 볼 수 잇게, 닑는 소리만 들으면 알 수 잇게, 그리하고 교육은 밧지 아니한 사람도 이해할 수 잇게"[56] 쓴다는 원칙하에 의식적으로 한글 소설을 집필하기 시작한다. 단편 「가실」[『동아일보』, 1923] 이하 「거룩한 이의 죽음」[『개벽』, 1923], 「혈서」[『조선문단』, 1924] 등 다양한 매체에 발표된 단편들은 물론 장편 『허생전』[1924] 등은 모두 이러한 원칙하에 집필되었고, 단편집 『젊은 꿈』[1926]을 간행하면서는 단편 「어린 벗에게」의 시문체를 순한글 문체로 바꾸는 과감한 시도로써 근대적 한글소설의 정착에 쐐기를 박았다.[57]

한편 이 무렵 비평논설 영역에서 평이한 시문체를 중심으로 문체의 근대화를

---

55 1920년대 초반의 신문예운동과 민중예술론에 대해서는 최주한, 「민중예술로서의 『허생전』」, 『한국 근대 이중어 문학장과 이광수』, 소명출판, 2019, 245~252쪽 참조.

56 이광수, 「멧마듸」, 『춘원 단편소설집』, 흥문당서점, 1923.

57 단편 「어린 벗에게」의 순한글 개작에 대해서는 김영민, 「한국 근대문체의 형성과정 — 이광수 문장의 언문일치와 구어체 소설의 정착」, 앞의 논문, 68~70쪽.

주도한 것은 당대 문화운동의 선두에서 신문화창달의 임무를 내걸고 창간된 종합지 『개벽』[1920.6 창간]이다. 이돈화·김기전·박달성 등 천도교청년회를 주축으로 하는 『개벽』의 창간 주체들은 이미 1910년대 최남선·이광수의 선구적인 문체 실험에 힘입어 틀이 잡힌 시문체에 익숙했고,[58] 독자 투고는 물론 언론·학술·종교·문예 방면의 원고 기고자들에게도 각별히 '선한교작鮮漢交作 시문체時文體'를 주문하는 등 평이한 시문체의 정착에 적극적인 의지를 보였다.[59] "문체는 꼭 말글로 써주서야 되겟습니다. 비록 국한문을 석거 쓴다 할지라도 한문에 조선문으로써 토뜻다는 식을 취하지 말고 순연한 말글로써 씀이 조켓습니다. 예를 들어 말하면 '一葉落而天下知秋'라 하면 '一葉이 落하야 天下가 秋됨을 知한다' 함과 가티 쓰지를 말고 '한 닙이 떨어짐을 보와 천하가 가을됨을 알겟다'라고 씀과 가틈이외다."[60]와 같이 상세한 안내가 뒤따라야 하는 것이 현실이었지만, 당대 유일한 대중 종합지로서 청년층과 지식층에 커다란 영향력을 미치고 있던 지면의 편집 방침이었던 만큼 비평논설 영역에 시문체가 정착하는 것은 시간 문제였다.

문예는 물론 언론·학술 분야에까지 공식적으로 시문체를 채택한 이러한 『개벽』의 편집 방침이 이광수에게도 환영할 만한 것이었음은 말할 것도 없다. 논설 「중추계급과 사회」[1921.7]를 비롯하여 「팔자설을 기초로 한 조선인의 인생관」[1921.8], 「소년에게」[1921.11~1922.3], 「예술과 인생」[1922.1], 「문학에 뜻을 두는 이에게」[1922.3], 「민족개조론」[1922.5]에 이르기까지 이 무렵 이광수가 『개벽』의 지면에 발표한 논설들은 모두 평이하면서도 유려한 시문체로 씌어졌다. 「민족개조론」을 제외하고는 모두 상하이에서의 귀국 직후 들끓는 여론 속에서 필명을 사용하여 발표한 글들

---

58 『개벽』 창간호에 실린 이돈화의 「최근 조선에서 기(起)하는 각종의 신현상」과 박달성의 「시급히 해결할 조선의 2대 문제」만 해도 한글의 통사구조에 기반한 평이한 시문체로 씌어진 것은 물론 객관적인 어말어미 '-다', '-ㅆ다'체 혹은 '-습니다'의 경어체를 온전히 구사하고 있는 것을 확인할 수 있다.

59 「기고 환영 광고 주의」, 『개벽』, 1922.1, 56쪽.

60 「투고하시는 이에게」, 『개벽』, 1921.10, 146쪽.

이지만, 비평논설의 영역에까지 평이한 시문체를 정착시키고자 했던 『개벽』의 편집 방침에 적지 않은 힘을 실어주었을 것이다. 다만 이 무렵까지도 비평논설 영역에서는 객관적인 어말어미를 구사한 '-다'·'-ㅆ다'체와 연설체에 기반한 '-이외다'·'-습니다'체가 경합하는 가운데 후자가 우위를 점하는 양상을 보이는데, 이광수의 경우 논설 「쟁투의 세계로부터 부조扶助의 세계에」[1923.2]를 기점으로 '-다'·'-ㅆ다'체가 완전히 정착된다. 바야흐로 독자에게 직접적인 영향력을 미치는 어법이 우세했던 계몽의 시대가 저물고 있었던 것이다.

평이한 시문체라고는 해도 한글전용세대인 오늘날의 독자에게 한자로 가득한 이광수의 비평논설은 결코 쉽게 읽히지 않는 것이 사실이다. 그러나 이를 단순히 화한혼용漢和混用의 일본문日本文을 모방한 해괴한 문체의 폐해 혹은 식자층의 엘리트의식 탓으로만 돌려서는 곤란하다. 보아온 대로 근대 문명의 기원 자체가 서구에 있고 그 수용 자체가 동아시아 공통의 보편언어였던 한자를 매개로 이루어진 이상, 당대 언론·학술의 영역에서 한자를 완전히 배제하는 것은 불가능했다. 시문체가 한글의 통사구조를 전면화하되 한자를 고수한 것도 근본적으로는 이 때문이었다. 한편 근대적 교육이 보편화되면서 근대적 개념어로서의 한자어는 대부분 자국어로 편입되는 길을 걷고, 이 과정에서 시문체는 각별히 어원語源을 밝혀야 하는 경우에 한해서 괄호 안에 한자를 병기한 한글 문장에 자리를 내주게 된다. 시문체로 씌어진 이광수의 비평논설 역시 병용된 한자를 한글로 바꾸어 적기만 하면 오늘날의 문장과 구분이 어려울 정도이다. 그러나 한자를 한글로 대신한다고 해서 국한문체에서 시문체에 이르기까지 한국 근대 어문의 형성에 관여했던 한자의 막강한 위상조차 사라지는 것은 아니다. 한자어의 자국어화야말로 오늘날 우리가 사용하는 어문의 정체성과 직결되어 있는 만큼 그 역사성에 좀더 귀를 기울일 필요가 있다.

제2장

영창서관본 『삼봉이네 집』1941의 검열에 대한 재고찰

1. 육필원고와의 만남이 이끈 발견들

연전에 오영식 선생님께서 『삼봉이네 집』의 육필원고인 듯한데 친필 여부를 확인해줄 수 있느냐고 부탁해 오신 일이 있다. 확인 결과 놀랍게도 이광수의 친필이었다. 필자가 아는 한 현재 남아 있는 이광수의 친필 원고는 동경외대 도서관에 소장되어 있는 이광수의 친필시첩 『내 노래』와 미완성 유고 『운명』, 그밖에 허영숙과 토쿠토미 소호에게 보낸 편지 몇 통이 남아 있는데, 이들 원고의 필적과 정확하게 일치했던 것이다. 도대체 어떻게 이 원고가 남아 있을 수 있었을까. 친필시첩과 미완성 유고야 유족들이 보관하고 있던 것인 만큼 자료가 남아 있는 것도 그리 놀라운 일이 아니지만, 『삼봉이네 집』의 경우는 사정이 달랐다. 맨 처음 『동아일보』에 연재되었고, 1935년 단행본 출판 불허가 판정을 받고 1941년에야 단행본으로 간행되는 과정에서 여러 번 검열을 거치고 활판인쇄에 노출되었을 원고인 까닭이다. 연구자로서의 호기심이 발동했지만 개인 소장 자료인 까닭에 결국 원고를 접할 기회는 얻지 못했다.

그러고 나서 한동안 잊고 있었는데, 3월의 개강을 앞두고 뜻하지 않게 이번에는 육필원고를 직접 대할 수 있는 기회를 갖게 되었다. 오랜 세월에 바랜 원고지에 물 흐르듯 흘려 쓴 유려한 필체, 그리고 곳곳에 삭제하고 수정한 흔적이 선명한 원고였다. 언뜻 보아도 단행본 준비 과정에서 삭제하고 수정한 대목을 반영한 흔적이 분명했다. 결말을 새롭게 집필한 원고와 더불어 결말 개작 당시 초고 전체를 손본 흔적도 눈에 띄었는데, 가만히 들여다보고 있자니 개작을 시도한 시점은 언제인지, 또 개작을 시도했으면서도 이를 반영하지 않은 이유는 무엇이었는지 궁금해지지 않을 수 없었다.

자료를 전체적으로 검토할 수 없는 자리였던 터라 집에 돌아와서도 궁금증은 꼬리에 꼬리를 물었다. 1941년의 단행본에서 대폭 삭제된 사회주의자 유정석에 관한 대목, 나아가 통째로 삭제된 마지막 연재 10회분의 원고는 남아 있을까. 남아 있다면 어떤 모습으로 남아 있을까. 삭제된 결말 대신 어색하게 이어붙인 마지막 문장도 이광수의 필적으로 남아 있을까. 아니라면 편집자의 것일 가능성도 있을 텐데 등등. 식민지 시기 검열을 둘러싸고 벌어진 국가와 출판자본, 작가 간의 긴장관계가 생생히 담겼을 타임캡슐의 개봉을 앞두고 공상은 그칠 줄 몰랐다.

육필원고에 다층적인 수정과 개작의 흔적이 남아 있는 만큼 이 흔적들에 담긴 의미를 추적하려면 판본들 간의 비교 검토가 필수적이었다. 단행본의 개작에 관해서라면 이미 상세한 선행연구도 있는 만큼[1] 육필원고와의 대면이 아니었다면 관심을 가지지 않았을 자료들이었다. 그런데 뜻밖에도 판본들을 비교 검토하는 과정은 필자를 새로운 발견으로 이끌었다. 우선 주목할 만한 발견은 1941년 5월에 영창서관에서 간행된 단행본은 검열본과 유통본이 서로 달랐다는 사실이다. 국립중앙도서관에 소장되어 있는 검열본은 검열의 흔적이 전혀 존재하지 않는 온전한 판본인 반면, 홍익대학교 도서관에 소장되어 있는 유통본은 삭제와 수정을 수반한 검열의 흔적이 적나라하게 드러나 있다. 이러한 차이는 영창서관본

---

1   이금선, 「'식민지 검열'이 텍스트 변화양상에 끼친 영향―이광수의 영창서관판 『삼봉이네 집』의 개작을 중심으로」, 『사이間SAI』 7, 2009.

단행본이 사전검열 당시에는 문제되지 않았으나 사후에 문제가 되어 재차 검열된 사실을 말해준다. 이 무렵 이광수는 동우회사건 2심에서 5년 징역형을 선고받고 상고 중이었다. 치안유지법 위반으로 실형을 받은 터라 영창서관에서 단행본이 간행되고 불과 2개월 뒤인 7월『무정』과『흙』을 비롯하여 거의 모든 저작이 발행금지 처분을 받는데,[2] 이때 재차 검열 받았을 가능성이 크다.

무엇보다 결정적인 발견은 유통본에 남아 있는 검열 복자의 특이한 양상이었다. 유통본에 관해서는 앞서 언급한 선행연구에서 자세히 언급된 바 있지만, 검열복자의 양상에 주의를 기울이지 않은 탓에 검열의 주체에 관한 논의에 혼선을 빚고 있다. 유통본의 검열 복자는 검열 삭제를 반영한 붓질복자와 검열 수정을 반영한 붙임복자의 두 가지 형태를 띠고 있다.[3] 모두 사후검열에 의한 것인 까닭에 검열의 주체는 당연히 국가―자본 권력에 한정된다. 무사통과된 검열본에 사후검열에서 삭제·수정된 이들 대목이 온전히 남아 있는 것도 이를 증거한다. 그런데 선행연구는 사전검열에 의한 수정과 사후검열에 의한 수정을 동일한 수준에서 논의함으로써 단행본 개작의 전적인 책임을 검열에 굴복 혹은 타협한 이광수에게 돌리고, 이러한 관점에서 단행본은 "이광수가 만주국에 대한 일본의 이데올로기를 받아들인 입장에서 만주, 만주국에서 사는 조선인들을 바라보는 개작"[4]이었다는 해석과 평가를 내리고 있다. 그러나 사후검열에 의한 붙임복자의 수정 사례가 단적으로 보여주듯 검열의 주체가 작가 이광수가 아닌 국가―자본 권력이라면 상이한 해석도 얼마든지 가능하다. 또한 검열의 주체가 국가―자본 권력이 분명한 경우라 하더라도 검열의 효과가 의도를 이반하여 균열을 일으키는 경우도

---

2 동우회사건 2심 이후에 발행금지 처분을 받은 저작은 모두 16권이고, 이 가운데 14권이 1941년 7월 2일 자로 한꺼번에 발행금지 처분을 받았다. 「동우회사건 관계자 카야마 미쯔로의 동정에 관한 건」(1941.9.20), 최주한·하타노 세츠코, 『이광수 후기 문장집』III, 소나무, 2019, 883~884쪽.

3 한만수에 의하면 검열 복자는 집필단계, 편집단계, 인쇄단계에 따라 다른 양상을 보이는데, 붓질복자와 붙임복자는 인쇄 이후의 검열 지침을 반영한다. 한만수,『허용된 불온―식민지 시기 검열과 한국문학』, 소명출판, 2015, 427~451쪽 참조. 붙임복자에 관해서는 453쪽 각주 1) 참조.

4 이금선, 앞의 논문, 293쪽.

간과할 수 없는데, 사실 단행본『삼봉이네 집』은 그 두드러진 사례이기도 하다.

검열의 주체를 특정하거나 검열 의도와 결과의 불일치를 살피는 일은 검열을 통과하는 과정에서 작품에 빚어진 왜곡들을 적출하는 것은 물론 작품의 해석과 평가에도 지대한 영향을 미치는 만큼 세심한 검토가 필요한 작업이다. 본고에서 1941년 영창서관본의 검열본과 유통본의 검열 양상을 구분하여 고찰하고, 이를 토대로 검열의 역효과에 주목하고자 하는 이유도 바로 여기에 있다. 사후검열이 적용된 유통본의 존재는 해방 후 간행된 단행본들의 엇갈린 운명에도 영향을 주었는데, 이들 단행본의 운명에 대해서는 마지막 장에서 간단히 언급하기로 한다.

2. 1935년의 '출판 불허가' 판정과 사유

이광수의 '군상' 3부작 가운데 하나인「삼봉이네 집」『동아일보』, 1930.11.29~1931.4.24이 1935년 '출판 불허가' 판정을 받은 사실이 학계의 주목을 끈 것은 2000년대 중반 총독부 경무국 도서과의 검열 관련 문서『조선출판경찰월보』의 존재가 알려지면서이다. 1928년 9월부터 1938년 11월까지 123호에 걸쳐 간행한 이 문서에는 매월 검열 조치된 신문, 잡지, 단행본의 목록과 기본 정보는 물론 기사 요지까지 상세히 담겨 있다.[5] 이 문서 덕분에「삼봉이네 집」이 1935년 한성도서주식회사가 준비하던 단행본 출판 과정에서 '출판 불허가' 판정을 받았고, 그 결과 1941년 간행된 단행본은『동아일보』연재본과는 전혀 다른 작품이라는 사실을 조명하는 연구가 제출되기 시작했다.[6] 이광수의 '군상' 3부작 가운데 가장 먼저

---

5 『조선출판경찰월보』의 구성과 구체적인 성격에 관해서는 정근식·최경희,「도서과의 설치와 일제 식민지 출판경찰의 체계화 1926~1929」(2006), 검열연구회,『식민지 검열―제도, 텍스트, 실천』, 소명출판, 2011, 101~105쪽 참조.

6 이금선, 위의 논문, 275쪽; 문한별,「『조선출판경찰월보』를 통해서 고찰한 일제 강점기 단행본 소설 출판 검열의 양상」,『한국문학 이론과 비평』58, 2013, 199쪽.

연재되었던「혁명가의 안해」가 연재 직후인 1930년 동출판사에서 단행본으로 출판되었던 사실에 비추어 볼 때,[7] 단행본『삼봉이네 집』의 때늦은 간행은 의문을 가질 법한 문제였으나 별다른 관심의 대상이 되지 못했다. 검열 연구가 문학 연구의 시야 확장에 미친 영향을 실감케 한다.

단행본『삼봉이네 집』의 검열 조치 관련 기록은 1935년 6월에 간행된『월보』 81호에 기재된 5월분 '불허가 출판물 목록'과 '불허가 출판물 기사 요지'에서 찾아볼 수 있다. 우선 '불허가 출판 목록'에는 제호, 종류 및 사용문자, 처분 연월일, 발행지, 발행자의 순으로 다음과 같이 기록되어 있다.

"群像 三峰ノ家삼봉이네 집, 單行本 朝鮮文, 昭和 10.5.29, 京城, 韓奎相."

기록 그대로 삼봉이네 집의 단행본 출판이 1935년 5월 29일 자로 불허가되었음을 알 수 있다. 발행자 한규상은 서북출신의 인사들이 주축이 되어 만든 한성도서주식회사의 설립 당시 이사직을 담당했던 인물인데, 앞서 언급한 단행본『혁명가의 안해』출판 당시에도 발행인으로 이름을 올린 바 있다. 다음으로 '불허가 출판물 기사 요지'를 번역하여 제시하면 다음과 같다.

군상 삼봉의 집

개요 – 삼봉의 가족이 거주 농작하고 있는 토지는 경매되어 **동척농장으로 넘어가고 일** 본 이민 십여 호가 와서 농작하게 되었기 때문에 소작인이던 수십 호는 그곳을 떠나지 않을 수 없었다. (…중략…) 그의 형제 및 마을의 청년 몇 명은 압송 도중 삼봉을 구하기로 결의하고 도끼, 낫 등을 가지고 길가에 숨어 있다가 **경관을 때려죽이고 그의 총검을 빼앗았다.**

삼봉은 총검을 가리키며

이제 우리는 세상에 나갈 수 없다. 그렇게 된 이상 **세상과 싸우는 사람**이 되는 수밖에 없다. 우리는 세상에서 평화롭게 살려고 노력했지만 세상은 우리를 몰아내고야 말았다.

---

7   식민지 시기 이광수의 저작 출판 현황에 관해서는 김종수,「일제 식민지 근대 출판시장에서의 이광수의 위상」,『한국문화』50, 2010, 112~113쪽. 〈표1〉단행본 목록 참조.

우리는 더 생각할 것도 없고 꺼릴 것도 없다. 우리는 힘껏 있는 **놈의 것을 약탈**하고 우리를 **학대하고 착취한 사람들과 법에 복수**하지 않으면 안 된다고 일동에게 외쳤다.(이하 줄임)**[8]**

경무국 도서과가 『월보』와 같이 지속적으로 검열의 지침과 용례들을 조사 자료의 형식으로 펴낸 것은 출판물에 대한 기본적인 통제 외에도 당국의 검열이 자의적이라는 작가-출판업자들의 불만에 대응하고 검열의 합리성과 효율성을 꾀하는 데 목적이 있었다.[9] 그런 만큼 '불허가 출판문 기사 요지'는 단행본에 반영된 국가권력의 검열 의도와 수위를 파악하는 데 일차적인 자료가 된다. 기사 요지에 따르면, 「삼봉이네 집」의 출판이 불허가 판정을 받은 이유는 크게 세 가지이다. 첫째 삼봉이네 가족이 간도로 떠나게 된 배경이 소작하던 토지가 '동척농장'과 '일본 이민'의 손에 넘어간 사정 탓으로 서술되어 있다는 점, 둘째 평범한 시골 청년들이 도끼와 낫으로 '경관'을 살해하고 '총검'을 빼앗는 대목이 등장한다는 점, 셋째 주인공이 '있는 놈의 것'을 '약탈'하고 자신들을 학대하고 착취한 '사람들과 법'에 대한 '복수'를 공공연히 외치고 있다는 점이 그것이다.

우선 삼봉이네 가족이 간도로 떠나게 된 배경으로 '동척농장'과 '일본 이민'을 언급한 것은 동양척식회사를 통해 조선의 경제 독점과 토지·자원 수탈 및 일본인 이민 사업을 지원하던 식민정책에 대한 비판에 해당된다. 다음으로 '경관' 살해라든가 무기 탈취, 그리고 삼봉이 총검을 들고 세상과의 싸움을 선포하며 복수를 다짐하고 있는 장면은 식민체제의 근간이라 할 수 있는 경찰과 법에 대한 공공연한 부정을 드러내고 있다. 특히 마지막 대목은 연재 77회분에 나오는 삼봉의 발언을 일본어로 번역하여 소개한 것인데, 연재 당시 이렇게 위태로운 대목들이 어떻게 검열을 통과할 수 있었을까 싶을 정도다. 이와 관련하여 1939년

8　『朝鮮出版警察月報』 81号, 警務局 圖書課, 1935.6. 국사편찬위원회 경성지방법원 검사국 문서 항목에서 원문을 확인할 수 있다. http://db.history.go.kr/item/imageViewer.do?levelId=had_078
9　한만수, 앞의 책, 85쪽.

6월 총독부 도서과 주최 출판업자 대표와 문인의 간담회에서 발표된 편집에 관한 제8조 2항의 지시사항은 흥미로운 시사점을 준다. "결론이 좋으면 문장의 도중에는 불온당한 자구의 사용이 별로 지장 없음과 같이 생각되나 잘못하면 독자의 대부분은 그 불온 부분에 흥미를 가질 경향이 있으므로 주의할 것(일례를 들면 공산주의 사상이 어떤 것이라는 것을 중간에 쓰고 나중에 가서 이런 사상은 나쁜 것이라고 한다면 이미 그 주의가 어떤 것임을 알 것이므로 이런 예의 글을 쓰지 말 것)" 일찍이 이 조항을 맥락주의의 관점에서 해석한 한만수는 이런 방식으로 검열을 우회하려는 시도가 이미 있었고, 실제 독서 행위에서 상당부분 작동되고 있었기 때문에 사후적으로 금지했을 것이라는 전제하에 『흙』1932의 한 대목을 언급하고 있기도 한데,[10] 「삼봉이네 집」은 그 단적인 사례에 속한다고 할 만하다.

위에서 언급한 기사 요지만 보면 「삼봉이네 집」은 식민체제에 맞서기 위해 무력투쟁도 불사하는 투사의 이야기로 오해될 여지가 크다. 그러나 주지하다시피 연재본에서 삼봉이 주도한 의적단의 무력투쟁은 중국 당국의 조선인 배척에 맞닥뜨려 역효과를 낳고 결말 대목에서 결국 부정되는 것으로 그려진다. 이광수가 삼봉이 주도한 의적단의 무력투쟁을 부정적인 것으로 그린 것은 「삼봉이네 집」 연재를 앞두고 조선사회를 충격에 빠뜨린 이른바 돈화사건의 전말과 관련이 있다.[11] 돈화사건이란 1930년 8월 길림성 돈화敦化에서 조선 공산당이 중국 공산당의 일원으로 철도·전신 등의 기반시설을 파괴하고 중국의 경찰과 군대를 습격한 사건으로, 중국 당국의 대응 과정에서 무고한 조선인 농민 오십여 명이 총살

---

10 한만수, 위의 책, 119·320~321쪽 참조.

11 관련 기사로는 「애매한 공산당 혐의로 동포 육십 명을 총살」, 『동아일보』, 1930.9.12; 「돈화(敦化) 학살사건은 고의의 구축(驅逐) 정책—조선농민의 혈한(血汗)으로 개척된 옥토를 무조건으로 몰수할 흉계」, 『조선일보』, 1930.9.13; 「공포의 교하(蛟河)에서 사선(死線)의 사천삼백 동포 법률적 보호에서 제외」, 『동아일보』, 1930.9.18; 「공산당 추적타가 애매한 농민에 설분」, 『동아일보』, 1930.9.19; 돈화(敦化), 무송(撫松) 간에서 동포 오십 명 학살」, 『조선일보』, 1930.10.19; 「돈화현 중국관헌 육십 동포 우(又) 검거」, 『동아일보』, 1931.1.4; 「돈화에 대사건 또 돌발, 잠입 공산원 취체로 사태 확대」, 『동아일보』, 1931.1.27.

당하고 사천삼백의 조선 동포가 법률적 보호에서 제외될 위험에 처하는 후폭풍을 낳았다. 간도 지역 조선 공산당의 무장투쟁은 물론 항일투쟁의 일환이었지만, 이들의 무장투쟁은 국공내전으로 인한 중국 내의 복잡한 정치상황과 맞물려 간도 지역에 중국인 유랑민이 대거 유입되면서 삶의 기반을 위협받고 있던 조선인의 처지를 더욱 악화시키는 결과를 초래했던 것이다.

이 사건에 대한 이광수의 입장은 한 마디로 "동포의 생활의 근거를 희생하는 것을 값으로 하는 아무 중대한 일도 있을 수 없"다는 것이었다. 이광수는 간도의 조선 동포들에게 '엄정중립'의 태도를 취할 것을 촉구하고, "국법과 그 나라의 국민감정을 존중하는 태도"에 대한 강조와 더불어 "무장한 단체가 남의 질서를 파괴하고 단체를 습격하는 등사는 실로 부득책의 심한 자"라 하여 경계하는 입장을 거듭 분명히 했다.[12] 연재 당시 검열 당국이 삼봉이 현실의 모순에 눈뜨고 무력투쟁에 나서는 이 대목을 문제삼지 않은 것은 간도 지역 조선인의 정치적 활동을 우려하는 이러한 이광수의 입장을 크게 반대할 이유가 없었기 때문일 것이다. 하지만 연재가 끝난 후 검열당국은, 작가의 의도와 달리 위의 검열관들이 문제 삼은 대목에 더 많은 관심과 흥미를 느끼고 공감하는 독자들의 존재를 감지했고, 이에 편집 지침 제8조의 2항에 따라 1935년 단행본 출판 검열 당시 이를 적극 문제시했던 것이 아닐까 생각된다.

3. 검열본과 유통본의 검열, '허용된 불온'의 파열

1935년 출판물 검열에서 '출판 불허가' 판정을 받은 이력 때문에 한동안 「삼봉이네 집」의 단행본 출간은 쉽지 않았던 것으로 보인다. 1939년 한성도서주식

---

12 이광수, 「길흑(吉黑) 양성(兩省)의 조선인」(『동광』, 1931.1), 『이광수전집』 10, 우신사, 1979, 272쪽.

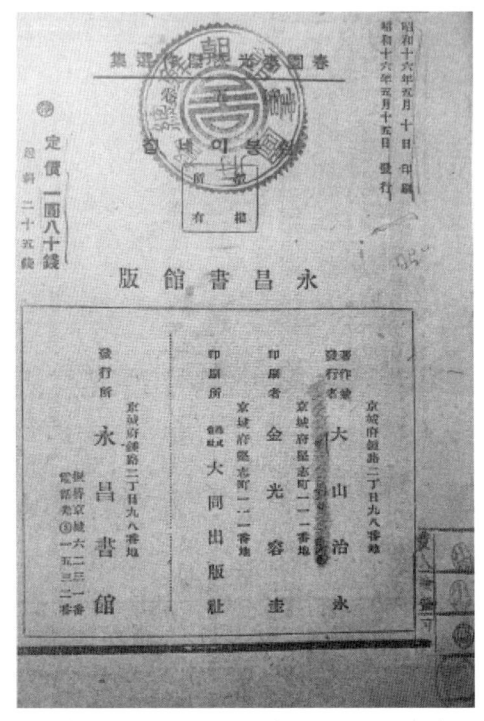

회사가 간행한 단행본『군상』에도 '군상' 3부작의 나머지 하나인 「사랑의 다각형」만 수록되어 있다. 살펴본 대로 1935년의 검열은 삼봉이네가 서간도 지역으로 떠나게 된 배경과 더불어 이야기의 절정에서 결말에 해당하는 대목을 전체적으로 문제삼고 있다. 당시로서는 이광수로서도 작품의 심각한 왜곡과 훼손이 뻔히 예견되는 검열 조치를 수용하여 단행본으로 펴낼 생각이 없었을지도 모른다.

「삼봉이네 집」이 단행본으로 출간된 것은 1941년 영창서관을 통해서이다. 판권면에는 저작겸 발행인에 '大山治永'라

는 이름이 올라 있다. 영창서관의 사장 강의영의 창씨명인데, 저작권이 영창서관으로 넘어간 것을 알 수 있다. 판권면 상단에 '판권소유'라고 인증 표시를 해둔 것도 눈에 띈다. 저작권이 영창서관으로 넘어간 것은 1939년부터 영창서관이 기획 출판하고 있던 '춘원이광수걸작선집'의 간행이 큰 성공을 거두자 출판사 쪽에서 저작권을 사들인 것이 아닐까 짐작된다.[13] 당시 걸작선집은 제1권『반도강산』1939, 제2권『수필과 시가』1939, 제3권『문학과 평론』1940, 제4권『춘원단편소설』1940까지 간행된 상태였고, 『삼봉이네 집』은 걸작선집 기획 당시 제3권으로 간행 예정이었던『검둥의 설음』과 단편

---

13 당시 영창서관은 '춘원이광수걸작선집'의 간행으로 큰 성공을 거둬 1940년에는 출판사 중 두 번째로 영업세액을 많이 내는 대표적인 출판사로서의 입지를 군혔다고 한다. 김종수, 위의 논문, 118쪽.
14 상단에 조선총독부 도서관 도장이 찍혀 있고, 하단 오른쪽에 접수자와 검사자들의 결재 도장이 찍혀 있어서 납본검열본이라는 사실을 알 수 있다. 납본검열본은 이하 검열본으로 적기로 한다.

「인과」까지 수록하여 전체 500여 페이지의 두툼한 분량의 단행본이 되었다.[15]

영창서관이 '출판 불허가' 판정을 받은 작품을 전면에 내세워 간행을 시도한 것은 독서시장의 수요에 부응할 수 있다는 판단에 따른 것이었을 것이다. 이 무렵 이광수 역시 '춘원이광수걸작선집'의 이름을 내건 출판자본의 요구에 응하지 않을 수 없다고 판단했다면, 육필원고에 남아있는 수정과 개작의 흔적은 이 무렵의 단행본 간행을 앞둔 작업이었을 가능성이 높다. 그러나 결말을 고쳐 쓴 원고는 결국 단행본에 반영되지 않았고, 1935년의 검열 조치를 의식하여 문제의 소지가 될 만한 부분은 모두 삭제하고 특히 결말 대목은 연재 마지막 10회분을 통째로 삭제하고 어색한 후일담을 덧붙이는 방식이 채택되었다. 바야흐로 시국은 중일전쟁 이후 총력전체제로 돌입한 상태였고, 이광수는 1939년 12월 동우회사건 1심에서의 무죄판결이 뒤집혀 1940년 8월 2심에서 5년 징역형을 선고받고 상고 중인 처지였다. 더욱이 표면적으로는 당국에 영합하고 시국운동의 선두에 있지만 그 동안 치안방해의 이유로 발매금지 처분된 다수의 저작으로 보건대 '면종복배面從腹背'의 가능성이 있다는 당국의 혐의까지 받고 있었으니,[16] 한때 '출판 불허가' 판정을 받았던 단행본의 출간은 더욱 조심스러웠을 것이다.

흥미롭게도 현재 국립중앙도서관에 소장되어 있는 영창서관본의 검열본에는 검열의 흔적이 전혀 남아 있지 않다. 우선 납본검열 이전의 원고검열 당시 검열 당국의 수정과 삭제의 지시가 있었을 것이고, 여기에 검열을 의식한 이광수의 신중한 자기검열과 '춘원이광수걸작선집'의 순조로운 간행을 위한 출판자본의 압력이 복합적으로 작용한 결과일 것이다. 그러나 납본검열에서 무사통과되고 인쇄를 마친 후 재차 검열된 유통본이라면 얘기가 다르다. 유통본에 남아 있는

---

15 『검둥의 설움』은 '검둥이 일생'으로 제목이 바뀌어 수록되었다. 검열을 의식한 작가 혹은 편집자의 수정일 수도 있고, 검열 당국의 지시였을 가능성도 있다. 참고로『검둥의 설움』은 1935년 9월에서 1936년 4월까지 '검둥의 비애'라는 제목으로『삼천리』에 재수록되다가 중단된 바 있다.

16 「동우회사건 관계자 가야마 미츠로의 동정에 관한 건」(1941.9.20), 앞의 책, 882쪽.

삭제와 수정에 대한 일차적 책임은 어디까지나 검열당국에 귀속되는 까닭이다. 이렇듯 이중삼중에 걸친 검열의 무게를 감당해야 했던 단행본이 연재 당시와는 전혀 다른 작품이 되어 있을 것을 짐작하기란 어렵지 않다.

그렇다면 검열본과 유통본은 무엇이, 어떻게 달랐을까.

먼저 검열본에서 35년의 검열을 의식하여 고친 대목부터 살펴보자. 첫째, 삼봉이네 가족이 간도로 떠나게 된 배경으로 '동척 농장'과 '일본 이민'을 환기하는 대목은 모두 삭제되거나 수정되었다. 연재본에서 이 대목은, 삼봉이네 가족이 소작하던 땅이 '동척과 식은'에 저당잡히는 바람에 결국 '동척'에 넘어가고 결국 '동척 농장'이 된 토지에 '일본 이민 십여 호'가 들어섰다는 것, 그리고 삼봉이네가 소작하던 땅 역시 '동척 마름이 될 중촌경작'이라는 사람이 가지게 되었기 때문이라고 서술된다.[17] 그러나 검열본에서 '동척'은 '모은행'으로, '동척 농장'은 '모은행 농장'으로, '동척 마름 중촌경작'은 '은행 마름 A' 등으로 수정되어 삼봉이네 가족이 간도로 떠나게 된 이유가 식민정책과 무관한 이야기로 바뀌었다.[18] 흥미롭게도 35년의 검열에서 지적되었던 '일본 이민 십여 호'는 수정되지 않은 채로 검열본에 남아 있는데, 이 대목을 수정하지 않은 채 남겨둔 것이 이광수의 의도였는지 편집자의 실수였는지는 분명치 않다.

다음으로 평범한 시골 청년들이 도끼와 낫을 가지고 '경관'을 살해하고 무기를 탈취하는 대목과 삼봉이 총검을 들고 세상과의 싸움을 선포하며 복수를 다짐하고 있는 장면은 관련 대목이 포함된 75회분에서 84회분까지의 연재분 전체가 통째로 삭제되었다. 이들 대목과 관련하여 검열본과 유통본에 검열의 흔적이 전혀 남아 있지 않은 것은 바로 이 때문이다. 그러나 정작 이 대목에서 독자들이 검열의 흔적을 느끼지 않기란 불가능했다. 연재 74회분은 강도죄의 누명을 쓴 삼봉을 구하려면 뇌물이 필요하다는 박통사의 꾀임에 빠져 몸을 판 을순이 결국

---

17 춘원, 「삼봉이네 집」(1), 『동아일보』, 1930.11.29.

18 이광수, 『삼봉이네 집』(국립중앙도서관 소장본), 영창서관, 1941, 3쪽.

속임당했다는 사실을 알고 오봉이와 금동이가 박통사에 대한 복수를 다짐하는 장면으로 끝난다. 단행본에서 삭제된 대목은 사실 이 74회분의 마지막, 그러니까 오봉이와 금동이가 복수를 다짐하는 장면부터 시작되는데, 이후 다음과 같이 엉뚱한 문장으로 맺어진다.

『박통사가 날 속였고나』
하고 을순이는 오봉의 어깨에 매달렸다.
『박통사가 내 돈 二百원을 떼어먹었고나』
하고 을순이는 양대장이 땀방울 같이 어르던 말과 박통사가 자기의 팔을 때리던 말을 하였다.
　　×
이 일이 있은 후 김삼봉은 가족들의 원조로 순경청을 탈출하게 되어 새로운 결심을 하고 새 살림을 하게 되었다.[19]

이야기의 흐름으로 보자면 절정에서 결말에 이르는 과정이 모두 삭제된 채 이야기가 끝나버린 형국이다. 독자로서는 삼봉과 을순이 오누이의 기막히고 억울한 처지가 절정에 달한 순간 이야기가 중단되고, 삼봉이 구출되어 새로운 결심으로 새 살림을 하게 되었다는 전혀 맥락에 닿지 않는 싱거운 결말을 떠안아야 했던 셈이다. 현재 남아 있는 육필원고 가운데 삼봉이 의적단 활동에 회의하고 처음 홍수하자에 정착하여 울로초 뿌리를 캐던 시절을 그리워하는 내용으로 개작된 결말이 이 단행본 간행을 준비하면서 집필된 것이라면, 이를 반영하지 않기로 결정한 데는 필시 이유가 있었을 것이다. 표면적으로는 검열의 지침을 충실하게 이행한 것처럼 보이지만, 이토록 퉁명스러운 개작을 결단한 것은 검열당

19　이광수, 『삼봉이네 집』(국립중앙도서관 소장본), 위의 책, 264~265쪽.

국에 대한 일종의 '항명抗命'이 아니었을까.

마지막으로 35년의 검열에서는 문제시되지 않았지만 대폭 삭제된 대목도 있다. 간도에서조차 농사를 지을수록 궁핍해져가는 현실에서 돼지치기로까지 전락한 삼봉이 사회주의자 유정석과의 만남에서 알게 모르게 현실의 모순에 눈을 뜨고, 새로운 눈으로 현실을 바라보게 되는 연재 56회에서 59회분까지가 그러하다. '반봉건 반자본주의적 이데올로기'니 '마르크스주의 사회 이론'이니 하는 사회주의 관련 언설이 직접 언급되는 대목은 말할 것도 없고, 유정석이 가난의 원리를 설명하고 간도지역에서 일본과 중국, 조선인 간의 민족적 충돌의 구조적 필연성을 논하는 대목, 그리고 유정석의 이야기를 무심하게 듣는 듯하면서도 어느새 그의 이론에 영향을 받아 세상을 바라보고 있는 삼봉의 심리를 서술하고 있는 대목 등은 모조리 삭제되어 있다. 이와 관련하여 삭제된 대목을 두어 곳만 예를 들면 다음과 같다.

조선ㅅ사람의 한 떼와 산동ㅅ사람의 한 떼는 무순 탄광에서 떨어지는 모양이엇다. 여기서 긔운찬 장정은 저승과 벽 하나 새에 둔 천 길 땅ㅅ속에 들어가서 석탄을 캐어 내이는 광부가 될 것이요, 늙은 여편네는 밥 짓고 빨래하는 사람이 될 것이요, 젊은 여편네와 계집애들은 아마 대부분은 그 얼굴과 살을 팔아서 인조견 옷값과 미일기름 값을 벌 것이다. 그러다가는 아마도 십 년이 못해서 늙음과 다침과 화류병과 폐병과 도덕적 타락으로, 아모 데도 쓸 수 없는 쓰레기 인간이 되어서, 옛날 격언 고대로 뷘 손 들고 돈 한푼 없이 물러나고 새로운 젊은 남녀가 그 뒤를 보충할 것이다. 마치 전선의 제일선이 죽고 부상하는 대로 쉴 새 없이 후방에서 신병이 보충되는 모양으로. 그러나 이 무리들은 자긔네가 무슨 목적을 위하야 이러한 고역을 하지 아니하면 아니 되는지, 누구의 의사와 리익을 위하야 자긔네는 무료로 (끝에 아모 것도 남는 것이 없으니 결국 무료로) 일생을 노력하엿는지도 모른다— 이렇게 삼봉이는 류정석에게서 들은 리론을 무순 탄광에 떨어지는 무리들에게 응용해 보앗다. 그리고, '과연 그렇기는 해' 하고 혼자 웃엇다.[20]

삼봉의 생각에는 그런 문제가 넘어도 크고 복잡하엿다. 도저히 그런 문제를 꽉 끌어 쥐일 힘이 없엇다. 그러나 알 수 없는 그리움이 솟아오름은 면할 수가 없엇다. 지금보다 나은 어떤 '때'에 대한 그리움은 도저히 누를 길이 없엇다. 자기와 같이 정직하고 착하고 부지런한 사람이 (삼봉의 생각에) 일하면 일할사록 더욱 고생과 수치만 늘어가는 이 세상에는 반드시 어디 고동이 잘못 틀린 데가 잇다고 삼봉이는 생각하지 아니할 수가 없엇던 것이다.[21]

그 결과 단행본에서 삼봉이 현실의 모순에 눈을 뜨는 데 영향을 미친 사회주의자 유정석의 비중은 현저히 축소되고, 삼봉이 역시 돼지치기나마 가족을 부양하는 데 만족하는 평범한 가장의 모습에 머무르는 인물로 고정되고 만다. 추가 삭제된 것은 사회주의 관련 대목만이 아니다. 삼봉이 착취자와 법에 대한 복수를 위해 만든 의적단의 활동이 조선인 배척이라는 정반대의 결과를 낳게 되자 회의 끝에 단체를 만들어 "전민족적으로 문제를 해결해야 된다"는 결론에 이른 84회분의 마지막 대목 역시 삭제되었다. 동우회사건이 명시적으로 말해주듯 사회주의는 물론 합법적인 민족주의마저 허용되지 않는 시국을 고려하지 않을 수 없었을 것이다.

이리하여 영창서관본 『삼봉이네 집』은 그저 불운하게 소작을 떼이고 고향을 떠나 간도로 가게 된 삼봉이네 가족의 기구한 운명에 관한 이야기 정도로 밋밋해진 데다 그 기구한 운명의 향방마저 알 수 없게 되어버린 채 독자들과 대면해야했다. 만일 검열에서 무사통과된 검열본이 그대로 인쇄되어 출판 간행되었다면 일반적인 독자들은 이야기 흐름의 급작스런 단절과 급조된 어색한 결말 앞에서 어리둥절했겠고, 좀 더 의식적인 독자들이라면 그것이 검열의 문제와 무관하지 않다는 사실을 직감했을 것이다. 검열에 대한 독자들의 의심을 확신으로 바

20　「삼봉이네 집」(58), 『동아일보』, 1931. 3. 15.
21　「삼봉이네 집」(59), 『동아일보』, 1931. 3. 24.

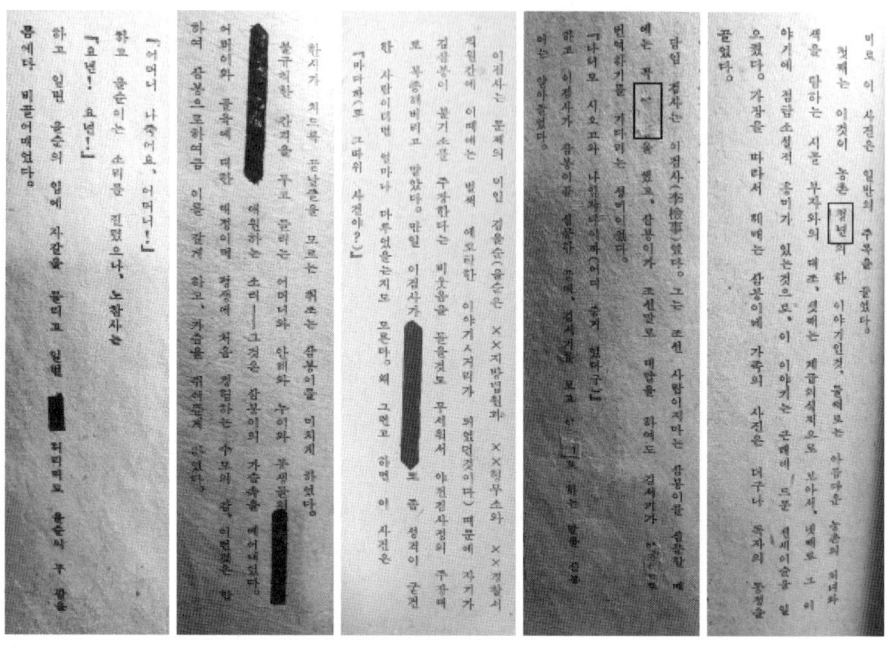

〈자료 2〉 영창서관본 『삼봉이네 집』의 붓질복자와 붙임복자(홍익대 도서관 소장)

꾸어준 것은 아이러니하게도 사후검열의 흔적이 또렷이 담긴 유통본이었다.

유통본에서 붓질복자로 삭제된 곳은 노참사가 을순을 겁탈하는 대목에 등장하는 '일본' 자리옷[71면]과 '일본' 허리띠[74면], 노참사의 누명으로 다함께 경찰서에 붙들려온 삼봉이네 식구들이 밤새 취조를 당하는 장면에서 묘사되고 있는 '울음소리와 절망적인 발악 소리'[97면], 그리고 삼봉의 불기소를 주장하던 이검사가 야전 검사정의 주장에 굴복한 이유의 하나가 '조선사람'이라는 취약한 입장 때문임을 암시하는 장면[112면] 등 모두 네 곳이다. 하나같이 식민권력 혹은 식민권력과 결탁한 지주계급의 폭압성을 환기하는 대목들이다.

한편 붙임복자에 의해 수정된 곳은 삼봉이네가 소작하던 토지를 대신 차지하게 된 동척농장의 '일본 이민' 십여 호[3면], 이검사가 삼봉을 심문할 때 사용한 '일본말'[111면], 그리고 노참사의 누명으로 일명 김삼봉 사건이 신문에 기사화되었을 때 서술자가 그 이유의 하나를 농촌 '파멸'의 한 이야기[117면]로 서술하고 있는 대목 등 모두 세 곳이다. 이 가운데 첫 대목은 현재 낙장이어서 확인이 불가하지만,

선행 연구에 따르면 '타동소작인' 십여 호로 수정되어 있다고 한다.[22] 아마도 '타동소작인'은 붙임복자 처리되어 있었을 텐데, 검열 당시 문제시되었던 대목인데도 그대로 남아 있어서 다시 수정 지침이 내려졌을 것이다. 이검사가 삼봉을 심문할 때 사용한 '일본말'은 '국어'로, 그리고 신문에서 기사화되어 언급된 김삼봉 사건은 농촌 '파멸'의 한 이야기에서 농촌 '청년'의 한 이야기로 수정되어 있는 것도 확인할 수 있다.

흥미롭게도 〈자료 2〉에 제시한 일부 붙임복자에는 수정된 내용을 인쇄하여 오려붙인 종이를 뜯어낸 흔적이 발견된다. 아마도 원래의 내용을 확인하기 위해 뜯어낸 것으로 보이는데, 이런 파손의 흔적은 붓질복자와 더불어 유통본에 선명히 남은 검열의 흔적이 오히려 독자에게 '허용된 검열'을 넘어선 상상력을 자극한 사실을 시사한다. 단행본에 남은 이들 검열의 흔적을 대하면서 독자들은 과거 동척과 일본 이민의 잠식에 의해 토지를 잃고 고향을 등져야 했던 숱한 조선인들을 떠올리는 한편, 식민권력 혹은 식민권력과 결탁한 지주계급의 폭압성을 직시하며 작가의 의도가 삼봉이네 일가의 이야기를 '농촌 파멸'의 한 사례로서 다루고자 했음을 짐작했을 것이다. 그리고 '일본말'을 '국어'라고 불러야 하는 현실 앞에서 이야기 중도에서 통째로 잘려나간 삼봉이 오누이의 이야기가 담고 있을 '불온성'을 적극 상상했을 것이다. 이미 『동아일보』에 연재된 이야기를 읽었던 지인에게 삭제된 대목의 이야기를 전해 들었을 수도 있었을 테고, 이렇게 입에서 입으로 전해지는 이야기가 원본의 이야기가 갖는 불온성을 증폭시켰을 가능성도 배제할 수 없다. 요컨대 영창서관본 『삼봉이네 집』의 개작은 사전검열에서 사후검열로 이어지는 철저한 이중 검열을 시도했음에도 불구하고 검열의 효과가 역으로 검열의 의도를 이반하고 있다는 점에서 '허용된 검열'의 파열을 보여주는 극적 사례라 할 만하다.

---

22 이금선, 앞의 논문, 282쪽.

4. 해방 후 판본들의 운명

해방 후 『삼봉이네 집』이 처음 단행본으로 간행된 것은 1945년 9월 홍문서관을 통해서이다. 특이하게도 『유랑』이라는 제목으로 간행되었는데, 1948년 성문당서점에서 같은 제목으로 간행된 데 이어 이듬해인 1949년 『방랑자』라는 바뀐 제목으로 중앙출판사에서 간행되었다. 홍문서관본은 현재 회고와 출판기록으로 확인될 뿐이지만,[23] 성문당서점본과 중앙출판사본1955년의 대지사본과 동일[24]이 서두와 결말의 서너 페이지를 제외하고 동일한 지형을 사용하고 있는 것으로 미루어 이들 판본과 동일한 판본이었을 가능성이 높다.[25]

이처럼 출판사와 발행자, 제목을 바꾸어가며 꾸준히 간행되었다는 것은 해방 후 독서시장에서 단행본 『삼봉이네 집』이 꽤 수요가 있었던 사실을 말해준다. 이와 관련하여 성문당서점본 『유랑』의 속표지에 "이 소설은 만주사변 전에 쓴 것임을 특기特記하여 둠"[26]이라는 각별한 문구가 인쇄되어 있는 것이 눈에 띄는데, 일찍이 검열로 인해 만신창이가 된 영창서관본 『삼봉이네 집』이 당대 독자들에게 환기한 '불온한 상상'을 염두에 둔 출판 전략의 하나가 아니었을까 짐작된다. 그도 그럴 것이 애초에 이 문구가 의도한 것이 무엇인지는 분명치 않기 때문이다.

사실 단행본 『유랑』은 영창서관본 『삼봉이네 집』의 영향에서 크게 벗어난 판본이 아니다. 차이점이라면 사후검열의 흔적이 담긴 영창서관본과 달리 사후검열 이전의 모습이 복구된 것, 그리고 순경청을 탈출한 삼봉이 "새로운 결심을 하

---

23 김종수, 「해방기 출판시장에서 이광수의 위상」, 『민족문화연구』 52, 2010, 210~212쪽. 〈표1〉 참조.

24 필자가 확인한 것은 1949년의 중앙출판사본이 아니라 1955년에 간행된 대지사본이다. 1955년의 대지사본은 제목과 서두와 결론의 서너 페이지만 활자가 다를 뿐 성문당출판사와 동일한 판본이다. 일부 페이지의 활자가 다른 것은 한국전쟁 당시 지형의 일부가 소실되었기 때문으로 짐작된다.

25 위의 논문 각주 19)에서는 홍문서관본 『유랑』을 1927년 『동아일보』에 연재하다 중단된 소설 「유랑」으로 간주하고 있는데(김종수, 위의 책, 206쪽), 수정되어야 할 것으로 보인다.

26 이광수, 『유랑』, 성문당서점, 1948. 속표지.

고 새 살림을 하게 되었다"는 마지막 문장이 "정처없는 방랑 생활을 하였다"[27]로 바뀐 것이 전부다. 단행본의 속표지에 인쇄된 '만주사변 전에 쓴 것' 운운은 유통본의 사후검열이 적용되지 않은 단행본을 손에 넣었던 출판업자가 이를 애초의 연재본으로 착각한 결과가 아니었을까. 게다가 제목과 결말을 바꾼 것이 이광수였는지도 분명하지 않은데, 이는 1949년 중앙출판사본 『방랑자』, 1955년 대지출판사본 『방랑자』 또한 마찬가지이다.

이 점에서 1957년 영창서관이 단행본 『삼봉이네 집』을 재출간한 것은 주목할 만하다.[28] 이 무렵 『삼봉이네 집』의 재출간은 일차적으로 독서시장의 수요를 고려한 것이었겠지만, 해방 직후의 혼란기는 물론 한국전쟁 이후까지도 출판계에서 저작자의 의도와 무관하게 행해지는 혼란에 쐐기를 박는 행위였다는 점에서 그러하다. 그러나 아이러니하게도 영창서관본의 재간행은 더욱 퇴행적인 결과를 낳았다. 1957년의 영창서관본 『삼봉이네 집』은 1941년의 유통본을 가지고 조판을 새로이 하면서 사후검열의 흔적이 말끔히 지워진 상태로 간행되었기 때문이다. 검열의 흔적이 남아 있지 않은 '은폐된 검열'이야말로 1941년의 검열 당국이 원하는 것이었다고 할 때, 식민지기에 시작된 단행본 『삼봉이네 집』에 대한 식민당국의 검열은 1957년의 시점에 이르러 완벽하게 실현된 셈이다.

해방 이후 계속되어 온 판본들의 오류는 1963년 삼중당의 이광수전집 판본에 이르러서야 바로잡혔다. 기존의 단행본이 있는 경우 주로 단행본에 의거하여 전집작업을 진행한 데 비해 『삼봉이네 집』의 경우 연재본을 저본으로 삼은 것이다. 해방 후에 간행된 판본들이 보인 혼란이 그만큼 심각했다는 반증이기도 하다. 삼중당마저 단행본을 저본으로 삼아 작업을 진행했다면 이광수 연구사에 어떤 일들이 벌어졌을까. 원전 비평의 중요성을 새삼 되새기지 않을 수 없다.

---

27 『유랑』, 위의 책, 201쪽.
28 1957년의 영창서관본은 국립중앙도서관에 소장되어 있다. 홈페이지의 소장 정보에는 1953년으로 잘못 표기되어 있는데, 사서에게 문의하여 확인하였으나 아직껏 수정 사항이 반영되지 않았다.

제3장

이광수 육필원고 「삼봉이네 집」[1935]에 대하여

1. 자료 소개에 앞서

국립한국문학관에서 이광수의 육필원고 「삼봉이네 집」의 자료 평가를 의뢰받고 육필원고를 대한 것이 2022년 2월의 일이니, 벌써 2년 반의 시간이 훌쩍 지났다. 원고의 일부를 일람했을 뿐인데도 삭제와 수정, 개작의 흔적이 선명하여 연구자로서의 호기심이 바짝 동했던 기억이 새롭다. 1930년 11월부터 이듬해 4월까지 『동아일보』에 연재되었던 『삼봉이네 집』은 1935년 한성도서에서 단행본을 준비하던 당시 총독부 경무국 도서과의 '출판 불허가' 판정을 받아 간행이 무산되었고, 1941년 영창서관에서 단행본으로 간행될 때는 부분적인 삭제와 수정은 물론 후반부 연재 10회분이 통째로 삭제된 채 기형적인 형태로 간행되는 불운을 겪은 터였다. 부분적이나마 일람했던 육필원고의 삭제와 수정 대목이 1935년 검열 당국의 기록과 대략 일치한 것을 확인한 필자는 이 원고가 1941년 영창서관에서 단행본을 준비하면서 이루어졌을 것으로 추측했다. 그리고 이러한 전제하에 사전 작업으로 「영창서관본 『삼봉이네 집』[1941의 검열에 대한 재고찰」『근대서지』 25, 2022을 쓰기도 했는데, 성급한 판단이었다.

자료 해제 준비차 원고를 전체적으로 검토한 결과, 육필원고「삼봉이네 집」은 1935년 한성도서에서 단행본 간행을 준비하던 당시 수정과 삭제, 개작을 거친 것이라는 사실이 분명해졌다. 주지하다시피 1909년에 제정된 식민지 조선의 출판법은 "문서 도화圖畵를 출판코저 하는 시時는 저작자 우又난 기其상속자와 발행자가 연인連印하여 고본稿本을 첨添하여 지방장관을 경유하여 내부대신에게 허가를 신청함이 가함"제2조[1]이라고 하여 원고의 사전 검열을 통해 당국에 출판 허가를 받을 것을 규정하고 있다. 검열 연구자 한만수의 추정에 따르면, "도서과에서 검열을 마친 뒤 실제 출판물과 대조를 마친 검열 신청 자료 가운데 육필원고는 소정의 기간이 지나면 폐기"[2]되었을 가능성이 크다. 필시 상당한 분량이었을 이광수의 육필원고가 현재 남아 있지 않은 이유가 출판 이후 당국의 이러한 원고 폐기 절차 때문이었다면,[3] 아이러니하게도 이 육필원고가 100년에 가까운 세월을 견디고 살아남은 것은 '출판 불허가' 판정을 받은 덕분이라는 이야기가 된다. 1941년 영창서관에서 단행본을 펴낼 때 육필원고가 아니라 연재본을 저본으로 삼은 것으로 미루어, 육필원고「삼봉이네 집」은 1935년 단행본 간행 준비 당시 원고 정리를 도와준 지인이나 편집자의 손에 보관되었을 것으로 짐작된다.

　흥미로운 것은 1935년의 육필원고는『동아일보』연재본은 물론 1941년에 간행된 영창서관의 단행본과도 다른 특징적 양상을 보인다는 점이다. 육필원고가 지닌 그 변별적 특징은 무엇이며, 그것은 어디에서 비롯되는가. 그 특징적 양상은 육필원고를 1935년의 작업으로 특정할 수 있는 근거로서 충분한가. 만약 그렇다면 그 특징적 양상과 더불어 육필원고가 우리에게 던지는 질문은 무엇인가. 이하의 자료 소개는 이러한 질문들을 차례로 따라가면서 우선 육필원고「삼봉

1　최민지,『일제하민족언론사론』, 일월서각, 1978, 438~439쪽.
2　한만수,『허용된 불온―식민지시기 검열과 한국문학』, 소명출판, 2015, 137쪽.
3　현재 확인되는 이광수의 육필원고는 몇 편의 서간을 제외하고는 미완의 유고 장편『운명』과 친필시첩『내 노래』가 전부이다. 이들 원고는 현재 동경외대 도서관에 소장되어 있다.

이네 집」의 구성 및 체제를 개관하고, 다음으로 수정과 삭제, 개작에 의한 내용의 변화를 살핀 다음, 이를 토대로 1935년 '출판 불허가' 원고 추정의 근거를 밝히고, 자료적 가치와 향후 연구 과제를 언급하는 순으로 진행하기로 한다.

2. 육필원고 「삼봉이네 집」의 구성 및 체제

이광수의 '군상群像' 3부작 가운데 마지막 작품인 『삼봉이네 집』은 1930년 11월 29일부터 이듬해 4월 24일까지 84회에 걸쳐 『동아일보』에 연재되었다. 육필원고의 기본 구성은 연재 당시의 원고 위에 부분적인 삭제와 수정을 가한 원고, 결손 연재분 보충 원고, 원고 전면이 통째로 삭제된 부재 원고, 그리고 결말의 개작 원고로 이루어져 있다. 연재 당시의 원고는 원고지 하단에 '동아일보사 출판부 원고용지'라고 인쇄된 원고지가 사용되었고, 대개 연재 1회분에 200자 원고지 8매 분량이 할애되었다. 예외적으로 연재 18회분과 19회분의 중반까지132~143쪽는 '청년잡지사'라고 인쇄된 원고용지가 사용되었는데, 청년잡지사는 잡지 『농촌청년』의 발행소 '조선기독교청년연합회청년잡지사'를 가리킨다.[4]

〈자료 1〉은 부분적인 삭제와 수정을 가한 원고이다. 연재 당시의 원고 위에 자필로 손을 본 흔적이 선명하다. 〈자료 2〉는 연재 11회분과 연재 71, 72회분의 결손을 보충한 원고이다. 각각 '고쿠요コクヨ'라고 인쇄된 400자 원고지와 '동광사 원고용지'라고 인쇄된 원고지가 사용되었고, 필적도 이광수의 것과는 다르다. '고쿠요' 원고용지의 원고는 이광수가 결말을 개작하면서 사용한 원고지와 동일하므로 결손 보충 원고임을 알 수 있다. 한편 연재 71, 72회분에 해당하는 '동광사 원고용지' 원고의 경우 삼봉의 첫째 누이의 이름이 '확실'로 되어 있는 것으로 미

---

4   연재 당시 청년잡지사의 원고지가 사용된 것으로 보아 이 무렵 이광수는 기독교청년회가 간행한 『농촌청년』에도 글을 썼을 가능성이 있다.

루어 판단이 가능하다. 집필 초기 '확실'로 등장했던 삼봉의 큰 누이의 이름은 연재 5회 도중 돌연 '을순'으로 바뀐다.[5] 육필원고는 모두 원래의 이름대로 바로잡고 있는데, 결손 보충 원고에는 처음부터 '확실'로 되어 있다. 이 결손 보충 원고들은 단행본 준비를 위해 전체적으로 원고를 검토하는 과정에서 결손 연재분을 확인한 편집자 혹은 원고의 정리를 도와준 지인이 작성했을 것이다.

〈자료 3〉은 원고 전면을 통째로 삭제한 원고의 흔적을 보여준다. 육필원고는 연재 22회 중반에서 32회 중반까지 10회분이 통째로 삭제되어 있는데, 연재 22회 '죄一'와 33회 '죄+二' 원고의 첫 면이 일련번호 '22'와 '23'으로 연결되어 있는 것을 확인할 수 있다.[6] 이외에도 연재 3회의 4면, 연재 58회 '돼지몰이八', 연재 75회 '원수는 갚는다一', 그리고 연재 82회 '개인을 넘어서一'의 8면부터 마지막 연재분인 84회까지 원고가 통째로 삭제되어 있다. 마지막으로 〈자료 4〉는 연재 74회 '그날 이후+五'의 일부 훼손된 원고를 복원한 원고이고, 〈자료 5〉는 결말의 개작 원고 및 개작을 위해 연재 82회 가운데 7면의 중반 이후를 삭제한 원고이다. 개작 원고는 모두 400자 원고지 9매 분량인데, 원고의 마지막 장은 확인되지 않는다. 결말의 윤곽이 분명한 것으로 미루어 보관 중에 분실된 듯하다.

마지막으로 특이사항을 한 가지 밝혀둔다. 〈자료 6〉의 육필원고에는 37면, 186면, 222면, 386면, 415면, 419면, 455면 등 모두 7곳의 원고 여백에 붓글씨로 쓰인 '채시오'라는 글자가 발견된다. 그런데 일단 '채시오'라는 말이 무슨 뜻인지 불분명한 데다, 검열의 문제와 관련이 있을 가능성이 있으나 딱히 납득할 만한 이유는 발견하지 못했다. 이에 대한 해명은 추후의 과제로 남겨둔다.

---

5   연재본의 경우 처음부터 '을순'으로 되어 있다. 연재 5회 초반에도 '확실'로 되어 있는 것으로 미루어 5회 중반까지의 원고가 한꺼번에 씌어졌고, 나중에 이름이 바뀐 것을 알 수 있다.

6   일련번호의 수정은 육필원고 소장자의 개입이었을 가능성도 있다. 육필원고의 필기도구와 달리 연필로 수정되어 있는데다 연필에 의한 수정은 연재 38회를 '27'로 수정한 것이 마지막이다.

〈자료 1〉 부분적인 삭제와 수정 원고(동아일보사 원고용지), 6·5면

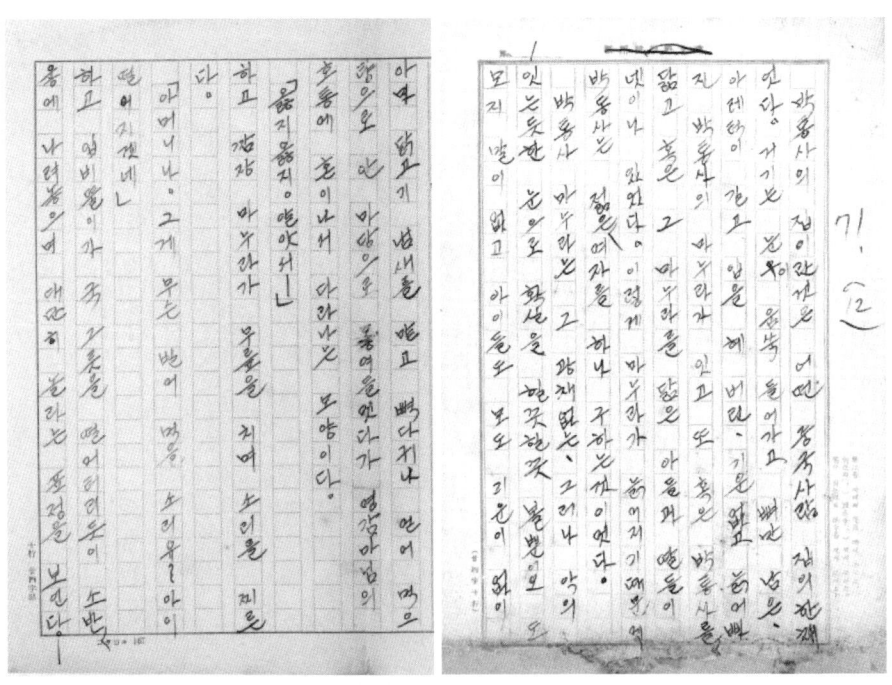

〈자료 2〉 결손 연재분 보충 원고(コクヨ와 동광사 원고용지), 80·469면

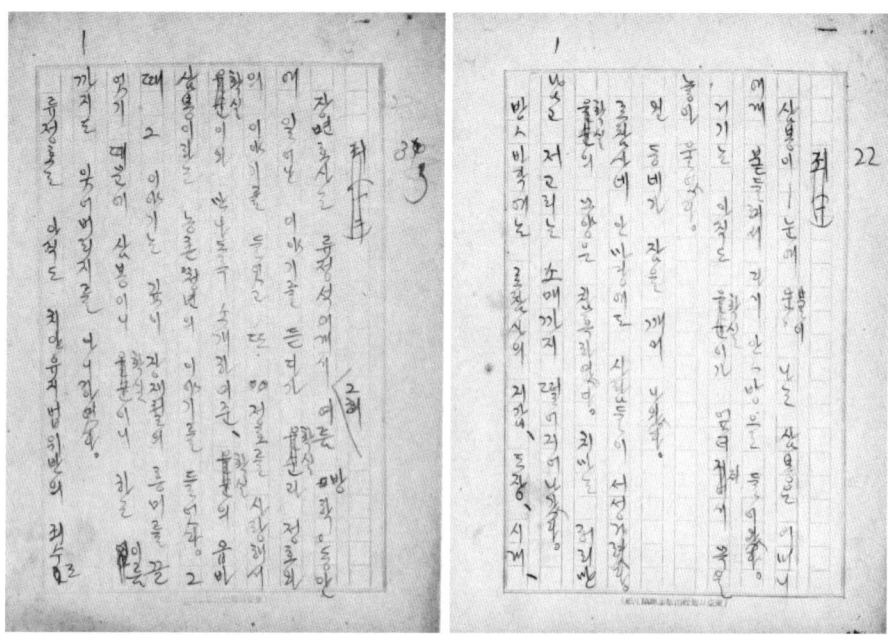

〈자료 3〉 전면 삭제 원고의 흔적, 171·164면

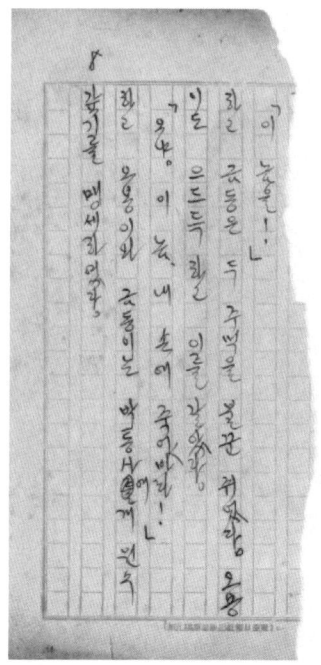

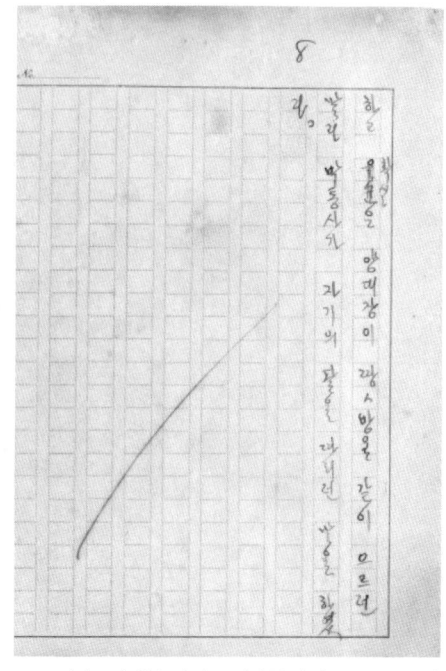

〈자료 4〉 훼손된 원고 저자 복원 원고, 501·502면

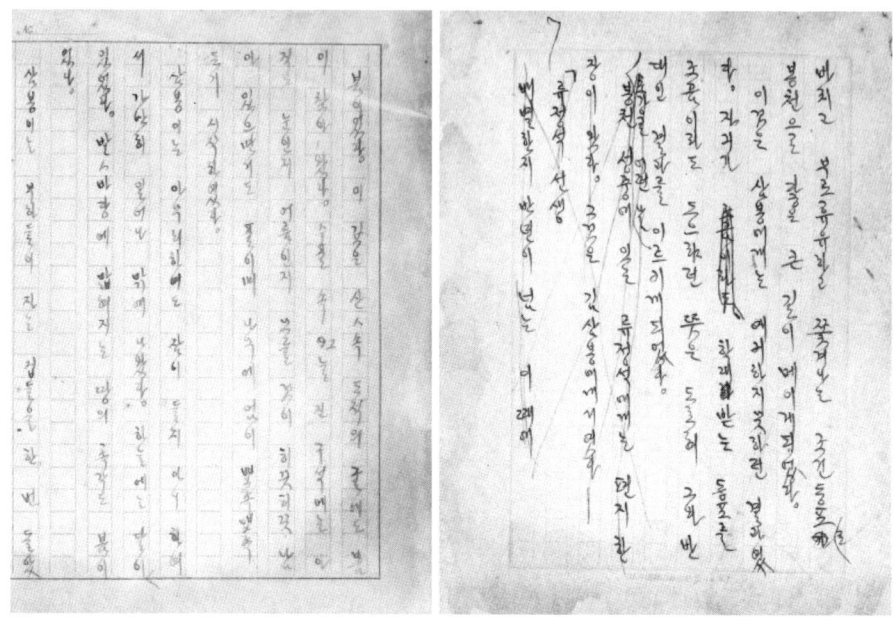

〈자료 5〉 결말 대목의 삭제와 개작 원고, 558·558면

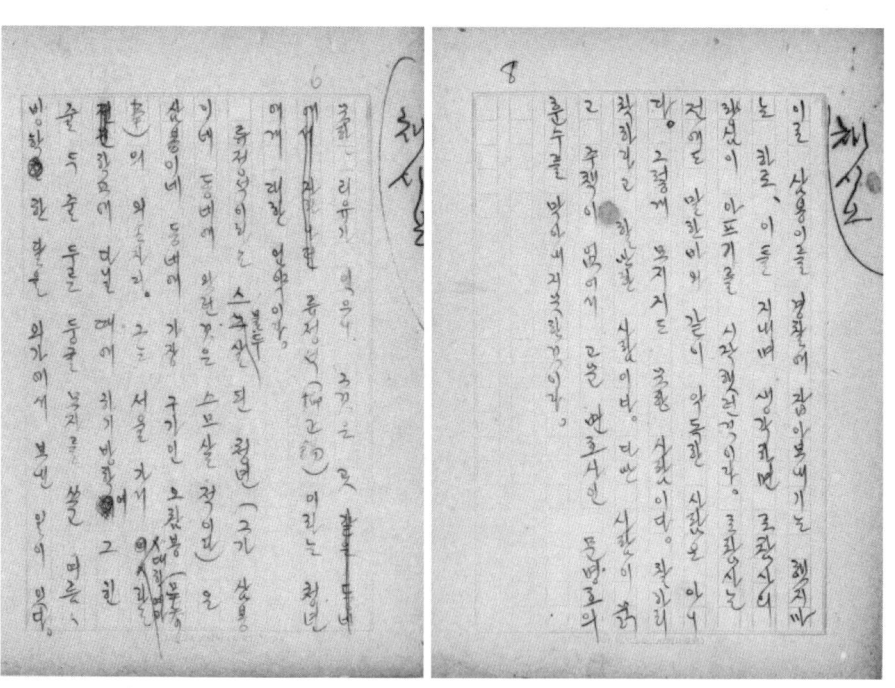

〈자료 6〉 원고 여백의 붓글씨, 37·186면

이하 1935년 5월 『조선출판경찰월보』에 담긴 검열 당국의 검열기록을 전후하여 연재본과 육필원고, 단행본의 체제를 도표화하여 정리하면 다음과 같다.

연재본(1930~1931)	육필원고(1935)	'출판 불허가' 사유	단행본(1941)
떠나는 길(1~7)	1회 수정 3회 4면 삭제	1회, 경작하던 토지가 동척농장에 넘어가고 일본 이민 십여 호에 밀려 삼봉이네 이하 소작인 수십 호 고향을 떠나게 됨.	1회 수정
밥의 유혹(8~14)			
돈, 돈, 돈!(15~21)	11회 누락분 보충		
죄(22~36)	22회 중반~32회 중반 연재 10회분 삭제		
서간도로(37~38)	'유랑의 길' 장 제목 수정		
믿는 낡에 좀(39~50)	'못 믿을 사람의 마음' 장 제목 수정		장 제목 누락
돼지몰이(51~59)	58회 삭제		56~59회 대폭 삭제
그날 이후(60~74)	71, 72회 누락분 보충 74회 8면 훼손 복원		
원수는 갚는다(75~81)	75회 삭제	75~77회, 삼봉의 형제 및 마을청년이 압송 도중의 삼봉을 구하기 위해 도끼와 낫으로 경관을 때려죽이고 총검을 빼앗음. 삼봉이 총검을 가리키며 있는 놈의 것을 약탈하고 자신들을 학대하고 착취한 사람들과 법에 복수할 것을 다짐함.	75~84회 삭제
개인을 넘어서(82~84)	82회 8면 이하 삭제		
	결말 개작 (400자 원고지 9매)		후일담 추가, 삼봉의 새 출발

3. 수정과 삭제, 개작에 의한 내용의 변화

육필원고 「삼봉이네 집」의 구성 및 체제에 대한 대략적인 개관만으로도 수정과 삭제, 그리고 결말의 개작이 원작의 내용에 심각한 변화를 초래했으리라는 것을 짐작하기는 어렵지 않다. 이번 장에서는 수정과 삭제, 개작의 양상을 살펴

원작과 달라진 내용을 검토하기로 한다.

『삼봉이네 집』(『동아일보』, 1930.11.29~1931.4.24)은 「혁명가의 아내」, 『사랑의 다각형』에 이은 이광수의 '군상群像' 3부작 가운데 마지막 작품이다. 이광수는 이들 3부작을 일컬어 "1930년대 조선의 기록"[7]이라고도 언급한 바 있거니와, 당대 현실을 사실적이고 입체적으로 조감하는 역량 면에서 보자면 3부작 중에서 가장 뛰어난 작품에 해당한다. 연재본 『삼봉이네 집』은 1920년대부터 이미 커다란 사회문제가 되었던 동양척식주식회사의 일본 농민의 이민 장려 정책이 조선 농촌사회의 붕괴를 초래한 현실을 배경으로 한다. 동양척식주식회사(이하 동척)는 1908년 농업 경영과 이민 사업 등 식민지 경영을 목적으로 일본이 조선에 설립한 국책기관이다. 애초의 목적은 조선으로의 일본인의 이민에 있었으나, 1917년 사업 범위를 만주 및 해외로 확장하고 장기 자금을 공급하는 개발 금융기관으로 그 성격이 변화되었다. 이후 동척을 통해 조선에 온 일본 이민자들은 동척의 금융 대부 혜택을 활용하여 토지를 매수하거나 사채 고리대금을 융통하는 방식으로 조선인들의 토지와 재산을 손에 넣었고, 이 때문에 토지와 재산을 잃은 조선의 농민들은 집과 세간을 빼앗기고 만주 이민 혹은 유랑민의 대열에 올라야 했다. 더욱이 『삼봉이네 집』의 연재가 시작된 1930년의 가을은 유례없는 풍작이 미가의 대폭락을 초래하여 조선 농촌경제의 붕괴를 가속화한 터라, 이 무렵 『동아일보』의 사설은 연일 일본의 식량정책 위주인 산미증식안의 철폐와 농촌 구제책에 관한 내용으로 채워지기도 했다.[8]

'떠나는 길'이라는 소제목하에 고향을 등지고 길을 떠나는 삼봉이네 식구들을

---

7   이광수, 「여의 작가적 태도」(『동광』, 1931.4), 『이광수전집』 10, 우신사, 1979, 461쪽.

8   「풍년의 흉년—농촌을 구하라」(1930.9.26); 「미가 급(及) 농촌구제책—오인의 주장은 이러하다」(1930.10.16); 「산미증식안을 중지하라—미가 문제의 근본대책」(1930.10.25); 「융자 중지 매상 단행—세 번째 미가 문제에 대하야」(1930.10.26); 「법무당국의 고려를 망(望)함—농가현실에 조(照)하야」(1930.10.29); 「중농의 전락—그 대책이 여하」(1930.11.2); 「탁산 자작농조회—조선 농민의 일대문제」(1930.11.15)

초점화하면서 시작되는 연재본은 이러한 당대 농촌의 현실을 구체적이고도 사실적으로 묘사하고 있다. 삼봉이네는, 소작하던 땅이 경매로 '동척'에 넘어가고 '동척농장'이 된 땅을 경작하게 된 '일본 이민 십여 호'에 밀려 농토를 잃고 생계를 위해 고향을 떠나는 것으로 그려진다. 연재 첫 회에 이상범이 그려 넣은 사실적 기법의 삽화^{〈자료 7〉} 역시 당대 독자들에게 구체적인 실감을 부여했을 것이다.

〈자료 7〉 '떠나는 길(一)'의 삽화
『동아일보』, 1930.11.29

반면 육필원고는 '동척'과 '일본 이민'에 관한 서술을 모두 삭제·수정하고 있어 삼봉이네 식구가 간도로 떠나게 된 이유가 조선 농촌을 잠식하는 동척과 일본 이민의 문제와는 무관한, 지극히 개인적인 이야기로 바뀌었다.

（그러나 인제는 삼봉이네 생활의 기초가) 되던 「박가동」은 박진사 손자가 만주ㅅ좁쌀 장사를 한답시고 서울로 봉천으로 덤벙이고 돌아다니다가 동척과 식산(은)에 저당하엿던 토지는 고만 경매되어 중촌 모(동척)에게로 넘어가고 그 토지는 중촌(동척)농장이라는 것이 되어서 일본 이민 십여 호가 지난 가을붙어 [다른 사람이] 박진사네 땅 전부를 맡아서 갈게 되었다. 이 때문에 본래 박진사네 작인이던 동민 수십 호는 무슨 방법으로든지 생게를 구하지 아니하면 아니 되게 되었다. 삼봉이네 집도[은] 이 수십 호 중에 하나여니와 삼봉이네가 소작하던 한 섬지기 박가동이 중에도 닭의 알 노란자위라고 하던 것이어서 이것은 동척 마름이 될 중촌겸작이라는 사람이 가지게 되고 삼봉이네 집도 그 사람이 사게 되었다[도 새 지주의 마름이 가지게 되어서 삼봉이네는 전혀 농토를 잃어버리고 말았다].^{〈자료 1〉, 5~6면}

그 밖에도 일본 문화에 대한 부정적 서술이나 내지인(일본인), 일본인 관리 및 경찰에 대한 비판 대목은 모두 삭제, 수정되었는데, 내용에 영향을 미칠 정도의 것은 아니다.

① "차ㅅ속에는 벤또밖에 없다더라."

"일본ㅅ밥은 달아서 웩질이 나서 못 먹는다더라."11면

② 연재 3회 원고 3면19면 후반과 4면 전면 삭제. 삼봉이 식구들의 차표를 끊으면서 일본인 역무원("고짓마리 해도 보로구무 바닷소")과 실갱이 하는 대목.

③ (노참사는) 이렇게 자기의 나라의 신민이라고 할 만한 하인들과 소작인들에게는 모범적이고 한 만큼 거만하였지마는 관리와 내지인에게 [세력 잇는 사람에게 — 필적 다름] 대하여서는 또한 모범적이라고 할 만큼 겸손하였다.73면

④ 「빌어먹을 것. 아무럼 순경놈들이 사람이냐. 제나 내나 다 같이 가난하기는 마찬가지, 돈 없이 천대 받기는 마찬가지면서도, 꽨듯 싫어서 애매한 사람만 못 견디게 구는 놈들을 좀 거짓말로 속이면 어때.」 삼봉이는 이런 생각을 하였다.415면

⑤ 중국 지주에게 등을 대고 동포를 괴롭게 하는 자들, 일본 관헌의 위엄과 금력을 빌려서 무엇을 한다고 해석 받는 무슨 회장이니 하는 사람도 四五인 사형을 당하엿다[도 사오명 죽었다].554면

한편 연재 22회 중반167면에서 32회 중반168면까지 연재 10회분을 통째로 삭제한 대목은 이야기가 다르다. 고향을 등지고 만주 이민 길에 오른 삼봉이네는 농사지을 땅과 집을 제공하겠다는 노참사의 유혹에 넘어가 노참사의 동네에 정착

하기로 하지만, 삼봉은 노참사가 을순에 대한 본심을 드러내자 분노를 참지 못하고 그에게 폭행을 휘두른 끝에 한밤중에 가족들을 데리고 동네를 떠나게 된다. 육필원고가 삭제한 원고는 바로 그 다음 대목부터인데, 사실 이 대목은 연재본이 당대 식민지 사법제도의 불공정함과 불합리함을 작심하고 비판한 대목에 해당한다. 결국 순사에게 붙들려 유치장에 갇히게 된 삼봉은 노참사를 위협하고 현금을 강탈했다는 죄명을 뒤집어쓰고 지방법원 검사국으로 압송되어 예심에 넘겨지는데, 연재본은 이 과정에서 지주 계급과 공직자에게 호의적인 경찰과 검사국, 그리고 치안유지법과 제령 위반 등의 정치범이 넘쳐나는 식민지 사법제도의 현실을 적나라하게 드러내고 있는 것이다.

이 대목의 삭제가 간도 이민 길에서 삼봉이네가 맞닥뜨린 곤경으로 수렴되는 전반부 서사의 흐름에 미친 영향은 미미하다. 그러나 식민지 사법제도에 대한 비판 의도가 담긴 연재 10회분이 통째로 삭제되면서 이 사건은 아름다운 농촌 처녀와 색을 탐하는 지주의 대립, 그리고 법정에서의 처녀성 검사를 통한 무죄의 입증이라는 탐정소설적 흥미를 지닌 이야기로 축소되고 말았다.

이상 전반부 서사에서의 수정과 삭제가 서사적 강조점의 이동에 그친 것이라면, 삼봉이네가 서간도로 이주한 이후의 이야기를 다루고 있는 후반부 서사에서의 삭제와 개작은 삼봉이네의 운명을 연재본과는 전혀 다른 방향으로 이끌어 서사의 흐름 자체를 바꾸어 놓고 있다.

고향을 등지고 어렵게 정착한 낯선 땅에서 삼봉이네가 맞닥뜨린 현실은 지주 계급의 착취에 민족적 대립까지 더해져 더욱 가혹하다. 황무지를 개간하여 일궈낸 팔백여 평의 논은 지주의 횡포로 빼앗기고, 중국인의 돼지몰이꾼으로 전락한 삼봉은 조선 공산당 및 이를 자처하는 강도단과 연루되었다는 누명을 뒤집어쓰고 순경청에 갇히는 신세가 된다. 이후 연재본은 부당한 현실에 맞서는 삼봉의 무장 활극을 중심으로 당시 간도 지역에 기반을 둔 조선 공산당의 잇따른 무장 봉기가 재만 동포 사회에 초래한 문제를 우회적으로 제기한다.

이 무렵 만주의 한인 사회주의자들은 1928년 12월 코민테른이 제기한 1국 1
당의 원칙에 따라 중국 공산당에 입당, 1930년에 들어서면서부터 지주나 관료
에 대한 직접적인 무장투쟁을 중심으로 급격히 좌경화되고 있었다.[9] 이에 장제
스蔣介石의 국민당 정부 편에서 내전에 가담하고 있던 만주의 군벌 장쉐량張學良은
공산당 토벌의 명목하에 대대적 수색과 검거, 귀화 제한의 법령 등으로 조선인
압박에 나섰고, 동북성의 중국인 이주 정책으로 가뜩이나 불안정하던 재만 동포
의 입지는 더욱 위태로워졌다. 당시 이광수 편집국장 체제였던 『동아일보』는 관
련 기사와 사설, 특파원의 취재 기사 등을 통해 사건의 향방을 예의 주시했고,[10]
이광수는 이 사건과 관련하여 『동광』의 지면에 재만 동포 사회의 정치적 엄정
중립의 태도를 촉구하는 글을 쓰기도 했다.[11] 삼봉의 의적단은 물론 이들 무장
공산군과는 무관한 조직으로 그려지지만, 중국 관헌의 대대적인 탄압이라는 결
과를 초래한 점에서는 다르지 않다. 연재본은 서사적 갈등의 정점에서 학대받는
조선 동포를 도우려던 뜻이 정반대의 결과를 낳자 혼란에 빠진 삼봉을 초점화하
고, '개인을 넘어서' 제도 자체와 싸울 것을 권하는 류정석의 전언을 민족주의적
으로 전유하는 가운데 '민족'의 발견에서 그 해결책을 찾고 있다. 재만 동포 문제
는 정치적 중립의 태도와 더불어 조선인 단체를 중심으로 중국 정부와의 원만한
교섭을 통해 생활의 안정, 산업과 교육 발전의 기초를 세우려 노력하는 것이 당
면의 대책이라는, 『동아일보』 및 이광수의 입장이 그대로 반영된 결말이었다.

이처럼 연재본이 고향을 등지고 어렵게 정착한 낯선 땅에서 여전히 지주의 횡

9   1930년 한인 사회주의자들의 좌경화와 간도 봉기에 관해서는 신주백, 『만주지역 한인의 민족운
     동사(1920~45)』, 아세아문화사, 1999, 227~257쪽; 황민호, 「일제하 간도 봉기의 전개와 한인
     사회」, 『한국민족운동사연구』 65, 한국민족운동사학회, 2010, 212~223쪽 참조.
10 「애매한 공산당 혐의로 동포 16명 총상─길림성 정부 명령으로 돈화현에서, '길돈선(吉敦線) 조
     선농민 검거사건' 60여 명도 불일 집행」(1930.9.12); 「재연되는 재만 동포 문제」(1930.9.12);
     「공포의 교하(蛟河)에서 사선의 사천삼백 동포 법률적 보호에서 제외」(1930.9.18); 「공산당 추적
     타가 애매한 농민에 설분」(1930.9.19); 「태풍 일과호(一過乎)─길돈 동포 안부」(1930.10.14)
11 이광수, 「길흑(吉黑) 양성(兩省)의 조선인」, 『동광』, 1931.1.

포에 시달리고 만주의 정치적 형세가 빚은 민족적 적대로 불안정한 지위에 놓인 재만 동포의 문제에 대해 민족주의적 입장에서 적극 개입하는 입장을 취하고 있다면, 육필원고의 삭제와 개작은 이를 오히려 개인 차원의 문제로 축소, 추상화하는 결말을 향해 나아간다. 육필원고 후반부 서사는 연재 58회 '돼지몰이∧'와 연재 75회 '원수는 갚는다─', 그리고 연재 82회 '개인을 넘어서─'의 7면 중반부터 마지막 연재분인 84회까지 모두 4회분이 삭제되어 있다. 게다가 이어지는 개작 원고는 사회주의자 류정석에 대한 삼봉의 신뢰를 최소화하고 두 사람 사이의 교감 대신 거리감을 강조한다. 한편으로 처자도 없이 만주까지 와서 정처 없이 떠도는 류정석의 인생을 이해할 수 없어 하면서도 그가 세상을 보는 눈을 신뢰하고 공감하던 삼봉의 태도는 자취를 감추고, 그 연장선상에서 의적단 활동에 회의를 느끼는 삼봉과 더더욱 무장투쟁에 힘써 사회혁명을 촉진할 것을 주장하는 교조주의자 류정석의 대립만이 부각되는 것이다. 한편 개작 원고에서 서사적 갈등 해결의 단서 역시 개인을 넘어서 제도와 싸울 것을 권하는 류정석의 전언에 대한 민족주의적 전유와는 전혀 다른 방향에서 주어진다. 산속의 도적굴에서 편히 잠들지 못하는 삼봉의 모습을 초점화하면서 시작되는 개작 원고에서 삼봉은 더 이상 당당한 의적의 모습이 아니다. 사람을 죽이고 집에 불을 놓고 재산을 빼앗는 일을 업으로 삼은 탓에 관병의 습격에서 자유롭지 못한 처지일 뿐 아니라, 죄의식으로 언제나 마음이 편치 않다. 게다가 원수를 갚아서 동포를 돕는다는 것이 오히려 관헌의 압박을 초래하여 동포들의 원망까지 사고 있다. 류정석은 삼봉에게 공산당에 가입하여 더더욱 무장투쟁에 힘쓸 것을 권하지만, 삼봉은 더 이상 죄 짓지 말고 땅 많고 사람 없는 곳에 가서 농사짓고 살자는 누이 확실(을순)의 말이 좀 더 진리에 가깝다고 생각한다. 그런데 새롭게 개척한 땅에서 단란하게 농사짓고 사는 가족들의 모습을 그려보아도 그 속에 자신의 모습은 없다. 불현듯 고독을 느끼는 삼봉의 모습엔 적막함이 묻어난다. 요컨대 육필원고 후반부의 삭제와 개작은 삼봉의 의적단 활동이 초래한 서사적 갈등의 국면에서 사회주의자 류정석의 역할을 축소하는 한편 삼봉의 죄의식과 회한을 부각시킴으로써, 새 삶에 대한 희구에도 불구하고 여전히 떨쳐버릴 수 없는 삼봉의 고독을 강조하는 방향으로 결말을 바꾸고 있는 것이다.

4. 1935년 '출판 불허가' 원고 추정의 근거

그러면 이와 같은 본격적인 수정과 삭제, 개작은 언제 이루어진 것일까. 우선 원고의 정리 자체가 단행본 준비 과정의 일환이었던 것을 고려할 때, 한성도서에서 단행본을 준비했던 1935년과 영창서관에서 단행본을 간행한 1941년 둘 중 하나로 특정 가능하다. 앞서 언급한 대로 1935년 한성도서의 단행본 간행은 당국의 사전 원고 검열 당시 '출판 불허가' 판정을 받아 무산되었고, 1941년 영창서관의 단행본은 '출판 불허가' 사유를 반영한 수정과 과감한 삭제를 거쳐 간행될 수 있었다. 1935년 당국의 검열 기록에 담긴 '기사 요지'는 다음과 같다.

군상 삼봉의 집

개요 삼봉의 가족이 거주 농작하고 있는 토지는 경매되어 **동척농장으로 넘어가고 일본 이민 십여 호가 와서 농작하게 되었기** 때문에 소작인이던 수십 호는 그곳을 떠나지 않을 수 없었다. (…중략…) 그의 형제 및 마을의 청년 몇 명은 압송 도중 삼봉을 구하기로 결의하고 도끼, 낫 등을 가지고 길가에 숨어 있다가 **경관을 때려죽이고 그의 총검을 빼앗았다.**

삼봉은 총검을 가리키며

이제 우리는 세상에 나갈 수 없다. 그렇게 된 이상 **세상과 싸우는** 사람이 되는 수밖에 없다. 우리는 세상에서 평화롭게 살려고 노력했지만 세상은 우리를 몰아내고야 말았다. 우리는 더 생각할 것도 없고 꺼릴 것도 없다. 우리는 힘껏 있는 놈의 것을 **약탈하고 우리를 학대하고 착취한 사람들과 법에 복수하지 않으면 안 된다**고 일동에게 외쳤

다. (이하 줄임)[12]

　1935년 당국의 검열에서 가장 먼저 문제시된 것은 연재 1회분에서 삼봉이네가 고향을 등지고 간도로 떠나게 된 배경으로 '동척'과 '일본 이민'을 환기하고 있는 대목이다. 처음 육필원고 일부 자료를 접했을 때 가장 먼저 눈에 들어온 것도 바로 이 대목(자료 1)이었는데, 수정 대목이 1935년 검열 당국의 기록과 대략 일치하는 터라 당연히 1941년의 작업이었을 것이라고 판단했다. 그런데 이번에 자료 전체를 검토하면서 검열 당국이 두 번째로 문제 삼고 있는 대목, 곧 삼봉의 형제와 마을 청년들이 도끼와 낫으로 '경관'을 살해하고 '총칼'을 빼앗은 후 세상과 법에 대한 복수를 외치는 내용이 담긴 연재 76회와 77회분이 육필원고에 그대로 남아 있는 것을 확인하게 되었다. 아무래도 1941년의 작업일 가능성은 줄어든 셈이다. 반면 1941년 영창서관에서 간행된 단행본은 세상에 대한 복수를 다짐한 삼봉이들의 활동을 전후하여 결말에 이르는 연재 75회에서 마지막 84회까지의 10회분이 통째로 삭제되어 있다.

　게다가 육필원고의 검토 결과 1941년의 단행본은 연재본을 토대로 한 작업이었다는 사실 또한 분명해졌다. 무엇보다 우선 육필원고에서 모두 '확실'로 수정되었던 삼봉의 누이 '을순'의 이름이 연재본과 마찬가지로 '을순'으로 되어 있다. 다음으로 육필원고에서 식민지 사법제도에 대한 비판이 문제될 것을 우려하여 삭제되었던 연재 22회 중반에서 32회 중반까지 연재 10회분이 그대로 수록되어 있다. 또한 삼봉이 사회주의자 유정석과의 만남으로 현실의 모순에 눈뜨는 과정을 그린 연재 56회에서 59회까지의 삭제도 육필원고에 비해 훨씬 적극적이며, 육필원고와 달리 과감한 삭제에 비해 수정은 최소한에 그친 것도 눈에 띈다.

12　출판 불허가 처분 연월일은 '쇼와(昭和) 10년(1935) 5월 29일'로 되어 있다. 『조선출판경찰월보』 81, 경무국 도서과, 1935.6. 원문은 이하 국사편찬위원회 경성지방법원 검사국 문서 항목에서 확인할 수 있다. http://db.history.go.kr/item/imageViewer.do?levelId=had_078

① (그러나 인제는 삼봉이네 생활의 기초가) 되던 「박가동」은 박진사 손자가 만주ㅅ좁쌀
장사를 한답시고 서울로 봉천으로 덤벙이고 돌아다니다가 동척과 식산(은)에 저
당하엿던 토지는 고만 경매되어 중촌 모(동척)에게로 넘어가고 그 토지는 중촌(동척)
농장이라는 것이 되어서 일본 이민 십여 호가 지난 가을붙어 [다른 사람이] 박진사네
땅 전부를 맡아서 갈게 되었다. 이 때문에 본래 박진사네 작인이던 동민 수십 호
는 무슨 방법으로든지 생게를 구하지 아니하면 아니 되게 되었다. 삼봉이네 집도
[은] 이 수십 호 중에 하나여니와 삼봉이네가 소작하던 한 섬지기 박가동이 중에
도 닭의 알 노란자위라고 하던 것이어서 이것은 동척 마름이 될 중촌검작이라는
사람이 가지게 되고 삼봉이네 집도 그 사람이 사게 되었다[도 새 지주의 마름이
가지게 되어서 삼봉이네는 전혀 농토를 잃어버리고 말았다]. ^{육필원고, 〈자료 1〉, 5~6면}

([ ]는 수정 대목)

② 그러나 인제는 삼봉이네 생활의 기초가 되던 「박가동」은 박진사 손자가 만주 좁
쌀 장사를 한답시고 서울로 봉천으로 덤벙이고 돌아다니다가, <u>은행에</u> 저당하였
던 토지는 그만 경매되어 <u>모 은행으로 넘어가고</u>, 그 토지는 <u>모 은행 농장</u>이라는
것이 되어서, <u>일본 이민[타동소작인]</u>^{유통본} 십여 호가 지난 가을부터 박진사네 땅 전부를
맡아서 갈게 되었다. 이 때문에 본래 박진사네 작인이던 동민 수십 호는 무슨 방
법으로든지 생계를 구하지 아니하면 아니 되게 되었다. 삼봉이네 집도 이 수십
호 중에 하나어니와, 삼봉이네가 소작하던 한 섬지기 박가동이 중에도 닭의 알
노란자위라고 하던 것이어서, 이것은 <u>은행 마름이 될 A라는 사람</u>이 가지게 되고
삼봉이네 집도 그 사람이 사게 되었다.^{단행본, 2~3면}

(밑줄은 수정 대목)

인용문은 연재 1회 가운데 삼봉이네가 고향을 등지고 만주 이민 길에 오르게
된 배경을 서술하고 있는 대목이다. ①의 육필원고는 과감한 삭제와 더불어 문
맥에 맞게 문장을 새로 써넣기도 하는 등 적극적인 수정의 양상을 보인다. 반면

②의 단행본은 가급적 문장에는 손을 대지 않고 문제가 될 만한 대목을 무마하는 표현으로 바꾸는 데 그치고 있다. 게다가 육필원고에서는 신중하게 삭제 수정된 '일본 이민 십여 호'가 단행본에서는 사후 검열에서야 비로소 발견되어 '타동소작인' 십여 호로 붙임복자 처리된 대목도 흥미롭다.

이런 사실들로 미루어 1941년의 단행본 준비 과정에서 이루어진 삭제와 개작은 연재본을 토대로 출판사의 편집자가 주도하고 이광수의 사후 승인을 얻은 것이 아니었을까 싶다. 1941년 영창서관에서 『삼봉이네 집』의 저작권을 사들여 단행본 간행에 나선 것은 1939년부터 기획 출판하고 있던 '춘원이광수걸작선집'의 성공에 힘입은 것인 만큼,[13] 육필원고의 수정과 삭제, 개작의 양상과는 또 다른 단행본의 과감한 삭제와 최소한의 수정은 저자 검열에 의한 것이기보다 걸작선집의 간행에 사활을 건 출판자본의 과감한 요구가 반영되었을 가능성이 높다. 결국 육필원고의 수정과 삭제, 개작은 1941년 단행본 준비 작업과는 무관하다는 점이 한층 분명해지는 것이다.

육필원고의 수정과 삭제, 개작이 1935년의 단행본 간행 준비 당시의 작업이라는 사실을 추정할 수 있는 마지막 단서는 개작된 결말에 있다. 살펴본 대로 개작된 결말은 부당한 현실에 분노하고 세상과 맞서 싸울 것을 각오한 삼봉이들의 의적단 활동이 초래한 서사적 갈등의 정점에서 돌연 삼봉의 죄의식과 회의를 부각시키는 쪽으로 방향을 틀어 갈등의 초점을 옮기고 있다. 투쟁이 아니라면 어떠한 방식으로 세상을 바꿀 수 있는가라는 애초의 서사적 질문은 사라져버리고, 삼봉이들이 부당한 현실과 맞서고자 했던 지난 세월 자체가 부정되고 무화되어버리고 있는 것이다. 육필원고의 수정과 삭제, 개작 당시 연재 76회 이하 세상과

---

13 당시 단행본 출판의 경우 저자에게 얼마간의 인세를 미리 지불하는 경우가 많았는데, 그런 만큼 '출판 불허가' 판정은 출판사 측에 경제적 불이익을 의미했다. 좀 더 확인이 필요한 대목이지만, 아마도 '출판 불허가' 판정을 받은 후 한성도서에서 원고의 소유권을 주장했고, 이후 1941년 영창서관 측에 저작권을 넘기는 것으로 당시의 경제적 불이익을 상쇄하지 않았을까 생각된다.

맞서는 삼봉이들의 활약을 그대로 남겨둔 것은 불온성을 거세한 결말을 염두에 둔 까닭이었을 것이다. 그러나 1939년 6월 경무국 도서과가 "결론이 좋으면 문장의 도중에는 불온당한 자구의 사용이 별로 지장 없음과 같이 생각되나 잘못하면 독자의 대부분은 그 불온 부분에 흥미를 가질 경향이 있으므로 주의할 것(일례를 들면 공산주의 사상이 어떤 것이라는 것을 중간에 쓰고 나중에 가서 이런 사상은 나쁜 것이라고 한다면 이미 그 주의가 어떤 것임을 알 것이므로 이런 예의 글을 쓰지 말 것)"[14]과 같은 편집 지침을 명문화한 것은 바로 이런 경우를 겨냥한 것이었다고 해도 과언이 아니다. 개작된 결말은 검열의 우회 면에서도 성공적이지 못했던 셈이다.

뿐만 아니라 개작된 결말에는 검열의 우회라는 의도를 넘어서는, 이 무렵 이광수를 지배한 어두운 정념의 흔적이 각인되어 있다. 1935년의 단행본 간행 작업을 앞둔 바로 한 해 전인 1934년은 이광수에게 "내 평생에 가장 암흑한 시기 중에 하나"였다. 1932년 6월 도산의 체포 구금 이래 가속화된 동우회 사업의 침체, 어린 아들의 죽음, 그리고 『동아일보』에서 어렵게 이직하여 자리를 잡은 『조선일보』 부사장직의 사임까지 잇단 상실의 시간들과 마주해야 했는데, 이광수는 당시의 심경을 이렇게 회고한 바 있다. "나는 정신적으로 모든 희망을 잃어버려서 이제는 내가 인생에 아무것도 바라는 것도 없고 할 것도 없으니, 이것이 내가 죽을 때가 된 것이 아닌가 하도록 나는 막막한 심경에 빠져 있었소. 내가 사랑하고 믿던 이들까지도 다 나를 뿌리치고 가버린 듯하여서 나는 음침한 죽음의 그늘에 혼자 버림이 된 혼령과 같이 붙일 곳이 없었소."[15] 지난 세월에 대한 회한과 무상감에 휩싸여 새 삶에 대한 희망에도 발을 붙이지 못하는 삼봉의 고독에서 이 무렵 이광수의 모습이 묻어나는 것은 우연이 아니다.

---

14   한만수, 『허용된 불온―식민지 시기 검열과 한국문학』, 소명출판, 119쪽 재인용.
15   이광수, 「육장기」(『문장』, 1939.9), 『이광수 후기 문장집』 I, 소나무, 197쪽.

5. 자료적 가치와 향후 연구 과제

앞서 언급했듯 식민지기 조선에서 단행본을 간행하는 경우 출판법에 따라 사전 원고 검열을 거쳐야 했고, 검열 과정에서 실제 출판물과 대조를 마친 육필원고는 폐기의 수순을 밟던 관례에 따라 작가들의 육필원고는 거의 남아 있지 않은 형편이다. 검열을 거친 육필원고 가운데 지금까지 알려진 것으로는 매천 황현, 농산 신득구, 채만식, 오장환, 심훈 등의 원고가 있고, 신득구, 오장환의 원고는 현재 실물 확인이 불가하다.[16] 이 점에서 국립한국문학관 소장 육필원고 「삼봉이네 집」은 그 희유성만으로도 위상과 의의가 상당하다고 할 수 있다.

뿐만 아니라 육필원고 「삼봉이네 집」은 1935년 연재 원고에 수정과 삭제, 개작을 가한 판본으로서 연재본이나 단행본과 변별되는 고유의 독자성을 지닌다. 한성도서에서 단행본 간행을 준비하던 1935년은 앞서 언급한 이광수 개인사에 있어서뿐만 아니라 사회 전반에도 암운이 짙어가던 시기였다. 만주사변 이래 만주국의 수립과 국제연맹의 탈퇴로 이어지는 일본의 고립외교 노선은 대륙침략의 의지를 확고히 한 것이었고, 이와 연동하여 일본 정계는 정당내각이 막을 내리고 군부를 수뇌로 하는 거국일치내각이 들어서 국민적 결속의 의지를 착실히 다져가는 중이었다. 국체에 반하는 사회주의는 물론 타협적 민족주의에도 적신호가 켜졌던 것인데, 총독부 경무국 도서과의 사전 원고 검열을 앞두고 정리된 육필원고 「삼봉이네 집」이 "1930년대 조선의 기록"을 표방했던 연재본에서의 사회적인 문제의식을 지우고 삼봉의 기구한 운명에 관한 서사를 앞세운 것은 이러한 정세 변동의 영향과도 무관치 않을 것이다. 요컨대 육필원고 「삼봉이네 집」은 1930년대 중반의 개인적·사회적 배경이 깊이 각인되어 있다는 점에서 연재본은 물론 1941년의 단행본과도 전혀 다른 별개의 텍스트인 셈이다.

---

16 한만수, 앞의 책, 36쪽.

국립한국문학관이 육필원고 「삼봉이네 집」을 발굴·소장하게 됨으로써 식민지 시기 이광수의 『삼봉이네 집』은 이제 서로 다른 네 개의 판본을 가지게 되었다. '군상' 3부작의 하나로 1930년대 조선의 충실한 기록이고자 했던 1930년대 초반의 『동아일보』 연재본, 1930년대 중반의 개인적·사회적 암운 속에서 삼봉의 기구한 운명에 관한 서사로 변형을 겪은 육필원고, 당국의 검열 지침과 출판자본의 이해가 맞물려 연재 후반부 10회분이 통째로 잘려나간 1941년의 납본검열본(국립중앙도서관 소장), 그리고 단행본 출판 후의 사후 검열로 인해 다시금 붓질복자와 붙임복자가 덧씌워진 유통본(홍익대 도서관 소장)이 그것이다. 연재본에서 육필원고, 단행본으로 이어지는 이들 복수의 판본들은 1930·1940년대 한국문학의 존재 양태를 상징적으로 보여줄 뿐만 아니라, 이 시기를 관통하여 검열을 둘러싸고 벌어진 국가권력과 출판자본, 작가 간의 긴장관계를 살필 수 있는 자료로서도 귀중한 근대문학 유산의 일부를 이룬다. 향후 『삼봉이네 집』 판본들의 계보와 검열의 역학에 대한 본격적인 연구를 기대해도 좋을 것이다.

봄이었다. 이 깊은 산ㅅ속 도적의 굴에도 봄이 찾아 왔다. 수풀 속 그늘진 구석에는 아직도 눈인지 어름인지 모를 것이 히끗히끗 남아 있으면서도 풀이며 나무에 엄이 뾰족뾰족 돋기 시작하였다.

삼봉이는 아무리 하여도 잠이 들지 아니하여서 가만히 일어나 밖에 나왔다. 하늘에는 달이 있었다. 발ㅅ바당에 밟혀지는 땅의 촉각도 봄이었다.

삼봉이는 부하들이 자는 집들을 한 번 돌았다. 잠꼬대가 들리는 데도 있었다.

그 두 사람을 죽이고 집에 불을 놓고 재물을 빼앗고, 이런 것으로 업을 삼는 사람들이라 꿈자리가 편안할 리가 없었다. 게다가 이제나 저제나 하고 관병의 습격을 기다리고 있는 처지가 아니냐?

삼봉도 호로야의 첩이 죽을 때에 처음에는 「라오야, 라오야」 하고 삼봉의 앞에 빨강대로 엎드려서 빌다가 나중에는 눈을 바로 뜨고 독이 오른 고양이 모양으로 흑흑하던 것이 가끔 생(558면) 각이 나면은 자다가도 몸에 오싹 소름이 끼침을 깨달았다.

지나간 일 년에 삼봉의 손으로 죽인 사람이 백으로만 세일 수가 없었다. 그것이 다 원수를 갚는다는 독심에서 나온 것이지마는 죽이고 나서 소굴에 돌아오면 언제나 마음이 편안치를 아니 하였다.

삼봉이뿐 아니라 삼봉이를 따라 다니는 부하들도 다 본래는 본국에서 살 수가 없어서 넉넉한 세상을 꿈꾸고 만주로 건너온 농민들이었다. 그들은 봄이 되면 땅을 갈고 여름이 되면 김을 매고, 가을이 되면 거두어들이고, 이하기를 업으로 삼고 낙으로 삼는 순박한 농민들이었다. 그리고 그들도 삼봉이와 같이 혹은 재물을 빼앗기고 혹은 안해나 누이나 땅을 빼앗기고 그리고는 원수 갚기에 독이 오른 사람들이었다. 그리셔 삼봉의 힘을 빌어서 각기 저의들의 원수를 갚고는 삼봉을 따라서 남의 원수를 대신 갚으러 돌아다니는 무리었다.

그러나 대신 원수를 갚는다는 것이 도로혀(559면) 더 원수를 만드는 결과를 낳아서 중국 관헌의 압박은 날로 더하야 조선 농민들은 수십 년간 피와 땀을 흘려서 개척한 논과 밭을 빼앗기고 북으로 북으로 유리의 길들을 떠나지 아니하면 아니 되게 되었다.

이 때문에 일시는 김삼봉을 큰 은인으로까지 알던 조선 농민들은 김삼봉을 원망하게까지 되었다.

이에 삼봉은 봉천에 있는 류정석에게 전인을 하여서 이러한 사정을 말하고 어찌하면 좋은가고 방책을 물었다.

이에 대해서 류정석은 그의 공산주의 이론을 말하고 삼봉이더러 공산당에 가입하여서 더욱 더욱 유산계급과 관헌에게 대항하야 용감히 싸우기를 권하였다. 당장에 동포들이 핍박을 받아서 도탄 중에 드는 것을 다만 걱정할 것이 되지 아니할뿐더러 도로혀 사회혁명을 촉진하는 수단이라고까지 말하여서 삼봉의 흔들리는 마음을 격려하였다.

「개인을 초월하고 현실을 초월하야 영원의 진(560면)리를 찾기에 용감하기를 바랍니다.」

하는 것이 류정석이가 삼봉에게 보내는 편지의 마즈막 구절이었다.

그러나 삼봉에게는 개인을 초월하고 현실을 초월하라는 류정석의 말이, 류정석이가 원하는 바와는 반대 방향으로만 해석이 되었다. 네 원수를 갚아줄 이는 따로 있다. 다른 동포들의 원수를 갚아줄 이도 따로 있다. 이런 것은 제가 할 일이 아니다. 이 슬픈 현실로 하여금 질거운 현실을 만들게 하는 방법도 이렇게 미운 개인을 개인적으로 보복하는 데서 올 것은 아닌 것 같았다. 도로혀 삼봉이가 지금까지에 한 일은 원수를 갚은 일이 아니오 더욱더욱 원수를 지은 일인 것 같았다.

삼봉은 부하들이 무서운 꿈을 꾸면서, 내일 습격할 꿍쟈쾅 일을 생각하면서,

편안치 못한 잠을 자고 있는 집들 앞을 소리 안 나게 돌아서 개천ㅅ가 바위에 몸을 기대어서 생각에 잠겨 있었다.

「오빠,」(561면)

하고 부르는 소리에 삼봉은 생각에서 깨어나왔다. 부른 사람은 확실이었다.

「너 어째 나왔니?」

「오빠가 오래 안 들어오시길래, 걱정이 되어서.」

「너두 잠이 안 들었었니?」

「아뇨」

「왜? 무슨 걱정이 있어서?」

확실은 말없이 한숨만 쉰다.

「말해 보아. 속에 잇는 대로.」

「난 밭이 그리워.」

「밭이?」

「네. 봄이 되니깐 농사가 짓고 싶어.」

확실의 이 말에 삼봉의 눈앞에는 홍수하자에서 울로초 뿌리를 뽑던 광경이 생각이 나고, 또 고향의 날도 히미하게 떠오른다. 동시에 총을 메고 칼을 들고 촌락을 습격하고 사람을 죽이고 집에 불을 놓고 하는 광경도 떠오른다.

삼봉이는 이러한 광경을 눈앞에 그리면서 멀거니, 달빛을 받아서 번쩍기리며 흐르는 냇(562면) 물을 드려다 본다.

「네 말이 옳다.」

하고 삼봉이는 한숨을 쉰다.

「그럼 우리 농사지으러 가요. 금동이랑 셋째랑 다 함께 가서, 우리 어디 멀리로 가서 농사 지어먹고 살아요. 이거 무어야료? 밤낮, 사람이나 죽이고 불이나 놓고 팔다리가 멀쩡한 사람들이 남의 것 빼앗아다가 먹고 마음만 조리고. 언제까지 이러고 살아요! 이것도 다 나 하나 때문이지만.」

삼봉은 확실의 말이 시골 계집애 말같지 아니하고 대단히 어른스러운 진리를 품은 것 같아서 놀라는 눈으로 확실을 바라본다. 확실의 말이 류정석의 말보다 더 진리의 가치가 있는 것 같았다.

삼봉이가 물끄럼히 저를 바라보고 무엇을 생각하는 양을 보고 확실은,

「또, 지금까지는 세상 원수를 갚는다고 했지마는, 남들은 다들 잘 사는데 우리만 이렇게 고생을 하는 것을 보면 암만해두 우리게 무슨 허물이 있는 것 같아요. 김문제나 박통사(563면) 도 죄가 있겠지마는 우리게도 죄가 있는 것 같아요. 이생 죄가 아니면 전생 죄라도. 우리 죄가 아니면 부모나 조상님네 죄라도. 그리기에 남들은 다 잘 사는데 우리만 못 살지요. 이렇게 고생만 하고. 그러니 오빠, 우리 죄 더 짓지 말고, 인제 고만 가서 농사지어요. 네. 우리 어디 멀리로 가서. 오빠랑, 오봉이랑 금동이랑 셋째랑 나랑 탄실이랑 부지런히 농사만 지으면, 설사 빼앗길 것 다 빼앗기고라도 먹고 입고 살 것이야 못 벌겠어요? 오빠. 내일 궁쟈쌍치는 것 고만두고 우리 멀리로 가요. 땅 많은 데로, 사람 없는 데로.」

삼봉은 확실의 말에 고개가 눌리는 듯한 진리의 무거움을 깨달았다. 지나간 일년 동안 말 한마디로 어떤 때에는 수백 명 부하를 절대 복종을 시키던 삼봉은 어린 계집애 확실의 말에 대하야 반항하고 싶은 마음도 일어났으나 도저히 그러할 힘이 나지 아니하였다. 그리고 홍수하자에서 울로초 뿌리를 뽑던 삼봉이로 돌아가는 것 같음을 깨달았다.(565면, 순서 바뀜)

삼봉의 눈앞에는 사람 없는 북만주의 넓은 벌판이 보이고 구비져 흐르는 강이 보이고 그곳에 금동이 셋째, 오봉이, 확실이, 탄실이가 개척하여 놓은 논과 밭이 보이고, 익은 곡식이 보이고, 소와 닭과 개가 보이고, 저녁 연기 오르는 집들이 보이고, 확실이와 탄실이가 낳아놓은 아이들이 보이고 손자들을 안고 끌고 즐거워하는 어머니가 보였다. 그러나 그 속에 삼봉이 저는 보이지 아니하였다. 아모리 저를 그 그림 폭 속에 집어넣으려 하여도 잘 들어가지를 아니하였다.

「너는 누구하고 살고?」

얼마 후에 삼봉이는 이런 소리를 하였다.

「금동이하고요.」

하고 확실은 부끄러워 고개를 숙이면서도 여무지게 대답하였다.

「금동이하고?」

「그럼.」

「류정석인?」

「그 사람은 나와 짝이 아냐요.」(566면)

[원고 다섯 줄 훼손]

하(고 삼봉은) 고개를 따딱까딱한다.

「그래, 금동이도 너와 혼인한대?」

「네에.」

「어머니는?」

「좋다고 그러시죠.」

「다들 벌서 의논이 되었구나?」

하고 삼봉은 갑자기 고독함을 느낀다. 그리고 눈앞에, 죽은 안해 안씨의 (모습이)
떠올라,

「그래라. 네 말대로 해라.」

하고 명령하는 어조로 말을 하고는 삼봉은 더 생각할 필요도 없다는 드시 집 있
는 데를 향하고 걸어간다.

「오빠는? 오빠가 우리들을 다리고 가 주셔요. 새 세상으로.」

하고 삼봉의 뒤를 따르는 확실이가 손으로(564면, 순서 바뀜)

이하 낙장

제4장

해방기 이광수 문필활동의 윤리-정치

1. '돌베개'의 사상, 아버지의 집으로 돌아가는 길

해방 후 한동안 이광수는 소개지였던 사릉에 머물며 돌베개를 베고 세상을 버린 한가한 사람을 자처했다. 1948년 6월 생활사에서 간행된 『돌베개』는 바로 이 시기를 전후하여 쓴 글들을 묶어서 펴낸 것이다. 「서문」에도 "언제 출판될 것을 예기한 것이 아니었고" "나라고 하는 한 사람의 지극히 평범한 생활에서 때때로 느껴진 것을 슬슬 적어놓은 것"[1]이라는 언급이 보이거니와, 1947년 늦가을 신장병과 고혈압으로 서울로 돌아온 뒤에 쓴 세 편의 글 「내 나라」, 「인생의 기쁨」, 「사랑의 길」을 제외하고는 주로 사릉에서 머물던 시기의 일상이 담긴 수필이 대부분이다. 해방기 이광수 연구에서 이 시기가 대체로 자연과 인생에 대한 관조와 사색의 시기로 언급되는 이유도 이와 무관하지 않다.

『돌베개』 집필 시기의 이광수에게서 "무상무념의 경지에 이른 죄인"의 모습을 본 김윤식은 그런 상태에서 돌베개의 사상이 태어났고, 그런 만큼 그 사상은

---

1   이광수, 「서문」, 『돌베개』(1948), 『이광수전집』 7, 우신사, 337쪽.

겸허하고 순수하다고 평가한다.[2] 특히 마지막 세 편의 글 「내 나라」, 「인생의 기쁨」, 「사랑의 길」은 이 시기에 국한된 사유를 넘어서 문인이자 사상가로서 사십 년 동안 글을 써온 '춘원 사상의 총결산'으로서, 오산시절에 확립된 이래 변함없던 "소박하고 도덕적이며 꿈과 같은" 그의 사상적 기질을 고스란히 드러내고 있다고 보았다.[3] 한편 정호웅은 이 시기 관조와 사색의 자리에서 펼친 사유가 갖는 순수성이나 소박한 도덕성보다는 그것이 관념의 절대성을 매개로 하여 다시금 '절대적 계몽의 세계'로 전화될 성질의 것이었다는 데 강조점을 둔다. 관조와 사색의 사유란 삶과 현실에서 멀어져 아득한 관념의 세계로 날아오른 데서 생긴 것인 만큼 자기 신념을 절대화한 절대적 계몽의 논리로 전화하기 쉬우며,[4] 이 점에서 『돌베개』 이후 "추상적 관념만이 앙상하게 솟아 있는" 절대적 계몽의 세계로 회귀한 이광수 문학의 궤적을 예비한 것이었다고 보는 입장이다.[5]

『돌베개』의 주조를 이루는 관조와 사색의 자세는 마지막 세 편의 글에서부터 자취를 감추고 급변했다고 보는 견해도 있다. 서울로 돌아온 뒤에 쓴 마지막 세 편의 글은 논문 형식의 '계몽적 논설'로서 서술 방식이 구분되며, 이러한 계몽적 자세로의 전환은 1948년 남한 단독정부 수립을 앞두고 '반일'의 담론이 '반공'과 '민족'으로 재배치된 정국의 변환을 재기의 발판으로 삼은 기회주의적 처신의 산물이라는 주장이다.[6] 그러나 『돌베개』의 사상을 단순한 정치적 기회주의의 산물로 간주하는 것은 정반대로 그것을 순수하고 소박한 윤리 혹은 현실과 동떨어진 절대적 관념의 세계에 국한하는 시각만큼이나 일면적이다.

사실 해방기 항일과 친일의 대립축이 친공과 반공의 대립으로 전화한 것은 이

---

2   김윤식, 『이광수와 그의 시대』 2, 솔, 1999, 383쪽.
3   위의 책, 411~415쪽.
4   정호웅, 「해방 후의 이광수 문학」, 『춘원연구학보』 8, 춘원연구학회, 2015, 20~23쪽.
5   위의 책, 31~32쪽.
6   김경미, 「해방기 이광수 문학의 자전적 글쓰기의 전략과 의미」, 『한민족어문학』 50, 한민족어문학회, 2011, 717~724쪽; 허종, 「해방 후 이광수의 '친일문제' 인식과 반민특위 처리과정」, 『대구사학』 119, 대구사학회, 2015, 294~295쪽.

미 1946년 초의 탁치 균열 정국을 거치면서였다. 1945년 12월 모스크바 3상회의에서 신탁통치 실시가 결정되자 격렬히 반대했던 김구는 반탁은 제2의 독립운동이며 찬탁은 소련의 정책에 대한 추종이라 하여 김일성 암살단 파견에 나섰고, 현실주의자 이승만도 소련의 한국문제 개입에 대한 반대의 관점에서 반탁의 편에 섰다. 여기에 반탁운동을 좌익의 청산의 호기로 여긴 한민당 역시 반탁운동에 합류하면서 일찌감치 '애국'과 '독립'을 접점으로 한 반탁민족주의 세력이 형성되었던 것이다.[7] 이러한 세에 힘입어 흥사단이 국내위원회를 설치하고 조직의 재정비에 나선 것은 1946년 9월의 일이고, 일찍이 반공애국의 이념을 내걸고 반탁운동의 기수로 나섰던 김구가 정치적 선전의 일환으로 『백범일지』의 간행에 나선 것도 1947년 중반 무렵으로 거슬러 올라간다. 이광수는 흥사단 산하 도산기념사업회의 의뢰로 『도산 안창호』를 집필했고, 이어서 경교장의 요청으로 『백범일지』의 윤문 작업에도 나섰다. 『도산 안창호』가 태극서관에서 간행된 것은 1947년 5월, 『백범일지』가 국사원에서 간행된 것은 동년 12월로 『돌베개』의 집필 기간과 고스란히 겹친다.[8] 이 시기 이광수는 한편으로 사릉에서의 일상을 담은 담백한 수필을 쓰면서 동시에 매우 정치적인 글쓰기에도 관여했던 것이다.

사릉에서의 문필활동은 여기에 그치지 않는다. 1947년 6월에는 면학서포에서 중편 『꿈』이 간행되었다. 해방 전에 써두었던 것을 마무리하여 완성한 이 작품은 조신 설화를 모티프로 하여 인간 욕망의 밑바닥을 추적하는 데 바쳐져 있다. 또 한편 『도산 안창호』의 집필을 마친 직후인 2월부터는 자전소설 『나』의 집필에 착수하여 동년 12월 생활사에서 『나-소년편』을 펴냈다.[9] "내 더러움을, 아니 더러운 나를 살라버리자는 뜻"[10]에서 이 이야기를 썼다고 자서에서도 밝히고

7　박명림, 『한국전쟁의 발발과 기원』 II, 나남출판, 1996, 137~141쪽.
8　"이 책에 넣은 글은 병술년 9월부터 금년 즉 무자년 2월까지 사이에 쓰여진 것들이다." 이광수, 「서문」, 앞의 책, 536쪽. 참고로 「서문」의 집필일은 "1948년 2월 3일"이다.
9　자서의 말미에 "정해년 입춘 뒤"라고 집필을 시작하는 시점의 날짜가 적혀 있다. 이광수, 『나』를 쓰는 말」, 『나-소년편』(1947), 『이광수전집』 10, 536쪽. 1947년의 입춘은 2월 4일이다.

있듯, 역시 인간 욕망의 어리석음과 덧없음을 응시하고 있는 작품이다. 이후『백범일지』의 윤문과『돌베개』간행 작업으로 중단되었던 붓을 들어『나−스무살 고개』의 집필을 마무리한 것은 이듬해 9월 중순, 반민족행위특별법안이 국회를 통과한 직후의 일이다.[11]

요컨대『돌베개』시기 이광수의 문필 활동에는 일상에 대한 관조와 사색은 물론, 인간 욕망의 어두운 심연을 응시하고 또 정치적 글쓰기에도 적극 관여하는 등 다양한 벡터의 힘이 작용하고 있었다고 할 수 있다. 그러면 이 시기 이토록 다양한 벡터의 글쓰기를 지탱한 구심력은 무엇이었을까. 이 글은 그 구심력을 '돌베개'의 사상에서 찾는다. 표제작「돌베개」에는 이런 구절이 나온다. "구약성경에는 야곱이 돌베개를 베고 자다가 좋은 꿈을 꾸었다는 이야기가 있다. 그러나 야곱은 세상을 버리거나 잊은 사람은 아니요, 한 큰 민족의 조상이 되려는 불붙는 야심을 품은 사람이었다. 그는 유대 민족의 큰 조상이 되었다."[12]

「창세기」에 의하면, 야곱은 형과 아버지를 속여 장자권과 축복을 가로챈 잘못으로 아버지의 집에서 쫓겨나는 처지에 내몰렸다가 피신길에서 속죄의 뜻으로 돌베개를 베고 잠든 와중에 하늘에 닿은 사다리와 함께 땅에 대한 권위와 번영을 약속하는 신의 목소리를 듣는다. 민족반역자로 낙인찍힌 채 아버지의 집에서 추방당한 이광수에게 야곱의 돌베개는 속죄와 신의 용서, 곧 아버지의 집으로 돌아가는 길을 기약하는 구원의 징표였을 것이다.『돌베개』의「서문」에서 이광수는 그 심경을 이렇게 표현하기도 했다. "나는 내가 이 세상에 나올 때에 가지고 온 심부름을 잊어버린 것만 같다. (…중략…) 마치 먼 길을 가던 사람이 중도에서 술에 취하여 놀고 졸다가 번쩍 잠이 깨어 보니, 앞길은 막막한데 햇발은 길

---

10   이광수, 위의 글, 536쪽.
11   자서의 말미에 "1948년 추석 며칠 전"이라고 집필을 마친 시점의 날짜가 적혀 있다. 이광수,『나
        −스무살 고개』(1948),『이광수전집』10, 533쪽. 1948년의 추석은 양력으로 9월 17일이고, 건
        국헌법이 제정한 반민족행위특별법이 국회를 통과한 것은 9월 7일이다.
12   이광수,「돌베개」,『돌베개』(1948),『이광수전집』8, 277쪽.

지 못한 것과 같다. 이에 부지런히 정신을 가다듬고 호주머니를 뒤져서 무엇하러 어디로 가던 것인가를 찾아보는 것이다."[13]

이런 맥락에서 '돌베개'의 사상은 근본적으로 아버지의 집으로 돌아가는 길 찾기의 원망에 닿아 있으며, 좀 더 구체적으로는 '민족'과 '헌신(사랑)'의 두 축을 중심으로 한때 어긋났던 윤리-정치의 궤도를 바로잡는 일이었다고 할 수 있다. 『돌베개』 시기 사유의 결산에 해당하는 「내 나라」, 「인생의 기쁨」, 「사랑의 길」 세 편의 글이 윤리와 정치 이념이 결합된 철학적 에세이의 성격을 띠고 있는 것도 이와 무관하지 않다. 이 시기 이광수의 사유에서 윤리와 정치를 분리하는 것은 사실을 왜곡할 뿐만 아니라, 그의 사유에서 윤리-정치의 역학이 갖는 중요성을 제대로 보지 못하게 만든다. 이 글에서는 『돌베개』 시기 이광수가 문필활동을 통하여 윤리-정치의 이상을 재구축해 간 편력을 조명하고, 이후의 현실 정치 속에서 맞닥뜨리게 되는 곤경의 핵심에 이렇게 되찾은 소명의식이 가로놓이게 되는 역설을 짚어보고자 한다.

2. 『도산 안창호』와 민족주의적 윤리-정치의 이상

이광수가 자신에게 주어진 소명을 분명히 의식하고 태산반석 같은 기초 위에 "인생의 의무인 나의 사업에 착수할 최후의 준비가 완성"되었다는 신념을 피력한 것은 1921년 3월 상하이에서 귀국한 직후 칩거하면서 집필한 수필 「감사와 사죄」에서였다.[14] 이 무렵만 해도 이광수는 상하이에서 귀국한 자신을 향해 쏟아

---

13   이광수, 「서문」, 『이광수전집』 10, 588쪽.
14   춘원, 「감사와 사죄」(『백조』, 1922.5), 『이광수전집』 8, 299쪽. 머리말에 "스물아홉 번째 생일을 이별의 눈물로 지낸 지가 보름이나 되었으니"(227쪽)라는 언급이 보인다. 이광수의 음력 생일인 2월 1일은 양력으로 3월 10일에 해당한다. 보름 뒤라면 3월 25일에 집필한 것을 알 수 있다.

질 세상의 의혹과 오해, 비난 따위는 기쁘게 견딜 수 있으리라 여겼다. 자신의 사업은 '신의 계획'에 따라 마련된 태산반석 같은 기초 위에 선 것이며, 신은 주어진 소명을 실천할 준비가 되어 있는 바로 자신의 편에 있다는 믿음 때문이었다.[15] 이광수가 이렇듯 분명한 소명의식에 도달하기까지 도산과의 만남이 커다란 영향을 미친 것은 말할 것도 없다. 이광수는 도산과의 만남과 그 영향에 대해 이렇게 적고 있다.

> 내가 그를 처음 대할 때에는 다만 인생의 큰길을 가다가 만나는 수없는 사람 중에 하나라고밖에 생각하지를 못 하였습니다. 그러나 한 달 두 달 지내어 반년의 세월이 가매, 비로소 나는 그가 내게 큰 관계가 있는 사람인 줄을 깨달았습니다. 그의 말과 그의 행위, 그의 내게 주는 깊은 사랑은 쌓이고 쌓이어 마침내 나로 하여금 오래 잃어버리고 잊어버렸던 인생의 길을 찾아 볼 맘이 나게 하였습니다. 그 길이란 무엇이냐. '너를 버려서 네 동포에게 주어라' 함과 '네 몸을 깨끗이 하여 동포를 위하는 제물이 되어라' 함이외다.[16]

이광수가 도산의 감화를 통해 되찾은 인생의 길은 한 마디로 민족을 위해 자기를 바치는 것으로 요약된다. 민족을 위해 헌신하는 삶, 거기서 윤리와 정치는 분리되지 않는다. 이광수는 도산에게서 그러한 순교자적 지도자의 전형을 보았던 것이다. 정주아는 도산과 이광수를 매개하는 이러한 '순교자' 의식의 기반을 기독교적 형제애에서 찾았지만,[17] 이광수에게 그것은 소년 시절 사람이 곧 하늘임을 깨우치고 '세상을 위하여 저를 바치는 삶'의 숭고함에 눈뜨게 해주었던 동

---

15 "나는 나를 사랑하시는 하나님께서 힘을 내리셔서 이 모든 어린 계획이 실현되게 하실 줄을 믿습니다. 그래서 나는 이 숨은 생활, 퍽 세상의 의혹과, 오해와, 비난을 받을 이 생활을 더할 수 없이 행복하게 여깁니다." 춘원, 「감사와 사죄」, 앞의 책, 227쪽.

16 위의 글, 232쪽.

17 정주아, 「'순교자' 상의 형성과 수용 – 춘원과 도산의 유대관계에 대한 고찰」, 『어문연구』 38~3, 한국어문교육연구회, 2010, 356~357쪽.

학의 이념에 뿌리를 둔 것이기도 했다.[18] 일찍이 동학의 문명론 노선에 따라 삼전론의 제자로서 일본 유학길에 올랐던 소년 이광수는 먼 길을 헤맨 끝에 도산과 만남으로써 "오래 잃어버리고 잊어버렸던" 자신의 소명과 다시금 분명히 마주할 수 있게 되었던 것이다.

수양동맹회의 발족에서 동우회의 해산에 이르기까지 이광수가 도산에 의지하여 국내에서 전개한 민족개조운동의 바탕에는 이러한 소명의식이 자리하고 있었다. 그것은 1937년 동우회사건을 계기로 전향을 선택하고, 심지어 이후 천황의 신민을 자처하며 적극적인 대일협력에 나선 때에도 마찬가지였다. 이광수에게 전향은 불투명한 민족운동의 앞날을 견뎌내기 위한 방편이었고, 내선일체를 부르짖고 전쟁에 협력하고 나선 것 역시 민족보존의 명분을 전제로 한 것이었기 때문이다. 그러나 해방은 이러한 헌신적 지도자상에 심각한 균열을 가져왔다. 세상은 그를 민족반역자라고 불렀다.

사릉에 칩거하며 어디선가 어긋나버린 길을 되짚어가던 이광수는 그 길에서 다시 한 번 도산과 만났다. 1946년 9월 흥사단이 본부를 국내로 이전하여 재출발할 것을 꾀하면서 준비한 도산기념사업회의 요청으로 도산의 전기 집필에 나서게 된 것이다. 흥사단이 제1차 국내대회를 개최한 것은 1946년 9월 28일,[19] 도산기념사업회가 조직된 것은 이듬해 1947년 4월 8일이지만 도산의 유업을 이어 흥사단의 재기를 도모하겠다는 목적에서 개최된 대회인 만큼 이 자리에서 관련 논의가 오갔을 가능성이 크다.[20] 이광수가 『도산 안창호』의 집필을 마친 것이 1947년 1월 말이니,[21] 준비 기간까지 고려해도 고작 4개월에도 못 미치는 짧은

---

18 이광수의 '순교자' 의식은 동학의 창시자 최제우의 순교를 그린 단편 「거룩한 이의 죽음」(『개벽』, 1923.3~4)에도 그 흔적을 남기고 있다. 이광수와 동학의 만남에 대해서는 최주한, 「중학시절과 오산시절 전후의 이광수」, 『이광수와 식민지 문학의 윤리』, 소명출판, 2014, 17~24쪽 참조.

19 관련 기사로는 「도산 선생 창설한 흥사단 본부 불원 국내로 이전」, 『조선일보』, 1946.10.15; 「흥사단을 국내로 이전 국민교화운동에 매진」, 『동아일보』, 1946.10.18. 참조.

20 도산기념사업회 발족 관련 기사로는 「안도산 기념사업회 조직」, 『조선일보』, 1947.4.5 참조.

21 앞서 언급했듯 1947년 입춘 뒤인 2월 초부터는 자전소설 『나―소년편』의 집필에 착수했다. 『도

시간이었다.

『도산 안창호』는 도산의 사상과 일대기를 간략하게 다룬 '투쟁생애편'과 도산에 대해 직접 보고 들은 것을 토대로 도산의 민족운동 이념을 재구성한 '국민훈련편'으로 구성되어 있다. 「서언」을 집필한 주요한이 도산의 중심사상을 민족주의에서 찾고, 이를 민족국가를 회복 수호하려는 독립사상, 민족국가를 이상적으로 건설하려는 대공주의, 민족 영구번영의 기초역량을 수립하려는 흥사단 이념 셋으로 나누어 소개한 것과 달리,[22] 흥사단이야말로 도산의 필생의 사업이요 그의 민족운동의 근본 이론이자 실천이라고 보았던 이광수는 도산의 근본사상을 흥사단 이념에서 찾고 도산의 일대기 역시 이를 주축으로 서사화하는 한편, 도산의 민족운동 이념을 재구성한 '국민훈련편'에서도 여러 장에 걸쳐 흥사단 이념의 소개에 역점을 두었다.

주지하다시피 흥사단 이념은 '건전한 인격'과 '신성한 단결'로써 '힘'을 기르는 것이야말로 '민족 전도 대업' 곧 민족의 독립과 번영의 기초가 된다는 준비론적 신념에 바탕을 두고 있다. "본단의 목적은 무실역행을 생명으로 삼는 충의남녀를 단합하여 정의를 돈수하고 덕·체·지 삼육을 동맹수련하여 건전한 인격을 배양하며 신성한 단체를 조직하여 우리 민족 전도 대업의 기초를 준비함에 있다"[23]는 흥사단 약법의 규정이 의미하는 것도 바로 이것이다.

이광수는 이러한 도산의 신념이 일찍이 청일전쟁을 목도하고 독립협회의 구

산 안창호」에 붙인 주요한의 「서언」의 집필 날짜 역시 '1947년 2월 15일'인 것이 확인된다. 「서언」, 도산안창호기념사업회, 『도산 안창호』, 태극서관, 1947.5, 14쪽.

22　「서언」, 위의 책, 4쪽. 「서언」에는 "대공주의란 말을 도산이 처음으로 사용하기는 1927년이었다고 생각된다"(5쪽)는 언급이 보인다. 주요한은 1927, 1928년 수양동우회의 조직 개편 문제로 상하이를 오가며 도산 곁에 머무른 바 있다(「피의자(주요한) 신문조서」(1937.7.11), 『도산안창호자료집－조선총독부 경무국소장 비밀문서』 I, 국회도서관, 1997, 229~236쪽). 기억에 의지한 서술인 것을 알 수 있다. 1963년 삼중당에서 간행한 『안도산 전서』에도 대공주의에 관한 동일한 내용의 서술이 보인다. 주요한 편저, 『안도산 전서』(1963), 흥사단 출판부, 1999, 443~444쪽.

23　「흥사단 약법」, 『도산안창호자료집－조선총독부 경무국소장 비밀문서』 I, 앞의 책, 193쪽.

국활동에 관여하기도 했던 소년 시절에 싹텄고제1장, 이후 미주의 대한인국민회제2장와 신민회, 청년학우회 활동을 거치며 확고한 이론과 체계를 갖추어 종국에 흥사단으로 발전 계승되었음을 강조했다제3장. 나아가 한일병합을 앞두고 힘을 길러 장래를 준비할 것을 기약한 신민회 지도부의 망명제4장, 미주에서 원동 지역을 아우르는 대한인국민회의 조직과 지도제5장, 상하이시절의 독립운동방략과 이상촌 건설, 흥사단 원동 지부의 발전 계획제6장, 그리고 상하이에서 체포 압송되어 4년형을 치르고 출감한 뒤 동우회사건으로 다시 체포되어 순국하기까지제7장 도산의 한평생을 이러한 신념에의 헌신으로써 그려냈다. 이광수에게 흥사단은 도산이 관여했던 다양한 민족운동 가운데 하나가 아니라 도산의 생애 전반을 관통하면서 구축되고 다져진 민족운동 이념의 구현이자 실천이었고, 흥사단 이념의 구현과 실천에 평생을 바친 지도자 도산은 '민족을 위해 저를 바치는 삶'을 증거하는 순교자적 지도자의 전형에 가까웠던 것이다.

실제로 도산에게 흥사단이 차지하는 위상은 흥사단이 어려운 처지에 놓일 때마다 동지들을 격려하며 흥사단의 주의와 방침을 지켜나갔던 도산의 일관된 태도에서 분명히 드러난다. 1913년 창립된 흥사단은 1937년 동우회사건으로 해산되기까지 두 번의 내적 위기에 직면한다. 3·1운동의 실패로 동지들 간에 비관의 기운이 만연했던 1921년과 국내외 동지들 간에 흥사단을 혁명당으로 개혁하자는 의견이 일었던 1927년의 일이 그것인데, 당시 도산이 동지들에게 보낸 두 편의 공개서한이 남아 있어 이에 대한 도산의 입장을 확인할 수 있다.

다음은 1921년 7월 도산이 흥사단 동지들에게 보낸 첫 번째 공개서한의 일부이다.

우리가 믿고 바랄 바는 오직 '우리의 힘' 이외다. (…중략…) 우리 무리가 본래 우리의 힘이 부족하므로 망국의 화를 받았고, 또한 우리의 힘이 부족하므로 광복의 사업을 실현키 불능함을 깊이 깨닫고 힘을 준비하기로 서로 평생에 몸을 허락하여 단결하였나니, 그런즉 우리는 근본부터 힘을 믿는 무리요, 힘이 부족한 것을 한하던 우리외다. 더욱 우리는 이번 독립운동이 시작된 이후로 우리의 힘이 부족함을 한층 더 절실하게 깨닫지 아니하였습니까. (…중략…) 힘을 준비함에는 별한 새 주의와 새 방법을 연구할 것이 없습니다. 다못 우리의 근본 정한 주의와 방침을 관철할 것뿐이외다. 개인 개인의 힘이 있기 위하여 건전한 인격을 지으며, 각 개인이 독립하지 아니하고 집합하여 큰 힘을 발휘하기 위하여 신성한 단결을 이루자고 합시다. (…중략…) 이 주의와 이 방침이 곧 우리의 '힘'을 예비하는 정경이요 순서이외다.[24]

위 서한은 3·1운동의 실패를 목도하고 독립운동의 앞날을 비관하는 동지들을 격려하기 위해 집필한 것으로, 흥사단의 주의와 방침을 다시금 강조하며 낙심하지 말고 꾸준히 나아갈 것을 당부하는 내용을 담고 있다. 흥사단이 일어난 것은 힘의 준비야말로 광복사업의 기초임을 깨닫고 힘을 준비하기 위함이었으니, 이번의 독립운동에서 힘이 부족함을 절실히 깨달았거든 다시금 힘을 쏟을 것은 흥사단의 주의와 방침을 관철하여 '건전한 인격'과 '신성한 단결'로써 '힘'을 준비하는 길이 있을 뿐이라는 주장이다.

도산은 1929년 9월 동지들에게 보낸 두 번째 서한에서도 이러한 입장을 재확인한 바 있다.

우리 흥사단은 건전한 인격과 신성한 단결을 육성하는 데 목표를 세우고 각 동지들이 맹약하여 이루어진 것입니다. 왜 우리들은 그 같은 목표 아래 굳게 맹약하며 모였을까요. 오로지 우리 한국의 혁명의 원기를 튼튼히 하여 그 역량을 증진시키기 위함입니다. 그러기에 우리 흥사단은 평범한 수양주의로 이루어진 수양단체가 아니라, 한국의 혁명을 중심으로 하여 투사의 자격을 양성코자 하는 혁명훈련단체인 것입니다. (…중략…) 우리들의 정신과 마음이 그와 같고, 동시에 문구에 나타난 것으로 보더라도 첫째 목적에 우리

---

24   안창호, 「동지 제위에게」(1921.7.18), 『안도산 전서』, 앞의 책, 1015~1018쪽.

민족의 전도대업의 기초를 준비한다고 쓰여져 있습니다. 그 전도대업은 즉 구국광복하는 혁명의 대업인 것입니다. (…중략…) 그렇기 때문에 별도로 혁명당을 조직하여 다수의 역량을 결집시키는 일이 혁명에 유리하다고 생각하며, 또한 혁명당을 별도로 조직하여 투사의 인격을 적극적으로 양성하는 일이 우리 혁명에 유리하므로 훈련기관인 흥사단을 그대로 둔 채 다만 그 정신을 명확히 밝히고 그 방법을 개선하자고 말하는 것입니다.[25]

이 서한은 1927년 국내외의 동지들 간에 흥사단을 혁명당으로 개혁하여 직접적인 정치투쟁에 나서자는 의견이 일자 이듬해 1928년까지 두 해에 걸쳐 동지들의 견해를 수합하여 숙고한 결과를 제안의 형식으로 제출한 것이다. 도산은 두 가지 근거를 들어 이 의견에 대해 반대의 뜻을 분명히 밝혔다. 애초에 흥사단이 건전한 인격과 신성한 단결의 육성을 목표로 한 것은 수양 그 자체가 아니라 우리민족의 '전도대업구국광복의 기초'를 준비하고자 하는 목적이었으니 혁명의 대의와 다르지 않으며, 흥사단을 혁명당으로 바꾸기보다 흥사단은 흥사단대로 유지하면서 별도로 혁명당을 조직하는 편이 다수의 역량을 결집하여 독립운동을 전개하는 데 유리하다는 이유에서였다. '투사의 자격'이니 '혁명훈련단체'니 하는 과격한 언어를 구사하고 있기는 하지만, 이들 언어에서 그 과격함을 걷어내고 나면 건전한 인격과 신성한 단결이야말로 민족의 독립과 번영의 기초가 된다는 평소의 신념이 고스란히 드러난다. 혁명당의 필요성을 인정하면서도 "흥사단을 그대로 둔 채 그 정신을 명확히 밝히고 그 방법을 개선하자"는 도산의 제안은 결국 기존 흥사단 이념의 재승인이나 마찬가지였다.

주요한의 증언에 의하면, 당시 이광수는 실력양성에 의한 독립의 노선을 고수하며 흥사단수양동우회 개혁안에 반대했다.[26] 개혁안에 대한 도산의 공식적인 반대

---

25 안창호, 「미국에 재류하는 동지 여러분께」(1929.2.8), 『도산안창호자료집─조선총독부 경무국 소장 비밀문서』 I, 앞의 책, 241~249쪽.

26 "나와 조병옥 두 사람은 수양동우회를 개혁하여 민족주의의 거두를 망라하여 큰 조직으로 만들

는 이광수의 신념에 힘을 실어주었을 것이다. 이 두 번째 공개서한은 동우회사건 당시 유죄의 유력한 증거가 되기도 했는데, 이광수가 도산의 근본사상을 '수양 즉 독립'이라는 한 마디로 요약한 것도 바로 이 서한에 근거한 것이었다.[27] 실제로 '국민훈련편' 제3장에서 공들여 소개한 흥사단 입단문답은 수양과 단결의 궁극적인 목표가 "힘 있고 영광 있는 독립국가를 완성하는 일"[28]에 있음을 입증하는 데 바쳐져 있다. 이광수가 도산의 필생의 사업을 흥사단에서 찾고, 그 근본사상의 핵심을 '수양 즉 독립'으로 요약한 것은 충분히 근거 있는 통찰에 의한 것이었던 셈이다.

이상 『도산 안창호』에 그려진 도산의 모습은 주요한 이하 많은 논자들이 지적해온 대로 이광수가 생각하는 도산의 상에 불과한 것일 수도 있다. 그러나 거꾸로 생각하면 이광수가 도산의 삶에서 어느 지점에 가장 깊이 공감하고 영향을 받았는지 분명히 드러내주는 지표가 되기도 한다. 살펴본 대로 이광수는 도산에게서 민족을 위해 평생을 헌신한 순교자적 지도자의 모습을 보았고, 그러한 헌신이 '수양 즉 독립'의 신념에 의해 뒷받침되어 있었음을 적실하게 통찰했다. 민족을 위해 평생을 헌신한 삶의 태도도 그렇지만 그 방법에 있어서도 윤리와 정치가 완벽히 조응하는 삶, 나아가 그것은 도산이 꿈꾼 이상국의 모습에서 이광

고, 규약을 개정하여 비혁명적 문구를 삭제하고 직접적인 정치투쟁을 전개하여 조선독립의 목적달성을 위해 힘써야 한다고 주장했고, 이광수는 우리들의 의견에 반대하며 실력양성에 의해 조선독립의 목적을 달성해야 한다고 주장했기에 내가 두 차례, 조병옥이 한 차례 상햏 가서 흥사단의 수령 안창호 등과 협의를 거듭했습니다." 「피의자(주요한) 신문조서」(1937.7.11), 앞의 책, 236쪽.

27 "그 서한의 내용은 우리 민족의 유일한 목적은 완전한 독립국가를 건설하여 이것을 빛나게 유지 발전함이니, 이밖에 다른 목적이 있을 수 없다 하고, 그러기 위하여서 우리는 건전한 인격을 수양하고 신성한 단결을 조성하는 것이니, 이것이 없고는 저것이 있을 수 없다는 인과관계를 역설하고, 그러므로 우리 흥사단의 인격·단결·수양운동이 곧 유일무이한 독립운동이요, 또 모든 정치운동의 모체라고 하였다. '수양 즉 독립'이라는 도산의 근본사상은 이 서한에서 가장 분명하게 역설되었다." 이광수, 『도산 안창호』(1947), 『이광수전집』 7, 우신사, 1979, 155쪽.

28 위의 책, 191쪽.

수가 보았듯 그 종국의 지향성에 있어서 보편적 인류애와도 통하는 것이었다. "세계주의에 대하여서는 도산은 이렇게 말하였다. 우리 민족을 서로 사랑하는 민족, 거짓이 없는 민족, 화평한 민족을 만드는 것이 곧 세계 인류를 그렇게 만드는 길이라고. 이것은 다만 이론뿐이 아니라 도산은 흥사단 운동으로 우리나라를 이상국을 만들어서 인류에게 모범이 될 수 있다고 믿었다."[29] 일찍이 상하이시절 이광수에게 민족에 대한 헌신으로써 '세상을 위해 저를 바치는 삶'의 소명을 일깨우는 신의 사자가 되어주었던 도산, 먼 길을 돌아 이광수는 다시금 도산과 정면으로 마주함으로써 일찍이 도산과 더불어 꿈꾸었던 윤리-정치의 이상을 복기하고 있었던 것이다.

3. 조신과 자빠뿔소, 그리고 '나' 실패한 도덕주의의 심연

이광수가 도산과 더불어 꿈꾸었던 윤리-정치의 이상은 지나간 과거이자 아직 오지 않은 미래였다. 도산은 그 미래의 도래와 더불어 선도자로서 기려지겠지만, 그것이 이광수 자신의 몫은 될 수 없었다. 자신이 도산의 전기를 쓴다는 사실을 대외적으로 비밀에 붙였던 것도 이를 잘 알고 있었기 때문일 것이다.[30] 불철주야 매달렸던 『도산 안창호』의 집필을 마친 것은 1월 말, 집필을 끝내고 잠시 서울에 머물며 휴식을 취하던 이광수는 이번에는 자신에 관한 이야기를 쓰기로 마음을 먹었다. 자서 「『나』를 쓰는 말」에는 그 동기가 다음과 같이 밝혀져 있다.

---

29 이광수, 『도산 안창호』, 앞의 책, 205쪽.
30 1980년대 초반 흥사단의 김규홍 이사장의 회고에 의하면, "당시 춘원은 이 전기를 쓴다는 사실도 비밀에 붙여 기념사업회에 들르지도 않았으며 필요한 자료도 다른 곳에서 전해 받거나 우리가 사룸까지 찾아가서 전했다"고 한다. 「우리시대의 전설 베스트셀러 이야기─이광수 저 『도산 안창호』, 민중 속에 심은 구국지사의 얼」, 『한국일보』, 1981.7.7.

내가 이 이야기를 쓰는 것은 세상에 빛을 주고 향기를 보내자는 것이 아니다. (어찌 감히 그것을 바라랴.) 마치 **이 추악한 몸을 세상에서 없이 하기 위하여** 화장터 아궁에 들어가서 고약한 냄새를 더 지독히 피우는 것과 같다. 한때 냄새가 한꺼번에 나고는 다시 아니 나는 것과 같이 이 이야기로 내 더러움을, 아니 더러운 나를 살라버리자는 뜻이다.[31]

이제 막 집필을 마친『도산 안창호』가 세상에 빛을 주고 향기를 보내는 글이었다면, 이제부터 이광수가 쓰려고 하는 이야기는 추악하고 더러운 '나'를 사르느라 화장터 아궁이와 같이 고약한 냄새를 피우는 글이 될 것이었다. 이광수가 이 자서를 집필한 것은 "정해년 입춘 뒤"[32] 곧 2월 4일이 막 지나서였다.『도산 안창호』의 집필을 마친 것이 1월 말경이었으니, 불과 며칠 사이의 일이었다. 그러나 이광수가 곧바로『나』의 집필에 착수했는지는 불분명하다. 이해 5월『도산 안창호』가 출간되고 나서 잇달아 6월 중편『꿈』이 간행되었기 때문이다. 자서의 서두에는 "나는 무슨 소설을 한편 쓸 생각을 한 지 오래다. '무엇을 쓸까'라는 생각이 한 삼 년째 무시로 내 마음에 떠올랐다. 그러면서도 '이것을 쓰자' 하는 것이 결정되지 못한 채 내려왔다. 나는 대관절 무엇 때문에 소설을 써야 하나 하는 것을 근년에 생각하게 되었다"[33]는 언급이 보인다. 해방 후 좀처럼 소설에 손을 대지 못했다는 언급으로 미루어 이광수가 해방 전에 써두었던『꿈』을 완성한 것은 이 자서를 쓴 직후의 일이었을 가능성이 높다.

『꿈』의 간행을 주선한 것은 면학서포의 대표 김선량이었다. 김선량은 황해도 안악 출신으로 동우회 회원이었고, 해방 후에는 흥사단의 국내 조직책으로 활동했던 인물이다.[34] 나중에 다시 언급하겠지만『백범일지』의 윤문 작업에 이광수

---

31 이광수,「『나』를 쓰는 말」,『나─소년편』(1947),『이광수전집』10, 536쪽.
32 위의 글, 536쪽. 자서의 말미에 "정해년 입춘 뒤 어느 추운날 새벽에 서울 백악산 밑에서"라고 집필 날짜와 집필 장소가 나란히 적혀 있다. 정해년 입춘은 1947년 2월 4일이다.
33 위의 글, 533쪽.
34 김종수,「해방기 출판시장에서 이광수의 위상」,『민족문화연구』52, 고대 민족문화연구원, 2010,

를 주선한 것도 김선량이었다. 이광수는 『꿈』의 집필 및 간행 경위와 관련하여 "해방 후에 출판된 내 책 중에 『꿈』은 전반은 십여 년 전에 쓰다가 조선문 출판을 할 수 없게 되어서 중지하였던 것을 끝을 막아서 낸 것"[35]이라고 회고한 바 있거니와, 평소 이광수의 문장을 아꼈다는 김선량의 출판 권유에 응하여 『꿈』의 후반부 집필에 착수했을 것이다. 때마침 '나'라는 한 인간의 추악하고 더러운 면모를 유감없이 그려보임으로써 그 더러움을 살라버리겠다고 마음먹은 참이었으니, 후반부 이야기의 향방은 이미 윤곽이 정해진 것이나 마찬가지였다.

잘 알려져 있다시피, 『꿈』은 『삼국유사』 제3권 '탑상塔像'편에 실린 조신 설화를 모티브로 한 소설이다. 그러나 조신 설화가 인간 삶의 찰나적 즐거움과 평생에 걸친 가난과 고통의 대비를 통해 삶의 무상함을 일깨우는 데 바쳐지고 있다면, 이광수는 여기에 욕망과 죄의 문제를 끌어들여 전혀 다른 차원에서 조신의 이야기를 그려내고 있다. 조신 설화와 달리 이광수의 조신이 김흔공의 무남독녀 달례와 도망하여 꾸린 화목한 가정을 깨뜨린 것은 가난이 아니다. 직접적으로는 조신을 뒤쫓아 위협하던 동료 승 평목이고, 보다 근본적으로는 가진 것을 지키기 위해 살인도 불사하는 조신의 탐욕이다. 죄를 감추려는 조신의 노심초사는 더 많은 죄업을 낳고 조신은 결국 옥에 갇히는 신세가 되지만, 옥에서도 조신의 마음을 지배하는 것은 달례와 모례에 대한 질투이다. "아아, 무서운 질투의 불길. 천하의 무서운 것 중에 가장 무서운 것!"[36] 조신은 형장에 끌려가서조차 살려달라고 발버둥치며 끝내 삶에 대한 욕망을 내려놓지 못한다. 그리고 꿈에서 깨어서야 비로소 그토록 악착같은 욕망에서 놓여나고 있는 것이다.

『꿈』의 말미에 이광수는 사족처럼 "조신은 이때부터 일심으로 수도하여서 낙산사성이라는 네 명승 중에 한 분인 조신 대사가 되었다"[37]고 적어 두었다. 사후

214쪽.

35 이광수, 『나의 고백』(1948), 『이광수전집』 7, 283쪽.

36 이광수, 『꿈』(1947), 『이광수전집』 5, 590쪽.

조신의 이야기를 궁금해 할 독자들을 위한 배려였겠지만, 꿈속 조신의 번뇌가 깨달음으로 이어지는 계기가 되었듯 자신이 겪고 있는 시련에도 어떤 의미가 있을 것이라는 전언이 되어주기를 바라는 마음 역시 간절했을 것이다. 『꿈』을 마무리하면서 인간의 내면 깊숙이 똬리를 틀고 있는 탐욕의 밑바닥을 들여다보았던 이광수는 이제 자신의 밑바닥 욕망을 차분히 응시할 준비가 되어 있었다.

봄이 되어 사릉에 돌아온 이광수는 농사를 지으며 집필에 몰두할 생각으로 '육만 원'의 돈을 들여 소를 한 마리 샀다. "내 농토 전체의 값과 얼마 틀리지 않는 큰돈"[38]이라 했으니, 『도산 안창호』의 집필비를 받았든가 혹은 『꿈』의 인세를 예상한 지출이었을 것이다. 사들인 소가 하필이면 뿔이 뒤로 자빠져 있는 자빠뿔소인데다 볼품이 없다 해서 한동안 동네 사람들의 빈축을 샀지만 이광수는 개의치 않았다. 지금은 여위고 못나 보인다 해도 착실히 공들여 먹이노라면 조만간 온전히 제 구실을 해내리라는 믿음이 있었다. 실제로 자빠뿔소는 청명이 지나면서부터 밭을 갈기 시작하여 모내기철 내내 쉴 새 없이 동네 사람들의 논을 갈았다. 못난이 자빠뿔소가 온종일 동네 사람들의 논을 가는 동안 이광수는 한편으로 자전소설 『나』의 집필에 몰두하며 자신의 내면을 응시하고, 작정하고 책상에 앉아서도 집필에 몰두하기 어려울 때는 밖으로 시선을 돌려 사릉에서의 일상을 담담히 적어내려가는 것으로 대신했다. 그리고 밤이면 돌베개를 베고 누워 온종일 일하느라 고생한 자빠뿔소의 고단한 숨소리를 들으며 이런저런 상념에 젖어 하루를 마무리했다. 표제작 「돌베개」 이하 「백로」, 「나는 바쁘다」, 「우리 소」, 「물」, 「제비집」, 「소가 웃는다」, 「여름의 유모어」, 「인토」 등은 모두 이 여름 한철에 쓴 것들이다. 사릉에서의 평온한 일상을 적어내려간 것이 대부분이지만 그 이면에 자리한 무거운 내면을 엿볼 수 있는 대목도 적지 않은데, 특히 다음과 같은 대목이 그러하다.

---

37   위의 책, 591쪽.
38   이광수, 「우리 소」, 『돌베개』(1948), 앞의 책, 280쪽.

뿔이 있으니 받아도 보고 싶고, 몸이 있으니 자손도 보고 싶으련마는 이것저것 다 마음대로 못하게끔 코를 꿰운 그는 사바세계의 참는 도를 닦을 수밖에 없이 된 것이다. 조상 적부터 따라오는 파리와 등에와 모기는 어디를 가든지 그에게 묵은 빚을 내라고 재촉하고 있다. 아무리 피를 빨리고 가려움과 아픔을 받아도 그 몸을 벗어놓기 전에는 면할 수 없는 빚이다. 밤마다 내 베개에 오는 그의 한숨소리의 뜻을 나는 안 것 같다.[39]

이광수는 코를 꿴 채 온종일 고된 노역을 하고 물것의 괴롭힘을 견디고 있는 자빠뿔소에게서 사바세계의 참는 도를 닦고 있는 보살의 모습을 보고 있었다. 그것은 세상에서 물러나 사릉에서 농사짓고 집필에 몰두하며 세간의 비난을 견디고 있는 이광수 자신의 모습이기도 했다. '밤마다 내 베개에 오는 그의 한숨소리의 뜻을 나는 안 것 같다'고 적은 것도 그런 뜻에서였을 것이다. 그래도 하지를 지나 모내기철이 끝나면 자빠뿔소는 하루종일 풀밭에 누워 쉴 수도 있고 멍에를 지느라 터진 목덜미도 아물어 투실투실 살이 오를 것이었다. 밤이면 돌베개를 베고 누워 자빠뿔소와 함께 곤한 잠을 청하는 날들도 머지않아 지나갈 것이었다. 이광수는 그렇게 자빠뿔소가 전하는 작은 희망에 기대어 여름 한철을 묵묵히 견뎌내고 있었다.

그러나 이해 여름이 지나도록 자전소설 『나』를 집필하는 붓은 더디기만 했다. 사릉에서의 일상이 주는 활기와 사색의 생생함에 비해 불운했던 과거를 돌아보는 일은 이광수의 마음에 그늘을 드리우는 것이었고, 더군다나 자신의 추악하고 더러운 욕망의 밑바닥과 마주하는 일은 각오한 것이었다고는 해도 쉬운 일이 아니었을 것이다. 집안의 쇠운에 태어나 일찍이 부모를 잃고 가난과 외로움 속에 세상에 던져져야 했던 유년시절, 첫사랑 실단에 대한 실연의 상처와 "열다섯 살 된 처녀와 논섬지기가 함께 굴러들어온다"[40]는 조건에 눈멀어 서두른 결혼, 그

---

39   이광수, 「나는 바쁘다」, 위의 책, 280쪽.
40   이광수, 『나-소년편』(1947), 『이광수전집』 6, 493쪽.

리고 결혼생활에서 충족되지 못한 욕망이 부추긴 문의 누님과의 간통 사건에 이르기까지 이광수는 유년시절의 결핍에서 비롯된 눈먼 욕망과 그것이 불러들인 죄악의 시작을 알린 소년 시절의 이야기를 애써 담담하게 써내려갔다. 그런데 『나』의 집필은 여기서 또 다시 중단되어야 했으니, 뜻밖에도 김구 측에서 『백범일지』의 윤문 작업을 의뢰해왔던 것이다. 여름도 중반으로 접어들어 2차 미소공위를 둘러싸고 제2의 반탁운동이 한창이던 무렵의 일이었다.

4. 『백범일지』와 「내 나라」 외 3편, 윤리-정치 철학의 결산

1947년 5월 21일 미소공동위원회의 2차 회담이 덕수궁 석조전에서 열렸다. 1946년 3월 20일 개최된 1차 회담이 결렬된 지 1년만의 일이었다. 미소공위를 통한 임시정부의 수립과 신탁통치안을 둘러싸고는 여전히 좌우의 대립이 치열했지만, 탁치정부가 아닌 독립정부의 수립을 내걸고 보다 광범위하고 조직적인 반탁운동에 나선 우익 내부의 헤게모니 싸움 역시 그에 못지않게 치열했다. 김구를 비롯한 임정봉대파가 임시정부의 정통성을 국제적으로 승인받아 주권을 발동케 해야 한다고 주장한 반면, 이승만 지지 세력은 미군정이 용인하지 않는 임정봉대안을 보류하고 총선거를 통해 남한에 과도정부를 수립하자는 입장으로 팽팽히 맞섰던 것이다. 이러한 가운데 1947년 6월 보통선거법이 통과되어 이승만의 남한과도정부수립안이 힘을 얻게 되고, 미소공위의 참여 문제를 둘러싸고 완고한 탁치반대 노선에 회의적이던 한국독립당 내부의 분열이 잇따르면서 김구의 정치적 입지는 현저히 위축될 수밖에 없었다.[41]

---

41 미소공동위원회 2차 회담 전후 김구와 이승만을 중심으로 한 우익진영의 동향에 관해서는 김행선, 「미소공동위원회 재개를 전후한 우익진영의 동향과 양면전술」, 『한성사학』 14, 한성사학회, 2002 참조.

이광수가 『백범일지』의 윤문 작업을 의뢰받은 것은 바로 이 무렵의 일이었던 것으로 보인다. 7월 초 소서를 며칠 앞두고 이광수는 막내딸 정화의 중학입학 시험 독려차 서울에 열흘 간 머물렀던 일이 있다. 입학시험이 치러진 이화여중 바로 뒤의 덕수궁에서는 미소공동위원회가 열리고 있었지만, 이때만 해도 그것은 좌우익 정치가들의 몫일 뿐 이광수는 강 건너 불구경하는 처지일 수밖에 없었다. 딸의 입학수속이 끝나는 대로 사릉으로 돌아온 이광수는 「서울 열흘」을 쓰고, 이어서 예의 사릉에서의 일상을 담은 수필 「여름의 유모어─일명 소가 웃는다」(집필 날짜가 7월 17일로 되어 있다)를 썼다. 여름 내 벌레들과의 전쟁으로 인한 고충을 응시하던 시선을 돌이켜 사릉의 마음을 설하고 있는 것으로 보아 「인토忍 土」 역시 한여름에 쓴 글인데, 이후 가을로 접어든 10월 중순까지 한동안 수필을 쓴 흔적은 발견되지 않는다.[42] 『백범일지』의 윤문 작업은 대략 이 기간에 이뤄졌으니, 이광수는 뜻하지 않게 『도산 안창호』의 집필에 이어 다시 한 번 붓의 힘에 기대어 정치적 글쓰기에 관여하게 된 셈이었다.

이광수가 『백범일지』의 윤문 작업을 맡게 된 경위에 대해서는 여러 증언이 다소 엇갈린다. 이광수의 윤문 자청에 김구는 망설였다는 증언에서부터 김구가 이광수의 윤문 사실을 알게 된 것은 완성된 원고를 대하고 나서의 일이었다는 증언, 그리고 김구는 이광수에게 윤문을 맡기자는 의견에 내키지 않아했으나 결국 교섭해 보라고 지시했다는 증언도 있다.[43] 증언의 내용은 엇갈리지만 공통적인 것은 이광수의 윤문 작업을 주선하고 의뢰하는 데 김선량이 관여했다는 사실이다. 앞서도 언급했지만, 김선량은 당시 흥사단 국내 연락책이자 면학서포의 대표로서 이광수의 『꿈』의 간행을 도왔던 인물이기도 하다. 기왕에 『도산 안창호』

42　가을로 접어들어 처음 쓴 수필이 「살아갈 만한 세상」이다. "음력 구월 초나흘 달이 개밥바라기와 가지런히 나뜬다"(296쪽)는 언급이 있어 10월 17일에 집필한 것을 알 수 있다.

43　「최일남이 만난 사람, 김신 씨─백범은 왜 단정을 반대했는가」, 『신동아』, 1986.8; 「백범 김구의 비서 선우진 옹 혼신의 증언」, 『월간조선』, 2008.1; 이경남, 「황해도 출신 애국지사들─김홍량 선생」, 『황해민보』, 2021.2.1. 재수록한 글이다.

의 집필을 맡았으니 『백범일지』의 윤문 작업에도 이광수가 적임자라는 것이 김선량의 판단이었을 것이다.

이광수에게도 『백범일지』의 윤문 작업은 중요한 의미를 갖는 것이었다. 이광수는 그 작업과 더불어 『도산 안창호』의 집필 과정에서 복구해낸 윤리-정치의 이상이 김구라는 정치적 지도자를 통해 현실정치에서 실현될 수 있는 가능성을 보았다. 특히 『백범일지』의 말미에 붙인 「나의 소원」은 당시 우익 진영의 구심점이었던 반탁민족주의 이념을 대변하는 것이자 이광수가 도산을 통해 꿈꾼 윤리-정치의 이상과도 그대로 맞닿아 있다는 점에서 각별한 주목을 끌었을 것이다. 실제로 『돌베개』에 수록된 마지막 세 편의 글 「내 나라」, 「인생의 기쁨」, 「사랑의 길」은 「나의 소원」과 내용은 물론 그 윤리-정치적 지향점에 있어서 크게 다르지 않은 것이 확인된다. 이로 인해 「나의 소원」의 집필자가 이광수였다거나[44] 혹은 이광수가 자신을 김구와 일치시켜 친일의 이미지를 탈색시키려는 의도가 작용한 것이라는 주장이 제기되기도 하지만,[45] 신민회시절 이래 도산과 김구, 이광수가 공유해온 민족주의의 사상적 접점을 고려할 때 「내 나라」 외 3편의 글이 「나의 소원」의 이념을 반향하고 있는 것은 전혀 이상한 일이 아니다.

「나의 소원」에서 주장하는 것은 크게 세 가지이다. 독립국가의 기본 단위로서의 민족의 당위성, 독재에 반대하는 자유의 정치이념, 단군의 홍익인간 이념에 근간한 문화국가의 이상이 그것이다. 요약하자면 철학도 변하고 정치경제의 학설이 일시적인 데 비해 피와 역사를 같이하는 혈통의 민족은 영구적이고, 당파나 한 계급의 철학이 강요되지 않는 자유 정치체제에서야 국민 전체의 자유로운 의사를 반영한 정치와 수준 높은 문화의 창조가 가능해지며, 사랑과 덕에 기초한 최고의 문화로써 인류의 모범이 되는 국가를 건설하여 세계 인류의 평화 공

44　김원모, 『자유꽃이 피리라』(하), 철학과현실사, 2015, 1551~1560쪽; 방민호, 「김구 자서전 『백범일지』와 이광수 '윤문'의 의미」, 『춘원연구학보』 17, 춘원연구학회, 2020, 133~139쪽.

45　허종, 「해방 후 이광수의 '친일문제' 인식과 반민특위 처리 과정」, 앞의 논문, 295쪽.

존에 기여하는 것이야말로 우리민족에게 주어진 사명이라는 주장이다.[46]

　사랑과 덕에 근간한 단군의 홍익인간 이념에서 출발하여 세계 인류의 모범이될 새로운 국가 곧 '사랑의 나라'를 건설하는 것, 그것은 『돌베개』 시기를 마무리하는 시점에서 이광수가 도달한 윤리-정치의 이상이기도 했다. 실제로 『돌베개』에 수록된 「내 나라」 외 마지막 세 편의 글은 새로운 국가 건설을 앞둔 민족적 사명의 자각과 헌신에 대한 주장으로 수렴된다. 먼저 「사랑의 나라」는 새로운 국가건설을 앞둔 우리 민족의 사명을 '사랑의 나라'를 건설하는 데서 찾고, 단군의 홍익인간 이념 이래 수천 년 덕으로 인도하고 예로 다스리는 나라를 이상으로 삼아 왔던 우리 민족이야말로 그 적임자임을 주장하고 있는 글이다. 다음으로 「내나라」는 고구려의 조의선인에서 신라의 풍류교, 고려의 승려, 조선의 양반에 이르기까지 홍익인간의 민족 이상을 실현해온 민족의 역사를 더듬어 당위성을 뒷받침하는 한편, 이 홍익인간의 이념이야말로 장차 오는 새 시대의 출발점이 되어야 함을 강조하고 있다. 마지막으로 「인생의 기쁨」은 이러한 민족적 사명을 거듭 강조하면서 이에 헌신하는 것이야말로 각자가 맡은 직분을 다하여 인생의 기쁨에 도달하는 길임을 역설하고 있다. 사랑과 덕의 이념에 기초한 세계 인류의모범이 되는 민족국가 건설의 이상은 이미 『도산 안창호』에서도 역설된 것으로,도산과 이광수, 김구를 잇는 사상적 공유 지점에 해당하는 셈이다.

　한편 「나의 소원」은 1945년 12월 모스크바 3상회의의 신탁통치안 결정 이후반탁＝제2의 독립운동의 기치 아래 반소반공의 입장을 견지했던 김구의 '반탁독립'의 이념을 대변하는 것이기도 했다. 잘 알려져 있다시피, 해방 직후 완전한자주독립과 통일조국의 건설을 표방하며 임시정부를 중심으로 한 좌우합작에기대를 걸었던 김구는 1945년 12월 모스크바 3상회의의 신탁통치안 결정을 둘러싼 찬반 논란을 계기로 극단적인 반소반공의 입장으로 돌아선다. 1946년 평

46　김구, 『백범일지』, 국사원, 1947, 1~19쪽.

양에서 열린 3·1절 행사에 김일성 암살단을 파견한 데서도 단적으로 드러나듯 신탁을 추진하는 소련과 소련의 정책을 추종하는 좌익 및 북한의 공산주의자들에 대한 공공연한 암살도 불사했다.[47] 「나의 소원」은 이러한 반소반공의 입장에 세 가지 논리적 근거를 부여하고 있다. 이른바 '사상의 조국'을 운운하는 국제적 공산주의는 '혈통의 조국'을 강조하는 민족주의와 양립하기 어렵고, 소련식 민주주의라는 것도 법률과 군대와 경찰의 힘에 기대어 일개 마르크스의 학설을 강요하는 교조주의적 '독재정치'에 불과하다는 것, 더욱이 새로운 국가 건설을 앞두고 화합의 건설에 매진해야 하는 마당에 동포 간의 증오와 투쟁을 전제로 하는 '계급투쟁'은 지양되어야 마땅한 일이라는 주장이 그것이다.[48]

이광수 역시 공산주의가 계급 대립을 인정할 뿐 민족을 통일체로 보는 정치적 문화적 당위성을 거부하고, 무산자의 독재라는 계급독재의 정치형태를 주장하며, 국제 공산당제체로서 민족국가의 존재 이유를 부정한다는 점에서 근본적으로 민족주의와 양립할 수 없다고 보았다. 특기할 만한 것은 동일한 반공의 입장을 취하면서도 "오늘날 소위 좌우익이란 것도 결국 영원한 혈통의 바다에 일어나는 일시적인 풍파에 불과"[49]하다 하여 민족의 범주를 보다 상위에 두고 좌우익의 대립을 품었던 김구의 유연한 입장에 비해, 이광수의 경우 좌우 이념의 적대적 논리를 강조하는 근본주의적 입장을 취하고 있다는 점이다. "한 민족의 역사, 문화를 기초로 삼는 민족국가는 혹 과도 시기의 한 방편으로 이용은 할지언정 이것을 소멸시키는 것이야말로 공산주의자의 신조요 임무"라는 것이 이광수의 판단이었다. 그런 만큼 국가를 건설하는 정치적인 일에 있어서 좌우합작이란 "되지도 아니할 요술에 불과"하다고 단언했던 것이다.[50]

47　박명림, 「대한민국 건국과 한국 민족주의―백범 노선을 중심으로」, 『정치외교사논총』 33~1, 한국정치외교사학회, 2009. 180~184쪽 참조.

48　김구, 『백범일지』, 앞의 책, 1~19쪽.

49　김구, 『백범일지』, 위의 책, 4쪽.

50　이광수, 「내 나라」, 『돌베개』, 앞의 책, 240쪽.

「내 나라」외 세 편의 글은『백범일지』의 윤문 작업을 마친 이광수가 추수를 끝낸 겨울을 앞두고 신장의 고장과 고혈압으로 다시 서울로 돌아오고 나서 집필한 것이다. 두 차례에 걸친 미소공위의 결렬로 한국문제가 유엔에 이관되어 유엔 감시하의 남북한 총선거 실시가 결정된 것이 11월 14일, 이어서 이듬해 1948년 1월 7일 유엔한국임시위원단의 내한과 더불어 선거 참여 여부를 둘러싸고 정국이 다시 한 번 거세게 요동치고 있던 무렵이었다. 유엔의 결정에 반대하는 소련과 북한이 완강히 버티고 있던 당시 총선거는 남한만의 단독선거로 이어질 가능성이 농후했고, 그런 만큼 이광수가 좌우합작을 반대하며 반공의 입장을 고수한 것은 단독정부의 수립을 지지하고 나선 것이나 마찬가지였다. 이 점에서 철저한 반공의 입장에서 민족주의적 윤리-정치의 이상을 피력한 「내 나라」외 세 편의 글은 소박한 도덕주의의 산물이기보다 새로운 국가 건설의 향방을 둘러싼 현실 정치에 대한 정치적 입장의 표명에 가깝다고 할 수 있다. 반탁운동의 한가운데서 붓의 힘에 의지하여 도산 및 김구와의 사상적 공유 지점을 재확인했던 이광수는 다시금 세상 속으로 성큼 발을 내딛고 있었다.『돌베개』의 간행을 준비하면서 자신의 정치 이념을 또렷이 내건 「내 나라」외 세 편의 글을 포함시킨 것도 그렇게 되찾은 자신감 덕분이었을 것이다. 이광수가『돌베개』의 서문을 집필한 것은 2월 3일, 유엔 소총회에서 '유엔임시한국위원회의 감시 가능한 지역에서의 총선거 실시'가 통과된 것은 같은 달 26일의 일이었다.

5. '민족을 위한 헌신'이라는 소명의식의 굴레

살펴본 대로『돌베개』시기 이광수의 글쓰기는 '민족'과 '헌신'^(사랑)을 두 축으로 한 민족주의적 윤리-정치의 이상을 되찾는 과정으로 수렴된다.『도산 안창호』의 집필로써 일찍이 도산과 함께 꿈꾸었던 민족주의적 윤리-정치의 이상을 복기하는 것으로 시작된 그것은 자전소설『나』, 중편『꿈』의 집필과 더불어 자신의 실패한 도덕주의의 심연을 응시하는 일로 이어지고, 나아가『백범일지』의 윤문 작업을 계기로 반탁민족주의의 기수였던 김구와의 사상적 공유 지점을 확인하게 됨으로써 확고한 기반을 갖추게 되었다.『돌베개』시기의 사유를 총결산한 「내 나라」외 세 편의 글이 도달한 홍익인간에 기초한 국가 건설의 이념은 이를 또렷이 증거한다. 그러나 사랑과 인의의 도에 근간한 홍익인간의 민족적 이상에 기초하여 세계 인류의 모범이 될 새로운 국가를 건설하는 것, 그것은 도산과 김구, 그리고 이광수가 공유할 수 있었던 사상적 접점의 최대치였으되 반탁운동의 자장을 벗어나는 순간 균열될 취약한 것이기도 했다.

주지하다시피 1947년 11월 한국 문제의 유엔 이관에 따라 결국 남한만의 단독선거 실시가 결정되면서 반탁애국의 명분으로 뭉쳤던 우익 진영은 선거 참여 여부의 문제를 둘러싸고 재편되기에 이른다. 일찌감치 반탁운동에 합류하여 조직의 재정비에 나섰던 홍사단은 반공자유의 입장에서 단독선거를 지지하는 도산 우파와 대공주의의 입장에서 좌우합작에 의한 통일정부수립에 기대를 거는 도산 좌파가 입장의 차이를 드러냈고,[51] 김구 역시 반공의 입장에서 돌아서 남북협상에 의한 통일정부의 수립을 제창하고 나서면서 이광수와는 다른 길을 갔다.[52] 김구와 달리 미소의 분할점령이 가속화한 구조적 분단이라는 현실 정치를 불가항력의 현실로 받아들였던 이광수는 반공의 입장을 고수하며 좌우합작의 가능성을 일축했고, 그런 만큼 민족의 반쪽을 배제한 채 민족주의적 윤리-정치의 이상을 설파하는 역설적 입장에 놓일 수밖에 없었음에도 불구하고 그 길을 선택했다. 이광수가 도산 및 김구와 공유할 수 있었던 사상적 접점은 반공의 입

---

51 1948년 초 선거국면 당시 홍사단 내부의 입장 차이에 대해서는 장규식,「미군정하 홍사단 계열 지식인의 냉전 인식과 국가건설 구상」,『한국사상사학』38, 한국사상사학회, 2011, 265~267쪽 참조.

52 박명림,「대한민국 건국과 한국 민족주의-백범 노선을 중심으로」,『정치외교사논총』33~1, 한국정치외교사학회, 2009. 187~190쪽 참조.

장을 전제로 한 민족주의적 윤리-정치의 이상 딱 거기까지였던 것이다.

사실 『돌베개』시기 사릉에 칩거하며 오랜 숙고의 시간 끝에 이광수가 도달한 민족주의적 윤리-정치의 이상이란 신민회 시절 이래 도산 및 김구와 공유해 온 신념의 재확인에 가까운 것이었다. 어디서 길을 잃었는지 지나온 길을 되짚어가던 이광수에게 도산과 김구는 아버지의 집으로 돌아가는 길을 안내하는 신의 사자가 되어주었고, 덕분에 이광수는 어렵지 않게 주어진 소명을 되찾고 다시 세상에 나설 수 있는 자신감을 회복할 수 있었다. 그러나 이러한 자신감은 실패한 도덕주의의 심연과 마주함으로써 그 자신과 온전히 대면할 기회를 유보한 대가로 얻은 불완전한 것이기도 했다. 자기비판의 일환으로 기획되었던 자전소설 『나』는 『백범일지』의 윤문 작업으로 소년편에서 한차례 중단되었고, 이듬해 9월 반민족행위특별법의 실시를 앞두고 결국 스무살 고개의 이야기로 매듭을 짓고 만다. 이후 반민특위의 재판을 앞두고 쓴 『나의 고백』에서 이광수는 민족을 위해 친일했다는 주장으로 다시 한 번 세간의 거센 비판에 직면하지만, 자신의 신념을 굽히지 않았다. 세간의 비판과 주관적 진실의 간극, 그것은 끝내 자신과 온전히 마주할 기회를 얻지 못한 채 민족에 대한 헌신이라는 소명의식의 굴레에서 빠져나올 수 없었던 이광수가 감당해야 할 운명과 같은 것이었는지도 모른다.

제5장

아버지로서의 이광수를 묻고 답하다[1]

안녕하십니까. 저는 서강대 인문과학연구소 연구원 최주한이라고 합니다. 오늘 여러 선생님들과 함께 이정화 선생님을 모시고 말씀을 청하여 듣는 자리가 마련되어 기쁘게 생각합니다. 이정화 선생님은 1934년 12월생이시니, 한국 나이로 91세의 고령이십니다. 여러 모로 어려움을 무릅쓰고 이 자리에 기꺼이 응해주신 선생님께 진심으로 감사드립니다.

오늘 어떤 주제로 말씀을 청해 들으면 편안하면서도 의미 있는 자리가 될지 고민하던 끝에 제가 생각해낸 것은 '아버지로서의 이광수'에 관한 것입니다. 사실 인터뷰 준비를 부탁받고 가장 먼저 떠오른 것도 1955년 문선사에서 간행된 『아버님 춘원』이었습니다. 간행된 것은 1955년의 일이지만, 한국전쟁 중 피란지 부산에서 아버지를 그리워하며 이 글을 쓰신 것은 1951년, 선생님의 나이 열일곱 살 때의 일이었습니다.

이 책은 1992년 이광수 탄생 100주년을 기념하여 『그리운 아버님 춘원』이라는 제목으로 우신사에서 증보판으로 재간행됩니다. 증보판에는 차남 이영근 선

---

1   이 원고는 춘원연구학회에서 기획 실시한 이정화 선생님과의 인터뷰 내용을 필기한 것이다. 인터뷰는 2024년 5월 1일, 인사동 선천에서 실시되었다.

생이 아버지에 대한 기억을 담아 쓴 「이런 일 저런 일」이 수록된 외에도, 「효자동을 떠나서」, 「탄생 100주년」이라는 새로운 장이 추가 되어 있어 선생님께서 1952년 미국 유학을 떠난 이후의 생활과 더불어 전집의 간행[1961], 기념비의 건립[1976], 평양 근교의 묘소 확인[1991], 그리고 탄생 100주년 행사[1992]에 이르기까지 남은 가족들이 이광수 기념사업에 쏟은 노력을 엿볼 수 있게 해줍니다.

증보판을 위해 선생님께서 새로 쓰신 원고는 이렇게 마무리되고 있습니다. "내가 가장 사랑하고 존경하는 아버지 탄생 100주년인데, 무엇을 해드릴까. 딸로서 할 수 있는 일이 무엇일까."[197쪽] 처음 이 글을 쓴 때로부터 70여 년, 그리고 증보판을 낸 때로부터도 30여 년의 세월이 훌쩍 지난 오늘, 이 자리가 아버지로서의 이광수를 다시 한 번 기억하고 아버지 이광수를 진정으로 위한다는 것이 무엇인지 함께 생각해볼 수 있는 기회가 되었으면 좋겠습니다.

첫 번째 질문

먼저 신원조회가 있겠습니다. (웃음) 앞서 1934년 12월생으로 소개해드린 것은 삼중당 이광수전집 연보에 따른 것이었는데, 이번에 『그리운 아버님 춘원』을 다시 읽으면서 지은이 소개란에 1935년 2월로 되어 있는 것을 발견했습니다. 아마도 음력과 양력의 문제이겠지요?

이정화　　1934년 12월에 났는데, 6개월 전인가요? 둘째 오빠가 죽었거든요. 아버지는 제가 죽은 오빠가 다시 난 것처럼 생각해서, 그렇게 기다렸는데 보니까 여자더래요. 그래서 아버지가 실망을 해서 내가 그때 태어났다는 것을 신고를 안 했습니다. 그래서 그 다음 해에 어머니가 '아니, 애를 낳았는데 왜 아직도 신고를 안 했습니까.' 해서 하다못해 한 것이 1935년 2월 초하루. 근데 그날이 또 우리 아버지의 생일날이었습니다. 이제는 1935년 2월 초하루가 제 생일이 되었습니다. 따져보면 저는 1934년생, 지금 91세인데 미국에서는 89세입니다.

두 번째 질문

그럼 먼저 해방 이전에 관한 기억부터 여쭙도록 하겠습니다. 양력으로 1935년 2월 생이라면, 해방 이전의 기억은 11살, 그러니까 4학년 전반 무렵까지의 일이라는 이야기가 됩니다. 제 경우는 그렇게 어린 나이의 일은 거의 기억에 남아 있지 않은데, 선생님께서도 『아버님 춘원』은 "나 혼자 쓴 책이 아니요 어머니께서 여러 군데 추고하고 교정하신"[162]면 말하자면 '합작'이라고 쓰셨지요. 『아버님 춘원』에서 해방 이전 아버지에 대한 기억은 동우회사건으로 무거웠던 집안의 분위기, 그 와중에 재판 때를 제외하곤 주로 병으로 자하문 밖 홍지동 산장에 머무르던 아버지를 찾아가 잠깐씩 얻어 누렸던 기쁨, 그리고 1944년 봄부터 사릉을 오가며 아버지와 함께 했던 당시의 행복한 추억이 주를 이룹니다. 이 무렵의 일과 관련하여 지금까지도 선명하게 남아 있는 인상적인 기억이 있다면 한두 가지 말씀해주셨으면 합니다.

이정화　　　저는요, 아이들을 좋아하거든요. 그래서 저는 윤석중 선생님의 시를 좋아해요. '나리나리 개나리 / 입에 따다 물고요 / 병아리떼 종종종 / 봄나들이 갑니다'「봄 나들이」 아버지가 좋아하셨고, '눈눈눈 받아먹자 입으로 / 아아아 코로 자꾸 떨어진다 / 호호호 이게 코지 입이냐'「눈 받아먹기」 그것도 아버지가 좋아하셨어요. 그래서 제가 아버지가 좋아하시니까 나도 시를 쓰겠다, 그래서 '꽃마차를 타고서 / 꽃나라를 가면은 / 꽃밭으로 옵니다 / 나비나비 춤추는 / 꽃밭으로 옵니다' 하고 (썼습니다.) 아버지가 그러니까 "아이고 너 글 잘 썼다. 음악도 좋다"

하면서 더 보태주셨어요. '은도 금도 타고서 / 금바다로 오면은 / 은바다로 옵니다 / 물새 물새 춤추는 / 금바다로 옵니다' 그렇게 해주시더라고요. 그러니까 저는 아버지와 아주 어렸을 때 같이 몇 달 있는 것으로도 그렇게 좋아했습니다. 맨날 아버지는 감옥이 아니면 병원이 아니면 뭐 연설을 하시니 취직이니 뭐니 하시니까 안 계셨는데, 집에 계실 때마다 저를 귀여워해 주셨습니다.

세 번째 질문

사릉에서의 추억을 써내려간 대목을 보면, 아버지 이광수는 병으로 성치 않은 몸으로도 자식들과 함께 윷을 놀아주고 즐겨 옛날이야기를 들려주던 자상한 아버지로 그려져 있습니다. 이러한 자상한 아버지로서의 면모는 이광수 선생이 자식들을 주인공 삼아 쓴 여러 편의 동화와 소설 등에서도 쉽게 찾아볼 수 있습니다. 「수암의 일기」1932, 「병정」1935, 「다람쥐」1936, 「오누싸움」1936, 「두남의 보고」1936, 「선행장」1939, 「면화」1943, 「가가와 교장」1943 등이 그렇습니다. 자식들이 자라는 모습을 곁에서 지켜보면서 아이들의 호기심과 고운 심성을 기록하는 데서 기쁨을 느끼는 아버지의 모습이 고스란히 느껴지는 작품들입니다.

저는 「다람쥐」와 「병정」, 「면화」라는 작품을 특히 좋아합니다. 「다람쥐」1936는 오빠 영근이 일곱 살 되던 무렵의 이야기입니다. 삼복이네 귀여운 다람쥐 두 마리에 마음이 뺏긴 '영근'은 아버지를 졸라서 다람쥐를 사오게 됩니다. 예쁜 다람쥐장도 만들어 주고 온종일 다람쥐에 빠져 지내던 영근은 어느 날 문득 다람쥐가 왜 자꾸만 쳇바퀴를 돌리는지 궁금해집니다. 아버지에게서는 이런 대답이 돌아옵니다. 산으로 바위로 마음대로 뛰어다니던 것이 조그마한 장에 갇히었으니까 하는 수 없이 하루 종일 쳇바퀴만 돌리는 거라고. 아버지의 대답을 들은 영근은 금방 시무룩해지더니 결국 다람쥐를 놓아주기로 마음먹습니다. 다람쥐를 풀어주고 난 영근은 가끔 시무룩해져 그 다람쥐가 지금 어디에 있을까 하고 아버지에게 묻습니다. 그럴 때면 동생 정란이 "다람쥐, 저희 산에 갔지." 하고 아버지의 대답을 흉내 내곤 했다고 합니다.

「병정」1935은 영근이 여섯 살 되던 무렵의 이야기입니다. 병정이 부러워서 아버지를 졸라 총과 군도를 샀던 '나'는 참새도 무서워하지 않는 장난감 총에 싫증이 나서 총을 내동댕이치며 울어댑니다. 울다 지쳐 쓰러져 잠이 든 나는 꿈에 그렇게 소원하던 좋은 총을 하나 얻어 되어 참새 두 마리를 쏘아 떨어뜨리고는 아빠에게 자랑을 합니다. 그런데 아빠는 아빠, 엄마 참새가 울지 않느냐고 꾸중을 하고, 총을 맞은 두 마리 참새도 여섯 마리 새끼를 누가 먹여 살리느냐고 빨간 눈물을 뚝뚝 흘리면서 원망을 합니다. 꿈에서 깬 나는 꿈인 것이 다행이라고 기뻐하고, 누이동생이 가져가서 놀다가 분질러버린 장난감 총도 아깝지 않다고 생각합니다. 나의 꿈 이야기를 들은 아빠는 나를 칭찬하면서 김대성이 토함산에서 곰을 쏘아 죽인 것을 뉘우치고 전 재산을 털어 지은 절이 경주 불국사라는 유명한 절이라는 이야기를 들려줍니다.

「면화」1943 이야기도 해드릴까요? 「면화」는 언니 정란이 열 살 3학년, 이정화 선생님이 여덟 살 1학년 때의 이야기입니다. 면화씨를 심고 면화의 생장 기록을 담은 일기를 쓰라는 숙제를 받아든 두 자매가 면화를 키우는 과정에서 맞닥뜨리는 조바심과 호기심, 기쁨의 감정들이 잘 드러나 있는 작품입니다. 면화씨를 불리기 위해 각자 세숫대야와 양치 컵에 면화씨를 담가둔 아이들은 한 시간에도 몇 번씩 욕실을 들락날락합니다. 그렇게 부산한 아이들을 보며 아버지는 면화씨는 그렇게 쉽게 붇지 않고 하룻밤을 자야한다고 일러줍니다. 저녁 무렵에는 오빠 다케오가 양치하고 세수하느라 면화씨를 쏟아버려 집안에 한바탕 난리가 납니다. 다행히 여섯 알의 면화씨를 줍게 되어 아버지와 오빠는 무사히 건진 여섯 알의 면화씨를 위해 흙을 고르고 재를 만들어 화분을 마련합니다. 아침에 자고 일어나면, 학교에 다녀와서도 화분을 들여다보며 움이 나오기만을 기다리는 아이들. 후지꼬는 조바심에 손가락으로 흙을 파서 움을 부러뜨리기도 하지만 조심스러운 돌봄 끝에 싹을 틔우고 꽃을 피운 면화를 보고 환호성을 지르고, 하나는 벌레가 먹어버리고 싹도 꽃도 늦어서 조바심이 났던 가즈꼬도 면화씨가 마침내 싹을 틔우고 꽃을 피우는 것을 보고 노래를 흥얼거립니다. 면화 꽃을 보며 소리를 지르고 춤을 추고 노래를 부르는 아이들. 그렇게 면화와 함께 쑥쑥 자라는 아이들의 모습을 지켜보며 흐뭇해하는 아버지 '나'의 모습은 그대로 이광수 선생의 모습이 아니었을까 생각됩니다.

작품 속에 그려진 이런 아버지의 모습은 실제 아버지 이광수의 모습과 얼마나 닮았는지, 작품 「면화」에서처럼 언니와 함께 면화씨를 심고 키우던 일에 관한 기억은 남아 있으신지, 또 이밖에도 자상한 아버지의 모습 가운데 생각나는 게 있으시다면 좀 더 들려주셨으면 합니다.

이정화　　　그렇죠. 아버지가 그렇게 저를 어린애처럼 생각하셨을 때가 좋았죠. 일곱 살인가 다섯 살 때 아버지 무릎 위에 앉아서, 그리고 잘 때는 이불 덮고 자려고 하면은 아버지가 안데르센 동화책, 영어로 된 동화책을 한국어로 번역해서 읽어주셨습니다. 그러다 하루는 손님이 오셨어요. 손님이 매일 오셨거든요. 아버지가 우리한테 영어책을 읽어 주시는데 어머니가 "손님 오셨어요." 하면 아버지가 손님을 보러 가시고요. 우리 집에서 같이 사시던 피천득 선생님이, 우리가 천득이 오빠라고 불렀어요. "어머, 천득이 오빠도 영어를 할 줄 아네!" 하고 놀랐던 기억이 나는데, 피천득 선생님이 나머지 안데르센 이야기를 해주셨습니다. 그러다가 잠이 들었죠.

면화를 심었던 건 생각이 안 나고요. 릴리, 백합꽃을 식모 딸아이하고 함께 열심히 파서 앞마당에 심었는데, 제가 심은 백합꽃이 아주 잘 자랐더라고요. 그런데 6·25가 터졌을 때는 낮에는 비행기들이 막 오잖아요, 미국 비행기가 와서 폭탄이 터지는데 우리는 그걸 보면서 막 손뼉을 치면서 "빨리빨리 오세요. 더 오세요" 그랬죠. 밤에는 백합꽃이 하얗게 피더라고요. 열다섯 살 때죠. 이렇게 아름다운 것이 아직도 있구나, 하면서 마음에 평화가 오더라고요.

네 번째 질문

마지막으로 말씀드린 「면화」는 1943년 『방송지우』라는 잡지에 실린, 일본어 글쓰기가 강제되었던 당시로서는 보기 드문 한글 단편입니다. 시기가 시기인 만큼 자식들의 이름은 다케오, 가즈꼬, 후지꼬 등 일본식으로 붙여졌고, 아이들은 집에서도 조선어와 일본어를 섞어 대화를 합니다. 또 3학년인 가즈꼬의 면화 일기는 일본어로 기록되어 있습니다. 이영근 선생님이 쓰신 「이런 일 저런 일」에는 창씨와 관련하여 아버지가 지어준 이름에 대해 이렇게 회고하는 대목이 있습니다. "고향에 가면 묘향산이 있고 부처님이 계신 곳에 가면은 향산이 있다 하니 우리 이름을 향산으로 하자 하시고 아버지 이름 중의 빛 광자를 나에게도 주겠다고 하셨다."207면 이영근 선생님의 창씨명은 광소光昭, 미츠아키였다고 알고 있습니다만, 선생님께서도 당시 창씨명을 사용하셨는지 궁금합니다. 그리고 창씨명을 사용하셨다면 이름과 관련하여 아버지께서 해주신 이야기는 따로 없는지, 기억나시는 게 있다면 청해 듣고 싶습니다.

이정화　　　그때는 국민학교 때부터 꼭 일본어를 써야 되고, 학교에서 한글을 쓰면 벌을 받았죠. 그래서 학교에서 저를 미츠요光世, 가야마 미츠요라고 부르더라고요. 언니가 미츠에光惠, 오빠가 미츠아키. 가야마香山라는 뜻이, 묘향산이 북쪽에 있다고 그러죠. 그 산을 생각해서 가야마라고 썼다고 그러셨습니다. 그런데 친일파라고 불렸을 때는, 일본에는 향구산香久山이 있다고 합니다. 친일파니까 향구산을 사용해서 일본 임금님의 산을 (이름으로) 썼다는 이야기가 있었는데,

아버지는 그런 것이 아니었죠.

다섯 번째 질문

이영근 선생님이 쓰신 「이런 일 저런 일」에는 1945년 봄 형제들이 사릉으로 소개하던 당시의 일이 적혀 있습니다. 소학교 학생들은 소개시키고 학교 건물에는 군대가 들어서 동생들이 먼저 사릉으로 소개를 떠났던 일, 그리고 당시 중학생이었던 이영근 선생님도 상급생들이 '소년항공대' 지원을 배속장교로부터 강요당하는 광경을 목격하면서 사릉으로 떠났다고 언급되어 있지요.211쪽 소년항공대란 1933년 4월 도입된 육군소년비행병제도에서 시작하여 1937년 중일전쟁 이후 항공 병력의 중요성이 점점 커지면서 도쿄육군항공학교를 비롯하여 각지에 설립된 육군소년비행병학교를 가리킵니다. 모집 대상은 만 15세에서 17세 사이의 청소년들로 이들은 1년간의 기초교육을 이수한 후 2년간의 전문교육을 거쳐 조종사 혹은 정비병이 되었는데, 1943년부터는 전황이 급박해지면서 입학 연령이 만 14세에서 20세로 변경되었고 기초교육과 전문교육의 기간도 짧아졌을 뿐만 아니라 졸업과 동시에 전선에 배치되어 곧바로 전투에 동원되었다고 합니다.길윤형, 『나는 조선인 가미카제다』, 서해문집, 2012 태평양전쟁 말기의 그 악명 높은 가미카제특공대에는 여기서 배출된 소년비행병들 역시 포함되어 있었습니다.

혹시 사릉 소개 당시 오빠 영근이 아버지와 소년항공대에 관해 이야기를 나눈 일에 관한 기억이 있으신지요? 1929년생으로 당시 중학 3학년이었던 이영근 선생님은 소년비행병학교에 지원 가능한 연령이었습니다. 이영근 선생님께서 소년항공대에 지원한다거나 아버지가 지원을 권유하는 상황을 상상하는 것은 가능한 일일까요?

이정화　　　　오빠는 지원병으로 나가지 않았고 사릉에 그냥 있었죠. 그런데 (아버지는) 동경에 가서는 학생들에게 지원병에 나가라고 연설을 하셨다 그래요. 그 이유가, 그때 난노가쿠난조なんの学何ぞ, 나라가 망하는데 공부는 왜 하느냐 이래가지구 학교에 가면 일본 학생들은 다들 군인으로 나갔고 나머지 학생들은 한국 유학생들이었지요. 한국 유학생들만 남았을 때 아버지가 일본에 가서 군인으로 나서라, 이런 연설을 했거든요. 그리고 아버지가 호텔에 돌아오고 나서 한국 학생 몇 명이 와서 아버지에게 이렇게 물었답니다. "우리들이 나가서 피를 흘리면 우리나라가 해방이 됩니까?" "우리가 나가서 희생을 하면은 우리나라가 독립이 됩니까?" 그러니까 아버지가, "안 나갈 수가 있겠느냐. 안 그러면 강제로 끌려나갈 거라 이번에 지원해서 간다면 전쟁 방법을 배울 수도 있고 하니 나가라." "너희가 희생이 되면 내가 나가서도 싸우겠다"고 이렇게 말을 했다고 합니다. 어떻게 보면 이치에 안 맞는 일이죠. 모르겠습니다. 그러니 학생들이 "우리가 나가서 전쟁법을 배우겠습니다." 이렇게 말했대요.

그때는 우리나라에 '조금만 있으면 일본이 망한다' 같은 유언비어가 많았죠. 그때 공출이라 해서, 철로 된 물건, 식칼 같은 것까지 다 가져가지 않았어요. 효자동 집에 철로 된 문이 있었는데, 그 문도 다 떼서 가져갔죠. 공출한 철을 가지고 무기를 만들었는데 그중의 반은 다 쓰지 못하는 무기래요. 그리고 또 다른 유언비어가, 살생부 명단 삼천 명이 있다는데, 그렇다면 우리가 대일협력을 안 할 수가 있느냐, 이런 말도 나왔습니다. 우리 효자동 옆집 살던 분은 대구가 고향인데, 어렸을 때 살생부가 있다는 이야기를 들어서 알았다고 합니다. 그래서 부모님이 자전거를 준비하고 무슨 일이 있으면 자전거를 타고 도망가라고 그랬답니다. 살생부가 있을 수도 있었지만 아직까지 찾지 못했지요.

아버지가 오빠에게 지원을 권유한 적은 없습니다.

여섯 번째 질문

이런 질문을 드린 이유는 이와 비슷한 상황을 다루고 있는 「귀거래」라는 단편이 생각나서입니다. 1944년 1월에 『방송지우』에 발표된 이 단편에는 이영근 선생님과 다르게 행동하는 재철이라는 인물이 등장합니다. 대학의 법과 이년생인 재철은 행정, 사법을 다 패스하고 내무성 채용시험에 합격한 수재입니다. 그런데 재철은 내무성 관리를 마다하고 일찌감치 지원해둔 육군항공 예비사관 후보생으로 전장에 나갈 뜻을 가지고 있습니다. 펄쩍 뛰는 어머니와 달리, 아버지 김참사는 "나라를 위하여 나간다니 이기고 돌아오기 전에는 살아 돌아오지 말라"[681]며 아들의 뜻을 선뜻 수락하는 대범함을 보여줍니다. 이른바 지원병을 독려하는 내용을 담은 친일소설에 해당하는 셈이지요.

자식들에게 자상한 아버지 이광수와 조선의 청년들에게 지원병을 독려하는 소설을 쓴 이광수를 나란히 보고 있자면 저는 매우 복잡한 마음이 듭니다. 해방후 만민법의 시행을 앞두고 쓴 『나의 고백』[1948]에서 이광수 선생은 민족의 희생을 덜기 위해 친일파를 자처하고 나섰다고 친일의 동기를 해명한 바 있습니다. 그것은 애국자의 명예나 병든 몸 따위는 돌아보지 않은 자기희생의 길이었다고도 밝히고 있습니다. 그러나 그 동기가 진실이었다고 해도 실질적으로 이광수 선생의 행위가 의미한 것은 일제 권력을 대리하여 청년들을 전장으로 동원하는 일 이상일 수 있었을까. 이 문제에 맞닥뜨릴 때마다 저는 늘 그렇게 되묻게 됩니다. 당대의 청년 독자들이 이 소설을 어떻게 받아들였을 것이라고 생각하시는지, 또 선생님께서는 소설 속 아버지와 아들의 모습을 어떻게 생각하실는지 궁금합니다.

이정화　　　자세히는 모르겠습니다. 우리 오빠가 지원병으로 나가도록 아버지가 권유하지 않았습니다. 다른 학생들에게는 '지원병에 나가서 도망을 쳐라.' 이렇게 권유를 했는데, 아버지가 그런 권유를 했는지는 기억이 안 나네요. 김우전 광복회 전 회장 선생님은 아버지 연설을 들으셨고 그래서 지원병에 나갔다가 도망을 쳤죠. 중경重慶에서 임시정부 일을 하셨고요. 아버지가 은근히 우리 오빠를 위해서 지원병에 나가는 것을 권하려 하지 않았을 수도 있겠지요.

1992년 100주년 기념식 때 기념회 회장님이신 안병욱 교수님께서, 사람에는 재사才士가 있고 지사志士가 있는데, 춘원은 지사적 성격보다도 재사적 성격이라고 이렇게 말씀하시더라고요. 그런데 웬만한 사람이라면 지원병에 나갔다가 도망가면 된다고 말하면 되잖아요. 아버지는 그런 일을 못하시더라고요. 너무 정직하셔서 거짓말을 못 하고, 지원병에 나가면 나가는 것을 원하지 지원병에 나갔다가 도망가라는 그런 말을 하셨을 리 없었을 거예요.

그렇지만 나중에 글을 쓰신 적 있잖아요. 내가 한 일은 영리를 위해서 한 것은 없었고, 우자愚者의 효성, 내가 어리석다고 해도 괜찮습니다. 그렇지만 내가 할 일은 다 했습니다「인과」라고. 잘못을 인정을 안 하셨던 것 같아요.

일곱 번째 질문

저는 최근에 『나의 고백』에 관한 소논문을 쓴 일이 있습니다. 『나의 고백』이 갖는 무게 때문인지 논문을 쓰는 내내 몸도 마음도 힘들었고, 중단을 거듭한 끝에 겨우 논문을 마무리할 수 있었습니다. 그런데 인터뷰 준비차 『아버님 춘원』을 읽으면서 또 다시 마음이 무거워졌습니다. 어머니에게 무언가 열심히 설명하고 계신 아버지, 열일곱 살의 소녀 이정화가 떠올린 아버지에 대한 첫 기억은 바로 이것이었습니다.「아버지에 대한 첫 기억」겨우 네 살 무렵의 일이니, 그것이 재판에 관한 이야기임을 알게 된 것은 좀더 나중의 일이었겠지요.

1937년 6월부터 1941년 11월 무죄 판결이 나기까지 5년여의 시간을 끌었던 동우회사건은 어린 정화에게도 커다란 마음의 생채기를 남겼던 것으로 보입니다. 언제나 감옥과 재판의 이야기가 오가는 어두운 집안의 분위기, 재판 때나 가끔씩 집에 들를 뿐 홍지동 산장에 혼자 떨어져 지내던 병든 아버지, 열일곱의 소녀는 자신이 어린 시절 겪은 공포와 불안을 어린 마음에 찾아든 종교에 관한 고민으로부터 온 것이라고 적고 있지만「아버지 종교와 나」, 어쩌면 이런 무거운 집안 환경에서 비롯된 것이었을지도 모릅니다. 아마도 그래서였겠지요. 사릉에서의 추억을 기록한 대목들「사릉리의 추억 1·2·3·4」을 읽으면서는 자상한 아버지와 온전히 함께 할 수 있었던 행복한 날들이 찾아와 주어서 정말 다행이라고, 저 역시 그렇게 응원하는 마음이 되곤 했습니다.

　아버지 이광수는 해방이 되어서도 곧바로 집으로 돌아올 수 없었습니다. 그러나 막내딸이 맹장염 수술을 받게 되었다는 소식을 듣고 부랴부랴 병원으로 달려와서는 퇴원할 때까지 곁을 지키며 부처님 이야기며 그림동화 이야기를 수없이 들려주곤 했고, 수술 직후 20일만에 치러야 했던 중학교 입학시험 때는 날마다 시험장에 데려다 주고 시험이 끝날 때까지 기다렸다가 고생했다고 반겨주시던 여전히 자상한 아버지였습니다.「아버지 집에 돌아오시다」 그런 아버지가 반민법으로 체포되어 투옥된 것은 어린 정화에게 다시 한 번 공포와 불안을 가져다주었을 것입니다. 1949년 2월의 일이니, 이제 막 열다섯 살이 되어 중학교 2학년을 앞둔 무렵의 일입니다. 『아버님 춘원』에서는 이번에는 그다지 무서운 공포에 떨지 않았다고, 우리 삼남매도 다 커서 사태를 판단하고 이해할 수 있었고, 아버지가 옳은 사람이고 좋은 사람이라는 굳은 신념이 있었기에 의연할 수 있었다고 적고 있지만, 다섯 살이나 위인 오빠 영근이나 두 살 위의 언니 정란과 달리 어린 정화의 무의식은 여전히 공포와 불안에 사로잡혔을 것입니다. 체포와 투옥, 그리고 불기소에 이르기까지 아버지를 아껴준 사람들의 호의를 일일이 거론하며 아버지의 무죄에 집착했던 것,「반민법과 아버지」 그것은 사랑하는 아버지를 지키는 일이자 어린 시절부터 아버지 문제로 상처 입었던 자신을 지키는 일이기도 했을 것입니다.

그렇다면 70여 년이 훌쩍 지난 오늘의 이정화 선생님은 『아버님 춘원』을 쓰던 열일곱의 소녀의 의식과는 얼마나 달라져 있을까. 이 문제와 관련하여 2014년 가을, 벌써 십 년 전의 일입니다, 한국에 오셨을 때 조선일보와의 인터뷰에서 선생님께서 이렇게 말씀하신 일이 있습니다. "연좌제 비슷한 게 있으니 제 팔자는 민족 앞에서 사과할 수밖에 없는 것이죠." 섭섭함이 있으신 것 같다는 기자의 질문에 또 이렇게 대답하셨지요. "세월이 가면서 정리가 됐어요. 아버님을 사랑하는 분들에게는 감사를, 미워하는 분들에게는 사과를 드리고 싶어요."『조선일보』, 2014.10.13

그런데 사랑과 미움, 감사와 사과가 그렇게 무쪽 가르듯 나뉠 수 있는 것인지, 저는 지금까지도 그런 의문을 갖고 있습니다. 일찍이 오산학교 시절 이광수 선생의 제자이기도 했던 함석헌 선생은 진정으로 사랑한다는 것은 비판할 것은 비판하고 통분하여 울 것은 우는 성의라고 말씀하신 일이 있습니다. 1957년 11월 최남선의 타계를 계기로 열린 '육당·춘원의 밤' 추모행사가 열린 적이 있는데, 당시의 행사가 일제 말기 이들의 과오에 대해서는 침묵한 채 형식적인 추모에 그친 데 대한 일갈이었습니다.「육당·춘원의 밤은 가고」, 『신태양』, 1958.2 그대로 잊기에는 너무 아깝고 무조건 존경하기도 어려운 분들인 만큼 육당과 춘원을 '영원히 사는 역사의 전당'에 남기기 위해서도 제대로 된 분별이 필요하다는 취지에서 그렇게 말씀하셨던 것입니다만, 이런 함석헌 선생님의 생각에 대해서는 어떻게 생각하실지 궁금합니다.

이정화　'세월이 가면서 정리가 되었어요'라고 내가 말을 했는지……. (웃음) 제가 과학자가 돼서 남편의 실험실에서 많이 도와줬거든요. 제가 경상대학교, 국립제주대학교, 서울대학교에서 강의를 했거든요. 거기 있는 유능한 교수님들은 University of Pennsylvania에 초대했고요. 그런 일을 하면서 있는데 신문기자들이 오면 나보고 '사과할 생각이 있어요?' 그러더라고요. 아버지의 친일을 사과할 생각이 있냐고. 그러면 저는 없다고 했거든요.

저는 아버지가 정말 나라를 생각했다고 생각해요. 일본이 지더라도 친일을 했다고 우리나라가 손해 볼 것이 하나도 없다고. 왜냐하면 미국에 이승만 박사와 같은 분들이 다 독립운동을 하고, 하다못해 독립군 장교까지 전쟁 공부를 하고 있는 세상이었니까요. 또 루즈벨트 대통령이 한국은 독립이 되어야 된다고 했잖아요. 그런 세상이니까 일본이 지더라도 한국은 독립이 되겠고, 또 일본이 이긴다면 그럴 때 누군가 있어야 되지 않나, 나 같은 사람이 그래도 친일을 해야 우리나라가 잘 되겠다, 그런 생각으로 자기는 희생을 했다고 하셨습니다.

그런 이야기를 할 때 우리 어머니가 울면서 미쳤다고, 그러지 좀 말라고 그러고, 아버지도 눈물을 흘리면서 "이 길이 내 애국의 길이다"(라고 하셨어요.) 아버지가 울었던 일이 두 번이에요. 우리 오빠가 죽었을 때, 그리고 또 친일을 하겠다고 할 때. 누명을 쓰더라도, 일본이 지더라도 친일을 하겠다고, 이것이 내가 원하는 애국이라고 말씀을 하셨습니다.

나중에 시를 썼는데, 미발표 시인데 이런 내용이 있어요. '우자愚者의 효성孝誠이라고 생각해도 괜찮습니다.' 우자라는 것은 바보죠. '바보 아들의 효성, 그렇게 생각해도 좋습니다. 나는 할 일을 다 했습니다. 하늘이 다 알고 있습니다. 아무도 몰라도 괜찮습니다. 나는 할 일을 다 했습니다.' 이렇게 시를 썼다구요. 그러니까 하타노 선생님이 일본어로, 이랬죠. 나라를 사랑하므로 친일을 했다고, 이렇게 책을 냈죠. 아이스루코소愛するこそ 친일을 한 춘원 이광수, 이렇게 책을 냈습니다.『이광수, 일본을 만나다』, 푸른역사, 2016

여덟 번째 질문

앞서 말씀 드린 대로 이 자리는 아버지로서의 이광수를 다시 한 번 기억하고 아버지 이광수를 진정으로 위한다는 것이 무엇인지 함께 생각해보는 기회를 갖기 위한 의도에서 마련되었습니다. 그렇다면 진정으로 아버지 이광수를 아끼고 유의미하게 기억한다는 것은 어떤 것이고, 또 어떤 것이어야 할까. 제가 마지막으로 준비한 질문은 이 문제와 관련이 있습니다.

언젠가 춘원연구학회 뒤풀이 자리에서였다고 기억되는데, 이정화 선생님께서 이런 말씀을 하신 일이 있습니다. 이광수를 연구하는 여러 선생님들이 이광수가 잘한 것은 잘했다고, 못한 것은 못했다고 공정하게 판단하고 연구해주시길 당부드린다고. 이정화 선생님을 비롯한 유족들의 지원으로 2019년부터 순차적으로 간행 중인 태학사의 이광수 전집에 일제 말기의 문장들까지 모두 포함된 것은 바로 그런 선생님의 소망이 반영되었기 때문이겠지요.

그런데 『아버님 춘원』에도 반민특위에서 불기소 결정이 났을 때 아버지는 그렇게 기뻐하는 빛을 보이지 않고 "역시 재판을 받고 민족 앞에서 내 일을 까뒤집어 유죄 무죄를 판단 받는 것이 옳았을 것"이라고 하셨다는 언급이 있습니다. 열일곱의 소녀 이정화는 "그것이 아버지의 진정이었을 것"[반민법과 아버지]이라고 적고 있지요. 사실 반민법의 시행을 앞두고 두 달여만에 급하게 써내려간 『나의 고백』1948에서 이광수는 친일 행위의 동기와 관련된 일면의 진실만을 이야기할 수밖에 없었습니다. 주어진 시간이 충분치 않은 점도 있었고, 무엇보다 신념의 인간이었던 아버지 이광수는 내면의 진실을 소명하는 데 몰두하느라 타자와 책임의 문제를 돌아볼 여유가 없었던 것으로 보입니다. 이제 이광수가 돌아보지 못했던 그 책임의 문제와 대면하는 길을 찾는 것은 온전히 우리들의 몫이 되었습니다. 조만간 완간되어 나올 이광수 전집이 그 길을 찾는 데 도움이 되어 줄 테고, 이 점에서 이광수 전집의 간행에 바쳐진 이정화 선생님을 비롯한 유족들의 지원이 갖는 공로는 결코 작지 않다고 생각합니다.

선생님께서 힘을 쏟고 계신 또 하나의 사업은 사릉의 집터에 이광수 기념관을 건립하는 문제라고 알고 있습니다. 기념관 건립 역시 진정으로 이광수를 아끼고 또 유의미하게 기억하기 위해서는 무엇을, 어떤 형식으로 기념할 것인가의 문제가 관건이 된다고 생각합니다. 공적을 기리는 것 일색이 되어서는 당연히 외면받기 십상이겠지요. 선생님께서는 기념관에는 무엇을, 어떤 형식으로 담고 싶으신지, 또 기념관을 통하여 아버지 이광수가 어떻게 기억되기를 바라시는지, 아버지를 사랑하고 존경하는 딸의 입장에서 한 말씀 해주셨으면 합니다.

이정화　　　너무 어려운 질문이네요. 미국의 많은 학자들이 한국을 공부하는데, 6·25전쟁이 남침인지 북침인지 하는 걸 자꾸 물어봐요. 그리고 그 의견이 자주 바뀌더라고요. 4, 5년 전에 결과가 나왔습니다. 스탈린이 김일성에게 보낸 편지, 스탈린이 남침을 같이 하자는 그런 편지가 나오니까 그제야 미국의 학자들이 그걸 인정했습니다. 그 전에는 남침인지 북침인지 모른다, 아직 결론이 안 난다고 그렇게 생각하다가 서류가 나오니까 결론을 냈거든요. 그러니까 3천 명 살생부가 어디서 나오면 아버지의 친일이 공훈으로 될 수도 있고, 안 나오면 아직도 어떻다고 결론을 내릴 수가 없을 것 같아요.

이정화(서면 답신)　　　어린 시절 저에게 가장 큰 영향을 준 사람은 아버지였습니다. 아버지는 감옥에 갇히거나, 병원 침대에 갇혀 계셨거나, 멀리 떨어진 성전에서 명상하는 등 많은 시간을 멀리 떠나계셨지만, 집에 계실 때엔 훌륭한 동반자가 되어 주셨습니다. 몇몇 행복했던 사릉 시절의 장면들이 아직도 생생하게 내 머리 속에 남아있습니다. 해질녘 강둑에 무릎을 꿇고 있을 때에 반짝이는 포플러 잎사귀의 흔들림. 벼를 심으며 나란히 쭈그리고 끝없이 흐르는 논물에 발을 담갔던 일도 어렴풋이 생각나네요. 밤중에 활짝 핀 박꽃을 찾아온 박꽃 나비. 우리는 앞마루에 앉아서 조용하게 기다렸다 감상했지요. 이런 일 저런 일들을 겪어 가며 살았던 사릉의 옛날 일을 후세들이 감상할 수 있는 기념관이 세워졌으면 해요. 특히 사릉에서 사셨던 모든 분들의 후세들이 '우리 조상들은 이렇게 사셨구나.' 하고 돌아볼 수 있는 자료를 모으고 전람하고 싶어요. 그러다가 사릉에서 제2의 춘원, 제3의 춘원이 탄생할 수도 있겠죠. 단종의 왕비 정순왕후 송씨의 무덤이 있어서 '사릉'이라고 명명되었다고 알고 있습니다. 그렇다면 단종-세조대왕님도 사릉과 깊은 인연이 있는 분이시지요.

이것으로 이정화 선생님과의 인터뷰를 마치도록 하겠습니다. 오랜 시간 어려운 질문에 응해주신 이정화 선생님, 그리고 경청해주신 여러 선생님들께 진심으로 감사드립니다.

후기

애초에 인터뷰를 맡아달라는 요청이 버거웠다. 그래서인지 인터뷰 질문을 준비하면서, 그리고 인터뷰를 마치고 나서도 오래도록 무거운 마음이 가시지 않았다. '아버지로서의 이광수'를 운운했지만 사실 이를 따로 떼어 논한다는 것 자체가 어불성설이었고, 이광수 연구자로서 그 사실을 모르지 않았기에 더더욱 그러했을 것이다. 이정화 선생님께서도 인터뷰에 응하자면 마음의 준비가 필요하실 것이라고 생각해서 인터뷰 직전 선생님께 질문지를 드리고 둘이서 가벼운 대화를 나눴다. 그리고 인터뷰 후에는 충분한 시간을 드리지 못한 것이 마음에 걸려서 다시 한 달간의 시간을 드리고 보충하고 싶으신 생각에 대한 서면 답신을 부탁드렸다. 선생님의 서면 답신은 마지막 질문의 두 번째 답변에 담았다. 부디 이번 인터뷰가 이광수의 딸로서 선생님께서 감내해야 했을 오랜 시간들의 무게와 함께 기억되기를. 덧붙여 인터뷰 구술 원고의 정리를 도와준 춘원연구학회 간사 김현진 선생님, 그리고 개인적으로라면 엄두도 내지 못했을 귀한 자리를 마련해주신 춘원연구학회에 깊이 감사드린다.

부록

이광수론 자료 및 연구 목록

1910년대

최남선, 『『검둥의 설움』 서문」, 『검둥의 설움』, 신문관, 1913.

현상윤, 「이광수 형에게」(1914.12.27), 『소성의 만필』.

양건식, 「춘원의 소설을 환영하노라」, 『매일신보』, 1916.12.28~29.

양건식, 「『무정』을 독(讀)하고」, 『매일신보』, 1917.5.9~10.

김기전, 「『무정』 122회를 독(讀)하다가」, 『매일신보』, 1917.6.15~17.

백일생, 「문단의 혁명아야」, 『학지광』 14, 1917.12.

최남선, 「『무정』 서문」, 신문관, 1918.

최남선, 「병우(病友) 생각」, 『청춘』 13, 1918.3.

주요한, 「『무정』을 읽고」, 『매일신보』, 1918.8.7~ 8.18.

PN생, 「『개척자』를 읽고」, 『매일신보』, 1917.10.27.

민영대, 「『개척자』를 독(讀)하다가 애(愛)의 신성함을 논함」, 『매일신보』, 1918.3.2.

최학송, 「『개척자』를 독(讀)하고 소감대로」, 『매일신보』, 1918.3.3.

화룡생, 「『개척자』를 읽은 이에게」, 『매일신보』, 1918.3.16.

묵해, 「『개척자』다려」, 『매일신보』, 1918.3.17.

현상윤, 「이광수 군의 「우리의 이상」을 독(讀)함」, 『학지광』, 1918.3.

서상일, 「문단의 혁명아를 독(讀)하고」, 『학지광』, 1918.3.

이희철, 「K선생을 생각함」, 『창조』 3, 1919.12.

1920년대

황석우, 「최근의 시단-춘원 군의 시」, 『개벽』 5, 1920.11.

춘풍생, 「춘원 선생에게」, 『조선일보』, 1921.6.2.

박종화, 「오호 아문단」, 『백조』 2, 1922.5.

최원순, 「이춘원에게 문하노라-「민족개조론」을 읽고」, 『동아일보』, 1922.6.3~4.

신상우, 「춘원의 「민족개조론」을 독(讀)하고 그 일단을 논함」, 『신생활』 6, 1922.6.

신일용, 「춘원의 「민족개조론」을 평함」, 『신생활』 7, 1922.7.

김제관, 「사회문제와 중심사상」, 『신생활』 7, 1922.7.

양주동, 「내 심금의 현을 울린 작품-『마의태자』 기타」, 『조선일보』, 1923.1.29.

홍명희, 「『어둠의 힘』 서문」, 『어둠의 힘』, 중앙서림, 1923.

미상, 「「민족적 경륜」 비판」, 『독립신문』, 1924.1.2~6.

미상, 「정치적 결사와 운동에 대하여」, 『동아일보』, 1924.1.29.

미상, 「양 문제의 진상 ─ 민족적 경륜·연정회」, 『동아일보』, 1924.4.23.

박영희, 「문학상으로 본 이광수」, 『개벽』 55, 1925.1.

이성태, 「내가 본 이광수」, 『개벽』 55, 1925.1.

전영택, 「춘원이 않는다」, 『조선문단』 7, 1925.4.

이덕호, 「박영희 씨에게」, 『동아일보』 1925.2.16.

방인근, 「이광수 주재에 대하여」, 『조선문단』 10, 1925.7.

유완희, 「현실에 대한 반역 ─ 춘원의 소위 신이상주의 문학 해부」, 『시대일보』, 1925.12.7.

박영희, 「「문예쇄담」을 읽고서」, 『개벽』 65, 1926.1.

양주동, 「철저와 중용 ─ 현하 조선이 가지고 싶은 문학」, 『조선일보』, 1926.1.23~24.

백기만, 「춘원 이광수 군의 「중용과 철저」를 읽고」, 『조선일보』, 1926.1.17~18.

양주동, 「춘원 선생께」, 『조선일보』, 1926.1.29.

_____, 「이광수 씨에게 답하야」, 『조선일보』, 1926.2.19.

김수산, 「이광수 류의 문학을 매장하라」, 『조선지광』, 1926.4.

P.B.생, 「춘원의 『재생』을 평함 ─ 상식문학의 일표본으로」, 『시대일보』, 1926.7.5.

미상, 「노상(路上)의 인(人), 이광수 씨」, 『별건곤』 3, 1927.1.

이수창, 「문단제가 측면관 ─ 춘원 이광수·염상섭」, 『중외일보』, 1928.8.9.

김기진, 「문예시대관 단편 ─ 통속소설소고」, 『시대일보』, 1928.11.9~20.

미상, 「서재인 방문기 ─ 춘원 이광수 씨」, 『동아일보』, 1928.12.25.

김동인, 「조선근대소설고」, 『조선일보』, 1929.7.28~8.16.

미상, 「문예사상문답 ─ 이광수·염상섭 씨와 일문일답기」, 『문예공론』 1, 1929.5.

이수창, 「『無情』の譯後に」, 『조선사상통신』, 1929.5.23.

주요한, 「신문예운동의 선구자」, 『삼천리』 2, 1929.9.

조산생, 「『단종애사』 독후감」, 『동아일보』, 1929.11.13.

전홍진, 「『단종애사』 독후감」, 『동아일보』, 1929.11.14.

노성은, 「『단종애사』 독후감」, 『동아일보』, 1929.11.16.

김안서, 「시가집을 읽고서」, 『동아일보』, 1929.11.20~23.

계산, 「『단종애사』 독후감」, 『동아일보』, 1929.12.5.

이승춘, 「『단종애사』 독후감」, 『동아일보』, 1929.12.27.

KSM, 「『단종애사』 독후감」, 『동아일보』, 1929.12.28.

1930년대

일독자, 「KSM씨의 『단종애사』 독후감을 읽고」, 『동아일보』, 1930.1.11~12.

효종, 「파인 시편을 주로 하여—『삼인시가집』을 음미」, 『조선일보』, 1930.3.7~15.

민병휘, 「『혁명가의 안해』를 읽고」, 『조선일보』, 1930.11.18~22.

주요섭, 「통속화의 비애—『단종애사』 상하 양권」, 『동광』 17, 1931.1.

김동인, 「작가 4인—춘원·상섭·빙허·서해 그들에 대한 단평」, 『매일신보』, 1931.1.1~8.

미상, 「최근 10년간 필화 설화사—「민족개조론」과 「경륜」」, 『삼천리』 4, 1931.4.

최명익, 「이광수 씨의 작가적 태도를 논함—주로 「여의 작가적 태도」라는 씨의 일문에 대하야」, 『비
　　　　평』 5, 1931.9.

김명식, 「지도이념과 원동세력—이광수 씨의 '지도자론' 비판」, 『삼천리』 9, 1931.9.

유광렬, 「이광수의 「김성수론」을 박(駁)함」, 『삼천리』 3-10, 1931.10.

이라한, 「이광수의 「김성수론」을 희(戱)함」, 『비판』 7, 1931.11.

미상, 「이광수 선생에게—이광수 배(拜) 『마의태자』」, 『삼천리』, 1931.12.

김경석, 「민족개조론」 독후감」, 『동광』 29, 1931.12.

김성근, 「춘원의 문학현실—군상 3편을 통하여」, 『문예월간』 3, 1932.1.

미상, 「이광수 씨와 기독에 대하여 어(語)함」, 『삼천리』 22, 1932.1.

김명식, 「영웅주의와 파시즘—이광수 씨의 몽(夢)을 계(啓)함」, 『동광』 31, 1932.3.

박일형, 「민족과 민족운동—수양동우회는 어디로 가나」, 『비판』 12, 1932.4.

정절성, 「인텔리겐챠와 민족운동—이광수의 민족운동의 이론을 분쇄함」, 『비판』 14, 1932.6.

미상, 「문제 인물의 문제—글 쓰는 쪽쪽 말썽 생기는 이광수」, 『제일선』 15, 1932.7.

윤기정, 「이광수 씨의 조선문학에 대하야」, 『신조선』 1-3, 1932.9.

백유, 「이광수 씨의 유심사관 비판」, 『제일선』 17, 1932.9.

윤기정, 「이광수 씨의 「조선의 문학」에 대하여」, 『신조선』, 1932.9.

정래동, 「이광수 씨의 꿈—그의 공상을 타(打)함」, 『제일선』 18, 1932.10.

미상, 「이광수 씨 저 「이순신」—신간소개」, 『동광』 39, 1932.11.

한설야, 「민족개량주의 비판」, 『신계단』 4, 1933.1.

양주동, 「집단주의의 어노성—이광수 씨의 소론에 대하야」, 『조선중앙일보』, 1933.1.3~9.

안석주, 「명모(明眸)의 양인(洋人) 같은 춘원 이광수 씨—문단 메리꼬라운드」, 『조선일보』, 1933.2.1.

김기림, 「신문소설 '올림픽' 시대」, 『삼천리』, 1933.2.

황영, 「민족주의 지도원리 비판」, 『신계단』 6, 1933.3.

한철호, 「민족개량주의에 대하여」, 『신계단』 7, 1933.4.

황석우, 「나의 팔인관—이광수」, 『삼천리』 4-4, 1933.4.

이기영, 「『혁명가의 안해』와 이광수」, 『신계단』 7, 1933.4.

이기영, 「변절자의 아내」, 『신계단』 8·9, 1933.5~6.

단남생, 「검불랑의 흙이 될 갑진 군을 위하야 – 춘원의 『흙』을 읽고서」, 『동아일보』, 1933.7.18~19.

엄상섭, 「시대착오의 지도 원리 – 춘원의 『흙』을 읽고」, 『조선중앙일보』, 1933.7.30.

미상, 「이광수 씨와 교담록」, 『삼천리』 6~9, 1933.9.

백철, 「이광수 씨의 근작 『흙』에 대한 소감」, 『조선중앙일보』, 1933.10.17.

_____, 「『흙』에 나타난 창작 태도와 묘사」, 『조선중앙일보』, 1933.10.18.

미상, 「이광수 씨 작 『단종애사』 『이순신』 독일문단에 소개」, 『가톨릭청년』, 1934.2.

미상, 「춘원의 그 여자는 과연 누구인가? – 『그 여자의 일생』을 쓰면서」, 『조선일보』, 1934.2.16.

미상, 「춘원 이광수 씨 작품 독일문단에 소개」, 『조선일보』, 1934.3.11.

미상, 「춘원 출가 방랑기」, 『삼천리』 6~7, 1934.6.

이무영, 「춘원 이광수 씨에게」, 『조선중앙일보』, 1934.6.20~22.

윤고종, 「작가 춘원은 어데로?」, 『조선중앙일보』, 1934.8.26.

망운루인, 「이광수 씨 인물론」, 『신인문학』 3, 1934.10.

양건식 외, 「춘원 문단생활 20년을 기화로 한 문단회고 좌담회」, 『삼천리』 6-11, 1934.11.

김동환, 「전집 간행의 변」, 『삼천리』 7-6, 1935.7.

전영택, 「내가 본 춘원」, 『삼천리』, 1935.7.

편집부, 「전집에 대한 사회 인사의 변」, 『삼천리』 7~6, 1935.7.

김남천, 「이광수 전집 간행의 사회적 의의」, 『조선중앙일보』, 1935.9.5~7.

김동인, 「춘원 연구」, 『삼천리』 57-67, 1934.12~1935.10.

여기자, 「이광수 씨 가정 신풍경」, 『신인문학』, 1935.1.

민병휘, 「춘원의 『흙』과 민촌의 『고향』」, 『조선문단』 23, 1935.5.

홍효민, 「문예적 생산과 생산적 문예」, 『조선문단』 24, 1935.6.

임화, 「춘원 문학의 역사적 가치」, 『조선중앙일보』, 1935.10.13~22.

박화성, 「내가 사숙하는 내외 작가」, 『동아일보』, 1935.7.14.

임화, 「조선 신문학사론 서설」, 『조선중앙일보』, 1935.3.8~24.

노자영, 「나의 문단참회록」, 『유수낙화집』, 청조사, 1935.

임화, 「위대한 낭만정신」, 『동아일보』, 1936.1.1~4.

김소엽, 「춘원과 팔봉 방문기」, 『조선문단』 속간 5, 1936.1.

민병휘, 「작가 방문기 – 이광수 편」, 『문학』 1, 1936.1.

노자영, 「이광수 씨와의 일문 일답기」, 『신인문학』, 1936.1.

김북원, 「소설 『흙』에 나타난 춘원의 의식」, 『조선중앙일보』, 1936.2.21.

이선희, 「작가 조선의 군상」, 『조광』 6, 1936.4.

이석훈, 「작가 인상기」, 『중앙』, 1936.4.

김남천, 「춘원 이광수 씨를 말함」, 『조선중앙일보』, 1936.5.6~15.

미상, 「조선문학의 발전책을 이광수 씨에게 들음」, 『조광』 2-11, 1936.11.

김남천, 「조선문화의 큰 혁명 춘원 이광수 선생」, 『조선일보』, 1937.1.10.

이동규, 「이광수론」, 『풍림』 4, 1937.3.

홍성한, 「이광수 선생과 인정」, 『백광』 6, 1937.6.

김동인, 「춘원 연구-단속 집필에 제(際)하여」, 『삼천리문학』 1, 1938.1.

_____, 「춘원 연구」, 『삼천리문학』 2, 1938.4

미상, 「이광수 씨 『무정』 영화화-경개」, 『광업시대』 2-4, 1938.4.

_____, 「춘원 연구」, 『삼천리』, 1938.1~4.

_____, 「춘원의 소설」, 『박문』 2, 1938.11.

김문집, 「『사랑』 독후감」, 『박문』 2, 1938.11.

전영택, 「나의 춘원관」, 『박문』 2, 1938.11.

이태준, 「이광수 씨의 전작 『사랑』을 추천함」, 『조선일보』, 1938.11.11.

김기진, 「춘원의 『사랑』 독후감」, 『매일신보』, 1938.11.16.

김동인, 「춘원과 『사랑』」, 『박문』 3, 1938.12.

이태준, 「춘원의 전작-춘원의 『사랑』 독후감」, 『박문』 3, 1938.12.

모윤숙, 「춘원 근작 『사랑』을 읽고」, 『삼천리』 10-12, 1938.12.

불망초, 「이광수 씨의 연애관-지고한 부처님 사랑의 경지에까지」, 『삼천리』 10-12, 1938.12.

모윤숙, 「근작 『사랑』을 읽고 여주인공 석순옥 씨에게 올리는 글」, 『삼천리』 10-12, 1938.12.

김남천, 「작금의 신문소설」, 『비판』 52, 1938.12.

함대훈, 「인생의 교사로서의 춘원의 『사랑』」, 『조광』 39, 1939.1.

김남천, 「생불과 중생」, 『조선일보』, 1938.11.13.

김광섭, 「『영월영감』과 역작 「무명」」, 『동아일보』, 1939.1.28.

허영숙, 「나의 자서전-일대의 문호」, 『여성』, 1939.2.

이명선, 「영화 『무정』의 인상」, 『매일신보』, 1939.3.19.

박정호, 「『춘원시가집』 서문」, 『춘원시가집』, 1939.

김동환 외, 「신춘 창작 합평-춘원의 「무명」과 『사랑』」, 『삼천리』 11-4, 1939.4.

김문집, 「재생 이광수론」, 『문장』 1-4·5집, 1939.5~6.

모윤숙 외, 「이광수 선생에게 문학, 연애, 종교를 묻는 여류문사의 모임」, 『삼천리』 11~8, 1939.7.

미상, 「영화 『무정』의 밤」, 『삼천리』 11-7, 1939.6.

박영환, 「『무정』으로 박 감독에 공개장」, 『삼천리』 11-7, 1939.6.

모윤숙, 「『사랑』 후편을 읽고-특히 여주인공의 인간 투쟁을 감상함」, 『조광』 46, 1939.8.

김동인, 「춘원 연구」, 『삼천리』, 1939.1~6.

박태원, 「『이광수 단편집』−신간평」, 『문장』 1~8, 1939.8.

_____, 「이광수 선 『이광수 단편집』」, 『박문』 11, 1939.9.

이원조, 「구월 창작평−춘원의 상식 철학」, 『조선일보』, 1939.9.16.

전영택, 「『수필과 시가』 서문」, 『수필과 시가』, 영창서관, 1939.

김사량, 「조선의 작가를 말한다」, 『모던일본과 조선』, 1939.

1940년대

임화, 「이광수 씨의 소설 「무명」에 대하여」, 『경성일보』, 1940.2.15~16.

이기영, 「문학을 하게 된 동기」, 『문장』, 1940.2.

김원건아, 「조선의 작가 이광수 씨의 인상」, 『문학자』 2-7, 1940.7.

홍효민, 「귀농운동의 관념화−『흙』의 제구성의 양상」, 『인문평론』 3-1, 1941.1.

박송, 「연극시감−이광수 원작 『그 여자의 일생』 극작기」, 『삼천리』 13~3, 1941.3.

雲井鐘之助, 「春園先生に」, 『신시대』, 1944.2.

고원섭, 「이완용의 후손들」, 『신천지』 7, 1946.8.

김동인, 「반역자」, 『백민』, 1946.10.

김동인, 「춘원과 『나』」, 『신천지』 3-3, 1948.3.

조연현, 「『무정』 일소설 감상」, 『협동』 28, 1948.6.

조연현, 「상품화한 양상−춘원 등의 재등장에 관하야」, 『국제신문』, 1948.7.17~18.

김민철, 「위선자의 문학−이광수를 논함」, 『국제신문』, 1948.10.16~10.26.

김동인, 『춘원연구』, 영창서관, 1948.

김동석, 「위선자의 문학」, 『뿌르조아의 인간상』, 탐구당서점, 1949.

1950년대

조연현, 「『무정』−소설 감상」, 『협동』 5-4, 1950.4.

김소운, 「춘원 이광수의 편모−푸른 하늘 은하수」, 『자유세계』 1-3, 1952.4.

주요한, 「새해에 생각나는 사람들−춘원 이광수」, 『신천지』, 1954.1

박용구, 「선배의 예술−춘원의 문학」, 『중앙일보』, 1954.3.14.

허영숙, 「내가 본 춘원의 생애」, 『현대공론』, 1954.3~6.

신낙현, 「춘원 이광수는 과연 친일파였던가?」, 『신태양』 22, 1954.6.

허영숙, 「내 생명의 원동력」, 『경향신문』, 1954.6.25.

최남선, 「한국문단의 초창기를 말함」, 『현대문학』 1, 1955.1.

전영택, 「춘원이 그립다」, 『사상계』 3-2, 1955.2.

이수린, 「주제를 중심으로 한 작품 연구−이광수 편」, 중앙대 석사논문, 1955.

천이두,「『무정』의 주제-『무정』을 통해 본 춘원의 일생」,『국어문학』, 전북대국어국문학회, 1955.3.

방인근,「춘원 이광수」,『아리랑』, 1955.4.

안동민,「춘원 이광수론-작품에 반영된 그의 인간성」,『현대문학』 5·6호, 1955.5~6.

조연현,「최남선과 이광수의 문학」,『현대문학』, 1955.6

이정화,『아버님 춘원』, 문선사, 1955.

미상,「동아가 배출한 작가 시인」,『동아일보』, 1955.8.19.

최문진,「춘원의『단종애사』와 나」,『자유신문』, 1955.9.6~9.8.

김용제,「춘원 선생에게」,『새벽』, 1955.9.

안종운,「생의 고민과 초월의 시련-춘원의『사랑』에 대하여」,『고대문화』 1, 고려대 고대문학회,
          1955.12.

김동인,『춘원연구』, 신구문화사, 1956.

박용구,「춘원의 역사소설·방법론적 분석서설」,『현대문학』, 1956.6.8.~11.

구외행,「작품을 통해서 본 춘원의 여성관-특히 이상주의에서 본」,『국어국문학연구논문집』 3, 1956.11.

허영숙,「억류인사 부인들의 단장의 서」,『주부생활』, 1957.2.

조연현,「춘원 이광수론」,『새벽』 4-3, 1957.3.

정태용,「현대 시인 연구-육당과 춘원」,『현대문학』 3-3, 19957.3.

이항녕,「저작권법의 문제-춘원의 작품을 중심으로」,『세계일보』, 1957.7.1.

홍효민,「소설 이론의 신전개-춘원의 시대적 음미」,『평화일보』, 1957.11.30.~12.12.

백세명,「진인사상과 신국민-민족개조론의 재긍정」,『새벽』 5-1, 1958.1.

김송,「문제작이라는 것『흙』」,『동아일보』, 1958.1.5.

김팔봉,「작가로서의 춘원」,『사상계』 6-2, 1958.2.

이은상,「육당·춘원의 시대적 배경」,『사상계』 6-2, 1958.2.

김성식,「육당·춘원의 밤」,『사상계』 6-2, 1958.2.

함석헌,「육당·춘원의 밤은 가고」,『사상계』 6-2, 1958.2.

주요한,「춘원의 인간과 생애」,『사상계』 6-2, 1958.2.

정상구,「설교의 광장-춘원 이광수론」,『신조문학』 1, 1958.5.

박영희,「이광수의 문학사적 위치 재평가」,『사상계』 6-9, 1958.9.

구인환,「춘원의 처녀작-문학사의 재검토와 시정을 위하여」,『조선일보』, 1959.3.3.

홍효민,「춘원 이광수론-인물문학사」,『현대문학』 5-7, 1959.7.

박영희,「초창기의 문단측면사」,『현대문학』, 1959.8~1960.5.

정태용,「작가와 생활방식-춘원과 금동과 이상」,『한국일보』, 1959.10.9.

김을한,「그리운 사람들-춘원 이광수」,『연합신문』, 1959.10.13

백철,「춘원의 문학과 그 배경」,『자유문학』 4-11, 1959.11.

1960년대

박말례, 「춘원 초기소설의 형식고」, 이화여대 석사논문, 1960.

유기룡, 「춘원소설 연구」, 경북대 석사논문, 1960.

조지훈, 「지조론-변절자를 위하여」, 『새벽』 7-3, 1960.3

정태용, 「한국적 동키호테상-이광수론의 하나로써」, 『현대문학』 6-6, 1960.6.

김우종, 「당면 과제의 사적 고찰」, 『현대문학』, 1960.8.

송민호, 「춘원의 초기작품고」, 『현대문학』 7-9, 1961.9.

송민호, 「춘원과 시장의 우상-오전되고 왜곡된 그의 사적」, 『조선일보』, 1961.12.27.

곽학송, 「그치지 않는 춘원 박해-송민호 선생의 「춘원과 시장의 우상」에 답하여」, 『조선일보』,
    1962.1.17.

박계주·곽학송, 『춘원 이광수-그의 생애·문학·이상』, 삼중당, 1962.

곽학송, 『사랑은 가시밭길』, 광문출판사, 1962.

구인환, 「춘원의 처녀작고」, 『국어교육』 3, 한국어교육학회, 1962.1.

하재철, 「춘원 이광수론-작품에 반영된 그의 인간성」, 『동아』 2, 동아대, 1962.

송민호, 「춘원의 습작기 작품과 장편 『무정』」, 『국어국문학』 25, 국어국문학회, 1962.

김기현, 「비극적 인간상」, 『고대문화』 4, 고려대 고대문학회, 1962.

김동리, 「한국 소설의 고민과 반성과 희망」, 『사상계』, 1962.9.

모윤숙, 「춘원 추모기」, 『현대문학』 8-12, 1962.12.

피천득, 「춘원 선생」, 『신세계』, 1962.12.

최병국, 「춘원 문학의 기독교적 사상 분석」, 단국대 석사논문, 1963.2.

주요한, 「도산과 춘원」, 『이광수전집』 13, 삼중당, 1963.

한상준, 「이광수-신문학 운동의 선봉」, 『20세기 강좌』 7, 박우사, 1963.

이기백, 「한국 민족성의 장단점 논의-춘원과 육당의 사고방식을 중심으로」, 『신세계』 2-4·5,
    1963.4~5.

허영숙, 「춘원을 앗아간 공산주의」, 『신세계』 2-6, 1963.6.

미상, 「이광수전집 월보-이광수 전집의 완간에 부친다」, 삼중당 출판국, 1963.11.10.

정비석, 「개인 전집 간행의 신기원」, 『경향신문』, 1963.11.27.

이철주, 「슬픈 전성과 춘원 이광수」, 『사상계』, 1963.11.

백철, 「춘원 문학의 기념탑-이광수전집의 완간을 보고」, 『조선일보』, 1963.12.17.

주요한, 「춘원의 못다 한 심부름」, 『신사조』, 1964.1.

양주동, 「문단교우록」, 『신사조』 3-2, 1964.2.

주요한, 「다섯 치의 솔-2월과 춘원」, 『동아일보』, 1964.2.3.

안상선, 「춘원 작품에 나타난 불교적 인생관」, 성균관대 석사논문, 1964.

백철, 「춘원문학과 기독교」, 『기독교사상』 75, 1964.3.

김송현, 「초기소설의 원천 탐색」, 『현대문학』 10-9, 1964.9.

김붕구, 「신문학 초기의 계몽사상과 근대적 자아」, 『한국인과 문학사상』, 일조각, 1964.

김현, 「위선과 패배의 인간상-『흙』과 『상록수』를 중심으로」, 『세대』 17, 1964.10.

백철, 「농민소설과 계몽주의」, 『세대』 17, 1964.10.

유종호, 「어느 반문학적 초상-이광수론」, 『문학춘추』 8, 1964.11.

선우휘, 「한국의 인물 광맥-춘원 이광수 씨」, 『대한일보』, 1964.11.7.

강인숙, 「춘원과 동인의 거리-역사소설의 인물형을 중심으로」, 『현대문학』 11-2, 1965.2.

김영덕, 「춘원의 기독교 입문과 그 사상과의 관계 연구」, 『한국문화연구』 5, 이화여대, 1965.

송민호, 「춘원 초기작품의 문학사적 연구」, 『고려대 60주년 기념 논문집』, 1965.

백철, 「춘원의 문학과 생애」, 『한국의 인간상』 5, 신구문화사, 1965.

손연자, 「작품에 나타난 농촌계몽 활동-이광수의 『흙』에 나타난 허숭의 사상을 중심으로」, 『한국어
        문학연구』, 이화여대, 1965.

이선영, 「춘원의 비교문학적 고찰」, 『새교육』 134, 대한교육연합회, 1965.

홍사중, 「때묻은 우상과 계모사상-춘원의 사상과 하이칼라의 윤리」, 『시대』 1965.5.

송욱, 「한국 지식인과 역사적 현실」, 『사상계』, 1965.4.

송욱, 「일제하의 한국 휴우머니즘 비판-이광수작 『흙』의 의미와 무의미」, 『동아문화』 5, 서울대 동아
        문화연구소, 1966.

김학운, 「동인문학 Recurrent Imagery 연구-춘원과 비교하여」, 『문학춘추』 3-4, 1966.7.

정태용, 「『무정』의 근대성」, 『한양』 54, 한양대, 1966.

정환철, 「이광수의 문학과 불교사상」, 『경기』 1, 경기대, 1966.

김우종, 「춘원문학 연구」, 『논문집』 5, 충남대, 1966.

송욱, 「자기기만의 윤리-이광수작 「무명」」, 『아세아학보』 2, 아세아학술연구회, 1966.

임종국, 「이광수론」, 『친일문학론』, 평화출판사, 1966.

유진오, 「젊은 날의 자화상」, 『구름 위의 만상(漫想)』, 일조각, 1966.

구인환, 「춘원의 문체론적 연구」, 『국어국문학』 34·35(합), 국어국문학회, 1967.

안병욱, 「이광수의 「민족개조론」」, 『사상계』 15-1, 1967.1.

하동호, 「처녀작 주변 이광수편」, 『신아일보』, 1967.2.18.

백낙청, 「역사소설과 역사의식-신문학에서의 출발과 문제점」, 『창작과 비평』, 1967 봄호.

김붕구, 「한국의 지식인상」, 『신동아』, 1967.3.

이경성, 「사릉에서 만난 춘원」, 『동아일보』, 1967.3.30.

전대웅, 「춘원 문학의 주제, 사랑과 자비의 윤리」, 『기독교사상』 11-6, 1967.6.

이화형, 「춘원 소설에 나타난 불교사상」, 『어문논집』 10, 고려대 민족어문학회, 1967.

서연호, 「한국 극문학상에서 본 춘원」, 『어문논집』 10, 고려대 민족어문학회, 1967.

조윤제, 「『독립신문』 시절」, 『신동아』, 1967.7.9.

김영기, 「이인직·이광수·손창섭·최인훈 ─ 문제작가 문제작품」, 『현대문학』 13-12, 1967.12.

모윤숙, 「나의 사우록 ─ 춘원 이광수 선생」, 『동아일보』, 1967.12.8~9.

전대웅, 「춘원의 작품과 종교적 의의」, 『동서문화』 1, 계명대 인문과학연구소, 1967.

이기백, 「민족성과 민족개조론」, 『새교육』, 대한교육연합회, 1968.1.

미상, 「춘원 문학의 금자탑 『사랑』」, 『경향신문』, 1968.2.10.

구인환, 「춘원론 서설」, 『국어교육』 14, 한국어교육학회, 1968.

곽학송, 「〈춘원 이광수〉 오리지널 시나리오」, 문화공보부, 1968.

이화형, 「춘원 문학의 종교사상 연구」, 고려대 석사논문, 1968.

최정석, 「춘원과 대승불교 사상 ─ 작품 『원효대사』에서 보이는 것」, 『국문학연구』 1, 효성여대, 1968.

윤영춘, 「이광수 문학의 인간 고향을 찾아서」, 『세대』 6-5, 1968.5.

이상형, 「춘원 문학의 종교사상 연구」, 고려대 석사논문, 1968.

강인숙, 「춘원과 동인의 거리」, 『신상』 1, 1968 가을.

김봉구, 「신문학 초기의 계몽사상과 근대적 자아 ─ 춘원의 경우」, 『한국인과 문학사상』, 일조각, 1968.

송백헌, 「춘원의 「소년의 비애」 연구」, 『대전공전 논문집』 3, 대한출판사, 1968.11.

김문배, 「작품을 통해서 본 춘원의 여성관 ─ 이상주의적 관점에서 고찰」, 『교육연구논문집』 4, 경남교육연구소, 1969.

주요한, 「세 개의 등불 ─ 춘원 선생을 생각하면서」, 『동아일보』, 1969.1.21.

이선영, 「도덕과 미학 ─ 이광수와 김동인을 중심으로」, 『현대문학』 15-3, 1969.3.

김열규, 「이광수 문학론의 전개」, 『한국근대문학연구』, 서강대 인문과학연구소, 1969.

한영환, 「한국 근대 역사소설의 연구」, 『연구논문집』, 성신여대 1969.

김현, 「한국 개화기 문학인 ─ 육당과 춘원의 경우」, 『아세아』 1-2, 1969.3.

이선영, 「도덕과 미학 ─ 이광수와 김동인을 중심으로」, 『현대문학』 15-3, 1969.3.

김팔봉, 「일제 암흑기 문단」, 『대한일보』, 1969.4.7~12.10.

양주동, 「문단 교류기 ─ 나와 『금성』 시대 ─ 춘원과의 논쟁」, 『대한일보』, 1969.5.20.

신동한, 「〈특집〉 이광수론」, 『월간문학』 2-7, 현암사, 1969.7.

송민호, 『무정』, 한국의 명저, 현암사, 1969.

김태준, 「춘원의 문예에 끼친 기독교의 영향」, 『논문집』 3, 명지대 인문과학연구소, 1969.10.

추연욱, 「춘원 문예비평 연구」, 『어문논집』 1, 계명대 국어국문학회, 1969.

1970년대

염무웅, 「농촌 현실과 오늘의 문학」, 『창작과 비평』, 1970 가을.

조진기, 「춘원의 『무정』 연구」, 『국어국문학연구』 12, 영남대, 1970.1.

박명숙, 「춘원 수필의 성격과 그의 단편소설에 나타난 수필성」, 『한국어문학연구』 10, 이화여대, 1970.2.

장순하 편, 「한국현대소설사전 – 이광수편」, 『현대문학』 16-4, 1970.4.

계광순, 「돌아오지 않는 납북인사들」, 『신동아』, 1970.6.

김윤식, 「이광수 – 한국 근대인물 백선」, 『신동아』, 1970.9.

김태준, 「춘원 이광수의 예술관」, 『명지어문학』 4, 명지대, 1970.10.

조진기, 「춘원 소설에 나타난 인간상 연구 – 특히 지도자상을 중심으로」, 영남대 석사논문, 1970.

정명환, 「이광수의 계몽사상」, 『성곡논총』 1, 성곡언론문화재단, 1970.

김영덕, 「전통 가운데 현대의 불을 밝힌 육당과 춘원」, 『녹원』 11, 이화여대 문리대학, 1970.

이상범, 「나의 교우 반세기」, 『신동아』, 1971.1

선우휘, 「묵시」, 『현대문학』, 1971.2.

송희성, 「춘원 작품에 나타난 기독교 사상 – 초기 작품을 중심으로」, 이화여대 석사논문, 1971.

김동명, 「춘원 문학의 연구 – 특히 기독교 사상을 중심으로」, 『동아대 대학원』, 1971.2.

진영환, 「춘원 소설의 연구」, 『대전공전 논문집』 7, 대한출판사, 1971.4.

최정석, 「작품 『사랑』의 사랑 분석 – 사랑의 육바라밀」, 『연구논문집』 8·9, 효성여대, 1971.7.

유윤식, 「시의 전경과 후경 – 춘원의 경우」, 『성대문학』 17, 성균관대, 1971.11.

윤병로, 「문학의 사회적 기능 – '참여문학의 기수'」, 『성대문학』 17, 성균관대, 1971.11.

김태준, 「한국소설의 윤리적 가능성 – 춘원의 『원효대사』를 중심으로」, 『논문집』 4, 명지대 인문과학 연구소, 1971.12.

김윤식, 「이광수의 처녀작 고(攷) – 이광수의 첫 작품 일문 「사랑인가」를 통해 본 조도전 시절의 이광수」, 『독서신문』, 1971.12.5.

김상태, 「이광수의 문체 연구」, 『문교부 어문학계 연구 보고서』 1, 1972.

이항구, 「춘원 선생은 이렇게 최후를 마쳤다」, 『북한』 1-6, 북한연구소, 1972.6.

선우휘, 「두고 온 산하 – 영원한 향수, 정주」, 『북한』 1-6, 북한연구소, 1972.6.

조용만, 「우리나라 신문학의 초창기에 있어서 일본의 서구문학의 영향」, 『아세아연구』 15-2, 고려대 아세아연구소, 1972.

신동욱, 「한국에 있어서 톨스토이의 이해와 적용」, 『인문평론』 17, 고려대 문과대학, 1972.

김윤식, 「1930년대 농촌계몽의 문학적 양상」(1972), 『한국문학의 논리』, 일지사, 1974.

신동욱, 「춘원의 문학비평」, 『한국현대문학론』, 박영사, 1972.

백철, 「『무정』의 사적인 위치」, 『이광수전집』 1, 삼중당, 1972.

이학수, 「나의 형 춘원의 마지막 일화」, 『월간중앙』, 50, 1972.5.

김영덕, 「춘원의 '정'과 기독교 사상과 관계 연구 – 초기 문헌과 작품을 중심으로」, 『한국문화연구원논 총』 20, 이화여대 한국문화연구원, 1972.9.

김용직, 「통념과 작품의 진실―춘원의 문학사적 위치」, 『현대문학』 1, 1972.10.

노양환, 「동경 유학시대의 이광수―명치학원 중학·조도전대학 시대의 성적을 중심으로」, 『문학사상』 1, 1972.10.

이형기, 「『춘원 연구』의 재검토―춘원 비판의 재비판」, 『문학사상』 1, 1972.10.

천이두, 「근대와 전근대의 이율배반」, 『문학사상』 1, 1972.10.

홍기삼 외, 「〈좌담〉 이광수와 개화기의 문학」, 『문학사상』 1, 1972.10.

문덕수, 「관념체와 즉물체―동인과 춘원의 문장 비교」, 『문학사상』 2, 1972.11.

윤홍로, 「춘원 작품 재평가」, 『숭전어문학』 1, 숭전대, 1972.10.

정한숙, 「농민소설의 변용 과정―춘원, 심훈, 포석, 무영, 영준의 작품을 중심으로」, 『아세아연구』 15-4, 고려대 아세아문제연구소, 1972.12.

김윤식, 「한국문학 초창기의 문학론과 비평의 양상」, 『현대문학』 217·218·220, 1973.1~3.

정명환, 「이광수의 계몽사상―그의 초기 작품을 중심으로」, 『문학과 지성』 4-1, 1973.3.

강우용, 「춘원과 동인 문학의 비교 연구―윤리 문제를 중심으로」, 고려대 석사논문, 1973.

김우종, 「이광수론」, 『한국현대작가론』, 동화문화사, 1973.

김윤식, 「이광수론」, 『한국 근대문학의 이해』, 일지사, 1973.

김원길, 「춘원의 계몽 문학과 그 비판」, 건국대 석사논문, 1973.

송철헌, 「춘원 문학에 미친 톨스토이의 영향―『흙』과 『안나 카레니나』를 중심으로」, 고려대 석사논문, 1973.

배현기, 「민족주의 문학의 역사적 고찰」, 경희대 석사논문, 1973.

이성재, 「춘원 작품에 나타난 사상적 배경 연구」, 경희대 석사논문, 1973.

정온숙, 「춘원과 동인의 작품상에 나타난 여성관」, 이화여대 석사논문, 1973.

서정록, 「춘원 문학작품의 현장 추적」, 『동대논집』 3, 1973.

미상, 「흘러간 만인의 사조 베스트셀러―춘원 이광수 작 『무정』」, 『경향신문』, 1973.5.19.

홍기삼, 「농촌문학론」, 『동대신문』, 1973.6.19.

이순, 「상황에서 괴리된 참여문학의 오류―이광수와 최인훈을 중심으로」, 『연세어문학』 4, 연세대, 1973.6.20.

최원교, 「이광수의 시」, 『현대시학』 5-11, 1973.10.

김병익, 「작가와 상황」, 『심상』, 1973.11.

양왕용, 「춘원의 시 연구」, 『국어국문학』 62·63, 국어국문학회, 1973.12.

한영환, 「연암 박지원과 춘원 문학의 비교 연구―특히 「허생」과 「허생전」을 중심으로」, 『논문집』 6, 성신여대사범대, 1973.12.

차상원, 「한·중 신문학운동의 비교 연구―최남선과 호적, 이광수와 노신을 중심으로」, 『중국학보』 15~1, 한국중국학회, 1974.

오경, 「1930년대 한국 농촌문학의 성격 연구―이광수, 심훈, 이무영의 작품을 중심으로」, 이화여대 석사논문, 1974.

김윤식, 「문제점의 소재―이광수론」, 『한국근대작가논고』, 일지사, 1974.

백철, 「인간은 약한 것, 작품은 남는 것」, 『한국의 인간상』 5, 신구문화사, 1974.

오양호, 「『흙』과 『고향』의 원천 고찰―1930년대 농민 계몽소설의 비교문학적 탐색」, 『영남어문학』 1, 영남대 영남어문학회, 1974.3.

이어령, 「춘원 초기 단편소설의 분석―현대문학의 구조」, 『문학사상』 18, 1974.3.

김팔봉, 「편편야화―이광수의 망상」, 『동아일보』, 1974.7.5.

김윤식, 「이광수와 그의 시대―1차 유학의 의미」, 『월간문학』, 1974.9.

미상, 「춘원의 『무정』에 대하여」, 『지향』 5, 서울교대철학연구회, 1974.9.

정창범, 「계몽주의 문학」, 『월간문학』 7-9, 1974.9.

전광용, 「이광수 연구 서설」, 『동양학』 4, 단국대 동양학연구원, 1974.10.

조진기, 「작가와 역사 해석―춘원·동인·월탄의 역사소설을 중심으로」, 『한민족어문학』 1, 영남대한민족어문학회, 1974.11.

조진기, 「초창기 문학이론과 작품과의 거리―춘원 이광수의 경우」, 『수련어문논집』 2, 부산여대 수련어문학회, 1974.11.

최용주, 「춘원 소설에 나타난 애정관―발전 승화 과정을 중심으로」, 고려대 석사논문, 1974.

유지해, 「춘원 사상과 기독교」, 『숭전어문학』 3, 숭전대, 1974.12.

김현, 「한국 개화기의 문학인」, 『현대 한국문학의 이론』, 민음사, 1974.

신춘자, 「국초와 춘원의 문체―문장 구조를 중심으로」, 『새국어교육』 21, 한국국어교육학회, 1975.

성현경, 「『무정』과 그 이전 소설」, 『어문학』 32, 한국어문학회, 1975.2.

최정석, 「춘원의 대승불교 사상 연구」, 동국대 박사논문, 1975.

조재훈, 「한국 현대 시문학에 미친 불교의 영향―육당·춘원·만해·공초를 중심으로」, 『공주사대논문집』 12, 공주사대, 1975.

최창록, 「당대적 소설의 개념―이광수 『무정』」, 『현대문학』 21-4, 1975.4.

최금산, 「김동인의 춘원 연구 시비」, 『현대문학』 245, 1975.5.

김희철, 「한국시에 나타난 불교사상 연구―춘원의 불교적 인도주의 세계」, 『서울여대 논문집』 4, 서울여대, 1975.

김용성, 「한국 현대문학사 탐방―춘원론」, 『아세아공론』 36, 1975.9.

유재천, 「언론인으로서의 춘원 이광수」, 『문학과 지성』 21, 1975.9.

김해성, 「춘원 시의 불교사상」, 『월간문학』 8-10·11, 1975.10~11.

오양호, 「춘원의 초기 문학론」, 『영남어문학』 2, 영남대 영남어문학회, 1975.11.

김용태, 「보살도의 미학―춘원의 『사랑』을 중심으로」, 『현대문학』 21-12, 1975.12.

이선영, 「이광수론 – 개화·식민지 시대의 문학가」, 『문학과 지성』 6-4, 1975.12.

이상섭, 「신문학 초창기와 기독교 – 이광수와 김동인의 초기 작품을 중심으로」, 『한국문학』 4-2, 1976.2.

서정주, 「춘원의 역사소설 연구 – 특히 현실인식의 문제를 중심으로」, 효성여대 석사논문, 1976.

정창범, 「신문학 초창기와 기독교」, 『한국문학』 29, 1976.3.

정창범, 「작중 인물에 대한 정신분석학적 접근 – 『무정』의 인물을 중심으로」, 건국대 석사논문, 1976.

최무석, 「이광수의 교육적 저작에 관한 연구」, 고려대 석사논문, 1976.

주요한, 「소식 끊어진 지 사반세기, 내일 춘원 기념비 헌정식에 부쳐」, 『경향신문』, 1976.5.28.

이재선, 「『무정』과 전환기의 인간상」, 『문학사상』 49, 1976.10.

조남현, 「『무정』의 구성 방법」, 『문학사상』 49, 1976.10.

김치홍, 「한국 근대 역사소설의 발생의 필연성」, 『명대』 98, 명지대 교지편집위원회, 1977.

이종덕, 「연암 『허생전』과 춘원 『허생전』의 대비 고찰」, 『선청어문』 8~1, 서울대, 1977.

천두현, 「춘원 문학 연구 비망록」, 『한새벌』 14, 1977.2.

김희보, 「이광수의 『재생』과 죄의 문제」, 『기독교사상』 227, 대한기독교서회, 1977.

정창범, 「작중인물의 심층 분석 – 『무정』을 중심으로」, 『학술지』 21-1, 건국대, 1977.5.

김현 편, 『이광수』, 문학과 지성사, 1977.

김현, 「이광수 문학의 전반적 검토」, 『이광수』, 문학과 지성사, 1977.

신동욱, 「이광수 문학의 재평가」, 『인문논집』 22, 고려대, 1977.

이계상, 「춘원 작품 연구 – 초기 작품을 중심으로」, 고려대 석사논문, 1977.

정순용, 「이광수의 고전문학 이해」, 계명대 석사논문, 1977.

미상, 「비화한 세대 – 반민특위, 김구와 이광수」, 『경향신문』, 1977.7.5.

구인환, 「이광수 소설에 수용된 톨스토이」, 『국어교육』 38, 한국어교육학회, 1978.

김치홍, 「춘원의 『단종애사』 연구」, 『명지어문학』 10, 명지대, 1978.2.

최일수, 「역사소설과 식민사관 – 춘원과 동인을 중심으로」, 『한국문학』 6-4, 1978.

조진기, 「한국소설에 나타난 지식인상」, 『문교부 연구회 보고논문』, 1978.

김봉군, 「춘원 문학에 나타난 종교의식」, 『성심여대 논문집』 9, 성심여대, 1978.5.

전영태, 「대중소설론의 문제점 – 이광수, 김동인의 경우」, 『현대문학』 24-5, 1978.5.

조희성, 「동인의 『춘원 연구』에 대한 고찰」, 『숭전어문학』 6, 숭전대, 1978.

김용제, 「춘원과 밤새운 돌베개 비화」, 『기러기』, 1978.10.

신상철, 「『사랑』 논고」, 『서울대 사대논총』 7, 1978.

신상철, 「『사랑』 논고 – 이광수 후기 작품 연구」, 서울대 석사논문, 1978.

최원식, 「이광수와 동학」, 『관악어문연구』 3, 서울대, 1978.12.

양왕용, 「개혁의지와 상황과의 갈등 – 춘원 신체시 연구」, 『한국문학논총』 1, 한국문학회, 1978.

김용성, 「희생과 구원의 논리－이광수『흙』의 허숭」, 『인문논총』, 전북대 인문학연구소, 1979.

이명신, 「『개척자』의 공과와 비애」, 『문리대학보』 37, 중앙대, 1979.2.

정현기, 「권력의 투기꾼－이광수의 『마의태자』의 왕건」, 『문학사상』 77, 1979.2.

강수길, 「춘원 장편소설에 나타난 인간관계－「무정」, 「재생」, 「흙」의 경우」, 단국대 석사논문, 1979.

김윤식, 「이광수론－네 칼로 너를 치리라」, 『우리문학의 넓이와 깊이』, 서래헌, 1979.

김영일, 「이광수의 한국 기독교 비판」, 『기독교사상』 250, 대한기독교서회, 1979.4.

노양환, 「위대한 민족의 유산 이광수 전집」, 『기러기』 167, 1979.5.

김팔봉 외, 「춘원 미수(米壽) 기념 좌담회－춘원 이광수의 문학과 사상의 공과」, 『기러기』 167, 1979.5.

안병욱, 「문호 이광수의 문장」, 『기러기』 168, 1979.6.

신춘호, 「민족문학의 정통성－단재·춘원 소설을 중심으로」, 『국제어문』 1, 국제어문학회, 1979.

이보영, 「『무정』론(1)」, 『표현』 1, 1979.12.

1980년대

김병택, 「문학의 시대적 수용－일제 시대의 최남선과 이광수의 경우」, 『새국어교육』, 한국국어교육학회, 1980.

김상태, 「춘원 이광수 연구－『무정』의 문체를 중심으로」, 『국어문학』 21, 국어문학회, 1980.

변정화, 「이광수 소설」, 『청파문학』 13, 숙명여대, 1980.2.

김수중, 「한국문학에 나타난 재생관 고찰－이광수의 『재생』을 중심으로」, 『한국언어문학』 19, 한국언어문학회, 1980.

이재영, 「춘원 이광수론」, 연세대 석사논문, 1980.

이주영, 「육당과 춘원의 초기문학 연구」, 고려대 석사논문, 1980.

허정면, 「춘원과 동인의 역사소설관」, 연세대 석사논문, 1980.

윤병로, 「한국 근대문학에 미친 일본 근대문학의 영향－이광수의 유학시대를 중심으로」, 『성균관대학 논문집』, 27, 성균관대, 1980.

김춘섭, 「이광수의 초기 소설」, 『어문논집』 21, 고려대 민족어문학회, 1980.

이보영, 「『무정』론(2)」, 『표현』 2, 1980.5.

이주형, 「이광수의 초기 단편소설 연구－정신사적 성격 검토를 중심으로」, 『어문학』 39, 한국어문학회, 1980.6.

조신권, 「한국 근대문학과 기독교－춘원 문학에 나타난 기독교 사상」, 『연세논총』 16호, 연세대, 1980.11.

권두환, 「고전문학과 근대문학의 연결－춘원 이광수의 경우」, 『목화』 9, 동덕여대 학생회, 1981.2.

김윤식, 「이광수 창작방법론의 변화 – 일본어로 쓴 세 편의 소설 발굴에 대하여」, 『문학사상』 100, 1981.2.

최동호, 「춘원 이광수 시가론 – 자아의 외면화와 내면화」, 『현대문학』 27-2, 1981.2.

김윤식, 「이광수와 그의 시대」, 『문학사상』, 1981.4~1985.10.

이상숙, 「이광수의 애정소설에 나타난 여성과 교육」, 『어문논집』 22, 고려대 민족어문학회, 1981.

양문규, 「이광수 초기 단편소설 연구」, 연세대 석사논문, 1981.

최희연, 「춘원 이광수의 역사소설 연구 – 『단종애사』와 『원효대사』를 중심으로」, 연세대 석사논문, 1981.

한승옥, 「이광수 연구 – 『무정』을 중심으로」, 고려대 박사논문, 1981.

양원순, 「1930년대 농민소설 – 이광수의 『흙』과 김유정의 단편을 중심으로」, 『건대문화』 10, 건국대, 1981.

장백일, 「춘원의 역사소설관」, 『시문학』 11-5·6, 1981.5~6.

구인환, 「이광수의 문학사상」, 『현대사회』 1-2, 1981.7.

_____, 「이광수 소설의 여인상」, 『아세아여성연구』 21, 숙명여대 아세아 여성문제연구소, 1982.

_____, 「순응적 상황과 지향적 자아」, 『김형규 박사 고희 기념논집』, 1981.

_____, 「이광수 사상의 원천」, 『석전 이병주 선생 화갑 기념논문집』, 1981.

_____, 「이광수 사상 연구 시론」, 『한국국어교육연구』 15, 한국국어교육연구학회, 1981.

조연현·김열규 편, 『최남선과 이광수의 문학』, 새문사, 1981.

구인환, 「이광수의 생애와 문학」, 『최남선과 이광수의 문학』, 새문사, 1981.

_____, 「춘원 문학에 나타난 기독교 사상」, 『최남선과 이광수의 문학』, 새문사, 1981.

김우종, 「『이광수의 계몽의식』」, 『최남선과 이광수의 문학』, 새문사, 1981.

백철, 「『무정』의 미학」, 『최남선과 이광수의 문학』, 새문사, 1981.

윤홍로, 「이광수 문학의 연구사적 반성」, 『최남선과 이광수의 문학』, 새문사, 1981.

이재선, 「춘원의 초기 단편과 서간 형태」, 『최남선과 이광수의 문학』, 새문사, 1981.

이주형, 「『흙』의 시대인식과 미의식」, 『최남선과 이광수의 문학』, 새문사, 1981.

전광용, 「이광수의 문학사적 위치」, 『최남선과 이광수의 문학』, 새문사, 1981.

주종연, 「이광수의 초기 단편소설고」, 『최남선과 이광수의 문학』, 새문사, 1981.

최동호, 「이광수 시가에 반영된 현실과 임」, 『최남선과 이광수의 문학』, 새문사, 1981.

최창록, 「이광수 소설의 당대성과 문체」, 『최남선과 이광수의 문학』, 새문사, 1981.

김상태, 「『무정』의 문체상의 업적에 대한 방견」, 『한국고전연구』, 동서문화사, 1981.

임종국, 「민족문학 좌표를 설정하라 – 「사랑인가」」, 『조선일보』, 1982.9.28.

이정숙, 「춘원의 초기 단편소설 연구 – 1910년대 발표작을 중심으로」, 『한성어문학』 1, 한성대, 1982.

김성진, 「조신설화 형상화를 통한 이광수와 김동인의 대비적 고찰」, 『어문교육』 4, 전북대 교육 1982.

안범란, 「춘원 소설 연구」, 『교육논총』 2, 동국대 교육 1982.2.

구인환, 「이광수 소설 연구」, 서울대 박사논문, 1982.

김광환, 「춘원의 『단종애사』와 동인의 『대수양』에 나타난 작가의식 연구」, 경희대 석사논문, 1982.

긴성진, 「조신설화 형상화를 통한 이광수와 김동인의 대비적 고찰」, 전북대 석사논문, 1982.

김유선, 「춘원의 시 연구」, 숙명여대 석사논문, 1982.

안채란, 「춘원 소설 연구」, 동국대 석사논문, 1982.

이영희, 「춘원의 역사소설고」, 서울대 석사논문, 1982.

정명자, 「이광수의 『유정』과 톨스토이의 「부활」 간 의 비교문학적 고찰」, 고려대 석사논문, 1982.

안승덕, 「육당과 춘원의 시조 작품 대비」, 『공주사범대학 논문집』 18, 공주사범대, 1982.

권영민, 「춘원은 동네북이 아니다-춘원의 소설과 김동인의 비판 논리」, 『소설문학』 8-7, 1982.7.

강수행, 「『개척자』의 인간관계」, 『한국국어교육회 논문집』 23, 한국국어교육연구학회, 1982.

김윤식, 「『무정』의 시나리오에 관하여」, 『문학사상』 120, 1982.10.

송명희, 「이광수의 평론 연구(1)」, 『부산수산대 논문집』 29, 부산수산대 학도호국단, 1982.12.

송백헌, 「이광수 역사소설 연구」, 『개신어문연구』 2, 충북대 개신어문학회, 1982.

이인복, 「한국 소설문학에 수용된 기독교 사상 연구-안국선, 이광수, 김동인을 중심으로」, 『숙명여대 논문집』 23, 숙명여대, 1982.12.

이래수, 「이광수 소설의 재평가-단편소설」, 『한국문학연구』 5, 동국대 한국문학연구소, 1982.

장백일, 「이광수 소설의 재평가-역사소설」, 『한국문학연구』 5, 동국대 한국문학연구소, 1982.

한용환, 「이광수 소설의 재평가-장편소설」, 『한국문학연구』 5, 동국대 한국문학연구소, 1982.

_____, 「이광수 소설 연구 방향의 새로운 모색」, 『동악어문논집』 17, 동국어문학회, 1983.

구인환, 「『개척자』의 성취의식」, 『국어교육』 44·45, 한국국어교육연구회, 1983.

곽학송, 「춘원 이광수」, 『월간문학』 16~3, 1983.3.

김혜리, 「춘원에 대한 비평의 연구」, 효성여대 석사논문, 1983.

민현기, 「연암·춘원·채만식의 「허생전」 대비 연구」, 『관악어문연구』 8, 서울대, 1983.

민병덕, 「장편 『무정』과 그 독자 미학적 연구」, 연세대 석사논문, 1983.

임계빈, 「춘원 이광수의 초기소설 연구」, 한양대 석사논문, 1983.

정인화, 「『무정』 연구」, 충남대 석사논문, 1983.

최상희, 「『무정』과 『혈의루』의 대비 연구-근대 소설의 기점 규정을 위한 일고찰」, 이화여대 석사논문, 1983.

세키네 하루코, 「이광수 장편소설 연구-『무정』 『재생』 『흙』의 여성관을 중심으로」, 연세대 석사논문, 1983.

신봉승, 「역사소설 연구-『단종애사』와 「춘원 연구」를 중심으로」, 경희대 석사논문, 1983.

지명관, 「『유정』 발간사」, 七人の會, 고려서림, 1983.

한승옥, 「『무정』계보 고(攷)」, 『인문학연구』 13, 숭실대 인문과학연구소, 1983.

곽학송, 「춘원 이광수」, 『월간문학』, 1983.3.

이태동, 「이광수와 톨스토이―비교문학적인 접근」, 『현대문학』 29-5, 1983.5.

천이두, 「한국 근대소설의 형성과정의 고찰」, 『국어교육연구』 3, 원광대, 1983.

김윤식, 「이광수와 동학」, 『신인간』 409, 1983.6.

이성희, 「미국 속의 한국문학―춘원의 꿈을 다시 키우는 손녀 앤 리」, 『문학사상』 128, 1983.6.

박성수, 「지식인의 민족성 인식, 이광수의 민족개조론」, 『경향신문』, 1983.7.1.

우남득, 「춘원 소설의 영웅적 일대기 연구」, 『이화어문논집』 6, 이화여대 한국어문학연구소, 1983.10.

권정호, 「춘원의 「어린 벗에게」 소고―내용구조를 중심으로」, 『진주교대 논문집』 27, 진주교대, 1983.

조병춘, 「시를 통해서 본 이광수론」, 『새국어교육』 37·38, 한국국어교육학회, 1983.12.

송하춘, 「『무정』의 현대소설적 의의」, 『인문논집』 28, 고려대 민족어문학회, 1983.12.

송명희, 「이광수의 평론 연구(2)」, 『부산수산대 논문집』 31, 부산수산대 학도호국단, 1983.12.

신봉승, 「역사소설 연구―『단종애사』와 『춘원 연구』를 중심으로」, 『자유』 129·130·131, 1983.11~1984.1.

권영민, 「자기비판과 자기변명의 거리―이광수와 김동인의 경우」, 『문예중앙』 겨울·봄호, 1983.12~1984.3.

전문수, 「초기 근대소설 연구의 서설―국초와 춘원 소설의 사적 거리」, 『사림어문연구』, 사림어문학회, 1984.

한승옥, 「이광수 장편소설 연구―비극적 세계 인식을 중심으로」, 『숭실어문』 1, 숭실어문학회, 1984.

_____, 『이광수 연구』, 선일문화사, 1984.

구인환, 『이광수 소설 연구』, 삼영사, 1984.

채수영, 「절망의 비교 연구―이상, 이광수, 한용운을 중심으로」, 『경기대학 논문집』 1, 경기대 1984.

김원일, 「춘원과 동인 단편소설의 비교 연구」, 단국대 석사논문, 1984.

나영준, 「도산사상이 춘원 문학에 끼친 영향」, 단국대 석사논문, 1984.

서영애, 「이광수 단편소설 연구―죽음의 의미를 중심으로」, 동아대 석사논문, 1984.

심재복, 「『흙』과 『상록수』의 비교 연구」, 충남대 석사논문, 1984.

우남득, 「한국 근대소설의 인물-서사유형 연구―이광수와 김동인의 작품을 중심으로」, 이화여대 박사논문, 1984.

유려아, 「노신과 춘원의 비교 연구」, 서울대 석사논문, 1984.

이내춘, 「춘원 이광수의 전기 연구」, 명지대 석사논문, 1984.

이희춘, 「춘원 소설에 나타난 죽음의식의 연구」, 계명대 석사논문, 1984.

전문수, 「초기 근대소설 연구―국초와 초기 춘원소설의 사적 위상」, 계명대 박사논문, 1984.

곽현주, 「춘원 이광수 시가의 연구」, 연세대 석사논문, 1984.

한용환, 「이광수 소설의 비평적 연구」, 동국대 박사논문, 1984.

허춘일, 「이광수의 역사의식고」, 『한성어문학』 3, 한성대 한국어문학부, 1984.

이상익, 「연암의 「허생전」과 춘원의 『허생전』」, 『이사현 박사 화갑 기념논문집』, 1984.

조남철, 「춘원의 문학사상과 비평」, 『강릉대학 논문집』 6, 강릉대, 1984.

정인화, 「『무정』 연구」, 『어문연구』 41, 한국어문교육연구회, 1984.6.

신헌재, 「춘원의 「가실」 ㄱ―설씨녀 설화와의 대비 연구」, 『국어교육』 48, 한국어교육학회, 1984.

동국대 한국문학연구소 편, 『이광수 연구』, 태학사, 1984.

이명재, 「이광수 연구 서설」, 『인문학연구』 12, 중앙대 인문과학연구소, 1984.12.

최유찬, 「『단종애사』 연구」, 『연세어문학』 1, 연세대, 1984.

임종국, 「이광수의 비극과 그 원천」, 『한국인』, 1985.3.

조남철, 「춘원 이광수 연구―문학론과 비평론을 중심으로」, 『연세어문학』 18, 연세대, 1985.

신헌재, 「대립된 현실과 화합에의 이상―『흙』의 작중인물 분석을 통해」, 『국어교육』 51·52, 1985.

_____, 「이광수 소설의 애정삼각관계」, 『국어교육』 53, 한국어교육학회, 1985.

_____, 「이광수 소설의 인물관계 연구―『무정』의 경우」, 『성대문학』 24-1, 성대, 1985.

이준형, 「춘원과 톨스토이의 비교 연구―객관적 평가와 현실인식을 중심으로」, 『비교문학』 9, 한국비
　　　교문학회, 1985.

이희춘, 「춘원 소설의 정신분석적 연구―『사랑』을 중심으로」, 『한국학논집』 12, 계명대 한국학연구소,
　　　1985.

표언복, 「이광수 소설 양식의 변모와 역사의식」, 『현대사상연구』 2, 목원대 현대사상연구소, 1985.

안승덕, 「춘원의 이행문」, 『청주교대 논문집』 22, 청주교대, 1985.

고태석, 「『흙』의 갈등구조 연구」, 경희대 석사논문, 1985.

김완수, 「이광수의 '군상' 연구」, 동국대 석사논문, 1985.

김일수, 「이광수 소설 연구―중간자 기능을 중심으로」, 단국대 석사논문, 1985.

오종주, 「『흙』과 『상록수』의 비교 고찰」, 조선대 석사논문, 1985.

이완근, 「『무정』의 문학사회학적 연구」, 조선대 석사논문, 1985.

전명수, 「『무정』의 판본 연구」, 고려대 석사논문, 1985.

조희정, 「이광수 소설 연구―여성인물을 중심으로」, 숭전대 석사논문, 1985.

표언복, 「『재생』 연구」, 숭전대 석사논문, 1985.

한은희, 「이광수의 『무정』 연구」, 숙명여대 석사논문, 1985.

신헌재, 「이광수 소설의 인물유형고」, 『국어국문학』 93, 국어국문학회, 1985.

강영주, 「이광수의 역사소설」, 『한국학보』 39, 일지사, 1985.

송명희, 「이광수의 문학평론 연구―초기의 민족주의와 문학사상을 중심으로」, 『부산수산대 논문집』
　　　31, 부산수산대 학도호국단, 1985.

김윤식, 「우리 역사소설의 네 가지 유형」, 『소설문학』, 1985.6.

김완수, 「이광수의 '군상'론」, 『한국어문학연구』 20, 한국어문학연구학회, 1985.

구인환, 「이광수의『사랑』」, 『한글새소식』 158, 한글학회, 1985.

김윤식, 「이광수와 그의 시대를 마치면서 ─ 유년의 향수, 글쓰기의 리듬」, 『문학사상』, 1985.11.

_____, 『이광수와 그의 시대』, 한길사, 1986.

권희돈, 「『무정』의 수용 ─ 김동인의 경우」, 『봉죽헌 박봉배 박사 화갑 기념논문집』, 1986.

진기철, 「『무정』의 이야기 방식」, 『봉죽헌 박봉배 박사 화갑 기념논문집』, 1986.

신헌재, 「이광수 소설의 고전소설과의 연계성」, 『봉죽헌 박봉배 박사 화갑 기념논문집』, 1986.

_____, 「구원자 집단과 수혜자의 관계 구조 ─ 이광수의『사랑』의 경우」, 『국어교육』 55・56, 한국어교육학회, 1986.

_____, 「이광수 소설의 여주인공고」, 『수선논집』 10, 성균관대 1986.

_____, 「이광수 소설의 인물 연구」, 성균관대 박사논문, 1986.

이철훈, 「춘원과 동인의 역사소설설고」, 성균관대 석사논문, 1986.

임영환, 「1930년대 한국 농촌사회 소설 연구」, 서울대 박사논문, 1986.

전연옥, 「춘원 소설에 나타난 전통의식 연구」, 효성여대 석사논문, 1986.

안태정, 「1920년대 이광수의 민족운동론의 성격 ─ 논설을 중심으로」, 고려대 석사논문, 1986.

한규선, 「반유학론을 중심으로 본 이광수의 정치사상」, 서울대 석사논문, 1986.

오선녀, 「이광수 수필 연구」, 고려대 석사논문, 1986.

조남철, 「일제하 한국 농민소설 연구」, 연세대 박사논문, 1986.

임영환, 「이광수 문학의 재평가 ─ 『흙』에 대한 논의를 중심으로」, 『비교문학』 11, 한국비교문학회, 1986.

김종욱, 「상해 임정기관지『독립』에 무기명으로 쓴 이광수의 글 ─ 변절 이전에 쓴 춘원의 항일 논설들」, 『광장』 160, 세계평화교수아카데미, 1986.

권희돈, 「『무정』의 문학적 효과구조」, 『이응호 박사 화갑 기념논문집』, 1986.

김치홍, 「춘원의 「가실」 연구」, 『이응호 박사 화갑 기념논문집』, 1986.

이선영, 「서구지향의 의의와 한계 ─ 이광수의 민족주의」, 『대학신문』, 1986.5.12.

신헌재, 「이광수 소설의 남주인공 연구」, 『한국학논집』 9, 한양대 한국학연구소, 1986.

구인환 외, 「현실을 초월한 사랑의 지향 ─ 『사랑』의 석순옥」, 『문학사상』 162, 1986.4.

박덕은, 「이광수의『재생』연구」, 『한국언어문학』 24, 한국언어문학회, 1986.

김현, 「이광수적 사유의 의미」, 『예술과 비평』, 1986 가을호.

신헌재, 「이광수 소설의 이원성」, 『국어국문학』 95, 국어국문학회, 1986.

_____, 『이광수 소설의 분석적 연구』, 삼지원, 1986.

김현숙, 「『무정』의 플롯에 있어서 우연의 기능」, 『한국문학연구』 9, 동국대 한국문학연구소, 1986.

조희정, 「춘원 이광수의 역사소설 소고 ─ 역사의식의 흐름을 중심으로」, 『숭실어문』 3, 숭실어문학회, 1986.

김인환, 「이광수 연구의 방향전환-『이광수와 그의 시대』」, 『외국문학』 1986 가을호.

서정주, 「이광수론의 전개 양상-제삼기를 중심으로」, 『영남어문학』 13, 영남어문학회, 1986.

박대호, 「『흙』의 세계관 연구」, 『선청어문』 14·15, 서울대, 1986.

홍성암, 「역사소설의 사적 고찰」, 『한양어문연구』 4, 한국언어문화학회, 1986.

이희춘, 「춘원 소설에 나타난 질병과 애정의 심층」, 『논문집』 48, 한국어문학회, 1986.11.

강인수, 「춘원 소설에 나타난 동학사상-「거룩한 죽음」을 중심으로」, 『부산개방대 논문집』 28, 부경
　　　대, 1986.

박은숙, 「춘원 이광수의 '군상'에 대한 고찰」, 『교육논총』 2-2, 조선대 교육 1987.

홍성암, 「역사소설의 양식 고찰」, 『한국학논집』 11, 한양대 한국학연구소, 1987.

권희돈, 「『무정』의 수용미학적 연구」, 명지대 박사논문, 1987.

강영주, 「한국 근대 역사소설 연구」, 서울대 박사논문, 1987.

박은숙, 「춘원 이광수의 '군상'에 대한 고찰」, 조선대 석사논문, 1987.

정영배, 「춘원과 동인의 역사소설 연구」, 경남대 석사논문, 1987.

서정주, 「이광수론의 전개 양상에 대한 연구」, 충남대 박사논문, 1987.

김종석, 「이광수의 『재생』 연구」, 경남대 석사논문, 1987.

이희춘, 「춘원 소설의 '누이'의 의미」, 『한국어문연구』 3, 한국어문연구학회, 1987.

정재호, 「춘원의 시조」, 『시조문학』 51, 1987.6.

제해만, 「춘원의 초기 문학론 비판」, 『시문학』 192·193, 1987.6~7.

한용환, 「이광수의 소설과 주제」, 『부산여대 논문집』 24, 부산여대, 1987.

이리화, 「자각과 착각-『흙』」, 『조선일보』, 1987.8.4.

이병주, 「춘원의 『원효대사』-역사로서의 문학, 문학으로서의 역사」, 『문학사상』 182, 1987.

김영민, 「이광수 초기소설 「소년의 비애」 연구」, 『문학한글』 2, 한글학회, 1988.

윤병로, 「이광수의 『무정』론」, 『홍익어문』 7, 홍익대, 1988.

김수완, 「춘원 소설에 나타난 애정관 변천-『무정』·『흙』·『사랑』을 中心으로」, 단국대 석사논문, 1988.

김종석, 「이광수의 『재생』 연구」, 경남대 석사논문, 1988.

박승민, 「이광수 장편소설 고찰-『무정』·『재생』·『흙』을 중심으로」, 연세대 석사논문, 1988.

문재현, 「이광수 초기 장편소설 연구」, 경남대 석사논문, 1988.

유금호, 「한국 현대소설에 나타난 죽음의 연구-이광수·김동인·염상섭·현진건의 소설을 중심으
　　　로」, 경희대 박사논문, 1988.

최정여, 「이광수 소설의 정신분석적 연구」, 계명대 석사논문, 1988.

이상우, 「이광수의 『무정』 연구-소설시학적 측면으로」, 한남대 석사논문, 1988.

홍성암, 「한국 근대 역사소설 연구」, 한양대 박사논문, 1988.

임명진, 「확산에서 수렴으로-춘원 소설론」, 『월간문학』 230, 1988.4.

유기룡, 「이광수 소설에 나타난 꿈 모티브」, 『문학과 비평』 6, 1988.5.

윤용식, 「현대소설의 고전소설 계승 문제─『채봉감별곡』, 『무정』을 중심으로」, 『한국방송통신대 논문집』 8, 한국방송통신대학, 1988.

김종철, 「『무정』의 계보」, 『선청어문』 16·17, 서울대 국어교육과, 1988.

김양호, 「춘원의 『사랑』 분석」, 『어문연구』 59·60, 한국어문교육연구회, 1988.

한점돌, 「이광수의 초기 문학사상 비판」, 『호서대 논문집』 7, 호서대, 1988.

미상, 「북한 '부르주아 계몽 문학자' 이광수·최남선 재평가」, 『한겨레』, 1988.9.10.

박승호, 「소요와 춘원의 문학론 대비 고찰」, 『일어일문학연구』 15, 한국일어일문학회, 1989.

미상, 「천재 친일문인의 자리매김」, 『한겨레』, 1989.2.14.

최연, 「한일 근대소설에 나타난 주인공의 자아의식에 관한 고찰─나츠메 소세키의 『산시로』와 이광수의 『무정』을 중심으로」, 『일어일문학연구』 14, 한국일어일문학회, 1989.

김병광, 「『흙』과 『고향』의 대비 연구」, 단국대 박사논문, 1989.

전중실, 「이광수 사상의 연원 연구」, 고려대 석사논문, 1989.

문재현, 「이광수 초기 단편소설 연구」, 경남대 석사논문, 1989.

이희춘, 「이광수 소설의 정신분석학적 연구」, 계명대 박사논문, 1989.

임성철, 「이광수의 초기 소설 연구」, 경남대 석사논문, 1989.

강수길, 「『재생』고」, 『논문집』 35, 한국국어교육연구회, 1989.4.

김춘섭, 「이광수의 문학비평 연구」, 『어문논총』 10, 전남대 국어국문학연구회, 1989.

이병헌, 「이광수의 문학론 연구」, 『민족문화연구』, 고려대 민족문화연구원, 1989.

강인수, 「수운주의와 거룩한 죽음─춘원 이광수 작품 분석」, 『신인간』, 1989.4~5.

구인환, 「서정주저, 이광수론의 전개 양상에 대한 연구」, 『국어국문학』 101, 국어국문학회, 1989.

송현호, 「한국 근대 초기 소설론 연구─춘원의 소설론을 중심으로」, 『국어국문학』 101, 국어국문학회, 1989.

다카하시 칸야, 「이광수 선생 부부를 생각하고」, 『역사비판』 8, 1989.

미상, 「민족문학전집 선정 기준 비판」, 『조선일보』, 1989.7.25.

윤홍로, 「고행하는 순교자의 삶─이광수의 『사랑』」, 『문학사상』 203, 1989.9.

신동욱, 「가치 변동기의 인물들─『무정』」, 『문학사상』 204, 1989.10.

김윤식, 「'이광수'에서 '임화'까지」, 『문학과 사회』, 1989 겨울호.

유기룡, 「작품 요소의 변수인 꿈 모티프」, 『구인환 선생 화갑 기념논문집』, 1989.

한상무, 「이광수의 민족주의와 소설 형식─초기 장편을 중심으로」, 『어문학보』 12, 강원대 국어교육학회, 1989.

김윤식, 「'이광수'에서 '임화'까지」, 『문학과 사회』, 1989 겨울호.

이준형, 「이광수의 민족문학적 특징과 톨스토이즘 – 『흙』과 『안나카레리나』를 중심으로」, 『어문논집』 5, 부산외대 어문학연구소, 1989.

한용환, 「한국 현대소설과 불교」, 『한국문학연구』 12, 동국대 한국문학연구소, 1989.

1990년대

홍사중, 「춘원의 민족개조론」, 『조선일보』, 1990.3.8.

김성렬, 「이광수론 – 춘원 『허생전』의 분석을 통한 일고찰」, 『어문논집』 29-1, 안암어문학회, 1990.

송백헌, 「춘원의 『꿈』에 나타난 전승 모티브의 수용 양상」, 『석영홍 대표 선생 화갑 기념논총』, 1990.

양문규, 「1910년대 한국소설 연구」, 연세대 박사논문, 1990.

김춘섭, 「이광수의 초기 소설」, 『한국현대소설연구』, 새문사, 1990.

한승옥, 「이광수의 장편소설」, 『한국현대소설연구』, 새문사, 1990.

이선, 「춘원의 장편소설 『사랑』의 분석」, 단국대 석사논문, 1990.

서석준, 「『무정』 연구」, 『고황논집』 7, 경희대 1990.

임문혁, 「이광수의 엘리트의식과 계몽주의」, 『한국어문교육』 1, 교원대 한국어문교육연구소, 1990.

M. 로빈슨, 김민환 역, 「이광수와 「민족개조론」」, 『일제하 문화적 민족주의』, 나남, 1990.

윤홍로, 「『무정』의 전통성과 근대성」, 『어문연구』 70·71, 한국어문교육연구회, 1991.

_____, 「『사랑』의 해석」, 『동양학』 21, 단국대 동양학연구원, 1991.

_____, 「이광수론 – 위기에 선 경계선의 작가」, 『한국문학 작가 연구』, 현대문학사, 1991.

구수경, 「한국 서사문학의 시점 연구」, 충남대 박사논문, 1991.

김성태, 「이광수의 『흙』 연구」, 계명대 석사논문, 1991.

김애란, 「『무정』의 인물 연구」, 홍익대 석사논문, 1991.

백원일, 「1930년대 한국 농민소설의 성격 연구 – 이광수·심훈·이무영 작품을 중심으로」, 동국대 석사논문, 1991.

유훈종, 「한국 현대 기독교소설의 갈등 연구 – 이광수·전영택의 소설을 중심으로」, 경희대 석사논문, 1991.

장소진, 「이광수의 『무정』 연구 – 형성소설의 특징을 중심으로」, 서강대 석사논문, 1991.

황수진, 「한국소설에 나타난 여성인물 연구 – 속죄양적 인물을 중심으로」, 『김일근 교수 정년기념논총』, 1991.

김철, 「이광수는 민족주의자인가」, 『역사비평』 16, 1991 가을호.

김은숙, 「『개척자』에 나타난 여권의식 고찰」, 『국문학연구』, 효성여대, 1991.12.

김태녀, 「톨스토이 『안나카레리나』와 『흙』의 비교 연구」, 『학술논총』, 단국대, 1991.12.

서정주, 「이광수론의 작품론 연구」, 『논문집』, 영남전문대, 1991.12.

은종섭, 「장편소설 개척자와 작가의 창작에 대한 고찰」, 『문학과 비평』, 1991.12.

이동하, 「이광수와 채만식의 해방기 작품에 대한 연구」, 『배달말』, 배달말학회, 1991.12.

정순진, 「정월 나혜석 초기 단편소설고―동시기 춘원 단편과 비교 대조를 중심으로」, 『어문연구』 22, 어문연구회, 1991.

한점돌, 「1910년대 한국소설의 연구사적 검토」, 『인문논총』, 호서대 인문과학연구소, 1991.12.

미상, 「이광수 선생 탄생 백주년, 문학과 시대적 고뇌…춘원 재조명」, 『조선일보』, 1992.3.4.

고종석, 「춘원 이광수 탄생 1백주년, 근대문학 선구자인가 친일 위선 문학자인가」, 『한겨레』, 1992.3.3.

김윤식, 「탄생 1백주년 속의 이광수 문학」(1992), 『이광수와 그의 시대』 2, 솔, 1999.

권영민, 「춘원 문학을 향한 열아홉개의 화살」, 『문학사상』, 1992.2.

김윤식, 「고아의식의 초극과 좌절―이광수론의 한 시각」, 『문학사상』, 1992.2.

서영채, 「『무정』과 소설적 근대성」, 『문학사상』, 1992.2.

이재선, 「형성적 교육소설로서의 『무정』」, 『문학사상』, 1992.2.

류재엽, 「춘원의 역사소설 연구―『이순신』을 중심으로」, 『논문집』, 신구전문대, 1992.2.

정두희, 「단종과 세조에 대한 역사소설의 검토―세조의 찬탈을 찬양한 이광수와 김동인의 친일 역사관」, 『역사비평』 18, 1992.2.

간복균, 「춘원과 민족주의 리얼리즘」, 『논문집』, 강남대, 1992.3.

이동하, 『이광수』, 동아일보사, 1992.

최갑진, 「이광수 『흙』의 시공간성 연구」, 『동아어문논집』 2, 동아어문학회, 1992.

류철균, 「욕망의 근대적 형식」, 『문학과 사회』, 1992.3.

윤홍로, 「이광수의 역사소설과 허구」, 『장충식 박사 회갑 기념논문집』, 단국대출판부, 1992.

서영채, 「『무정』 연구」, 서울대 석사논문, 1992.

이종구, 「춘원과 동인의 역사소설 비교연구」, 충남대 석사논문, 1992.

정재균, 「신소설과 춘원 소설 연구―이광수의 『무정』을 중심으로」, 원광대 석사논문, 1992.

한점돌, 「1910년대 한국소설의 정신사적 연구」, 서울대 박사논문, 1992.

김춘섭, 「이광수의 민족주의와 인도주의 문학사상 연구」, 고려대 박사논문, 1992.

방영이, 「한국 근대소설에 나타난 여성의식 연구」, 전북대 박사논문, 1992.

김일영, 「행위공간의 회귀와 인식공간의 확대―박지원의 「허생 이야기」와 이광수의 『허생전』에서」, 『어문학』 53, 한국어문학회, 1992.

송지현, 「사랑과 구원의 불연속성―이광수의 『재생』론」, 『여성문제연구』, 대구 효성가톨릭대 사회과학연구소, 1992.9.

최갑진, 「1930년대 귀농소설에서 '고향'이 갖는 의미」, 『시와 비평』, 1992.10.

윤홍로, 『이광수 문학과 삶』, 한국연구원, 1992.

최창록, 「이광수 소설의 문체 평가」, 『소설과 시의 문체 미학』, 대구대출판부, 1992.

김삼웅, 「최남선과 이광수의 친일행적 연구」, 『친일파』(II), 학민사, 1992.

구인환, 「윤홍로저『이광수 문학과 삶』」, 『국어국문학』 108, 국어국문학회, 1992.

김태준, 「이광수의 첫 번째 유학시대와 저작들」, 『한국문학연구』 15, 동국대 한국문학연구소, 1992.

송명희, 「이광수의 소설에 대한 여성비평적 고찰 — 『무정』이 추구한 근대적 여성의 교양을 중심으로」, 『비교문학』 17, 한국비교문학회, 1992.

신동욱, 「이광수작『이순신』의 인물형상화에 관한 고찰」, 『예술논문집』, 1992.12.

유상희, 「『오만과 편견』과『우미인초』와『무정』」, 『인문논총』, 전북대, 1992.12.

정상균, 「이광수 문학 연구」, 『전농어문연구』 5, 서울시립대, 1992.12.

김현, 「『무정』의 담화론적 연구 — 춘원 문학의 담화 논리 확립을 위하여」, 『서강어문』, 서강어문학회, 1993.

한승옥, 「『무정』의 고소설 수용 양상」, 『고소설사의 제문제』, 집문당, 1993.

_____, 「불교 구도소설의 환몽구조와 탐색구조」, 『문화전통론집』 1, 경성대, 1993.

서정자, 「이광수 초기 소설과 결혼 모티브 — 신문학 초기 페미니즘 소설 연구」, 『어문논집』 3, 숙명여대 한국어문연구소, 1993.2.

송백헌, 「이광수의『이순신』론」, 『표현』, 1993.2.

지수걸, 「역사학자가 본 우리소설 식민지 농촌 현실에 대한 상반된 문학적 형상화 — 이광수의『흙』과 이기영의『고향』을 중심으로」, 『역사비평』 1993 봄호.

김영민, 「춘원 이광수의 문학비평 연구 — 1930년대 문학론을 중심으로」, 『매지논총』 10, 연세대 매지학술연구소, 1993.

이중대, 「이광수 문학론의 연대기적 고찰」, 『목멱어문』 5, 동국대, 1993.

고정욱, 「한국 근대 역사소설 연구」, 성균관대 박사논문, 1993.

김무숙, 「이광수의『원효대사』연구」, 동아대 석사논문, 1993.

장재선, 「1930년대 농민소설연구 — 이광수의『흙』, 이기영의『고향』, 심훈의『상록수』를 중심으로」, 동국대 석사논문, 1993.

조남곤, 「『흙』과『고향』의 대비적 고찰」, 인천대 석사논문, 1993.

최갑진, 「1930년대 귀농소설 연구」, 동아대 박사논문, 1993.

최병우, 「한국 근대 일인칭 소설 연구」, 서울대 박사논문, 1993.

양문규, 「리얼리즘 관점에서 본 초기 한국 근대소설의 전개 양상」, 『한국문학의 통시적 성찰』, 백문사, 1993.

신승희, 「한국 근대작가의 세계관 — 국초·춘원·횡보의 경우」, 『어문연구』 21~3, 한국어문교육연구회, 1993.

김석범, 『轉向と親日派』, 岩波書店, 1993.

김승종, 「이광수 장편소설에 나타난 회심과정 연구」, 『배달말』, 배달말학회, 1993.12.

한승옥, 「이광수와 허균의 문학관 대비 연구」, 『논문집』 11, 숭실대 1993.12.

이경훈, 「춘원의 친일문학 연구-총후봉공론에 대해」, 『비평문학』 8, 1994.

김우종, 「이광수 공작과 총독정치」, 『문학과 의식』, 1994.3.

김열규, 「이광수 문학의 문법-담화론적 접근을 위한 한 시도」, 『동방학지』 83, 연세대 국학연구원, 1994.

김영민, 「남북한에서의 이광수 문학 연구사 정리와 검토」, 『동방학지』 83, 연세대 국학연구원, 1994.

_____, 「춘원 이광수 관계 연구자료 목록」, 『동방학지』 83, 연세대 국학연구원, 1994.

사에구사 도시카스, 「『재생』의 뜻은 무엇인가-일본에서의 이광수 연구」, 『동방학지』 83, 연세대 국학연구원, 1994.

신동욱, 「이광수 소설에 설정된 지도자상의 형상화 고찰」, 『동방학지』 83, 연세대 국학연구원, 1994.

이선영, 「『흙』의 서사와 그 의미-체제 속의 이상촌과 예속자본주의」, 『동방학지』 83, 연세대 국학연구원, 1994.

김태숙, 「한국 근대 역사소설 연구-『단종애사』·『세조대왕』과 『대수양』을 중심으로」, 인하대 석사논문, 1994.

박승구, 「한국 소설 결말의 열린 공간-『홍길동전』·『무정』·『광장』을 중심으로」, 단국대 석사논문, 1994.

이용욱, 「초기 한국 현대 소설에 나타난 여로형 플롯 연구-이광수·김동인·염상섭을 중심으로」, 한남대 석사논문, 1994.

이지숙, 「나츠메 소세키의 『우미인초』와 이광수의 『무정』과의 비교 연구」, 충남대 석사논문, 1994.

최수일, 「춘원의 『개척자』 연구」, 성균관대 석사논문, 1994.

정귀련, 「이광수의 초기 서간체 소설에 나타난 구니키다 돗포의 영향-「어린 벗에게」와 「おとづれ」를 중심으로」, 『일어일문학연구』 24, 한국일어일문학회, 1994.

하타노 세츠코, 「이광수의 자아-작품을 통해 본 이광수의 제1차 유학시대의 세계관」, 『민족문학사연구』 5, 민족문학사연구소, 1994.

연세대국학연구원 편, 『춘원 이광수 문학 연구』, 국학자료원, 1994.

한용환, 『이광수 소설의 비판과 옹호』, 새미, 1994.

신규호, 「『흙』의 위상-『대지』와의 대비-삶인가 꿈인가」, 『비평문학』, 1994.9.

김윤식, 「동학에 관한 이광수의 기억에 대하여」, 『한국문학』, 1994.10.

윤명구, 「춘원과 동인의 역사소설의 비교 연구」, 『논문집』 21, 인하대 인문과학연구소, 1994.

이동길, 「1910년대 일인칭 소설의 소설사적 의미」, 『국어국문학』 112, 국어국문학회, 1994.

김철, 「근대적 주체의 형성과 관련하여-이광수와 백철의 경우」, 『민족문학사연구』 8, 민족문학사학회, 1995.

정용석, 「한민족의 개조 호소한 춘원」, 『한국논단』 67, 1995.

김현실, 「근대 지식인의 고백체 내면 지향 소설에 관한 연구」, 『현대소설연구』 2, 한국현대소설학회, 1995.

이경훈, 「이광수의 친일문학 연구-그의 정치적 이념과 연관하여」, 연세대 박사논문, 1995.

이광녕, 「춘원문학에 나타난 정에 관한 연구−소설『무정』과『유정』을 중심으로」, 연세대 석사논문, 1995.

이준형, 「톨스토이와 이광수 문학의 비교 연구−윤리와 미학을 중심으로」, 고려대 박사논문, 1995.

조현성, 「이광수의 근대성 연구」, 연세대 석사논문, 1995.

이병순, 「해방기 자기비판 소설 연구」, 『국어국문학』 113, 국어국문학회, 1995.

송지현, 「이광수의『재생』론−사랑과 구원의 불연속성」, 『한국언어문학』 34, 한국언어문학회, 1995.

이경훈, 「'근대'의 초극론」, 『현대문학의 연구』 5, 한국문학연구학회, 1995.

한승옥, 『이광수−비극적 세계인식과 초월 의지』, 건국대출판부, 1995.

나병철, 「근대 초기 유학생 주인공 소설과 이식문학의 문제」, 『비평문학』, 1995.9.

하응백, 「한국 자전소설의 계보학을 위하여」, 『문학정신』, 1995.9.

김종호, 「고난의 역정과 적극적 무력 투쟁−이광수『삼봉이네 집』론」, 『국어교육연구』 27, 경북대 사범대 국어교육연구회, 1995.

송명희, 「이광수의『개척자』와 나혜석『경희』에 대한 비교 연구」, 『비교문학』 20, 한국비교문학회, 1995.

서경석, 「초기 춘원 소설의 병 모티프와 그 성격」, 『외국문학』, 1995.12.

이경훈, 「이광수의 친일문학, 그 좌절의 논리」, 『내일을 여는 작가』, 1995.12.

이명우, 「이광수의『흙』연구」, 『동국어문학』 7, 동국대, 1995.12.

한점돌, 「한국 근대 단편의 형성 과정」, 『인문논총』, 호서대 인문과학연구소, 1995.12.

우찬제, 「서술상황과 작가의 욕망의 관련 양상 연구−이광수의『무정』의 시점 분석」, 『현대소설연구』 5, 한국현대소설학회, 1996.

장양수, 「비평적 소설의 더 큰 자기모순, 이광수의『단종애사』와 김동인의『대수양』」, 『새얼어문논집』 9, 새얼어문학회, 1996

김대우, 「농민문학에 나타난 지식인상 연구−『흙』·『상록수』를 중심으로」, 동의대 석사논문, 1996.

이동희, 「춘원 단편의 특질고」, 『민족문화논총』 16, 영남대 민족문화연구소, 1996.5.

서경석, 「춘원의『사랑』론」, 『대구어문논총』 14, 우리말글학회, 1996.

최기영, 「이광수의 러시아 체류와 문필활동」, 『민족문학사연구』 9, 민족문학사학회, 1996.

신규호, 「『흙』의 위상」, 『비평문학』, 1996.7.

이경훈, 「이광수의 새로운 친일문학 자료에 대하여」, 『구중서 박사 화갑 기념논문집』, 1996.

정호웅, 「무명 세계를 비추는 빛−이광수의「무명」」, 『문학사상』, 1996.11.

서정주, 「『단종애사』 연구」, 『논문집』, 영남전문대, 1996.12.

손정수, 「1910년대 이광수의 문학론과 작품의 관련 양상에 대한 고찰」, 『한국학보』 22-4, 1996.12.

이기인, 「『흙』의 서사구조와 미적 차원」, 『어문연구』 24~4, 한국어문교육연구회, 1996.12.

이재봉, 「이광수 문학의 세대론적 접근−세대론적 방법론의 적용을 위한 시고(1)」, 『수련어문논집』 23, 부산여대, 1997.

최재철, 「한국작가의 일본어 소설 고찰」, 『일본연구』 11, 한국외대 일본연구소, 1997.

홍성암, 「이광수 소설의 창작기법 연구」, 『동대논총』 27, 동덕여대, 1997.

김선영, 「이광수의 기독교 이해-소설 『무정』·『재생』을 중심으로」, 감리교신학대 석사논문, 1997.

최경란, 「이광수의 농민소설 『흙』 연구-작중인물 유형 중심으로」, 한양대 석사논문, 1997.

탁광혁, 「이광수 초기문학 연구」, 한국외대 석사논문, 1997.

김형수, 「『무정』의 담론적 연구」, 『신석환 박사 회갑 기념논문집』, 창원대출판부, 1997.

이병렬, 「한국 근대문학사의 출발과 계몽주의」, 『한국인』, 1997.6.

김종구, 「이광수 초기 단편소설의 서술양상 연구」, 『한국문학 이론과 비평』 1, 한국문학이론과비평학
        회, 1997.

김종호, 「이광수의 『삼봉이네 집』 연구」, 『어문학』 61, 한국어문학회, 1997.

권영민, 「『무정』은 과연 근대소설인가」, 『문학사상』, 1997.9.

이인화, 「춘원 이광수 젊은 날의 우상」, 『조선일보』, 1997.9.5.

송명희, 「이광수의 민족주의와 페미니즘」, 국학자료원, 1997.

김윤재, 「이인직 신소설과 『무정』을 통해 본 근대성의 문제」, 『한국어문학연구』 8, 한국외대 한국어문
        학연구회, 1997.

이진우, 「춘원 이광수의 초기 단편소설 연구」, 『인문과학논문집』 24, 대전대 인문과학연구소, 1997.

황종연, 「문학이라는 역어」, 『동악어문논집』 32, 동악어문학회, 1997.

탁광혁, 「『마의태자』 연구」, 『한국어문학연구』 8, 한국외대 한국어문학연구회, 1997.

최재선, 「『무정』과 『재생』에 나타난 기독교 양상 연구」, 『어문논집』, 숙명여대, 1997.12.

김경수, 「근대소설 담론의 유입과 형성 과정」, 『인문연구논집』 26, 서강대 인문과학연구소, 1998.

이재봉, 「근대문학의 논리와 소설의 형식-이광수의 초기 단편을 중심으로」, 『국어국문학지』, 문창어
        문학회, 1998.

차승기, 「문학에서의 '친일'과 형식적 주체-이인직과 이광수를 중심으로」, 『현대문학의 연구』, 한국
        문학연구학회, 1998.

김춘섭, 「이광수 문학과 민족주의 문제」, 『박준규 박사 정년 기념논총』, 1998.

이경훈, 「근대문학에 나타난 한국인과 일본인」, 『애산학보』 21, 논문자료연구회, 1998.

서종필, 「고등학교 문학교과서에 수록된 소설 지도 연구-『무정』·「운수좋은날」·「메밀꽃 필 무렵」·
        『광장』을 중심으로」, 제주대 석사논문, 1998.

송명옥, 「『장한몽』과 『재생』의 대비 연구」, 강원대 석사논문, 1998.

임양자, 「이광수와 미야자와 겐지의 문학 대비 연구」, 충남대 석사논문, 1998.

채진홍, 「이광수의 「난제오」 연구」, 『한국언어문학』 40, 한국언어문학회, 1998.

권희영, 「이광수 소설에 나타난 사랑과 죽음의 근대성」, 『코리안 이마고』 2, 한국 라캉과 현대정신분
        석학회, 1998.

나병철, 「구어체 소설과 또 다른 근대의 기원」, 『비평문학』, 1998.7.

이현식, 「문학의 자율성, 주체의 발견, 근대라는 미망−근대문학은 어떻게 인식되기 시작했는가」, 『문학과 사회』, 1998.9.

심원섭, 「이광수 친일문제를 보는 일본 연구자의 시각−사에구사 도시카스의 이광수 연구」, 『현대문학의 연구』 11, 한국문학연구학회, 1998.

김상태, 「한국 초기 근대소설에 미친 자연과학 사상」, 『비교문학』 23, 한국비교문학회, 1998.

양문규, 「이인직과 이광수 문학에 나타난 식민지 근대와 민족문제」, 『민족문학사연구』, 민족문학사학회, 1998.

한희수, 「이광수 소설에 나타난 기독교 수용 양상」, 『한남어문학』 23, 한남대 국어국문학회, 1998.

이경훈, 『이광수의 친일문학 연구』, 태학사, 1998.

권혁웅, 「이광수 소설에 내재한 친일의 논리」, 『어문논집』, 민족어문학회, 1999.

정대성, 「『춘향전』 일본어 번안 텍스트(1882~1945)의 계통학적 연구−'원전'의 전이양상과 다성적 얽힘새」, 『일본학보』 43, 한국일본학회, 1999.

정창석, 「'전쟁문학'에서 '받들어 모시는 문학'까지−일제하 소위 '국민문학' 논의」, 『일어일문학연구』 35-1, 일어일문학회, 1999.

최난옥, 「크릿쁘라못의 「탄차이렉」과 이광수의 『유정』의 비교 연구」, 『동남아시아연구』 7, 한국동남아시아학회, 1999.

황치복, 「이광수 소설의 근대성 비판−장편소설을 중심으로」, 『어문논집』 40, 민족어문학회, 1999.

최선희, 「『무정』에 나타난 가족의 의미」, 『한국전통문화연구』 13, 대구 효성가톨릭대 한국전통문화연구소, 1999.

김영민, 「한국소설의 문체와 근대성의 발현」, 『매지논총』 16, 연세대 매지학술연구소, 1999.

조계숙, 「묘사의 확대와 기능−이광수 소설의 빛 묘사를 중심으로」, 『한국문학 이론과 비평』 4, 한국문학이론과비평학회, 1999.

김윤식, 『(개정증보판) 이광수와 그의 시대』, 솔, 1999.

김태녀, 「이광수 『흙』과 톨스토이 『안나카레리나』의 비교 연구−작품의 계몽성, 간통과 철도 자살의 모티브를 중심으로」, 단국대 석사논문, 1999.

박명애, 「『흙』과 「아Q정전」의 비교 연구−계몽성과 혁명성을 중심으로」, 단국대 석사논문, 1999.

최혜실, 「『무정』에 나타난 근대성, 사랑, 성」, 『여성문학연구』 1, 1999.

김복순, 『1910년대 한국문학과 근대성』, 소명출판, 1999.

이계형, 「이광수의 역사소설 연구」, 경산대 석사논문, 1999.

황수진, 「한국 근대 소설 속에 나타난 신여성상 연구」, 건국대 박사논문, 1999.

이재선, 「『무정』과 가르침의 시학−이광수의 『무정』」, 『문학사상』, 1999.3.

류보선, 「사생아, 자유인, 편모슬하−성년에 이르는 세 가지 길」, 『문학동네』, 1999.6.

송기섭, 「도덕감정의 심연과 근대적 주체-『무정』론」, 『어문연구』 32, 어문연구학회, 1999.

이계열, 「이광수의 『원효대사』 연구」, 『숙명어문논집』 2, 숙명여대, 1999.12.

이주형, 「한국 역사소설의 성취와 한계」, 『현대 한국문학 100년』, 민음사, 1999.

정운현, 『나는 황국신민이로소이다-새로 밝혀 다시 쓴 친일 인물사』, 개마고원, 1999.

장영우, 「이광수의 근대 인식과 민족주의 사상-『무정』을 중심으로」, 『한국어문학연구』 35, 한국어문학연구학회, 1999.

2000년대

정혜영, 「근대를 향한 시선-이광수 『무정』에 나타난 '연애'의 성립 과정을 중심으로」, 『여성문학연구』 3, 한국여성문학학회, 2000.

황호덕, 「한국 근대에 있어서의 문학 개념의 기원(들)-신채호·이광수·창조파의 삼분법적 가치 범주와 '문학' 개념」, 『한국사상과 문화』 8, 한국사상문화학회, 2000.

탁광혁, 「춘원 초기시 재고」, 『한국어문학연구』 12, 한국외대 한국어문학연구회, 2000.

이중오, 『이광수를 위한 변명』, 중앙m&b, 2000.

김민철, 「그래도 우리는 돌을 들어야 한다-『이광수를 위한 변명』을 읽고서」, 『월간 말』 165, 2000.3.

권혁률, 「춘원과 노신의 계몽적 성격에 관한 대비적 고찰」, 인하대 석사논문, 2000.

김은아, 「이광수의 친일과 변절에 관한 연구」, 성신여대 석사논문, 2000.

박종렬, 「한국 근대 전환기 소설의 근대성과 계몽담론 연구」, 전남대 박사논문, 2000.

양진모, 「춘원소설에 나타난 기독교 사상 연구」, 인하대 석사논문, 2000.

이재용, 「이광수 작품에 나타난 감정의 위상 정립 연구」, 군산대 석사논문, 2000.

이철호, 「『무정』과 낭만적 자아」, 동국대 석사논문, 2000.

홍혜원, 「이광수 소설의 서사성 연구」, 이화여대 박사논문, 2000.

윤지관, 「빌둥의 상상력」, 『문학동네』, 2000 여름호.

권보드래, 『한국 근대소설의 기원』, 소명출판, 2000.

사에구사 도시카스, 『사에구사 교수의 한국문학연구』, 심원섭 옮김, 베틀북, 2000.

김순전, 「한일 서간체 소설의 변용」, 『일본문화연구』 3, 동아시아일본학회, 2000.

박종홍, 「이광수 '초기 단편'의 이중성 고찰」, 『인문연구』 39, 영남대 인문과학연구소, 2000.

김현주, 「이광수의 문화적 파시즘-1920년대 전반기 이광수의 '정치학'과 '문화론'의 관련성을 중심으로」, 『현대문학의 연구』 14, 한국문학연구학회, 2000.

려중동, 「『백범일기』를 허물어뜨리고 『백범일지』로 조작한 사람 이광수」, 『배달말 교육』, 배달말교육학회, 2001.

이경훈, 「춘원과 『창조』-근대 문단 형성의 한 양상」, 『현대소설연구』 14, 한국현대소설학회, 2001

이길연, 「이광수의 『재생』에 나타나는 욕망의 변모 양상 — 작중인물의 심리적 변이와 욕망 이론을 중심으로」, 『우리어문연구』 16, 우리어문학회, 2001.

김민정, 「이광수 역사소설의 대중성 연구」, 단국대 석사논문, 2001.

신환종, 「한국의 근대적 개인의 형성에 관한 연구」, 연세대 석사논문, 2001.

안윤선, 「이광수의 『꿈』 연구 — 조신설화 및 김만중 『구운몽』과의 비교를 중심으로」, 단국대 석사논문, 2001.

유혜성, 「이광수 소설에 나타난 사제관계의 상상력」, 동국대 석사논문, 2001.

최수웅, 「『무정』의 정신구조 연구」, 단국대 석사논문, 2001.

이경훈, 「『무정』의 패션」, 『민족문학사연구』 18, 민족문학사학회, 2001.

최주한, 「이광수 소설 연구 — 애정삼각관계의 양상과 그 의미를 중심으로」, 서강대 박사논문, 2001.

이찬, 「이광수의 서사적 논설 「농촌계발」 연구 — 담론적 특성을 중심으로」, 『어문논집』 44-1, 안암어문학회, 2001.

장남호, 「나츠메 소세키 연구 — 『도련님』과 이광수의 『무정』의 비교를 중심으로」, 『인문학연구』 28-1, 충남대 인문과학연구소, 2001.

김현주, 「이광수의 문학 교육론 — 심미 교육과 이념 교육을 통한 국민 교육론」, 김철·신형기 외, 『문학 속의 파시즘』, 삼인, 2001.

구인모, 「『무정』과 우생학적 연애론 — 한국의 근대문학과 연애론」, 『비교문학』 28, 비교문학회, 2002.

김경연, 「이광수와 루쉰의 비교문학적 고찰 — 초기 평론 및 소설을 중심으로」, 『문창어문논집』 39, 문창어문학회, 2002.

신정숙, 「이광수 소설 『재생』과 나체화」, 『한국학보』, 2002.

안미영, 「이광수 초기 단편에 나타난 '병 모티프' 고찰」, 『어문논총』 37, 한국문학언어학회, 2002.

김철·이형운·서은주·임진영, 「『무정』의 계보 연구 — 『무정』의 정보 확정을 위한 판본의 비교 연구」, 『민족문학사연구』 20, 민족문학사학회, 2002.

이경훈, 「인체실험과 성전 — 이광수의 『유정』·『사랑』·「육장기」에 대해」, 『동방학지』 117, 연세대 국학연구원, 2002

김성연, 「한국 근대문학과 동정의 계보 — 이광수에서 『창조』로」, 연세대 석사논문, 2002.

서영채, 「한국 근대소설에 나타난 사랑의 양상과 의미에 관한 연구 — 이광수·염상섭·이상을 중심으로」, 서울대 박사논문, 2002.

신윤정, 「이광수 『무정』 연구 — 교육소설로서의 가치를 중심으로」, 단국대 석사논문, 2002.

정경한, 「이광수의 역사소설 — 『단종애사』와 『세조대왕』 중심으로」, 숭실대 석사논문, 2002.

정재봉, 「『무정』의 여성중심적 시각 연구」, 창원대 석사논문, 2002.

이영아, 「이광수 『무정』에 나타난 '육체'의 근대성 고찰」, 『한국학보』 28-1, 2002.

진상범,「이광수 소설「무정」에 나타난 유럽적 서사구조−스페인의 피카레스크적 서사구조에서 독일의 교양소설적 서사구조에로의 변화 과정을 중심으로」,『독일어문학』17, 한국독일어문학회, 2002.

홍혜원,「이광수 소설에 나타난 여성상과 근대성」,『현대소설연구』16, 한국현대소설학회, 2002.

복거일,「친일문제에 대한 합리적 접근」,『철학과 현실』, 2002 여름호.

류재엽,『한국 근대 역사소설 연구』, 국학자료원, 2002.

한승옥,『이광수 문학사전』, 고려대 출판부, 2002.

홍혜원,『이광수 소설의 이야기와 담론』, 이화여대, 2002.

안태정,「이광수, 부르주아지의 욕망을 대변한 식민지 근대화론자」,『내일을 여는 역사』8, 2002.7.

조관자,「민족의 힘을 욕망한 친일 내셔널리스트」,『당대비평』특별호, 2002.

김양선,「여성주의 시각에서 본 친일 문화−친일문학의 내적 논리와 여성(성)의 전유 양상−이광수와 채만식의 친일소설을 중심으로」,『실천문학』67, 2002.8.

박중렬,「『무정』의 계몽담론과 대중문학적 시학」,『한국문학 이론과 비평』16, 한국문학이론과비평학회, 2002.

김종욱,「이광수의『개척자』연구−과학적 세계관의 영향을 중심으로」,『국어국문학』132, 국어국문학회, 2002.

이주형,「1910년대 이광수 장편소설과 계몽의식」,『국어교육연구』34, 국어교육연구학회, 2002.

김봉군,「이광수와 김동인 문학의 대비 연구」,『국어교육』112, 한국어교육학회, 2003.

김종태·강헌구,「일본 '백화파'에 대한 한일 비교문학적 연구−이광수와 김동인을 중심으로」,『한국문예비평연구』13, 한국현대문예비평학회, 2003.

방민호,「이광수의 자전적 문학에 나타난 작가의식 연구」,『어문학논총』22, 국민대 어문학연구소, 2003.

최종길,「계몽적 소설의 문체−이광수『무정』의 경우」,『우리어문연구』20, 우리어문학회, 2003.

한승옥,「동성애적 관점에서 본『무정』」,『현대소설연구』20, 한국현대소설학회, 2003.

한승옥,「이광수『원효대사』의 기문학적 특질 연구−생태학적 특성을 중심으로」,『국제어문』28, 국제어문학연구회, 2003.

권혁률,「춘원과 루쉰에 관한 비교문학적 연구」, 인하대 박사논문, 2003.

노종상,「동아시아 초기 근대소설의 민족주의 양상」, 고려대 박사논문, 2003.

방지수,「『무정』에 나타난 근대성 연구」, 건국대 석사논문, 2003.

신신옥,「이광수 소설에 나타난 애정관과 교육관에 대하여−『무정』·『재생』·『사랑』을 중심으로」, 동국대 석사논문, 2003.

신정숙,「이광수 소설에 나타난 '민족개조 사상'과 '몸'의 관계양상에 관한 연구」, 연세대 석사논문, 2003.

차현숙,「춘원의 장편소설에 수용된 기독교 사상 연구」, 단국대 석사논문, 2003.

최종길,「『무정』과「만세전」의 문체 비교 연구」, 고려대 박사논문, 2003.

탁광혁, 「이광수 역사소설 연구」, 한국외국어대 박사논문, 2003.

공임순, 「순결지상주의와 민족의 영웅-〈이순신〉」, 『역사와 문화』 6, 문화사학회, 2003.

허병식, 「식민지 청년과 교양의 구조-『무정』과 식민지적 무의식」, 『한국어문학연구』 41, 한국어문학
연구학회, 2003.

남기홍, 「이광수의 생애 검토」, 『한국학연구』 12, 인하대 한국학연구소, 2003.

강진호, 「한국문학전집의 흐름과 특성」, 『돈암어문학』 16, 돈암어문학회, 2003.

류양선, 「1910년대 후반기 소설에 나타난 계몽적 목소리」, 『한국문화』 32, 서울대 규장각한국학연구
원, 2003.

김예림, 「이광수의 미 이념」, 『작가세계』 57, 2003.5.

김윤식, 「이광수의 글쓰기와 향산광랑의 글쓰기-자부심과 굴욕감의 역전현상」, 『작가세계』 57, 2003.5.

김현주, 「공감적 국민=민족 만들기」, 『작가세계』 57, 2003.5.

이경훈, 「영문법·스포츠·민족 사이보그-이광수의 근대 프로젝트」, 『작가세계』 57, 2003.5.

최영석, 「민족의 마모된 비석, 이광수 해석의 역사」, 『작가세계』 57, 2003.5.

류보선, 「친일문학의 역사철학적 맥락」, 『한국 근대문학 연구』 7, 한국근대문학회, 2003.

윤영옥, 「『무정』에 나타난 서술형식의 근대성과 사회적 의미」, 『한국현대문학연구』 13, 한국현대문학
회, 2003.

정홍섭, 「『탁류』의 개작과 『무정』 패러디」, 『어문연구』 118, 한국어문교육연구회, 2003.

박상준, 「역사 속의 비극적 개인과 계몽의식-춘원 이광수의 1920년대 역사소설논고」, 『우리말글』
28, 우리말글학회, 2003.

황병주, 「근대와 식민의 오디세이」, 『트랜스토리아』 2, 박종철출판사, 2003.

엄영욱, 「루쉰과 춘원에 있어 일본과 서구 수용양상 비교-일본 유학시기를 중심으로」, 『중국학보』
48, 한국중국학회, 2003.

민찬, 「춘원의 초기 내면 풍경과 「김경」」, 『인문과학논문집』 36, 대전대 인문과학연구소, 2003.

엄영욱, 「춘원과 루쉰의 역사소설 비교 연구-역사의식을 중심으로」, 『중국학보』 47, 한국중국학회, 2003.

사에구사 도시카스 외, 『한국 근대문학과 일본』, 소명출판, 2003.

김윤식, 『일제 말기 한국 작가의 일본어 글쓰기론』, 서울대 출판부, 2003.

이경훈, 『오빠의 탄생』, 문학과지성사, 2003.

장정일, 「이광수를 위한 변명」, 『인물과 사상』, 인물과 사상사, 2003.8.

임영봉, 「이광수 문학과 식민지 근대 체험」, 『어문연구』 119, 한국어문교육연구회, 2003.

복거일, 『죽은 자들을 위한 변호-21세기의 친일 문제』, 알음, 2003.

김지영, 「계몽적 연애'의 탄생-1910년대 춘원의 자유연애담론 연구」, 『어문논집』 49, 민족어문학회, 2004.

김현주, 「1910년대 개인·민족의 구성과 감정의 정치학-이광수의 『무정』을 중심으로」, 『현대문학의
연구』 22, 한국문학연구학회, 2004.

이경훈, 「『흙』, 민족과 국가의 경합」, 『인문과학』 86, 연세대 인문학연구원, 2004.

김현주, 「문학·예술교육과 '동정'―이광수의 『무정』을 중심으로」, 『상허학보』 12, 상허학회, 2004.

김현주, 「1910년대 개인, 민족의 구성과 감정의 정치학―이광수의 『무정』을 중심으로」, 『현대문학의 연구』 22, 한국문학연구학회, 2004.

지명관, 「이광수와 일본」, 『한일관계사 연구』 2004.

윤경로, 「친일(파) '비호·옹호론'의 실상과 비판―이광수의 「친일파의 변」 비판을 중심으로」, 『한성사학』 19, 한성사학회, 2004.

소영현, 「정열의 근대적 재배치―최찬식의 『능라도』와 이광수의 『개척자』를 중심으로」, 『현대소설연구』 24, 한국현대소설학회, 2004.

신정숙, 「이광수 소설에 나타난 '민족개조 사상'과 '몸'의 관계 양상에 관한 연구―몸을 통한 개조의 '완결편' 『사랑』」, 『현대문학의 연구』 22, 한국문학연구학회, 2004

이상재, 「이광수 초기 단편소설의 모티프 양상 연구」, 『배달말』 34, 배달말학회, 2004

진상범, 「괴테 문학과 이광수 문학과의 서사적 구조의 상관성 비교 연구」, 『헤세연구』 12, 한국헤세학회, 2004.

한승옥, 「1930년대 이광수 소설에 나타난 간도의 의미」, 『현대소설연구』 23, 한국현대소설학회, 2004.

김재관, 「1910년대 한국 근대소설 연구―이광수를 중심으로」, 단국대 박사논문, 2004.

남인현, 「이광수의 『원효대사』 연구」, 동국대 석사논문, 2004.

서보만, 「『무정』의 애정관 연구」, 목포대 석사논문, 2004.

석진, 「일제 말 친일문학의 논리 연구―최재서·이광수·백철·서인식을 중심으로」, 홍익대 석사논문, 2004.

이회진, 「한국 근대 고백소설의 형성 배경과 형성과정―이광수·김동인·염상섭·이상을 중심으로」, 경기대 석사논문, 2004.

정은경, 「이광수 연구―『재생』에 나타난 민족개조론 비판」, 국민대 석사논문, 2004.

조은파, 「이광수와 염상섭의 초기 장편소설 연구―사랑의 유형과 성격을 중심으로」, 한양대 박사논문, 2004.

정선태, 「이광수의 '농촌계발'과 '문명 조선'의 구상」, 『상허학보』 12, 상허학회, 2004.

오윤호, 「『흙』의 식민지 근대와 수사적 특이성 연구」, 『한국근대문학연구』 5-2, 한국근대문학회, 2004.

문한별, 「이광수 『무정』과 활자본 고소설 『채봉감별곡』의 공시적 비교 연구」, 『한국근대문학연구』 5-2, 한국근대문학회, 2004.

홍혜원, 「『재생』에 나타난 멜로드라마적 양식」, 『한국근대문학연구』 5-2, 한국근대문학회, 2004.

김경미, 「1910년대 이광수 문학에 나타난 '준비론'의 양가성」, 『어문학』 96, 한국어문학회, 2004.

서영채, 『사랑의 문법―이광수·염상섭·이상』, 민음사, 2004.

공임순, 「식민지 시대 흥망사 이야기와 여성 육체의 시각화―이광수의 『마의태자』와 유치진의 「개골산」, 한상직의 「장야사」를 중심으로」, 『시학과 언어학』 9, 시학과언어학회, 2005.

김지영, 「1920년대 문학에서 고백의 성립과 자기인식의 문제―이광수·김동인·염상섭을 중심으로」, 『현대소설연구』 28, 한국현대소설학회, 2005.

김복순, 「『무정』과 소설 형식의 젠더」, 『대중서사연구』 14, 대중서사학회, 2005.

김현주, 「논쟁의 정치와 「민족개조론」의 글쓰기」, 『역사와 현실』 57, 한국역사연구회, 2005.

배수찬, 「근대 초기의 논란을 통해 본 문학교육의 방향 탐구―이광수의 『개척자』를 둘러싼 논의를 중심으로」, 『문학교육학』 17, 한국문학교육학회, 2005.

유홍주, 「한국 근대 고백소설의 형성과 담론 양상―이광수의 「어린 벗에게」를 중심으로」, 『현대문학이론연구』 26, 현대문학이론연구학회, 2005.

이동재, 「이광수의 '정'과 한국 근대문학」, 『현대문학이론연구』 24, 현대문학이론연구학회, 2005.

이성희, 「이광수 초기단편에 나타난 '동성애' 고찰」, 『관악어문연구』 30, 서울대, 2005.

허연실, 「1930년대 대중소설과 대중적 전략―이광수의 『사랑』을 중심으로」, 『현대소설연구』 28, 한국현대소설학회, 2005.

황종연, 「노블, 청년, 제국―한국 근대소설의 통국가 간 시작」, 『상허학보』 14, 상허학회, 2005.

전흥남, 「춘원의 『단종애사』 연구」, 『한국문학이론과 비평』 26, 한국문학이론과비평학회, 2005.

가와무라 사부로, 「이광수의 소설에 반영된 기독교의 이해―『재생』·『흙』·『사랑』을 중심으로」, 고려대 석사논문, 2005.

김민섭, 「춘원 이광수의 『사랑』에 나오는 재림교인 여주인공에 관한 연구」, 삼육대 신학전문석사논문, 2005.

김지영, 「근대문학 형성기 '연애' 표상 연구」, 고려대 박사논문, 2005.

남기홍, 「이광수 소설의 전기비평적 연구」, 인하대 박사논문, 2005.

신동녀, 「이광수의 장편소설에 수용된 기독교 사상」, 아주대 석사논문, 2005.

주온, 「이광수의 『무정』 연구」, 대불대 석사논문, 2005.

하철종, 「춘원과 동인 역사소설의 대비적 연구―『단종애사』와 『대수양』을 중심으로」, 창원대 석사논문, 2005.

김현주, 『이광수와 문화의 기획』, 태학사, 2005.

민경조, 『춘원 이광수와 남양주 사릉―남양주의 문학인물을 찾아서』, 남양주문화원, 2005.

한형구, 「한국 근대문학과 민족이라는 상상공동체」, 『한국근대문연구』 6~2 한국근대문학연구학회, 2005.

나병철, 「이광수의 성장소설과 가족 로망스」, 『비평문학』 21, 한국비평문학회, 2005.

공임순, 「일제 말 흥망사 이야기와 타락의 표지들에 관한 연구」, 『국어국문학』 141, 국어국문학회, 2005.

김광식, 「춘원 이광수의 친일 논리」, 『불교평론』, 2005.3.10.

문한별, 「이광수 초기소설 연구-결핍의 양상과 그 해소로서의 『무정』의 의미」, 『한국문학 이론과 비평』 26, 한국문학이론과비평학회, 2005.

한승옥, 「이광수 소설에 나타난 희생양 모티프」, 『한국문학 이론과 비평』 26, 한국문학이론과비평학회, 2005.

이진경, 「수행적 민족성-1930년대 식민지 한국에서의 문화와 계급」, 『한국문학연구』 28, 동국대 한국문학연구소, 2005.

최주한, 『제국 권력에의 야망과 반감 사이에서-소설을 통해 본 식민지 지식인 이광수의 초상』, 소명출판, 2005.

노지승, 「1910년대 후반 소설형식의 동인으로서 이상과 욕망의 의미-「핍박」·「슬픈 모순」·『무정』을 중심으로」, 『현대소설연구』 32, 한국현대소설학회, 2006.

문화라, 「1930년대 한국 대중소설의 여성인물과 연애서사 연구」, 『겨레어문학』 37, 겨레어문학회, 2006.

박숙자, 「이광수의 『단종애사』 연구-'어린 임금'의 인물화와 춘원의 전회를 중심으로」, 『한국문예비평연구』 20, 한국현대문예비평학회, 2006.

손성화, 「나쓰메 소세키의 『도련님』과 이광수의 『무정』 비교 연구」, 경상대 석사논문, 2006.

김윤식, 「어떤 법화경 행자의 맨얼굴 글쓰기론-이광수의 「삼경인상기」와 춘원의 『원효대사』」, 『작가론의 새 영역』, 강, 2006.

신수정, 「감정교육과 근대 남성의 탄생-이광수의 초기 단편소설을 중심으로」, 『여성문학연구』 15, 한국여성문학학회, 2006.

윤해동, 「운명의 사다리 혹은 사다리 걷어차기-이광수와 박정희의 경우」, 『본질과 현상』 3, 2006.

이승신, 「이광수 「사랑인가(愛か)」와 '소년애'」, 『일본학보』 67, 한국일본학회, 2006.

정진원, 「춘원 이광수의 소설 『사랑』의 불교적 상호텍스트성-불교시 「인과」·「애인」·「법화경」을 중심으로」, 『텍스트언어학』 20, 한국텍스트언어학회, 2006.

김영찬, 「식민지 근대의 내면과 표상-이광수의 『무정』을 중심으로」, 『상허학보』 16, 상허학회, 2006.

박병훈, 「춘원 이광수의 『사랑』 연구-사제관계 간 자비를 통한 삼계(三界) 속에서의 진화」, 『관악어문연구』 31, 서울대, 2006.

최주한, 「제국의 근대와 식민지, 그리고 『무정』」, 『21세기 문학』 35, 2006.

황호덕, 「변비와 설사, 전향의 생정치-「무명」의 이광수, 식민지(감옥)의 구멍들」, 『상허학보』 16, 상허학회, 2006.

곽상순, 「계몽소설의 식민성 연구」, 『한국문학 이론과비평』 32, 한국문학이론과비평학회, 2006.

신기욱, 「내면풍경-이광수의 『무정』과 근대문학의 기원」, 신기욱·마이클 로빈슨 편, 『한국의 식민지 근대성』, 도면회 역, 삼인, 2006.

김영민, 「이광수의 새 자료 「크리스마슷밤」 연구」, 『현대소설연구』 36, 한국문학연구학회, 2007.

김효신, 「한국 근대 문화의 춘원 이광수와 이탈리아 파시즘」, 『민족문화논총』 37, 영남대 민족문화연구소, 2007.

최주한, 「1930년대 전반기 이광수의 지도자론과 파시즘—동우회 기관지 『동광』을 중심으로」, 『어문연구』 135, 한국어문교육연구회, 2007.

임선애, 「근대 남성의 사랑 방식—이광수의 『유정』」, 『인문과학연구』 8, 대구가톨릭대 인문과학연구소, 2007.

이영아, 「1910년대 매일신보 연재소설의 대중성 획득과정 연구」, 『한국현대문학연구』 23, 한국현대문학회, 2007.

이희정, 「1910년대 매일신보 연재소설의 문체 변화 과정(2)」, 『우리말글』 41, 우리말글학회, 2007.

홍경표, 「춘원의 초기시 '범'과 '곰' 시 세편—「옥중호걸」・「곰」・「극웅행」에 대하여」, 『한국말글학회』 24, 한국말글학회, 2007.

양송이, 「이광수의 『무정』에 나타난 유학생 연구」, 가톨릭대 석사논문, 2007.

김동명, 「일본 제국 지배하 이광수의 민족 정체성—'문명한 민족'에서 '황국신민'으로」, 서울대 석사논문, 2007.

곽은희, 「일제 말 친일문학에 나타난 식민지 근대성 연구—최남선・이광수의 비평을 중심으로」, 영남대 박사논문, 2007.

와다 토모미, 「이광수 소설의 '생명' 의식 연구」, 서울대 박사논문, 2007.

실비안 가브리엘 앤소니, 「이광수 초기 문학에서 드러나는 동성애 모티프에 관한 계보학적 연구」, 서울대 석사논문, 2007.

정종미, 「고전소설과 현대소설의 상호텍스트성을 통한 교수학습 방안 연구—김만중의 『구운몽』과 이광수의 『꿈』을 중심으로」, 충남대 석사논문, 2007.

한정은, 「『문학』 교과서 장편소설 교육에 관한 연구—이광수의 『무정』을 중심으로」, 경기대 석사논문, 2007.

류인균, 『한국 근대소설에 나타난 오이디푸스 콤플렉스의 이해—이광수・김동인・염상섭・이상을 중심으로』, 서울대 출판부, 2007.

권혁률, 『춘원과 루쉰에 관한 비교문학적 연구』, 역락, 2007.

김영민, 「이광수 초기 문학의 변모과정—이광수의 새 자료 「크리스마슷밤」 연구(2)」, 『현대문학의 연구』 34, 한국문학연구학회, 2008.

하타노 세츠코, 최주한 역, 『『무정』을 읽는다—『무정』의 빛과 그림자』, 소명출판, 2008.

김학면, 「이광수 초기 문학담론과 『무정』의 '근대성' 연구」, 『한국현대문학연구』 25, 한국현대문학회, 2008.

김정하, 근대 문화공간의 문화적 형상화—이광수 소설에서의 온천 이미지를 중심으로」, 『배달말』 43, 배달말학회, 2008.

노연숙, 「해방 전후 이광수 문학에 나타난 민족의 의미」, 『한국현대문학연구』 26, 한국현대문학회, 2008.

임위정, 「일제 말기 한국과 타이완 친일문학의 비교연구―이광수와 저우진보(周金波)를 중심으로」, 경남대 석사논문, 2008.

김성미, 「이광수 문학의 민족주의 담론의 양가성 연구」, 경북대 박사논문, 2008.

이성희, 「이광수의 역사소설에 나타난 민족관」, 목포대 석사논문, 2008.

서미경, 「나츠메 소세키와 이광수의 비교 연구―어린 시절과 유학시절 체험을 중심으로」, 동의대 석사논문, 2008.

방소윤, 「이광수의 『흙』 연구」, 단국대 석사논문, 2008.

하정일, 「소통의 부재 혹은 민중 동원의 수단으로서의 소통―1910년대 이광수의 문학론과 사회사상을 중심으로」, 『인문연구』 55, 영남대 인문과학연구소, 2008.

이재용, 「이광수 초기 '민족' 관념의 형성과 문학적 실천」, 『구보학보』 3, 구보학회, 2008.

김재영, 「이광수 초기문학론의 구조와 와세다 미사학」, 『한국문학연구』 35, 한국문학연구소, 2008.

이재선, 「이광수의 사회심리학적 문학론과 '퇴화'의 효과―「문사와 수양」을 중심으로」, 『서강인문논총』 24, 서강대 인문과학연구소, 2008.

최현식, 「이광수와 '국민시'」, 『상허학보』 22, 상허학회, 2008.

류시현, 「'동경삼재'(홍명희·최남선·이광수)를 통해본 한말 일제 초 조선의 지성계」, 『한국인물사연구』 10, 한국인물사연구소, 2008.

최주한, 「제국의 근대와 식민지, 그리고 이광수―제2차 유학시절 이광수의 사상적 궤적을 중심으로」, 『어문연구』 36, 한국어문교육연구회, 2008.

김경미, 「1940년대 어문정책하 이광수의 이중어 글쓰기 연구」, 『한민족어문학』 53, 한민족어문학회, 2008.

권혁건·서미경, 「나츠메 소세키와 이광수의 유학체험 비교 연구」, 『동북아문화연구』 14, 동북아시아문화학회, 2008.

임성규, 「탈식민주의 시각에서의 소설 읽기 시론―이광수의 『무정』에 대한 교육적 해석」, 『인문과학연구』 19, 강원대 인문과학연구소, 2008.

김찬기, 「춘원 이광수의 유작 「불자의 노래」에 관한 연구」, 『원불교사상과 종교문화』 39, 원광대 원불교사상연구원, 2008.

김원모, 「이광수의 민족주의적 역사인식」, 『춘원연구학보』 1, 춘원연구학회, 2008.

김미영, 「이광수의 일본어소설의 국역본 연구」, 『우리말글』 43, 우리말글학회, 2008.

윤홍로, 「춘원 이광수와 『有情』의 세계」, 『춘원연구학보』 1, 춘원연구학회, 2008.

김용직, 「춘원 이광수와 민족의식」, 『춘원연구학보』 1, 춘원연구학회, 2008.

최혜림, 「춘원 이광수 연구사 목록」, 『춘원연구학보』 1, 춘원연구학회, 2008.

최종고, 「춘원과 법−그의 법경험과 법사상」, 『춘원연구학보』 1, 춘원연구학회, 2008.

윤혜영, 「춘원과 소세키 초기소설에 나타난 여성상 비교 고찰」, 『일본연구』 25, 중앙대 일본연구소, 2008.

이승신, 「「야마자키 도시오의 「크리스마스이브」론−식민지 지식인 이광수의 표상에 나타난 폭력의 시선」, 『일어일문학연구』 66-2, 한국일어일문학회, 2008.

김병구, 「이광수 장편소설에 있어서의 원한의 정치시학−『흙』을 중심으로」, 『어문연구』 36-2, 한국어문교육연구회, 2008.

류시현, 「'동경삼재'(홍명희·최남선·이광수)를 통해 본 1920년대 '문화정치'의 시대」, 『한국인물사연구』 12, 한국인물사연구회, 2009.

서영채, 「이광수, 근대성의 윤리」, 『한국근대문학연구』 10, 한국근대문학회, 2009.

주지영, 「이광수 소설에 나타난 '신라' 재현 양상」, 『한국현대문학연구』, 한국현대문학회, 2009.

김현미, 「이광수 소설에 나타난 교사상 연구」, 명지대 석사논문, 2009.

황정현, 「이광수 소설 연구사」, 고려대 박사논문, 2009.

문학과사상연구회, 『이광수 문학의 재인식』, 소명, 2009.

김원모, 『영마루의 구름−춘원 이광수의 친일과 민족보존론』, 단국대 출판부, 2009.

한승옥, 『이광수 장편소설 연구』, 박문사, 2009.

이금선, 「'식민지 검열'이 텍스트 변화양상에 끼친 영향−이광수의 영창서관판 『삼봉이네 집』의 개작을 중심으로」 『사이』 7, 국제한국문학문화학회, 2009.

김윤식, 「'阿Q=향산광랑'의 글쓰기와 '춘원=이광수'의 글쓰기」, 『내가 살아온 한국 현대문학사』, 문학과지성사, 2009.

김옥성, 「이광수 시의 생태의식 연구」, 『한국현대문학연구』 27, 한국현대문학회, 2009.

한승옥, 「이광수 소설과 남성의 죽음」, 『한중인문학연구』 28, 한중인문학회, 2009.

김효진·김영민, 「계몽 운동 주체의 변화와 '청년'의 구상−이광수의 「용동」·「농촌계발」·『무정』을 중심으로」, 『사이』 7, 국제한국문학문화학회, 2009.

방민호, 「이광수 장편소설 『사랑』에 나타난 종교 통합적 논리의 의미」, 『춘원연구학보』 2, 춘원연구학회, 2009.

신용철, 「춘원 이광수와 운허 스님」, 『춘원연구학보』 2, 춘원연구학회, 2009.

김용직, 「근대시 형성기의 춘원 이광수」, 『춘원연구학보』 2, 춘원연구학회, 2009.

정문권·조보로, 「이광수와 노신의 여성의식 비교」, 『비교한국학』 17-1, 국제비교한국학회, 2009.

김경미, 「1920년대 이광수의 역사 내러티브와 민족주의 담론의 양상」, 『어문학』 105, 한국어문학회, 2009.

조항래, 「이광수의 민족 보존론과 광복론」, 『춘원연구학보』 2, 춘원연구학회, 2009.

최주한, 「이광수의 불교와 친일」, 『춘원연구학보』 2, 춘원연구학회, 2009.

노상래, 「이광수의 자서전적 글쓰기에 대한 일고찰」, 『동아인문학』 16, 동아인문학회, 2009.

오양진, 「이광수와 계몽의 위안－「무명」을 중심으로」, 『우리어문연구』 35, 우리어문학회, 2009.

박혜경, 「이광수의 장편소설에 나타난 계몽의식과 작가적 욕망의 문제」, 『한국언어문학』 69, 한국언어문학회, 2009.

조은애, 「이광수의 언어공동체 인식과 『조선문단』의 에크리튀르」, 『비평문학』 34, 한국비평문학회, 2009.

이호규·권혁건, 「노신과 이광수의 유학체험과 소설의 형상화 비교 연구」, 『중국학』 32, 대한중국학회, 2009.

권보드래, 「『학지광』 제8호, 편집장 이광수와 새 자료」, 『민족문학사연구』 39, 민족문학사연구소, 2009.

장성규, 「방송 미디어를 통한 새로운 문예형식과 대일협력의 균열－새롭게 발굴된 이광수의 「면화」와 유진오의 「가족부대」 자료 해제」, 『민족문학사연구』 41, 민족문학사학회, 2009.

김소륜, 「이광수 소설에 나타난 여성 이미지－질병 모티프를 중심으로」, 『이화어문논집』 27, 이화어문학회, 2009.

김경미, 「1920년대 전반기 이광수 문학에 나타난 문화담론 연구－『개벽』과 『조선문단』을 중심으로」, 『어문논총』 51, 한국문학언어학회, 2009.

박상진, 「이광수 문학의 독법－친일과 민족주의의 틀을 넘어서」, 『비교문학』 49, 한국비교문학회, 2009.

박노종, 「이광수 「규한」과 호적 「종신대사」의 근대성 비교 고찰」, 『중국학』 32, 대한중국학회, 2009.

노상래, 「죽음의 미적 근대성에 대한 일고찰－이광수의 「만영감의 죽음」을 중심으로」, 『한민족어문학』 55, 한민족어문학회, 2009.

정경운, 「근대 정의를 이해하는 두 가지 방식－이광수와 신채호를 중심으로」, 『현대문학이론연구』 38, 현대문학이론학회, 2009.

서은경, 「1910년대 유학생 소설 속에 드러난 지식과 젠더의 상관관계－이광수와 나혜석의 초기 소설을 중심으로」, 『현대문학의 연구』 38, 한국문학연구학회, 2009.

김원모, 「춘원의 「스러진 젊은 꿈」(이애리수)·「새나라로!」(안기영)와 광복주의 정신」, 『춘원연구학보』 2, 춘원연구학회, 2009.

최종고, 「'코스모폴리탄'으로서의 춘원」, 『춘원연구학보』 2, 춘원연구학회, 2009.

박혜경, 「계몽의 딜레마」, 『우리말글』 46, 우리말글학회, 2009.

김원모, 『영마루의 구름－춘원 이광수의 친일과 민족보존론』, 단국대 출판부, 2009.

2010년대

류시현, 「1930・40년대 '동경삼재(홍명희・최남선・이광수)'의 일제 협력과 저항」, 『한국인물사연구』 14, 한국인물사연구회, 2010.

정재림, 「근대소설에 나타난 기독교 비판의 세 양상」, 『서강인문논총』 27, 서강대 인문과학연구소, 2010.

김현주, 「식민지에서 '사회'와 '사회적' 공공성의 궤적－1910년대 매일신보에서 이광수의 사회 담론의 의미」, 『한국문학연구』 38, 동국대 한국문학연구소, 2010.

강헌국, 「기억의 연금술－이광수 문학의 자전적 성격 연구」, 『한국학연구』 33, 고려대 세종캠퍼스 한국학연구소, 2010.

박수빈, 「이광수의 내선일체 지향 소설 연구」, 고려대 석사논문, 2010.

명혜권, 「춘원 이광수의 서지적 연구」, 중앙대 석사논문, 2010.

김유진, 「페미니즘으로 본 이광수의 『무정』」, 연세대 석사논문, 2010.

공성현, 「이광수 『무정』에서 나타난 여인상 고찰」, 동국대 석사논문, 2010.

장리쉬안, 「이광수와 루쉰의 비교문학 연구」, 수원대 석사논문, 2010.

서은혜, 「이광수 역사소설 연구－역사담론과의 관련성을 중심으로」, 서울대 석사논문, 2010.

정선태, 「어느 법화경 행자의 꿈」, 『춘원연구학보』 3, 춘원연구학회, 2010.

윤대석, 「일본이라는 거울－이광수가 본 일본・일본인」, 『일본비평』 3, 서울대 일본연구소, 2010.

장춘매, 「이광수의 『무정』과 장한수의 『제소인연』 비교 연구」, 『한국문학논총』 56, 한국문학회, 2010.

최주한, 「이광수와 식민지 문명화론」, 『서강인문논총』 27, 서강대 인문과학연구소, 2010.

황정현, 「비교문학적 방법론과 이광수 연구사」, 『춘원연구학보』 3, 춘원연구학회, 2010.

김경미, 「1940년대 이광수의 역사 내러티브와 민족주의 담론의 양상」, 『어문학』 109, 한국어문학회, 2010.

김혜인, 「난민의 세기, 상상된 아시아－이광수의 『서울』(1950)을 중심으로」, 『대중서사연구』 24, 대중서사학회, 2010.

김종수, 「해방기 출판시장에서 이광수의 위상」, 『민족문화연구』 52, 고려대 민족문화연구원, 2010.

＿＿＿, 「일제 식민지 근대 출판시장에서 이광수의 위상」, 『한국문화』 50, 서울대 규장각한국학연구원, 2010.

양문규, 「1910년대 이광수와 나혜석 문학의 대비적 고찰」, 『민족문학사연구』 43, 민족문학사학회, 2010.

최종고, 「춘원 이광수의 종교관」, 『춘원연구학보』 3, 춘원연구학회, 2010.

강창욱, 「춘원 이광수와 현대 정신의학의 발전」, 『춘원연구학보』 3, 춘원연구학회, 2010.

권동우, 「식민지 조선의 '이중언어' 현실과 이광수의 글쓰기」, 『어문학』 108, 한국어문학회, 2010.

정주아, 「'순교자'상의 형성과 수용―춘원과 도산의 유대 관계에 대한 고찰」, 『어문연구』 38-3, 한국 어문교육연구회, 2010.

윤홍로, 「춘원의 용동체험과 글짓기 과정」, 『춘원연구학보』 3, 춘원연구학회, 2010.

김용하, 「신경증자의 발견과 탈 나르시시즘 주체의 구제―이광수의 『유정』을 중심으로」, 『국제어문』 49, 국제어문학회, 2010.

이경재, 「이광수 논설에 나타난 '개인=민족'이라는 절대적 자아」, 『인문과학연구논총』 31, 명지대 인 문과학연구소, 2010.

김경미, 「해방기 이광수 문학의 기억 서사와 민족 담론의 양상」, 『현대문학이론연구』 43, 현대문학이 론학회, 2010.

홍혜원, 「이광수 초기 논설에 나타난 '문학'과 '교육'의 의미」, 『한국언어문학』 74, 한국언어문학회, 2010.

이재선, 『이광수 문학의 지적 편력―문학론의 원천과 형성』, 서강대 출판부, 2010.

하타노 세츠코, 「이광수와 야마사키 토시오, 그리고 기쿠치 칸―「삼경인상기」에 씌어 있지 않은 것」, 『사이』 11, 국제한국문학문화학회, 2011.

김행숙, 「이광수의 감정론」, 『상허학보』 33, 상허학회, 2011.

박슬기, 「이광수의 개조론과 기독교 윤리」, 『한국현대문학연구』 35, 한국현대문학회, 2011.

이경훈, 「『조선문단』과 이광수」, 『사이』 10, 국제한국문학문화학회, 2011.

박성태, 「이광수 민족주의의 체계와 배경―논문과 비평을 중심으로」, 고려대 석사논문, 2011.

이혜령, 「친일파인 자의 이름―탈식민화와 고유명의 정치」, 『민족문화연구』 54, 고려대 민족문화연구 원, 2011.

서희원, 「이광수의 문학·종교·정치의 연관에 대한 연구」, 동국대 박사논문, 2011.

유승미, 「이광수 초기 단편 소설의 이니시에이션 연구」, 고려대 석사논문, 2011.

김미란, 「이광수의 장편소설에 나타난 성 이데올로기―『무정』·『재생』·『흙』 중심으로」, 숭실대 석사 논문, 2011.

임민영, 「이광수 소설 『꿈』의 영화적 변용양상 연구」, 고려대 석사논문, 2011.

오효진, 「이광수 문학에 나타난 정치적 압력 대응 양상」 충북대 박사논문, 2011.

나연준, 1920년대 전반 부르주아 민족주의 세력의 문화주의 담론―이광수와 이돈화를 중심으로」, 중 앙대 석사논문, 2011.

이행선, 「1930년대 김동리와 이광수 문학에 나타난 '구원'과 불교의 문제 연구」, 성균관대 석사논문, 2011.

이혜림, 「이광수 『재생』에 나타난 여성상 고찰」, 동국대 석사논문, 2011.

김용하, 「한국 근대 소설의 기억의 서사화에 나타난 미적 범주와 윤리적 판단에 대한 비교 연구―신채 호와 이광수를 중심으로」, 고려대 박사논문, 2011.

김승민, 「한국 근대소설에 나타난 가족로망스 연구―이광수와 염상섭 장편소설을 중심으로」, 서울대 박사논문, 2011.

정은미, 「이광수 『무정』의 교수·학습 방법 연구―성장소설적 특성을 중심으로」, 동국대 석사논문, 2011.

사노 마사토, 「이광수 소설에 나타난 시각성의 문제―근대문학의 시작과 '외부'적인 시선」, 『한국현대문학연구』 34, 한국현대문학회, 2011.

서희원, 「공동체를 탈주하는 방랑과 죽음으로 귀환하는 여행―「어린 벗에게」, 『유정』」, 『한국문학연구』 40, 동국대 한국문학연구소, 2011.

정병설, 「『무정』의 근대성과 정육(情育)」, 『한국문화』 54, 서울대 규장각한국학연구원, 2011.

김경미, 「식민지 후반기 이광수 문학의 사소설적 경향과 의미―「무명」, 「육장기」, 「난제오」를 중심으로」, 『현대문학이론연구』 47, 현대문학이론학회, 2011.

_____, 「해방기 이광수 문학의 자전적 글쓰기의 전략과 의미―『돌베개』와 『나의 고백』을 중심으로」, 『한민족어문학』 59, 한민족어문학회, 2011.

이철호, 「이광수 소설에 나타난 '인격'과 그 주체 표상」, 『동악어문학』 56, 동악어문학회, 2011.

박재석, 「이광수의 「무명」에 나타난 '조선어'의 문제 연구」, 『한국근대문학연구』 12, 한국근대문학회, 2011.

하타노 세츠코, 「『무정』을 쓸 무렵의 이광수」, 『일본 유학생 작가 연구』, 소명출판, 2011.

_____, 「이광수의 제2차 유학시절」, 『일본 유학생 작가 연구』, 소명출판, 2011.

구장률, 「문학지(文學知)의 번역, 이광수를 중심으로」, 『민족문학사연구』 47, 민족문학사학회, 2011.

권혁건·이호규·김주현, 「이광수와 나츠메 소세키의 문학교육론이 지닌 근대성 비교연구」, 『동북아문화연구』 28, 동북아시아문화학회, 2011.

신용철, 「춘원 이광수의 유교관 시론」, 『춘원연구학보』 4, 춘원연구학회, 2011.

신윤주·권혁건, 「나츠메 소세키의 『풀베개』와 이광수의 『재생』 비교 연구」, 『일어일문학』 49, 대한일어일문학회, 2011.

김언정, 「나츠메 소세키 의 『그 후』와 이광수의 『무정』에 나타난 근대적 개인의 형성 과정과 성격 비교 연구」, 『일본문화연구』 39, 동아시아일본학회, 2011.

허민, 「1910년대, 공 / 사 분할의 전치와 문학적 주체의 정치성―이광수 초기 문학, 문학론 재독」, 『반교어문연구』 31, 반교어문학회, 2011.

손유경, 「1910년대 이광수 소설의 개인과 인류」, 『현대소설연구』 46, 한국현대소설학회, 2011.

김경미, 『이광수 문학과 민족 담론』, 역락, 2011.

서영채, 『아첨의 영웅주의―최남선과 이광수』, 소명출판, 2011.

이재선, 「이광수 문학론의 원천과 형성」, 『춘원연구학보』 4, 춘원연구학회, 2011.

최종고, 「괴테―톨스토이-이광수」, 『춘원연구학보』 4, 춘원연구학회, 2011.

최주한, 「민족개조론과 상애의 윤리학」, 『서강인문논총』 30, 서강대 인문과학연구소, 2011.

최주한, 「제2차 유학시절의 이광수」, 『춘원연구학보』 4, 춘원연구학회, 2011.

김용직, 「전기 연구의 논리와 실제-김원모, 『영마루의 구름-춘원 이광수의 민족보존론』·『춘원 광복론 독립신문』에 대하여」, 『춘원연구학보』 4, 춘원연구학회, 2011.

이경훈, 「원한의 화자 이광수」, 『현대문학의 연구』 45, 한국문학연구학회, 2011.

취안허뤼, 「루쉰·춘원과 일본 근대초기의 사소설」, 『아시아문화연구』 22, 가천대 아시아문화연구소, 2011.

이강민, 「춘원 리광수의 일본어 학습서 『일어독학』에 대하여」, 한국일본학회, 2011.

정선태, 「신낙현의 「춘원 이광수는 과연 친일파였던가」 및 관련 재판 기록」, 『근대서지』 3, 2011.

전혜진, 「『무정』을 통해 본 상품형식과 주체 구성의 문제」, 『한국근대문학연구』 12-2, 한국근대문학회, 2011.

강창욱, 「춘원의 영적 순례」, 『춘원연구학보』 4, 춘원연구학회, 2011.

김경연, 「내선일체의 멜로드라마와 식민주의의 균열」, 『어문학』 114, 한국어문학회, 2011.

황재문, 「문학론·문장론·문학사론에서의 전통의 문제」, 『한국학논집』 43, 계명대 한국학연구원, 2011.

정혜영, 「1930년대 연애소설과 사랑의 존재방식」, 『현대소설연구』 47, 한국현대소설학회, 2011.

김병길, 『역사소설, 자미에 빠지다』, 삼인, 2011.

김동식, 「1910년대 이광수의 문학론과 한국근대문학의 비(非)민족주의적 기원들-기능분화, 감정의 관찰, 표상으로서의 세계문학」, 『비형문학』 45, 한국비평문학회, 2012.

서은혜, 「이광수 소설에 나타난 재난 모티프와 공동체의 이상」, 『한국현대문학연구』 36, 한국현대문학회, 2012.

노춘기, 「이광수의 근대시 인식과 시적 주체의 특성 연구-초기 시를 중심으로」, 『비평문학』 44, 한국비평문학회, 2012.

이혜령, 「식민지 유산으로서의 '친일문학(론)'의 위상」, 정근식·이병천 편, 『식민지 유산, 국가 형성, 한국의 민주주의』 2, 책세상, 2012.

김미연, 「이광수의 톨스토이 수용과 번역 양상 고찰」, 고려대 석사논문, 2012.

둥단단, 「이광수와 노신 문학의 현실인식과 여성인물상 비교연구」, 인제대 석사논문, 2012.

김유진, 「이광수 장편소설 『흙』 연구」, 연세대 석사논문, 2012.

지전디, 「한·중 근대소설에 나타난 일본유학 체험의 비교 연구-이광수와 위다푸(郁達夫)의 초기 단편소설을 중심으로」, 중앙대 석사논문, 2012.

두쓰원, 「이광수 초기 단편 소설의 중국어 번역-「어린 희생」, 「무정」, 「소년의 비애」, 「어린 벗에게」를 중심으로」, 연세대 석사논문, 2012.

이수형, 「이광수 문학에 나타난 감정과 마음의 관계」, 『한국문학 이론과 비평』 54, 한국문학이론과비평학회, 2012.

홍기돈, 「이광수의 친일이념 다시 읽기─욕망의 구조와 허위의식을 중심으로」, 『인간연구』 22, 가톨릭대 인간학연구소, 2012.

송영순, 「이광수의 장시와 안중근과의 연관성─「옥중호결」과 「곰」을 중심으로」, 『한국시학연구』 35, 한국시학회, 2012.

김경미, 「이광수 기행문의 인식 구조와 민족 담론의 양상」, 『한민족어문학』 62, 한민족어문학회, 2012.

황종연, 「신 없는 자연─초기 이광수 문학에서의 과학」, 『상허학보』 36, 상허학회, 2012.

이상우, 「『꿈』의 각색과 그 의미─이광수의 소설, 오영진의 시나리오, 신상옥의 영화를 중심으로」, 『Journal of Korean Culture』 19, 고려대 한국언어문화학술확산연구소, 2012.

김경미, 「이광수 연애소설의 서사전략과 민족담론─『재생』과 『사랑』을 중심으로」, 『현대문학이론연구』 50, 현대문학이론학회, 2012.

이수형, 「1910년대 이광수 문학과 감정의 현상학」, 『상허학보』 36, 상허학회, 2012.

장신·황호덕, 「『신한자유종』(1910) 검열 기록의 성격과 이광수의 초기 활동」, 『근대서지』 5, 근대서지학회, 2012.

하타노 세츠코, 「「극비『신한자유종』 재제1권 제3호」(융희 4년 4월 1일 발행)의 이광수 관련 자료에 대하여」, 『근대서지』 5, 근대서지학회, 2012.

허윤, 「『이차돈의 사』에 투영된 이광수의 '진리감'」, 『춘원연구학보』 5, 춘원연구학회, 2012.

신용철, 「독일 유학생 이극로의 조선어 강좌 개설과 이광수의 『허생전』」, 『춘원연구학보』 5, 춘원연구학회, 2012.

최주한, 「중학 시절과 오산 시절 전후의 이광수」, 『춘원연구학보』 5, 춘원연구학회, 2012.

장영우, 「이광수의 진화론적 사상과 일제 말 문학의 특질」, 『한국문예창작』 11-2, 한국문예창작학회, 2012.

정정호, 「이광수와 영문학─신문예로서의 조선문학 수립을 위한 춘원의 도정」, 『외국학연구』 22, 중앙대 외국학연구소, 2012.

송영순, 「이광수의 장시 「극웅행」의 상호텍스트성 연구」, 『한국문예비평연구』 39, 한국현대문예비평학회, 2012.

최주한, 「『사랑』의 저자는 누구인가」, 『근대서지』 5, 근대서지학회, 2012.

_____, 「이광수의 친일문학을 다시 생각한다─『방송지우』 및 『일본부인』(조선판) 소재 조선어 단편을 중심으로」, 『근대서지』 6, 근대서지학회, 2012.

정정호, 「피천득에 미친 이광수의 영향」, 『어문논집』 52, 중앙어문학회, 2012.

김미향, 「문화론적 관점에서 본 이광수의 '군상' 연구」, 『국제한인문학연구』 9, 국제한인문학회, 2012.

강윤신, 「이광수 후기 단편소설 인물들의 퇴행 연구」, 『동양예술』 19, 한국동양예술학회, 2012.

고송석, 「이광수 소설의 대승불교 사상 연구」, 『문학과 종교』 17-2, 한국문학과종교학회, 2012.

이광호, 「이광수 소설의 '시선 주체'와 문학사적 의미 —『무정』을 중심으로」, 『한국문예창작』 11-2, 한국문예창작학회, 2012.

이형진, 「'이미지'로서의 여성의 삶과 사랑—1910, 20년대 이광수·김동인·염상섭의 작품들을 중심으로」, 『한국현대문학연구』 36, 한국현대문학회, 2012.

정혜영, 「역사의 대중화, 문학의 대중화」, 『현대소설연구』 50, 한국현대소설학회, 2012.

최혜림, 「이광수 소설의 일본어 번역에 관한 고찰」, 『춘원연구학보』 6, 춘원연구학회, 2013.

김춘섭, 「이광수의 신문화운동과 친일 문제」, 『용봉인문논총』 43, 전남대 인문학연구소, 2013.

박균섭, 「이광수의 『원효대사』를 통해 본 전시동원체제와 식민교육의 성격」, 『교육문제연구』 26-1, 고려대 교육문제연구소, 2013.

강헌국, 「계몽과 사랑, 그 불편한 관계에 대하여—『개척자』와 『재생』을 중심으로」, 『한국문학이론과 비평』 61, 한국문학이론과비평학회, 2013.

권보드래, 「저개발의 멜로, 저개발의 숭고—이광수, 『흙』과 『사랑』의 1960년대」, 『상허학보』 37, 상허학회, 2013.

서은혜, 「1920년대 이광수의 감정론과 『마의태자』에 나타난 '충의'의 정조」, 『한국근대문학연구』 14-1, 한국근대문학회, 2013.

이철호, 「황홀과 비하, 한국 교양소설의 두 가지 표정—이광수와 이문열을 중심으로」, 『상허학보』 37, 상허학회, 2013.

이재용, 「이광수와 김동인의 역사소설 연구」, 인하대 박사논문, 2013.

리안팡, 「나츠메 소세키의 수용을 통해 본 이광수와 루쉰의 비교」, 강릉원주대 석사논문, 2013.

최주한, 「친일협력 시기 이광수의 불교적 사유의 구조와 의미」, 『어문연구』 41-2, 한국어문교육연구회, 2013.

정주아, 「심상지리의 외부, '불확실성의 심연'과 문학적 공간—춘원 이광수의 문학에 나타난 러시아의 공간성을 중심으로」, 『어문연구』 41-2, 한국어문교육연구회, 2013.

이만영, 「근대적 읽기 관습의 창출과 계도적 미학의 길—이광수의 문학론과 『무정』의 상관성을 중심으로」, 『민족문화연구』 58, 고려대 민족문화연구원, 2013.

김항, 「개인, 국민, 난민 사이의 민족—이광수 「민족개조론」 다시 읽기」, 『민족문화연구』 58, 고려대 민족문화연구원, 2013.

서은주, 「해방 후 이광수의 '자기서술'과 고백의 윤리」,

김현주·박헌호, 「이광수와 근대 한국사회의 감성—이데올로기의 동역학」, 『한국학연구』 29, 인하대 한국학연구소, 2013.

최주한, 「이광수의 민족개조론 재고」, 『인문논총』 70, 서울대 인문학연구원, 2013.

_____, 「'번역된 (탈)근대론'으로서의 『무정』 연구사」—1990년대 중반 이후의 『무정』론을 중심으로」, 『한국근대문학연구』 27, 한국근대문학회, 2013.

김경미, 「감성의 정치학, 이광수 그리고 한국근대문학」, 박헌호 편, 『센티멘탈 이광수-감성과 이데올로기』(소명출판, 2013)」, 『어문논총』 59, 한국문학언어학회, 2013.

우수영, 「『어둠의 힘』에 나타난 이광수의 번역 의도」, 『어문논총』 58, 한국문학언어학회, 2013.

최주한, 「일제 말기 이광수의 이중어 글쓰기 연구 시론」, 『춘원연구학보』 6, 춘원연구학회, 2013.

박헌호 편저, 『센티멘탈 이광수-감성과 이데올로기』, 소명, 2013.

김성연, 「거북선이라는 외피와 『난중일기』라는 내면-1931년 여름, 『동아일보』와 이광수를 중심으로」, 『일본학연구』 40, 단국대 동아시아인문융복합연구소, 2013.

박죽심, 「이광수의 『무정』에 나타난 여성의식」, 『춘원연구학보』 6, 춘원연구학회, 2013.

안서현, 「이광수의 농촌현실 인식과 전망, 그 변화의 기로-『조선농민』 수록 소설 「어듸로?」」, 『근대서지』 7, 근대서지학회, 2013.

하타노 세츠코, 「사이토 문서와 이광수의 「건의서」」, 『근대서지』 7, 근대서지학회, 2013.

차승기, 「고귀한 엄숙, 고요한 충성-이광수의 예의작법과 감각적인 것의 나눔」, 『한국학연구』 29, 인하대 한국학연구소, 2013.

이평전, 「근대 자유주의의 문학적 수용 양상 연구-신채호·이광수의 초기 작품을 중심으로」, 『인문과학연구논총』 34~2, 명지대 인문과학연구소, 2013.

김동식, 「민족개조와 감정의 진화-1920년대 이광수 문학론에 대한 예비적 고찰」, 『한국학연구』 29, 인하대 한국학연구소, 2013.

홍혜원, 「춘향 이야기 겹쳐 읽기-이광수의 『일설 춘향전』 연구」, 『비교한국학』 21-3, 국제비교한국학회, 2013.

김병구, 「이광수 장편 소설 『재생』의 정치 시학적 특성 연구」, 『국어문학』 54. 국어문학회, 2013.

최종고, 「해방 후 춘원의 삶과 생각」, 『춘원연구학보』 6, 춘원연구학회, 2013.

손순옥, 「춘원의 『무정』과 소세키의 『양귀비꽃』의 비교연구」, 『일본연구』 35, 중앙대 일본연구소, 2013.

하타노 세츠코, 「춘원이 손수 만든 시첩-두 개의 「내 노래」」, 『춘원연구학보』 6, 춘원연구학회, 2013.

서영채, 「자기희생의 구조-이광수의 『재생』과 오자키 고요의 『금색야차』」, 『민족문화연구』 58, 고려대 민족문화연구원, 2013.

신용철, 「춘원 이광수와 그의 돌베개 시기」, 『춘원연구학보』 6, 춘원연구학회, 2013.

김지영, 「『사랑의 동명왕』과 해방기 민족적 영웅의 호명 그리고 이광수」, 『춘원연구학보』 6, 춘원연구학회, 2013.

남정희, 「『삼국유사』 소재 설화 '조신'이 현대 매체로 수용된 양상과 그 의미-이광수의 소설과 신상옥·배창호의 영화를 중심으로」, 『국제어문』 57, 국제어문학회, 2013.

서영채, 「자기 희생의 구조-이광수의 『재생』과 오자키 고요의 『금색야차』」, 『민족문화연구』 58, 고려대 민족문화연구원, 2013.

서은혜, 「이광수 역사소설의 장르의식 형성 과정」, 『춘원연구학보』 6, 춘원연구학회, 2013.

이경훈, 「전쟁의 산수화―이광수의 근대적 전망과 그 쇄신에 대하여」, 『현대문학의 연구』 49, 한국문학연구학회, 2013.

서희원, 「'조선의 미래' 혹은 문명과 과학의 서사―이광수 초기 논설과 소설을 중심으로」, 『한국학연구』 29, 인하대 한국학연구소, 2013.

허선애, 「자기 충실성과 직업결사체의 형성―이광수의 개조론 다시 읽기」, 『춘원연구학보』 6, 춘원연구학회, 2013.

최주한, 「근대소설 문체 확립을 향한 또 하나의 도정―이광수의 단편 「허생전」(1914)과 우화 「물나라의 배판」(1914)을 중심으로」, 『근대서지』 7, 근대서지학회, 2013.

_____, 「근대 초기 번역 문학과 미국―최남선과 이광수의 활동을 중심으로」, 『근대서지』 8, 근대서지학회, 2013.

박유희, 「춘원 문학 영화화의 추이와 맥락―해방 이후부터 1970년대까지」, 『상허학보』 37, 상허학회, 2013.

김종수, 「1950년대 출판시장에서 이광수의 위상」, 『우리문학연구』 43, 우리문학회, 2014.

유승환, 「이광수의 『춘향』과 조선 국민문학의 기획」, 『민족문학사연구』 56, 민족문학사학회, 2014.

최주한, 「이광수와 『대한인정교보』 9, 10, 11호에 대하여」, 『대동문화연구』 86, 성균관대 대동문화연구원, 2014.

김경남, 「이광수의 작문관과 기행 체험의 심미적 글쓰기」, 『어문논집』 58, 중앙어문학회, 2014.

김우전, 「최보식이 만난 사람―그날 '학병 권유' 연설 직접 들었다」, 『조선일보』 2014, 10.20.

류시현, 「1910년대 이광수의 시대인식과 전망―『매일신보』 글쓰기를 중심으로」, 『역사학연구』 54, 호남사학회, 2014.

손세미, 「춘원 『무정』의 성장서사 연구―남녀 이중 성장서사를 중심으로」, 계명대 석사논문, 2014.

임보람, 「이광수의 일제말기 소설 연구―대일협력논리의 균열양상과 그 의미를 중심으로」, 한양대 석사논문, 2014.

임우형, 「이광수와 루쉰의 여성상에 대한 고찰―『무정』과 루쉰 단편소설을 중심으로」, 중앙대 석사논문, 2014.

이호, 「이광수 소설의 문학병리학적 연구―『흙』과 『사랑』을 중심으로」, 서강대 석사논문, 2014.

설진성, 「이광수와 김동인의 역사소설 비교 연구」, 수원대 박사논문, 2014.

지하연, 「이광수의 『단종애사』 연구―인물을 중심으로」, 숙명여대 석사논문, 2014.

홍순애, 「이광수 기행문의 역사의 기념비화와 민족서사의 창안 논리」, 『한중인문학연구』 43, 한중인문학회, 2014.

이경림, 「아나키즘의 시대와 이광수」, 『춘원연구학보』 7, 춘원연구학회, 2014.

심원섭, 「일본제 조선기행문과 이광수의 「오도답파여행」」, 『현대문학의 연구』 52, 한국문학연구학회, 2014.

김경미, 「1930년대 전반기 이광수의 만주 인식과 민족 담론」, 『어문논총』 62, 한국문학언어학회, 2014.

정실비, 「이광수 원작 「무명」의 번역을 통해서 본 번역자로서의 김사량」, 『한국근대문학연구』 15-2, 한국근대문학회, 2014.

정주아, 「이향과 귀향, 여행의 원점으로서의 춘원」, 『춘원연구학보』 7, 춘원연구학회, 2014.

이행미, 「두 개의 과학, 두 개의 문명 — 이광수의 『개척자』를 중심으로」, 『한국현대문학연구』 44, 한국현대문학회, 2014.

박상현, 「춘원 이광수의 「명치천황어제근역(明治天皇御製謹譯)」 연구」, 『일본학연구』 41, 단국대 동아시아인문융복합연구소, 2014.

_____, 「「명치천황어제근역」의 번역사적 위치 연구 — 춘원 이광수의 번역 방식을 중심으로」, 『일본연구』 21, 고려대 글로벌일본연구원, 2014.

_____, 「「이광수 「명치천황어제근역」의 번역 대본 연구」, 『일본문화학보』 6, 한국일본문화학회, 2014.

이경재, 「이광수의 『무정』에 나타난 근대의 부정성에 대한 비판」, 『민족문학사연구』 54, 민족문학사학회, 2014.

최주한, 「두 가지 판본의 「오도답파여행」」, 『근대서지』 9, 근대서지학회, 2014.

_____, 「이광수의 이중어 글쓰기와 「오도답파여행」」, 『민족문학사연구』 55, 민족문학사학회, 2014.

박성태, 「민족을 위한 이광수의 마지막 기획 — 「내 나라」와 『서울』을 중심으로」, 『어문학』 124, 한국어문학회, 2014.

김진영, 「삶의 텍스트, 소설의 텍스트 — 이광수와 톨스토이」, 『비교한국학』 22-3, 국제비교한국학회, 2014.

최종고, 「춘원의 한국법과 일본법 체험 — 이광수·나가사키 유조(長崎祐三)·이연호를 중심으로」, 『아세아여성법학』 17, 아세아여성법학회, 2014.

윤영옥, 「자유연애, 문화자본, 그리고 젠더의 역학 — 이광수의 『재생』을 중심으로」, 『한국언어문학』 88, 한국언어문학회, 2014.

김경은, 「이광수의 『개척자』론」, 『한국현대문학연구』 44, 한국현대문학회, 2014.

_____, 「『무정』읽기 — 연채의 '경력담'을 중심으로」, 『한국현대문학연구』 42, 한국현대문학회, 2014.

최종고, 「춘원 이광수의 동시 세계」, 『아동문학평론』 39-4, 아동문학평론사, 2014.

최주한, 「『경성일보』라는 매체와 이광수의 일본어 글쓰기 — 『경성일보』 소재 「차중잡감」(1918) 연작 기행문에 대하여」, 『근대서지』 10, 근대서지학회, 2014.

조성숙, 「「조신」의 수용과정에 나타난 의미변화 연구 — 이광수의 소설 『꿈』과 배창호의 영화 〈꿈〉을 중심으로」, 『한민족어문학』 68, 한민족어문학회, 2014.

김효진, 「근대 소설의 형성 과정과 언문일치의 문제-이광수 초기 단편 소설을 중심으로」, 『동방학지』165, 연세대 국학연구원, 2014.

강헌국, 「이광수 소설의 인류애」, 『현대소설연구』57, 한국현대소설학회, 2014.

권보드래, 「동인지의 청년들, 반(反) 식민과 반(反) 이광수」, 『서정시학』24, 서정시학, 2014.

정실비, 「이광수 원작 「무명」의 번역을 통해서 본 번역자로서의 김사량」, 『한국근대문학연구』15-2, 한국근대문학회, 2014.

서은혜, 「1910년대 이광수 단편소설의 '자기-서사'적 특성」, 『춘원연구학보』7, 춘원연구학회, 2014.

최원섭, 「불교 주제 구현을 위한 원효 캐릭터 비판-이광수의 소설『원효대사』를 중심으로」, 『불교학보』68, 동국대 불교문화연구원, 2014.

김원모, 「한국 민족운동의 시단(始端)-미주 대한인국민회 중앙총회(안창호)의 이광수 신한민보 주필 초빙교섭(1914)」, 『춘원연구학보』7, 춘원연구학회, 2014.

최주한, 『이광수와 식민지 문학의 윤리』, 소명, 2014.

정주아, 『서북문학과 로컬리티-이상주의와 공동체의 언어』, 소명출판, 2014.

와다 도모미, 『이광수 장편소설 연구』, 예옥, 2014.

박정심, 「이광수의 근대 주체의식에 대한 비판적 성찰」, 『한국철학논집』45, 한국철학사연구회, 2015.

안서현, 「흔들리는 이름-1950~1960년대 '춘원 이광수' 표상의 변화와 담론적 전유 양상 연구」, 『상허학보』44, 상허학회, 2015.

김경미, 「일제 말기 이광수 징병관련 소설의 프로파간다 전략 연구」, 『현대문학이론연구』63, 현대문학이론학회, 2015.

이선경, 1910년대 이광수의 장르 실험-장르 간 영향과 교섭을 중심으로」, 『한국문화연구』29, 이화여대 한국문화연구원, 2015.

방민호, 「해방 후의 이광수와 장편소설『사랑의 동명왕』」, 『춘원연구학보』8, 춘원연구학회, 2015.

신정숙, 「춘원과 에밀 졸라와의 대화」, 『춘원연구학보』7, 춘원연구학회, 2014.

곽명숙, 「『춘원시가집』에 나타난 「임」의 의미와 시조의 복고성」, 『춘원연구학보』7, 춘원연구학회, 2014.

박성애, 「이광수 소설에 나타나는 사제관계의 윤리성-『사랑』을 중심으로」, 『한국문학논총』70, 한국문학회, 2015.

서은혜, 「이광수 소설의 '사랑' 형상화와 자전적 언술행위」, 『구보학보』13, 구보학회, 2015.

허종, 「해방 후 이광수의 '친일문제' 인식과 반민특위 처리과정」, 『대구사학』119, 대구사학회, 2015.

이혜령, 「『무정』의 그 많은 기생들-이광수의 민족 공동체 또는 식민지적 평등주의」, 『상허학보』44, 상허학회, 2015.

강우원용, 「일본문학의 수용과 변용-이광수의 「사랑인가」와『무정』을 중심으로」, 『일본학보』103, 한국일본학회, 2015.

최주한, 「이광수 문장집의 어제와 오늘」, 『근대서지』 12, 근대서지학회, 2015.

박만규, 「도산 안창호와 춘원 이광수의 관계」, 『역사학연구』 57, 호남사학회, 2015.

김경은, 「이광수의 『사랑』에 나타난 '대화'의 양상에 관한 일고찰」, 『어문연구』 43-1, 한국어문교육연구회, 2015.

최주한, 「이광수의 「소녀의 고백」 다시 읽기」, 『민족문학사연구』 58, 민족문학사학회, 2015.

리둥메이, 「이광수와 무샤노코지 사네아츠(武者小路實篤)의 이상촌문화운동」, 『한국학연구』 37, 인하대 한국학연구소, 2015.

김경미, 「이광수의 중국 심상지리와 민족 담론」, 『어문학』 129, 한국어문학회, 2015.

김영민, 「『개척자』 다시 읽기」, 『사이』 18, 국제한국문학문화학회, 2015.

김미영, 「1910년대 이광수의 해외체험 연구」, 『인문논총』 72-2, 서울대 인문학연구원, 2015.

_____, 「이광수의 『금강산유기』와 「민족개조론」의 관련성」, 『한국문화』 70, 서울대 규장각한국학연구원, 2015.

최주한, 「『검둥의 설움』과 번역의 윤리-정치학」, 『대동문화연구』 84, 성균관대 대동문화연구원, 2014.

신선희, 「이순신 소재 역사소설에 나타난 전통의 전유방식과 타자인식-신채호와 이광수를 중심으로」, 『한민족어문학』 71, 한민족어문학회, 2015.

류수연, 「타락한 '누이', 그리고 연애서사-이광수의 『재생』 연구」, 『구보학보』 13, 구보학회, 2015.

이유진, 「이광수의 서한집 『춘원 애정서한 실록집-사랑하는 영숙에게』에 대하여」, 『근대서지』 11, 근대서지학회, 2015.

이상현, 「『춘향전』의 번역과 민족성의 재현-이광수의 『춘향』(1925~1926)을 읽을 또 다른 문맥, 게일, 호소이 하지메의 고소설 번역 담론」, 『개념과 소통』 16, 한림과학원, 2015.

정호웅, 「해방 후의 이광수 문학」, 『춘원연구학보』 8, 춘원연구학회, 2015.

오윤호, 「근대 과학 지식의 재현과 진화론적 상상력-이광수의 『무정』을 중심으로」, 『한민족문화연구』 52, 한민족문화학회, 2015.

홍순애, 「이광수 기행문의 국토여행의 논리와 공간 정치의 이데올로기」, 『국어국문학』 170, 국어국문학회, 2015.

최주한, 「보성중학과 이광수」, 『근대서지』 11, 근대서지학회, 2015.

_____, 「『무정』의 근대 문체와 서간」, 『서강인문논총』 42, 서강대 인문과학연구소, 2015.

유인혁, 「식민지시기 근대소설과 도시공간-이광수·염상섭의 장편소설에서 경성을 중심으로」, 동국대 박사논문, 2015.

박정순, 「이광수의 유정 연구-정의 양상과 고결한 주체를 중심으로」, 고려대 석사논문, 2015.

리둥메이, 「이광수와 저우쭤런의 문학론 비교 연구」, 인하대 박사논문, 2015.

탄창성, 「이광수 『무정』의 계몽사상 연구-1920년 전후 중국계몽소설과의 비교를 통하여」, 숭실대 석사논문, 2015.

김보람, 「교육연극을 활용한 장편소설 교육방안-이광수『무정』을 중심으로」, 경희대 석사논문, 2015.

김원모, 『자유꽃이 피리라-춘원 이광수의 민족주의 사상』, 철학과 현실사, 2015.

최주한, 「도쿠토미 소호와 이광수-이광수가 소호에게 보낸 14편의 서간을 중심으로」, 『춘원연구학보』9, 춘원연구학회, 2016.

황정현, 「북한 문학사의 시각과 이광수 연구사-『조선문학개관』이후의 인식 변화를 중심으로」, 『현대문학이론연구』66, 현대문학이론학회, 2016.

임보람, 「『유정』에 드러난 사랑과 욕망의 문제 연구」, 『우리말글』69, 우리말글학회, 2016.

김주현, 「이광수와 신채호의 만남, 그리고 영향」, 『한국현대문학연구』48, 한국현대문학회, 2016.

강우원용, 「이광수의 일본어 작품집『가실』에 투영된 '국민작가'의 다짐」, 『한림일본학』29, 한림대 일본학연구소, 2016.

송영순, 「해방기 이광수 시에 나타난 '고백'과 '사랑'의 의미」, 『한국문예비평연구』51, 한국현대문예비평학회, 2016.

주영중, 「이광수의 소설『흙』의 이중 주체 연구-'민족개조사상'과 관련하여」, 『Journal of Korean Culture』33, 고려대 한국언어문화학술확산연구소, 2016.

김진희, 「근대 저널리즘과 이광수의 문학론」, 『비평문학』60, 한국비평문학회, 2016.

이지영, 「이광수의『일설춘향전』에 대한 재고」, 『한국현대문학연구』49, 한국현대문학회, 2016.

김개영, 「이광수의 일본어 텍스트에 나타난 내선일체론 연구」, 『한국문학연구』50, 동국대 한국문학연구소, 2016.

전소영, 「전유와 투쟁하는 전유, 최인훈의 춘원」, 『한국현대문학연구』48, 한국현대문학회, 2016.

이동하, 「이광수의 사상과 문학, 그리고 그의 동시대인들」, 『춘원연구학보』9, 춘원연구학회, 2016.

이은선, 「이광수 초기 문장의 '미(美)' 개념 연구」, 『국제어문』70, 국제어문학회, 2016.

양윤의, 「한국 근대 소설에 나타난 시선의 문제-이광수·이상·김승옥의 소설을 중심으로」, 『어문논집』78, 민족어문학회, 2016.

최주한, 「『무정』100년의 계보를 읽는다」, 『근대서지』13, 근대서지학회, 2016.

_____, 「영화화된〈무정〉(1939)의 역설」, 『근대서지』14, 근대서지학회, 2016.

공임순, 「이광수 복권과 문학사 기술의 관련 양상」, 『춘원연구학보』9, 춘원연구학회, 2016.

유인혁, 「이광수와 염상섭의 경성-'경성/지방'의 공간 분할과 소설의 플롯」, 『사이』21, 국제한국문학문화학회, 2016.

서승희, 「도쿄라는 거울-이광수의 「동경잡신」(1016)에 나타난 도쿄 표상과 자기 인식」, 『이화어문논집』38, 이화어문학회, 2016.

김원모, 「해방정국 이승만-김구-이광수의 대한민국 정부 수립과 김일성의 적화통일 야욕」, 『춘원연구학보』9, 춘원연구학회, 2016.

최주한, 「이광수와 번역―『어둠의 힘』(1923)을 중심으로」, 『대동문화연구』 94, 성균관대 대동문화연구원, 2016.

_____, 「중일전쟁기 이광수의 황민화론이 놓인 세 위치」, 『서강인문논총』 47, 서강대 인문과학연구소, 2016.

황호덕, 「사전과 번역과 현대 한국어문학, 고유한 근대 지성의 출현과 전파 번역의 황혼―이광수·제임스 게일·윌리엄 커의 근대 한국(어)관, The Korea Bookman을 중심으로」, 『반교어문연구』 42, 반교어문학회, 2016.

이행미, 「이광수의 『재생』에 나타난 식민지 가족법의 모순과 이상적 가정의 모색」, 『한국현대문학연구』 50, 한국현대문학회, 2016.

정실비, 「이광수 원작 『사랑』의 일본어 번역출판 양상에 관한 연구」, 『한국근대문학연구』 17-1, 한국근대문학회, 2016.

김주현, 「상해 시절 이광수의 작품 발굴과 그 의미」, 『어문학』 132, 한국어문학회, 2016.

_____, 「상해 『독립신문』에 실린 이광수의 논설 발굴과 그 의미」, 『국어국문학』 176, 국어국문학회, 2016.

강헌국, 「이광수의 민족계몽 이론과 그 실천―「민족개조론」과 『흙』을 중심으로」, 『우리어문연구』 56, 우리어문학회, 2016.

이병훈, 「이광수의 『사랑』과 일제시대 근대병원의 역사적 기록」, 『의사학』 25-3, 대한의사학회, 2016.

정하늬, 「'신시대' 과학기술·과학기술자의 표상―이광수의 『사랑』과 이북명의 「빙원」을 중심으로」, 『현대문학이론연구』 67, 현대문학이론학회, 2016.

유정숙, 「이광수와 나혜석의 기독교 인식 비교 연구」, 『국제한인문학연구』 18, 국제한인문학회, 2016.

최선호, 「이광수의 『사랑의 동명왕』에 나타난 가족로망스 연구」, 『춘원연구학보』 9, 춘원연구학회, 2016.

서은혜, 「이광수의 상해·시베리아행과 『유정』의 자서전적 텍스트성」, 『춘원연구학보』 9, 춘원연구학회, 2016.

안준형, 「춘원 이광수의 생애와 법의식」, 『연세법학』 28, 연세법학회, 2016.

안연희, 「동아시아의 근대와 나츠메 소세키·루쉰·이광수―『마음』·「광인일기」·『무정』을 통해 본 근대 지식인」, 『일본어문학』 74, 일본어문학회, 2016.

박상익, 「이광수 초기 역사소설의 허구성 연구―『단종애사』에 나타난 내면의 재구성을 중심으로」, 『한민족문화연구』 56, 한민족문화학회, 2016.

최주한, 「박문서관과 이광수」, 『근대서지』 13, 근대서지학회, 2016.

_____, 「문화횡단적 경합으로서의 『일설춘향전』(1925)―『춘향전』의 번역과 개작을 둘러싼 문화횡단적 경합을 중심으로」, 『민족문학사연구』 60, 2016.

_____, 「『무정』의 숲을 거닐다」, 『근대서지』 14, 근대서지학회, 2016.

민병진, 「일제강점기 민족운동 고찰―안창호·이광수·김창세의 상해 활동을 중심으로」, 『춘원연구학보』 9, 춘원연구학회, 2016.

김경은, 「이광수 소설에 나타난 불안의 기제 연구」, 서울대 박사논문, 2016.

선금희, 「이광수의 『무정』과 넛 린의 『도안 뚜엣』에 나타난 여성상 비교 연구―시련과 극복 양상을 중심으로」, 한국외대 석사논문, 2016.

한자오장, 「루쉰과 이광수의 비교 연구―여성 인물 중심으로」, 청주대 석사논문, 2016. 류우쇼통, 「이광수 『무정』의 중국어본 어휘 번역 양상 연구」, 영남대 석사논문, 2016.

윤재민, 「1910년대 이광수의 개인성 형성과 전개과정 연구―논설과 서사물의 관계를 중심으로」, 동국대 석사논문, 2016.

이주호, 「이순신 서사의 역사적 변화 연구―이광수 『이순신』(1931), 최인욱 『성웅 이순신』(1970), 김훈 『칼의 노래』(2001)를 중심으로」, 대구가톨릭대 석사논문, 2016.

김보겸, 「이광수 시론 연구―전통시학을 중심으로」, 단국대 석사논문, 2016.

하타노 세츠코, 『이광수, 일본을 만나다』, 푸른역사, 2016.

류시현, 『동경삼재―동경 유학생 홍명희·최남선·이광수의 삶과 선택』, 산처럼, 2016.

고정일, 『춘원 이광수 민족정신 찾아서』, 동서문화사, 2016.

김재용, 「문화주의적 동화형 친일협력」, 『풍화와 기억―일제 말 친일협력 문학의 재해석』, 소명출판, 2016.

권은, 「이광수의 지리적 상상력과 세계인식」, 『현대소설연구』 65, 한국현대소설학회, 2017.

이민영, 「해방기 이광수와 '친일'의 기표」, 『현대소설연구』 68, 한국현대소설학회, 2017.

이덕화, 「이광수의 나혜석과의 관계에 대한 문학적 대응」, 『춘원연구학보』 10, 춘원연구학회, 2017.

김병구, 「이광수의 '민족성 개조론' 다시 읽기―'문화주의'와 근대 금욕윤리의 이념적 효과를 중심으로」, 『대중서사연구』 23-4, 대중서사학회, 2017.

이선경, 「이광수의 고전 활용법―'허생 이야기'의 장르 개작 양상을 중심으로」, 『한국문학과 예술』 24, 한국문학과예술연구소, 2017.

손자영, 「1910년대 이광수 단편소설의 고백 서사적 특징 연구」, 『이화어문논집』 42, 이화여대 한국어문학연구소, 2017.

최주한, 「신체제기 이광수 황민화론의 세 계기」, 『서강인문논총』 50, 서강대 인문과학연구소, 2017.

정하늬, 「회개와 거듭남, 정결한 지도자 되기―이광수의 『재생』론」, 『현대소설연구』 68, 한국현대소설학회, 2017.

_____, 「이광수의 『흙』에 나타난 투사적 지도자상 고찰」, 『춘원연구학보』 10, 춘원연구학회, 2017.

박진숙, 「이광수 『유정』의 서사와 크로포트킨」, 『한국현대문학연구』 53, 한국현대문학회, 2017.

오태호, 「이광수의 『무정』에 대한 북한문학의 문학사적 인식의 변화 양상 고찰」, 『현대소설연구』 67, 한국현대소설학회, 2017.

안영희, 「제국과 식민지의 공간, 그리고 문학 창작의 공간 바이칼―이광수의 『유정』과 요사노 아키코의 『파리에서』」, 『일본어문학』 78, 일본어문학회, 2017.

김원모, 「이광수와 박정희의 이순신 숭모사업」, 『춘원연구학보』 10, 춘원연구학회, 2017.

이정욱, 「이광수의 「오도답파 여행」과 전라북도」, 『인문사회 21』 8-2, 인문사회 21, 2017.

유요문, 「이광수의 『단종애사』에 나타난 비애의 정조와 식민지 시대정신」, 『한국융합인문학』 5-1, 한국융합인문학회, 2017.

이만영, 「『무정』의 판본에 관한 서지적 고찰」, 『현대소설연구』 67, 한국현대소설학회, 2017.

방민호, 「『무정』 독해의 국면들과 무정·유정의 사상」, 『춘원연구학보』 10, 춘원연구학회, 2017.

장영우, 「『무정』의 맥락화와 문학사적 의의」, 『춘원연구학보』 10, 춘원연구학회, 2017.

송상덕, 「『개척자』에 나타난 '불안' 연구」, 『춘원연구학보』 11, 춘원연구학회, 2017.

이경재, 「이광수의 『유정』에 나타난 칸트적 윤리의 양상」, 『현대소설연구』 66, 한국현대소설학회, 2017.

하타노 세츠코, 「식민지시대 후기 이광수의 일본어 소설에 대하여」, 『근대서지』 15, 근대서지학회, 2017.

곽승숙, 「근대의 사랑―이광수의 『무정』과 나츠메 소세키의 『마음』을 중심으로」, 『한성어문학』 37, 한성대 한성어문학회, 2017.

정소연, 「1910~20년대 시인의 전통 한시 국역 양상과 의미 연구―최남선·김소월·김억·이광수를 중심으로」, 『고전문학과 교육』 34, 한국고전문학교육학회, 2017.

최주한, 「이광수의 일본어 소설 『40년』의 서사적 간극에 대하여」, 『근대서지』 15, 근대서지학회, 2017.

김종수, 「이광수 전(선)집의 구성에 관한 연구」, 『한국학』 40-2, 한국학중앙연구원, 2017.

김종회, 「이광수 문학에 나타난 근대의식의 양상」, 『현대소설연구』 65, 한국현대소설학회, 2017.

서영채, 「계몽의 불안―루쉰과 이광수」, 『한국현대문학연구』 51, 한국현대문학회, 2017.

김경미, 「서사 구조의 변환과 비합리적 세계로의 봉합―이광수의 『그 여자의 일생』을 중심으로」, 『어문논총』 74, 한국문학언어학회, 2017.

이수형, 「이광수 문학과 세속화 프로젝트―『무정』과 『재생』의 탈주술화와 재주술화」, 『인문과학연구논총』 38~1, 명지대 인문과학연구소, 2017.

신용철, 「돌베개 시기 춘원과 자전적 저술」, 『춘원연구학보』 10, 춘원연구학회, 2017.

김주리, 「춘원과 파리」, 『한국현대문학연구』 51, 한국현대문학회, 2017.

왕한, 「춘원의 『유정』에 나타난 이주 담론 연구」, 『춘원연구학보』 11, 춘원연구학회, 2017.

최종고, 「하타노 세츠코, 『이광수, 일본을 만나다』(푸른역사, 2016) 서평」, 『아시아리뷰』 6-2, 서울대 아시아연구소, 2017.

김영민, 「한국 근대문체의 형성 과정―이광수 문장의 언문일치와 구어체 소설의 정착」, 『현대소설연구』 65, 한국현대소설학회, 2017.

이선경, 「이광수의 고전 활용법 — '허생 이야기'의 장르 개작 양상을 중심으로」, 『한국문학과 예술』 24, 2017.

오태영, 「식민지 말 전시총동원 체제와 조선문학 — 이광수의 문학과 논설을 중심으로」, 『현대소설연구』 67, 한국현대소설학회, 2017.

류수연, 「응접실, 접객 공간의 근대화와 소설의 장소 — 이광수의 『무정』과 『재생』을 중심으로」, 『춘원연구학보』 11, 춘원연구학회, 2017.

오태영, 「식민지 조선인 청년의 이동과 시선 — 이광수의 『무정』과 염상섭의 『만세전』을 중심으로」, 『한국학연구』 61, 고려대 한국학연구소, 2017.

황호덕, 「『무정』의 오감 — 이광수의 『무정』, 100년의 소회」, 『지식의 지평』 23, 대우재단, 2017.

김희주, 「'민족'을 바라보는 두 시선 — 신채호와 이광수를 중심으로」, 『현대소설연구』 65, 한국현대소설학회, 2017.

민병진, 「일제강점기 말 문학연구 — 춘원 이광수의 「육장기」 다시 읽기」, 『춘원연구학보』 10, 춘원연구학회, 2017.

이계열, 「사랑의 구현 양상 — 이광수의 『사랑』을 중심으로」, 『현대소설연구』 67, 한국현대소설학회, 2017.

안영희, 「제국과 반식민지, 식민지 신여성의 사랑과 결혼 — 나츠메 소세키·루쉰·이광수」, 『동아인문학』 40, 동아인문학회, 2017.

송현호, 「문학이란 무엇인가 — 춘원의 삶과 문학을 중심으로」, 『현대소설연구』 67, 한국현대소설학회, 2017.

취차오, 「이광수와 루쉰 소설에 나타난 현실의식 비교 연구」, 명지대 석사논문, 2017.

서은혜, 「이광수 소설의 '암시된 저자' 연구」, 서울대 박사논문, 2017.

쉬싸이, 「한·중 문학의 근대 의식에 관한 연구 — 이광수와 루쉰을 중심으로」, 대진대 박사논문, 2017.

이연지, 「과학 시대의 문학 — 이광수의 『무정』에 나타나는 자연주의적 특성 연구」, 이화여대 석사논문, 2017.

황정수, 「이광수의 『무정』과 덕마이쇼의 『세 남자』 비교 연구 — 근대지향 의식과 여성의식을 중심으로」, 한국외대 박사논문, 2017.

정진석, 『언론인 춘원 이광수』, 기파랑, 2017.

김지영, 「'나'와 '그'의 "자서전", 그 사이 — 이광수의 『그의 자서전』을 중심으로」, 『춘원연구학보』 13, 춘원연구학회, 2018.

이선경, 「1920년대 이광수의 신문연재 장편소설 연구」, 『현대소설연구』 69, 한국현대소설학회, 2018.

최주한, 「우리는 얼마나 잘못된 『사랑』을 읽고 있나」, 『근대서지』 17, 근대서지학회, 2018.

최다정, 「이광수 소설에 나타난 건전함 / 불량함의 감성구조 — 「윤광호」(1918)를 중심으로」, 『이화어문논집』 46, 이화어문학회, 2018.

이미나, 「이광수 소설 『흙』의 영화화 양상 고찰」, 『춘원연구학보』 13, 춘원연구학회, 2018.

최창근,「일제강점기 동정 담론의 변천과 함의－이광수와 김동인을 중심으로」,『감성연구』17, 전남대 호남학연구원, 2018.

최주한,「이광수의『단종애사』와 영월－부재하는 민족국가의 역사지리적 상상력」,『대동문화연구』101, 성균관대 대동문화연구원, 2018.

_____,「민중예술로서의『허생전』」,『민족문학사연구』67, 민족문학사학회, 2018.

_____,「『사랑』(1938), 또 하나의 전향서」,『춘원연구학보』13, 춘원연구학회, 2018.

이상진,「신식의 강박, 고백과 풍자 사이－『무정』의 양식적 특성과 서술적 거리」,『현대소설연구』69, 한국현대소설학회, 2018.

송현호,「『무정』에 구현된 도산의 정의돈수 사상과 유정한 사회에 대한 연구」,『현대소설연구』70, 한국현대소설학회, 2018.

박진영,「『무정』에서의 숭고와 욕망의 문제」,『현대소설연구』72, 한국현대소설학회, 2018.

박진숙,「이광수의『흙』에 나타난 '농촌진흥운동'과 동우회」,『춘원연구학보』13, 춘원연구학회, 2018.

차혜영,「이광수의 시베리아 망명지 경험과 기억하기의 역사성과 정치학」,『비교한국학』26-3, 국제비교한국학회, 2018.

권정희,「이광수의 일본어 소설「사랑인가」－'한국 유학생'의 일본어 글쓰기 연구」,『인문사회 21』0~4, 인문사회 21, 2018.

박만규,「이광수의 안창호 이해와 그 문제점－『도산 안창호』를 중심으로」,『역사학연구』69, 호남사학회, 2018.

리둥메이,「이광수와 왕국유의 근대문학 개념 비교 연구」,『한국학연구』51, 인하대 한국학연구소, 2018.

이경재,「이광수의『재생』에 나타난 재생의 의미」,『현대소설연구』71, 한국현대소설학회, 2018.

이행미,「『무정』에 나타난 근대법과 '정'의 의미－총독부 통치체제와 이광수의 법의식의 길항을 중심으로」,『한국문화』81, 서울대 규장각한국학연구원, 2018.

이원동,「일본 소설작법과 이광수의 초기 문예론」,『어문학』141, 한국어문학회, 2018.

김주리,「우울한 주체의 울분과 광기－이광수의『마의태자』와『단종애사』에 대한 고찰」,『상허학보』52, 상허학회, 2018.

이경숙,「문학작품 속 1930년대 동북아관광에 관한 고찰－이광수의『유정』을 중심으로」,『동북아관광연구』14~4, 동북아관광학회, 2018.

김병길,「이광수의 역사소설『元曉大師』는 어떻게 읽혔는가?」,『춘원연구학보』12, 춘원연구학회, 2018.

송현호,「안창호와 이광수의 탈식민화 전략」,『춘원연구학보』13, 춘원연구학회, 2018.

김은희,「나츠메 소세키와 이광수의 작품에 나타난 여성에 대한 시선」,『일본어교육』86, 한국일본어교육학회, 2018.

공임순,「박종화와 이광수, '임진란'과 역사소설의 시계열화」,『춘원연구학보』12, 춘원연구학회, 2018.

정홍섭, 「춘원 문학의 나르시시즘과 자전적 성격 — 「농촌계발」과 「민족개조론」을 중심으로」, 『춘원연구학보』 13, 춘원연구학회, 2018.

김은희, 「춘원과 소세키의 작품에 나타난 신문 매체 양상 — 「흙」·「도련님」·「그 후」를 중심으로」, 『비교일본학』 42, 일본학국제비교연구소, 2018.

왕한, 「춘원과 쉬디산(許地山)의 종교 인식 비교연구」, 『춘원연구학보』 12, 춘원연구학회, 2018.

김종욱, 「이광수, 신민회 그리고 량치차오」, 『춘원연구학보』 12, 춘원연구학회, 2018.

정주아, 「이광수 『유정』의 신문연재본과 이본들 — 연재 누락분 복원 및 서지적 오류의 정정」, 『인문논총』 75-4, 서울대 인문학연구원, 2018.

송민호, 「사랑이라는 정치 — '유정(有情)'에 이르는 길」, 『춘원연구학보』 13, 춘원연구학회, 2018.

김도경, 「1920년대 중반 이광수 문학론 연구」, 『어문학』 141, 한국어문학회, 2018.

유봉희, 「동아시아 전통사상과 진화론 수용의 계보를 통해 본 한국 근대소설 — 애국계몽기 이해조·이인직과 1910년대 양건식·이광수의 산문을 중심으로」, 『한국학연구』 51, 인하대 한국학연구소, 2018.

김은희, 「춘원과 나츠메 소세키의 초중기 작품에 나타난 지식인의 변모 양상」, 『일본어교육』 38, 한국일본어교육학회, 2018.

오태영, 「해방 공간의 재편과 접경 / 연대의 상상력 — 이광수의 『서울』을 중심으로」, 『민족문화연구』 79, 고려대 민족문화연구원, 2018.

송양, 「이광수와 루쉰의 근대의식과 문학관에 대한 비교연구」, 중부대 박사논문, 2018.

이학연, 「한국 현대소설의 과학담론 전유 양상 — 이해조·이광수·김동인을 중심으로」, 서울대 박사논문, 2018.

소서현, 「이광수의 『무정』을 통해 본 근대 일본한자어 연구」, 한양대 석사논문, 2018.

이예찬, 「북한에서 춘원의 위상은 왜 변화하였나? — 1956년부터 2013년까지 조선문학사를 중심으로」, 북한대학원대 석사논문, 2018.

이경재, 「임화가 바라본 이광수」, 『춘원연구학보』 16, 춘원연구학회, 2019.

정홍섭, 「나르시시즘의 거울 만들기로서의 이광수의 자전적 글쓰기」, 『한국현대문학연구』 57, 한국현대문학회, 2019.

문일웅, 「상해판 『독립신문』 연재소설 「피눈물」에 나타난 3·1운동 형상화와 그 의미」, 『한국독립운동사연구』 66, 한국독립운동사연구소, 2019.

김주현, 「상해 『독립신문』 소재 「피눈물」의 저자 고증」, 『현대소설연구』 74, 한국현대소설학회, 2019.

최주한, 「『독립신문』 소재 단편 「피눈물」에 대하여」, 『근대서지』 19, 2019.

하타노 세츠코, 「상하이판 『독립신문』의 연재소설 「피눈물」의 작자는 누구인가」, 『근대서지』 20, 2019.

김명숙, 「이광수의 『유정』, 『사랑』을 통해 보는 '내포작가' 찾기」, 『춘원연구학보』 16, 춘원연구학회, 2019.

오태호, 「이광수의 장편소설에 대한 남북한의 문학사적 인식의 차이 고찰－『무정』, 『개척자』, 「혁명가의 안해」, 「흙」 등을 중심으로」, 『춘원연구학보』 15, 춘원연구학회, 2019.

송민호·표세만, 「한국과 일본의 근대적 '문학' 관념의 한 단면－다카야마 조규와 이광수를 중심으로」, 『비교문학』 77, 한국비교문학회, 2019.

정하늬, 「이광수 소설의 '질병'의 의미 고찰」, 『인문과학연구』 63, 강원대 인문과학연구소, 2019.

신윤주, 「이광수와 나츠메 소세키의 병을 바라보는 관점」, 『일본근대학연구』 63, 한국일본근대학회, 2019.

윤대석, 「이광수의 이중어 인식과 이중어 소설」, 『국제어문』 82, 국제어문학회, 2019.

이수형, 「『무정』과 근대적 시간 체계」, 『상허학보』 55, 상허학회, 2019.

정홍섭, 「춘원 이광수의 상해 망명 배경」, 『춘원연구학보』 15, 춘원연구학회, 2019.

유인혁, 「공포의 경관－이광수 소설에 나타난 살인의 장소와 자연의 복수」, 『현대문학의 연구』 69, 한국문학연구학회, 2019.

임상석, 「이광수가 이보경이나 '외배'이던 시절－한국어 글쓰기의 한 기원에 대하여」, 『어문연구』 47-3, 한국어문교육연구회, 2019.

최주한, 「1930년대 전반기 이광수 민족파시즘론 재고－『동광총서』를 중심으로」, 『대동문화연구』 105, 성균관대 대동문화연구원, 2019.

유승미, 「고백의 전략－이광수의 『나의 고백』을 중심으로」, 『한국문예비평연구』 64, 한국현대문예비평학회, 2019.

이상우, 「1910년대 동경유학생학우회와 근대극－이광수와 최승만의 경우를 중심으로」, 『한민족어문학』 86, 한민족어문학회, 2019.

이미나, 「이광수 소설 『유정』의 매체전환 구조와 영상화 양상」, 『한국문예비평연구』 64, 한국현대문예비평학회, 2019.

정혜영, 「이광수와 근대적 문체 형성－초기 문장을 중심으로」, 『국학연구논총』 23, 택민국학연구원, 2019.

홍덕구, 「이광수의 코닥(Kodak), 김남천의 콘탁스(Contax)－'사실의 세기'와 '재현의 전략'」, 『상허학보』 55, 상허학회, 2019.

공임순, 「이광수의 3·1운동－「민족개조론」－「혁명가의 아내」의 연쇄와 굴절－이광수의 귀국 전/후와 '간도사변'의 편재하는 폭력」, 『춘원연구학보』 15, 춘원연구학회, 2019.

오혜영, 「여성계몽의 시각에서 본 이광수와 뤼자룬의 소설－「소년의 비애」와 「사랑인가 고통인가」를 중심으로」, 『춘원연구학보』 15, 춘원연구학회, 2019.

유봉희, 「동아시아 전통사상과 진화론 수용의 계보를 통해 본 한국 근대소설－애국계몽기 이해조·이인직과 1910년대 양건식·이광수의 작품을 중심으로」, 『국제한인문학연구』 24, 국제한인문학회, 2019.

박노현, 「한국 근대 희곡과 제도-춘원 이광수의 희곡 인식을 중심으로」, 『한국문학연구』 59, 동국대 한국문학연구소, 2019.

곽명숙, 「상해 망명 시절 이광수의 시가 연구」, 『춘원연구학보』 16, 춘원연구학회, 2019.

정홍섭, 「춘원 이광수의 상해 망명 전후의 개조론」, 『춘원연구학보』 16, 춘원연구학회, 2019.

최주한, 「『독립신문』 소재 이광수 논설의 재검토」, 『민족문학사연구』 69, 민족문학사학회, 2019.

윤영실, 「최남선의 역사기술과 이광수의 역사소설 『마의태자』-식민지 민족의 역사를 재현하는 두 가지 방식」, 『한국기독교문화연구』 12, 숭실대 한국기독교문화연구원, 2019.

홍순애, 「식민지 법제도와 이광수 소설의 문학법리학적 재인식-『삼봉이네 집』과 『흙』을 중심으로」, 『우리문학연구』 63, 우리문학회, 2019.

금동현·김경미, 「숭고의 탈신비화-김기영의 『흙』 비틀기-이광수의 『흙』(1933)과 김기영의 〈흙〉(1978)을 중심으로」, 『어문학』 143, 한국어문학회, 2019.

류수연, 「실험실과 상상된 과학-이광수의 『개척자』 연구」, 『비교한국학』 27-2, 국제비교한국학회, 2019.

이행미, 「이광수의 『사랑의 다각형』 재고-신문연재본과 단행본의 비교를 중심으로」, 『한국학연구』 55, 인하대 한국학연구소, 2019.

정은경, 「이광수의 『도산 안창호』 평전 연구」, 『인문학연구』 32, 인천대 인문학연구소, 2019.

정기인, 「이광수와 모윤숙-이광수를 '극복'하는 방법으로서의 모윤숙의 『렌의 애가』」, 『춘원연구학보』 16, 춘원연구학회, 2019.

서은혜, 「『한일관계사료집』을 통해 본 1910년대 이광수의 글쓰기」, 『춘원연구학보』 15, 춘원연구학회, 2019.

신용철, 「중국 5·4운동과 대한민국 임시정부의 이광수」, 『춘원연구학보』 15, 춘원연구학회, 2019.

소서현, 「이광수의 『무정』에 나타나는 근대 일본한자어」, 『일본근대학연구』 63, 한국일본근대학회, 2019.

이원동, 「근대소설과 개인적인 것-나츠메 소세키의 『우미인초』와 이광수의 『무정』」, 『어문논총』 80, 한국문학언어학회, 2019.

최주한, 「두 편의 관련 자료 「요시찰 조선인 이광수에 관한 건」(1919)에 대하여」, 『민족문학사연구』 71, 민족문학사학회, 2019.

민병진, 「1910년대 일제강점기 민족운동 고찰-춘원의 상하이·블라디보스토크·플린·치타에서의 활동」, 『춘원연구학보』 15, 춘원연구학회, 2019.

리앙징잉, 「춘원의 『흙』과 파금의 『애정삼부곡(愛情三部曲)』에 나타난 여성상 비교연구」, 『춘원연구학보』 16, 춘원연구학회, 2019.

함규진, 「일제강점기 전후의 영웅 담론-박은식·신채호·이광수·김동인의 작품을 중심으로」, 『한국정치연구』 28-3, 한국정치연구소, 2019.

전혜진, 「이광수 문학에 나타난 주체구성 과정과 상징적 네트워크로서 근대 경제 체제 연구」, 한양대 박사논문, 2019.

유건수, 「이광수 초기 문학에 드러난 천재의 의미」, 서울대 석사논문, 2019.

박수빈, 「일제말기 친일문학의 내적논리와 회고의 전략-이광수·김동인·채만식을 중심으로」, 고려대 박사논문, 2019.

왕셴, 「이광수와 선충원(沈從文) 소설의 유토피아 의식 비교 연구」, 아주대 박사논문, 2019.

양닝, 「춘원과 루쉰의 농촌서사에 나타난 이주담론 연구」, 아주대 박사논문, 2019.

쩐티란 아잉, 「이광수 장편소설의 연애관 연구-『무정』·『재생』·『흙』·『사랑』을 중심으로」, 한국학중앙연구원 박사논문, 2019.

최영, 「이광수 장편소설의 문체 변화 연구-『무정』·『재생』·『흙』·『사랑』을 중심으로」, 한국학중앙연구원 박사논문, 2019.

김은희, 「나츠메 소세키와 이광수 문학 비교 연구」, 경상대 박사논문, 2019.

최주한, 『한국 근대 이중어 문학장과 이광수』, 소명출판, 2019.

하타노 세츠코, 『일본어라는 이향-이광수의 이언어 창작』, 소명출판, 2019.

이영훈 외, 『반일종족주의』, 미래사, 2019.

2020년대

이동진, 「1914년 치타의 조선인-이광수의 여행기를 중심으로」, 『도시연구』 24, 도시사학회, 2020.

양진영, 「이광수 초기 소설에서 천재의 형상화」, 『우리문학연구』 66, 우리문학회, 2020.

박수빈, 「고전 다시쓰기를 통해 본 역사의식과 이상향 비교 연구-이광수(1923)와 채만식(1946)의 『허생전』을 중심으로」, 『비평문학』 78, 한국비평문학회, 2020.

강정화, 「이광수의 미술비평문 연구」, 『한국문학과 예술』 35, 숭실대 한국문학과예술연구소, 2020.

김태완, 「옛 자료로 읽는 인물 근대사-이광수」, 『월간조선』 2020.5.

이경재, 「이순신 서사에 나타난 명 / 인(明 / 人) 인식 ― 신채호의 이순신전과 이광수의 이순신을 중심으로」, 『인문논총』 77-1, 서울대 인문학연구원, 2020.

서세린, 「'불교와 이광수'에서 '이광수의 불교'로-세속화와 이광수 문학에 나타난 불교적 사유」, 『춘원연구학보』 17, 춘원연구학회, 2020.

방민호, 「신채호 소설 「꿈하늘」과 이광수 문학사상의 관련 양상」, 『춘원연구학보』 18, 춘원연구학회, 2020.

김수안, 「근대 소설의 형성 과정과 언문일치의 문제-이광수 연재 장편소설 『무정』을 중심으로」, 『사이』 28, 국제한국문학문화학회, 2020.

박진숙, 「이광수의 「무명」과 톨스토이의 『부활』과의 관련성」, 『춘원연구학보』 19, 춘원연구학회, 2020.

김원모, 「이광수의 '대군의 척후론' 산업화 미래 비전」, 『춘원연구학보』 19, 춘원연구학회, 2020.

노연숙, 「이광수의 『삼봉이네 집』에 재현된 혁명과 내셔널리즘」, 『춘원연구학보』 17, 춘원연구학회, 2020.

오태영, 「식민지 조선 청년의 귀향과 전망―이광수의 『흙』을 중심으로」, 『한국문학연구』 62, 동국대 한국문학연구소, 2020.

조경식, 「다시 동아시아에서의 '개인의 탄생'에 대하여―루쉰·나쓰메 소세키·이광수의 1910년대 작품을 중심으로」, 『국제어문』 87, 국제어문학회, 2020.

송상덕, 「이광수의 역사소설 『이차돈의 사』에 드러난 '진리'의 조건과 그 균열」, 『민족문학사연구』 73, 민족문학사학회, 2020.

이동순, 「「민족개조론」 비판 논쟁―최원순의 「이춘원에게 문하노라」를 중심으로」, 『우리문학연구』 65, 우리문학회, 2020.

정실비, 「전시·전후 『유정』의 일본어 번역에 나타난 재맥락회 양상과 민족이라는 독법」, 『한국현대문학연구』 60, 한국현대문학회, 2020.

최주한, 「이광수와 3·1운동」, 『한국학연구』 57, 인하대 한국학연구소, 2020.

송현호, 「대한민국임시정부의 연통제 붕괴와 이광수의 연통제 복원에 관한 연구」, 『춘원연구학보』 18, 춘원연구학회, 2020.

장위, 「춘원과 루쉰의 초기 종교관 고찰―『무정』·『재생』과 「눌함(吶喊)」, 「방황」의 남성 지식인 캐릭터를 중심으로」, 『춘원연구학보』 17, 춘원연구학회, 2020.

김윤경, 「식민지 근대 지식인의 거듭나기―이광수의 『재생』을 중심으로」, 『문화와 융합』 42-8, 한국문화융합학회, 2020.

윤나영·한영균, 「1910년대 소설에서 나타난 상대높임법 연구―이광수의 『무정』에 나타난 대화 양상을 중심으로」, 『어문학』 149, 한국어문학회, 2020.

최주한, 「이광수의 근대 문체 실험과 한자」, 『어문연구』 48-4, 한국어문교육연구회, 2020.

_____, 「이광수의 새 자료에 관하여」, 『근대서지』 22, 근대서지학회, 2020.

이보경, 「이광수의 동정과 루쉰의 수치―신기원 시대의 정동 초탐」, 『중국어문학논집』 123, 중국어문학연구회, 2020.

송현호, 「한국학 인프라 구축과 이광수의 문학」, 『춘원연구학보』 18, 춘원연구학회, 2020.

방민호, 「김구 자서전 『백범일지』와 이광수 '윤문'의 의미」, 『춘원연구학보』 17, 춘원연구학회, 2020.

임태훈, 「기생 경제와 기식음의 정보 체계로부터―이광수 『개척자』 재독」, 『한국문학논총』 84, 한국문학회, 2020.

서세림, 「이광수 『마의태자』 연구―복수와 체념의 두 역사와 민족의식을 중심으로」, 『춘원연구학보』 19, 춘원연구학회, 2020.

임수만, 「이광수 시 연구―『삼인시가집』(1929)과 『춘원시가집』(1940)을 중심으로」, 『춘원연구학보』 19, 춘원연구학회, 2020.

오기, 「욱달부와 이광수 소설의 질병서사 비교연구」, 숭실대 석사논문, 2020.

김수안, 「'언문일치체' 비판을 통해 본 근대 소설의 문장 형성 과정 연구―1900~1920년대 이광수 소설을 중심으로」, 연세대 박사논문, 2020.

지커루, 「한중 양국의 『엉클 톰스 캐빈』 번역 양상 비교 연구―린수 『흑노유천록(黑奴籲天錄)』과 이광수 『검둥의 설움』을 중심으로」, 성균관대 석사논문, 2020.

유동동, 「이광수와 루쉰 소설의 여성상 비교 연구」, 충남대 석사논문, 2020.

김지우, 「이광수의 『무정』 연구―'반개(半開)' 이념의 식민지적 형상을 중심으로」, 서강대 석사논문, 2020.

리둥메이, 『이광수와 저우쭤런의 근대문학론―민족·문화·진화』, 소명출판, 2020.

허병식, 「부정적인 이름과 함께 머무는 방식에 대하여―해방 후 소설에 나타난 이광수 표상」, 『동악어문학』 85, 동악어문학회, 2021.

손유경, 「초월과 매몰―춘원과 회월의 납북 전야」, 『구보학보』 29, 구보학회, 2021.

김민선, 「『개척자』의 결말에서부터 시작하는 서사―북한문학의 이광수 평가 변화와 장편소설 『먼 길』(1983)」, 『동악어문학』 85, 동악어문학회, 2021.

김경수, 「『무정』의 한 문장에 관한 고찰」, 『서강인문논총』 62, 서강대 인문과학연구소, 2021.

이경림, 「'아이(愛)'의 수용과 축출―이광수 문학의 동성애 표상 연구」, 『한국현대문학연구』 64, 한국현대문학회, 2021.

정한나, 「문학과 민족의 한중(일) 대위법―리둥메이, 『이광수와 저우쭤런의 민족문학론』(소명출판, 2020)」, 『상허학보』 62, 상허학회, 2021.

홍기돈, 「고아 이광수와 민족―원형 심리학의 고아 원형으로 파악하는 『나의 고백』」, 『우리문학연구』 69, 우리문학회, 2021.

이철호, 「도래하는 이광수―최인훈의 『회색인』과 『서유기』를 중심으로」, 『동악어문학』 85, 동악어문학회, 2021.

정은경, 「농촌계몽가 혹은 농민지도자―이광수의 『흙』과 심훈의 『상록수』의 영웅주의」, 『열린정신 인문학연구』 22~1, 원광대 인문학연구소, 2021.

김경미, 「이광수 『그 여자의 일생』의 신문연재본과 단행본의 서지적 오류」, 『문화와 융합』 43-7, 한국문화융합학회, 2021.

왕지안, 「이광수와 선충원(沈從文)의 '유정'사상 비교 연구」, 『춘원연구학보』 20, 춘원연구학회, 2021.

정기인, 「'시란 하오'―이광수의 시 인식과 한국의 '근대'」, 『한국학논집』 82, 계명대 한국학연구원, 2021.

권성훈, 「이광수 시조의 '임' 전개 과정과 의미」, 『춘원연구학보』 22, 춘원연구학회, 2021.

이은지, 「유사성에 대한 실증, 동아시아 문학사의 이례」, 리둥메이, 『이광수와 저우쭤런의 근대문학론―민족·문학·진화』(소명출판, 2020), 『민족문학사연구』 76, 민족문학사학회, 2021.

김지우, 「이광수 『무정』에 나타난 '반개(半開)'의 식민지적 형상 연구」, 『어문연구』 49-2, 한국어문교육연구회, 2021.

장위, 「춘원과 루쉰의 '고전 패러디 작품' 비교 연구-『허생전』, 「보천(補天)」을 중심으로」, 『춘원연구학보』 21, 춘원연구학회, 2021.

방민호, 「번역과 번안, 그리고 '무정·유정' 사상의 새로운 '구성'-이광수 장편소설 『재생』의 재독해」, 『춘원연구학보』 20, 춘원연구학회, 2021.

박성태, 「조선청년의 '동정' 함양을 위하여, 혹은 공감에서 연민으로 미끄러지는 '동정'-1910년대 이광수 소설을 중심으로」, 『비교한국학』 29-3, 국제비교한국학회, 2021.

최주한, 「복거일과 냉전반공·산업화 세대의 정의론-이광수 표상/재현의 단절과 연속을 중심으로」, 『민족문학사연구』 76, 민족문학사학회, 2021.

최혜령, 「『무정』의 계보를 찾아서-파라텍스트로 돌아보는 이광수 『무정』의 위치」, 『춘원연구학보』 22, 춘원연구학회, 2021.

이경미, 「'문명화'와 '동화' 사이에서 주체되기-근대 동아시아에서 르봉 수용과 이광수의 민족개조론」, 『국제정치논총』 1, 한국국제정치학회, 2021.

유승환, 「『사랑』과 안식교」, 『현대소설연구』 83, 한국현대소설학회, 2021.

서은혜, 「'언문일치'라는 이상에 이르는 작가의 도정-하타노 세츠코, 『이광수의 한글 창작』(소명출판, 2021)」, 『어문논총』 90, 한국문학언어학회, 2021.

정성훈, 「이광수 문학에 나타난 '조선'의 의미」, 서울대 석사논문, 2021.

유승미, 「이광수의 자서전적 글쓰기 연구」, 고려대 박사논문, 2021.

하타노 세츠코, 『이광수의 한글 창작』, 소명출판, 2021.

최주한, 「월남 학병세대 선우휘의 이광수 표상-단편 「묵시」(1971)를 중심으로」, 『대동문화연구』 118, 성균관대 대동문화연구원, 2022.

윤영실, 「노예와 자유-이광수 초기(1908~1910) 사상의 탈식민적 자유 관념」, 『춘원연구학보』 25, 춘원연구학회, 2022.

_____, 「노예와 정-이광수의 『검둥의 설움』 번역과 인종/식민주의적 감성론 너머」, 『사이』 33, 국제한국문학문화학회, 2022.

이철호, 「배신의 이면-1960년대 중반 선우휘 소설에 나타난 이광수 표상과 그 의미」, 『구보학보』 32, 구보학회, 2022.

방민호, 「금강산, 봉선사, 그리고 『단종애사』-운허 이학수와 이광수 소설」, 『춘원연구학보』 24, 춘원연구학회, 2022.

임수만, 「『윤치호 일기』를 통해 본 이광수 '친일'의 배경-민족 내부의 분열과 일제의 탄압」, 『춘원연구학보』 25, 춘원연구학회, 2022.

김상모, 「이광수의 『허생전』에서 드러나는 민중의 형상화에 대한 고찰」, 『감성연구』 25, 전남대 호남학연구원, 2022.

최주한, 「상하이시절의 이광수와 일본」, 『춘원연구학보』 23, 춘원연구학회, 2022.

서은혜, 「1920년대 이광수 문학론에 나타난 세계문학 표상과 번역의 의미」, 『춘원연구학보』 25, 춘원연구학회, 2022.

박진숙, 「한국 근대문학에서의 '고향'이라는 공간의 구성과 이광수의 『흙』」, 『춘원연구학보』 25, 춘원연구학회, 2022.

이미옥, 「이광수와 루쉰 작품에 나타난 감염병 양상과 계몽의식 비교연구」, 『인문과학연구논총』 43-2, 명지대 인문과학연구소, 2022.

서은혜, 「이광수의 영시(극) 번역 전략과 양상」, 『한국민족문화』 83, 부산대 한국민족문화연구소, 2022.

우수진, 「이광수의 「규한」과 근대 희곡에 나타난 여성 동성사회의 면모」, 『현대문학의 연구』 76, 한국문학연구학회, 2022.

허병식, 「되풀이되는 글쓰기와 문화적 기억—박태원의 『여인성장』과 이광수의 『무정』의 상호텍스트성」, 『한국문학연구』 68, 동국대 한국문학연구소, 2022.

이경재, 「이광수의 『무정』과 평양」, 『춘원연구학보』 23, 춘원연구학회, 2022.

박현수, 「『무정』에 등장한 음식에 대한 고찰」, 『한국문학이론과 비평』 97, 한국문학이론과비평학회, 2022.

신용철, 「춘원 이광수와 광릉 지역」, 『춘원연구학보』 23, 춘원연구학회, 2022.

김병길, 「이광수와 역사극」, 『춘원연구학보』 25, 춘원연구학회, 2022.

이욱연, 「한중 근대문학의 두 개의 진화론과 주체론 — 루쉰과 이광수의 경우」, 『중국현대문학』 100, 한국중국현대문학학회, 2022.

김효주, 「이광수 『무정』에 나타난 남녀 주인공의 선택과 통합 양상 고찰」, 『국학연구논총』 29, 택민국학연구원, 2022.

정주아, 「시베리아의 망령들과 '정의(情誼)'의 실험—이광수의 『유정』과 안창호의 갑자논설을 중심으로」, 『현대소설연구』 86, 한국현대소설학회, 2022.

최주한, 「해방기 이광수 문필활동의 윤리-정치—『돌베개』 집필 시기를 중심으로」, 『민족문학사연구』 79, 민족문학사연구소, 2022.

황혜순, 「이광수의 중편소설 「꿈」 연구」, 인제대 석사논문, 2022.

조열, 「이광수와 루쉰 소설에 나타난 여성의식 변모양상 고찰—1910년대~1920년대의 작품을 중심으로」, 안동대 석사논문, 2022.

라와뜨 알차나, 「라빈드라나트 타고르의 시집 『기탄잘리』와 한국어 번역 연구—식민지 시기 김억·이광수·오천석의 번역을 중심으로」, 성균관대 석사논문, 2022.

정실비,「중일전쟁기 일본에서의 이광수 번역소설 수용 양상과 이광수 표상의 역학」,『춘원연구학보』 26, 춘원연구학회, 2023.

이경재,「『이광수와 그의 시대』 고찰—'심정적 세계'와 '논리적 세계'를 중심으로」,『한국현대문학연구』 71, 한국현대문학회, 2023.

김봉군,「이광수 문학의 정신적 지주」,『춘원연구학보』 26, 춘원연구학회, 2023.

윤승리,「피식민자를 위한 계몽의 논리 '베르그송의 과학 비판'과 '칸트 도덕론'을 통한 이광수의 진화론 재전유」,『비교한국학』 31-3, 국제비교한국학회, 2023.

이미옥,「이광수와 장광츠(蔣光慈) 소설에 나타난 매독 모티브와 정치적 은유 비교—『재생』과 「구름을 뚫고 나온 달빛(沖出云国的月亮)」을 중심으로」,『인문과학연구논총』 44-2, 명지대 인문과학연구소, 2023.

루시현,「1930년대 초반 최남선·이광수의 임진왜란 인식」,『역사학연구』 92, 호남사학회, 2023.

최주한,「상하이시절의 이광수와 사회주의—역술 「아라사혁명기」(1920)를 중심으로」,『대동문화연구원』 122, 성균관대 대동문화연구원, 2023.

서은혜,「『꿈』 스토리의 전유와 서사의 해석적 변주—이광수 원작 소설·오영진 시나리오·신상옥의 1955년·1967년 영화 비교」,『춘원연구학보』 26, 춘원연구학회, 2023.

하태진,「1920~1960년대 한국문단의 사회주의 전유 양상—이광수와 이범선의 작품을 중심으로」,『한국문학과 예술』 46, 한국문학과예술연구소, 2023.

정하니,「이광수의 『마의태자』에 나타난 지도자상 고찰」,『춘원연구학보』 27, 춘원연구학회, 2023.

김찬기,「춘원 문학 연구—『무정』을 중심으로」,『Journal of Korean Culture』 60, 고려대 한국언어문화학술확산연구소, 2023.

유승환,「이광수 문학과 관동대지진재—부재증명의 말하기와 민족적 적대의 징후들」,『춘원연구학보』 27, 춘원연구학회, 2023.

최주한,「순문학의 정치, 김동인의 이광수 표상」,『민족문학사연구』 82, 민족문학사연구소, 2023.

류티싱,「한국과 베트남 근대소설에 나타난 자유연애에 관한 연구—이광수의 『무정』과 호앙 응옥 파익의 『또 띰』의 경우」,『유라시아연구』 20-3, 아시아·유럽미래학회, 2023.

배용희,「이광수 소설에 나타난 근대적 내면성과 기독교 영성의 함의」,『기독교교육정보』 78, 한국기독교교육정보학회, 2023.

장염,「동아시아 근대 역사소설의 서사적 특징 비교 연구—이광수·루쉰·모리 오가이를 중심으로」, 고려대 박사논문, 2023.

첸슈,「한중 근대 계몽소설 연구—심훈의 『상록수』, 이광수의 『흙』과 루쉰의 「광인일기」 중심으로」, 경희대 석사논문, 2023.

양순모,「식민지기 한국 근대문학에 나타난 절대적 자아의 비극성 연구—이광수, 이상을 중심으로」, 연세대 박사논문, 2023.

방민호, 『이광수 문학의 심층적 독해 – '근대주의'의 오독을 넘어』, 예옥, 2023.

이경재, 「김윤식의 '이광수 해석'에 나타난 일본과의 관련성 고찰」, 『춘원연구학보』 28, 춘원연구학회, 2024.

김준, 「춘원 이광수 시조 연구」, 『동남어문논집』 57, 동남어문학회, 2024.

허병식, 「전후 조선학의 한 풍경 – 일본 조선학 연구자들이 바라본 이광수 표상」, 『한국문학연구』 75, 동국대 한국문학연구소, 2024.

양순모, 「K선생의 고뇌 – 1920년대, 문학장의 자아주의와 이광수의 결단주의」, 『춘원연구학보』 28, 춘원연구학회, 2024.

홍덕구, 「두 몸, 두 여성, 두 과학 – 채만식의 '춘원이즘'과 이광수 – 『탁류』와 『사랑』을 중심으로」, 『춘원연구학보』 28, 춘원연구학회, 2024.

유승환·김미지·권은·조윤정, 「이광수의 경성 – 디지털 문학지도를 통한 이광수 장편소설 읽기」, 『춘원연구학보』 29, 춘원연구학회, 2024.

최주한, 「1960년대 한국사회와 『흙』의 작가 이광수」, 『춘원연구학보』 28, 춘원연구학회, 2024.

김병길, 「이광수 작 『端宗哀史』 독자반응비평 연구 – 「端宗哀史 讀後感」란 텍스트를 중심으로」, 『춘원연구학보』 28, 춘원연구학회, 2024.

전성규, 「이광수의 오감(五感) 오케스트레이션 – 소리 데이터 생산과 미디어 교차 중심으로」, 『춘원연구학보』 29, 춘원연구학회, 2024.

윤정화, 「'겹쳐 읽기'를 활용한 대학생들의 읽기 방안 사례 연구 – 이광수의 『무정』과 김금희의 『너무 한낮의 연애』를 중심으로」, 『리터러시 연구』 15, 한국리터러시학회, 2024.

유승미, 「이광수의 전기적 글쓰기와 자기 서술의 전략 – 『도산 안창호』와 『나의 고백』을 중심으로」, 『역사와융합』 22, 바른역사학술원, 2024.

정하늬, 「이광수의 『무정』에 나타난 기독교적 지도자상 고찰」, 『인간연구』 53, 가톨릭대 인간학연구소, 2024.

최주한, 「아버지로서의 이광수를 묻고 답하다」, 『춘원연구학보』 28, 춘원연구학회, 2024.

서보호, 「근대소설 작가들의 미술 수용 양상 연구 – 이광수와 한설야를 중심으로」, 『한국민족문화』 87, 부산대 한국민족문화연구소, 2024.

정실비, 「『토지』에 나타난 식민지 문인의 표상과 탈식민적 문학론의 단서들 – 이인직·이광수에 대한 서술을 중심으로」, 『현대소설연구』 94, 한국현대소설학회, 2024.

김지윤, 「2000년 이후 이광수 연구의 흐름에 대한 계량적 분석」, 『춘원연구학보』 29, 춘원연구학회, 2024.

서영채, 「죄의식의 윤리 – 나쓰메 소세키와 이광수」(2024), 『동아시아 근대문학』, 소명출판 2025.

송현호, 「『춘원 이광수전집』 발간의 배경과 의의」, 『춘원연구학보』 29, 춘원연구학회, 2024.

송상덕, 「1920년대 이광수 소설에 나타난 대속(代贖) 모티프 연구 – 종교적 신비체험과의 관련성을 중심으로」, 『우리어문연구』 78, 우리어문학회, 2024.

박성태, 「애민의 민족애─이광수의 초기 문장을 중심으로(1908~1919)」, 『현대소설연구』 93, 한국현대소설학회, 2024.

최주한, 「이광수 육필원고 『삼봉이네 집』(1935)에 대하여」, 『춘원연구학보』 29, 춘원연구학회, 2024.

허예슬, 「1910년대 소설에 나타난 가정교사 형상 연구─이광수 『무정』과 김동인 「약한 자의 슬픔」을 중심으로」, 『구보학보』 36, 구보학회, 2024.

송상덕, 「이광수 소설의 탈성화 양상 연구─동지애·금욕·호모섹슈얼리티 양상을 중심으로」, 숭실대 박사논문, 2024.

왕리리, 「이광수와 루쉰 소설에 나타난 신여성상 연구─『재생』(1924)과 『죽음을 슬퍼함』(1925)을 중심으로」, 성균관대 석사논문, 2024.

김준, 『근대 문인의 시조 인식과 수용 양상─이광수·심훈·정지용·박용철을 중심으로』, 보고사, 2024.

허선애, 「문학이라는 외피, 공정함이라는 심연─해방기 이광수의 자기 서술 양상을 중심으로」, 『춘원연구학보』 30, 춘원연구학회, 2025.

김준, 「1920년대 초반 이광수의 시조 향유 방식과 인식 전환 연구─『금강산유기』 소재 시조를 중심으로」, 『한국고전연구』 68, 한국고전연구학회, 2025.

이민영, 「해방기 이광수 문학과 계몽주의적 감정의 정치성」, 『춘원연구학보』 30, 춘원연구학회, 2025.

서세린, 「이광수 소설 『꿈』(1947)의 출판 구조와 윤리적 균열」, 『시민인문학』 49, 경기대 인문학연구소, 2025.

김우영, 「이광수와 그(녀들)의 시대─'개조'론과 불교와의 관련을 중심으로」, 『한국문학과 예술』 53, 한국문학과예술연구소, 2025.

박성태, 「자기희생적 인류애로서의 민족애─이광수의 1920년대 초기 텍스트를 중심으로」, 『춘원연구학보』 30, 춘원연구학회, 2025.

정기인, 「이광수 시의 시작과 끝─해방기 이광수 시를 중심으로」, 『춘원연구학보』 30, 춘원연구학회, 2025.

정영문, 「「금강산유기」의 전승과 이광수의 현실 인식」, 『한국문학과 예술』 54, 한국문학과예술연구소, 2025.

최은혜, 「식민지 문화민족주의자의 자기 구축과 그 내적 원리─1920년대 초반 이광수의 사상을 중심으로」, 『배달말』 76, 배달말학회, 2025.

임수만, 「『독립신문』 수록 이광수의 시 연구」, 『청람어문교육』 10, 청람어문교육학회, 2025.

정치영, 「1910~1920년대 금강산을 향한 세 개의 시선─게일·기쿠치 유호·이광수의 금강산 여행과 금강산에 대한 인식」, 『문화 역사 지리』 37, 한국문화역사지리학회, 2025.

신용철, 「돌베개 시기의 춘원 이광수」, 『춘원연구학보』 30, 춘원연구학회, 2025.

김민지, 「한국문학과 경원선의 의미망─이광수·이태준·최인훈 문학을 중심으로」, 서울대 박사논문, 2025.

서영채, 『동아시아 비교문학』, 소명출판, 2025.

초출일람

제1부 한국사회와 이광수라는 표상

「순문학의 정치, 김동인의 이광수 표상」, 『민족문학사연구』 82, 민족문학사연구소, 2023.

「해방 후 이광수의 자기-표상과 고백의 윤리」, 초출.

「월남 학병세대 선우휘의 이광수 표상─단편 「묵시」(1971)를 중심으로」, 『대동문화연구』 118, 성균관대 대동문화연구원, 2022.

「1960년대 한국사회와 '『흙』의 작가' 이광수」, 『춘원연구학보』 28, 2024.

「복거일과 냉전반공·산업화 세대의 정의론─이광수 표상 / 재현의 단절과 연속을 중심으로」, 『민족문학사연구』 76, 민족문학사연구소, 2021.

「김윤식과 정신사적 과제로서의 이광수」, 초출.

제2부 상하이시절의 이광수

「이광수의 상하이시절 문장에 대하여」, 『이광수 초기 문장집』 III, 2023.

「『독립신문』 소재 이광수 논설의 재검토」, 『민족문학사연구』 69, 민족문학사연구소, 2019.

「『독립신문』 소재 단편 「피눈물」에 대하여」, 『근대서지』 19, 근대서지학회, 2019.

「이광수와 3·1운동」, 『한국학연구』 57, 인하대 한국학연구소, 2020.

「상하이시절의 이광수와 일본」, 『춘원연구학보』 23, 춘원연구학회, 2022.

「상하이시절의 이광수와 사회주의─역술 「아라사혁명기」(1920)를 중심으로」, 『대동문화연구』 122, 성균관대 대동문화연구원, 2023.

「두 편의 관헌 자료 「요시찰 조선인 이광수에 관한 건」(1919)에 대하여」, 『민족문학사연구』 71, 민족문학사연구소, 2019.

제3부 문체·검열·인터뷰

「이광수의 근대 문체 실험과 한자」, 『어문연구』 48-4, 한국어문교육연구회, 2020.

「영창서관본 『삼봉이네 집』(1941)의 검열에 대한 재고찰」, 『근대서지』 25, 근대서지학회, 2022.

「이광수 육필원고 〈삼봉이네 집〉(1935)에 대하여」, 『춘원연구학보』 29, 춘원연구학회, 2024.

「해방기 이광수 문필활동의 윤리-정치─『돌베개』 집필 시기를 중심으로」, 『민족문학사연구』 79, 민족문학사연구소, 2022.

「아버지로서의 이광수를 묻고 답하다」, 『춘원연구학보』 28, 춘원연구학회, 2024.